멜랑콜리아 I-II

Melancholia I-II

MELANCHOLIA I-II

by Jon Fosse

세계문학전집 431

멜랑콜리아 I-II

Melancholia I-II

욘 포세

손화수 옮김

민음사

토르 울벤*을 기억하며

---

* Tor Ulven(1953~1995). 노르웨이 시인. 생애의 마지막 수년간 병에 시달리다 1995년 오슬로에서 자살로 생을 마감했다.

일러두기

1 이 책은 2016년 노르웨이 Samlaget 출판사에서 출간된 Jon Fosse의 *Melancholia I-II*, 뉘노르스크 원본을 저본으로 번역했다.

2 본문의 각주는 모두 옮긴이 주이다.

차례

멜랑콜리아 I

뒤셀도르프, 1853년 늦가을 오후: 나는 아주 멋진 보라색 코듀로이 양복을 입고 침대에 누워 있다. 나는 한스 구데[1]를 만나기 싫다. 나는 한스 구데가 내 그림을 탐탁지 않아 한다는 말을 듣기 싫다. 나는 오직 침대에 누워 있고 싶을 뿐이다. 나는 오늘, 한스 구데를 만날 기력이 없다. 만약 한스 구데가 내 그림을 좋아하지도 않을뿐더러 내 그림이 형편없다거나 아예 내가 그림을 그리지 못하는 사람이라고 말한다면 어떡할까. 한스 구데가 그 가느다란 손으로 턱수염을 쓰다듬으며 가늘게 뜬 눈으로 나를 째려보듯 똑바로 쳐다보며 당신은 그림을 그

---

1) Hans Gude(1825~1903). 노르웨이 낭만주의 화파의 화가. 독일 뒤셀도르프 예술 아카데미에서 회화를 가르치며 젊은 노르웨이 화가들을 양성했다.

리지 못하는 사람이니 뒤셀도르프의 예술 아카데미, 또는 세상 어느 예술 아카데미에서도 공부할 자격이 없는 사람이라고 말한다면, 죽어도 화가가 되지 못하리라고 내게 말한다면 어떡할까. 나는 한스 구데가 나에게 그런 말을 할 기회를 줄 수 없다. 나는 오늘 침대에 가만히 누워 있을 것이다. 왜냐하면 오늘은 한스 구데가 아틀리에를 방문해 우리가 일렬로 나란히 서서 그림을 그리는 모습을 지켜볼 것이기 때문이다. 그는 아틀리에를 돌아다니며 그림을 평가할 것이고, 분명 내 그림 앞에서도 발을 멈추고 무슨 말인가를 할 것이다. 나는 한스 구데와 마주치고 싶지 않다. 왜냐하면 나는 그림을 그릴 수 있으니까. 물론 구데도 그림을 그릴 수 있다. 티데만[2]도 그림을 그릴 수 있다. 나도 그림을 그릴 수 있다. 구데와 티데만을 제외하고선 나처럼 그림을 잘 그릴 수 있는 사람은 없다. 오늘은 구데가 내 그림을 보고 평가할 테지만, 나는 그곳에 모습을 드러내지 않을 것이다. 그저 침대에 누워 창문만 바라볼 것이다. 나는 아주 멋진 보라색 양복을 입고 침대에 누워만 있을 것이고, 창문 밖 길에서 들려오는 소리에 귀를 기울일 것이다. 나는 아틀리에에 가지 않을 것이다. 오직 침대에만 누워 있을 것이다. 한스 구데를 만날 생각은 전혀 없다. 나는 다리를 꼬고 보라색 양복을 입은 채 침대에 누워 있다. 나는 눈앞만 바라보고 있다. 나는 오늘 아틀리에에는 가지 않을 것이다.

---

2) 아돌프 티데만(Adolph Tidemand, 1814~1876). 노르웨이 낭만주의 화가. 노르웨이의 신화와 자연에서 영감을 받은 작품으로 유명하며, 노르웨이 왕실로부터 작위를, 프랑스로부터 레지옹 도뇌르를 받았다.

집 안의 다른 방에는 내가 사랑하는 헬레네가 있다. 어쩌면 그녀는 자신의 침실에 있을지도 모르고, 거실에 있을지도 모른다. 나의 사랑 헬레네도 이 집에 있다. 나는 수트 케이스를 현관에 내려놓았고, 여주인 빙켈만은 내가 묵을 방을 보여 주었다. 그녀는 방이 마음에 드느냐고 물었고, 나는 고개를 끄덕였다. 방이 마음에 들었던 것은 사실이었다. 나는 태어나서 단 한 번도 이처럼 아름다운 방에서 살아 본 적이 없었으니까. 헬레네는 바로 그곳에 서 있었다. 그녀는 하얀 드레스를 입고 서 있었다. 정갈하게 묶어 올린 금색의 곱슬머리와 작은 턱 위에 자리한 작고 귀여운 입술을 가진 헬레네가 거기 서 있었다. 헬레네는 반짝이는 커다란 눈으로 나를 바라보며 서 있었다. 내 사랑 헬레네. 나는 자취방 침대에 누워 있고, 반짝이는 아름다운 눈을 가진 헬레네는 집 안 여기저기를 돌아다니고 있다. 나는 침대에 누워 귀를 기울인다. 그녀의 발소리를 들을 수 있을까? 아니, 헬레네가 집 안에 없는 건 아닐까? 아, 헬레네의 추악한 삼촌도 빼놓을 수 없다. 헬레네, 내 말 들리나요? 추악한 빙켈만. 보라색 코듀로이 양복을 입은 채 침대에 누워 있던 나는, 누군가가 내 방에 노크하는 소리를 들었다. 나는 침대에 가만히 누워 있었다. 몸을 일으키기도 전에 문이 열렸고, 문 앞에는 빙켈만이 서 있었다. 검은 수염, 검은 눈동자, 조끼를 비집고 나올 것 같은 불룩한 배. 빙켈만 씨는 가만히 서서 나를 바라보기만 했다. 그는 단 한 마디도 하지 않았다. 나는 침대에서 일어나 바닥에 발을 디뎠다. 나는 빙켈만 씨를 향해 걸어갔고, 그에게 손을 내밀었다. 하지만 그는 내 손을 잡지 않았다. 나는 거기 서서 빙켈만 씨에게 손을 내밀었지만, 그는 내 손을 잡지 않았다. 나는 바닥으로 시선을 떨구었다. 빙켈만 씨는 자신이 세상을 떠난 집주인의 동생이라고 소개했다. 그가 검은 눈동자로 나를 바라보았다. 그가 몸을 돌려 방을 나가며 문을 닫았다. 헬레네, 그는 당신의 삼촌이에요. 나는 보라색 양복을 입고 침대에 누워 귀를 기울였다. 당신의 소리를 들을 수 있을까요? 당신의 발소리를? 당신의 숨소리를? 내가 당신의 숨소리를 들을 수 있을까요? 나는 정장을 차려입은 채 내 방 침대에 누워 있다. 나는 다리를 꼬고 귀를 기울였다. 당신의 발소리를 들을 수 있을까요? 당신은 지금 이 집 안에 있나요? 침대 옆 작은 테이블에는 나의 파이프가 놓여 있다. 헬레네, 당신은 어디 있나요? 나는 탁자 위의 파이프를 집어 들었다. 파이프에 불을 붙였다. 나는 보라색 양복을 입은 채 침대에 누워, 파이프를 쩝쩝거리며 피웠다. 오늘은 한스 구데가 내 그림을 보러 아틀리에를 방문할 것이지만, 나는 그가 하는 말을 들을 용기가 없다. 바로 그 때문에 나는 침대에 누워 헬레네, 혹여 들릴지도 모르는 그녀의 소리에 귀를 기울이고 있다. 나는 밖에 나가기 싫다. 나는 화가다. 나는 화가 라스 헤르테르비그[3]이며, 뒤셀도르프 예술 아카데미의 유명

---

3) Lars Hertervig(1830~1902). 노르웨이의 거친 풍경 속에 환상성을 담아낸 것으로 유명한 화가. 빈곤한 가정에서 태어나 조선소에서 일하다가 후원자를 만나 독일 뒤셀도르프 예술 아카데미에서 회화를 공부했으나, 동료 화가들의 냉대를 받으며 정신병을 얻었다. 사후 12년인 1914년에 오슬로에서 열린 '1914년 기념회전'에서 재발굴되어 현재까지 사랑받고 있다.

한 교수, 한스 구데의 제자다. 나는 예거호프슈트라세[4]에 자리한 빙켈만 씨의 집에서 하숙을 한다. 그다지 나쁘지 않다. 나는 스타방에르[5] 출신의 청년이다. 그렇다, 나는 스타방에르에서 온 청년이다! 나는 지금 화가가 되기 위해 뒤셀도르프에서 공부하고 있다. 나는 아주 멋진 보라색 코듀로이 양복을 입고 있는 화가다. 나는, 젊은 청년, 찢어지게 가난한 집안의 아들, 퀘이커교 신자, 화가 지망생이었으며, 바로 한스 가브리엘 부크홀트 순트[6]의 후원으로 독일 뒤셀도르프의 예술 아카데미에 유학을 왔고, 그 유명한 한스 구데의 제자가 되어 풍경화가가 되기 위한 수업을 받고 있다. 나는 그림을 정말 잘 그린다. 나는 다른 일은 몰라도 그림 하나만큼은 잘 그릴 수 있다. 구데도 그림을 잘 그린다. 오늘은 한스 구데가 내 그림을 보기 위해 올 것이다. 그는 내 그림이 마음에 드는지, 또는 마음에 들지 않는지 말할 것이다. 그는 내 그림 옆에 서서 장점은 무엇이고, 단점은 무엇인지 말할 것이다. 아틀리에에는 다른 화가 지망생도 올 것이다. 그림이 뭔지도 모르는 그들은 서로 눈빛을 교환하며 귓속말을 하거나 고개만 끄덕일 것이다. 물론 그들도 구데가 하는 말을 들을 수 있다. 구데는 그림 앞

---

4) 독일 뒤셀도르프 펨펠포르트 구역의 거리 이름.

5) 노르웨이 동부의 도시. 19세기까지는 어업을 주로 하던 소도시였으나 현재는 북해 유전 개발로 인해 노르웨이에서 네 번째로 큰 도시가 되었다.

6) Hans Gabriel Buchholdt Sundt(1800~1881). 스타방에르 지역에서 조선소를 운영한 사업가로, 헤르테르비그가 견습생으로 능숙한 솜씨를 발휘하는 것을 눈여겨보고 그에게 교육의 기회와 미대 후원금을 제공했다.

에 서서 그렇군, 맞아, 그렇지라는 말을 나직하게 중얼거리며 그 가느다란 눈으로 나를 바라볼 것이다. 그는 내게 그림에 소질이 없으니 왔던 곳으로 돌아가야 한다고 말할 것이다. 이곳에서 그림 공부를 할 이유가 없다고 말할 것이다. 왜냐하면 나는 그림을 못 그리니까. 한스 구데는 바로 그런 말을 할 것이다. 내게 풍경화가가 될 수 없다고 말할 것이다. 한스 구데. 오늘은 한스 구데가 내 그림을 보기 위해 올 것이다. 하지만 나는 한스 구데가 하는 말을 들을 용기가 없다. 만약 한스 구데가 나더러 그림을 그릴 수 없는 사람, 그림에 소질이 없는 사람이라고 말한다면 나는 그림을 더 그릴 수 없다. 그렇다면 나는 집으로 돌아가는 수밖에 없고, 다시 화가 지망생으로 살아야 한다. 나는 아름다운 풍경화를 그려 내고 싶다. 나처럼 그림을 잘 그리는 사람은 없다. 나는 그림을 그릴 수 있다. 다른 학생들은 그림을 못 그린다. 그들은 그저 가만히 서서 고개를 끄덕이고 서로를 향해 미소를 짓거나 크게 웃음을 터뜨릴 뿐이다. 그들은 그림을 못 그린다. 나는 침대에 누워서 파이프를 피운다. 그리고 피아노 소리. 나는 피아노 음악을 듣고 있다. 피아노 소리는 하숙집의 커다란 거실에서 들려온다. 나는 아주 멋진 보라색 양복을 입고 파이프를 입에 문 채 침대에 누워 있다. 화가 라스 헤르테르비그, 비천한 집안 출신인 나는 침대에 누워 피아노 음악을 듣고 있다. 나는 규칙적이고 가벼운 손가락의 움직임에 뒤따르는 청명하고 아름다운 음악을 듣고 있다. 나는 침대에 누워 내 사랑 헬레네가 연주하는 음악을 듣고 있다. 지금 피아노를 연주하는 사람은 내 사랑 헬레네가 틀림없다. 세상에서 가장 아름다운 피아노 음악. 나는 비천한 사람이고, 헬레네는 피아노를 치고 있다. 내 사랑 헬레네가 피아노를 치고 있는 것이다. 헬레네 빙켈만과 하타르보그 출신의 라스는 연인이다. 그들은 이미 서로에게 연인이라 말했다. 그렇다, 우리는 연인이다. 헬레네 빙켈만은 그에게 자신의 머리카락을 보여 주었다. 연하늘색의 눈동자를 지닌 헬레네 빙켈만은 어깨까지 내려오는 긴 금발을 풀어 내렸다. 그리고 하타르보그 출신의 라스는 그녀가 풀어 내린 머리를 보았다! 그는 그녀의 빛나는 눈동자도 보았다. 그는 그녀의 어깨까지 내려오는 굽실거리는 머리카락을 보았다. 헬레네 빙켈만은 그를 위해 머리를 풀었고, 그에게 출렁이는 긴 머리카락을 보여 주었다. 헬레네 빙켈만은 그의 방 안에 서서 머리를 풀었다. 헬레네 빙켈만은 그에게 등을 돌리고 창가에 서서 두 손을 올려 머리를 풀었다. 풀어진 머리카락은 그녀의 어깨 위로 내려앉았다. 그리고 하타르보그 출신의 라스, 작은 섬들이 빽빽한 해안 지역 출신의 라스, 모자를 닮은 섬 하타르보그에서 자란 그는 바로 그 때문에 라스 하타르보그라 불릴 때도 있고 라스 헤르테르비그라 불릴 때도 있다. 모자를 닮은 섬 출신의 라스, 노르웨이의 북쪽 끝에 자리한 작은 섬 보르그외위의 한 동네 하타르보그[7] 출신의 라스 헤르테르비그는 뒤셀도르프의 예술 아카데미 학생이다. 그는 하숙집 방에 앉아 헬레네 빙켈만이 창가에 서서 긴 머리를 등 뒤로 늘어뜨리는 모습을 바라보

7) 노르웨이 북서부 로갈란 지역에 위치한 보르그외위섬의 만.

았다. 헬레네가 천천히 그를 향해 돌아섰다. 가르마를 경계로 작고 귀여운 턱, 작고 가느다란 입술이 자리한 동그란 얼굴 양쪽으로 머리를 늘어뜨린 헬레네가 반짝이는 푸른 눈동자로 그를 바라보았다. 그녀의 푸른 눈동자는 반짝이며 빛을 발했고, 굽실거리는 금발은 그녀의 어깨를 덮었다. 그녀의 입가에 미소가 어렸다. 그를 향한 그녀의 눈동자가 커졌다. 그녀의 눈동자는 그가 어디에서도 보지 못했던 밝고 강렬한 빛을 발했다. 그녀의 눈이 발하는 빛. 그는 그토록 아름다운 빛을 지금껏 한 번도 본 적이 없었다. 그가 몸을 일으켰다. 보라색 코듀로이 양복은 입은 하타르보그 출신의 라스는 두 팔을 양옆으로 쭉 늘어뜨린 채 제자리에 가만히 서서 그녀의 머리카락과 눈동자와 입술을 바라보았다. 그는 제자리에 그저 가만히 서 있기만 했다. 문득 그녀의 눈이 발하는 빛이 그를 에워쌌다. 온기! 아니, 그것은 온기라 할 수 없었다! 그것은 온기가 아니라 빛이었다! 그렇다, 그녀의 눈동자가 발하는 빛이 그를 에워쌌다! 그는 그 빛 속에서 그가 아닌 다른 사람이 되었다. 그는 그 빛 속에서 하타르보그 출신의 라스가 아니라 전혀 다른 사람이 되었던 것이다. 그의 불안과, 그의 두려움과, 그를 불안하게 했던 결핍, 그가 그리워했던 모든 것들이 헬레네 빙켈만의 눈동자가 발하는 빛 속에 스며들었고, 그와 동시에 그는 평온해졌다. 그는 두 팔을 양옆으로 쭉 늘어뜨린 채, 아무런 의지도, 아무런 생각도 없이 가만히 서 있다가 갑자기 헬레네 빙켈만을 향해 걸어갔고, 그녀의 빛, 그녀를 둘러싼 빛 속에서 자취를 감추었다. 그는 난생처음 느껴 본 평온함에 몸을 맡겼다. 말할 수 없는 평온함 속에서 그는 두 팔로 그녀를 감싸 안았고, 자신의 몸을 그녀에게 바짝 가져갔다. 하타르보그 출신의 라스는 두 팔로 헬레네 빙켈만을 감싸 안았고, 그의 가슴은 자신도 모를 무언가로 가득 채워져 평온하기 그지없었다. 라스 헤르테르비그는 헬레네 빙켈만과 함께 서 있었다. 그는 전혀 다른 사람이 되었고 그녀와 함께 서 있었다. 그는 자신의 가슴속에 자리한 것이 무엇인지 몰랐다. 그는 그녀와 함께 서 있었다. 그는 두 팔로 그녀를 감싸 안았고, 그녀도 두 팔을 올려 그를 안았다. 그는 그녀의 어깨 위로 흘러내린 머리카락 속에 자신의 얼굴을 파묻었다. 그는 단 한 번도 느껴 보지 못했던 감정, 무엇인지 모르는 감정에 몸을 맡겼다. 풍경화가 라스 헤르테르비그는 그것이 무엇인지 전혀 알지 못했다. 문득 그는 그것이 무엇인지 알 것 같았다. 그것은 바로 그가 마음에 드는 그림을 그렸을 때 그 그림 속에 서 있는 것만 같은 느낌과 비슷했다. 그는 한 번도 완벽하게 그 느낌을 즐기지 못했건만, 이제 그 느낌에 매우 가까이 다가가고 있음을 깨달았다. 화가 라스 헤르테르비그는 가만히 서서 헬레네 빙켈만의 머리카락 사이로 숨을 쉬었다. 그는 그녀의 금발 속에서, 자신의 가슴속을 채워 오는 충만한 느낌 속에서 가만히 서 있기만 했다. 침대에 누워 있던 그는 기억할 수 없었다. 얼마나 오랫동안 두 팔로 그녀, 너무나 사랑하는 헬레네를 감싸 안은 채 서 있었는지 기억할 수 없었다. 짐작하건대 꽤 긴 시간이었으리라. 어쩌면 그는 거의 한 시간 동안 그렇게 서 있었을지도 모른다. 이제 그는 보라색 양복을 입고 침대에 누워 아름다운 피아노 음악을 듣고 있다. 분명 내 사랑 헬레네가 연주하는 음악일 것이다. 나, 하타르보그 출신의 라스는 헬레네의 풀어 헤친 아름다운 머리카락을 보았다. 나는 그녀가 내 방의 창가에 서 있는 모습을 보았고, 그녀의 어깨 위로 굽실거리며 내려오는 금발을 보았다. 그리고 나는 그녀의 눈이 발하는 빛도 보았다. 나는 그녀의 빛 속에 서 있었다. 나는 그녀의 빛 속으로 걸어 들어갔다. 나는 의자에서 일어나 그녀의 앞에 섰다. 그녀의 빛 속에 들어간 나는 평온함을 느꼈다. 나는 그녀의 빛 속에 꽤 오랫동안 서 있었다. 나는 두 팔로 그녀를 감싸 안고 그녀의 어깨에 얼굴을 묻었다. 나는 가만히 서서 그녀의 머리카락 속에서 숨을 쉬었다. 헬레네가 이제 어머니가 올 시간이 되었으니 가 봐야겠다고 나직이 속삭일 때까지. 나는 매우 오랫동안 그녀의 머리카락 속에서 숨을 쉬었고, 지금은 보라색 코듀로이 양복을 입은 채 침대에 누워 거실에서 들려오는 피아노 음악을 듣고 있다. 그 음악은 내 사랑 헬레네가 연주하는 것이다. 내 사랑 헬레네, 나는 당신의 머리를 보았다. 나는 당신이 창가에 서서 머리를 풀어 헤치는 것도 보았다. 나는 의자에서 일어나 당신에게 다가간 뒤 두 팔로 당신을 안았다. 나는 그 자리에 서서 당신의 머리카락 속에 얼굴을 파묻고 호흡했다. 그리고 나는 당신의 귀에 대고, 이제 우리는 연인 사이냐고 나직이 물었다. 당신은 내 귀에 대고 그렇다고 속삭였다. 그래요, 이제 우리는 연인 사이예요. 우리는 그 자리에 함께 서 있었다. 그리고 우리는 대문이 열리는 소리를 들었다. 우리는 서로의 품에서 떨어져 나왔다. 우리는 빛이 사라질 때까지 제자리에 가만히 서 있었다. 당신의 머리카락은 다른 사람의 머리카락으로 변했다 우리는 복도에서 들리는 발소리를 들었다. 당신은 어머니가 집에 왔다며 내 방에서 나가야 한다고 말했다. 당신은 서두르는 와중에도 머리를 다시 묶어 올리며 내게 미소를 지었다. 당신이 거실에 없으면 어머니가 당신을 찾으러 이 방까지 올 것이라며 문을 향해 걸어 나갔다. 당신은 지금 당장 가야 한다고 말했다. 나는 당신이 문을 열고 나간 뒤 방문을 닫았고, 나는 복도를 걷는 당신의 발소리를 들었다. 나는 당신이 어머니, 저는 여기 있어요. 어머니, 벌써 집에 오셨어요?라고 외치는 소리를 들었다. 나는 침대에 다시 누웠다. 나는 침대에 누워 방금 당신이 서 있던 창가를 바라보았다. 내 눈에 어른거리는 당신의 모습을 지우기가 쉽지 않았다. 당신은 여전히 긴 머리를 풀어 헤친 채 창가에 서 있다. 문을 두드리는 소리가 들렸다. 당신의 삼촌은 내가 침대에서 미처 벗어나기도 전에 이미 문 앞에 서 있었다. 빙켈만 씨. 그의 검은 턱수염, 그의 검은 눈동자. 나는 바닥에 발을 디디고 섰다. 빙켈만 씨가 내 이름을 불렀다. 나는 손을 내밀었지만, 그는 내 손을 거부했다. 그는 몸을 돌려 문을 닫고 가 버렸다. 나는 보라색 코듀로이 양복을 입고 침대에 누워 아름다운 피아노 음악을 듣고 있다. 나는 당신이 거실에서 연주하는 피아노 소리를 듣고 있다. 나는 노르웨이의 젊은 화가 라스 헤르테르비그, 노르웨이 미술계에서 가장 촉망받는 젊은이다. 그렇다, 내겐 엄청난 재능이 있다. 나는 진실로 그림을 잘 그린다. 하지만 나는 구데가 내 그림에 대해 평가하는 소리를 들을 자신이 없다. 나는 그림을 잘 그리는데도? 나는 그림을 잘 그릴 수 있는데도? 이 세상에 나보다 그림을 더 잘 그리는 사람이 있을까? 어쩌면 나는 구데보다 그림을 더 잘 그릴지도 모른다. 바로 그 때문에 구데는 내게 그림을 못 그린다고 말하지 않을까? 구데는 내가 그림에 소질이 없으니 고향인 스타방에르로 돌아가라고 말할 것이다. 예술 아카데미는 내가 있을 자리가 아니라고. 그는 내게 집으로 돌아가서 그림이 아니라 대문에 페인트칠을 하는 게 나으리라고 말할 것이다. 오늘은 구데가 내 그림을 보고 평가할 테지만, 나는 그가 무슨 말을 할지 알고 싶지 않다. 왜냐하면 구데는 내 그림을 싫어할 것이 뻔하니까. 나는 구데가 내 그림을 어떻게 생각하는지 알고 싶지 않다. 나는 침대에 누워 있다. 나는 구데가 내 그림을 두고 무슨 말을 하는지 듣고 싶지 않다. 나는 지금 너무나 잘 지내고 있다. 나는 내 사랑 헬레네가 연주하는 아름다운 피아노 음악을 듣고 있다. 이 세상에서 가장 아름다운 피아노 음악. 나는 파이프를 피운다. 어느덧 당신이 연주를 멈추었다. 마지막 선율은 마치 연기처럼 빛과 공기 속으로 사라졌다. 대문이 열리는 소리와 함께 복도를 걷는 발소리가 들려왔다. 그것은 내게 오고 있는 당신의 발소리일까? 어쩌면 당신은 다시 풀어 헤친 머리를 보여 주기 위해 내게 오고 있는지도 모른다. 당신은 다시 창가에 서서 머리를 풀어 헤칠지도 모른다. 형언할 수 없이 아름다운 머리카락을. 아니, 지금 내게 오고 있는 사람은 당신의 삼촌일지도 모른다. 나를 집 밖으로 쫓아내기 위해 당신의 삼촌이 오고 있는 걸까? 그 검은 턱수염과 그 검은 눈동자로 다시 나를 바라보기 위해 문 앞에 서 있는 것은 아닐까? 당신의 삼촌은 내 방문을 두드리고 말없이 나를 바라본 뒤, 자신을 빙켈만이라고 소개한 후 다시 나가 버릴까? 아니, 내게 당장 집을 나가라고 말할지도 모른다. 여기서 살 수 없으니 당장 나가라고. 문 밖에서 들려오는 발소리는 침착하고 가볍다. 나는 그것이 내게 오고 있는 당신의 발소리임을 잘 알고 있다. 복도를 걷는 당신의 발소리는 점점 가까워졌다. 나는 몸을 일으켜 침대 가장자리에 걸터앉았다. 나는 침대에 앉아서 문을 바라보았다. 발소리는 문 앞에서 멈추었다. 문을 두드리는 소리가 들려왔다. 나는 누군가가 문을 두드리는 소리를 들었고, 그것이 당신이라는 사실을 잘 알고 있다. 나는 당신이 문을 두드리는 소리를 들었다. 당신이 틀림없으리라. 내 방문을 두드리는 사람은 당신이 아닌 다른 사람이 될 수 없다. 나는 들어오라고 말해야 한다. 당신에게 얼른 들어오라고 말해야 한다.

들어오세요!

나는 문을 바라보았고, 문은 천천히 열렸다. 나는 내게 오는 사람이 당신임을 잘 알고 있었다. 당신이 들어왔다. 나는 당신의 얼굴을 바라보았다. 당신의 작은 얼굴. 당신은 문 앞에 서서 나를 바라보며 미소를 지었다! 문이 좀 더 열리자 당신의 머리와 밝은 미소를 머금은 당신의 얼굴이 보였다. 그리고 당신의 반짝이는 커다란 눈동자. 당신의 얼굴 표정이 심상치 않았다. 당신의 눈빛도. 나는 활짝 열린 방문 앞에 하얀 드레스를 입고 서 있는 당신을 보았다. 갑자기 당신이 시선을 떨구었다. 바닥을 내려다보던 당신이 고개를 들어 앞을 바라보았다. 침대에 앉아 있는 나를 향해. 나는 당신을 보며 미소를 지었다. 당신은 나를 보지 않고, 그저 눈앞만 바라보았다. 당신의 얼굴 표정이 심상치 않았다. 당신의 눈빛도.

들어와요.

나는 당신이 고개를 끄덕이는 것을 보았다. 당신은 방문을 닫았고, 나는 닫힌 방문 앞에 서 있는 아름다운 당신을 보았다. 당신은 바닥을 내려다보았다. 나는 당신이 천천히 걸어 의자를 향해 다가오는 모습을 보았다. 당신의 얼굴 표정과 눈빛이 마음에 걸렸다. 당신이 이상했다. 당신은 의자에 앉았다. 도대체 당신의 얼굴과 눈빛에 어려 있는 것은 무엇이라는 말인가?

내가 피아노 치는 소리 들었나요?

네.

그리고 당신은 눈앞의 바닥을 내려다보며 가만히 앉아 있기만 했다.

너무나 아름다운 연주였어요.

베토벤의 곡이랍니다.

아, 베토벤이었군요.

나는 당신을 바라보았고, 당신은 아름다운 자태로 의자에 앉아 바닥만 내려다보았다. 나는 이 집에 들어오기 전엔 단 한 번도 피아노 음악을 들어 본 적이 없었다고 말하기 싫었다. 보르그외위에는 마을 전체를 통틀어 피아노가 한 대도 없었고, 스타방에르에도 내가 아는 한 마찬가지였다. 아니, 한스 가브리엘 부크홀트 순트의 집에는 피아노가 있었을지도 모른다.

그리고 셸란[8]의 집에도 당연히 피아노가 있었을 것이다. 아니, 클라비어라고 했던가. 어쩌면 피아노가 있는 집은 꽤 많았을 지도 모른다. 하지만 나는 당신의 피아노 연주를 듣기 전에는 단 한 번도 피아노 음악을 들어 본 적이 없었다. 나는 그 말을 차마 당신에게 할 수 없었다. 침대에 걸터앉아 바닥을 내려다보던 내가 가장 원했던 것은 당신이 몸을 일으켜 창가로 걸어가서 하얀 드레스를 입은 등과 조그마한 가슴을 흔들며 머리를 풀어 헤치는 모습을 보는 것이었다. 당신의 머리카락은 어깨 위로 출렁이며 내려올 것이다. 당신은 창가에 서서 비스듬히 바닥을 내려다볼 것이고, 나는 몸을 일으켜 당신에게 다가가서 두 팔로 당신을 감싸 안고 내게로 끌어당길 것이다. 나는 당신을 꼭 안고 그 자리에 가만히 서서 당신의 머리카락 사이로 호흡할 것이다. 당신은 두 팔로 나를 안을 것이며, 우리는 함께 그 자리에 서 있을 것이다. 우리는 그저 가만히 함께 서 있을 것이다. 침착하고 평온하게, 서로의 숨결을 느낄 수 있을 정도로 가까이 서 있을 것이다.

당신에게 할 말이 있어요.

우리는 눈을 마주친 뒤 동시에 바닥을 내려다보았고, 나는 당신이 무슨 말을 할지 기다렸다.

제 삼촌 말이에요. 삼촌은 당신이 이 집에서 나가야 한다고 말했어요.

---

8) 알렉산데르 셸란(Alexander Kielland, 1849~1906). 노르웨이 작가. 좌파 정신에 입각한 소설과 산문을 썼으며, 헨리크 입센, 비에른셰른 비에른손, 요나스 리와 함께 '노르웨이 4대 작가'로 불렸다

내가 이 집에서 나가야 한다고? 왜 내가 이 집에서 나가야 하지? 당신 역시 내가 이 집에서 나가길 원하는 건 아닐까? 왜 당신은 내가 이 집에서 살기를 원하지 않는 걸까?

당신의 삼촌이라고요? 나는 당신을 바라보며 말했다.

네, 삼촌이 말하기를 당신은 이 집에서 나가야 한다고 했어요.

나는 이 집에서 그리 오래 살지 않았다. 이 집에 들어온 지 얼마 되지도 않았는데 다시 나가야 하다니. 나는 이미 집세도 지불했다. 내겐 돈이 있었고, 집세도 이미 지불했다.

하지만 난 이미 집세도 지불했어요.

그게 문제가 아니라…… 삼촌이 어머니에게 당신을 내보내라고 말했고, 어머니도 그게 최선이라고 했어요. 난 그 이유를 몰라요. 어쨌든 일이 그렇게 되었고, 난 당신에게 미리 알려 주는 게 좋을 거라고 생각했어요.

나는 이 집에서 나가야 한다. 헬레네는 여전히 이 집에서 살 것이다. 나는 헬레네를 다시 볼 수 없을지도 모른다. 왜냐하면 나는 이 집에서 나가야 하니까. 당신의 삼촌은 내가 이 집에서 나가야 한다고 말했고, 당신의 어머니는 그의 말에 동의했으니, 나는 이 집에서 나가는 수밖에 없다. 그렇다면 나는 앞으로 어디에서 살아야 할까? 아틀리에에서 잠을 자야 할까? 최악의 경우엔 거리에서 잠을 자도 된다. 하지만 그러면 헬레네를 만날 수 없다. 다시는 만날 수 없을 것이다.

당신을 만날 수 있을까요?

그 말은 차라리 하지 말았어야 했다. 어차피 헬레네는 나를 만날 수 없을 테니까. 그녀는 나를 만나기엔 나이가 너무나 어리다. 그녀는 이제 겨우 열다섯 살, 어쩌면 열여섯 살일지도 모른다. 사실 나는 그녀가 몇 살인지 모른다. 내가 아는 것은 아무것도 없다. 하지만 나는 헬레네와 만나고 싶다. 나는 몸을 일으켜 의자에 앉아 있는 헬레네에게 다가갔다. 나는 그녀의 앞에 섰다. 헬레네는 나를 더 이상 보려 하지 않았다. 어쩌면 나를 쫓아내고 싶어 하는 사람은 바로 그녀일지도 모른다. 그녀는 삼촌 빙켈만 씨가 나를 쫓아내고 싶어 한다고 말했지만, 사실 그러기를 원하는 사람은 헬레네가 아닐까? 나는 가만히 서서 헬레네를 바라보았고, 그녀는 의자에 앉아 바닥만 내려다보았다. 그렇다, 어쩌면 나를 쫓아내길 원하는 사람은 바로 헬레네일지도 모른다. 나는 그녀가 왜 나를 쫓아내려 하는지 물어봐야 한다.

당신은 내가 이 집에서 나가길 원하나요?

헬레네는 고개를 저었다. 그녀는 속마음과는 달리 내가 이 집에 머물기를 바란다고 말하는 것일까? 그녀는 별다른 말을 하지 않았지만 어쨌든 확실한 것은 우리가 연인 사이라는 점이다. 그녀도 그렇게 말했다. 그런데 지금 그녀는 내가 이 집에서 나가길 원한다. 나는 그녀를 바라보았다.

내가 이 집에서 나가길 원하지 않나요?

헬레네는 고개를 끄덕였다. 헬레네는 내가 이 집에 머물기를 바라는 것일까? 어쩌면 나를 쫓아내려 하는 사람은 바로 그녀의 삼촌일지도 모른다. 하지만 그는 내게 이 집에서 나가라고 얘기하지 않았고, 그녀의 어머니도 내게 이 집에서 나가라고 말하지 않았다. 단지 헬레네만 그런 말을 했을 뿐이다.

헬레네는 삼촌이 나를 이 집에서 쫓아내고 싶어 한다고 말했다. 헬레네도 내가 이 집에서 나가길 원한다. 그렇다면 나는 헬레네를 만날 수 없을 것이다.

당신의 삼촌은 왜 나를 쫓아내려 하나요?

나는 당신, 내 사랑 헬레네를 바라보았다. 나는 당신의 바로 앞에 서 있었다. 나는 의자에 앉아 있는 당신을 바라보았다. 당신은 대답하지 않았다. 당신은 단지 의자에 앉아 눈앞의 바닥만 내려다보았다.

당신의 삼촌이 어제 그런 말을 했나요?

당신은 의자에 앉아 시선을 내리깐 채 고개만 끄덕였다.

내가 잘못한 일이라도 있나요?

당신은 말없이 바닥만 내려다보았다.

하지만 우린 연인 사이잖아요? 그렇죠? 우린 연인이 맞죠? 내가 이 집에서 살지 않더라도 당신은 나를 만날 수 있죠? 내가 당신에게 올게요. 우린 밖에서 만날 수도 있어요. 그 어디라도 좋아요.

나는 당신의 어깨 위에 손을 얹었다. 당신은 의자에 앉아 바닥만 내려다보았다. 나는 내 사랑 헬레네, 당신의 어깨 위에 손을 얹은 채 서 있었다. 나는 호흡과 함께 움직이는 당신의 가슴을 바라보았다. 나는 하얀 드레스 안에 숨겨진 당신의 가슴을 바라보았다. 당신은 내가 이 집에서 나가길 원했다. 당신은 다시 나와 만나기 싫은 것이다. 하지만 당신은 내 여자. 나는 당신의 가슴을 보고 싶었다. 당신이 내게 이 집에서 나가라고 말할 수는 없다. 나는 당신의 어깨 위에 얹어 놓았던 손을 내려 당신의 가슴으로 가져갔다. 나는 당신의 동그란 가슴을 내 손안에 넣었다. 당신의 가슴이 솟아올랐다 내려앉기를 반복하며 움직였다. 나는 당신의 가슴을 그런 식으로 만질 수는 없다고 생각하며, 한 손으로 당신의 가슴을 움켜쥐었다. 당신은 손을 올려 내 손목을 잡아 당신의 가슴에서 떼어 놓았다.

바로 그 때문이에요.

나는 당신의 앞에 서서 양손을 축 늘어뜨렸고, 당신은 내 손목을 잡았다.

당신은 내가 이 집에 머물기를 원해요. 그렇죠?

당신은 고개를 저으며 내 손목을 잡고 있던 손을 놓았다.

헬레네!

나는 당신의 이름을 처음으로 소리 내어 불러 보았다. 이미 수십 번도 더 불러 보았던 이름이지만 매번 소리 없이 내 가슴속에서만 맴돌던 이름, 헬레네, 헬레네, 헬레네. 단 한 번도 당신을 향해 불러 본 적이 없었던 이름, 그 어느 누구에게도 말해 보지 않았던 이름. 나는 마침내 당신의 이름을 소리 내어 말했다. 이제는 당신의 이름을 반복해서 말할 수 있다.

헬레네, 헬레네.

네, 라스.

당신은 내 눈을 똑바로 쳐다보며 미소를 지었다. 나도 당신에게 미소를 지었다.

당신과 나.

나는 당신의 뺨을 부드럽게 어루만졌다.

당신과 나. 당신이 말했다.

당신은 나를 올려다보며 웃음을 터뜨렸다.

당신과 나.

당신과 나.

우리는 서로에게 미소를 지었다. 나는 당신의 손을 잡았다.

우린 연인이에요. 당신과 나는 연인이에요.

당신과 나.

우리는 서로의 눈을 바라보며 미소를 지었다. 나는 그녀의 어깨를 두 팔로 감싸 안고 그녀를 내게 끌어당겼다. 우리는 침대에 함께 걸터앉았다.

나를 만나 줘요.

네.

당신의 삼촌은 왜 나를 쫓아내려 하죠?

당신은 대답하지 않았다. 그렇다면 나를 쫓아내려 하는 사람은 당신의 삼촌이 아니라 바로 당신이었던가? 하지만 당신은 내가 이 집에서 나가길 원하지 않는다고 이미 말하지 않았던가.

왜 내가 이 집에서 나가야 하나요?

그건 나도 몰라요.

아뇨, 당신은 잘 알고 있어요.

그렇지 않아요!

나는 시선을 떨구었다. 나는 당신의 삼촌이 나를 쫓아내려 하는 이유를 당신은 잘 알고 있다고 말했고, 당신은 그렇지 않다고 말했다. 심지어 화난 목소리로 그렇지 않다고 말했다. 만약 당신이 그렇지 않다고 말한다면 나도 그렇지 않다고 말해야 할 것이다. 나는 그저 가만히 앉아 있기만 했다. 나는 가만히 앉아서 당신이 삼촌이 원하기 때문에 내가 이 집을 나가야 하는지, 과연 그 이유가 무엇인지 묻는 내게 화를 내는 당신을 바라볼 뿐이다. 하지만 나는 이 집에서 나를 쫓아내려 하는 사람이 바로 당신, 헬레네라는 사실을 알고 있다. 나를 쫓아내려 하는 사람은 바로 당신이지만, 당신은 지금 삼촌 핑계를 대고 있음을. 당신은 왜 내가 이 집에서 나가길 원하는 걸까? 왜? 나는 당신에게 그 이유를 물어봐도 된다. 그렇지 않은가? 당신은 내가 이 집에서 나가길 원했다. 왜 당신은 나를 쫓아내려는 것일까? 왜?

당신은 왜 내가 이 집에서 나가길 원하나요?

삼촌이 그렇게 말했어요.

당신도 그러기를 원하나요?

제가 결정할 수 있는 일이 아니에요.

그런데 왜……. 나는 당신의 어깨를 힘껏 움켜잡았다.

이러지 마세요.

당신은 왜 나를 쫓아내려 하나요?

삼촌이 원하는 일이라니까요.

나는 당신의 어깨에서부터 가슴 쪽으로 손을 내렸다.

이러지 마세요.

나는 당신의 가슴께에 달린 단추 사이로 손가락 두 개를 밀어 넣었다. 손가락으로 당신의 젖꼭지를 비틀었다.

왜 내가 이 집에서 나가야 하나요?

싫어요, 이러지 마세요.

말해 봐요.

삼촌이…….

나는 당신의 호흡이 빨라지는 소리를 들었다.

삼촌, 당신의 삼촌. 당신과 그도 연인 사이인가요? 그도 당신의 가슴을 만지나요?

말도 안 되는 소리! 이러지 마세요. 싫어요.

나는 손을 내리고 몸을 일으켰다. 나는 그 자리에 서서 젖은 채 반짝이는 당신의 눈과 발갛게 달아오른 뺨을 바라보았다.

나는 그저 당신에게 미리 알려 주고 싶었을 뿐이었어요.

당신도 자리에서 일어났다. 나는 눈앞에 서 있는 당신을 바라보았다. 나는 당신을 안고 내게로 끌어당겼다. 나는 손을 내려 당신의 엉덩이를 감싸 쥐고 내게로 더욱 바짝 끌어당겼다. 나는 내 몸을 당신에게 밀착했다.

당신의 삼촌.

그렇게 말하지 마세요.

나는 당신을 더욱 힘주어 끌어안았다.

놓아주세요!

나는 당신의 젖은 뺨에 입술을 눌렀다.

이러지 마세요.

나는 당신을 놓아주었다.

이제 가 볼게요.

나는 가 봐야 한다는 당신을 그저 가만히 바라보기만 했다. 이제 당신은 삼촌이라는 작자에게 갈 것이다. 왜냐하면 당신의 삼촌에게 나를 쫓아내라고 부탁했던 건 바로 당신이니까. 당신은 나를 가지고 놀았다. 나는 잘 알고 있다. 나를 쫓아내라고 삼촌에게 부탁했던 사람이 바로 당신이라는 것을. 당신은 왜 나를 쫓아내려는 것일까? 당신은 왜 내가 이 집에 머물기를 원하지 않는 것일까? 왜? 도대체 내가 당신에게 무슨 짓을 했길래? 나는 가만히 서서 당신을 바라보았다. 왜 당신은 나를 쫓아내려 할까? 당신의 삼촌과 함께 있고 싶어서? 정말 그게 당신이 원하는 것일까? 당신은 나 대신 당신 삼촌의 불룩한 배를 어루만지고 싶은 것일까? 그의 검은 눈동자를 바라보고 싶은 것일까? 당신은 왜 나를 쫓아내려는 것일까? 그런데도 당신은 왜 나를 위해 피아노를 연주했다고 말했을까? 당신은 삼촌의 그 검은 턱수염을 어루만지고 싶은 것일까? 바로 그게 당신이 원하는 일일까? 당신은 삼촌이 당신의 가슴을 어루만지길 원하는 것일까? 정말 그게 당신이 원하는 일일까? 정말? 그렇다면 나는 이 집에 있을 수 없다. 그건 있을 수 없는 일이다. 만약 당신이 삼촌과 단둘이서 이 집에 있고 싶어 한다면 나는 이 집에서 나가야 한다. 이 집에서 사라져야 한다. 나는 당신이 원하지 않는다면 이 집에 있을 수 없다. 당신을 괴롭히고 싶은 마음은 없으니까. 바로 그 때문에 나는 이 집에서 나가야 한다.

당신은 왜 삼촌에게 나를 쫓아내라고 부탁했나요?

내가 아니라 삼촌이 원하는 일이었어요.

당신은 커다란 눈동자로 나를 바라보았다.

그렇지 않아요.

나는 당신을 뚫어지게 바라보았다. 당신의 하얀 드레스가 희고 밋밋한 천으로 변해 춤을 추듯 움직이다가 다시 당신의 드레스로 변할 때까지. 하얀 천이 내게로 다가왔다. 그것이 점점 더 가까이 다가왔다. 나는 하얀 천의 중앙에서 검은 점이 생겨나고 있음을 보았다. 흰색과 검은색이 섞인 천은 마구 흔들리더니 내게로 가까이 다가왔다가 멀찍이 떨어졌다. 희고 검은 천. 그것은 내게 가까워졌다가 멀어지길 반복했다. 천은 계속 움직이며 다시 내게 다가왔다.

안 돼!

희고 검은 천은 내게 더 가까이 다가왔다가, 다시 멀어졌다. 천은 내게서 멀어졌다가 가까워지기를 반복했다.

나를 가만히 놔둬.

무슨 일이에요? 헬레네가 물었다.

희고 검은 천 사이에서 무슨 일이냐고 묻는 당신의 목소리가 천과 함께 움직이며 내게 다가왔다가 멀어졌다. 이건 뭘까?

당신도 보았나요? 나는 당신에게 물어보았다.

뭘요?

천 말이에요.

아무것도 안 보이는데요.

천은 내 얼굴을 향해 올라와서 입술을 간질였다.

난 이제 가야 해요.

천은 유혹하듯 내 입속으로 들어왔다. 나는 천을 걷어 내기 위해 손을 입술 위로 가져갔다. 나는 입속에서 천을 걷어 내야만 했다. 천 때문에 숨이 막히면 안 되니까. 나는 입속에서 천을 빼내야만 했다. 나는 손을 입으로 가져갔지만, 천은 어느새 사라지고 없었다. 나는 천을 걷어 내고 싶었지만 벌써 그것은 내 손에서 빠져나와 자취를 감추었다. 내가 천을 거머쥐려 할 때마다 천은 내 손에서 미끄러지듯 빠져나가 어디론가 사라졌다. 천이 나를 죽이려 했다.

라스, 무슨 일이에요?

천이 사라졌다. 단지 한 조각의 천에 불과한 것. 사라졌다. 흰 천은 사라졌고, 나는 그것을 따라갔다. 바로 저기, 천에 거의 손이 닿을 듯했다. 하지만 천은 다시 사라졌고, 남은 것은 아무것도 없었다.

이러지 마세요, 라스!

내 손이 천에 닿을 때마다 천은 자취를 감추었다. 나는 천을 손에 넣어야만 했다. 천은 다시 내 입을 향해 다가왔다. 나는 입을 향해 다가오는 그 희고 검은 천을 잡아야만 했다.

도대체 왜 이러는 거죠? 이러지 마세요! 무서워요! 제발 이러지 마세요!

그리고 눈앞에서 넘실거리는 천. 그것은 연신 모습을 드러냈다가 사라지기를 반복했다. 나는 검은 천을 바라보았다. 천은 더 움직이지 않았다.

당신도 보았죠?

뭘요?

그 희고 검은 천 말이에요.

난 아무것도 보지 못했어요.

나는 천이 움직임을 멈추고 차분해지는 것을 보았다. 잠시 후, 천은 흐물흐물 녹아내리는 듯하더니 완전히 자취를 감추었다.

정말 아무것도 못 보았나요?

당신은 고개를 끄덕였다.

여기 나와 함께 조금만 더 같이 있어 주면 안 될까요?

안 돼요. 나는 지금 가 봐야 해요.

할 일이 있나요?

당신은 고개를 저었다.

삼촌을 만날 건가요?

나는 단지 삼촌이 어머니에게 무슨 말을 했는지 당신에게 알려 주러 왔을 뿐이에요.

이제 당신과 당신의 삼촌은 이 집에 단둘이 남아 서로에게 원하는 일을 마음껏 할 것이다. 당신과 당신의 삼촌. 나는 이 집에서 찾아볼 수 없을 것이다. 왜냐하면 나는 이 집에서 나가야 하니까.

당신은 내가 이 집에서 나가길 원하나요?

그건 내가 원하는 게 아니에요.

그렇군요.

그건 삼촌이 원하는 일이고, 어머니도 삼촌의 말에 동의했어요.

나는 고개를 끄덕였다. 다시 희고 검은 천이 창가에서 모습을 드러내더니 방 중앙으로 들어왔다. 나는 그 모습이 우습다고 생각했기에 소리 내어 웃음을 터뜨렸다. 희고 검은 천이 저절로 움직이는 것은 사실 좀 우스운 일이니까.

저 천을 봐요!

나는 당신이 체념한 듯 고개만 절레절레 젓는 모습을 보았다.

이제 가 볼게요. 나는 삼촌과 어머니가 당신을 내쫓으려 한다는 걸 알려 주려고 왔을 뿐이니까요.

나는 고개를 끄덕였다. 나는 창가의 희고 검은 천이 당신에게 다가가는 것을 보았다. 희고 검은 천은 가만히 서 있는 당신의 희고 검은 드레스에 거의 닿을 듯 가까이 다가갔다.

저 희고 검은 천이 보이지 않나요? 당신에게 거의 닿을 듯 가까이 다가왔어요.

당신은 고개를 저었다.

창가를 봐요. 그 천은 지금 창가에 있어요. 얼른 창가를 보세요!

당신은 창문을 바라보았고, 나는 그 희고 검은 천이 당신을 향해 움직이는 것을 보았다. 천은 당신의 몸에 거의 닿을 듯하더니 다시 당신에게서 멀어졌다.

정말 저 천이 보이지 않나요?

천은 천천히 창을 향해 움직였다. 천천히, 매우 천천히. 그 희고 검은 천은 점점 멀어져 다시 창가에 자리 잡았다.

저걸 봐요! 다시 창가로 움직이고 있어요!

천은 다시 천천히 움직였다. 그 모습은 정녕 우습기 짝이 없었다. 웃음이 절로 나왔다. 그런데도 당신은 천을 보지 못하다니! 나는 당신에게 다가갔다. 당신은 겁에 질린 눈동자로 나를 뚫어지게 바라보았다.

이제 정말 가야겠어요.

나는 창가에서 점점 작아지다가 거의 사라지는 천을 보았다. 나는 오늘 한스 구데를 만날 예정이었다. 그는 그림을 매우 잘 그린다. 오늘은 그가 내 그림을 볼 예정이다. 어쩌면 구데는 내 그림이 시답잖다고 생각할지도 모른다. 어쩌면 그는 내가 그림을 그리지 못하는 사람이라고 생각할지도 모른다. 그는 내가 뒤셀도르프의 예술 아카데미에서 공부할 자격이 없다고 생각할지도 모른다. 어쩌면 그는 내가 독일에서 공부할 이유가 없다고 생각할지도 모른다. 아니, 내가 그림을 그려야 할 이유가 없다고 생각할지도 모른다. 나는 침대 가장자리에 걸터앉았다. 나는 침대 옆 테이블 위에 자리한 재떨이와 그 위에 걸쳐진 파이프를 보았다. 내가 가진 것은 거의 없지만 적어도 파이프가 있다. 담배도 있다. 적어도 나는 침대에 누워 파이프를 피울 수는 있다. 나는 침대에 앉아 당신을 보았다. 당신은 방 중앙에 서서 나를 바라보았고, 이제 가 봐야 한다고 몇 번이나 되풀이해서 말했다. 곧 당신의 삼촌이 오기 때문에 나와 함께 있을 수 없다고. 당신의 삼촌! 당신은 나와 한집에서 살기를 원하지 않았다. 왜냐하면 당신은 이 집에서 당신의 삼촌과 함께 단둘이 있기를 원하기 때문이다. 나는 그 점을 잘 알고 있다. 나는 이 집에서 나가야 한다. 당신은 내가 이 집에서 나가야 한다고 말했다. 나는 더 이상 이 집에서 살 수 없다. 당신은 삼촌에게 나를 내보내라고 말했다. 나는 그 사실을 잘 알고 있다. 당신은 이 집에서 당신의 삼촌과 단둘이 있고 싶어서 나를 내보내려 한다. 나는 이 집에서 나갈 것이다. 나는 대문이 열리는 소리를 들었다. 나는 당신을 바라보았고, 당신은 나를 바라보았다. 나는 삼촌이 왔다고 나직이 말하는 당신을 보며 고개를 끄덕였다. 나는 방문을 향해 다가가는 당신을 보았다. 당신은 방문 앞에서 발을 멈추었다.

당신의 삼촌?

나는 당신에게 나직이 물었고, 당신은 삼촌이 왔다고 나직이 말했다. 나는 눈앞의 바닥을 내려다보았다. 나는 대문이 닫히는 소리와 바닥을 걷는 발소리를 들었다. 묵직한 발소리로 미루어 보아 당신의 삼촌이 틀림없었다. 나는 바닥을 걷는 발소리, 빙켈만 씨의 묵직한 발소리를 들었다. 빙켈만 씨의 칙칙하고 무거운 발소리. 빙켈만 씨. 빙켈만 씨는 예거호프슈트라세의 하숙집에서 나를 쫓아내려고 왔다. 당신은 삼촌에게 나를 쫓아내라고 부탁했다. 나는 그것을 잘 알고 있다.

내 사랑 헬레네, 내 사랑 헬레네.

나는 입 밖으로 내뱉은 말이 너무나 터무니없이 들린다고 생각하며 문 앞에 서 있는 당신을 바라보았고, 당신은 나를 바라보았다. 헬레네! 헬레네! 당신 삼촌의 목소리. 당신은 나를 바라보았다.

삼촌이 나를 부르고 있어요. 이제 정말 가 봐야 해요.

나는 고개를 끄덕였다. 나는 당신이 방문을 열고 나가는 모습을 지켜보았다. 나는 침대에 앉아 탁자와 그 위에 자리한 재떨이, 그리고 파이프를 물끄러미 보았다. 나는 침대에 누워 두 다리를 쭉 뻗은 채 당신 삼촌의 목소리를 들었다. 도대체 어디 있었니? 또 그의 방에 갔었던 거니? 당신은 삼촌의 말에 대답했지만, 나는 당신이 무슨 말을 했는지 들을 수 없었다.

안 되겠군. 저자를 쫓아내야겠어. 이건 있을 수 없는 일이야. 당신의 삼촌이 말했다.

네, 네.

당장 이 집에서 내보내야 해.

네.

지금 당장.

나는 당신이 무슨 말을 하는지 들을 수 없었다. 단지 복도를 걷는 당신의 발소리와 내가 한낮인데도 방 안에 처박혀 있다고 말하는 당신 삼촌의 말소리만 들을 수 있었다. 그는 내가 하는 일 없이 침대에 누워만 있다고 말했고, 당신은 내가 그림을 그린다고 말했다.

아냐, 그는 하루 종일 침대에 누워만 있잖아.

나는 복도에서 들려오는 발소리를 들었다. 당신의 사뿐사뿐 가벼운 발소리와 당신 삼촌의 묵직한 발소리와 함께, 오늘 당장 나를 쫓아내겠다고 말하는 당신 삼촌의 말소리를 들었다. 당신은 무슨 말인가를 했지만 나는 잘 알아들을 수 없었다.

넌 오늘도 그의 방에 갔었지? 넌 이 집에 혼자 있기만 하면 그의 방에 가는구나. 어제도 그랬고, 오늘도 그랬어.

어제와 오늘, 단 두 번뿐이었어요.

넌 너무 순진해서 걱정이야.

나는 두 사람의 발소리를 들었다. 당신의 발소리와 당신 삼촌의 발소리는 내 방 바로 앞에서 들렸다. 나는 방문이 열리는 소리와 함께 당신에게 나를 내보내야 한다고 말하는 당신 삼촌의 말소리를 들었다. 나는 침대에 누워 나를 쫓아내겠다고 말하는 당신 삼촌의 목소리를 들었다. 이제 나는 이 방에 더 머무를 수 없다. 당신은 내가 이 집에서 나가기를 원했다. 당신은 조금 전 내 방에 들어와 내게 이 집에서 나가야 한다고 말했다. 왜냐하면 당신은 이 집에 혼자 있길 원하기 때문에, 당신의 삼촌과 함께 이 집에서 단둘이 있길 원하기 때문에, 그의 칙칙하고 뚱뚱한 배를 어루만지고 싶어 하기 때문에, 그의 검은 눈을 들여다보길 원하기 때문에. 바로 그 때문에 당신의 삼촌이 여기 온 것이다. 그는 당신의 가슴을 만지고 싶어 한다. 그는 당신과 단둘이 있고 싶어 한다. 그는 내가 이 집에 있기 때문에 방해가 된다고 생각한 것이다. 당신도 삼촌과 함께 단둘이 이 집에 있길 원한다. 당신은 그가 당신의 가슴을 만져 주길 원하지만 사람들에겐 비밀로 하길 원한다. 당신은 당신의 삼촌과 함께 단둘이 있길 원한다. 나는 잘 알고 있다. 나는 아니에요, 아니에요!라고 외치는 당신의 목소리를 들었다. 나는 거실에서 큰 소리로 외치는 당신의 목소리를 들었다. 그가 무슨 말을 했길래? 도대체 당신의 삼촌이 무슨 말을 했길래 그러는 것일까? 혹시 당신은 놓아주세요! 놓아주세요! 놓아주세요!라고 소리쳤던 것은 아닐까? 정말 그랬을까? 나는 거실에서 소리치는 당신의 목소리가 들리는데도 침대에 가만히 누워 있기만 했다. 나는 무언가를 해야 한다. 하지만 나는 지금 침대에 누워 있다. 당신이 외치는 소리가 들렸던가? 아니, 어쩌면 내가 환청을 들었던 것은 아닐까? 아무 소리도 들리지 않았던가? 아니, 당신이 큰 소리로 외쳤던가? 당신의 삼촌은 내가 이 집에서 나가야 한다고 말했다. 하지만 나는 이 집에서 나가기 싫다. 당신의 목소리가 들렸던가? 아니,

아무 소리도 들리지 않았던가? 나는 침대에 이대로 누워 있을 수만은 없다고 생각했다. 무언가를 해야 한다. 침대에서 일어나 아틀리에에 가야 한다. 왜냐하면 오늘은 한스 구데, 다른 사람도 아닌 바로 그 유명한 한스 구데가 아틀리에를 둘러보며 뒤셀도르프 예술 아카데미에서 공부하는 노르웨이 학생들의 그림을 평가하는 날이니까. 그는 내 그림도 볼 것이고, 내가 그린 그림을 평가할 것이다. 그런데 나는 보라색 코듀로이 양복을 입고 침대에 누워 있다. 나는 보라색 코듀로이 양복을 내려다보았다. 두 다리를 꼬았다. 당신이 외치는 소리를 들으며 이렇게 누워만 있을 수는 없다. 아니, 당신은 소리를 지르지 않았을지도 모른다. 나는 탁자 위 재떨이에 놓인 파이프를 바라보았다. 나는 파이프를 집어 배 위에 올려놓았다. 나는 창을 바라보았다. 바로 그곳에서 내 사랑 헬레네, 당신은 묶은 머리를 풀었고, 당신의 머리는 어깨 위로 흘러내렸다. 하얀 드레스를 입고 창가에 서 있던 당신. 당신은 하얀 드레스를 입고 창가에 서서 머리를 풀었고, 당신의 머리는 어깨 위로 치렁치렁 떨어져 내렸다. 나는 침대에서 몸을 일으켜 당신에게 다가갔다. 나는 당신을 두 팔로 감싸 안고 내 얼굴을 당신의 어깨와 당신의 머리카락 속에 묻었다. 나는 당신의 머리카락 속에 얼굴을 묻고 서서 당신의 머리카락 속에서 숨을 쉬었다. 얼마나 오래 그렇게 서 있었는지는 모르지만, 꽤 오랫동안이었음은 틀림없다. 나는 그렇게 서서 오랫동안 당신의 머리카락 속에 얼굴을 묻고 숨을 쉬었다. 나는 당신에게 몸을 바짝 가져갔고, 당신은 내게 몸을 바짝 밀어붙였다. 우리는 그렇게 창가에 서 있었다. 나는 창문 밖 언덕 위의 포플러를 보았다. 언덕 위에 나란히 자리한 포플러들. 침대에서 바라본 포플러들은 허공에 붕 떠 있는 듯 보였다. 그리고 창가에는 당신이 서 있었다. 그 뒤에는 포플러들이 있었다. 나는 언덕 위 포플러들 앞에서 말을 타고 달리는 기사들을 보았다. 나는 기사들의 상체와 말의 머리밖에 볼 수 없었다. 이해할 수 없었다. 포플러, 기사들, 그리고 당신의 머리카락. 당신의 머리카락은 포플러를 닮았고, 우리는 기사들을 닮았다. 그리고 우리의 가슴속에는 푸른 구름이 있었다. 나는 보라색 코듀로이 양복을 입고 침대에 누워 포플러와 기사들을 바라보았다. 당신의 목소리가 귓전에 다가왔다. 하지만 나는 당신이 무슨 말을 하는지 알아들을 수가 없었다. 당신이 큰 소리로 비명을 질렀던 건 아닐까? 아니, 당신의 목소리는 차분했던가? 당신이 나의 도움을 원했던 건 아닐까? 아니, 당신은 아예 나와 마주치는 일조차 싫어하는 건 아닐까? 당신은 내가 어디론가 사라지기를 원했다. 오늘 당장 나를 쫓아내겠다는 당신 삼촌의 목소리가 들려왔다. 당신도 무슨 말인가를 했지만, 나는 당신이 무슨 말을 하는지 들을 수가 없었다. 당신은 소리를 지르지 않았다. 당신의 목소리는 차분하기만 했다. 그리고 당신은 내게 이 집을 나가야 한다고 말했다. 나는 이제 더 이상 이 집에서 살 수 없다. 당신의 삼촌은 내게 이 집에서 살 수 없다고 말했다. 나는 이 집을 나가야 한다. 당신도 내가 이 집에서 나가길 원했다. 당신의 삼촌은 한낮에 이 집에 왔다. 이제 나는 더 이상 이 방에 머무를 수 없다. 나는 진작에 아틀리에에 갔었어야 했다. 그곳에서 다른 학생들과 함께 서 있었어야 했다. 그림도 못 그리는 머저리들과 섞여 구데가 오기를 기다려야 했었다. 그는 내 그림이 보기 좋다고 말할지도 모른다. 그간 작업한 과정으로 미루어 보건대 매우 성공적인 작품으로 거듭날 것이며 내게 크나큰 재능이 있다고 말할지도 모른다. 그 누구도 아닌 바로 한스 구데가 내 그림, 하타르보그 출신의 라스가 그린 그림, 퀘이커교인, 하루 벌어 하루 먹고사는 이의 아들이 그린 그림, 라스 헤르테르비그, 바로 내가 그린 그림을 보고서 미술계의 진정한 유망주라 말할지도 모른다. 나는 라스 헤르테르비그. 나는 독일 뒤셀도르프의 예술 아카데미에 풍경화를 공부하기 위해 왔다. 나는 풍경화가 라스 헤르테르비그. 나는 보라색 코듀로이 양복을 입고 배 위에 파이프를 얹어 놓은 채 침대에 누워 있다. 나는 오늘 아틀리에에 갔었어야 했다. 왜냐하면 오늘은 한스 구데가 내 그림을 보러 오기 때문이다. 하지만 한스 구데는 내 그림을 그리 좋아하지 않을 것이다. 그는 내가 그림을 그리지 못하는 머저리라고 생각할 것이다. 그는 내가 예술 아카데미보다는 스타방에르에 남아서 건물 벽에 페인트칠을 하는 편이 낫다고 생각할 것이다. 왜냐하면 나는 그림을 그리지 못하니까. 게다가 나는 이제 이 방에서도 머무를 수 없다. 헬레네는 내가 이곳에 머무르기를 원하지 않는다. 나는 이 집을 나가야 한다. 헬레네는 오늘 내게 와서 이 집을 나가야 한다고 말했다. 당신이 외치는 소리가 들렸던가? 안 돼요, 안 돼요라고 외치는 당신의 소리가? 당신의 삼촌은 당신과 함께 거실에 있고, 나는 침대에 누워 있다. 보라색 코듀로이 양복을 입은 채. 나는 이대로 누워 있을 수 없다. 왜냐하면 당신은 삼촌과 함께 단둘이 거실에 있는 걸 싫어하니까. 당신은 소리를 지르지 않았던가. 나는 당신이 소리 지르는 것을 들었다. 당신의 삼촌이 당신의 가슴에 손을 댔음이 틀림없다. 어쩌면 그는 당신의 속옷 속으로 손을 넣었을지도 모른다. 아니, 나는 잘 알고 있다. 나는 당신의 삼촌이 당신 몸에 손을 댔기 때문에 당신이 소리를 질렀다는 사실을. 나는 무슨 일이라도 해야만 한다고 생각했다. 복도에서 묵직한 발소리가 들려왔다. 당신의 삼촌이 복도를 걷는 소리. 당신의 삼촌이 내 방문에 노크를 했다. 그는 내게 여기서 더 살 수 없으니 오늘 당장 집을 나가라고 말할 것이다. 그는 내게 당장 짐을 싸라고 말하며 방문 앞에 서서 불룩한 배 위에 자리한 검고 칙칙한 눈동자로 나를 바라볼 것이다. 당신의 삼촌은 이제 곧 내 방문 앞에 서서 내게 집을 나가라고 말할 것이다. 나는 그의 말이 떨어지기가 무섭게 짐을 싸서 이 집을 나가야 한다. 나는 더 이상 이 집에서 살 수 없다. 당신의 삼촌은 내게 그렇게 말할 것이다. 당장 이 집에서 나가라고. 나는 복도를 걷는 당신 삼촌의 묵직한 발소리를 들었다. 당신의 삼촌은 조금 전까지만 해도 당신과 단둘이 거실에 있었다. 그는 틀림없이 당신의 몸에 손을 댔을 것이다. 나는 잘 알고 있다. 그가 당신에게 무슨 짓을 했는지. 그는 당신의 몸에 손을 댔고 당신은 소리를 질렀다. 이제 당신의 삼촌은 복도를 걸어 내 방 앞에 와서 노크를 할 것이다. 아니, 그는 노크도 없이 방문을 확 열지도 모른다. 아니, 그가 다시 거실로 되돌아간 것일까? 어쩌면 당신의 삼촌은 현관으로 가서 대문을 열고 밖으로 나갔을지도 모른다. 어쩌면 그는 내 방에 들어와서 내게 이 집에서 나가라는 말을 하지 않을지도 모른다. 나는 복도를 걷는 묵직한 발소리를 들었다. 그 발소리는 내 방문 앞에서 멈추었다. 나는 방문을 두드리는 소리를 들었다. 당신의 삼촌은 수차례 나의 방문을 두드렸고, 나는 파이프를 배 위에 올려놓은 채 보라색 코듀로이 양복을 입고 침대에 누워 있다. 당신의 삼촌은 내게 이 집에서 당장 나가라고 말하기 위해 방문을 두드렸을 것이다. 지금 당장 나가라고! 더는 두고 보지 못하겠다고! 나는 그가 몇 번이나 내 방문을 두드리는 소리를 들었고, 보라색 코듀로이 양복을 입고 침대에 누워 있던 나는 대답하지 않았다. 왜냐하면 나는 방문을 두드리는 사람이 당신의 삼촌이며, 그는 내게 이제 이 집에서 살 수 없으니 당장 짐을 싸서 나가라고 말하리라는 것을 잘 알기 때문이다. 나는 그가 무엇을 원하는지 잘 알고 있다. 바로 그 때문에 나는 그에게 들어오라는 말을 하지 않았다. 나는 당신의 삼촌이 내 방문을 직접 열고 들어올 때까지 아무 말도 하지 않을 것이다. 나는 그저 침대에 누워 내 사랑 헬레네를 괴롭히는 그를 가만히 쳐다보기만 할 것이다. 그는 내게 머리를 풀어 보여 주었고, 내게 우린 연인 사이라고 말했던 내 사랑 헬레네를 추행한 사람이다. 내 사랑 헬레네! 내 사랑 헬레네! 헬레네! 다시 문을 두드리는 소리가 들렸다. 나는 침대에 누워 꼼짝도 하지 않았다. 나는 방문을 바라보았다. 손잡이가 내려가는 것을 보았다. 나는 문이 열리는 것을 보았다. 문이 방 안쪽으로 열리는 것을 보았다. 나는 문 앞에 있는 검은 옷을 보았다. 나는 열린 문 사이로 당신 삼촌의 불룩한 배를 보았다. 그의 배는 조끼가 찢어질 정도로 불룩했다. 나는 시선을 아래로 내려 그의 검은 바지를 보았고, 다시 시선을 올려 그의 검은 턱수염을 보았다. 나는 그의 검은 눈동자를 보았다. 나는 문 앞에 서 있는 당신의 삼촌을 보았다. 당신의 삼촌이 내게 다가왔다. 나는 그가 고개를 절레절레 젓는 모습을 보았다.

헤르테르비그 씨, 아직도 침대에 누워 있군요.

당신의 삼촌은 내가 침대에 누워 있다고 말했다. 내가 거기에 대고 무슨 말을 더 할 수 있을까? 내가 침대에 누워 있지 않다고 말할까? 나는 당신의 삼촌, 빙켈만 씨를 쳐다보았다.

네, 그렇습니다, 빙켈만 씨.

나는 몸을 일으켜 침대 가장자리에 걸터앉았다.

공부는 안 합니까?

물론 하죠. 하지만 오늘은 안 합니다. 매일 공부를 할 수는 없습니다. 눈이 피곤해지니까요.

그렇군요.

네, 그렇습니다.

공부를 하지 않는 날에는 침대에 누워 파이프만 피웁니까?

나는 고개를 끄덕였다.

그렇군요.

제게 특별히 원하는 것이 있습니까, 빙켈만 씨?

그렇습니다. 혹시 오늘 헬레네와 만나 대화를 나누었습니까?

빙켈만 씨는 내게 오늘 헬레네와 대화를 나누었느냐고 물었다. 거기에 대고 내가 할 수 있는 말은 무엇이 있을까? 내가 헬레네, 당신과 대화를 나누었다고 말할 수 있을까? 그렇다면 그는 틀림없이 당신에게 손찌검을 할 것이다. 하지만 그는 내가 당신과 대화를 나누었다는 사실을 이미 잘 알고 있다. 그는 당신이 내 방에서 나오는 모습을 보았을 테니까. 그러니까 그는 당신이 나와 대화를 나누었다는 사실을 이미 잘 알고 있는 것이다. 당신이 내 방에 있었다는 사실도. 왜냐하면 당신의 삼촌은 당신이 내 방에서 나오는 것을 보았으니까. 나는 무슨 말이라도 해야만 했다. 당신의 삼촌은 제자리에 서서 나를 뚫어지게 노려보았고, 나는 아무 말도 하지 않았다.

그랬습니까, 헤르테르비그 씨?

빙켈만 씨는 왜 내게 그런 질문을 던지는 것일까?

당신은 내 질문이 이상하다고 생각하나요? 당신은 열대여섯 살밖에 되지 않는 소녀가 당신 같은 남자와 함께 단둘이 한 방에 있는 상황을 받아들일 수 있습니까? 설마 정말 내 질문이 이상하다고 여기는 건 아니겠죠?

나는 고개를 저었다. 빙켈만 씨는 이상하게 말했다. 그의 말은 너무나 딱딱하고 거북하게 들렸다.

자, 그렇다면 내 질문에 대답을 해 보시죠.

나는 조금 전 헬레네가 소리 지르는 것을 들었습니다.

헤르테르비그 씨, 어떤 의미로 그런 말을 하는지 물어봐도 되겠습니까? 보아하니 헤르테르비그 씨는 헬레네가 소리 지르는 것을 좋아하지 않나 보죠. 헤르테르비그 씨는 그 아이가 소리 지르는 것을 좋아하지 않나요? 자, 이제 내 질문에 대답해 보시죠, 헤르테르비그 씨. 오늘 헬레네와 대화를 나눈 적이 있습니까?

아…… 네…….

그렇군요. 헤르테르비그 씨는 헬레네의 아버지가 갑자기 세상을 떠난 뒤, 내가 그녀와 그녀의 어머니를 보호해야 할 책임을 지고 있다는 점도 알고 있습니까? 아무리 당신이 철이 없다 하더라도 그것쯤은 이해할 수 있으리라 믿습니다만.

헬레네와 나는 서로 사랑하는 연인 사이입니다!

빙켈만 씨가 험악한 눈초리로 나를 째려보았다. 그의 귀에는 내 말이 터무니없이 들렸기 때문일까. 빙켈만 씨는 문을 쾅 닫고 방 안으로 성큼 들어왔다. 빙켈만 씨는 창가로 다가가 조금 전 헬레네가 서 있던 바로 그 자리에서 내게 등을 돌린 채 서 있다가 다시 문 쪽으로 걸어가더니 발을 돌려 창가로 성큼성큼 걸어갔다. 빙켈만 씨는 창가에 서서 창문 밖을 내다보았다. 나는 보라색 코듀로이 양복을 입고 침대에 걸터앉아 자신이 생각하는 것보다 상황이 훨씬 심각하다고 말하는 빙켈만 씨의 목소리를 들었다. 나는 빙켈만 씨가 창가에서 몸을 돌려 나를 향해 고개를 절레절레 젓는 모습을 보았다.

세상에, 이럴 수가.

나는 침대에 걸터앉아 빙켈만 씨를 바라보았다. 나는 방금 헬레네와 내가 연인 사이라고 말했다. 내뱉지 않았어야 하는 말을 했던 것이다. 하지만 헬레네와 나는 누가 뭐래도 서로 사랑하는 사이가 틀림없다. 그렇다면 사실을 그대로 말해도 되지 않을까. 왜냐하면 우리는 연인 사이가 확실하니까. 연인 사이가 아니라고 한다면 그건 거짓말이다. 그렇다면 나는 빙켈만 씨에게도 우리가 연인 사이라고 사실대로 말해도 될 것이다.

그렇다면 당신은 당신의 연인에게 무슨 짓을 했습니까?

빙켈만 씨는 성큼성큼 걸어와 내 앞에서 발을 멈추었다. 빙켈만 씨는 내 앞에 서서 나를 째려보았다. 나는 빙켈만 씨를 바라보던 시선을 아래로 떨구었다.

무슨 짓을 했는지 말해 보세요.

나는 빙켈만 씨의 검은 구두를 바라보았다.

대답을 해 보세요. 무슨 짓을 했습니까? 대답을 하지 않을 작정입니까? 당신과 헬레네가 연인 사이라니 도대체 무슨 뜻입니까?

빙켈만 씨는 내 어깨를 거머쥐고 세차게 흔들었다. 나는 고개를 들어 그의 검은 눈동자를 쳐다보았다. 그의 눈동자는 내 얼굴을 노려보고 있었다.

대답해 보세요!

나는 고개를 떨구었다.

대답하세요! 대답을 해 보라고요!

빙켈만 씨는 내게 대답하라고 소리를 질렀다. 그렇다면 나는 무슨 말이라도 해야 한다. 왜냐하면 빙켈만 씨가 내 앞에 서서 그 묵직한 손으로 내 어깨를 거머쥔 채 소리를 지르고 있으니까. 나는 무슨 말이라도 해야만 했다.

아무 짓도 하지 않았습니다.

그럼에도 당신과 헬레네가 연인 사이라고요? 도대체 무슨 의미로 그런 말을 했습니까?

아무것도 아닙니다.

아무것도 아니라고요?

빙켈만 씨의 목소리가 떨리기 시작했다. 그의 손에 힘이 들어갔고, 어깨가 아파 오기 시작했다. 하지만 빙켈만 씨는 내 어깨를 잡아 쥔 손에서 힘을 풀지 않았다.

아무것도 아니라고? 아무것도?

빙켈만 씨는 내 어깨를 더 세차게 거머쥐었다. 나는 고개를 떨구었다.

아무것도?

빙켈만 씨는 내 앞에 서서 내 어깨를 거머쥐었다. 나는 바닥을 내려다보았고, 빙켈만 씨의 목소리는 심하게 떨렸다. 빙켈만 씨는 내 앞에 서서 떨리는 손으로 내 어깨를 꾹 거머쥐고 있었다. 나는 고개를 숙이고 빙켈만 씨의 검은 구두를 내려다보았다. 빙켈만 씨가 내 어깨를 쥐고 앞뒤로 마구 흔들기 시작했다. 하지만 나는 전혀 두렵지 않았다! 나는 두려움을 모르는 사람이다! 빙켈만 씨가 얼마든지 내 어깨를 쥐고 흔들어도 좋다. 나는 전혀 두렵지 않다! 빙켈만 씨가 내 몸을 마구 흔들었으나 나는 너무나 평온했다. 나는 빙켈만 씨를 쳐다보았다. 빙켈만 씨는 내 몸을 흔들기를 멈추었다. 빙켈만 씨가 가만히 서서 나를 내려다보았다.

도대체 그 아이에게 무슨 짓을 했습니까? 대답해 보세요!

나는 고개를 들어 빙켈만 씨의 검은 눈동자를 바라보았다. 빙켈만 씨는 다른 손을 들어 나의 다른 쪽 어깨에 올려놓았고, 나는 팔을 쭉 뻗는 빙켈만 씨를 보았으나 평온함을 유지했다. 내가 지금까지 이처럼 침착하고 평온했던 적은 없었다. 나는 내 어깨를 거머쥔 검은 털이 숭숭 난 통통한 그의 손을 보았다. 빙켈만 씨는 나의 양쪽 어깨를 꽉 거머쥔 채 서 있었고, 나는 지금까지 단 한 번도 느껴 보지 못했던 평온함에 몸을 맡겼다. 나는 빙켈만 씨를 쳐다보았다. 나는 두려움에 떨었어야 하건만, 너무나 평온했다. 조금도 두렵지 않았다. 나는 빙켈만 씨의 검은 눈동자를 쳐다본 후, 다시 시선을 아래로 떨구었다. 내 사랑 헬레네, 나는 당신을 사랑해요, 내 사랑 헬레네! 도대체 지금 무슨 일이 일어나고 있는 걸까요, 내 사랑 헬레네? 빙켈만 씨는 내 어깨를 힘주어 꽉 잡았다. 나는 고개를 들어 그의 검은 눈동자를 쳐다보았다. 그의 검은 턱수염과 벌린 입도 보았다. 나는 너무나 차분하고 평온했다. 지금까지 단 한 번도 경험해 본 적이 없을 정도로.

나는 두렵지 않아요.

빙켈만 씨는 다시 내 몸을 앞뒤로 세차게 흔들었다.

네, 헬레네와 나는 연인 사이입니다.

빙켈만 씨가 내 어깨를 쥐고 있던 손을 내려놓았다.

이 집에서 나가세요.

나가라고요?

네, 물론입니다.

이사를 가라는 말입니까?

네, 그렇습니다.

하지만 저는…….

더 할 말은 없습니다. 이 집에서 나가세요. 지금 당장.

나는 빙켈만 씨가 내게 이 집에서 당장 나가라고 말하는 것을 들었다. 그가 내게 나가라고 말할 수 있을까? 나는 이 집에 이사온 지 얼마 되지도 않았는데? 게다가 나는 헬레네와 서로 사랑하는 사이다! 또한 내가 하숙하는 이 집은 빙켈만 씨의 집이 아니라, 헬레네의 어머니가 소유한 집이다. 나는 당장 나가라는 빙켈만 씨의 말을 들으며 가만히 앉아 있을 수는 없다고 생각했다. 그는 내게 당장 나가라는 말을 할 자격이 없다! 그는 이 집의 주인이 아니니까.

이 집에서 나가세요.

빙켈만 씨는 창가로 걸어가 몸을 돌린 후 나를 째려보았다. 나는 아무 말도 할 수 없었다. 그 자리에 가만히 앉아 있을 수밖에 없었다. 파이프에 불을 붙여 볼까? 아니, 그저 가만히 앉아 빙켈만 씨가 내게 더 이상 여기서 살 수 없으니 당장 나가라고 말하는 소리를 들어야 할까?

오늘 당장 나가세요.

빙켈만 씨가 나를 쏘아보았다.

내가 무슨 말을 하는지 들었죠? 진심으로 하는 말입니다. 여기서 나가세요. 오늘 당장.

나는 침대 가장자리에 걸터앉아 빙켈만 씨가 하는 말을 들었다. 그는 내게 오늘 당장 이 집에서 나가라고 했다. 하지만 나는 갈 곳이 없다. 그럼에도 이 집에서 나가야 한다.

알았습니다.

좋아요.

이 집에서 나가겠습니다.

나는 빙켈만 씨가 방문을 향해 걸어가며 좋아요, 좋아요라고 말하는 것을 들었다. 문 앞에서 발을 멈춘 빙켈만 씨가 나를 돌아보았다.

오늘 저녁 8시 전에 이 집에서 나가세요.

빙켈만 씨가 방문을 연 후 다시 몸을 돌려 나를 보았다.

참, 나머지 방값은 당신에게 돌려드리겠습니다. 그런 일은 정확하게 해야 하는 법이니까요.

빙켈만 씨는 재킷의 안주머니에서 검은 지갑을 꺼내 열었다. 나는 그가 지폐를 세는 것을 보았다. 그가 지폐 한 장을 내밀었다.

자, 여기 있습니다.

빙켈만 씨는 지폐 한 장을 테이블 위 파이프 옆에 내려놓았다.

과분하게 많은 돈이지만 받아 두세요. 대신, 오늘 저녁 8시 이전에는 이 집에서 나가야 합니다.

나는 고개를 끄덕였다. 빙켈만 씨가 방을 나서며 문을 닫았다. 나는 빙켈만 씨에게 오늘 저녁 안에 이 집에서 나가겠다고 말했고, 빙켈만 씨는 내게 방값을 돌려주었다. 복도에서 발소리가 들려왔다. 내가 이 집에서 나갈 수 있을까? 나간다면 도대체 어디에서 살아야 할까? 내 사랑 헬레네는 어디서 만날 수 있을까? 헬레네는 외출을 하지 않는다. 나는 탁자 위에 있는 지폐 한 장을 집어 양복 안주머니에 넣었다. 나는 다시 침대에 누웠다. 대문이 열렸다가 다시 닫히는 소리가 들렸다. 나는 침대에 누워 있었다. 빙켈만 씨는 내 방에 들어와 나를 헤르테르비그 씨라고 불렀다. 그는 내 방에서 왔다 갔다 했고,

내게 오늘 저녁 8시 이전에 이 집에서 나가라고 했다. 나는 갈 곳이 없다. 헬레네, 내 사랑 헬레네는 나와 함께 이 집에서 나갈 수 없다. 왜냐하면 그녀는 이 집에서 살고 있으니까. 내 사랑 헬레네의 집은 바로 이곳이다. 나는 이 집에서 나갈 수 없다. 왜냐하면 내겐 갈 곳이 없기 때문이다. 게다가 내가 이 집에서 나가야 할 이유는 없다. 내가 잘못한 것은 없지 않은가? 나는 단지 이 집, 내 방, 나의 하숙방에 머물러 있었을 뿐이다. 하지만 빙켈만 씨는 내게 이 집에서 나가라고 했다. 나는 헬레네가 안 돼요, 안 돼요라고 소리 지르는 걸 들었다. 아니, 그녀가 정말 소리를 질렀던가? 그녀는 왜 소리를 질렀을까? 빙켈만 씨가 그녀를 추행했던 건 아닐까? 나는 바로 그 때문에 헬레네가 소리쳤다는 것을 잘 알고 있다. 빙켈만 씨가 그녀를 추행했기 때문이다. 하지만 헬레네가 원했던 것도 바로 그것 아니었을까? 바로 그 때문에 내가 이 집에서 나가야 하는 건 아닐까? 이 집에서 빙켈만 씨가 헬레네와 단둘이 있기 위해서라면 굳이 내가 이 집을 나가지 않아도 되지 않을까? 나는 침대에 무작정 누워 있을 수 없다고 생각했다. 나는 아틀리에에 가야 한다. 구데가 나를 기다리고 있을 것이다. 오늘은 한스 구데, 그 유명한 한스 구데가 내 그림을 보러 오는 날이다. 나도 그곳에 가야 한다. 그런데 나는 지금 너무나 차분하고 평온하다. 나는 왜 내가 이토록 차분하고 평온한지 이해할 수가 없었다. 나는 무언가를 해야 한다고 생각했다. 이대로 누워 있을 수는 없다고 생각했다. 나는 무슨 일이라도 해야 한다. 나는 앞으로 머무를 곳이 없다. 앞으로 헬레네는 어떻게 만날

까? 나는 헬레네와 만날 약속을 해야 한다고 생각했다. 하지만 무작정 그녀에게 갈 수는 없지 않은가? 무작정 그녀에게 가서 만날 약속을 하자고 말할 수는 없다. 나는 그런 말을 할 수 없는 사람이다. 적어도 지금은 할 수 없다. 왜냐하면 그녀의 삼촌이 지금 거실에 있기 때문이다. 그녀와 함께. 그녀의 삼촌이 그녀와 함께 소파에 앉아 그녀의 가슴에 손을 올려놓고 있는 지금은 그런 말을 할 때가 아니다. 안 된다! 이런 생각을 하면 안 된다! 나는 이런 생각에서 벗어나야 한다. 구데는 지금 내 그림 앞에 서 있을 것이다. 그는 나를 기다리며 내가 어디 있는지 사람들에게 물어볼 것이다. 다른 학생들에게 오늘 내가 올 것인지, 또는 그가 내 그림을 보러 왔다는 걸 나도 알고 있는지 물어볼 것이다. 구데는 이미 내 그림을 보았을 테고, 내가 그림에 소질이 없다는 걸 알아차렸을 것이다. 한스 구데는 내가 그림을 못 그린다고 생각할 것이다. 한스 구데는 그림에 전혀 소질이 없는 다른 학생들에게 내 그림이 마음에 들지 않는다고 말할 것이다. 나는 체면을 잃었다. 한스 구데는 다른 학생들에게 내가 패배자라고 말할 것이다. 나는 한스 구데가 그런 말을 하도록 가만히 놔둘 수 없다. 나는 아틀리에로 가야 한다. 한스 구데가 내 그림을 어떻게 평가하는지 내 귀로 직접 들어야 한다. 무엇이라도 해야 한다. 앞으로 살 집도 찾아야 한다. 무슨 일이라도 해야 한다. 헬레네는 안 돼요, 안 돼요라고 소리 질렀다. 나는 침대에 가만히 누워 있을 수 없다. 무슨 일이라도 해야 한다. 밖으로 나가야 한다. 짐을 싸야 한다. 나는 아직 이 집의 열쇠를 가지고 있다. 그러니 아직까지는 이 집에 머물 수 있다. 나는 밖으로 나가서 그녀의 삼촌이 집에서 나갔는지 확인해야 한다. 나는 침대에서 몸을 일으켰다. 내 사랑 헬레네. 나는 이제 당신을 떠나야 한다. 그 외에 내가 할 수 있는 일은 없다. 당신은 삼촌과 단둘이 있고 싶어서 나를 이 집에서 내보내려 한다. 당신은 내가 이 집에서 머무르는 것을 원치 않는다. 당신은 나를 내보내고 싶어 한다. 하지만 당신은 내 방에도 찾아오지 않았던가. 당신은 내게 왔다. 나는 방문을 두드리는 사람이 당신이라는 걸 알고 있었다. 나는 당신이 그저 기분 좋은 말을 건네기 위해 나를 찾아오진 않았다는 걸 잘 알고 있었다. 당신이 내 방에 왔던 것은 무언가 마음에 들지 않는 게 있었기 때문이다. 나는 그것을 느낄 수 있었다. 나는 방문을 바라보았고, 당신에게 들어오라고 말했다. 나는 당신이 방문 앞에 서 있는 걸 보았다. 나는 당신이 내 방 안으로 들어오는 걸 보았다. 조금 전, 당신은 내 방으로 와서 문을 두드린 후 방 안으로 들어왔다. 나는 당신이 의자에 앉는 걸 보았다. 나는 당신이 의자에 앉아 시선을 아래로 떨구는 걸 보았다. 나는 지금과 마찬가지로 침대 가장자리에 앉아 있었다. 하지만 나는 당신을 볼 수 없었다. 내가 당신에게 다가갔어야만 했을까? 당신이 원하는 것은 무엇이었던가? 나는 당신에게 물어볼 수밖에 없었다. 당신은 내게 할말이 있다고 했다. 하지만 나는 당신에게 할말이 없었다. 나는 당신을 바라보았고, 당신은 나를 바라보았다. 나는 바닥을 내려다보았다. 나는 당신에게 무슨 일이냐고 물어봐야 했건만, 아무 말도 하지 못했다. 결국 나는 당신에게 무슨 일이냐고 물어보았다. 하지만 당신은 의자에 앉아 앞만 물끄러미 바라보았다. 나는 당신에게 할말이 있느냐고 물어보았다. 당신은 고개만 끄덕였고, 여전히 가만히 앉아 앞만 바라보았다. 당신은 그저 의자에 앉아 있기만 했다. 이제 나는 이 집에서 나가야 한다. 이렇게 앉아 있을 수 없다. 왜냐하면 당신의 삼촌, 빙켈만 씨가 내게 와서 이 집에 더 머무르면 안 된다고 말했기 때문이다. 나는 이 집에서 나가야 한다. 살 곳을 찾아야 한다. 당신은 나와 함께 이 집에서 나갈 수 없다. 당신은 내 방에 와서 방문을 두드렸고, 방 안에 들어와 내게 이 집에서 나가야 한다고 말했다. 당신은 내가 이 집에서 나가기를 원했다. 나는 의자에 앉아 아무 말도 하지 않는 당신을 보았다. 무슨 일이냐고 물어볼 수는 없었다. 당신은 그 말을 스스로 해야만 했다. 당신은 그 말을 할 수밖에 없었다고 했다. 그리고 당신은 고개를 끄덕였다. 당신의 삼촌이 원하는 일이라고 말했다. 그리고 당신은 말을 끊었다. 당신의 삼촌이라는 말만 되풀이했다. 당신의 삼촌. 그리고 당신은 아무 말도 하지 않았다. 당신은 아버지가 세상을 떠났고 삼촌이 집안의 가장이라는 점을 나도 잘 알 것이라고 말했다. 나는 이제 더 이상 여기 앉아 있을 수 없다. 나는 이 집에서 나가야 한다. 내겐 아직도 이 집의 대문 열쇠가 있다. 나는 이 열쇠를 그들에게 줄 수 없다. 바로 그 때문에 나는 빙켈만 씨가 내게 아직 열쇠가 있다는 사실을 기억해 내기 전에 집 밖으로 나가야 한다. 나는 몸을 일으켰다. 밖으로 나가야 한다. 한스 구데를 만나고 싶진 않다. 나는 그가 내 그림을 어떻게 생각하는지 알고 싶지 않다. 나는 다른 곳으로 가야 한다. 내가 갈 수 있는 다른 곳은 얼마든지 있을 것이다. 세상의 모든 사람들은 어디든 갈 곳이 있다. 나는 밖으로 나가야 한다. 지금은 한창 날씨가 좋을 때다. 나는 거리를 걸어야 한다. 말카스텐[9]에 가볼까. 그래, 나도 말카스텐에 갈 수 있다. 내게도 돈이 있으니까. 그렇다, 나는 거기에 가면 된다. 말카스텐에는 다른 화가들도 있을 것이다. 나는 단 한 번도 말카스텐에 가 본 적이 없다. 다른 화가들은 항상 말카스텐에 관해 이야기를 주고받았다. 그림을 못 그리는 화가들. 그들은 항상 말카스텐에서 만났다. 그들은 서로 만나기만 하면 어제도 말카스텐에 갔었다고 자랑스레 말했다. 나는 단 한 번도 말카스텐에 가 본 적이 없다. 말카스텐은 항상 사람들로 가득했다. 그곳은 그림을 못 그리는 화가들로 항상 발 디딜 틈이 없다. 하지만 그들은 저녁 무렵이나 되어야 말카스텐에 가곤 했다. 지금은 말카스텐에 사람들이 그리 많지 않을 것이고, 내겐 돈도 있다. 내 양복 안주머니에는 지폐가 들어 있다. 나는 밖으로 나갈 수 있다. 나는 말카스텐에 갈 수 있다. 나는 단 한 번도 말카스텐에 가 본 적이 없다. 이제 나는 말카스텐에 갈 것이다. 말카스텐에서 몇 시간 앉아 있다가 다시 이곳으로 와서 당신을 만날 것이다. 그때쯤이면 당신의 삼촌도 집에 가고 없을 테니까. 그러면 우리는 만날 수 있다. 당신도 나를 만나길 원하지 않는가? 나는 당신의 풀어 헤친 머리를 다시 볼 수 있

9) Malkasten. 1848년에 발족한 뒤셀도르프 예술인 연합. 여기서는 그 회합이 이뤄진 클럽하우스인 말카스텐하우스를 가리킨다.

을 것이다. 나는 몸을 일으켜 복도로 나갔다. 방문을 닫았다. 이제 나는 빙켈만 씨에게 발소리가 들리지 않도록 소리 없이, 재빨리 복도를 걸어 나가야 한다. 빙켈만 씨가 내 발소리를 듣는다면 틀림없이 내게 열쇠를 달라고 할 것이다. 서둘러야 한다. 나는 대문을 향해 복도를 걸었다. 빙켈만 씨의 소리가 들렸다. 나는 발걸음을 빠르게 했다. 그에게서 벗어나야만 한다. 나는 뚱뚱한 빙켈만 씨보다 훨씬 빨리 달릴 수 있다. 빙켈만 씨는 몸집이 크고 뚱뚱한 반면, 나는 작고 호리호리하다. 빙켈만 씨는 크고 뚱뚱하다. 나는 빙켈만 씨보다 훨씬 빨리 달릴 수 있다. 크고 뚱뚱한 빙켈만 씨보다. 하지만 나는 당신을 두고 나갈 수는 없다. 왜냐하면 빙켈만 씨는 당신과 단둘이 있을 경우 당신에게 온갖 못된 짓을 할 테니까. 나는 빙켈만 씨가 무슨 짓을 할지 잘 알고 있다. 빙켈만 씨는 당신의 가슴을 만질 것이다. 빙켈만 씨는 당신을 추행할 것이다. 내가 할 수 있는 일은 없다. 있다면 빙켈만 씨를 죽이는 일뿐. 나는 대문을 열고 밖으로 나간 후 대문을 닫았다. 복도에서 발소리가 들렸던가? 빙켈만 씨가 오고 있는 건 아닐까? 크고 뚱뚱한 빙켈만 씨가? 나는 계단을 내려갔다. 복도에서 발소리가 들렸던가? 발소리가 대문에 가까워졌던가? 내 귀에 들렸던 것은 발소리였던가? 그것은 당신의 발소리일지도 모른다. 당신이 오고 있는 건 아닐까? 아니, 그것은 내게서 열쇠를 빼앗으려는 빙켈만 씨의 발소리일지도 모른다. 크고 뚱뚱한 빙켈만 씨. 나는 계단 위에 서서 벽에 몸을 기대고 대문이 열리는 걸 보았다. 빙켈만 씨가 얼굴을 내밀고 헤르테르비그라고 내 이름을 외쳤다. 나는 서둘러 계단을 내려갔다.

헤드네드비ㅗ! ㅗ가 다시 소리쳤다.

빙켈만 씨는 내 등 뒤에서 소리쳤고, 나는 계단을 내려갔다.

언제 짐을 가져갈 건가요? 빙켈만 씨가 소리쳤다.

나는 빙켈만 씨가 소리치는 걸 들었다. 그는 내게 언제 다시 와서 짐을 가져갈지 물었다. 하지만 나는 아무 말도 하지 않고 계단을 내려갔다. 빙켈만 씨는 열쇠를 달라는 말은 하지 않았다. 단지 언제 다시 와서 짐을 가져갈지 물었을 뿐. 하지만 나는 짐을 가지러 다시 오지 않을 것이다. 나는 이 집에서 나가지 않을 것이다. 나는 내 하숙방에서 계속 살 것이다. 나는 돌아보지 않을 것이다. 그의 검은 눈동자, 그의 검은 턱수염, 그의 커다랗게 벌린 입을 돌아보지 않을 것이다. 나는 계단을 내려갔다. 빙켈만 씨가 대문을 닫는 소리가 들렸다. 나는 계단을 내려갔다. 내 사랑 헬레네, 당신은 내 방에 와서 문을 두드렸다. 나는 당신이 기분 좋은 말을 하진 않을 것임을 이미 알고 있었다. 그렇다, 나는 이미 잘 알고 있었다. 당신은 의자에 앉았다. 오늘은 당신이 아름다운 자태로 창가에 서서 내게 풀어 헤친 머리를 보여 주지 않을 것임을 이미 알고 있었던 것이다. 나는 당신이 검은 양복을 입고 검은 턱수염과 검은 눈동자를 지닌 당신의 삼촌 빙켈만 씨에 관해 이야기하리라는 것을 알고 있었다. 당신이 하려 했던 말은 무엇이었던가? 나는 당신의 삼촌과 관련된 것이냐고 물었다. 당신은 의자에 앉아 앞만 물끄러미 바라보았다. 나는 계단을 내려갔다. 거리로 향하는 울타리 문을 열고 밖으로 나갔다. 나는 빙켈만 씨가 창가에 서 있지 않기를 바랐다. 그가 창밖으로 몸을 쑥 내밀고 내게 소리치지 않기를 바랐다. 나는 창가에 아무도 서 있지 않기를 바랐다. 아는 사람을 만나고 싶은 생각은 없었다. 나는 아는 사람과 마주치지 않기만을 바랐다. 한스 구데도 만나고 싶지 않았다. 오늘은 그가 내 그림을 보러 올 것이다. 그는 내 그림에 대해 어떻게 생각하는지, 내 그림의 단점이 무엇인지 말할 것이다. 나는 한스 구데와 마주치지 않아야 한다. 나는 말카스텐으로 가야 한다. 나는 말카스텐에 가 본 적이 한 번도 없으나, 오늘은 그곳에 갈 것이다. 말카스텐에 몇 시간 앉아 있다가 다시 내 사랑 헬레네가 있는 예거호프슈트라세로 돌아갈 것이다. 그때쯤이면 당신의 삼촌도 집에 돌아가고 없을 것이다. 그때쯤이면 당신의 삼촌과 마주치지 않을 것이 확실하다. 당신의 어머니도 집에 없을 것이다. 그렇다면 당신과 나, 우리는 단둘이 집에 있을 수 있다. 나는 거리를 걸었다. 인도를 따라 걷기 시작했다. 당신의 삼촌은 어떤 사람인가? 나는 당신에게 삼촌에 관해 물어볼 수밖에 없다. 그는 시도 때도 없이 당신의 집에 오지 않는가. 오후나 저녁 시간을 막론하고, 당신의 어머니가 집에 없을 때면 거의 매번 빙켈만 씨가 모습을 드러낸다. 왜 빙켈만 씨는 그토록 자주 당신의 집에 오는 것일까? 심지어 빙켈만 씨는 내 방문을 두드리고 내 방에 들어오기까지 했다. 그는 나를 헤르테르비그 씨라고 불렀고 하숙방에서 더 살 수 없으니 나가라고 했다. 나는 하숙집에서 나가야 한다. 오늘 당장. 빙켈만 씨는 내게 저녁 8시가 되기 전에 집에서 나가라고 했다. 하지만 나는 집에서 나갈 마음이 없다. 나는 당신, 내 사랑 헬레네와 가까운 곳에서 살기를 원한다. 당신도 나와 가까운 곳에서 살기를 원할 것이다. 나는 당신이 그렇게 원한다는 것을 잘 알고 있다. 왜냐하면 헬레네, 당신과 나는 연인 사이니까. 나는 거리를 걸었다. 나는 내 사랑 헬레네, 당신을 바라보았다. 오늘 당신은 내 방에 와서 의자에 앉아 아무 말도 하지 않았다. 나는 당신이 삼촌에 관해 이야기하고 싶어 한다는 것을 알고 있었다. 당신이 삼촌에 관해 하고 싶었던 이야기는 무엇일까? 나는 당신에게 물어볼 수밖에 없었다. 당신의 삼촌이 무슨 짓을 했으며, 왜 당신은 내게 삼촌에 관한 이야기를 하려 하는지. 당신은 의자에 앉아 바닥만 내려다보았다. 나는 당신에게 하고 싶은 이야기를 하라고 재촉했다. 당신은 삼촌이 나를 쫓아내려 한다고 말했다. 나는 당신을 바라보았다. 내가 이 집에서 나가야 한다고? 나는 어디로 가야 할까? 정말 이 집에서 나가야 한다고? 그렇다면 내 사랑 헬레네와는 앞으로 어떻게 만날 수 있을까? 내가 집을 나가야 하는 이유는 무엇일까? 빙켈만 씨가 혹시 당신에게 자신의 여인이 되어 달라고 말했던 건 아닐까? 나는 당신을 바라보았고, 당신은 의자에 앉아 바닥만 내려다보았다. 나는 왜 내가 집을 나가야 하는지 물어보았다. 당신은 전날 어머니와 삼촌이 대화를 나누던 중 삼촌이 나를 집에서 내보내려 한다고 말했고, 어머니가 삼촌의 말에 동의하는 걸 들었다고 말했다. 나는 말카스텐으로 향하는 거리를 걸었다. 오늘은 나도 돈이 있다. 나는 말카스텐으로 갈 것이다. 처음으로 가 보는 곳. 다른 화가들은 이미 여러 번 그곳에 가 보았다. 심지어는 그림을 못 그리는 화가들조차도. 하지만 나는 말카스텐에 한 번도 가 본 적이 없다. 이제 나는 말카스텐을 향해 걷고 있다. 내겐 돈이 있고, 나는 말카스텐에 갈 수 있다. 당신의 삼촌, 빙켈만 씨는 내게 집에서 나가라고 했다. 나는 집에서 나가야 한다. 나는 말카스텐으로 가고 있다. 나는 살 곳을 구해야 한다. 다시는 당신을 만날 수 없을 것이다. 내 사랑 헬레네, 다시 당신을 만날 수 없을 것이다. 하지만 당신은 나와 만나고 싶어 한다. 그렇지 않은가? 당신과 나는 연인 사이니까. 그렇지 않은가? 우리는 이미 서로에게 연인 사이라고 말했다. 그리고 당신은 내게 당신의 머리카락도 보여 주었다. 당신은 내 방으로 들어왔고 의자에 앉아 바닥만 내려다보았다. 나는 당신의 삼촌이 당신을 소유하려 한다고 짐작했다. 바로 그 때문에 그는 나를 내보내려 하는 것이다. 나는 당신의 삼촌이 당신을 소유하려 하는 이유를 물어볼 수 없었다. 당신은 벌거벗은 몸으로 당신의 삼촌과 함께 있었던가? 함께 무슨 짓을 했던가? 당신은 내가 당신과 해 보고 싶었던 일, 하지만 우리가 함께 해 본 적은 없는 바로 그 일을 당신의 삼촌과 했던 것일까? 아니, 당신의 그 뚱뚱한 삼촌이 당신과 함께 그 일을 했던 것일까? 나는 당신의 삼촌이 털이 덥수룩한 뚱뚱한 손으로 당신의 몸을 만지는 것을 상상했다. 혹시 내 사랑 헬레네는 그녀의 삼촌이 그녀에게 하는 그 모든 추악한 짓을 좋아했을지도 모른다. 아니, 그는 당신이 원하지 않았는데도 그런 일을 했던가? 당신은 그가 하는 대로 가만히 놔뒀었던가? 당신의 삼촌이 너무나 크고 위험한 사람이라 어쩔 수 없었던 것일까? 나는 내 손을 내려다보았다. 내 손은 심하게 떨리고 있었다. 당신도 손을 떨고 있었던가? 어쩌면 당신도 내가 집에서 나가길 원했던 건 아닐까? 나의 방해를 받지 않고 당신의 삼촌과 단둘이 있기 위해서? 그가 뚱뚱한 손으로 당신의 두 다리 사이를 마음껏 만질 수 있도록? 나는 길바닥을 내려다보며 말카스텐을 향해 걸었다. 오늘은 한스 구데가 내 그림을 평가하는 날이지만, 나는 말카스텐으로 가고 있다. 오늘은 노르웨이에서 가장 유망한 젊은 화가, 라스 헤르테르비그가 처음으로 말카스텐에 가는 날이다. 나는 내게 엄청난 재능이 있다는 걸 잘 알고 있다. 그것은 사실이다. 그런 내가 오늘 처음 말카스텐으로 가는 것이다. 내 사랑 헬레네는 나를 기다리고 있다. 나는 곧 내 사랑 헬레네가 있는 집으로 돌아갈 것이다. 당신은 나를 아프게 하진 않을 것이다. 우리는 연인 사이니까. 하지만 당신의 삼촌은 나를 쫓아내려 한다. 내가 당신의 집에서 살 수 없는 이유는 무엇일까? 나는 당신에게 그 이유를 물어봐야 한다. 하지만 당신은 어차피 그 이유를 내게 말해 줄 것이기에 굳이 물어볼 필요는 없을 것이다. 우리는 연인 사이니까. 당신은 내게 이 집에서 나가야 하는 이유를 말해 줘야 한다. 당신 역시, 내가 이 집에서 나가길 원하는지 솔직하게 말해 줘야 한다. 당신은 왜 나를 집에서 쫓아내려 하는가? 당신은 왜 당신의 삼촌과 단둘이 있기를 원하는가? 그는 세상을 떠난 당신의 아버지와 마찬가지로 나이가 많지 않은가? 게다가 그는 당신의 집에 매일같이 찾아온다. 그는 당신의 어머니가 집에 있을 때 온 적도 있지만, 대부분은 당신이 혼자 집에 있을 때 찾아온다. 당신은 왜 내가 아니라 당신의 삼촌과 단둘이 있길 원하는가? 나는 길을 걸으며 의자에 앉아 바닥만 내려다보는 당신을 생각했다. 당신은 왜 나를 쫓아내려 했던가? 헬레네, 당신은 내게 대답해 줘야 한다. 나는 당신의 어머니, 빙켈만 부인의 집에서 하숙을 하고 있는데도 불구하고, 당신은 내게 와서 삼촌인 빙켈만 씨가 나를 쫓아내려 한다고 말했다. 왜? 당신은 내가 집에서 나가야 하는 이유를 설명해 줄 수 있지 않은가? 당신은 그저 막무가내로 내게 와서 집에서 나가라고 말할 수 없다. 나는 당신을 바라보았다. 나는 의자에 앉아 있는 당신을 보았고, 당신은 바닥을 내려다보았다. 당신은 나보다 당신 삼촌을 더 좋아한다. 정말 그런가? 당신의 삼촌이 그 정도로 당신을 기분 좋게 해 주는가? 당신은 고개를 들어 나를 쳐다보았다. 당신은 그 커다란 눈동자로 나를 바라보았다. 당신은 왜 삼촌 편을 드는가? 그건 당신이 스스로 원하는 일이었던가? 당신은 단지 나를 쳐다보기만 했다. 나는 왜 당신이 나를 쫓아내고 싶어 하는지 물어보았다. 나는 떨리는 손을 내려다보았다. 내 손은 심하게 떨리고 있었다. 당신은 삼촌이 나를 쫓아내려 하고, 당신의 어머니도 삼촌의 말에 동의한다고 말했다. 나는 당신을 바라보았고, 당신은 몸을 일으켰다. 나는 의자 앞에 서 있는 당신을 바라보았고, 당신은 발을 떼어 걷기 시작했다. 나는 왜 당신이 나를 쫓아내려 하는지 물어보았다. 당신은 왜 당신의 삼촌과 단둘이 있기를 원하는가? 도대체 내가 무슨 짓을 했길래? 나는 당신의 삼촌이 자주 당신을 괴롭히는지 물어보았다. 내가 집을 나가야 하는 이유는 무엇인가? 당신은 왜 삼촌과 함께 그런 짓을 하는가? 얼마나 오랫동안 그 짓을 해 왔는가? 아주 어린 시절부터 해 왔던 건 아닌가? 도대체 왜? 나는 내 앞에서 발을 멈추는 당신을 보았다. 나는 침대에 앉아 떨리는 손을 내려다보았다. 나는 내 손을 뚫어지게 보았다. 당신은 그가 당신의 몸에 손을 대는 것을 좋아하는가? 그건 그 누구도 아닌 바로 당신이 원하는 일 아니었던가? 그는 당신의 아버지뻘인데도? 나는 내 손을 뚫어지게 보았고, 손은 심하게 떨리고 있었다. 나는 고개를 들었다. 당신의 눈동자가 검게 변했다. 나는 길을 걸으며 당신의 눈동자를 보았다. 나는 당신을 다시 만나야 한다. 나는 당신에게 가야 한다. 나는 어떻게든 당신에게 갈 것이다. 나는 말카스텐으로 가고 있다. 말카스텐에서 몇 시간 머물다가, 당신의 삼촌이 집에 없을 때 당신에게 되돌아갈 것이다. 나는 당신에게 갈 것이다. 나는 당신의 검게 변한 눈동자를 보았고, 문을 열고 복도로 나가는 당신의 모습을 지켜보았다. 나는 길을 걷고 있고, 당신을 만나러 갈 것이다. 이렇게 사라질 수는 없다. 나는 당신을 잃지 않을 것이다. 나는 길을 걷고 있다. 곧 말카스텐에 도착할 것이다. 나는 오늘 처음으로 말카스텐에 가는 길이다. 만약 그곳에서 아는 사람을 만나지만 않는다면 모든 일은 순조롭게 풀릴 것이다. 나는 말카스텐이 텅 비어 있기를 바랐다. 단 한 사람도 없이. 오늘은 내가 난생처음으로 말카스텐에 가는 날이다. 나는 말카스텐에 들어섰을 때 그곳에 내가 아는 사람이 없기를 바랐다. 말카스텐에 앉아 있는 사람이 단 한 명도 없었으면 좋겠다고 바랐다. 나는 오늘 말카스텐에 간다. 난생처음으로. 혹시 문을 닫았으면 어떡할까? 나는 단 한 번도 말카스텐에 가 본 적이 없다. 이제 나는 그곳에 가고 있다. 나는 길을 따라 걷고 있다. 다음 모퉁이에서 방향을 틀면 말카스텐의 문이 보일 것이다. 나는 말카스텐에 갈 것이다. 나는 말카스텐에서 몇 시간 앉아 있다가 내 사랑 헬레네, 당신에게 되돌아갈 것이다. 나는 모퉁이를 돌았다. 나는 그림을 못 그리는 화가들과 마주치지 않기를 바랐다. 아무도 나를 발견하지 않기를 바랐다. 나는 모퉁이를 돌았고, 말카스텐 간판을 보았다. 말카스텐 안에선 빛이 새어 나오고 있었다. 그렇다면 나는 안에 들어갈 수 있다. 내겐 돈도 있다. 나는 말카스텐에 단 한 번도 가 본 적이 없다. 그곳에는 그림을 못 그리는 화가들이 모여 있다. 그들은 만나기만 하면 어제 말카스텐에 갔어, 또는 내일 말카스텐에서 보자고 말한다. 하지만 나는 단 한 번도 말카스텐에 가 본 적이 없다. 나는 오늘 말카스텐에 갈 것이다. 말카스텐 안쪽에서 빛이 새어 나왔다. 이제 나도 말카스텐에 갈 수 있다. 오늘은 내게 돈이 있으니까. 나는 문을 향해 걸어갔다. 나, 라스 헤르테르비그, 하타르보그 출신의 라스, 모자를 닮은 섬 출신의 라스, 그도 말카스텐에 갈 것이다. 그림을 못 그리는 화가들이 모이는 곳. 라스 헤르테르비그도 난생처음으로 말카스텐에 발을 들여놓을 것이다. 나는 문을 열었다. 빛이 쏟아졌다. 너무나 밝은 빛. 그리고 담배 연기. 발길을 돌리기엔 늦었다. 나는 안으로 들어가야 한다. 말카스텐의 문 안으로 들어가야 한다. 왜냐하면 나는 갈 곳이 없기 때문이다. 바로 그 때문에 나는 말카스텐 안으로 들어갈 수밖에 없다. 나는 문을 열고 안으로 들어갔다. 말카스텐에 조금 머물러야 한다. 나는 말카스텐에서 한두 시간 앉아 있다가 다시 당신에게 갈 것이다. 그때쯤이면 당신의 삼촌은 자기 집에 돌아가고 없을 것이다. 나는 그때쯤, 예거호프슈트라세로 되돌아갈 것이다. 이제 나는 고개를 들고 말카스텐 안을 둘러볼 것이다. 나는 말카스텐에 그림을 못 그리는 화가가 한 명도 없기만을 바랐다. 나는 말카스텐 문 안쪽에 서 있었다. 알프레드가 보였다. 그림을 못 그리는 화가들 중 한 명, 항상 말카스텐 이야기를 하는 사람들 중 한 명, 알프레드가 원형 테이블 앞에 앉아 신문을 뒤적거리고 있었다. 나는 알프레드와 마주치기 싫었다. 알프레드가 나를 발견하지 않기만을 바랐다. 하지만 나는 지금 말카스텐에 이미 발을 들였고, 알프레드는 말카스텐에 앉아 있다. 나는 테이블 앞에 앉아 신문을 내려다보는 알프레드를 바라보았다. 그는 고개를 들지 않았다. 나는 곧 내 사랑 헬레네에게 되돌아갈 것이다. 나는 당신에게 되돌아갈 것이다. 당신은 나를 기다리고 있을까? 나는 알프레드의 어깨 너머 말카스텐의 안쪽을 바라보았다. 텅 비어 있었다. 알프레드만 없었더라면 나는 말카스텐에 홀로 있을 수 있을 텐데. 나는 오늘 난생처음으로 말카스텐에 와 보았다. 내겐 돈이 있다. 나는 혼자 있고 싶었다. 이른 시간이었기에 말카스텐에는 사람들이 거의 없었다. 하지만 그곳에는 알프레드가 있었다. 나는 알프레드와 함께 앉고 싶지 않았다. 나는 혼자 앉아 있고 싶었다. 나는 알프레드와 대화를 나누기 싫었다. 나는 혼자 있고 싶었다. 왜냐하면 알프레드는 그림을 못 그리니까. 그는 그림을 못 그리는 화가들 중 한 명이다. 나는 그와 대화를 나누고 싶은 마음이 없었다. 나는 테이블에 홀로 자리를 잡고 앉을 것이다. 내 양복 안주머니에는 돈이 있다. 빙켈만 씨는 내가 방값을 너무 많이 냈다면서 돈을 돌려주었다. 나는 이제 말카스텐에서 무언가를 살 수도 있다. 내겐 지불할 돈도 있다. 나는 알프레드를 지나쳐가야만 한다. 테이블에 홀로 앉아 있고 싶었으니까. 그렇다, 나는 홀로 앉아 있고 싶었다. 나는 술집 안쪽으로 들어갔다. 알프레드가 앉아 있는 원형 테이블을 지나쳤지만 신문을 보던 그는 고개도 들지 않았다. 나는 술집 안쪽으로 들어갔다. 알프레드가 나를 발견하지 않기만을 바랐다. 만약 그가 나를 발견한다면 나는 어쩔 수 없이 그와 대화를 나눌 수밖에 없을 것이다. 나는 술집 안쪽으로 발을 옮겼다. 나는 곧 내 사랑 헬레네에게 되돌아갈 것이다. 나는 술집 안쪽으로 더 들어갔다. 알프레드는 여전히 내게 눈길도 주지 않았다. 나는 난생처음으로 말카스텐에 들어왔다. 나는 노르웨이의 젊은 화가들 중 가장 큰 재능을 가진 사람이며, 난생처음으로 예술가들의 아지트, 뒤셀도르프의 말카스텐에 발길을 했다. 나는 그저 그런 평범한 사람이 아니다. 나는 라스 헤르테르비그. 나는 그림을 잘 그린다. 나는 정말 그림을 잘 그릴 수 있다. 나는 술집 안쪽으로 들어갔다. 나는 말카스텐의 가장 구석진 곳에 자리를 잡고 앉을 것이다. 나는 거기 혼자 앉아 있을 것이다. 내겐 돈도 있다. 나는 무언가를 살 수도 있다.

아니, 이게 누구야! 하타르보그 아닌가!

물론 그건 알프레드가 외치는 소리였다. 알프레드는 말카스텐이 떠나가도록 소리를 질렀다. 하지만 나는 내납하지 않을 것이다. 나는 모른 척 말카스텐의 가장 구석진 곳으로 갈 것이다. 나는 술집의 가장 안쪽으로 갔다. 나는 난생처음 말카스텐에 왔고, 내겐 돈도 있다. 알프레드 때문에 내가 원치 않는 일을 하진 않을 것이다.

하타르보그!

알프레드가 다시 소리를 질렀다. 나는 대답하지 않을 것이다. 나는 구석진 곳으로 발을 옮겼다.

여기 와서 앉게나!

알프레드는 나, 하타르보그에게 함께 앉자고 소리쳤다. 원형 테이블에 그와 함께. 하지만 나는 알프레드와 함께 앉아 있고 싶은 마음이 없었다. 왜냐하면 알프레드는 그림을 못 그리니까. 그는 그림을 못 그리는 화가들 중 한 명이고, 나는 그와 함께 자리할 마음이 없었다. 내겐 돈도 있고, 애인도 있다. 내 사랑 헬레네. 나는 알프레드와 함께 앉고 싶지 않았다. 나는 술집 안쪽으로 갔다. 내겐 돈이 있고, 나는 그림을 잘 그린다. 나는 내가 원하는 대로 할 것이다.

헤르테르비그!

알프레드가 다시 소리쳤다. 그는 소리 지르는 걸 멈추지 않았다. 헬레네, 당신은 왜 내게 몸을 돌려 알프레드에게 한 마디 해 보라고 부추겼을까? 왜 당신은 내게 알프레드와 함께 앉아야 한다고 말했을까? 나는 알프레드와 함께 원형 테이블에 앉고 싶지 않았다. 나는 단지 홀로 있고 싶을 뿐이었다. 그런데도 당신은 내게 알프레드와 함께 앉아야 한다고 말했다. 나는 알프레드와 함께 앉아 있고 싶지 않다. 나는 걸음을 멈추고 고개를 돌려 알프레드를 보았다.

여기 와서 앉아!

헬레네, 당신은 내게 알프레드와 함께 앉으라고 말했다. 나는 원형 테이블로 걸어가 알프레드 곁에 앉았다.

보아하니 오늘은 하타르보그가 일찍 움직이려고 작정했나 보군. 나쁘지 않아. 그건 그렇고 구데가 무슨 말을 하던가? 그가 자네 그림을 좋아하던가?

구데?

음, 그가 오늘 자네 그림을 보러 온다고 하지 않았나?

나는 알프레드를 쳐다본 후 테이블 위로 시선을 떨구었다.

난 가지 않았어.

용기가 없었나 보군?

그런 건 아냐.

사실, 나도 오늘 아틀리에에 가지 않았어.

알프레드는 신문을 테이블 위에 내려놓고 나를 바라보았다.

그랬군.

늦잠을 잤거든. 눈을 뜨자마자 여기로 왔어.

알프레드가 맥주잔을 들어 올렸다.

그렇군.

이건 두 번째 잔이자 마지막 잔이야.

나는 맥주를 마시는 알프레드를 보았다. 그는 맥주를 한 모금 들이켠 후 잔을 테이블 위에 내려놓았다.

술은 꼭 마셔 줘야 해.

그렇지.

그건 그렇고, 자네는 구데를 만날 용기를 낼 수 없었던 건가?

글쎄.

난 이해할 수 있어. 사실은 나도 그를 만날 용기가 없었거든. 안 그랬다면 난 오늘 아틀리에에 갔을 거야. 하지만 난 그에게 보여 줄 그림이 없었어. 일은 그렇게 됐어.

나는 고개만 끄덕였다.

최근엔 거의 그림을 그리지 못했어. 붓을 잡지도 않았거든. 알프레드가 말했다.

그랬군.

알프레드는 다시 잔을 들어 올려 맥주를 한 모금 들이켠 후, 잔을 내려놓았다.

그림을 그릴 수가 없어. 자네는 어떤가, 하타르보그? 잘 지내고 있어?

꽤 만족스럽게 지내고 있지.

알프레드가 나를 바라보았다. 나는 시선을 아래로 떨구었다. 나도 술을 사야 할 텐데, 내겐 돈이 없다. 내 수중에 있는 쥐꼬리만 한 돈은 모두 다른 이들에게서 받은 것이다. 나는 술을 사서 마실 형편이 아니다. 내겐 돈이 거의 없다. 나는 술을 마시면 안 된다. 나는 돈을 모아야 한다. 내게 있는 돈은 모두 다른 이들에게서 받거나 빌린 돈뿐이다. 나는 생계와 학업을 위해 정기적으로 후원금을 받는다. 나는 돈이 없는 가난한 사람이다. 하지만 한스 가브리엘 부크홀트 순트, 그는 돈이 많은 부자다. 내 수중에 있는 돈은 모두 그가 보내 준 돈이다. 나는 술로 그 돈을 없앨 수 없다. 그런데 내 사랑 헬레네, 당신은 왜 내게 알프레드에게 가라고 말했던가? 나는 홀로 있고 싶었는데. 아니, 나는 오직 당신과 함께 있고 싶었지만, 당신은 삼촌과 함께 있고 싶어 나를 집에서 내보내지 않았던가. 당신은 왜 항상 당신의 삼촌과 함께 있으려 하는가? 당신은 나와 함께 있어야 하지 않는가? 우린 연인 사이니까. 나는 여기 앉아 있을 수 없다. 나는 곧 집으로 되돌아가야 한다. 나는 곧 내 사랑 헬레네가 기다리고 있는 예거호프슈트라세로 가야 한다. 그녀가 아름다운 피아노 음악을 연주했던 바로 그 집으로. 나는 말카스텐에 잠시 들렀을 뿐이다. 나는 이곳에 오래 머물지 않을 것이다. 여기 무작정 앉아 있을 수만은 없다. 나는 곧 여기를 떠나야 한다. 왜냐하면 헬레네의 삼촌, 빙켈만 씨가 그녀를 가만히 놔두지 않기 때문이다. 내 사랑 헬레네. 그녀의 삼촌은 그녀에게 못된 짓을 한다. 헬레네, 당신의 삼촌은 아무도 없는 집에서 당신을 추행하기 위해 내게 집을 나가라고 했다. 나는 이곳에 무작정 앉아 있을 수 없다. 나는 왜 내가 말카스텐에 왔는지 이해할 수가 없다. 나는 단 한 번도 이곳에 온 적이 없지만 말카스텐에 대해선 너무나 많이 들었다. 바로 그 때문에 이곳에 한번 와 보고 싶었을 것이다. 하지만 나는 여기 오래 앉아 있을 수 없다. 나는 얼른 여기를 나가야 한다. 내 사랑 헬레네가 그녀의 삼촌과 단둘이 있는 걸 견딜 수 없기 때문이다. 나는 왜 내가 말카스텐에 왔는지 이해할 수 없다. 알프레드가 나를 바라보았다. 나는 알프레드를 바라보지 않을 것이다. 나는 몸을 돌려 술집 안쪽을 바라보았다. 나는 그곳에서 너울거리는 희고 검은 천을 보았다. 그 희고 검은 천은 내게로 다가오고 있었다. 다시 내게로 다가오고 있는 것이다. 나는 희고 검은 천을 뚫어지게 바라보았다. 맞은편에 앉아 있던 알프레드가 내게 무슨 일이냐고 물었다. 자넨 왜 아무것도 없는 곳을 그렇게 뚫어지게 바라보고 있나? 나는 희고 검은 천이 내게로 다가오는 것을 바라보았다. 나는 자리에서 일어나야 한다. 이곳에서 나가야 한다. 헬레네! 당신은 내 말을 들을 수 있는가? 내게 한 마디만이라도 해 줄 수는 없는가? 당신은 왜 내게 알프레드와 같은 테이블에 앉으라고 말했던가. 나는 그와 함께 앉아 있고 싶지 않았는데도? 이제 나는 당신에게 갈 것이다. 하지만 희고 검은 천이 내게 다가오고 있었다. 천은 내게로 바짝 다가왔다. 그것은 내 주위를 계속 빙빙 돌았다. 희고 검은 천. 내 주위를 쉴 새 없이 빙빙 도는 천. 혼자선 움직일 수 없는 천이건만 그 희고 검은 천은 지금 내 주위를 빙빙 돌고 있다. 마치 사람처럼. 하지만 그것이 사람이 아니라는 건 누구나 볼 수 있다. 그것은 동물도 아니다. 왜냐하면 그것은 말도 할 수 없고 짖을 수도 없기 때문이다. 그것은 단지 바라볼 뿐이다. 그것은 쉴 새 없이 나를 뚫어지게 바라보며 내 주위를 빙빙 돌고 있다. 그것은 내게 바짝 다가왔다가 팔 하나의 거리를 두고 다시 멀어지기를 반복하며 움직였다. 그것을 향해 말해 봐야 소용없다. 하지만 그것이 내게 다가오면 나는 그것을 향해 말하는 것 외에 다른 일은 할 수 없다.

비켜! 나를 더 괴롭히지 말라고!

말카스텐에는 나 외에 한 사람이 더 있다. 그림을 못 그리는 화가. 말카스텐에서 나와 함께 앉아 있던 그가 나를 향해 웃기 시작했다. 나는 그가 웃는 소리를 들었다. 그는 왜 웃는 것일까.

도대체 지금 누구에게 말하는 거지? 그가 내게 물었다.

하지만 그는 그림을 못 그린다. 웃고 싶으면 웃으라지.

자넨 그림을 못 그려.

하지만 나는 그림을 잘 그린다. 나, 라스 헤르테르비그는 그림을 잘 그릴 수 있다. 그러나 나와 함께 앉아 있는 사내, 그는 그림을 못 그린다. 그가 그림을 못 그리기 때문에 나는 그에게 그림을 못 그린다고 말할 수 있는 것이다. 희고 검은 천이 내게 바짝 다가오더니 다시 조금 떨어져 거리를 두고 나를 빙빙 돌았다. 나는 검은 옷을 입고 하얀 앞치마를 두른 웨이트리스가 맥주잔과 술잔을 들고 테이블 사이를 돌아다니는 걸 보았다. 그녀는 테이블 사이를 돌아다니며 작은 술잔에 독주를 따른 후 테이블 위에 내려놓았다. 그녀는 큰 잔에는 맥주를, 작은 잔에는 독주를 따랐다. 희고 검은 천이 내 주위를 빙빙 돌게 만드는 건 바로 그 웨이트리스다. 그녀가 내게 윙크를 했다. 이곳에서 모든 것을 결정하는 이는 바로 그녀다. 내 주위를 빙빙 도는 희고 검은 천을 움직이는 것도 바로 그녀다. 내게서 평화를 빼앗기 위해, 나를 괴롭히기 위해, 그 희고 검은 천은 내 주위를 빙빙 돌고 있다. 그것은 내게 바짝 다가왔다가 멀어지기를 반복한다.

비켜! 사라지라고!

나는 천이 내게 바싹 다가오는 걸 원하지 않았다. 혼자 있고 싶었다.

내게 다가오지 마!

도대체 지금 누구에게 이야기하는 거야? 나의 곁에 앉아 있는 사내가 내게 물었다.

희고 검은 천은 내게 딱 붙어 떨어지지 않았다. 검은 옷을 입고 하얀 앞치마를 두른 웨이트리스가 테이블 앞에 서서 내 곁에 앉아 있는 사내, 그림을 그리고 싶어 하지만 그림을 못 그리는 알프레드의 앞에 맥주잔을 내려놓았다. 그는 나와 함께 꽤 오래 앉아 있었다. 그는 그림을 못 그린다. 그의 이름은 알프레드, 그는 그림을 그릴 수 없는 사람이다. 그 역시 흰색과 검은색의 옷을 입고서 쉴 새 없이 이야기를 한다. 하지만 그가 대화를 나누는 사람은 내가 아니라 웨이트리스다. 내가 무슨 말을 하면 그는 나를 쳐다보기만 한다. 나와 함께 앉아 있는 사내는 나를 쳐다보기만 한다. 나는 이곳에서 나가야 한다. 나는 이곳에 오래 머무를 수 없다. 왜냐하면 마주 앉아 있는 사내가 나를 뚫어지게 쳐다보기 때문이다.

이제 가 봐야겠어.

그러게나. 마주 앉은 사내가 말했다.

자넨 정말 불쾌해. 내가 그를 향해 말했다. 모두들 나를 불쾌하게 대한다고.

우린 자네를 불쾌하게 대한 적이 없어.

아냐, 그건 사실이 아냐.

웨이트리스가 우리 테이블 앞에 섰다. 희고 검은 옷을 입은 그녀는 원형 테이블의 맞은편에 섰고, 그녀의 희고 검은 옷이 나를 향해 다가왔다. 그녀의 희고 검은 옷은 쉴 새 없이 움직였다. 그것은 나를 향해 가까이 다가왔다가 다시 멀어지기를 쉴 새 없이 반복했다.

아무도 당신을 괴롭히지 않아요. 왜 그런 말을 하나요? 웨이트리스가 물었다.

그녀가 테이블 앞에 서서 가슴을 내게 쑥 내민 채 나를 내려다보았다. 그녀는 내게 미소를 지었고, 나는 그들이 나를 괴롭힌다고 말했다.

그렇지 않아요. 웨이트리스가 말했다.

맞아요. 그들은 나를 괴롭히고 나를 불쾌하게 만들어요.

도대체 그들이 당신에게 무슨 짓을 했다고 그런 말을 하나요?

웨이트리스는 테이블 앞에 서서 내게 가슴을 쑥 내민 채 미소를 지었다.

내 주위에서 쉴 새 없이 춤을 춰요. 내게 바짝 다가왔다가 멀어지기를 반복하면서.

당신 주위에서 춤을 춘다고요?

나는 웨이트리스가 내게 가슴을 내밀며 미소짓는 걸 보았다. 그녀는 내 곁에 앉아 있는 사내, 그림을 못 그리는 알프레드를 향해 눈을 찡긋했다. 윙크를 반복하는 웨이트리스의 눈꺼풀이 너무나 느릿하게 내려와 눈동자를 덮었다가 다시 위로 올라갔다. 그녀의 말도 역시 느릿느릿 입 밖으로 나왔고, 희고 검은 천은 내게 바짝 다가와 나를 에워쌌다. 그 천은 내게서 멀어지는가 싶더니 다시 다가왔고, 다시 멀어지더니 내게 바짝 다가왔다. 천은 내게서 팔 하나 길이를 두고서 멀어졌다 다가오기를 반복했다. 나는 희고 검은 천이 왔다 갔다 움직이는 그 자리에 더 앉아 있을 수 없었다. 무슨 일이라도 해야만 했다. 몸을 일으켜 소리쳐 볼까. 나는 그 희고 검은 천을 쫓아내야 한다. 천이 나를 가지고 놀도록 가만히 놔둘 수는 없다. 그들이 귓속말을 주고받았다. 웨이트리스는 내 곁에 앉아 있는 사내의 등 뒤에 서서 고개를 숙이고 그의 귀에 속삭였다. 그녀는 그에게 귓속말을 했고, 그는 미소를 지으며 고개를 돌려 마치 지붕 위를 쳐다보듯 그녀의 눈꺼풀 아래를 바라보았다. 내 곁에 앉아 있던 사내는 지붕 위를 쳐다보았다. 그는 자리에 앉아 고개를 들어 위를 쳐다보았고 미소를 지으며 고개를 끄덕였다. 웨이트리스는 한 발짝 뒤로 물러서더니 다시 몸을 숙였다. 이번에는 그가 그녀의 귀에 대고 무슨 말인가를 속삭였고, 그녀는 쉴 새 없이 고개를 끄덕였다. 그가 그녀에게서 몸을 멀찍이 떼고 그녀를 쳐다보았다. 두 사람은 서로를 향해 고개를 끄덕였다. 쉴 새 없이 고개를 끄덕였다. 화가라고 자칭하는 그는 그림을 못 그린다. 그는 자기가 그림을 잘 그리는 줄로만 안다. 하지만 그가 그림을 못 그린다는 것은 모두가 다 아는 사실이다. 그는 웨이트리스가 그림을 잘 그리는 사람을 좋아할 것이라고 생각한다. 바로 그 때문에 그는 그림을 그리고 싶어 한다. 하지만 웨이트리스는 진실로 그림을 잘 그리는 사람만 좋아한다. 그와 같은 사람을 좋아하지는 않는다. 왜냐하면 그는 그림을 못 그리기 때문이다. 반면 나는 그림을 잘 그린다. 그것은 모두가 다 아는 사실이다. 심지어는 구데도 알고 있다. 말카스텐에는 알프레드라는 이름을 가진 사내를 비롯해 그림을 못 그리는 화가들이 모여 앉아 술과 독주를 마신다. 나는 그림을 잘 그리지만 이젠 나도 여기 앉아서 술과 독주를 마실 수 있다. 내게도 돈이 있으니 나도 술과 독주를 마실 수 있다. 커피를 마실 수도 있다. 하지만 알프레드라는 사내는 그림을 못 그린다. 그는 그저 큰 소리로 웃거나 떠들썩하게 말을 하고 웨이트리스의 귀에 대고 나직이 속삭일 뿐이다. 그게 바로 그가 할 수 있는 일의 전부다. 그는 쉴 새 없이 펄럭이며 움직이는 희고 검은 천이지만, 그림을 그리지 못한다. 그의 이름은 알프레드고 그림을 못 그리는 화가다. 하지만 그는 웨이트리스의 귀에 대고 속삭이는 일은 매우 잘한다. 알프레드는 자리에 앉아 웨이트리스의 귀에 무슨 말인가를 속삭였다. 알프레드와 웨이트리스는 서로를 팔로 감싸 안았다. 웨이트리스가 그의 무릎 위에 앉았다. 그녀가 그의 무릎 위에 앉아 한 팔로 그의 목을 감싸 안았다. 그의 팔은 그녀의 등에 머물러 있다. 웨이트리스가 일어나 바 계산대 뒤로 가더니 맥주 한 잔을 더 가져왔다. 그녀는 알프레드의 무릎에서 일어나 우리의 뒷자리에 있는 테이블로 갔다. 그녀는 그곳에 앉아 있는 다른 남자의 무릎 위에 앉아 한 팔로 그의 목을 감싸고 그의 지저분하고 더러운 뺨을 어루만졌다. 그녀가 그의 뺨을 어루만졌다. 웨이트리스는 그의 목에 자신의 얼굴을 기댄 채 그를 올려다보더니 그의 목에 키스를 했다. 잠시 후, 그녀가 다시 우리 테이블로 와서 내게 미소를 건넸다. 그녀가 내게 고개를 끄덕이며 미소를 건네더니 내게 가까이 다가왔다. 그녀의 입에서는 미소가 사라지지 않았다. 몸에 꽉 끼는 검은 옷을 입고 흰 앞치마를 허리에 두른 그녀가 내게 다가왔다. 흰 앞치마가 가장자리만 살짝 흔들렸다. 그녀가 발을 움직이는 동안에도 앞치마는 마치 바람에 흔들리듯 가장자리만 살짝 팔락거렸다. 흰 앞치마는 그녀가 걸을 때마다 가볍게 움직였다. 이제 그녀가 미소를 지으며 가벼운 발걸음으로 내게 다가오고 있다. 그녀는 걸으면서도 미소를 짓는다. 그녀는 빨리 걷고 있지만 그녀의 움직임은 느릿느릿하다. 내 곁에 앉아 있는 알프레드는 아래만 내려다보고 있다. 그녀가 내게 다가왔다. 그녀가 미소를 짓고 있다. 나는 맞은편에 앉아 있는 사내를 바라보았다. 그는 자리에 앉아 입가에 미소를 띤 채 아래만 내려다보고 있다. 그는 웃고 있다. 그는 자리에 앉아 미소를 지었고, 웨이트리스는 그의 무릎 위에 앉았다. 웨이트리스가 미소를 지으며 내게 다가왔다. 그녀는 미소를 지으며 내게 다가왔다가 나와 함께 앉아 있는 그의 무릎 위에 앉았다. 나는 이런 식으로는 그림을 그릴 수 없다. 그런 모습을 볼 수가 없다. 왜냐하면 웨이트리스가 미소를 지으며 내게 다가왔다가 나와 함께 앉아 있는 사내의 무릎 위에 앉았기 때문이다. 그녀가 그의 뺨에 입을 맞추었다. 웨이트리스가 그의 뺨에 입을 맞추었다. 웨이트리스는 내 앞에 서 있다가 희고 검은 천과 함께 어디론가 사라졌다.

라스, 더 안 마실 건가요? 웨이트리스가 물었다.

그녀는 내 앞에 서서 술을 더 마시라고 권했다. 마치 내가 이미 술을 마시고 있었던 것처럼. 하지만 나는 단지 여기 앉아 있었을 뿐이다. 의자 위에. 몇 시간이나 앉아 있었을까. 나는 술을 한 방울도 마시지 않았다.

라스, 더 안 마실 건가요? 웨이트리스가 물었다.

웨이트리스가 내게 미소를 지었다. 왜 그녀는 내 이름을 부르는 것일까? 그녀는 왜 내게 라스라고 말하는 것일까? 그녀는 내 이름이 라스라는 것을 어떻게 알았을까? 그녀는 내가 하타르보그 출신의 라스라는 것을 어떻게 알았을까?

맥주 한 잔 어때요, 라스? 독주는요?

웨이트리스는 검은 옷에 흰 앞치마를 두르고 내 앞에 서 있었다. 그녀는 원형 테이블의 맞은편에 서서 내게 무언가를 마시라고 권했다. 하지만 내겐 돈이 거의 없다. 나는 가슴을 내밀며 너무나 아름답게 미소짓는 그녀에게 차마 내 수중에 돈이 없다는 것을 말할 수 없었다.

맥주 한 잔.

라스 헤르테르비그 씨에게 맥주 한 잔 가져올게요. 그녀가 말했다.

나는 내 곁에 앉아 있는 사내를 바라보았다. 그녀는 방금 전까지만 해도 그의 무릎 위에 앉아 그의 목을 감싸고 있었고, 그는 그녀의 등에 손을 올려놓았다. 웨이트리스는 그의 무릎 위에 앉아 있었다. 이제 그녀는 발을 옮겨 걷기 시작한다. 나는 손을 올려 눈을 비볐다. 눈을 질끈 감았다. 눈을 감았다가 다시 떴다. 희고 검은 천이 내 주위에서 빙빙 돌았다. 나는 천을 움직이는 게 웨이트리스라는 사실을 잘 알고 있다. 희고 검은 천을 조종하는 것은 바로 그녀이며 천이 재빨리 움직이거나 느릿느릿 움직이는 것도 다 그녀 때문이라는 걸 잘 알고 있다. 희고 검은 천이 내게 가까이 다가와 나를 에워싸더니 다시 멀어졌다. 그것은 내게 바짝 붙었다가 다시 멀어졌다. 천이 내게 다가와 펄럭이더니 나를 천 안으로 끌어들이려 했다. 내가 다른 이들과는 달리 그림을 잘 그리기 때문에 천이 나를 원하는 것이다. 바로 그 때문에 천은 나를 가만히 놓아두지 않는다. 그들은 그림을 그리지 못한다.

자넨 그림을 못 그려.

내가 그림을 못 그린다고? 함께 앉아 있던 사내가 되물었다.

응.

그러는 자네는 그림을 잘 그리는가 보군.

나는 그림을 잘 그려. 티데만도 그림을 잘 그리지.

자네도 그림을 못 그리긴 마찬가지야. 하지만 자네는 그림을 잘 그리는 지인을 알고 있고 운 좋게 그림을 팔았던 적도 있지. 자네가 하고 싶은 이야기는 바로 그거야. 그가 내게 말했다.

난 그림을 두 장이나 팔았어.

두 장.

난 그림을 잘 그려.

그건 자네 생각일 뿐이야. 자넨 그림을 못 그려. 하지만 구데는 무슨 이유에선지는 몰라도 자네 그림을 한 장 팔아 주었어. 그가 말했다.

난 그림을 잘 그릴 수 있어.

알았어. 자넨 티데만보다 더 훌륭하고 구데보다 더 나은 화가야. 그런데 왜 자넨 구데 밑에서 공부를 하고 있나? 자넨 고향에 머무를 수도 있잖아. 스타방에르라고 했던가?

난 그림을 잘 그려.

알았어. 자넨 그림을 잘 그리니까 지금 당장 고향으로 돌아가도 될 거야.

나는 그림을 잘 그린다. 희고 검은 천은 얼마든지 움직여도 좋다. 나는 그것을 잘 볼 수도 있다. 물론 나는 희고 검은 천을 똑똑히 볼 수 있다. 그런 이유에서 희고 검은 천은 이제 더 움직이지 않아도 된다. 왜냐하면 나는 이미 그것을 보았고, 나는 그림을 잘 그리니까. 하지만 나는 이런 식으로는 그림을 그릴 수 없다. 희고 검은 천이 내 주위에서 쉴 새 없이 움직인다면 나는 그림을 그릴 수 없다. 나는 희고 검은 천이 내 얼굴 앞으로만 다가오지 않는다면 제멋대로 움직여도 개의치 않는다. 나는 내 얼굴만은 방해받고 싶지 않다. 아무도 내 얼굴을 방해할 수 없다. 바로 그 때문에 나는 파이프에 불을 붙여야 한다. 희고 검은 천이 내 얼굴 앞에서 어른거리는 걸 용납할 수 없기 때문이다. 내게 바짝 다가왔다가 멀어지기를 반복하며 펄럭이는 희고 검은 천. 그것은 내게서 팔 하나의 거리를 두고 쉴 새 없이 움직인다. 나는 홀로 조용히 있고 싶다. 적어도 내 얼굴만은 방해받지 않고 싶다. 나의 파이프는 테이블 위에 있다. 파이프 옆에는 가루 담배와 성냥도 있다. 희고 검은 천이 내게 더 가까이 다가온다면 담배 연기로 그것을 쫓아낼 것이다. 파이프를 들어 올려 담배를 꾹꾹 눌러 넣은 후 연기를 피워 그것을 쫓아낼 것이다. 나는 파이프를 들어 올렸다. 별안간 내 곁에 앉아 있던 사내가 내 손에서 파이프를 낚아챘다.

파이프를 돌려줘.

무슨 파이프?

자네가 내 파이프를 가져갔잖아.

이건 내 거야.

아냐, 자네가 내 파이프를 가져갔어.

나는 그가 내 파이프를 자신의 양복 주머니에 집어넣는 것을 보았다. 나는 몸을 일으켜서 그의 어깨에 손을 얹었다.

자네가 내 파이프를 가져갔어.

이건 내 거야. 방금 내 양복 주머니에 넣은 파이프는 내 돈으로 직접 산 거라고.

아냐, 그건 내 거야. 얼른 내 파이프를 돌려줘.

나는 방금 내 파이프를 주머니에 넣었던 사내가 고개를 젓는 것을 보았다. 나는 그의 어깨에 손을 올리고 그를 바라보았다.

이건 내 파이프야. 자네가 가져가기 전에 내가 미리 손을 쓴 것뿐이라네.

왜 자네는 거짓말을 하지?

자넨 내가 자네 파이프를 가져갔다고 했어. 젠장. 자넨 도대체 왜 그래?

내가 어쨌다고?

자네는 지금 거짓말을 하고 있잖아?

난 거짓말을 하지 않았어.

아냐, 거짓말을 하는 건 바로 자네야. 자네는 내가 자네의 파이프를 가져갔다고 말했잖아. 하지만 내가 가져간 것은 바로 내 파이프라고.

그건 내 거야.

쳇. 젠장.

얼른 내 파이프를 돌려줘.

자네 것을 사용하면 되잖아. 그가 말했다.

나는 그가 가져간 내 파이프를 다시 가져오기 위해 그의 어깨에서 손을 떼었다. 그는 내 파이프를 가져갔다. 나는 내 파이프를 되가져 올 것이다. 나는 그의 주머니에 손을 넣었다. 그가 내 손목을 움켜쥐었다. 그가 내 손목을 힘주어 꽉 쥐었다.

내 파이프를 돌려줘.

날 좀 가만히 놔둘 수 없겠나? 그가 말했다.

나는 다른 손을 들어 내 손목을 움켜잡고 있는 그의 손을 떼내려 했다. 하지만 그는 나의 다른 손마저도 꽉 움켜쥐었다.

그만해. 그가 말했다.

자네나 그만해.

이건 내 파이프야. 그가 말했다.

난 담배를 피울 거야. 그러니 내 파이프를 돌려줘.

꼭 이렇게 해야만 하나?

파이프를 돌려받을 때까지 난 포기하지 않을 거야.

자넨 이 파이프를 다시 돌려받지 못할 거야.

나는 그에게 잡힌 손을 빼내려 했지만 그는 내 손목을 꽉 움켜쥐고 놓아주지 않았다. 그는 내 손을 쥐고 있었고, 나는 그와 함께 서 있었으며, 그는 내 손목에서 손을 떼지 않았다. 나는 그와 함께 말카스텐에 서 있었다. 어느새 말카스텐은 사람들로 가득했고, 나는 원형 테이블 앞에 서 있었으며, 출입문과 우리 주위에는 사람들이 빽빽했다. 테이블에 앉아 있는 사람들은 너 나 할 것 없이 모두 우리를 쳐다보았다. 여기저기를 둘러보는 눈동자들 사이로 희고 검은 천이 내게 다가왔다. 그것은 너무나 빠른 속도로 다가와 나를 에워쌌다. 내게 바짝 다가온 천은 갑자기 멀어졌다. 수많은 눈동자들이 나를 향하고 있었고, 희고 검은 천은 다시 내게 다가왔다. 모두 자리에 앉아 나를 뚫어지게 쳐다보았다. 빈 테이블은 거의 없었다. 앞 테이블, 뒤 테이블에 앉아 있던 사람들이 모두 내게로 다가왔다. 희고 검은 옷을 입은 채. 내게 다가온 희고 검은 천은 내 몸을 감쌌다. 그들이 우리를 향해 다가왔다. 희고 검은 천들이 내게로 다가오고 있었다. 내게로 다가오는 옷들, 나를 향해 움직이는 옷들, 천들이 내게 다가오고 있었다. 의자에 앉아 있는 사람들의 눈동자가 내게로 다가왔다. 흰 천이 다가와 내 머리 위에 내려앉았다. 나는 머리 위에 내려앉은 천 때문에 앞을 볼 수 없었다. 숨을 쉴 수도 없었다. 나는 곁에 앉아 있던 사내의 양복 주머니에 손을 넣은 채 서 있었다. 사내의 이름은 알프레드. 그림을 못 그리는 사람. 내 손은 그의 주머니 속에 있는 파이프에 닿았다. 하지만 나는 그의 주머니에 손을 넣은 채 무작정 서 있을 수만은 없었다. 그의 양복 주머니에 손을 넣은 채 가만히 서 있는 것은 있을 수 없는 일이다. 하지만 그는 내 손을 꽉 움켜쥐고 있었고, 희고 검은 천은 내 머리를 가리고 있었다. 나는 숨을 쉴 수가 없었다. 나는 천이 펄럭이며 잠깐 공간을 내어 줄 때만 재빨리 숨을 쉴 수 있었다. 의자에 앉아 나를 바라보던 사람들에게서 천이 빠져나왔다. 그들의 눈동자에서부터 천이 빠져나왔다. 내 주위에 있는 모든 테이블, 모든 사람들, 그리고 그들의 눈동자에서부터 시작된 이 움직임은 허공을 거쳐 내게 다가왔다. 마치 나를 잡으려는 듯이. 내 주위에 있던 사람들은 모두 나를 잡으려 했다. 그것이 바로 지금 일어나고 있는 일이다. 나는 말카스텐에 있고, 의자에 앉아 있던 사람들과 그들의 눈동자는 나를 향하고 있었으며, 그들의 눈동자는 나를 잡아먹으려고 했다. 내 손은 나와 함께 앉아 있던 사내의 양복 주머니 속에 있고, 나는 파이프를 쥐고 있다. 왜냐하면 내 파이프가 그의 양복 주머니 속에 있으니까. 나는 힘이 세다. 나는 내 손목을 잡아 쥔 그의 손을 떼어내려 했다. 그러면 그럴수록 그는 더욱 힘을 주어 내 손을 움켜쥐었다. 하지만 나는 힘이 세다. 원한다면 힘을 써도 좋겠지만, 그러면 파이프가 망가져 버릴 것이다. 나는 그를 바라보았다. 그도 나를 바라보았다.

자네는 그림을 못 그려. 내가 그에게 말했다.

자넨 계속 여기 이렇게 서 있을 텐가?

자네는 그림을 정말 못 그려. 다른 이들도 마찬가지야.

그럼 구데는?

나는 고개를 저었다.

티데만은?

자넨 그림을 못 그려.

알았어. 정 그렇다면 내가 그림을 못 그리는 것으로 하자고.

그가 내 손을 더욱 힘주어 움켜쥐는 바람에 손이 아파 오기 시작했다. 하지만 나는 아프다는 말을 하지 않을 것이다. 나는 파이프만 되가져 오면 된다. 나는 파이프를 되가져 올 것이다.

파이프를 돌려줘.

이제 좀 그만하시지.

자네가 그림을 잘 그릴 때까지는 그만두지 않을 거야.

나는 희고 검은 천이 멀어지는 것을 보았다. 그것은 더 이상 내 몸을 에워싸지 않았다. 이제 천들은 테이블 앞 각자의 자리로 돌아갔다. 천들은 돌아갔지만, 그들의 눈동자는 여전히 나를 향하고 있었다. 술집 안쪽의 한 테이블 앞에 웨이트리스가 서서 미소와 함께 무슨 말인가를 하며 술을 따르고 있었다. 이제 웨이트리스는 그림을 못 그리는 사내, 내 파이프를 가져간 사내, 알프레드의 무릎 위에 앉아 있지 않다. 웨이트리스는 또 다른 노르웨이 출신의 화가 앞에 서서 술을 따르고 있다. 그는 보둠일까? 그렇다. 보둠. 나는 그와 대화를 나눠 본 적이 있다. 그는 그림을 제법 그리지만 나처럼 잘 그리지는 못한다. 웨이트리스는 그림을 제법 그릴 수 있는 사람에게 술을 따른다. 그녀는 그림을 못 그리는 화가에겐 술을 따라 주지 않는다. 웨이트리스가 몸을 돌려 우리를 바라보았다. 그녀가 우리에게 다가왔다. 그녀가 내게 미소를 지었다. 웨이트리스가 내게 다가와 한 손을 내 어깨에 얹었다. 나보다 키가 큰 그녀가 비스듬히 나를 내려다보았다. 웨이트리스가 내게 미소를 지었다.

무슨 일이죠, 라스?

나는 아무 말도 하면 안 된다. 나는 단지 그렇게 서 있을 뿐. 나는 아무 말도 할 수 없었다.

왜 이렇게 서 있나요, 라스? 웨이트리스가 내게 말했다.

나는 아무 말도 할 수 없었다. 나와 함께 앉아 있던 알프레드가 내 파이프를 가져갔다고 해도 그녀는 믿지 않을 것이다. 그녀는 내 파이프를 훔치지 않았다는 알프레드의 말만 믿을 것이고, 내게 자리에 앉으라고 말할 것이며, 내게 알프레드의 파이프에 손을 대지 말라는 말만 할 것이다. 그렇다면 나는 그녀가 시키는 대로 자리에 앉을 수밖에 없다. 왜냐하면 그녀는 말카스텐에서 서빙을 보고 있으며 여차하면 주인을 데려올 수도 있으니까. 그렇다. 그녀는 나를 밖으로 쫓아낼 수도 있다. 그렇다면 나는 말카스텐에서 나갈 수밖에 없다. 그러면 그림도 못 그리는 알프레드는 힘들이지 않고 내 파이프를 손에 넣게 될 것이다. 바로 그 때문에 나는 아무 말도 할 수가 없다. 나는 웨이트리스를 바라보았다. 그녀는 그림을 못 그리는 알프레드라는 이름을 가진 사내를 내려다보고 있었다.

도대체 무슨 일인가요?

알프레드는 내가 그의 파이프를 훔쳐 갔다고 말했다.

나는 알프레드의 눈꺼풀이 천천히 내려오는 걸 보았다. 나는 그의 눈꺼풀이 점점 커져 얼굴 한 부위의 살갗처럼 커다랗게 변하는 걸 보았다. 나를 향해 쭉 뻗어 있는 그의 긴 눈썹도 아래쪽으로 느릿느릿 내려와 한동안 제자리에 가만히 있었다.

곧 얼굴의 한 부분처럼 보였던 그의 눈꺼풀이 다시 천천히 위로 올라갔다. 살갗 뒤에 있던 동그랗고 거뭇거뭇한 것이 벌건 핏줄에 둘러싸여 웃음을 자아내고 있었다. 살갗이 사라지자 웨이트리스가 눈을 찡긋했다. 그녀가 나와 함께 앉아 있던 사내에게 윙크를 했다.

이제 자리에 앉아요, 라스. 이렇게 계속 서 있을 수는 없잖아요. 웨이트리스가 말했다.

웨이트리스는 내게 자리에 앉으라고 말했다. 나는 그렇게 서 있을 수 없었다. 웨이트리스가 서서 나를 내려다보며 내게 앉으라고 말했기 때문이다. 하지만 나는 자리에 앉을 수 없었다. 왜냐하면 알프레드라는 사내가 내 손을 꽉 쥐고 있기 때문이다. 알프레드가 내 손을 놓아주었다. 나는 그가 잡고 있던 손을 보았다. 그의 손가락이 있던 자리는 핏기가 사라졌고 그 주위의 피부는 발갛게 변해 있었다. 하지만 그는 양복 주머니에 있는 내 손은 놓아주지 않았다. 파이프를 쥐고 있는 내 손을 그가 여전히 잡고 있었던 것이다.

파이프를 돌려줘.

나는 알프레드를 바라보았고, 그는 웨이트리스를 바라보며 고개를 절레절레 저었다. 알프레드는 웨이트리스를 바라보며 킥킥 코웃음을 쳤다.

이 사람은 내가 자기 파이프를 훔쳤다고 하는군요. 알프레드가 말했다.

알프레드는 웨이트리스를 바라보며 고개를 절레절레 저었다.

그런 말을 하면 안 돼요, 라스. 그녀가 나를 바라보며 말했다.

그래서 내가 지금 이 자의 손을 꽉 움켜쥐고 있는 거예요.

나와 함께 앉아 있던 사내, 알프레드라는 이름을 가진 사내가 껄껄 웃기 시작했다. 웨이트리스도 그를 따라 함께 웃기 시작했다. 알프레드는 내 손을 놓아주었고, 나는 내 손을 내려다보았다. 손목 둘레에 그의 손가락 자국이 선명히 남아 있었다. 나는 자리에 앉았다. 조금 전 앉아 있던 바로 그 자리에, 내 파이프를 훔쳐 간 사내와 함께 앉았다. 웨이트리스가 나를 보며 미소를 지었다. 그녀가 나를 향해 너무나 아름다운 미소를 지었다. 그녀는 테이블 맞은편에 서서 내게 눈부시도록 아름다운 미소를 던졌다. 나는 고개를 돌려 알프레드를 바라보았다.

자네는 그림을 못 그려.

자넨 그 말을 벌써 수십 번도 더 했어. 그가 말했다.

뭐라고 했나요? 웨이트리스가 물었다.

이자가 내 파이프를 가져갔어요. 내가 그녀에게 말했다.

나를 바라보던 웨이트리스가 고개를 돌려 내 곁에 앉아 있던 남자를 바라보았고, 나도 고개를 돌려 그를 바라보았다.

당신이 이 사람의 파이프를 가져갔나요? 그렇다면 당장 돌려주셔야죠. 그녀가 말했다.

내 곁에 앉아 있던 남자는 웨이트리스에게 미소를 지으며 고개를 절레절레 저었다. 알프레드라는 이름의 사내는 자리에 앉아 웨이트리스에게 미소를 지었다. 나는 그를 바라보았다.

자넨 그림을 못 그려.

그는 내가 하는 말을 들은 척도 않고 웨이트리스에게 미소만 지었다.

내 파이프를 돌려줘.

나는 다시 웨이트리스를 바라보았다. 검은 옷에 하얀 앞치마를 두른 그녀도 나를 바라보았다.

당신은 왜 이 사람이 그림을 못 그린다고 말하나요? 웨이트리스가 물었다.

그건 이자가 그림을 못 그리기 때문이에요. 지금까지 그림을 한 점도 못 팔았어요.

그림을 팔지 못했다 하더라도 그 때문에 그림을 못 그린다고 말할 수는 없어요.

이자는 그림을 두 점이나 팔았어요. 노르웨이 예술인 협회에 팔았죠. 바로 그 때문에 이자는 자기가 그림을 꽤 잘 그린다고 착각하는 것 같아요. 알프레드가 말했다.

나는 고개를 떨구었다. 어쩌면 나는 그림을 못 그리는 사람일지도 모른다. 아니, 나는 그림을 잘 그릴 수 있다. 나는 그림을 그릴 수 있다. 나는 사물을 잘 볼 수 있다. 나는 모든 것을 볼 수 있고, 심지어는 다른 이들의 눈에 띄지 않는 것조차도 볼 수 있다. 바로 그 때문에 나는 그림을 그릴 수 있는 것이다. 나는 그림을 잘 그릴 수 있다.

자네는 그림을 못 그려. 내가 말했다.

이제 그만하시지. 알프레드가 말했다.

자네는 실력 없는 화가야. 자네는 그림을 그리고 싶어 하지만, 그림을 잘 그리지 못해.

그건 그렇고……. 웨이트리스가 내게 말했다.

네.

그건 그렇고 당신 돈 있나요? 주문한 맥주를 가져오기 전에 알아야 해서 그래요.

내 파이프를 가져간 사내가 소리 내어 웃기 시작했다. 그림도 못 그리는 사내, 그가 테이블 위로 몸을 굽힌 채 껄껄 웃었다. 하지만 그의 웃음소리는 평범한 웃음소리와 그다지 다르지 않았다. 그가 웃음을 멈추고 내 양복 주머니 속에 손을 쑥 집어넣었다.

자네에게 돈이 있나? 내게 오늘 저녁 한턱 낸다고 약속했으니 돈은 가져왔겠지?

그가 다시 소리 내어 웃기 시작했다. 나는 웨이트리스를 바라보며 고개를 절레절레 저었다.

내겐 돈이 많지 않아.

맥주 한 잔 살 돈도 없나요? 웨이트리스가 물었다.

나는 양복 안주머니에서 지갑을 꺼내 열었다. 지갑은 텅 비어 있었다.

오늘은 돈이 없어요. 오늘은 돈을 가져오지 않았어요. 하지만 곧 돈이 올 거예요.

후원자에게서. 알프레드가 말했다.

나는 바닥을 내려다보았다. 그는 꼭 내가 후원자에게서 돈을 받는다고 말했어야 했을까. 부모님이나 친척이 아니라 후원자에게서 돈을 받는다고. 나의 부모님에겐 돈이 없다. 알프레드는 내가 가난한 집안 출신이며, 그 때문에 아무것도 아니라고 말하고 있다. 알프레드는 웨이트리스에게 바로 그렇게 말했던 것이다.

자네 친척들도 생활이 변변치 않은가 보군. 알프레드가 말했다.

친척들 모두 퀘이커교 신자들이야.

그가 내 말에 다시 웃기 시작했다. 알프레드라는 이름의 사내, 그림을 못 그리는 사내가 테이블 위로 몸을 숙이고 껄껄 웃었다.

모두 퀘이커교 신자들이라고?

알프레드는 웃음을 멈추지 않았다.

맞아, 그렇다네.

모두 퀘이커교 신자들이라니. 퀙퀙.

알프레드가 테이블 위로 몸을 굽히고 크게 웃었다.

맞아.

퀘이커교 신자들도 의자에 앉아서 맥주를 마시나? 나는 오리들처럼 땅에 앉아서 술을 마시는 줄 알았지. 퀙퀙.

난 퀘이커교 신자가 아냐.

젠장, 자네도 퀘이커교 신자잖아. 방금 자네 입으로 그렇게 말했으면서.

퀘이커교 신자들은 적어도 다른 사람들에게서 파이프를 훔치진 않아.

알았어, 알았다고. 이제 자네 파이프를 가져가게나. 퀙퀙. 하하.

알프레드가 주머니에서 파이프를 꺼내 테이블 위에 올려놓았다. 나는 구부정한 파이프와 그 옆에 있는 담배, 그리고 담배 위에 있는 성냥갑을 보았다. 파이프를 돌려준 건 잘한 일이라고 말하는 웨이트리스의 목소리가 들렸다. 그녀는 원형 테이블의 맞은편에 서서 눈빛에 미소를 담아 나를 바라보고 있었다. 그녀는 가느다란 손가락으로 내 뺨과 내 눈꺼풀을 어루만졌다. 누군가가 라스, 라스라고 말하는 목소리가 들렸다. 당신의 목소리였던가. 헬레네? 오, 그 어느 때보다 더 아름다운 자태로 서 있는 당신.

당신은 오늘 참 아름답군요.

내게 하는 말인가요? 웨이트리스가 내게 물었다.

나는 웨이트리스가 조금 전과는 다른 곳에 서 있는 것을 보았다. 그럼요, 나는 오늘 아름다워요. 라스, 당신에게 잘 보이기 위해서죠라고 말하는 웨이트리스의 목소리가 조금 전과는 다른 곳에서 들려왔다. 나는 고개를 들었지만 눈에 보이는 건 좁은 골목길을 걷는 도장공 타스타의 덥수룩한 턱수염뿐이었다. 내가 발을 멈추자 그도 발을 멈추었다. 도장공 타스타는 내게 자신의 집으로 오라고 했다. 그는 대문에 페인트칠을 해야 한다고 말했다. 나는 타스타의 집으로 갔고, 그는 내 어깨에 손을 올려놓았다. 이 문은 천국으로 향하는 문일세. 라스, 자네는 이 문에 천국으로 향하는 길을 그려야 해. 일단 작업실로 함께 가서 페인트와 붓을 가져오자고. 자네가 그려야 하는 건 빛이라네. 내면의 빛. 나와 자네가 볼 수 있는 빛. 그리고 그곳에 그녀가 서 있었다. 가느다란 손가락, 창백한 얼굴의 그녀는 하얀 드레스를 입고 서 있었다. 나는 그녀에게 오늘 참으로 아름답다고 말했다. 그녀는 라스, 당신도 오늘 참 멋져 보여요라고 말했다. 타스타는 넓적한 손을 내 어깨에 올린 채 걸었다. 타스타와 나. 우리는 비좁은 골목길을 함께 걸었다. 얇고 하얀 드레스를 입은 그녀는 가느다란 손가락을 내 손에 얹은 채 사뿐사뿐 걸었다. 타스타는 내게 그림을 잘 그린다고 했다. 천국으로 향하는 문에 페인트칠 하는 작업을 내게 맡기는 것도 바로 그 때문이라고 했다. 타스타가 작업실 문을 열었다. 그녀는 문께에서 발을 멈추었다. 하얀 드레스를 입은 아름다운 여인. 나는 고개를 돌려 그녀를 바라보며 그녀에게 함께 들어가자고 말했다. 그녀는 작업실에 페인트와 물감과 붓 등이 너무 많기 때문에 옷이 쉽게 더러워진다며 문밖에 서 있겠다고 했다. 나는 고개를 끄덕이며 문 안으로 들어갔다. 타스타는 다른 화가 지망생들이 작업 중인 2층으로 올라갔다. 나는 그들을 만나고 싶지 않았다. 아무도 만나고 싶지 않았다.

나는 그들과 마주치기 싫어요.

누구와 마주치기 싫다는 거야? 내 곁에 앉아 있던 사내가 물었다.

타스타가 계단 위에서 발을 멈추었다. 그는 내게 다른 화가 지망생들을 만나고 싶지 않느냐고 물었다. 나는 고개를 저었다. 그는 내게 아래층에서 기다리라고 말했다.

자네는 여기 없는 사람들과 대화하는 걸 그만둬야 해. 내 곁에 앉아 있던 사내가 말했다.

타스타는 계단 위에 서서 내게 미소를 지었다. 타스타는 내가 참으로 독특한 사람이지만 그림 하나는 잘 그린다고 말했다. 그는 직접 그림을 그려 본 적도 있고 다른 이들이 그린 그림도 자주 보았지만 나처럼 그림을 잘 그리는 사람은 본 적이 없다고 했다. 나는 뒤에 서 있던 여인을 돌아보았다. 얇고 하얀 드레스를 입은 그녀는 너무나 아름다웠다. 나는 옷 속에 숨겨진 그녀의 가슴을 볼 수는 없었지만 부드러운 가슴 윤곽은 볼 수 있었다. 하얀 드레스를 입은 그녀는 내 뒤에 서 있었고, 내 앞의 계단 위에는 타스타가 서 있었다. 타스타는 내게 천국으로 향하는 문을 그리라고 말했다. 나는 앞에 서 있는 타스타를 향해 고개를 돌렸다.

천국으로 향하는 문을 그리겠습니다.

지금 뭐라고 했나? 뭘 하겠다고? 내 곁에 있던 사내가 물었다.

아무것도 아냐.

그렇군. 내 곁에 있던 사내가 말했다.

자넨 그림을 못 그려. 내가 그에게 말했다.

희고 검은 천이 내게 다가오고 있었다. 천은 자취를 감추었다가 다시 내게 다가와 나를 에워쌌다. 내 몸에 거의 닿을 듯 바짝 다가왔다. 타스타의 온화한 눈동자가 희고 검은 천 사이를 비집고 들어왔다. 하얀 천은 그의 눈이 되었고 검은 천은 그의 동공이 되었다. 문득, 어디선가 갑자기 푸른 천이 모습을 드러냈다. 푸른 눈동자와 눈가의 주름 뒤에서 얼굴이 만들어졌고 그것은 타스타의 얼굴이 되었다.

여기 이자는 계속 내가 그림을 못 그린다고 해요. 내 곁에 있던 사내가 말했다.

나는 알프레드라는 사내를 바라보았다. 그는 웨이트리스를 향해 말하고 있었다.

타스타는 내게 자네는 그림을 정말 잘 그려, 라스, 나만 그렇게 생각하는 게 아니라 모든 사람들이 그렇게 생각해라고 말했다. 검은 조끼를 입은 타스타가 검은 모자챙이 드리운 그림자 아래에서 고개를 끄덕였다. 타스타는 푸른 눈동자로 나를 뚫어지게 바라보았다. 나는 그의 눈빛 앞에서 평온해졌다. 타스타는 내게 작업실로 함께 가자고 말했다. 하얀 옷을 입고 내 뒤에 서 있던 여인은 헬레네였다. 헬레네가 스타방에르에 온 것이다. 그녀가 어떻게 스타방에르까지 왔을까? 이곳 독일에서부터! 내 사랑 헬레네는 나를 만나기 위해 스타방에르까지 왔고, 내 뒤에 서 있다. 스타방에르의 뉘가타. 내 사랑 헬레네는 지금 작업실 문밖에 서 있다. 내 사랑 헬레네는 뒤셀도르프의 예거호프슈트라세에서 스타방에르까지 온 것이다. 내 사랑 헬레네는 부드러운 가슴 윤곽이 드러나는 하얀 드레스를 입고 내 뒤에 서 있다. 내 앞에 있는 계단 위에는 타스타가 서 있다. 타스타는 퀘이커교 신자다. 헬레네는 독일에서 가장 아름다운 여인이다. 이제 나는 내 침대와 탁자와 세면대가 있는 하숙방으로 가야 한다. 내 침대. 하얀 침대보가 덮여 있는 내 침대로.

맥주 한잔하지 그래, 라스? 내 곁에 있던 사내가 말했다.

아냐, 괜찮아.

희고 검은 천. 빙켈만 부인의 검은 드레스, 하얀 목깃, 내 머리처럼 거의 검은색으로 보이는 짙은 갈색의 머리카락. 그녀의 입이 벌어지면서 미소를 만들어 냈다. 그녀의 검은 미소는 내 발을 집어삼키고 놓아주지 않는 구렁텅이다. 나는 한쪽 발을 구렁텅이에 집어넣은 채 서 있다. 머리 위에는 갈매기들이 날아다니고 있다. 구렁텅이 옆에는 작은 곶이 있고, 파도는 육지를 향해 부딪혀 온다. 해안의 돌멩이와 모래, 거뭇거뭇한 바윗돌을 향해. 차가운 구렁텅이에 빠진 내 발은 축축하게 젖어 왔다. 나는 발을 끌어 올렸다. 몸을 숙이고 앞으로 나아가며 젖은 발을 힘껏 끌어당겼다. 한 발짝 앞으로 내밀었다. 가능한 한 멀찍이 발을 내밀었지만, 이번에는 다른 쪽 발이 구렁텅이에 빠졌다. 나는 다시 발을 끄집어내 눈앞에 보이는 작은 언덕을 향해 발을 옮겼다. 마침내 숲 가장자리의 환한 빛이 내리쬐는 덤불에 이르렀다. 나는 벌린 입 같은 축축한 구렁텅이에서 발을 끄집어냈고, 검은 드레스 같은 습지를 지나 앞으로 발을 옮겼다. 나는 저 멀리 수면 위에 내려앉은 빛을 향해 조심스레 한 발 한 발 앞으로 옮겼다. 앞으로 앞으로, 빛을 향해, 밝은 빛이 자리한 저 앞으로. 빛 아래는 하얀 세상이 자리했고, 머리 위, 저 높은 곳에는 구름이 있었다. 푸른색, 하얀색의 구름은 희미하게 사라져 가고 있었다. 나는 발을 질질 끌며 앞으로, 앞으로 걸었다. 축축한 습지, 거뭇거뭇한 흙에서 발을 끄집어내 앞으로 나아갔다. 하얀 창문이 자리한 저 위쪽은 너무나 고요했다. 나는 하얀 페인트칠을 한 창문을 향해 발을 옮겼다. 앞으로! 습지에서 발을 빼내고, 젖은 발을 질질 끌며 바다를 향해 걸었다. 습지를 향해 파도를 밀어 보내는 바다를 향해 앞으로 앞으로 걸었다. 이 세상에서 벗어나기 위해! 시시각각 다른 색으로 변하는 구름을 향해, 오랜 기억을 향해. 나는 빙켈만 부인의 벌린 입과 두텁지도 가늘지도 않는 그녀의 입술에서 벗어나기 위해 걸었다. 그녀의 벌린 입을 감싸고 있는 입술은 내게 방문 뒤의 작은 다락방, 그곳이 내가 머무를 곳이라고 말했다. 내가 살 곳은 그곳. 나는 그곳에 들어갔다. 방문 뒤의 작은 다락방. 그곳에는 침대와 탁자와 세면대가 있었다. 그녀는 침대에선 담배를 피우면 안 된다고 말했다. 집 안에서 담배를 피워도 되지만 침대 위에서는 담배를 피우면 안 된다고 했다. 나는 그렇게 해서 빙켈만 부인의 집에서 살게 되었다. 그녀의 집 2층. 예거호프슈트라세의 2층. 항상 기억해야 한다. 예거호프슈트라세. 빙켈만 부인. 그곳. 나는 다시 그곳으로 돌아가야 한다. 예거호프슈트라세로, 하타르보그로. 나는 더 이상 이 도시, 이 집에서 살 수 없다. 나의 아버지와 다른 화가 지망생들이 있는 이곳. 나의 아버지. 그리고 예거호프슈트라세의 집. 갑자기 사방이 고요해졌다. 희고 검은 천은 자취를 감추었다. 하지만 나의 아버지와 타스타는 한 사람인 듯 구별할 수 없었다. 그리고 내 뒤에 있는 그녀의 하얀 드레스. 내 등 뒤, 문밖에 서 있는 하얀 드레스. 그리고 타스타. 갑자기 사람들이 모여들었다. 크고 작은 목소리. 나는 말카스텐에 조용히 앉아 있었다. 나는 난생처음으로 말카스텐에 와 보았다. 내 사랑 헬레네는 알프레드 곁에 앉으라고 말했다. 나는 지금 말카스텐에 앉아 있다. 쉴 새 없이 사람들이 문을 열고 말카스텐에 들어섰다. 그리고 나의 아버지. 그리고 하얀 드레스를 입은 가느다란 손가락의 헬레네. 나는 당신에게 갈 것이다. 나는 이제 당신에게 가야 한다. 누군지 모를 사람이 내 어깨에 손을 얹고 애인이 있느냐고 물었다. 나는 고개를 들었다. 보둠의 얼굴이 보였다. 그의 얼굴을 보니 반가웠다. 보둠은 얼굴 가득히 미소를 담고 있었다. 그의 미소는 내게 다가왔다가 멀어지더니 허공에 붕 떠서 제자리를 지켰다. 보둠은 그렇게 미소를 짓고 있었다.

라스, 소문에 듣자니 자네에게 애인이 생겼다고 하던데? 보둠이 말했다.

내게 말하는 사람은 보둠이었다. 그리고 내 뒤에는 하얀 드레스를 입은 그녀가 서 있었다.

자네에게 애인이 생겼는지 내가 묻고 있잖아.

나는 풍성한 금발을 절레절레 저으며 내 눈을 바라보는 보둠을 보았다.

보둠!

거기 서 있는 사람은 바로 보둠이었다. 보둠도 말카스텐에 온 것이다. 친애하는 보둠이 말카스텐에 왔다.

라스!

당신도 애인이 있잖아요, 보둠.

자네를 말카스텐에서 본 건 오늘이 처음인 것 같군. 그가 말했다.

나는 보둠의 눈을 쳐다보았다. 그의 눈이 미소를 짓고 있었다. 나는 보둠의 미소짓는 눈이 축축하고 거뭇거뭇한 구렁텅이로 변하는 걸 보았다. 철썩하는 소리와 함께 내 발이 그 구렁텅이 속으로 빠졌다. 나는 힘껏 발을 들어 올렸지만 구렁텅이에서 빠져나올 수가 없었다. 저 앞에 있던 밝은 빛이 내게 다가오더니 나를 구렁텅이 속으로 더 깊숙이 밀어 넣었다. 나는 내 곁에 서서 내 어깨에 한 손을 얹은 채 나를 내려다보는 보둠을 바라보았다. 코듀로이, 보라색 코듀로이! 고급 코듀로이 양복, 보라색 코듀로이 재킷. 구멍 밖에 서 있는 사람은 타스타였던가! 그렇다, 거기에는 타스타가 서 있었다! 그런데 그의 검은 옷은 어디로 갔을까? 그의 검은 옷이 눈에 보이지 않았다! 희고 검은 천은 어디로 자취를 감추었을까? 정말 사라진 것일까? 정말? 혹시 내 바지 주머니 속에 있는 건 아닐까? 바지 주머니 속에 손을 넣어 확인해 볼까? 코듀로이, 보라색! 보라색 코듀로이 바지! 그 바지는 보라색 코듀로이 바지였다!

보라색 코듀로이 바지!

도대체 지금 무슨 말을 하고 있는 거지? 보둠이 말했다.

보둠은 곁에 서서 내 어깨에 손을 얹은 채 나를 내려다보고 있었다. 그는 나의 보라색 코듀로이 양복 재킷 위에 손을 얹고 있었다. 원형 테이블에 앉아 있는 사람은 알프레드뿐이었다. 그림을 못 그리는 사내. 나는 테이블의 빈자리를 보았다. 알프레드는 사람들이 더 올 것이라고 말했다. 알프레드는 만약 누군가가 원형 테이블에 앉으려고 한다면 이미 예약되어 있는 자리라고 알려 줘야 한다고 말했다. 왜냐하면 한 무리의 사람들이 더 오기로 했으니까. 알프레드는 곧 노르웨이와 스웨덴 출신의 화가들이 올 것이라고 했다. 알프레드는 라르손도 올 예정이라고 말했다. 그리고 여자들, 독일 여자들도 여러 명 온다고 했다. 그중 한 명은 나를 위해 온다고 했다. 그는 여자들이 몸에 딱 붙는 희고 검은 옷을 입고 올 것이라 했다. 내 곁에는 알프레드가 앉아 있었고, 보둠은 노르웨이에서 온 화가였지만 다른 테이블에 앉아 있었다. 말카스텐은 사람들로 가득했다. 담배 연기와 노랫소리로 가득한 그곳에는 우리 테이블을 제외한 모든 테이블에 빈자리 없이 사람들이 앉아 있었다. 보둠은 멋진 코듀로이 양복을 입은 내 어깨 위에 손을 얹었다. 나의 멋진 보라색 코듀로이 재킷 위에. 나는 그의 이야기를 수도 없이 들었다. 순트였던가. 그렇다, 순트와 셸란, 그리고 우리들. 그리고 보라색 코듀로이 양복. 나는 순트의 집 벽에 페인트칠을 할 예정이었다. 그의 아름다운 삼층집 앞쪽에는 베란다가 있었고, 집 건물 뒤쪽에도 출입문이 있었다. 커다란 부속 건물과 복도. 계단 위, 벽에 걸려 있는 커다란 그림 한 점! 나는 그때까지만 하더라도 그토록 아름다운 그림을 본 적이 없었다. 하늘을 닮은 아름다운 색! 세상에서 가장 아름다운 빛! 커다란 액자 속에 들어 있는 그 그림은 내가 손을 대자 살짝 움직였다. 그림 가장자리에 조심스레 손을 대자 그림 속의 색깔과 빛이 흔들렸다. 나는 그의 집 2층 벽에 페인트칠을 할 예정이었지만 그 자리에 가만히 서서 계단 위의 그림만 뚫어지게 바라보았다. 나를 순트의 집에 보낸 사람은 타스타였고, 나는 그 집의 하얀 응접실 벽을 노란색으로 칠할 예정이었다. 타스타는 내게 그것이 매우 명예로운 일이라고 말했다. 다른 도장공들은 시간을 낼 수 없었고, 나는 그림을 잘 그리기 때문에 그 일을 맡은 것이라 했다. 그래서 나는 순트의 응접실 벽에 페인트칠을 하게 되었다. 나는 그의 응접실 벽에 노란 페인트칠을 하기 위해 갔으나, 계단 위에 서서 벽에 걸린 그림만 바라보았다. 나는 그처럼 아름다운 그림을 한 번도 본 적이 없었다. 내 뒤에 가만히 서 있던 순트는 내게 그림이 마음에 드느냐고 물었다. 나는 고개를 끄덕이며 그림이 너무나 아름답다고 말했다. 그토록 아름다운 그림은 한 번도 본 적이 없다고 했다. 한스 가브리엘 부크홀트 순트는 내 어깨에 팔을 두른 채 나를 2층으로 데려갔다. 그리고 보라색 코듀로이 양복. 이 양복은 순트가 내게 준 것이었다. 순트가 구입한 최고급 코듀로이로 재단한 맞춤복. 순트는 나를 선착장까지 배웅해 주었다. 그는 크리스티아니아[10]로 가는 배에 나를 태워 주었으나, 나의 어머니와 세실리아, 엘리자베트는 다른 이들과 함께 멀찍이 서서 배에 오르는 나를 바라보기만 했다. 순트가 내게 짐을 넘겨주었을 때 저 멀리서 두터운 검은색 조끼를 입은 아버지가 허겁지겁 뛰어왔다. 그는 선착장 바깥쪽에서 청어를 소금에 절이는 일을 하다가 나를 배웅하기 위해 달려왔다. 묵직하고 두꺼운 검은색 조끼를 입은 채 배 앞까지 뛰어온 아버지는 선착장에서 한스 가브리엘 부크홀트 순트가 내게 상자 하나를 건네주는 모습을 보았다. 한스 가브리엘 부크홀트 순트는 내게 상자 속에 양복 한 벌이 들어 있다고 말했다. 나는 그림 공부를 하기 위해 왕궁과 국회의사당이 있는 크리스티아니아로 갈 예정이었다. 그러려면 고급 천으로 만든 멋진 옷이 있어야 했다. 아름다운 코듀로이 천. 스타방에르의 가장 실력 있는 재단사가 직접 만든 양복. 그 옷을 입으면 노르웨이의 수도 크리스티아니아에서도 훌륭하게 보일 것이다. 한스 가

---

10) 노르웨이 수도 오슬로의 옛 이름.

브리엘 부크홀트 순트는 다른 이들과 비교해 보잘것없는 옷을 입으면 안 된다고 말하며 내게 양복이 들어 있는 상자를 건넸고, 나는 두꺼운 검은색 조끼를 입은 채 그에게 절을 했다. 검정색 머리가 흘러내려 눈을 가렸다. 나는 감사합니다! 정말 감사합니다! 이 은혜는 잊지 않겠습니다!라고 말했고, 나의 아버지는 나막신 소리를 따각따각 내며 뛰어와 내 앞에서 발을 멈추었다. 아버지는 가만히 서서 한스 가브리엘 부크홀트 순트가 내게 상자를 건네는 것을 보았다. 한스 가브리엘 부크홀트 순트는 상자 속에 훌륭한 검은색 신발도 한 켤레 들어 있다고 말했다. 그는 내게 배 안에서 옷을 갈아입으라고 말했다. 한스 가브리엘 부크홀트 순트는 이제 집으로 돌아갈 것이라고 말했고, 나는 선착장에 빽빽하게 모여 한스 가브리엘 부크홀트 순트를 쳐다보는 사람들을 바라보았다. 어머니와 여동생 세실리아, 엘리자베트는 나와 함께 선착장에 서 있었다. 그들은 순트가 돌아가는 모습을 바라보았다. 순트에게서 눈을 돌린 그들은 여전히 사람들에게서 멀찍이 떨어진 채 땅만 내려다보고 있었다. 어머니가 고개를 들었다. 그녀는 한스 가브리엘 부크홀트 순트가 그를 기다리고 있던 마차 쪽으로 갈 때까지 기다렸다. 나는 얼른 몸을 돌려 배에 올랐다. 뒤를 돌아보면 안 된다고 생각하며, 한스 가브리엘 부크홀트 순트가 건네준 상자를 옆에 끼고 배에 탔다. 옷과 음식을 넣은 수트 케이스 두 개는 이미 다른 짐들과 함께 배에 실린 후였다. 따각따각 나막신 소리가 들렸다. 나는 뒤돌아보지 않았다. 나는 나막신을 신고 뛰어오는 사람이 아버지라는 걸 잘 알고 있었다. 라스! 라스!

내 이름을 부르는 어머니 목소리가 들렸다. 라스! 라스! 내 이름을 부르는 아버지 목소리가 들렸다. 나는 뒤도 돌아보지 않고 배에 올랐다. 배에 올라 반대편으로 걸어간 나는 난간에 기대 바닷물을 내려다보았다. 파도가 뱃전에 부딪히고 있었다. 그리고 보라색 양복. 훌륭한 코듀로이 천. 나는 그처럼 아름답고 훌륭한 코듀로이로 만든 옷을 입어 본 적이 없었다. 단 한 번도. 나는 찢어지게 가난한 집안의 아들이었다. 코듀로이 옷은 상상도 할 수 없었다. 나는 누더기 조끼가 어울리는 사람이었다. 나는 코듀로이 양복이 어울리는 사람이다. 집으로 돌아갈 때면 코듀로이 양복을 벗고 다시 누더기 조끼를 입을 것이다. 하지만 그곳에 갈 때면 코듀로이 옷으로 바꿔 입을 것이다. 아름다운 코듀로이 양복으로.

헤르테르비그에게 어떤 식으로든 손을 좀 써야 할 텐데. 알프레드가 말했다.

알프레드는 다른 이에게 내 흉을 보고 있었다. 하지만 그의 목소리는 너무나 커서 나는 그의 말을 다 들을 수 있었다.

저기 가만히 앉아서 눈에 보이지 않는 이들과 대화를 나누는 건 참을 수 있어. 하지만 나더러 여자들을 괴롭히는 바람둥이라고 말하는 건 절대 참을 수가 없어. 보둠이 말했다.

보둠도 내 흉을 보고 있었다. 나는 보둠을 바라보았다. 그의 입이 덥수룩한 빨간색 콧수염 아래에서 벌어졌다. 그는 내가 여자들을 괴롭힌다고 말했어. 하지만 난 여자들을 괴롭힌 적이 없다고. 단 한 번도. 나는 보둠이 그런 식으로 말하면 안 된다고 생각했다.

여기 앉아도 될까? 보둠이 말했다.

얼마든지. 알프레드가 말했다. 난 투명인간이 아니라 평범한 사람과도 이야기를 나누고 싶으니까요.

알프레드가 나를 쳐다보았다.

그건 그렇고, 자네의 퀘이커 목도리는 어디 있는가?

알프레드가 상체를 쑥 내밀고 내 목을 뚫어지게 바라보았다. 나는 원형 테이블 위로 시선을 떨구었다.

퀘이커 목도리는 자네의 그 멋진 보라색 코듀로이 양복과 어울리지 않는 모양이지? 보둠이 말했다.

자네에겐 퀘이커 목도리가 잘 어울려, 퀙퀙. 알프레드가 말했다.

스웨터 조끼도 잘 어울려. 농부처럼. 보둠이 말했다.

왜 자네는 항상 보라색 코듀로이 양복만 입고 다니는가? 알프레드가 말했다.

자네가 보라색 코듀로이 양복을 입는다고 해서 더 멋져 보인다고 생각한다면 착각일세. 보둠이 말했다.

맞아, 전혀 안 어울려. 그건 자네도 잘 알잖아. 알프레드가 말했다.

나는 알프레드를 바라보았다. 고개를 돌려 보둠을 바라보았다. 그는 알프레드의 맞은편에 자리를 잡고 앉아, 테이블 위로 상체를 쑥 내밀고 나를 뚫어지게 바라보고 있었다. 보둠이 한 손을 쭉 뻗어 내 파이프를 거머쥐었다. 나는 보둠이 내 파이프를 가져가지 않기를 바랐다. 제발.

내 파이프에 손대지 마세요.

아, 자네 파이프였나?

나는 보둠이 내 파이프를 훔쳐 가지 않도록 그의 손 위에 내 손을 올려놓고 그를 째려보았다. 하지만 보둠은 나와 시선을 마주치지 않고 테이블만 내려다보았다. 나는 그의 빨간 콧수염밖에 볼 수 없었다. 보둠은 내 파이프를 훔쳐 가려 했다. 그리고 선착장, 스타방에르의 선착장에서 한스 가브리엘 부크홀트 순트는 내게 상자를 건네주었고, 어머니와 세실리아, 엘리자베트는 사람들의 무리 속에 숨어서 나를 지켜보았다. 저 멀리서 나막신 소리가 들려왔다. 나는 승선 계단을 향해 달려오는 아버지를 보았다. 나는 뒤도 돌아보지 않고 계단을 올랐다. 그리고 나는 보둠을 보았다. 그는 나를 쳐다보다가 시선을 떨구더니 두 손을 맞잡았다. 나는 파이프 위에 손을 얹었다. 보둠. 알프레드의 곁에 앉아 있는 사내의 이름은 보둠이며 그는 그림을 꽤 잘 그린다. 하지만 나만큼 그림을 잘 그리진 못한다. 나는 보둠을 바라보면 안 된다. 나는 집으로 가야 한다. 내겐 맥주를 살 돈이 없기 때문에 여기 앉아 있을 수 없다. 게다가 곧 다른 노르웨이 화가들이 이곳으로 몰려들 것이다. 그들은 내가 앉아 있는 이 원형 테이블 주위에 자리를 잡고 앉아 농담을 하고 코웃음을 치고 큰 소리로 웃을 것이다. 그들은 내게도 농담을 하라고 권할 것이고, 피오르의 어부에 관한 이야기를 해 달라고 할 것이다. 내가 입을 떼면 그들이 소리 내어 웃을 게 뻔하다. 아니, 그들은 내가 입을 떼기도 전에 웃을 것이다. 그들은 내게 연애는 잘되어 가느냐고 물을 것이다. 여전히 헬레네와 연애 중이냐고. 그들의 웃음소리가 사라지면 어디선가 희고 검은 천이 스멀스멀 나타나 나를 에워쌀 것이다. 그것은 팔 하나 거리를 사이에 두고 내게서 가까워졌다 멀어졌다를 반복할 것이다. 마치 거뭇거뭇한 바다 위의 거뭇거뭇한 바위섬을 에워싸고 움직이는 파도처럼. 나는 햇살이 화창한 오전에 집에서 나와 언덕을 내려갔다. 저 멀리 피오르의 푸른 바닷물은 잔잔했고, 나는 강렬한 햇살에 눈이 부셔 아무것도 볼 수 없었지만 아랑곳하지 않고 언덕길을 내려갔다. 부드럽고 강렬한 햇살이 비추어 내리는 부둣가에는 아버지가 서 있었다. 우리는 빛 속에 서 있었다. 우리 주위는 물론, 우리 내면도 빛으로 가득 차 있었다. 나는 그 부드럽고 강렬한 햇살 때문에 아무것도 볼 수 없었다.

왜 그렇게 멍하니 앉아 있어? 보둠이 내게 말했다.

나는 곶을 향해 발을 옮겼다. 나는 햇살 아래 반짝이는 끝없이 푸른 피오르를 바라보았다. 아버지는 부두에 서서 나를 바라보았다.

원래 그런 사람이니 개의치 말라고. 알프레드가 보둠에게 말했다.

아버지를 중심으로 피오르의 바닷물이 하얗게 변하기 시작했다. 마치 푸른 하늘에 떠 있는 하얀 구름처럼. 아버지는 곧 노를 저을 것이라며 때마침 잘 왔다고 내게 말했다. 나는 네라고 대답하며 바다로 향하는 내리막길을 걸었다. 언덕 가장자리의 작은 오솔길은 점점 가팔라졌지만 나는 계속 발을 옮겼다. 그리고 나는 그림자 속에서 걸었다. 저 멀리엔 여전히 강렬한 햇살이 비추어 내렸다. 사람들은 우리의 내면에도 빛이 있다고 말했다. 나는 내 속에도 빛이 있다는 것을 느낄 수 있었다. 아버지는 부두에 서서 나를 기다렸다. 아버지는 내게 서두르라고 소리쳤다. 나는 오솔길을 따라 뛰기 시작했고, 아버지는 하얀 바다를 바라보며 배 안에 검은 점처럼 서 있었다.

곧 다른 이들이 올 거야. 보둠이 말했다.

곧 올 거야. 알프레드가 말했다.

헤르테르비그는 오늘 거의 말이 없군. 보둠이 말했다.

보둠이라는 사내는 그림을 꽤 잘 그린다. 그가 내게 말을 걸고 있는 것이다. 나도 무슨 말인가를 해야 하지 않을까. 나는 고개를 절레절레 저었다.

자넨 그냥 가만히 앉아 있기만 하는군. 보둠이 말했다.

나는 고개를 끄덕였다.

그냥 이렇게 앉아 있을 거면 뭐 하러 여길 왔을까. 알프레드가 말했다.

알프레드는 내가 말카스텐에 차라리 오지 말았어야 했다고 말했다. 하지만 나도 말카스텐에 올 수 있다. 말카스텐은 그림을 못 그리는 화가들만 모이는 장소가 아니다.

자넨 다른 곳에 가서 앉아도 될 텐데 말야. 알프레드가 말했다.

나는 어디에 앉아야 하는지 물어봐야 한다.

어디?

보둠과 알프레드가 소리 내어 웃기 시작했다. 나는 하얀 바다를 향해 검은 점처럼 부두에 서 있는 아버지를 보았다.

어디긴 어디야, 예거호프슈트라세지. 자네가 애인이라고 부르는 헬레네와 함께. 알프레드가 말했다.

참, 헬레네와 사이가 벌어진 건 아냐? 보둠이 물었다.

헬레네의 어머니가 자네를 쫓아냈다는 게 사실인가? 알프레드가 물었다.

그들의 웃음소리는 내 입을 향해 비집고 들어왔다. 그들의 웃음소리는 내게 자리에서 일어나라고 말하며 나를 밀쳐 내고 있었다. 하지만 나는 일어날 수가 없었다. 나는 나무배를 부둣가에 대고 서 있는 아버지를 뚫어지게 바라보았다.

아니, 자네를 쫓아낸 사람은 그녀의 삼촌이었지? 알프레드가 말했다.

빙켈만 씨는 나의 하숙방 문 앞에 서 있었다. 그는 문을 꽉 채우고 서서 내게 짐을 싸라고 말했다. 그는 내가 짐을 싸는 동안 문 앞에 서 있었다.

내 말이 맞지? 알프레드가 말했다.

그래, 그럴 거야. 보둠이 알프레드에게 고개를 끄덕이며 말했다.

맞아. 알프레드가 말했다.

아버지는 부두에 서서 배를 잡고 있었다.

자네가 직접 말해 보게나. 일이 어떻게 된 건지. 보둠이 말했다.

나는 부두를 향해 걸었다.

그렇게 멍하니 앉아 딴생각만 하지 말고. 보둠이 말했다.

빙켈만 씨는 문 앞에 서 있었고, 아버지는 부두에 서 있었다.

그녀의 삼촌이 자네를 쫓아냈지? 자네가 헬레네를 좋아했기 때문에? 바로 그거지? 자네가 헬레네를 가만히 놔두지 않았기 때문에. 자넨 오밤중에 그녀의 방에 간 적도 있었나? 맞아, 바로 그 때문에 그녀의 삼촌이 자네를 쫓아냈을 거야. 내 말이 맞지?

나는 부두로 갔다. 아버지는 나무배를 잡고 나를 기다리고 있었다. 나는 아버지 옆으로 가서 배 위에 올랐다. 나는 나무배의 뒤편으로 가서 앉았다.

정말 쫓겨난 게 맞아? 보둠이 물었다.

맞다니까. 알프레드가 말했다.

자네가 직접 말해 봐. 우린 자네 친구니까. 보둠이 말했다.

쫓겨난 게 맞아. 알프레드가 말했다.

그럼, 지금은 어디에 살고 있나? 보둠이 말했다.

게스트하우스? 알프레드가 물었다.

나는 나무배의 뒤편에 앉았고, 아버지는 배를 밀었다. 나무배가 피오르와 헬레네를 향해 움직이기 시작했다. 피오르 저 멀리에는 헬레네가 서 있었다! 나는 헬레네가 눈앞에서 사라지지 않기를 바랐다. 나는 내 사랑 헬레네가 거기 서 있는 것을 보았다. 부드러운 윤곽을 이루며 가슴 위에서 흘러내리는 하얀 드레스를 입고 서 있는 나의 헬레네, 나의 아름다운 헬레네. 나는 내 사랑 헬레네, 당신이 피오르 바닷물 위에 서 있는 모습을 보았다.

어디 한번 말해 보게나. 알프레드가 재촉했다.

지금 게스트하우스에서 살고 있나? 보둠이 물었다.

아버지는 나무배에 앉아 해안선을 따라 천천히 노를 젓기 시작했다. 아버지는 친구들을 만나러 간다고 했다. 아버지는 나를 바라보며 미소를 지었고, 햇살은 검은 옷을 입은 아버지의 머리 위를 비추었다. 아버지는 규칙적인 동작으로 힘차게 노를 저었다. 친구들. 우린 이제 친구들을 만날 수 있어. 아버지는 그렇게 말했다. 아버지는 나무배의 가로장 위에 앉아 상체를 앞뒤로 움직이며 노를 저었다. 아버지의 노는 힘차게 움직였다.

이제 친구들을 만날 거야. 내가 말했다.

자넨 멍하니 앉아서 다른 생각만 하고 있군. 보둠이 말했다.

가만 놔둬. 알프레드가 말했다.

아버지는 내게 처음으로 친구들을 만날 것이라고 말했다. 뭍에 이르면 퀘이커 하우스에 들어가 의자에 앉으면 된다고 했다. 우리는 원을 그린 채 자리한 의자에 조용히 앉아 있기만 하면 된다고 했다. 우리는 퀘이커 하우스에서 조용한 만남을 가질 것이다. 우리는 그곳에 들어가 자리에 앉아 있기만 하면 된다. 사람들이 하나둘 모여들었다. 그들은 말없이 들어와 의자에 앉았다. 사람들은 점점 더 많이 모여들었다. 모두들 한마디도 하지 않았다. 단지 조용히 의자에 앉아 있기만 했다. 아버지는 우리도 조용히 의자에 앉아 있으면 된다고 말했다. 나는 아무 말도 하지 않았다. 곧 누군가가 말을 할지도 모른다. 아니, 그들은 끝까지 입을 다물고 있을지도 모른다. 한 시간이 지난 후 쉬버트가 자리에서 일어났다. 우리도 자리에서 일어나야만 했다. 나는 곁에 있는 사람의 손을 잡기 위해 두 팔을 어깨까지 들어올려야 했다. 우리는 둥그렇게 빙 둘러서서 각자 옆 사람의 손을 잡았다. 잠시 후 만남은 끝이 났고 우리는 다시 노를 저어 집으로 갔다. 아버지는 강렬한 햇살 아래에서 노를 저었다. 나는 나무배의 뒤편에 앉아 햇살 아래서 노를 젓는 아버지의 등을 보았다. 저 멀리 부드럽고 푸르스름한 빛 속에 자리한 바위섬들도 보았다. 해안가에는 내 사랑 헬레네가 하얀 드레스를 입고 서 있었다. 그녀는 아버지와 내가 타고 있는 나무배를 바라보고 있었다. 그녀는 천천히 뭍을 향해 들어오는 나무배를 보고 있었다. 나는 손을 올려 흔들었다. 나의 헬레네도 손을 들어 내게 흔들어 주었다.

헤르테르비그 씨? 뭘 좀 마시지 않겠어요?

나는 고개를 들어 검은 옷을 입고 있는 웨이트리스를 바라보았다.

나는 고개를 저었다.

그냥 가만히 놔둬요. 보둠이 말했다.

아무것도 안 마실 건가요? 웨이트리스가 물었다.

이 자에겐 돈이 없어요. 알프레드가 말했다.

맞아요. 내가 말했다.

자네에겐 돈이 있어. 양복 주머니 속을 확인해 보게. 알프레드가 말했다.

나는 양복 주머니 속을 확인해 봐야만 한다. 어쩌면 내게 돈이 있을지도 모른다. 목을 축일 수 있다면 좋을 텐데. 나는 평상시엔 술을 마시지 않는다. 적어도 지금까지는 그랬다. 나는 웨이트리스를 향해 고개를 끄덕였다. 나는 의자에서 일어나 양복 주머니에 손을 찔러넣었다. 지폐 한 장을 꺼내 웨이트리스에게 건네주었다. 그녀가 내게 미소를 지었다.

돈이 있었군요, 라스! 웨이트리스가 말했다.

나는 그녀에게 미소를 지었다.

돈이 있었는데도 여태 숨기고 있었군, 라스! 알프레드가 말했다.

나는 웨이트리스에게 미소를 지었다.

응, 오늘은 참 좋은 날이야. 내가 말했다.

오늘은 유난히 날씨가 좋군. 보둠이 말했다.

마치 피오르의 자갈돌 같아. 내가 말했다.

맞아, 맞아! 보둠이 말했다.

저기 피오르에 나무배가 한 척 떠 있어.

이젠 낚시까지 할 셈인가? 알프레드가 말했다.

아냐.

아니라고? 보둠이 말했다.

아냐.

그럼 뭘 할 건가, 라스? 알프레드가 물었다.

회의에 갈 거야.

회의에 갈 건가요? 무슨 회의죠? 웨이트리스가 물었다.

퀘이커 교인들의 회의.

퀘이커 회의라고요? 그녀가 되물었다.

퀘이커교 신자들이 모여 퀙퀙거리며 예배를 보는 거죠. 보둠이 말했다.

아, 그렇군요. 그런데 그들이 정말 오리처럼 퀙퀙 소리를 내나요? 웨이트리스가 물었다.

아니에요. 내가 말했다.

하지만 그들이 퀘이커교 신자들인 건 맞는 말이잖아. 보둠이 말했다.

자네 부모님도 퀘이커교 신잔가? 알프레드가 물었다.

나는 고개를 끄덕였다.

자네 부모님도 다른 퀘이커 교인들처럼 아무 말도 하지 않는가? 알프레드가 물었다.

라스처럼. 보둠이 말했다.

라스, 당신은 참 독특한 사람이에요. 웨이트리스가 말했다.

나는 다른 테이블을 향해 걸어가는 웨이트리스를 보았다. 그녀의 곧은 등, 검은색 옷, 허리를 두른 하얀 앞치마 끈. 그녀는 맥주 한 잔을 가져와 나, 라스 하타르보그, 퀘이커 교인의 아들, 화가, 앞으로 유명해질지도 모르는 내게 내밀었다. 하지만 나는 지금은 무의미한 존재다. 가난한 퀘이커 교인의 아들, 자유 사상가의 아들, 인간 지스러기, 아버지와 똑같은 아들인 나는 독일까지 유학을 왔다. 화가가 되기 위해, 독일의 한스 구데 밑에서 공부하기 위해. 나는 라스 헤르테르비그. 그 누구도 아닌 바로 나. 라스 헤르테르비그. 맥주는 나를 위한 것이었다. 화가, 풍경화가 라스 헤르테르비그. 웨이트리스는 나를 위해 맥주를 가져왔다. 내겐 돈이 있다. 나는 그림을 잘 그릴 수 있다. 나는 이미 그림을 두 점이나 팔았다. 그중 하나는 크리스티아니아의 예술인 협회에 팔았다. 나는 크리스티아니아에서도 소묘와 회화를 공부한 적이 있다. 예술인 협회에 내 그림을 추천했던 사람은 바로 나의 스승이었다. 그 누구도 아닌 바로 한스 구데, 그 유명한 한스 구데, 나의 스승 한스 구데는 크리스티아니아의 예술인 협회에 편지를 보내 내 그림을 추천했을 뿐 아니라, 베르겐[11]의 예술인 협회에도 편지를 보내 내 그림을 팔아 주었다. 티데만은 그림을 잘 그린다. 구데도 마찬가지다. 그들은 노르웨이에서 가장 그림을 잘 그리는 사람들이다. 그들은 그림을 잘 그릴 수 있다.

그들은 그림을 잘 그려. 아무도 그들처럼 그림을 잘 그리지 못해. 내가 말했다.

우리처럼. 알프레드가 말했다.

나는 알프레드를 쳐다보며 고개를 절레절레 저었다.

우리도 그림을 그려. 보둠이 말했다.

하루 종일. 내가 말했다.

그리고 저녁이 되면 우린 말카스텐에서 술을 마시지. 알프레드가 말했다.

나는 알프레드가 테이블 위로 상체를 쑥 내미는 것을 보았다. 그는 나를 뚫어지게 바라보았고 나는 그의 시선을 피하기 위해 눈을 돌렸다. 바로 거기! 바로 거기서 웨이트리스가 걸어오고 있었다. 곧게 뻗은 등, 불룩 튀어나온 가슴. 그녀는 맥주잔을 가득 담은 쟁반을 들고 있었다. 그녀는 곧 내게 맥주 한 잔을 건넬 것이다. 나는 이미 웨이트리스에게 돈을 주었다. 내 지갑은 텅 비어 있었지만, 양복 주머니 속에는 돈이 있었다.

---

11) 노르웨이 서부의 베스틀란주에 위치한 도시. 무역과 해운업으로 17세기까지는 노르웨이에서 가장 번성한 도시였다.

이제 그녀는 내게 다가와 맥주 한 잔을 테이블 위에 내려놓을 것이다. 이제 맥주를 마시는 사람은 일프레느와 보둠만이 아니다. 나도 맥주를 마실 것이다. 웨이트리스는 내게 맥주를 주기 위해 걸어오고 있다. 그녀는 바닷물 위에서 움직이는 나무배처럼 미끄러지듯 발을 옮겼다. 아버지는 힘차고 규칙적으로 노를 저었다. 검은 옷을 입은 아버지는 상체를 앞으로 굽히며 노를 들어 올려 팔을 앞으로 쭉 뻗었다가, 바닷물 속에 노를 집어넣고 상체를 뒤로 젖히며 팔을 잡아당기면서 팔꿈치를 뒤로 쑥 내밀었다. 아버지가 몸을 앞으로 뒤로 반복하며 움직일 때마다 나무배는 물 위에서 조금씩 앞으로 미끄러지듯 움직였다. 나를 향한 아버지의 등은 검은 모자챙이 만들어내는 그림자 아래에서 앞으로 뒤로 쉴 새 없이 움직였다. 아버지는 뭍을 향해 천천히 노를 저었다.

맥주가 왔어요, 라스. 웨이트리스가 말했다.

햇살이 눈부셨다. 빛이 내 눈 속으로 들어왔다. 아버지는 외면의 빛과 내면의 빛을 말하며 내게 고개를 끄덕였다. 아버지는 우리에게 필요한 것은 내면의 빛이라고 했다. 나는 고개를 들어 웨이트리스를 바라보았다.

고맙습니다.

여기 거스름돈. 그녀가 말했다.

이 자에게 거스름돈을 줄 필요는 없어요. 나와 함께 앉아 있던 사내 중 한 명이 말했다.

아버지는 다른 모든 사람들과 마찬가지로 내 안에도 신이 존재한다는 것을 알아야 한다고 말했다.

맥주 한 잔 값을 딱 맞게 지불했잖아요. 나와 함께 앉아 있던 사내 중 다른 한 명이 말했다.

아버지는 팔을 들어 검은 옷소매로 이마의 땀을 닦았고, 나는 빛이 만들어 내는 견딜 수 없는 더위 속에서 땀방울이 반짝이는 것을 보았다. 아버지는 내 속에 신이 있다고 말하며 나를 바라보았다.

여기 당신의 거스름돈이 있어요. 웨이트리스가 말했다.

아버지는 내 안에도 신이 있다고 반복해서 말했다. 오늘 너는 정적의 만남에 참여할 거야. 나는 난생처음으로 정적의 만남에 참여해 보았다.

오늘 저녁엔 사람들이 꽤 많군. 모두 말카스텐에 모인 것 같아. 조금 있으면 빈자리가 하나도 없겠는걸. 알프레드가 말했다.

이 테이블을 예약한 사람들이 얼른 왔으면 좋겠어요. 안에는 이렇게 빈자리가 있는데 밖에선 사람들이 줄을 서서 기다리고 있으니. 웨이트리스가 말했다.

금방 올 거예요. 일행에게 자리를 맡아 두겠다고 약속했거든요. 알프레드가 말했다.

정말 금방 왔으면 좋겠네요. 웨이트리스가 말했다.

나는 아버지와 함께 물 빠진 간석지를 거쳐 언덕으로 향하는 오솔길을 걸었다. 몇 발짝 앞서 걷던 아버지가 걸음을 멈추고 모자를 벗은 후 검은색 옷소매로 이마의 땀을 닦았다. 아버지는 무거운 숨을 가쁘게 내쉬며 이처럼 무더운 날에 걷는 것이 매우 힘들다고 말했다. 하지만 갈 길은 아직도 많이 남아 있었다. 우리는 바닷가 부두에서 해안선을 따라 길을 걸었고, 잠시 후 스타클란에 자리한 작은 선불 앞에 이르렀다. 작은 집. 그것은 숄 지역의 퀘이커 교인들이 함께 힘을 합쳐 지은 집이었다. 교회나 예배당이라고는 할 수 없었다. 퀘이커 교인들은 교회를 거부했다. 그것은 단순함의 극치를 보여 주는 작은 집에 불과했다. 방 하나, 창문 하나뿐이었다. 방 한가운데에는 의자들이 원을 그리며 빙 둘러 자리하고 있었다. 집 안에 들어선 우리는 의자에 조용히 앉아 있기만 하면 되었다. 나는 아무 말도 하지 않았다. 그저 가만히 앉아 아무 생각도 하지 않았다. 머리를 스치는 갖가지 생각 조각들은 떨쳐 버려야만 했다. 근심과 걱정거리, 심지어는 즐겁고 기쁜 생각들조차 내 머릿속에 깃들자마자 조각조각 부수어 떨쳐 버려야만 했다. 그렇게 함으로써 나의 내면은 고요해질 수 있었다. 고요함이 나의 내면에 자리를 잡고 내게 신의 자비가 내리면 나는 빛 속에 들어설 수 있다. 그 빛은 뜨거움과는 거리가 멀다. 기품 있고 우아하게 반짝이는 빛, 묵직하면서도 동시에 너무나 가벼운 빛, 저항할 수 없는 압도적인 빛. 나는 그러한 빛을 단 한 번도 본 적이 없다. 아버지는 세상에서 가장 강렬한 빛은 바로 우리의 마음속에 있다고 말했다. 나는 그 빛을 느낄 수 없다면 내게 무슨 일이 생기느냐고 물었다. 아버지는 빛을 느낄 수 없다면 신의 자비가 내리지 않았다는 의미지만, 가끔은 빛을 느낄 수 없어도 우리는 신의 자비 속에 있을 때가 있다고 말했다. 아버지는 나를 바라보며 미소를 지었다. 누군가가 내 어깨를 툭툭 쳤다.

이게 누구야, 헤르테르비그 아닌가!

나는 고개를 돌렸다. 내 등 뒤에는 오드네가 내 어깨에 손을 올려놓은 채 서 있었다.

헤르테르비그 화가님. 오드네가 말했다.

나는 내 어깨에 손을 올린 오드네 뒤에 꽤 많은 이들이 서 있는 것을 보았다. 모두 화가들이었다. 대부분은 노르웨이인이었지만, 그중에는 스웨덴인도 있었고 독일인도 있었다. 한 번도 보지 못했던 낯선 이들도 있었다. 나는 그들을 알지 못했다. 많은 화가들이 말카스텐에 모여들었다. 그곳은 화가들의 아지트였다. 말카스텐은 화가들과 다른 예술인들로 빽빽했다. 방금 들어온 한 무리의 화가들은 내 뒤에 서 있었다. 그들은 술집 안을 가득 채웠다. 내 앞에는 맥주 한 잔이 놓여 있었다. 나는 맥주잔을 바라보았다. 나는 맥주잔을 들어 올려 입으로 가져간 후, 맥주를 한 모금 마셨다.

퀘이커 교인이 술을 마시는군. 알프레드가 말했다.

여길 봐! 퀘이커 교인이 술을 마시고 있어! 내 뒤에 있던 한 사내가 소리쳤다.

나는 맥주잔을 손에 들고 있었고, 꽤 많은 사람들이 나의 양옆에 서 있었다. 내 어깨 위, 내 팔 옆. 여기저기 빽빽하게 들어찬 얼굴과 얼굴들이 나를 바라보았고, 나는 맥주잔을 들고 의자에 앉아 있었다. 나는 맥주잔을 들어 길게 한 모금 마셨다. 내 앞에 자리한 얼굴과 눈동자는 나를 향하고 있었고, 그들은 내가 맥주를 마시는 모습을 지켜보았다. 희고 검은 천도 거기 있었다. 희고 검은 천. 얼굴들이 일그러졌다. 아주 천천히. 일그러진 얼굴들 사이로 모습을 드러낸 희고 검은 천이 내게 다가왔다. 이제 내 눈에 보이는 것은 내게 점점 가까이 다가오는 희고 검은 천뿐이었다. 천은 내게서 멀어졌다가 다시 가까이 다가오기를 반복했다. 나는 내 얼굴 앞으로 바짝 다가와 눈앞에서 어른거리는 희고 검은 천을 바라보았다. 다른 것은 아무것도 보이지 않았다. 나는 뭐라도 해야겠다고 생각했지만, 내가 할 수 있는 일이 무엇이 있을까? 뭐라도 해야 하지 않을까? 여기 가만히 앉아 있을 수만은 없지 않은가? 천은 곧 내 눈을 뒤덮을 것이고 내 입속까지도 비집고 들어올 것이다. 천이 내 입속을 가득 채우면 나는 사라질 것이다. 나는 희고 검은 천이 되어 이곳을 맴돌다가 어디론가 사라질 게 분명하다. 나는 맥주잔을 내려놓아야 한다. 하지만 나는 희고 검은 천 때문에 아무것도 볼 수 없었다. 귓전에 사람들의 목소리가 들렸다. 그녀의 목소리도 섞여 있었다. 헬레네의 목소리. 그녀가 내게 말을 하고 있었다. 하지만 나는 그녀가 무슨 말을 하는지 알아들을 수가 없었다. 그녀가 내게 말을 했다. 사람들의 목소리 속에 섞여 있는 그녀의 목소리. 그녀는 도대체 내게 무슨 말을 하고 있는 것일까? 나는 눈을 가리고 있는 천 때문에 아무것도 볼 수 없었다. 하지만 나는 사람들의 목소리를 들을 수 있었다. 내 귀에 들리는 것은 헬레네의 목소리일까? 헬레네가 내게 무슨 말을 하고 있는 것일까? 그녀의 목소리가 사라졌던가? 도대체 헬레네는 내게 무슨 말을 하는 것일까? 헬레네가 내게 원하는 것은 무엇일까? 나는 그녀의 목소리가 사라지지 않기만을 바랐다. 헬레네, 당신은 내게 무슨 말을 하고 있는가? 나는 아무것도 볼 수 없었지만, 헬레네의 목소리를 들을 수 있었다. 내 사랑 헬레네. 누군가가 맥주잔을 앞에 놓고 앉아 있는 나를 툭툭 쳤다. 나는 나를 건드리는 사람을 봐야 한다. 하지만 내 눈에 보이는 것은 아무것도 없었다. 누군가가 내 어깨를 꽉 거머쥐었다. 그 손은 내 어깨를 꽉 거머쥐고 놓아주지 않았다. 누군가가 내 어깨를 꽉 거머쥐었다. 여러 개의 손. 하지만 나는 아무것도 볼 수 없었다. 왜냐하면 내 눈앞은 캄캄하기만 했으니까. 사람들의 목소리에 섞여 헬레네의 목소리가 귓전에 들려왔다. 당신의 목소리. 어디에선가 들려오는 당신의 목소리. 잠시 후 헬레네의 목소리가 사라졌다. 오, 헬레네, 내 사랑 헬레네, 당신의 목소리는 어디로 사라진 것일까! 나는 더 이상 당신의 목소리를 들을 수 없었다. 내 사랑 헬레네. 하지만 나는 당신이 내게 무슨 말인가를 하고 있다는 걸 느낄 수 있다. 당신이 내게 말하고 싶은 것은 무엇이라는 말인가? 헬레네? 헬레네, 당신은 어디 있는가. 다시 내게 말을 걸어 줄 수는 없는가? 당신은 어디 있는가? 내게 말을 해 줄 수는 없는가? 그녀의 목소리가 다시 내게 다가오고 있었던가? 헬레네, 내가 당신의 목소리를 들을 수는 없을까? 아, 이것은 당신의 목소리였던가? 당신의 목소리가 여기 있었던가? 라스? 나는 헬레네의 이름을 불렀다. 헬레네? 당신의 목소리가 내 귓전에서 맴돌았다. 이제 나를 감싸 오는 것은 당신의 목소리. 헬레네는 내게 집으로 오라고 말했고, 나는 집으로 가겠다고 대답했다. 헬레네의 목소리는 점점 분명해졌다. 나는 당장 그녀에게 돌아가야 한다. 왜냐하면 그녀는 나를 그리워하고 있으니까. 나는 좋다고 말했다. 헬레네는 내게 다시 돌아오라고 말했다. 나는 낭상 자리에서 일어나야 한다. 나는 지금 당장 그녀에게 돌아가겠다고 말했다. 헬레네는 내게 자신이 없는 곳에서 홀로 앉아 술을 마시면 안 된다고 말했다. 나는 그녀에게 당장 가겠다고 말했다. 헬레네는 내가 올 때까지 기다리겠다고 말했다. 그녀는 나를 기다리고 있다. 그 때문에 나는 그녀에게 되돌아가야 한다. 지체할 수 없었다. 지금 당장 그녀에게 가야 하니까. 나는 맥주잔을 내려놓고 자리에서 일어나 내 사랑 헬레네에게 가야 한다. 내 어깨를 잡고 있는 손과 내 눈앞을 가리고 있는 천을 치워야 한다. 나는 눈앞에 있는 것들을 봐야 한다! 하지만 지금은 아무것도 볼 수 없다! 아, 맥주잔을 내려놓으면 다시 눈앞을 볼 수 있을지도 모른다. 그렇다면 다시 앞을 볼 수 있지 않을까? 헬레네는 내게 돌아오라고 말했다. 나는 헬레네에게 가야 한다. 그녀는 나를 기다리고 있다. 이제 나는 자리에서 일어나 헬레네에게 갈 것이다. 아, 저기! 저 멀리 검은 천들 사이에서 조그맣고 하얀 천이 모습을 드러냈다. 하얀 천은 점점 커졌다. 희고 검은 천들이 내게서 멀어졌다. 나는 저 멀리 자리한 수많은 천들이 움직이는 것을 보았다. 나는 주위에서 움직이는 희고 검은 천들을 다시 보니 반갑기까지 했다. 이젠 검은 천들 사이에서 적어도 흰 천들을 볼 수 있었으니까. 헬레네를 다시 보는 것만 같았다. 나는 희고 검은 천들을 바라보았다. 천들은 서서히 움직이며 내게서 멀어졌다. 나는 그것들을 뚫어지게 바라보았다. 나는 자리에서 일어나려 했지만 몸을 움직일 수 없었다. 누군가가 나를 의자에 눌러 앉히고 있었다. 나는 고개를 돌려 옆을 보았다. 얼굴처럼 커다란 눈동자들, 수많은 눈동자들, 수많은 얼굴들. 어깨 너머 자리한 커다란 눈동자들. 나는 고개를 돌려 다른 쪽을 보았다. 거기에도 얼굴만큼이나 커다란 눈동자들이 있었다. 눈동자. 커다란 눈동자. 얼굴처럼 커다란 눈동자. 테이블 옆에는 사람들이 빽빽하게 서서 나를 바라보고 있었다. 그것은 눈동자. 얼굴처럼 커다란 눈동자들이었고, 그것들은 나를 보고 있었다. 나는 가야만 한다. 헬레네가 나를 기다리고 있기 때문이다. 헬레네는 내게 돌아오라고 말했다. 그녀는 내게 홀로 앉아 맥주를 마시면 안 된다고 말했다. 나는 그녀에게 가야만 한다. 누군가가 내게 술을 마시라고 말했다. 술잔을 들고 가만히 앉아 있기만 하면 안 된다고 했다.

술을 마셔, 라스. 누군가가 말했다.

자넨 여기 가만히 앉아 딴생각만 하고 있군.

나는 맥주잔을 감싸 쥐었다. 누군가가 내게 술을 마시라고 했으니 나는 술을 마셔야 한다. 하지만 나는 헬레네에게 당장 돌아가겠다고 말하지 않았던가. 그렇다면 나는 여기 가만히 앉아 있을 수 없다. 그녀에게 가야 한다.

술을 마시게!

우린 여기 앉아서 자네만 바라볼 수 없어.

자, 얼른 술을 마셔, 라스!

서둘러!

술을 마시라고!

난 돌아가야 해. 내가 말했다.

누굴 만날 예정인가?

하타르보그에서 온 라스가 여자를 만날 거래!

술잔부터 비워!

용기를 내려면 술을 마셔야지!

얼른 술을 마셔!

목소리들과 눈동자들이 나를 향했다. 얼굴처럼 커다란 눈동자. 모두 내게 술을 마시라고 말했다. 나는 맥주잔을 들어 올렸다. 이제 나는 볼 수 있다. 커다란 눈동자들. 헬레네는 내게 돌아오라고 말했다. 그녀는 내게 기다리겠다고 말했다.

술잔을 비워, 라스!

오늘 저녁에 여자를 만날 거잖아, 라스!

용기를 내려면 술을 마셔야 해!

퀘이커!

자, 얼른!

퀙퀙!

술잔을 비워!

퀙퀙!

멍하니 앉아서 혼잣말만 하지 말고!

술을 마시라고!

나는 술잔을 입에 가져갔다. 나는 맥주잔을 손에 쥐고 있다. 하지만 나는 이곳에서 벗어나야 한다. 내 사랑 헬레네를 만나러 가야 한다. 그녀는 예거호프슈트라세에 있다. 그녀의 삼촌은 내게 하숙방에서 나가라고 말했다. 나는 이제 그곳에서 살 수 없다. 다른 곳으로 옮겨 가야 한다. 그들은 내게 그곳에 머물 수 없다고 말했다. 그들은 내게 쉴 새 없이 말을 했다. 술을 마시라고 말했다. 나는 일어서야 한다. 가만히 앉아 있을 수는 없다. 나는 자리에서 일어나 그곳을 벗어나야 한다.

술을 마셔!

하타르보그, 마셔!

헬레네!

누군가가 그녀의 이름을 말했다. 아무도 그녀의 이름을 입에 올려선 안 된다. 나는 술을 마셔야 한다. 나는 맥주잔을 들어 올렸다. 잔을 입으로 가져갔다. 맥주가 목구멍으로 흘러내렸다.

헬레네! 맞아, 헬레네라고 했지!

나는 목구멍으로 맥주를 부어넣었다. 숨을 내쉬었다.

헬레네! 헬레네!

모두 헬레네, 헬레네라고 외쳤다. 그들은 내게 술을 마셔야 한다고 말했고, 나는 술을 마셨다. 나는 술잔을 입으로 가져갔다. 맥주는 목구멍 속으로 흘러내렸다.

이자가 오늘 헬레네를 만나기로 했다네! 헬레네!

내가 헬레네를 만날 거라고 말한 사람은 알프레드였다.

맞아, 헬레네라고 했어. 알프레드가 말했다.

오늘 헬레네와 뜨거운 밤을 보낼 수 있겠군, 하타르보그!

그러려면 술을 마셔야지!

자, 술을 마셔!

술잔을 비워!

나는 테이블 위에 술잔을 내려놓았다. 나는 주위를 돌아보았다. 그들은 자리에 앉아 나를 바라보고 있었다. 내 곁에는 희고 검은 옷들이 쉴 새 없이 서성거렸다. 희고 검은 천이 내게 다가왔다가 멀어졌다. 내게 바짝 다가왔다가 다시 멀어졌다. 희고 검은 천이 내 입가로 다가와 입술을 건드렸다. 나는 자리에서 일어나야만 한다. 여기 가만히 앉아 있을 수는 없다. 자리에서 일어나야 한다. 하지만 나는 자리에서 일어날 수 없었다. 나는 맥주잔을 내려놓았고, 희고 검은 천은 쉴 새 없이 내 주위를 맴돌았다. 나는 맥주잔을 테이블에 내려놓고 잔에서 손을 뗐다.

그녀가 자네를 기다리고 있어!

예거호프슈트라세에서!

서둘러!

희고 검은 천이 바짝 다가와 내 입술을 살짝 건드렸다. 나는 가야만 한다. 여기 가만히 앉아 있을 수 없다. 나는 몸을 일으켰다. 웃음소리가 들렸다. 웃음소리는 희고 검은 천들과 함께 내게 다가왔다가 멀어졌다. 나는 발을 옮겼다. 희고 검은 천 사이를 뚫고 나가야 한다. 이곳에서 벗어나야 한다.

기다려!

가지 마!

자네에게 전할 말이 있어!

기다려!

헬레네가 자네에게 안부를 전하라고 했어! 자네를 만나길 원한다고!

나는 걸음을 멈추고 앞을 바라보았다.

기다려. 헬레네가 자네를 만나고 싶어 해.

헬레네가 나를 만나고 싶어 한다고 말하는 사람은 보둠이었다. 나는 보둠을 바라보았다.

정말이야. 헬레네가 자네에게 안부를 전해 달라고 했어. 자네를 만나고 싶다고 말했다고.

헬레네는 나를 만나길 원한다. 나는 헬레네가 나를 기다리고 있다는 것을 이미 알고 있었다. 그녀는 내게 집으로 돌아오길 원했다. 헬레네, 내 사랑 헬레네. 당신은 나를 기다리고 있다. 내 사랑 헬레네. 당신은 나를 만나길 원한다. 내 사랑 헬레네. 나 또한 당신을 만나길 원한다. 내가 원하는 것은 바로 당신, 내 사랑 헬레네를 만나는 것뿐이다. 나는 보둠을 바라보았다. 그는 내게 헬레네의 어머니가 오늘 저녁 극장에 가기 때문에 헬레네가 집에 혼자 있다고 말했다. 나는 보둠의 눈을 빤히 쳐다보았다. 그가 시선을 내리깔았다. 갑자기 정적이 찾아들었다. 말을 하는 사람은 아무도 없었다. 왜 이렇게 조용할까? 왜 아무도 말을 하지 않을까? 나는 가야 한다. 헬레네가 나를 기다리고 있기 때문이다. 나는 헬레네가 나를 기다리고 있다는 것을 이미 잘 알고 있었다. 오늘 저녁에는 그녀의 어머니가 집을 비운다. 집에는 헬레네뿐. 그리고 헬레네는 나를 기다리고 있다. 헬레네는 예거호프슈트라세에서 나를 기다리고 있다. 빙켈만 부인은 내가 그 집에서 사는 것을 원하지 않았다. 그녀는 빙켈만 씨를 집으로 불러들였다. 이제 나는 헬레네에게 가야 한다.

지금 당장 가 봐야 할걸? 보둠이 말했다.

나는 고개를 끄덕였다. 모두 침묵을 지켰다. 아무도 말을 하지 않았다. 모두 입을 다물고 아무 말도 하지 않았다. 나는 주머니에 손을 넣었다. 파이프와 가루 담배는 여전히 주머니 속에 있었다. 나는 문을 향해 발을 옮겼다. 나는 난생처음으로 말카스텐에 와 봤고, 이제 그곳을 나서려 한다. 나는 말카스텐에 와 보았다. 하지만 이제 나는 여기서 나가야 한다. 나는 더 이상 말카스텐에 머물 수 없다. 왜냐하면 내 사랑 헬레네가 나를 기다리고 있기 때문이다. 나는 내 사랑 헬레네에게 가야 한다. 나는 말카스텐의 문을 열었다. 누군가의 웃는 소리가 들렸던가? 나는 문을 잡은 채 섰다. 발을 멈추었다. 나는 문가에서서 귀를 기울였다. 도대체 누가 웃고 있는 것일까? 헬레네, 내 사랑 헬레네? 그들은 왜 웃는 것일까? 왜 웃고 있을까? 헬레네, 내가 당신에게 가도 될까? 당신은 내가 오기를 원하는가? 나는 당신이 나를 기다리고 있다는 걸 잘 알고 있다. 이제 나는 당신에게 갈 것이다. 그런데 그들은 왜 웃고 있을까? 나는 난생처음 와 본 말카스텐의 문을 열고 가만히 서 있었다. 발을 움직였다. 문을 닫았다. 나는 문밖에 흘러내리는 전구 불빛 아래에 서 있었다. 나는 혼자가 되었다. 말카스텐 안쪽에서는 웃음소리가 새어 나왔다. 나도 이젠 말카스텐에 발걸음을 해 보았다. 헬레네는 예거호프슈트라세의 집에서 나를 기다리고 있다. 나는 헬레네에게 가야 한다. 그런데 누가 웃고 있는 것일까? 내가 자리에서 일어났을 때에도 누군가가 웃지 않았던가? 문을 열고 귀를 기울여 볼까. 하지만 말카스텐 안에서 들려오는 소리는 웃음소리뿐. 나는 다시 말카스텐 안으로 들어가야 한다. 그들이 웃는 소리를 들어야 한다. 하지만 헬레네는 나를 기다리고 있다. 그들은 웃으려면 웃으라지. 나는 문 밖의 불빛 아래 서 있었다. 다시 문을 열어 볼까. 나는 그들이 웃는 소리를 들어야 한다. 그림도 못 그리는 화가들이 웃는 소리를 들어야 한다. 나는 말카스텐에 이미 발걸음을 해 보았다. 다시 그곳에 발을 들여 놓아도 된다. 그러면 나는 말카스텐에 두 번 와 본 셈이 된다. 헬레네, 당신은 나를 조금 더 기다릴 수 있을 것이다. 왜냐하면 나는 다시 말카스텐에 들어가야 하니까. 나는 문을 조금 열었다. 웃음소리가 들렸다. 그들이 웃고 있었다. 나는 그림을 못 그리는 화가들이 원형 테이블을 둘러싸고 앉아 웃는 소리를 들었다. 나는 문을 조금 연 채 문가에 서 있었다. 그들의 웃음소리는 내 곁에 다가와 일그러졌다. 나는 그들이 떠들썩하게 웃는 소리를 들었다. 그들은 원형 테이블 앞에 앉아 웃고 또 웃었다. 나는 말카스텐 안으로 다시 들어갈 것이다. 누군가가 내가 밖으로 나갔다고 말하는 것을 들었다. 하지만 나는 다시 안으로 들어갈 것이다. 헬레네, 당신도 내가 다시 말카스텐에 들어가도 된다고 생각할 것이다. 누군가가 하타르보그가 다시 들어왔다고 소리쳤다. 그들은 내 이야기를 하고 있었다. 보둠의 목소리였던가? 그렇다, 그것은 보둠의 목소리였다.

갔어! 그는 정말 갔다고! 누군가가 말했다.

퀘이커 교인이 예거호프슈트라세로 갔어!

퀙퀙! 퀙퀙!

뒤를 잇는 웃음소리. 그들이 웃고 있었다. 나는 문가에 서서 조금 열려 있는 문을 잡은 채, 내가 예거호프슈트라세로 갔다고 말하며 웃는 그들의 목소리를 들었다. 나는 다시 말카스텐 안으로 들어갔다. 헬레네! 헬레네!라고 소리치는 목소리가 들렸다. 나는 문을 조금 더 열었다. 원형 테이블에서 누군가가 퀘이커 교인이 헬레네에게 갔다고 말했다. 몇 명이서 목소리를 합쳐 헬레네! 헬레네!라고 외쳤다. 나는 말카스텐 문께에 서서 원형 테이블을 바라보았다. 나는 그들이 당신 이름을 외치는 것을 들었다. 나는 이제 문을 닫아야 한다. 왜냐하면 당신은 내가 돌아오기를 기다리고 있으니까. 당신은 예거호프슈트라세의 집에서 홀로 나를 기다리고 있다. 당신은 나를 기다리겠다고 말했다. 나는 당신이 집에서 나를 기다리겠다고 말하는 것을 들었다. 당신은 집에서 나를 기다리고 있다. 당신은 하얀 드레스를 입고 내 하숙방 의자에 앉아 나를 기다리고 있다. 나는 당신에게 갈 것이다. 이제 나는 가야 한다. 문가에 서서 문을 잡은 채 서 있을 수만은 없다. 내 사랑 헬레네가 나를 기다리고 있는데, 이처럼 문가에 서서 그들의 웃음소리만 듣고 있을 수 없다. 누군가가 내가 아직 가지 않았다고 말하는 소리가 들렸다. 헤르테르비그! 그들은 자리에 앉아 내 이야기를 하고 있다. 나는 당신에게 가야 한다.

아냐, 방금 밖으로 나갔다니까! 누군가가 말했다.

그녀의 어머니가 뭐라고 할까?

미친놈이라고 하겠지!

정신이 똑바로 박힌 것 같진 않아!

갔어!

맞아, 방금 밖으로 나갔다니까!

그자가 대문을 두드리는 모습을 볼 수만 있다면!

볼만하겠는걸!

다시 그들의 웃음소리가 들렸다. 나는 문을 잡고 서서 원형 테이블에 앉은 그들이 웃는 모습을 지켜보았다. 나는 내 사랑 헬레네에게 가야 한다. 웃으라면 웃으라지. 왜냐하면 헬레네는 나를 기다리고 있고, 나는 그림을 잘 그리니까. 그들은 그림을 못 그린다. 그들은 그림을 그릴 수 없다. 하지만 나는 그림을 그릴 수 있다. 그들은 얼마든지 웃어도 좋다. 왜냐하면 헬레네는 나를 기다리겠다고 말했으니까. 나는 헬레네에게 가야 한다. 그녀는 예거호프슈트라세의 집에서 나를 기다리고 있다. 나는 그녀에게 가야 한다. 이렇게 문 앞에 서 있을 수는 없다. 나는 문을 잡고 서서 원형 테이블을 바라보았다. 그들의 웃음소리가 내게 다가오고 있었다. 등 뒤에서 헛기침 소리가 들렸다. 나는 몸을 돌렸다. 거기에는 뮐러와 두 명의 일행이 서 있었다. 나는 뮐러를 바라본 후 땅을 내려다보았다.

자네도 말카스텐에 들어갈 건가? 뮐러가 물었다.

나는 고개를 끄덕였다.

그런데 안으로 들어갈 용기가 없는 건가?

나는 가만히 서서 땅만 내려다보았다.

그냥 들어가면 돼. 뮐러가 말했다.

나는 땅을 내려다보며 고개를 저었다.

나는 이제 가 봐야 해요.

안에 들어가지 않을 텐가?

네.

그러지 말고 함께 들어가 보자고, 헤르테그비그!

아닙니다.

어쩌면 구데가 올지도 몰라. 뮐러가 말했다.

나는 이제 정말 가야 한다. 구데를 만나고 싶진 않았다. 어쩌면 구데는 내게 함께 아틀리에에 가서 그림을 보자고 말할지도 모른다. 구데는 내 그림을 평가할 것이다. 바로 그 때문에 나는 그곳을 벗어나야 한다. 헬레네가 나를 기다리고 있기 때문이다. 헬레네는 내게 집에 오라고 말했다. 나는 기다리겠다고 말하는 헬레네의 목소리를 들었다. 갈색 눈동자, 긴 검은 머리의 헬레네. 나는 헬레네의 목소리와 함께, 안으로 들어가야 하니 길을 비켜 달라고 말하는 뮐러의 목소리를 들었다. 나는 원형 테이블에서 들려오는 웃음소리와 내가 헬레네에게 갔다고 말하는 누군가의 목소리를 들었다. 나는 뮐러를 바라보았다. 그는 문 앞에 서서 미소를 지었다. 누군가가 헤르테그비그가 정말 갔다고 말하는 소리와 함께 떠들썩한 웃음소리가 귓전을 스쳤다.

보아하니 저들이 자네 이야기를 하고 있는 것 같군. 뮐러가 말했다.

나는 문을 놓고 밖으로 나가 달리기 시작했다. 뮐러는 말카스텐에 있는 사람들이 내 이야기를 한다고 말했다. 아니, 그는 말카스텐이 아니라 다른 곳에 있는 사람들이 내 이야기를 한다고 말했던가. 말카스텐에 있는 사람들일까? 아니면 다른 곳에 있는 사람들일까? 뮐러가 말했던 사람들은 도대체 누굴까? 말카스텐에 앉아 있던 사람들은 내 이야기를 했다. 나는 얼른 그곳을 벗어나야 한다. 어쩌면 구데도 말카스텐에 올지 모른다. 그렇다면 나도 말카스텐에 있어야 하지 않을까. 어쩌면 구데와 대화를 나눌 수 있을지도 모른다. 그는 분명 내 그림을 처음 보았을 때의 이야기를 끄집어낼 것이다. 독일에 막 도착했을 때 나는 구데에게 내 그림을 보여 주기 위해 약속을 잡았다. 하지만 나, 화가, 풍경화가, 라스 헤르테르비그, 풍경화가 라스 헤르테르비그는 거장 한스 구데에게 그림을 보여 줄 용기를 낼 수 없었다. 오늘 저녁, 나는 말카스텐에서 한스 구데와 만날 수 있을지도 모른다. 한스 구데는 그림을 잘 그린다. 티데만도 그림을 잘 그린다. 그리고 나도 그림을 잘 그린다. 카펠렌도 그림을 잘 그릴 수 있다. 나는 그림을 그릴 수 있다. 하지만 다른 이들, 자칭 화가라고 거들먹거리는 이들은 그림을 못 그린다. 그들은 그저 그림이랍시고 붓질을 할 뿐, 그림은 그리지 못한다. 이제 나는 당신, 내 사랑 헬레네에게 갈 것이다. 내가 아는 단 한 가지 사실은 당신에게 가야 한다는 것뿐이다. 당신은 내게 돌아오라고 애원했고, 나는 당신에게 갈 것이다. 나의 헬레네, 당신에게. 그리고 나는 당신의 머리카락을 볼 것이다. 헬레네, 당신의 긴 머리카락을. 나는 당신과 함께 있을 것이다. 헬레네, 나는 당신을 볼 수 있다. 나는 당신에게 가야 한다. 당신이 너무나 그립다. 내가 왜 이처럼 당신을 그리워하는지 나는 알지 못한다. 아침에 눈을 뜰 때부터 저녁에 잠자리에 들 때까지, 나는 온종일 당신을 그리워한다. 그리움은 마치 하늘처럼, 빛처럼 나를 맴돈다. 당신은 내 가슴속에 자리한 하늘이자 빛이다. 헬레네, 나는 이처럼 당신을 그리워한다. 당신은 내게 돌아오라고 말했다. 나는 말카스텐에서 벗어나 당신이 사는 곳까지 걸어갈 것이다. 당신이 어머니와 동생들과 함께 사는 곳까지. 내 사랑 헬레네, 나는 당신에게 가고 있다. 왜냐하면 당신은 내 안에 있으니까. 당신은 내 가슴속에 있다. 나는 당신에게 가고 있다. 그리고 당신은 내 안에 존재한다. 당신은 나다. 당신이 없는 나는 무의미한 존재일 뿐이다. 당신이 없는 나는 텅 빈 동작, 공허한 움직임에 불과하다. 움직임. 움직임이 당신을 향하고 있다. 헬레네. 당신을 향해. 당신에게. 헬레네. 나는 아침에 눈을 뜰 때부터 저녁에 눈을 감을 때까지, 온종일 당신을 향해 움직이고 있다. 나는 당신을 향하고 있다. 나는 당신을 향한 움직임이다. 나는 당신에게 가고 있다. 왜냐하면 당신이 내게 돌아오라고 말했으니까. 어쩌면 당신은 나를 보지 않으려 할지도 모른다. 어쩌면 당신은 내가 돌아오기를 원하지 않을지도 모른다. 당신은 내가 어디론가 사라져 다시는 모습을 드러내지 않기를 바라는가. 당신의 커다랗고 반짝이는 푸른 눈동자는 다시 나를 보지 않기를 원할지도 모른다. 어쩌면 당신은 내가 당신과 상관없는 사람이라고 생각할지도 모른다. 다시는 나와 만나지 않기를 바랄지도 모른다. 왜냐하면 당신의 어머니는 당신과 나, 노르웨이에서 온 풍경화가, 예술 아카데미의 학생, 이상한 남자, 남자라고도 할 수 없는 남자와는 만나지 말라고 말했으니까. 그렇다, 어쩌면 당신은 다시 나와 만나지 않기를 바랄지도 모른다. 나는 길을 걷는다. 나는 말카스텐에서 벗어나 당신이 사는 집,

당신의 얼굴을 볼 수 있는 그 집 창을 향해 걷고 있다. 당신의 곱실곱실한 금발. 당신의 반짝이는 푸른 눈. 당신의 하얀 드레스. 그리고 내 이름을 부르는 당신의 목소리. 나는 당신의 눈을 볼 수 있다. 당신은 내 가슴속에 있다. 당신이 그립다. 이제 나는 당신에게 가고 있다. 나는 당신을 향한 한 점의 그리움. 당신은 나를 기다리고 있다. 이제 나는 당신에게 가고 있다. 나는 당신을 만날 것이다. 나는 당신의 목소리를 들을 것이다. 당신의 침착하고 조용한 목소리는 내 가슴속을 가득 채운다. 당신은 빛이 하루를 채우듯 내 가슴속을 채운다. 당신이 없다면 나는 어둠에 불과하다. 당신이 그립다. 나는 길을 걷고 있지만 눈에 보이는 것은 아무것도 없다. 나는 당신을 향한 그리움. 등 뒤에서 들려오는 웃음소리. 하지만 나는 웃음소리에 개의치 않는다. 왜냐하면 내 가슴속에 있는 것은 당신을 향한 나의 움직임뿐이니까. 나는 당신을 향한 움직임이다. 나는 걷고 있다. 당신을 향해 걷고 있는 나는 하나의 움직임. 나는 당신을 향한 하나의 그리움. 나는 당신을 향한 하나의 움직임일 뿐. 나는 걷고 있다. 당신을 향해 가고 있다. 당신이 그곳에 있든 없든, 나는 당신을 향한 작은 움직임일 뿐, 그 외에는 아무것도 아니다. 나는 당신이 없는 곳, 바로 그곳에 존재하는 움직임이다. 나는 내가 볼 수 있는 모든 것, 그림으로 그릴 수 있는 모든 것 속에 존재하는 하나의 움직임으로 존재한다. 나는 길을 따라 걷고 있다. 나는 당신을 향하는 절망적인 움직임. 그 외에는 아무것도 아니다. 나는 공허한 움직임, 당신이 없는 곳으로 향하는 움직임이다. 당신은 사라졌다. 내게서 사라져

나와 함께 있지 않다. 나는 더 이상 당신과 함께할 수 없다. 당신은 나와 함께 있길 원치 않았다. 당신은 내가 아닌 다른 사람과 함께 있길 원했다. 당신은 내게서 사라졌다. 영원히. 당신이 없는 나는 공허한 움직임, 그림 속에서만 존재하는 움직임이다. 아니, 그림조차도 공허한 것일까? 이제 내 앞에는 정녕 아무것도 존재하지 않는단 말인가? 어쩌면 나는 죽을지도 모른다. 어쩌면 나는 다시 그림을 그리지 못할지도 모른다. 어쩌면 나는 다시 생각조차 할 수 없는 존재가 될지도 모른다. 눈을 뜨고 있을 때와 눈을 감고 있을 때를 바꾸어 살면 될까? 배고플 때와 배부를 때를 바꾸어 살면 될까? 하지만 내 주머니에는 여전히 담배가 있다. 파이프도 있다. 나는 여전히 파이프 담배를 피울 수 있다. 배 속이 간질간질해졌다. 담배 연기가 만들어 내는 동그란 원과 구름이 빛으로 가득한 허공 속으로 퍼져 나갔다. 나는 당신과 함께 있어야 한다. 당신과 함께 있을 수 없다면 나는 담배 연기와 빛, 공기 같은 존재가 될 것이다. 나는 주머니 속에 손을 넣었다. 파이프는 그곳에 있었다. 담배도 주머니 속에 있었다. 나는 파이프를 거머쥐었다. 길을 따라 걸었다. 나는 당신을 향해 가고 있다. 이제 나는 당신에게 갈 것이다. 당신은 내게 돌아오라고 애원했다. 나는 그림을 못 그리는 화가들과 함께 말카스텐에 앉아 있을 때 당신의 목소리를 들었다. 너무나 선명하게. 나는 당신과 함께 있어야 한다. 나는 당신에게 갈 것이다. 나는 길을 따라 걷고 있다. 당신에게 향하는 길을. 당신은 내게 돌아오라고 말했고, 나는 내 가슴속에 있던 당신의 목소리를 똑똑히 들었다. 이제 나는 당신에게 갈 것이다. 당신은 그곳에 있다. 저 멀리, 그 어느 곳에. 하지만 당신은 내가 돌아오기를 원치 않았던가? 당신의 어머니가 다시는 나와 만나지 말라고 말했던가? 만약 나와 만나면 집에서 쫓아낼 것이라고 했던가? 그렇다면 당신은 집에서 나와야 할지도 모른다. 아니, 나와 다시 만나면 집에서 쫓아내겠다고 당신을 협박했던 사람은 당신의 삼촌이었던가? 어쩌면 당신은 나와 만나길 원치 않을지도 모른다. 그런데 당신은 왜 보둠에게 나와 만나고 싶다고 전해 달라고 했던가? 당신이 나를 만나기 싫어한다면 나는 당신에게 갈 수 없다. 나는 길을 걷고 있다. 하지만 당신에게 갈 수 없다. 당신의 삼촌은 내게 집에 오면 안 된다고 말했다. 하지만 나는 당신을 만나야 한다. 당신을 만날 수 없다면, 나는 더 이상 나로 살 수 없다. 그림도 그릴 수 없다. 그렇다면 뒤셀도르프에 살 수도 없고 내 삶은 파멸로 향할 것이다. 이 모든 것이 당신의 삼촌 때문이다. 빙켈만 씨. 나는 길을 걷고 있다. 당신을 만나야 한다. 나는 더 이상 당신과 같은 집에서 살 수 없다. 빙켈만 씨는 내게 집에서 나가라고 말했다. 나는 길을 걷고 있다. 변한 것은 없다. 나는 양복을 입고 다리를 꼰 채 침대에 누워 파이프를 입에 물고 천장을 바라보았다. 내 삶은 부족한 것이 없었다. 나는 침대에 누워 내 옷이 참으로 멋지다고 생각했다. 가난한 집의 아들, 퀘이커 교인, 화가 지망생이었던 나는 독일 뒤셀도르프의 예술 아카데미로 보내졌다. 한스 가브리엘 부크홀트 순트는 나를 독일 뒤셀도르프의 예술 아카데미로 보냈다. 나는 화가, 풍경화가가 되기 위한 공부를 하기 위해 독일에 왔다. 나는 침대에 누워 있었고 내 삶에 만족했다. 나는 그 유명한 한스 구데의 밑에서 그림 공부를 하는 학생이다. 나는 화가가 될 것이다. 다른 학생들은 그림을 못 그린다. 하지만 한스 구데는 그림을 잘 그린다. 나는 파이프를 입에 물고 침대에 누워 있었다. 그리고 피아노 소리를 들었다. 나는 누군가가 연주하는 피아노 소리를 들었다. 피아노 음악은 거실에서 들려왔다. 나는 보라색 코듀로이 양복을 입고 파이프를 입에 문 채 침대에 누워 있는 화가 라스 헤르테르비그. 피아노 음악은 건반을 두드리는 규칙적인 손가락 소리와 함께 청명하고 아름답게 내 귓전에 다가왔다. 나는 침대에 누워 헬레네 빙켈만이 연주하는 피아노 음악을 들었다. 나는 평범한 남자이고, 헬레네는 피아노를 쳤다. 피아노를 치는 사람은 바로 헬레네였다. 아무도 피아노를 치는 사람이 누구인지 말해 주지 않았지만, 나는 피아노를 연주하는 사람이 헬레네 빙켈만이라는 걸 잘 알고 있었다. 헬레네 빙켈만과 하타르보그 출신의 라스는 서로에게 연인 사이라고 말했다. 반짝이는 푸른 눈을 지닌 헬레네 빙켈만은 곱실거리는 금발을 늘어뜨린 모습을 내게 보여 주었다. 그녀는 하타르보그에서 온 라스에게 어깨까지 내려와 치렁거리는 머리카락을 보여 주었다. 나는 길을 걷고 있다. 나는 당신의 풀어 헤친 머리카락을 보았다. 헬레네 빙켈만은 내게 곱실거리는 긴 머리카락을 보여 주었다. 헬레네 빙켈만은 내 방에 들어와 머리를 풀어 헤쳤다. 그녀는 내게 등을 보인 채 창가에 서 있었고, 두 손을 올려 머리를 풀었다. 그녀의 머리가 그녀의 등을 가렸다. 나, 하타르보그 출신의 라스. 사람들은 모자를 닮은 바위섬이 빽빽한 섬마을 출신의 나를 헤르테르비그라고 부르기도 했고, 하타르보그라 부르기도 했다. 세상 북쪽 끝에 자리한 노르웨이의 작은 섬 보르그외위에서 태어난 라스 헤르테르비그는 뒤셀도르프 예술 아카데미의 한스 구데 밑에서 공부하는 학생이 되었고, 하숙방의 의자에 앉아 있었으며, 헬레네 빙켈만은 창가에 서서 긴 머리카락을 풀어 헤쳤다. 나는 천천히 나를 향해 돌아서는 헬레네를 바라보았다. 바로 거기, 헬레네가 그를 보며 서 있었다. 헬레네 빙켈만은 중간 가르마를 탄 머리에서 흘러내리는 긴 머리를 작은 얼굴 양옆으로 늘어뜨린 채 그를 향해 서 있었다. 반짝이는 푸른 눈동자, 작고 가느다란 입술, 오목조목한 턱. 그녀의 머리카락은 어깨 위로 떨어져 내렸다. 굽실거리는 금빛 머리카락. 그녀의 입가에는 미소가 번졌고, 그녀의 눈동자는 그를 향해 활짝 열렸다. 그녀의 눈동자는 단 한 번도 보지 못했던 강렬한 빛을 내뿜었다. 하타르보그 출신의 라스가 몸을 일으켰다. 보라색 코듀로이 양복을 입은 라스는 두 팔을 양옆으로 축 늘어뜨린 채 그녀의 머리카락, 그녀의 눈동자, 그녀의 입술을 바라보았다. 그는 그 자리에 가만히 서 있었다. 그녀의 눈동자에서 발산된 빛이 그를 감쌌다. 그것은 무더운 열기를 띤 빛이 아니라 밝음을 뿜어내는 빛이었다. 그는 그 빛 속에서 완전히 다른 사람이 되었다. 그의 내면에 있던 불안과 두려움, 부족함으로 인한 동경과 그리움은 그녀의 눈빛 속에서 안정과 충만으로 변했다. 양팔을 옆으로 축 늘어뜨리고 있던 그는 미처 생각할 틈도 없이 그녀에게 다가갔고, 그녀의 눈빛 속에 녹아들었다. 그는 그녀의 빛 속에서 단 한 번도 경험해 보지 못했던 안정과 충만을 느꼈다. 그는 양팔로 그녀를 감싸 안고 자신의 몸 쪽으로 바짝 끌어당겼다. 두 팔로 그녀를 감싸 안은 그는 근거를 알 수 없는 평온함에 몸을 맡겼다. 그는 그녀와 함께 있었다. 그는 더 이상 자신을 느끼지 못했지만 그녀와 함께 있다는 것은 잘 알 수 있었다. 그는 스스로도 모를 무언가 다른 존재가 되어 버렸던 것이다. 그는 양팔로 그녀를 감싸 안았고, 그녀도 그의 몸을 양팔로 둘렀다. 그는 자신의 얼굴을 그녀의 어깨 위 머리카락 속에 묻었다. 그는 그녀의 머리카락 속에 얼굴을 묻은 채 난생처음 느껴 보는 감정에 몸을 맡겼다. 그는 그 감정이 무엇인지 알지 못했다. 문득, 그의 머릿속에 그것은 자신의 그림 속 일부라는 생각이 스쳤다. 자신이 그렸던 가장 만족스러운 그림을 보며 느꼈던 바로 그 감정과 비슷하다는 생각. 라스 헤르테르비그는 단 한 번도 경험해 보지 못했던 느낌 속에서 헬레네 빙켈만의 머리카락 사이로 숨을 내쉬었다. 그는 자신을 가득 채워 오는 그녀의 빛 속에서 가만히 서 있었다. 그가 두 팔로 그녀를 감싸 안은 채 얼마나 오래 서 있었는지 기억할 수 없었지만, 적지 않은 시간이었던 것은 확실했다. 그녀는 어머니가 집에 돌아올 시간이니 이제 가야 한다고 말했고, 그는 그때까지도 가만히 서 있었으며, 나는 다시 내 사랑 헬레네에게 가기 위해 길을 걷고 있다. 왜냐하면 그녀는 나를 기다리고 있으니까. 그녀가 내게 돌아오라고 말했기 때문에 나는 그녀에게 가야 한다. 나는 길을 걷는다. 이제 나는 단 하나뿐인 내 사랑 헬레네에게 갈 것이다. 나는 당신, 내 사랑 헬레네에게 가고 있다. 당신은 내게 돌아오라고 말했다. 하지만 당신은 나를 만나고 싶어 하지 않을지도 모른다. 당신은 나와 만나는 것이 금지되었기 때문에 나를 보려 하지 않을지도 모른다. 하지만 우리는 거기 함께 서 있었다. 내 하숙방 안에서 서로를 감싸 안은 채. 나는 당신의 귀에 대고 우리가 연인이냐고 속삭여 물었다. 당신은 내 귀에 대고 그래요, 우리는 연인이에요라고 속삭였다. 그리고 우리는 함께 서 있었다. 우리는 문이 열리는 소리와 함께 서로를 감싸 안았던 손을 내렸다. 우리를 연결시켜 주었던 빛은 어느새 사라졌다. 당신의 머리카락도 변했다. 우리는 복도를 걷는 발소리를 들었다. 당신은 어머니가 집에 왔으니 방에서 나가야 한다고 말했다. 당신은 서둘러 머리를 정돈했다. 당신은 지금 방에서 나가지 않으면 어머니가 와서 방문을 두드릴 것이라고 말했다. 당신은 당장 나가야 한다고 말했다. 나는 당신이 문을 열고 복도로 나가는 모습을 지켜보았다. 나는, 어머니, 저는 여기 있어요, 어머니 벌써 오셨어요?라고 말하는 당신의 목소리를 들었다. 나는 다시 의자에 앉았다. 당신과 당신의 삼촌은 그때 무슨 짓을 했던가? 당신의 삼촌은 그 기름진 뚱뚱한 손가락으로 당신의 머리카락을 쓸어 넘겼던가? 당신도 삼촌의 그런 행동을 좋아하진 않았던가? 아니, 그 일은 당신이 미처 생각도 하기 전에 일어났던가? 그가 당신의 의지와는 상관없이 자신의 욕구를 채웠던 것은 아닐까? 그리고 당신은 삼촌이 하는 대로 가만히 놔두었을지도 모른다. 어쩌면 당신은 손을 쓸 수 없었을지도 모른다. 왜냐하면 당신의 삼촌은 너무나 크고 위험한 사람이니까. 나는 내 손을 내려다보았다. 떨리는 손. 어쩌면 당신도 삼촌과 그 것을 하기 위해 내가 없어졌으면 좋겠다고 바라는 건 아닐까? 당신은 그가 당신의 두 다리 사이로 그 통통한 손가락을 집어넣기를 바라는가? 나는 땅을 내려다보았다. 그런 생각을 해선 안 된다. 어떻게 그런 생각을 할 수 있단 말인가! 하지만 당신의 삼촌은 왜 나를 집에서 쫓아내려 할까? 왜 나는 그 방에서 지낼 수 없는가? 나는 당신에게 그 이유를 물어봐야 한다. 하지만 그것은 어차피 필요 없는 일. 당신은 내게 그 이유를 말해 줘야 한다. 당신은 왜 내가 집에서 나가야 하는지 말해 줘야 한다. 당신도 내가 집에서 나가길 원하는지 말해 줘야 한다. 왜 나는 그 집에서 쫓겨나야 하는가? 왜 당신은 내가 그 집에서 나가길 원하는가? 왜 당신은 당신의 삼촌과 함께 있길 원하는가? 그는 세상을 떠난 당신의 아버지만큼이나 나이가 많다. 그는 거의 매일 당신의 집에 찾아온다. 그는 당신의 어머니가 집에 있든 없든 아랑곳하지 않는다. 당신은 왜 내가 아니라 당신의 삼촌과 함께 있길 원하는가? 나는 길을 걷고 있다. 나는 당신이 의자에 앉아 시선을 떨구는 것을 보았다. 나는 당신에게 가기 위해 길을 걷고 있다. 당신은 왜 내가 집에서 나가길 원하는가? 나는 빙켈만 부인의 집에서 하숙을 하는데도 불구하고 당신의 삼촌인 빙켈만 씨가 나를 쫓아내는 이유는 무엇인가? 당신은 내가 집에서 나가야 하는 이유를 정녕 모른단 말인가? 당신은 단지 내게 집에서 나가라고 말할 수 없다. 당신은 내게 그 이유를 말해 줘야 한다. 나는 당신을 바라보았다. 당신은 의자에 앉아 바닥을 내려다보았다. 당신은 나보다 당신의 삼촌을 더 좋아한다. 당신은 무엇 때문에 그토록 그를 좋아하는가? 당신이 고개를 들어 커다란 눈으로 나를 바라보았다. 당신은 왜 당신의 삼촌과 함께 있는가? 당신은 그저 나를 바라보기만 했다. 당신은 왜 내가 집에서 나가길 바라는가? 내가 당신에게 무슨 잘못이라도 했단 말인가? 아니, 어쩌면 내가 당신에게 아무런 나쁜 짓을 하지 않았기에 쫓겨나는 건 아닌가? 나는 고개를 절레절레 저었다. 나는 떨리는 내 손을 내려다보았다. 당신은 삼촌이 어머니에게 나를 쫓아내라 했고, 어머니는 삼촌의 말에 동의했다고 말했다. 나는 당신을 바라보았다. 당신은 의자에서 일어나 발을 옮겼다. 당신은 왜 내가 집에서 나가길 바라는가? 당신은 왜 내가 아닌 당신의 삼촌과 함께 있길 원하는가? 도대체 내가 무슨 잘못을 했길래? 나는 내 앞에서 발을 멈추는 당신을 보았다. 나는 떨리는 내 손을 보았다. 당신은 당신의 몸을 어루만지는 그의 손길을 원하는가? 그는 당신의 아버지만큼이나 나이가 많은데도? 나는 고개를 들어 당신을 보았다. 나는 길을 걷고 있다. 당신의 검게 변한 눈동자가 내 속에 비집고 들어왔다. 나는 길을 걷는다. 당신을 만나야 한다. 당신은 내게 돌아오라고 말했다. 당신은 검게 변한 눈동자로 나를 바라보았고, 문밖으로 나갔다. 나는 길을 걷고 있다. 당신을 만나야 한다. 당신은 내게서 벗어날 수 없다. 나는 당신을 잃을 수 없다. 나는 길을 걷는다. 나는 모퉁이를 돌아 예거호프슈트라세를 향해 걷고 있다. 나는 예거호프슈트라세를 걷고 있다. 맞은편 길에 자리한 집. 당신은 그 집의 이층에 살고 있다. 당신의 어머니와 동생들과 함께. 그 집의 복도 끝에는 나의 하숙방이 있다. 침대 하나, 의자 하나. 그리고 옷과 화구가 들어 있는 수트 케이스 두 개. 이제 나는 당신을 만날 것이다. 당신은 내게 돌아오라고 말했다. 나는 말카스텐에서 내게 돌아오라고 애원하는 당신의 목소리를 들었다. 나는 당신을 만나기 위해 길을 걷고 있다. 보둠도 당신이 내가 돌아오길 원한다고 말했다. 그는 당신이 나를 기다리고 있다고 했다. 그렇다면 당신은 보둠과도 만난 적이 있었던가? 보둠은 당신과 대화를 나눌 수 없다. 아무도 당신과 대화를 나눌 수 없다. 보둠은 어떤 연유로 당신과 만났던가? 당신은 보둠과도 연인 사이인가? 설마 당신이 보둠과 사귀는 것은 아니겠지? 당신은 언제 보둠과 이야기를 나누었던가? 당신은 왜 보둠과 대화를 했던가? 당신이 보둠과 만난 적이 있었던가? 당신은 왜 보둠과 만났던가? 나는 당신이 사는 집, 내 하숙방이 있는 집을 바라보았다. 이제 나는 당신을 만날 것이다. 나는 예거호프슈트라세를 걷고 있다. 이제 계단을 올라가 잠긴 문을 열기만 하면 당신을 만날 수 있다. 당신은 내게 돌아오라고 말했다. 당신은 나를 만나고 싶었기에 내게 돌아오라고 말했다. 나는 잠긴 문을 열고 내 방으로 올라갈 것이다. 그러면 헬레네가 내 방문을 두드릴 것이다. 나는 대문을 보았다. 대문 쪽으로 발을 옮겼다. 나는 발을 멈추었다. 대문을 보았다. 나는 주머니 속에 손을 넣었다. 파이프와 성냥갑과 담배가 손에 닿았다. 주머니 속에는 열쇠도 있었다. 나는 열쇠를 꺼냈다. 열쇠를 자물쇠 속으로 밀어 넣었다. 나는 곧 내 사랑 헬레네를 다시 만날 수 있을 것이다. 나는 열쇠를 돌렸다. 문을 열었다. 복도 앞, 내 방문 앞에는 수트 케이스 두 개가 겹쳐진 채 놓여 있었다. 하지만 나는 짐을 싼 적이 없다. 나는 어디에도 가지 않을 것이다. 그런데도 내 방문 앞에는 수트 케이스 두 개가 차곡차곡 겹쳐진 채 놓여 있었다. 그곳은 내가 사는 집이다. 내 방이다. 나는 방값도 이미 지불했다. 그들이 방문 앞에 나의 수트 케이스를 내놓을 이유는 없다. 게다가 헬레네는 내게 돌아오라고 말했다. 하지만 그녀의 삼촌은 내게 집을 나가라고 했다. 그는 내게 이 집에서 더 머무르면 안 된다고 말했다. 하지만 나는 아무 데도 가지 않을 것이다. 나는 아무런 잘못도 하지 않았다. 나는 방값도 냈고, 파티를 한답시고 소란을 피운 적도 없다. 나는 아무런 잘못도 하지 않았기에 이 집에서 나갈 수 없다. 나는 이곳에 살 것이다. 내가 이 집에서 쫓겨나는 것은 매우 부당한 일이다. 나는 이 집에 세 들어 살고 있으며, 이 집에는 내 사랑 헬레네도 살고 있다. 나는 이 집에서 나갈 마음이 전혀 없다. 나는 이 집 외에 딱히 머무를 곳도 없다. 나는 수트 케이스를 다시 방 안으로 가져가야 한다. 그리 많지 않은 내 물건들을 수트 케이스에서 다시 꺼내야 한다. 나는 내 사랑 헬레네를 떠날 수 없다. 나는 복도에 서 있었다. 곧 빙켈만 씨가 집에 올 것이다. 크고 거뭇거뭇한 빙켈만 씨는 내 수트 케이스를 복도에 내놓았다. 그는 나를 복도로 몰아내며 당장 나가라고 말했다. 하지만 헬레네는 내게 돌아오라고 말했다. 나는 내 속에서 들려오는 그녀의 목소리를 들었다. 말카스텐에 있을 때 내게 돌아오라고 말하는 헬레네의 목소리를 똑똑히 들었다. 수트 케이스는 내 방문 앞 복도에 있었다. 위아래로 겹쳐진 채. 수트 케이스를 복도에 내놓은 건 헬레네였을까? 그녀의 삼촌이 수트 케이스를 내놓진 않았을 것이다. 나는 다시 그것들은 방 안으로 가져가야 한다. 왜냐하면 나는 이곳에 살고 있으며, 헬레네는 내게 돌아오라고 말했기 때문이다. 나는 복도에 가만히 서 있을 수만은 없다. 곧 그녀의 삼촌이 올 것이기 때문이다. 그는 내게 당장 나가라고 말할 것이다. 그러면 나는 수트 케이스를 들고 집에서 나가야 한다. 나는 방문 앞에 차곡차곡 겹쳐져 있는 수트 케이스를 향해 발을 옮겼다. 나는 수트 케이스를 옆으로 밀치고 방문을 열었다. 방 안은 이전과 똑같았다. 침대보를 덮어씌운 침대, 의자, 탁자. 내 방. 내가 하숙하는 꽤 그럴듯한 방. 나는 수트 케이스 하나를 들어 방 안으로 옮겨 침대 위에 내려놓았다. 다시 복도로 나가 다른 수트 케이스를 가져와 침대 위에 내려놓았다. 나는 방문을 닫았다. 이제 수트 케이스에서 짐을 꺼내야 한다. 그렇다, 나는 다시 짐을 풀어야 한다. 아무도 내 짐을 마음대로 쌀 수는 없다. 짐을 싸야 한다면 그건 내가 직접 해야 할 일이다. 내 짐을 싸는 것은 내가 할 일인 것이다. 나는 가만히 서서 침대 위에 나란히 자리한 수트 케이스를 바라보았다. 수트 케이스 하나를 여니 제일 윗쪽에 나의 긴 코트가 보였다. 나는 코트를 꺼내 들었다. 누군가가 내 코트를 옷장에서 꺼내 수트 케이스 안에 넣었다. 나는 옷장으로 다가가 문을 열었다. 옷걸이 하나를 꺼내 코트를 걸었다. 나는 다시 수트 케이스 앞으로 갔다. 수트 케이스 안에는 지저분한 빨랫거리와 깨끗한 옷들이 섞여 있었다. 더러운 옷과 깨끗한 옷이 코트 아래에 함께 있었던 것이다. 아무도 내 짐을 허락 없이 쌀 수는 없다. 그것들은 내 것이니까. 내 짐을 쌀 수 있는 사람은 나뿐이다. 하지만 빙켈만 씨는 내 물건들을 허락없이 수트 케이스 속에 집어넣었다. 아니, 빙켈만 부인이 그랬을지도 모른다. 그들은 부부가 아니다. 빙켈만 부인의 남편은 세상을 떠났고, 빙켈만 씨는 세상을 떠난 그의 동생이다. 그것은 헬레네가 내게 해 준 말이다. 내 짐을 내놓았던 사람은 빙켈만 부인과 빙켈만 씨, 둘 중 한 사람이 틀림없다. 아니, 두 사람이 함께 내 수트 케이스를 복도에 내놓았을지도 모른다. 나는 다시 짐을 풀어야 한다. 왜냐하면 나는 여기 살고 있으니까. 이 방은 내 방이고, 나는 이 집에서 살고 있다. 나는 이곳에 머무를 것이다. 다른 수트 케이스 속에는 화구가 들어 있었다. 천으로 돌돌 말아 놓은 붓과 스케치북. 나는 그것들을 꺼내고 수트 케이스를 닫았다. 옷이 들어 있던 수트 케이스도 닫았다. 나는 침대 앞에 가만히 서서 헬레네를 기다렸다. 그런데 헬레네는 왜 오지 않을까? 혹시 내 짐을 수트 케이스 속에 넣고 그것들을 내 방문 앞 복도에 내어놓은 사람은 헬레네 아닐까? 나는 수트 케이스 하나를 들어 올려 바닥에 내려놓았다. 침대 위에 있던 다른 수트 케이스도 들어 올려 바닥에 내려놓았다. 나는 침대 가장자리에 걸터앉아 신발을 벗었다. 침대에 누웠다. 이제 나는 헬레네가 올 때까지 기다릴 것이다. 나는 두 손으로 뒷머리를 받친 채 천장을 올려다보았다. 헬레네는 곧 올 것이다. 아니, 헬레네는 내게 오지 않을지도 모른다. 복도에서 사뿐사뿐 가벼운 발소리가 들려왔다. 헬레네가 오고 있는 것일까? 나는 복도에서 들려오는 발소리에 귀를 기울였다. 그것은 헬레네의 발소리가 분명했다. 나는 두 손으로 뒷목을 받치고 점점 가까워지는 발소리를 들었다. 헬레네가 오고 있는 것일까? 헬레네는 내게 올 것이다. 나는 말카스텐에서 내게 돌아오라고 소리치는 헬레네의 목소리를 똑똑히 들었다. 나는 그녀와 꼭 다시 만날 것이다. 사뿐사뿐한 헬레네의 발소리가 내게 점점 가까워졌다. 나는 내게로 오고 있는 그녀의 가벼운 발소리를 들었다. 헬레네가 내게 오고 있는 것이다. 나는 이제 침대에서 일어나야 할까? 헬레네가 오고 있는데 보라색 코듀로이 양복을 입은 채 침대에 몸을 쭉 뻗고 누워 있을 수만은 없다. 방문 앞에서 헬레네의 발소리가 멈추었다. 그것은 헬레네의 발소리였을까? 아니, 빙켈만 부인이 온 것은 아닐까? 하지만 발소리는 너무나 가벼웠다. 빙켈만 부인의 발소리는 아닐 것이다. 헬레네는 내게 돌아오라고 말했고, 나는 이제 그녀에게 되돌아왔다. 헬레네의 발소리는 내 방문 앞에서 멈추었다. 방문을 두드리는 소리. 나는 헬레네 빙켈만, 내 사랑 헬레네가 방문을 두드리는 소리를 들었다. 나는 대답해야 한다. 그녀에게 들어오라고 말해야 한다. 나는 헬레네를 내 방으로 초대해야 한다. 이대로 침대에 쭉 뻗은 채 누워 있으면 안 된다. 다시 방문을 두드리는 소리가 들렸다. 나는 들어오라고 말해야 한다. 하지만 방문을 두드린 사람이 빙켈만 부인이라면 어떡할까? 아니, 어쩌면 빙켈만 씨가 방문 앞에 서 있을지도 모른다. 바로 그 때문에 나는 문을 두드린 사람에게 무작정 들어오라고 말할 수 없다. 나는 침대에 조용히 누워 있어야 한다. 나는 문이 열리는 것을 보았다. 문을 여는 사람은 헬레네였다. 나는 내 사랑 헬레네가 문 앞에 서 있는 것을 보았다. 나는 그녀의 얼굴과 그녀의 눈을 바라보았다. 내 사랑 헬레네는 고개를 숙였다. 나는 내 사랑 헬레네의 창백한 얼굴을 보았다. 나는 몸을 일으켜 침대에 앉았다. 나는 수트 케이스로 시선을 돌렸다. 나는 방 안으로 들어오는 헬레네의 발소리를 들었다. 문이 닫히는 소리. 나는 헬레네가 방 안으로 들어오는 소리를 들었다. 나는 헬레네를 보았다. 그녀는 의자를 향해 걸어갔다. 나는 헬레네가 의자에 앉는 것을 보았다. 나는 수트 케이스로 시선을 돌렸다. 나는 이제 헬레네를 바라보면 안 된다. 내 사랑 헬레네. 도대체 당신에게 무슨 일이 있었던 걸까? 당신은 내게 말해 줘야 한다. 당신은 그저 의자에 가만히 앉아 있기만 하면 안 된다. 나도 그녀에게 무슨 말을 해야 한다. 나는 이대로 가만히 앉아 있기만 하면 안 된다. 나는 당신을 바라봐야 하고, 무슨 말인가를 해야 한다. 당신도 내게 말해 줘야 한다. 우리는 이렇게 가만히 앉아 있기만 하면 안 된다.

라스.

나는 내 사랑 헬레네가 내 이름을 부르는 것을 들었다. 당신의 목소리는 너무나 나직해서 당신이 내 이름을 부르는 것을 잘 알아들을 수가 없었다. 나는 당신을 바라보았다. 당신은 의자에 앉아 바닥만 내려다보았다.

라스.

당신은 같은 말만 되풀이했다.

나는 당신을 바라보았지만, 당신은 바닥만 내려다보며 말을 했다

당신은 더 이상 이 집에서 살 수 없어요.

당신은 고개를 들어 나를 정면으로 쳐다보았고, 당신의 목소리는 조금 전보다 더 높았다. 나는 바닥에 있는 수트 케이스만 내려다보았다.

당신은 이 집에서 살 수 없다고 삼촌과 어머니가 말했어요.

나는 당신을 볼 수 없기에 바닥만 내려다보았다. 당신은 내가 이 집에서 살 수 없다는 당신 삼촌의 말을 전했고, 나는 고개를 끄덕였다.

당신의 짐을 싸서 내놓았던 사람은 삼촌이었어요.

나는 다시 고개를 끄덕였다. 내가 무슨 말을 할 수 있을까? 나는 가만히 앉아 아무 말도 하지 않았다. 나는 수트 케이스를 바라보다가 당신에게 시선을 돌렸고, 당신은 내게 고개를 끄덕였다.

당신이 나를 부르지 않았나요?

당신이 나를 바라보았다.

내가 당신을 불렀다고요?

당신은 커다란 눈으로 나를 쳐다보았고, 당신의 목소리에는 두려움이 묻어 있었다. 나는 당신을 볼 수 없었기에 수트 케이스만 바라보았다.

당신을 생각하긴 했지만, 당신을 부른 적은 없어요.

하지만 나는 당신의 목소리를 들었어요.

내 목소리를 들었다고요?

말카스텐에서 들었어요. 나는 거기 앉아 있었고, 내 안에서 들려오는 당신의 목소리를 똑똑히 들었어요.

그렇다면 내가 당신을 어떤 식으로든 불렀던 것 같군요.

나는 의자에 앉아 있는 당신을 바라보았고, 당신은 바닥을 내려다보았다. 당신은 너무나 아름다웠다. 금발과 부드러운 얼굴 윤곽. 당신은 나를 생각했다. 당신은 나를 기다렸다.

당신은 나를 기다렸어요.

그럴지도 모르겠군요.

당신이 나를 기다리다니!

나는 몸을 일으켰다. 나는 침대 앞에 서서 의자에 앉아 있는 당신을 내려다보았고, 당신은 고개를 들어 나를 쳐다보았다. 당신의 눈동자에는 두려움이 묻어 있었다. 나는 당신의 눈 속에 깃든 두려움을 똑똑히 볼 수 있었다.

그렇지 않아요.

당신은 왜 갑자기 그런 말을 하는 것일까? 왜 당신의 목소리가 갑자기 변한 것일까?

당신은 두려워하고 있나요?

조금…….

두려워하지 마세요.

나는 당신에게 가까이 다가갔다.

안 돼요. 안 돼요.

당신의 목소리에도 두려움이 묻어 있었다.

안 된다고요?

안 돼요.

나는 당신에게 더 가까이 다가갔다.

이러지 마세요.

당신은 왜 내게 그런 말을 하는 것일까? 나는 당신을 바라보았다.

당신은 이 집에서 나가야 해요. 삼촌이 그렇게 말했어요. 당신은 이 집에서 나가야 한다고. 이제 당신은 더 이상 이 집에서 살 수 없어요.

도대체 당신의 삼촌이 당신에게 무슨 짓을 했나요?

당신은 다시 고개를 숙여 바닥을 내려다보았다. 나는 당신을 바라보았다. 당신은 의자에 앉아 바닥만 내려다보았다. 당신의 삼촌은 당신을 독차지하고 싶어 한다. 악마처럼 거뭇거뭇한 눈동자를 가진 사내. 그는 당신을 뚫어지게 바라보며 당신을 독차지하려 한다. 그는 당신의 몸에 손을 대고 싶어 한다. 그는 당신을 가만두지 않을 것이다. 그는 당신을 영원히 가만히 놓아두지 않을 것이다. 그는 당신의 몸에 손을 댈 것이고, 당신은 그가 하는 대로 가만히 내버려 둘 것이다. 당신은 싫다는 말도 하지 않을 것이다. 그런 말은 영원히 하지 못할 것이다.

당신의 삼촌.

라스, 도대체 왜 이러세요? 당신은 눈을 들어 나를 뚫어지게 바라보았다.

당신은 내게 왜 이러냐고 물었지만, 정작 그렇게 물어야 하는 사람은 내가 아니었던가. 내가 원하는 것은 없다. 나는 단지 당신에게 아직 완전히 결정된 것은 아무것도 없다는 말을 하고 싶을 뿐.

아무것도 아니에요.

당신은 이 집에서 나가지 않을 건가요?

왜 내가 이 집에서 나가야 하나요? 당신도 내가 이 집에서 나가길 바라나요? 내가 이 집에서 나가길 원하는 사람은 바로 당신이었나요?

나는 시선을 떨구는 당신을 보았다. 당신의 입가에 살짝 미소가 어렸던가? 내가 곧 이 집에서 나갈 것이라는 생각에 기쁜 나머지? 바로 그 때문에 당신은 거기 앉아 미소를 짓고 있는가? 이제 당신은 삼촌과 단둘이 있을 수 있고, 그는 당신의 가슴을 마음대로 만질 수 있기 때문에? 그는 아무도 없는 집에 당신과 단둘이 앉아 원하는 일을 마음대로 할 수 있을 것이다. 누군가가 내 짐을 싸서 밖에 내놓았고, 나는 이 집에서 나가야 한다. 누군가가 나를 이 집에서 쫓아내겠다고 결정했다. 그런데도 당신은 가만히 앉아서 미소만 짓고 있다. 당신은 내가 이 집에서 나가야 하는 이유를 말해 주지 않았다. 나는 가만히 서 있을 수가 없었다. 자리에 앉아야만 했다.

당신은 왜 내가 이 집에서 나가길 원하나요? 왜?

나는 침대로 다가가 가장자리에 걸터앉은 채 수트 케이스를 바라보았다. 당신은 내가 이 집에서 나가길 바랐다. 그럼에도 내게 집으로 돌아오기를 바랐다. 단지 나를 괴롭히고 싶었기 때문인가. 바로 그 때문에 그렇게 가만히 앉아 내가 이 집에서 왜 나가야 하는지 이유도 말해 주지 않은 채 미소만 짓고 있는가. 내가 할 수 있는 일은 아무것도 없다. 할 말도 없다. 나는 당신을 바라볼 수 없다. 하지만 나는 이 집에서 나가야 하는 이유를 당신에게 물어봐야 한다. 나를 쫓아내고 싶어 했던 사람은 바로 당신이니까. 그것이 바로 당신이 원하는 것이니까.

당신은 왜 내가 이 집에서 나가길 원하나요?

나는 당신을 바라보았다.

그건 삼촌이 원하는 일이에요.

당신의 삼촌?

네.

이 집의 일을 결정하는 사람은 당신의 삼촌인가요?

그건 어머니도 원하는 바였어요. 삼촌이 그렇게 말했기 때문에.

당신은요?

저요?

당신은 아무 말도 하지 않았나요?

나는 고개를 젓는 당신을 보았다. 당신은 나를 바라보았다. 나는 수트 케이스로 시선을 돌렸다. 나를 이 집에서 내보내길 원하는 사람은 바로 당신이다. 내가 이 집에서 나가면 당신은 나를 비웃을 것이다. 나는 고개를 들어 당신을 볼 수 없다. 당신은 가만히 앉아 미소만 지었다. 나는 당신의 미소가 점점 커지는 것을 보았다. 미소는 점점 커졌다. 나는 당신이 가만히 앉아 미소 짓는 것을 볼 수 없다. 나는 두 손을 들어 눈을 가렸다. 두 손으로 눈을 가리니 당신의 미소는 더 커지지 않았다. 나는 당신의 미소가 점점 커져 여기저기 움직이는 것을 원치 않는다. 나는 당신의 미소가 내게 다가왔다가 멀어지는 것을 볼 수 없다. 하지만 당신은 어느새 당신의 미소가 되었다. 나는 눈을 가렸던 손을 내리고 고개를 들었다. 커다랗게 변한 당신의 미소는 방 한가운데에서 점점 커지고 있었다. 당신의 미소는 곧 이 방을 가득 채울 것이다.

안 돼! 안 돼!

라스, 도대체 무슨 일인가요?

나는 다시 눈을 가렸다. 당신의 미소를 볼 수가 없었다. 당신의 입술은 가볍게 움직이며 내게 다가왔다가 다시 내게서 멀어졌다. 나는 당신의 미소를 보았다.

안 돼. 지금은 안 돼! 안 된다고!

무슨 일이에요, 라스? 말을 해 보세요.

지금은 안 돼. 안 돼!

도대체 왜 이러는 거예요, 라스?

안 돼!

나는 팔꿈치를 무릎에 대고 두 손으로 눈을 가렸다. 상체를 앞으로 숙이고 두 손으로 얼굴을 가렸다. 나는 두 손으로 눈을 꾹 눌렀다. 모든 것이 검게 변했다. 기분 좋게.

이러면 안 돼.

이럴 수는 없다. 나는 선착장을 가로질러 내게 달려오는 아버지를 보았다. 아버지는 따각따각 나막신 소리를 내며 뛰어왔다. 당신은 미소를 지으면 안 된다. 방 한가운데에서 그토록 큰 미소를 만들어 내면 안 된다. 아버지가 팔을 들어 올렸다. 아버지는 팔을 높이 들어 올려 챙모자를 벗어 들었다. 아버지가 챙모자를 높이 치켜들고 세차게 흔들었다. 아버지는 선착장 안으로 달려와 챙모자를 벗어 높이 치켜들고 흔들었다.

라스, 도대체 왜 이러는 거죠?

아버지는 선착장 안으로 들어와 챙모자를 흔들었다.

라스? 도대체 무슨 일이에요, 라스?

아버지는, 라스! 라스! 이제 돌아오는 거니, 라스?라고 소리쳤다.

네, 돌아왔어요.

라스, 도대체 지금 누구에게 말을 하는 거예요?

아버지는 선착장 가장자리에서 발을 멈추고 내게 일이 잘 풀리지 않으면 다시 집으로 돌아오라고 말했다.

네, 다시 돌아올게요.

도대체 지금 무슨 말을 하고 있나요?

당신은 나와 만나길 원치 않는다. 당신은 내게 소리를 지를 뿐이다. 당신이 내게 돌아오라고 말했던 이유는 내 앞에 가만히 앉아 내게 비웃는 미소를 보여 주기 위해서였다. 아버지는 선착장 가장자리에 서 있었고, 나는 아버지를 지나쳐 뒤도 돌아보지 않고 앞만 보며 걸었다. 아버지는 바다로 뛰어들었다. 파도가 아버지를 덮쳤다. 도대체 아버지에게 무슨 일이 생긴 것일까? 아버지가 바다에 빠진 것일까? 아니, 아버지가 스스로 바다에 뛰어들었던 것일까?

바다에 빠지면 안 돼요, 아버지. 왜 바다에 뛰어들었나요?

라스! 라스!

아버지! 아버지!

도대체 지금 누구에게 말을 하는 건가요?

아버지! 얼른 뭍으로 올라오세요! 아버지!

나는 바닷물 속에 잠긴 아버지를 보았다. 아버지는 나막신을 신은 채 바닷물 속의 돌멩이와 해초 사이에 가만히 서 있었다. 아버지는 나를 바라보며 집으로 다시 돌아오라고 말했다. 내가 화가가 되지 못하더라도 괜찮다고 했다. 다시 집으로 돌아와도 이전과 다름없이 지낼 수 있다고 했다.

다시 돌아올게요.

아버지는 내게 꼭 다시 돌아오라고 말했다. 독일에서 일이 잘 안 풀리면 언제든 다시 집으로 돌아오라고 했다.

나는 다시 집으로 돌아가야 해요.

아버지는 바닷물 속에 서서 내게 다시 집으로 돌아와 참 좋다고 말했다. 아버지는 내가 실력 있는 화가지만 동네의 집과 옷장, 나무배에 페인트칠을 하며 먹고살 수 있다고 말했다. 꼭 그림을 그려야 할 필요는 없다고도 했다.

나는 어떤 그림도 그릴 수 있어요.

그런 식으로 말하지 마세요. 그녀가 말한다.

아버지는 고개를 끄덕이며 잘 알고 있다고 말했다. 나는 아버지가 주머니에서 파이프를 꺼내 담배를 채워 넣고 입에 무는 것을 보았다. 아버지가 파이프에 불을 붙였다. 아버지는 바닷물 속에 서서 파이프를 피웠다.

이제 나오세요, 아버지. 물속에서 담배를 피울 수는 없어요.

라스, 도대체 무슨 말을 하고 있나요?

그런데 나를 만나는 것도 원치 않고 나와 같은 지붕 아래서 살기도 원치 않는 당신은 나의 아버지가 물속에서 파이프를 피우고 있는데도 그저 가만히 앉아 내게 무슨 말을 하고 있느냐고 묻고 있다.

당신과는 상관없는 일이에요.

당신은 방금 누군가에게 이야기를 했잖아요.

아버지는 내가 집으로 돌아오기만을 바란다고 말했다. 아버지와 어머니, 누이들은 집으로 돌아오는 나를 진심으로 반겨 줄 것이라고 했다.

집으로 돌아갈게요.

도대체 누구와 대화하는 거죠?

나는 두 손으로 눈을 가렸다. 이대로 계속 물속에 서 있을 수 없다고 말하는 아버지의 목소리를 들었다. 나는 아버지가 물 위를 걸어 뭍으로 올라가는 모습을 보았다. 아버지의 나막신은 모래 위에 자국을 남겼다. 나는 아버지의 등을 보았다.

집으로 갈게요.

이러지 마세요. 당신은 나를 두렵게 만들어요.

나는 두 손으로 얼굴을 가렸다. 상체를 천천히 흔들거리기 시작했다. 나는 상체를 좌우로 움직였다.

라스, 난 이제 가야 해요.

나는 얼굴을 가렸던 손을 내리고 당신과 파이프를 입에 문 채 창가에 서 있는 아버지를 보았다.

아버지, 여기 있나요?

아버지는 지나가는 길에 잠깐 들렀으며 금방 떠날 것이라고 말했다. 아버지는 여동생 엘리자베트도 함께 왔다고 했다. 그녀는 어디에 있을까? 나는 아버지 옆에 서 있는 엘리자베트를 보았다.

엘리자베트, 만나서 반가워. 여전히 조그마하구나.

엘리자베트는 미소를 지었다. 그녀는 수줍어하며 아버지의 다리를 잡고 아버지의 다리 뒤로 얼굴을 숨겼다.

만나서 반가워, 엘리자베트.

아버지는 엘리자베트가 수줍어한다고 말했다. 나는 아버지를 바라보았다. 아버지의 검은색 바지, 아버지의 검은색 재킷. 아버지의 검은 옷은 점점 커졌다.

안 돼. 지금은 안 돼.

그 희고 검은 천, 그 검고 흰 천은 지금 내 앞에 나타나선 안 된다. 내게 오면 안 된다.

라스, 진정하세요.

나는 내 사랑 헬레네를 바라보았다. 나는 내 사랑 헬레네가 내 하숙방 의자에 앉아 커다랗고 거뭇거뭇한 눈동자로 나를 바라보는 것을 보았다.

그렇게 말하지 마세요. 당신이 그러니까 무서워요. 그러지 마세요.

두려워 마세요.

도대체 누구와 대화하는 거죠?

당신은 내게 그런 질문을 던지면 안 된다. 내게 누구와 대화하는지 물어보면 안 된다. 만약 내게 누구와 이야기를 하고 있는지 묻는다면 나는 당신을 죽여 버릴 것이다. 왜냐하면 내 사랑 헬레네, 당신은 내가 이 집에 사는 것을 원치 않기 때문이다. 당신은 내게 누구와 대화를 나누는지 물어보면 안 된다. 절대. 당신은 내 앞에서 사라져야 한다. 나를 가만히 놔둘 수는 없을까. 당신은 이제 더 이상 나의 연인이 아니다. 나는 당신의 연인이지만, 당신은 나의 연인이 아니다. 나는 당신을 좋아하지 않는다. 당신은 나의 연인이 아니다.

당신은 내 연인이 되기를 원치 않아요.

그건 누구에게 하는 말인가요?

아무도 아니에요.

엘리자베트.

당신은 내게 누구와 대화를 나누는지 물어보면 안 된다. 그건 당신과 상관없는 일이니까. 당신은 내게 이 집에서 나가야 한다고 말했다. 나는 이 집에서 나가면 살 곳이 없다. 독일에서 공부를 계속할 수도 없다. 나는 다른 곳에서 살아야 한다. 헬레네, 내 사랑 헬레네, 내게 돌아오라고 말했던 헬레네, 나의 연인 헬레네, 그녀는 삼촌과 단둘이 있고 싶어 내게 이 집에서 나가라고 말했다. 그녀의 삼촌은 그녀에게 온갖 추악한 짓을 할 것이다. 그녀가 원하는 것도 바로 그것이다.

당신은 내가 이 집에서 나가길 원해요. 당신은 내가 잘되기를 바라지 않아요.

라스.

당신은 다른 화가들과 똑같아요. 내가 잘 되기를 원하지 않아요.

당신과 진지하게 대화를 나눠 봐야 할 것 같아요.

나는 의자에 앉아 있는 당신을 바라보았다. 당신은 내가 보아 왔던 존재 중 가장 아름다운 존재다. 의자에 앉아 있는 당신, 세상에서 가장 아름다운 존재인 당신은 내가 아닌 당신의 삼촌과 단둘이 있기를 원한다. 당신은 너무나 아름답다.

곧 어머니가 올 거예요.

내 앞에 앉아 있는 당신은 너무나 아름답다.

당신은 방에서 나가야 한다고 말했다. 어머니와 삼촌이 곧 오기 때문에 얼른 내 방에서 나가야 한다고 했다. 당신은 내 수트 케이스에 짐을 넣어 밖에 내놓은 사람은 당신의 삼촌이라고 말했다.

나는 고개를 끄덕이며 당신을 바라보았다. 너무나 아름다운 당신.

이제 어떻게 하면 되나요? 라스! 우린 다시 만날 수 없을 거예요. 당신이 이 집에서 나가면 우린 다시 만날 수 없어요!

나는 의자에서 일어나 꼿꼿하게 서 있는 당신을 보았다.

라스, 당신도 잘 알고 있을 거예요.

당신이 내 앞에 서서 양손을 내 어깨에 내려놓았다.

라스, 이제 우린 어떻게 하면 되나요? 뭘 어떻게 하면 좋을까요? 어떻게 하면 당신과 다시 만날 수 있을까요? 약속을 해야 하지 않을까요? 뭐든지 해야만 해요.

당신은 내 눈을 바라보았다.

당신의 어머니와 삼촌이 곧 돌아올 것이다. 당신은 당장 이 방에서 나가야 한다. 우리는 약속을 해야 한다.

나는 고개를 들어 당신을 쳐다보았다.

우린 다시 만날 수 없을 거예요.

나는 손을 들어 당신의 뺨을 어루만졌다.

영원히. 그녀가 말했다.

우린 다시 만날 수 있을 거예요.

어떻게요?

방법이 있을 거예요.

쉽지 않을 거예요. 어머니는 너무나 엄격한 사람이거든요. 삼촌은 더 엄격해요.

나는 당신의 눈동자가 커지는 것을 보았다.

하지만 우린 어떻게든 다시 만날 수 있지 않을까요? 다시 만날 방법이 있을 거예요. 틀림없이.

당신은 고개를 저었다.

안 될까요?

당신은 입술을 앙다물며 고개를 저었다.

어머니와 삼촌은 나를 지켜 내겠다고 말했어요.

당신의 삼촌도 그렇게 말했나요?

당신은 고개를 끄덕였다.

하지만 어떻게……?

어머니와 삼촌은 약속했어요. 내가 홀로 집에 있는 시간엔 삼촌이 오기로 했어요. 나를 보살펴 주기 위해서.

당신의 삼촌은 당신을 보살펴 줄 것이다. 당신은 그와 함께 단둘이 있을 것이다. 당신이 원하는 것은 바로 그것이 아니었던가. 그는 당신과 단둘이 있을 때 얼마든지 원하는 대로 당신의 몸에 손을 댈 수 있을 것이다.

그들이 곧 올 거예요. 어머니와 삼촌. 그러면 당신은 여기

서 나가야 해요. 삼촌은 이미 당신의 짐을 수트 케이스에 넣어 밖에 내놓았어요. 삼촌은 당신이 짐을 싸 놓지도 않고 어디론가 사라진 것을 발견하곤 불같이 화를 냈어요. 당신이 다시 돌아올 생각을 하고 있다면서.

나는 당신이 내가 아닌 당신의 삼촌과 함께 있고 싶어 한다는 것을 잘 알고 있다.

삼촌은 당신에게 방값을 돌려주었지만 당신은 짐을 두고 어디론가 사라졌어요. 바로 그 때문에 삼촌이 화를 냈던 거예요. 삼촌은 당신의 짐을 거리에 던져 버리려고 했지만 어머니의 반대로 그렇게 하지 못했어요.

당신과 당신의 삼촌. 나는 당신이 왜 내가 아닌 당신의 삼촌과 함께 있기를 원하는지 이해할 수 없다.

삼촌에게 그렇게 하지 말라고 부탁했던 건 나예요. 바로 나라고요, 라스. 내 말을 듣고 있나요. 삼촌에게 부탁했던 사람은 나예요. 내가 당신의 짐을 지켰다고요. 내 말을 듣고 있나요, 라스?

당신과 당신의 삼촌. 그는 당신의 몸에 손을 댈 것이고, 당신은 만족할 것이다. 왜냐하면 당신은 내가 아닌 당신의 삼촌과 단둘이 있길 원하니까. 바로 그 때문에 당신은 내가 이 집에서 나가길 원하는 것이다.

라스, 나를 믿어 주세요. 당신은 나를 믿어야 해요.

당신은 내가 아닌 당신의 삼촌과 단둘이 있고 싶어 나를 이 집에서 쫓아내려 한다. 당신은 내가 없는 집에서 삼촌과 단둘이 있기를 원한다. 나는 이 집에서 나가야 한다. 당신이 삼촌과 단둘이 있기를 원하기 때문에. 나는 갈 곳이 없다. 머무를 곳이 없기 때문에 독일에 더 있을 수도 없다. 나는 다른 곳에서 살아야 한다. 거리에서 살 수는 없다. 그렇다면 나는 집으로 돌아가야 한다. 그러면 나는 그림을 더 그릴 수 없다. 동네 건물 벽에 페인트칠을 할 수밖에 없다.

나는 이곳에서 더 살 수 없어요.

내가 이 집에서 더 살 수 없는 이유는 당신이 이 집에서 삼촌과 단둘이 있기를 원하기 때문이다.

당신은 내가 이 집에서 나가길 원해요.

당신은 고개를 저었다.

당신의 삼촌이 당신을 홀로 독차지하길 원하기 때문이에요.

아니에요. 그건 정말 아니에요.

나는 이 집에서 나가야 해요.

다시 만날 약속을 하면 안 될까요?

당신은 내 어깨에 얹었던 손을 내리고 창가로 다가갔다. 하얀 드레스를 입고 창가에 서 있는 당신. 목을 드러낸 채 묶어 올린 금발. 나는 당신의 풀어 헤친 머리를 본 적도 있다! 어깨 위로 늘어뜨린 당신의 긴 머리를. 당신의 뒤, 창문 너머 언덕 위에는 포플러가 나란히 서 있다. 나는 창가에 서 있는 내 사랑 헬레네를 바라보았다. 당신이 몸을 돌려 내 어깨 너머 어딘가를 바라보았다.

삼촌이 곧 올 거예요. 삼촌이 오면 나는 이 방에서 나가야 해요.

나는 하얀 드레스를 입고 서 있는 너무나 아름다운 당신에게서 눈을 뗄 수가 없다.

이제 가야 하나요?

당신은 고개를 끄덕였다.

나와 함께 있기 싫은가요?

나는 당신이 내가 아닌 당신의 삼촌과 단둘이 있고 싶어 한다는 것을 이미 잘 알고 있다. 그러니 당신에게 물어볼 필요도 없다. 당신은 그저 가만히 서서 나를 바라보기만 했다. 그런데 아버지는? 아버지는 어디로 갔을까? 조금 전까지만 하더라도 여기 있었는데. 엘리자베트, 내 여동생도 여기 있었다. 엘리자베트는 어디로 가 버렸을까? 아버지는 어디에 있을까? 당신은 얼른 가야 한다고 말했다. 나와 함께 있기 싫어서일 것이다. 당신은 내게서 벗어나기를 원한다. 오직 당신의 삼촌과 같이 있기를 원할 뿐이다.

라스.

누군가가 대문을 여는 소리가 들렸다.

라스. 이제 그들이 왔어요. 난 가야 해요. 그들이 집에 왔어요.

나는 대문이 열리는 소리를 들었고, 당신은 그들이 왔다고 말했다. 복도에서 발소리가 들렸다. 당신은 겁에 질린 눈으로 나를 바라보았고, 나는 수트 케이스가 사라졌다고 말하는 빙켈만 씨의 목소리를 들었다.

잘되었어요. 당신 어머니의 목소리였다.

그래요, 정말 잘된 일이에요. 이제 그가 없으니 속이 시원하군요. 빙켈만 씨가 말했다.

당신은 눈을 동그랗게 치켜뜨고 방문을 바라보았다. 방문을 바라보는 당신의 모습은 너무나 아름다웠다. 나는 당신과 방문을 번갈아 가며 바라보았다. 나는 당신에게 얼른 나가라고 나직이 말했다. 당신이 나와 함께 있는 것을 그들에게 들키면 안 된다고 말했다. 빙켈만 씨는 내가 집에서 나가야만 했다고 말했다. 최근에 있었던 일을 생각한다면 헬레네가 나와 단둘이 이 집에 있을 때면 걱정이 되어 견딜 수 없다고 했다.

맞는 말이에요. 당신의 어머니가 말했다.

있을 수 없는 일이에요. 그를 이 집에서 내쫓은 건 최선의 방법이었어요.

맞아요. 최근에 있었던 일을 생각한다면 그를 더 이상 집에 둘 수가 없어요. 당신의 어머니가 맞장구를 쳤다.

있을 수 없는 일이죠. 빙켈만 씨가 말했다.

그는 좀 이상한 사람 같아요. 당신의 어머니가 말했다.

하루 종일 침대에 누워 있기만 하더군요.

당신의 삼촌과 어머니가 소리 내어 웃었다.

그렇게 누워 있기만 하니 그림을 그릴 시간도 없었을 거예요. 당신의 삼촌이 말했다.

그렇겠죠.

그런데 왜 그에게 세를 주었나요?

저도 잘 모르겠어요.

어쨌든 지난 일이니까 괜찮아요. 빙켈만 씨가 말했다.

맞아요, 이젠 지난 일이 됐어요. 헬레네를 위해선 그를 쫓아내는 게 최선의 방법이었죠. 당신의 어머니가 말했다.

나는 헬레네를 위해선 최선의 방법이었다고 말한 그녀의 말을 나직이 되풀이했고, 당신은 나를 향해 고개를 끄덕였다. 헬레네와 나는 서로를 마주 보았다. 그녀는 내게 미소를 지으며 어머니가 했던 말을 속삭이듯 나직이 되뇌었다. 당신과 나는 서로 마주 보며 눈빛을 교환했다. 빙켈만 부인이 헬레네! 하고 소리쳤다. 헬레네! 나는 방문 앞에 서 있는 당신을 보았다. 헬레네가 여기 없다고 소리치는 빙켈만 씨의 목소리가 들렸다.

헬레네! 헬레네! 빙켈만 부인이 소리쳤다.

방문 밖에서 묵직한 발소리와 가벼운 발소리가 함께 들렸다. 어머니의 가벼운 발소리와 삼촌의 묵직한 발소리. 헬레네가 몸을 돌려 나를 바라보았다.

그들이 오고 있어요.

두려워할 필요는 없어요.

그들이 오고 있다고요.

상관없어요.

당신은 나를 바라보며 고개를 절레절레 저었고 나는 방문 앞에 서 있는 당신을 바라보았다.

헬레네! 헬레네! 빙켈만 씨가 소리쳤다.

빙켈만 씨는 왜 내 사랑 헬레네를 가만히 놔두지 못하는 것일까.

젠장.

나는 방문을 바라보았다. 방문이 열렸다. 천천히 열리는 방문을 보며 헬레네가 발을 떼었다. 갑자기 방문이 확 열리며 문이 벽에 부딪혔다. 방문 앞에는 빙켈만 씨가 서 있었다. 그가 소리 내어 웃기 시작했다. 빙켈만 씨가 복도 쪽으로 얼굴을 돌려 헬레네가 여기 있다고 소리쳤다. 수트 케이스도 함께. 빙켈만 씨는 방문 앞에 서서 소리 내어 웃으며 헬레네와 수트 케이스가 여기 있다고 다시 소리쳤다. 헬레네와 수트 케이스와 미친 노르웨이 남자가 함께 있다고. 나는 몸을 일으켜 내 사랑 헬레네 곁에 섰다. 나는 빙켈만 씨를 바라보았다. 나는 빙켈만 씨의 검은 눈동자를 정면으로 바라보았다.

헬레네와 나는 연인입니다.

빙켈만 씨가 나를 돌아보았다.

우리는 연인입니다.

연인이라고? 빙켈만 씨가 되물었다.

나는 고개를 끄덕였다. 빙켈만 씨가 다시 소리 내어 웃기 시작했다. 빙켈만 씨가 방문 앞에 서서 웃고 있었다. 빙켈만 씨가 다시 복도 쪽으로 몸을 돌려 헬레네와 내가 연인 사이라고 말하며 다시 웃기 시작했다. 빙켈만 부인도 와서 방문 앞에 섰다. 빙켈만 씨가 팔을 쭉 내밀어 문틀을 움켜쥐었다. 빙켈만 씨는 방문을 가로막고 서서 나를 정면으로 바라보았다.

두 사람이 연인이라고? 빙켈만 씨가 말했다.

빙켈만 씨가 나를 쏘아보았다.

당신은 연인이라고 부르는 이 아이가 몇 살인지 알고 있나요? 흠? 알고 있습니까?

나는 시선을 떨구어 수트 케이스를 내려다보았다.

이 아이는 아직 어린애에 불과해요. 좋은 가문의 핏줄을 이

어받은 아이입니다. 당신은 좋은 가문이라는 것이 무슨 뜻인지 압니까?

나는 고개를 들어 빙켈만 씨의 한쪽 팔 아래 서 있는 빙켈만 부인을 바라보았다. 그녀의 두 눈은 젖어 있었고 뺨에는 눈물이 흘러내리고 있었다. 빙켈만 씨가 헬레네를 바라보았다.

헬레네, 도대체 왜 이러는 거니?

빙켈만 부인은 고개를 숙이고 소리 내어 흐느끼더니 빙켈만 씨에게 몸을 기댔다. 빙켈만 씨는 한쪽 팔로 그녀의 어깨를 감싸 안았다.

우리는 연인입니다. 내가 그들을 향해 말했다.

형수님, 들으셨습니까? 두 사람이 연인이라는군요. 똑똑히 들으셨죠?

빙켈만 씨는 빙켈만 부인의 어깨를 감쌌다.

이자가 우리 헬레네와 연인이라고 하는군요. 빙켈만 씨가 말했다.

빙켈만 부인은 빙켈만 씨의 검은 재킷에 얼굴을 묻었다.

이제 이 미친놈을 이 집에서 쫓아냅시다. 빙켈만 씨가 말했다.

네, 네. 빙켈만 부인이 말했다.

이 자를 집에 둘 수 없습니다. 당장 쫓아내야 해요.

나는 빙켈만 부인이 검은 재킷에 묻었던 얼굴을 들어 올리는 것을 보았다.

헬레네, 도대체 이게 무슨 일이니? 네가 어쩌다 이렇게 되었니? 도대체 네가 무슨 짓을 했는지 알기나 하니? 네 아버지 생각은 조금도 하지 않는 거야? 만약 네 아버지가 이 일을 알았다면 뭐라고 하시겠니? 불쌍한 네 아버지가 뭐라고 하실지 한 번도 생각해 보지 않았어? 빙켈만 부인이 말했다.

나는 침대 가장자리에 걸터앉았다. 나는 금발의 헬레네, 하얀 드레스를 입고 서 있는 내 사랑 헬레네를 바라보았다. 내 사랑 헬레네는 그 자리에 꼿꼿하게 서 있었다. 한 손으로는 문틀을 쥐고, 다른 한 손으로는 빙켈만 부인의 어깨를 감싸 쥐고 있던 빙켈만 씨가 손을 내리고 방 안으로 들어왔다. 나는 그의 검은 눈이 방 안으로 들어오는 것을 보았다. 검은 눈동자와 검은 수염, 그리고 그의 불룩한 배. 빙켈만 씨는 방 안으로 들어와 헬레네에게 다가갔다. 그가 헬레네의 팔을 잡았다. 나는 빙켈만 씨가 헬레네의 팔을 잡아 쥐는 것을 보았다.

그녀를 가만히 놔두세요.

빙켈만 씨가 고개를 돌려 나를 쏘아보았다.

입 닥쳐.

빙켈만 씨는 헬레네를 방문 앞으로 질질 끌고 갔다. 나는 가만히 앉아서 빙켈만 씨가 내 사랑 헬레네를 내게서 앗아 가는 모습을 지켜보았다. 빙켈만 씨는 내 사랑 헬레네를 데려갔다. 나는 빙켈만 부인의 집에서 세를 내고 하숙을 했고, 그는 내 하숙방에서 내 사랑 헬레네를 데리고 나갔다. 그가 내 사랑 헬레네의 팔을 잡아 쥔 채 질질 끌고 나가는 동안, 빙켈만 부인은 문 앞에 서서 그 모습을 지켜보기만 했다. 내 사랑 헬레네는 그녀의 삼촌에게 팔을 잡힌 채 내 방에서 끌려 나갔다. 있을 수 없는 일이다. 하지만 나는 이 방에 앉아 있어야 한다. 나의 아버지도 창가에 서서 빙켈만 씨가 헬레네를 끌고 나가는 모습을 보았다. 아버지는 내 방에서 내 사랑 헬레네를 끌고 나가는 빙켈만 씨를 쏘아보았다. 이제 내 사랑 헬레네는 영원히 내 곁을 떠났다. 아버지는 아무 말도 하지 않았다. 아버지는 챙모자를 손에 들고 가만히 서 있기만 했다. 나막신을 신은 아버지는 빙켈만 씨가 내 사랑 헬레네를 내게서 앗아 가는 모습을 보기만 했다. 엘리자베트, 사랑하는 내 여동생 엘리자베트, 너는 왜 거기 가만히 서서 빙켈만 씨를 쳐다보기만 하니?

엘리자베트.

엘리자베트는, 오빠, 슬퍼하지 마세요라고 말했다.

아냐, 난 슬프지 않아.

엘리자베트는 그나마 다행이라고 말했다.

자, 이제 당신의 수트 케이스를 들고 이 집을 나가요. 빙켈만 씨가 말했다.

빙켈만 씨는 한 손으로 헬레네의 팔을 잡고, 다른 손으로는 빙켈만 부인을 감싸 안으며 나를 쏘아보았다.

지금 나가야 합니까?

그래요. 서두르세요. 빙켈만 씨가 말했다.

나는 헬레네와 빙켈만 부인이 고개를 끄덕이는 것을 보았다. 헬레네도 내가 이 집에서 나가길 원하는 것이 틀림없다. 그녀의 삼촌과 단둘이 온갖 지저분한 짓을 함께 하기 위해서. 헬레네는 내가 이 집에서 나가길 원한다. 엘리자베트가 다가와 내 무릎 위에 앉았다. 나는 엘리자베트의 등에 손을 올렸다.

내게 와 줘서 고마워.

지금 누구에게 말하는 겁니까? 빙켈만 씨가 물었다.

엘리자베트는 독일에 있는 큰오빠를 꼭 한번 만나 보고 싶었다고 말했다. 그림을 너무나 잘 그리기 때문에 집에서 멀리 떠나 남쪽 나라 독일까지 가서 공부하는 큰오빠를.

그래, 엘리자베트.

도대체 누구와 대화를 하는 거요? 빙켈만 씨가 말했다.

엘리자베트.

지금 당장 나가요. 빙켈만 씨가 말했다.

나는 엘리자베트를 안아 바닥에 내려놓았다.

이제 아버지에게 가렴.

헬레네와 빙켈만 부인은 각각 빙켈만 씨의 양옆에 서서 나를 바라보았다.

아버지에게 가, 엘리자베트.

나는 창가로 가는 엘리자베트를 바라보았다. 그녀가 손을 들어 아버지의 손을 잡았다. 나는 창가에 서 있는 아버지와 엘리자베트를 바라보았다.

난 이제 가야 해. 어머니와 다른 동생들에게 안부 전해 주렴.

서둘러요! 빙켈만 씨가 말했다.

나는 빙켈만 씨의 검은 눈동자를 바라보았다. 나는 헬레네, 내 사랑 헬레네가 방문 앞에 서서 빙켈만 씨에게 몸을 기대는 것을 보았다. 헬레네가 손을 들어 빙켈만 씨의 목에 얹었다. 그녀가 함께 지내고 싶어 하는 사람은 내가 아니라 빙켈만 씨가 분명하다. 나는 내 사랑 헬레네를 바라볼 수 없었다. 나는 수트 케이스로 시선을 돌렸다.

짐을 싸야 해요.

그러세요. 빙켈만 씨가 말했다.

나는 침대에서 일어나 수트 케이스로 다가갔다. 수트 케이스 하나를 열었다. 몸을 돌려 보았다. 방문 앞에는 빙켈만 씨가 홀로 서 있었다. 그는 나를 향해 고개를 절레절레 저었다. 이제 나는 내 사랑 헬레네를 다시 볼 수 없다. 헬레네는 내게서 떠났다. 빙켈만 씨는 방문 앞에 홀로 서서 고개를 저었다. 빙켈만 씨의 머리가 점점 커지기 시작했다. 그의 검은 눈동자도 점점 커졌다. 그의 검은 눈동자가 얼굴에서 빠져나와 방 안을 헤집고 돌아다녔다. 방 안을 마음대로 헤집고 다니는 그의 눈동자는 점점 더 검어졌고, 점점 더 커졌다. 그의 눈동자가 내게 다가왔다가 멀어지며 방 안을 꽉 채웠다. 나는 그의 검은 눈동자를 통해 헬레네와 빙켈만 부인의 그림자를 볼 수 있었다. 그의 눈동자는 내 방을 꽉 채웠고, 문 앞에는 빙켈만 부인과 헬레네가 빙켈만 씨의 양옆에 서 있었다. 그들의 윤곽은 흐릿했다. 그들은 내 눈에 띄지 않기를 바라고 있다. 그들은 방 안을 꽉 채우는 검은 눈동자 속에 흐릿하게 존재할 뿐이다. 검은 눈동자가 쭉쭉 늘어나더니 희고 검은 천으로 변했다. 천은 파도처럼 굽실거리며 방 안을 돌아다녔다. 그것은 내게 다가왔다가 멀어지기를 반복했다. 희고 검은 천은 쉴 새 없이 내 주위를 맴돌다가 내 입 바로 앞까지 다가왔다. 빙켈만 씨의 검은 눈동자는 희고 검은 천으로 변해 내 입을 향해 다가왔다. 천이 내 입술을 덮쳤다. 희고 검은 천이 내 입술을 눌렀다. 나는 얼른 이곳에서 벗어나야 한다. 빙켈만 씨는 내게 서두르라고 말했다. 내가 조금 전 짐을 다시 풀었다고 말하는 헬레네의 목소리가 저 멀리서 들려왔다. 빙켈만 씨는 정말 그랬냐고 내게 물었다. 그가 나를 향해 인내심이 바닥나기 시작했다고 말했다. 나는 수트 케이스 하나를 내려다보았다. 수트 케이스 안에는 더러운 속옷과 깨끗한 속옷이 한데 섞여 있었다. 나는 옷장에서 코트를 꺼내야 한다. 나는 빙켈만 씨와 눈을 마주치고 싶지 않았다. 나를 향해 다가왔다가 멀어지는 희고 검은 천도 바라보고 싶지 않았다. 나는 코트를 꺼내오기 위해 앞만 보며 옷장으로 발을 옮겨야 한다. 나는 문 앞에 서 있는 거뭇거뭇한 빙켈만 씨를 보았다. 나는 이제 다시는 헬레네를 볼 수 없다. 나는 옷장 문을 열고 코트를 꺼냈다. 나는 코트를 손에 쥐고 가만히 서 있었다. 나는 코트를 들고 수트 케이스로 발을 옮겼다. 창가를 보았다. 창문 너머 보이는 포플러가 너무나 파랬다. 나무는 하늘을 향해 뻗어 있었다. 빙켈만 씨가 나를 쏘아보았다. 거의 검은 눈동자가 나를 쏘아보고 있었다. 그의 검은 턱수염. 그의 검은 눈동자. 나는 코트를 수트 케이스 안에 넣었다. 지저분한 속옷과 깨끗한 속옷 위에. 나는 수트 케이스를 닫고 바닥에 내려놓았다. 나는 바닥에 무릎을 대고 앉아 다시 수트 케이스를 열었다. 빙켈만 씨가 코트를 걸어 두었던 옷걸이가 내 것이냐고 물었다.

아니에요. 빙켈만 부인이 대답했다.

그렇다면 다시 옷걸이를 옷장에 걸어 두세요. 빙켈만 씨가 말했다.

그것은 내 옷걸이가 아니었다. 그 옷걸이는 내가 처음 이 방에 들어왔을 때부터 옷장 속에 있던 것이었다. 옷장 속에 있던 수많은 나무 옷걸이 중 하나였다. 그것은 빙켈만 부인의 옷걸이였다. 나는 옷걸이를 다시 옷장 속에 걸어 두어야 한다. 나는 고개를 들어 빙켈만 씨의 불룩한 배, 그의 검은 눈동자, 그의 검은 턱수염을 바라보았다. 나는 이제 다시 옷걸이를 옷장 속에 걸어 두어야 한다. 나는 수트 케이스를 열어야 한다. 나는 수트 케이스를 열었다. 나는 코트에서 옷걸이를 빼냈다. 나는 옷걸이를 손에 쥐고 몸을 일으켰다. 나는 빙켈만 씨를 바라보았다.

서두르세요.

나는 빙켈만 씨에게 몸을 기댄 채 서 있는 헬레네와 빙켈만 부인을 바라보았다.

우리에겐 그렇게 여유를 부릴 시간이 없어요. 빙켈만 씨가 말했다.

나는 옷장으로 걸어가 옷걸이를 나무 틀에 걸려 있는 다른 옷걸이 옆에 걸어 두었다. 나는 수트 케이스로 돌아갔다. 몸을 굽히고 앉아 수트 케이스를 닫았다. 나는 몸을 일으켜 수트 케이스를 들어 올렸다. 양손에 각각 수트 케이스를 하나씩 들고 가만히 서 있었다. 빙켈만 씨는 양옆에 서 있는 헬레네와 빙켈만 부인을 감싸 안은 채 방문 앞에 서 있었다. 빙켈만 부인이 헬레네와 함께 거실로 가겠다고 말했다. 빙켈만 씨는 그녀에게 그러는 게 좋겠다고 말했다. 나는 거실로 가는 헬레네와 빙켈만 부인의 발소리를 들었다. 빙켈만 씨도 몸을 돌려 발을 옮겼다. 나는 복도를 걷는 그의 발소리를 들었다. 나는 문밖으로 나갔다. 빙켈만 씨는 현관 앞에 서 있었다. 나는 양손에 수트 케이스를 들고 현관으로 갔다. 빙켈만 씨가 현관문을 열고 나를 바라보았다.

자, 이제 가 보세요. 빙켈만 씨가 말했다.

나는 현관문을 잡고 있는 빙켈만 씨를 보았다. 나는 빙켈만 씨를 지나쳐 대문으로 향했다.

마침내! 빙켈만 씨가 말했다.

나는 대문 앞 계단으로 나갔다.

마침내! 빙켈만 씨가 말했다.

나는 빙켈만 씨를 돌아보았다.

잘 가시오. 빙켈만 씨가 말했다. 영원히!

나는 등 뒤에서 대문이 닫히는 소리를 들었다. 나는 계단을 향해 걷기 시작했다. 대문이 잠기는 소리가 들렸다. 나는 계단을 내려갔다. 나는 양손에 수트 케이스를 하나씩 들고 계단을 내려갔다. 나는 갈 곳이 없음에도 집을 나와야 했고, 내 사랑 헬레네는 빙켈만 씨와 함께 집 안에 있다. 나는 갈 곳이 없다. 그럼에도 그 집을 떠나야만 했다. 나는 그 집에 머물 수 없었기에 밖으로 나와야만 했다. 나는 계단을 내려갔다. 내 사랑 헬레네는 빙켈만 씨와 함께 집 안에 남아 있다. 나는 어디로 가야 할지 알 수 없었다. 나는 독일로 와서 예거호프슈트라세의 빙켈만 부인의 집에서 살 것이라는 말만 들었다. 이제 나는 빙켈만 부인의 집에 더 이상 머무를 수 없다. 나는 계단을 내려갔다. 양손에 수트 케이스를 하나씩 든 채. 나는 어디로 가야 할까? 내 사랑 헬레네는 어디에서 살 것인가? 내 사랑 헬레네를 만나려면 어떻게 해야 할까? 나는 계단을 내려갔다. 어디로 가야 할지 알 수 없었다. 하지만 나는 어디로든 가야 한다. 어디서든 살아야 한다. 나는 어디에서 살아야 할까? 오늘 밤은 어디에서 묵어야 할까? 나는 계단을 내려갔다. 살 곳을 찾아야 한다. 독일에 더 머무를 수는 없다. 독일에 있는 노르웨이 화가들은 그림을 못 그린다. 하지만 한스 구데는 그림을 잘 그린다. 티데만도 그림을 잘 그린다. 나도 그림을 잘 그린다. 나는 독일에 더 머무를 수 없기에 다시 집으로 돌아가야 한다. 나는 그림을 못 그리는 화가들과 함께 지낼 수 없다. 한스 가브리엘 부크홀트 순트는 뭐라고 할까? 한스 가브리엘 부크홀트 순트. 나는 집으로 돌아갈 수 없다. 지금 집으로 돌아가게 된다면 한스 가브리엘 부크홀트 순트를 볼 면목이 없다. 지금 집으로 돌아가면 스타방에르 거리를 나다닐 수도 없다. 그렇다면 나는 어디로 가야 할까? 내겐 갈 곳이 없다. 그렇다고 무작정 독일의 거리를 배회할 수는 없는 노릇이다. 어디든 가야 한다. 예거호프슈트라세는 내가 사는 곳이다. 나는 빙켈만 부인의 집에서 방을 하나 빌려 살았다. 예거호프슈트라세의 과부 빙켈만 부인의 집. 나는 빙켈만 부인의 집에서 하숙했다. 나는 계단을 내려갔다. 양손에 수트 케이스를 들고서. 나는 헬레네에게 가야만 했다. 그녀가 나를 불렀기 때문이다. 나는 헬레네에게 다시 가야 한다. 나는 갈 곳이 없다. 그저 발 닿는 대로 걸을 뿐이다. 나는 어디로 가고 있을까? 나는 길을 걸었다. 사람이라곤 한 명도 눈에 띄지 않았다. 나는 어디든 가야 한다. 나는 길을 따라 걸었다. 나는 몇 시간 전에도 길을 따라 걸었다. 지금과 같은 길을 올라갔었다. 나는 지금 같은 길을 내려가고 있다. 몇 시간 전에 걸었던 길. 나는 지금 그 길을 다시 걷고 있다. 몇 시간 전, 나는 말카스텐에 갔다. 나는 난생 처음으로 말카스텐에 발을 들여놓았다. 오늘 나는 말카스텐에 가 보았다. 나는 지금 양손에 수트 케이스를 들고 같은 길을 걷고 있다. 어디로 가야 하는지도 모르는 채 무작정 길을 걷고 있다. 나는 자신에게 돌아오라고 말하는 내 사랑 헬레네의 목소리를 들었다. 그래서 나는 내 사랑 헬레네에게 갔다. 나는 지금 어디로 가고 있는지 모른다. 무작정 발을 옮길 뿐이다. 어디든 가야만 한다. 나는 길을 따라 걸었다. 나는 지금 예거호프슈트라세에 있다. 나는 어디로 가야 하는지 모른다. 나는 길을 따라 걷고 있을 뿐이다. 나는 당신에게 가고 있다. 나는 당신과 함께 있고 싶을 뿐이다. 다른 누구도 아닌 오직 당신과 함께. 이제 나는 당신을 향해 걷고 있다. 오늘 나는 아버지뿐 아니라 사랑하는 여동생 엘리자베트와도 이야기를 나누었다. 아버지는 내게 집으로 돌아와도 좋다고 말했다. 나는 집으로 돌아가서 동네 집과 건물 벽에 페인트칠을 하며 살아도 된다. 아버지와 나는 함께 일을 하면 된다. 엘리자베트는 그저 우리와 함께 있기만 하면 된다. 나는 양손에 수트 케이스를 하나씩 들고 걸었다. 어디로 가야 하는지도 모르는 채. 나는 사랑하는 여동생 엘리자베트에게 가고 있다. 나는 아버지에게 가고 있다. 나는 한스 가브리엘 부크홀트 순트가 준 수트 케이스를 들고 발을 옮겼다. 내가 가지고 있는 모든 것은 그가 준 것이다. 수트 케이스도 마찬가지다. 내가 독일에 올 수 있었던 것은 한스 가브리엘 부크홀트 순트가 여행 경비와 숙식

비를 지불해 주었기 때문이다. 그는 내게 재능이 있다고 믿었다. 바로 그 때문에 나는 그의 후원을 받아 독일에 올 수 있었다. 나는 그림을 잘 그리니까. 나는 그림을 정말 잘 그릴 수 있다. 내가 독일에 올 수 있었던 것은 내가 그림을 정말 잘 그리기 때문이고, 한스 가브리엘 부크홀트 순트도 내가 그림을 정말 잘 그린다고 생각했기 때문이다. 나는 뒤셀도르프의 예술 아카데미에서 공부를 한 다음 풍경화가가 되고 싶었다. 한스 구데는 나의 스승이었다. 나는 화가 헤르테르비그. 나는 하타르보그에서 태어났다. 나는 굽실거리는 검은 머리카락에 갈색 눈을 지닌 화가 라스 헤르테르비그. 나는 한스 구데의 제자. 나는 그림을 잘 그린다. 오늘은 한스 구데가 내 그림을 보러 올 예정이었지만, 나는 그 시간에 아카데미에 가지 않고 보라색 코듀로이 양복 차림으로 침대에 누워 있었다. 나는 아카데미에 가기보다는 침대에 누워 내 사랑 헬레네가 오기를 기다렸다. 나는 앞을 바라보며 길을 걸었다. 나는 어디로 가야 하는지도 모르는 채 양손에 수트 케이스를 들고 발을 옮겼다. 나는 길을 따라 걸었다. 고개를 드니 나를 바라보고 있는 한스 구데가 눈에 들어왔다. 내 앞에 서 있는 사람은 한스 구데. 그가 나를 바라보고 있었다. 한스 구데가 팔을 들어 올려 내게 손을 흔들었다. 생각지도 않은 일이었다. 한스 구데가 저 앞에 서서 내게 손을 흔들고 있었다. 나는 그곳을 벗어나야 한다. 저 앞에 한스 구데가 내게 손을 흔들며 서 있기 때문이다. 나는 수트 케이스를 들고 있었기 때문에 그에게 손을 흔들어 줄 수가 없었다. 나는 내게 손을 흔들어 주는 한스 구데를 빤히 바라보기만 했다. 한스 구데가 나를 향해 걸어왔다. 한스 구데는 갑자기 그곳에 나타났다. 샛길을 통해 그곳에 왔던 것이 틀림없다. 그리고 나를 발견했으며 이제 내게 걸어오고 있는 것이다. 일어나서는 안 되는 일이 생겼다. 하지만 이미 때는 늦었다. 한스 구데는 내게 걸어오고 있었다. 나는 발을 돌릴 수 없었기에 앞만 보며 걸었다. 한스 구데는 나를 발견하고 내게 다가왔다. 이제 그는 내게 말을 걸 것이다. 나는 오늘 그의 학교에 출석하지 않았다. 나는 양손에 수트 케이스를 들고 발을 옮겼다. 일어나선 안 되는 일이 일어났다. 돌이키기엔 이미 때가 늦었다. 한스 구데는 내게 걸어오고 있었다. 나는 한스 구데와 마주칠 수밖에 없다. 나는 고개를 숙인 채 발을 앞으로 옮겼다. 나는 양손에 수트 케이스를 들고 한스 구데를 향해 걸어갔다. 한스 구데는 내게 다가오고 있었지만, 나는 그의 얼굴을 바라볼 수 없었다. 이제 그는 내게 너무나 가까이 다가와 있기에 그에게서 시선을 돌리는 것도 불가능하다. 나는 한스 구데와 얼굴을 마주할 수밖에 없다. 그가 헤르테르비그 아닌가! 하고 소리쳤다. 나는 양손에 수트 케이스를 들고 계속 걸었다. 나는 한스 구데의 옆쪽에 시선을 고정시켰다. 그는 내게 큰 소리로 인사를 건넸다. 나도 그에게 무슨 말인가를 건네야 하지 않을까. 한스 구데는 나를 만나고 싶었다고 말하며 내 손에 있는 수트 케이스를 바라보았다. 한스 구데는 여기서 나를 만날 줄은 몰랐다며 참으로 이상한 우연이라고 말했다. 나는 전혀 이상하다고 생각하지 않았다. 내가 이상하다고 생각했던 것은 오늘 한스 구데의 강의 시간에 가지 않았는데, 지금 그가 내게 다가오고 있다는 사실이었다. 이제 한스 구데는 내게 왜 강의 시간에 나오지 않았는지 물어볼 것이다. 그는 내 그림을 보았다고 말할 것이며, 내 그림이 그다지 잘 그린 그림이 아니라고 말할 것이다. 볼품없는 그림이라고, 살펴볼 가치도 없는 그림이라고 말할 것이다. 그는 내가 그림을 못 그린다고 말할 것이다. 나는 그가 내 그림을 좋아하지 않는다는 것을 잘 알고 있다. 하지만 나는 한스 구데를 만나야 한다. 나는 한스 구데를 향해 걸어가고 있기 때문이다. 나는 그와 곧 맞닥뜨릴 것이다. 한스 구데는 내게 왜 수트 케이스를 들고 있느냐고 물을 것이다. 어디로 가는 중인지도 물어볼 것이다. 내게 하숙방을 구해 주었던 사람은 바로 한스 구데다. 하지만 나는 그 하숙방에서 더 살 수 없다. 한스 구데는 한스 가브리엘 부크홀트 순트와도 잘 아는 사이다. 한스 구데는 한스 가브리엘 부크홀트 순트에게 자신이 구해 주었던 하숙방에서 내가 쫓겨났다고 말해 줄 것이다. 한스 구데는 내 그림을 좋아하지도 않을뿐더러 내게 그림에 재능이 없다고 대놓고 말할 것이다. 그는 내게 뒤셀도르프의 예술 아카데미에서 공부할 자격이 없다고 말할 것이며, 이 모든 말을 한스 가브리엘 부크홀트 순트에게 그대로 전할 것이다. 그는 내게 다시 집으로 돌아가라고 말할 것이다. 내게 더 이상 독일에 머무를 필요가 없다고 말할 것이다. 나는 지금 한스 구데를 향해 걸어가고 있다. 그와 점점 가까워졌다. 나는 한스 구데와 마주칠 수밖에 없다. 나는 한스 구데를 바라보았다. 고개를 숙여 수트 케이스를 내려다보았다. 나는 한스 구데를 바라보아야 한다. 나는 다시 고개를 들어 내게 점점 가까이 다가오는 한스 구데를 바라보았다. 이제 발을 멈춰야 한다.

여기서 이렇게 자네를 만나다니. 생각지도 못했던 일이야. 한스 구데가 말했다.

나는 발을 멈추고, 수트 케이스를 인도 위에 내려놓았다. 한스 구데는 내 앞에서 발을 멈추었다. 나는 한스 구데를 바라볼 수가 없었다. 나는 그 유명한 한스 구데를 쳐다볼 용기가 나지 않았다.

생각지도 못했던 일이야. 한스 구데가 말했다.

나도 무슨 말인가를 해야 하지 않을까.

네, 네.

어디로 가는 길인가? 그가 물었다.

대답을 해야 할까? 하지만 무슨 말을 하면 될까?

여행을 할 참인가?

나는 무슨 말이라도 해야 한다.

수트 케이스를 들고 있는 걸 보니 그런 것 같기도 하군.

그 유명한 한스 구데가 내게 질문을 했으니 나도 대답을 해야 한다.

수트 케이스를 들고 있군. 한스 구데가 말했다.

나는 말을 해야 한다. 대답을 해야 한다.

네.

아랫길로 갈 참인가?

나는 고개를 끄덕였다.

잠시 함께 걸으면 되겠군. 한스 구데가 말했다.

나는 고개를 끄덕였다.

내가 자네 수트 케이스 하나를 들어 줄까?

괜찮습니다.

내가 좀 도와줄게.

아닙니다. 제가 들겠습니다.

그래, 그게 가장 안전하겠지.

나는 한스 구데가 왜 오늘 강의 시간에 오지 않았는지 묻지 않기만을 바랐다. 우리는 나란히 길을 걸을 수밖에 없다. 나는 수트 케이스를 들어 올렸다. 나는 양손에 수트 케이스를 하나씩 들고 길을 내려갔다. 한스 구데는 내 곁에서 함께 걸었다.

말카스텐에 잠깐 들러 보려고 나왔어. 한스 구데가 말했다.

나는 말카스텐에 갈 수 없다. 그 유명한 한스 구데가 말카스텐에 간다면 나는 다른 곳으로 가야 한다. 누구든 제각기 갈 곳이 있는 법. 나는 한스 구데와 함께 길을 따라 내려갔다. 나는 양손에 수트 케이스를 들고 한스 구데와 함께 길을 걸었다. 그 유명한 한스 구데와 함께 나란히 길을 걸었다.

자네도 함께 갈 텐가? 나와 함께 말카스텐에 잠깐 들러 보세. 한스 구데가 말했다.

나는 말카스텐에 가지 않기 위해 핑계를 대야 한다.

혹시 따로 약속이 있는 건 아니겠지? 여행길에 오른 것 같기도 하고?

나는 무슨 말이라도 해야만 한다. 하지만 나는 무슨 말을 해야 할지 알 수 없었다. 한스 구데가 말카스텐에 간다면 나는 말카스텐에 갈 수 없다. 더욱이 나는 이미 말카스텐에 다녀오지 않았던가. 비록 나 또한 말카스텐에 드나드는 사람 중 하나가 되긴 했지만, 하루에 두 번이나 말카스텐에 갈 수는 없는 일이다. 설령 그와 함께 말카스텐에 가더라도, 그는 내 그림이 마음에 들지 않는다고 말할 것이 틀림없다. 내가 그림을 못 그린다고. 그는 내가 독일 뒤셀도르프의 예술 아카데미에서 공부할 자격이 없는 사람이라고 말할 것이다. 나는 그에게 집으로 돌아갈 것이라고 말해야 한다. 내가 뒤셀도르프에 더 머물 이유는 없다. 나는 그림을 못 그리니까. 그는 내가 그림에 재능이 없다고 말할 것이 뻔하다. 나는 그 유명한 한스 구데와 함께 길을 걸었다. 나는 양손에 수트 케이스를 들고, 수트 케이스만 내려다보며 발을 옮겼다. 한스 구데는 내게 말카스텐에 함께 가자고 말했다. 내가 그와 함께 말카스텐에 가도 될까? 내가 말카스텐에 가지 못할 이유도 없지 않은가? 나는 이미 말카스텐에 다녀왔다. 하지만 나는 지금 갈 곳이 없다.

네, 그런 것 같습니다.

어디로? 한스 구데가 물었다.

나는 말없이 걷기만 했다.

나와 함께 말카스텐에 잠깐 들를 시간이 되나?

네, 괜찮습니다.

좋아.

내가 말카스텐에 들르지 못할 이유는 없다.

나와 함께 말카스텐에 가 보자고. 한스 구데가 말했다.

나는 그 유명한 한스 구데와 나란히 길을 걸었다.

자네 그림이 참 마음에 들어.

나는 그가 내 그림에 관해 아무 말도 하지 않기를 바랐다. 아무 말도. 나는 그가 내 그림을 보기로 했던 오늘, 그의 강의에 참석하지 않았다. 그러니 그도 여기서 내 그림 이야기를 하면 안 된다.

그림 속에 훌륭한 요소가 꽤 많아.

한스 구데는 내 그림 속에 훌륭한 요소가 꽤 많다고 했다. 하지만 그는 내 그림에 단점도 많다고 생각할 것이 틀림없다. 볼품없는 그림이라는 것이 그의 솔직한 속내이리라. 그럼에도 그는 내 그림이 훌륭하다고 말했다. 한스 구데는 양손에 수트케이스를 들고 걷는 내게 필요한 호의적인 말을 해 주고 싶었을 것이다. 내가 말카스텐으로 가는 지금, 헬레네는 집에서 나를 기다리고 있다. 나는 말카스텐에 갈 수 없다. 내 사랑 헬레네가 집에서 나를 기다리고 있기 때문이다. 게다가 한스 구데는 내게 왜 오늘 강의 시간에 나타나지 않았느냐고 물을 것이다.

그 그림도 팔 수 있을 것 같아. 한스 구데가 말했다.

한스 구데와 나는 나란히 길을 따라 걸었다.

네.

충분한 가능성이 있어. 지난번 그림 두 점도 팔았잖아. 이번에도 노르웨이 예술인 협회에서 관심을 보일 것 같아.

네.

자네에겐 큰 재능이 있어.

한스 구데는 내게 재능이 있다고 말했다. 나는 화가, 풍경화가 라스 헤르테르비그. 베르겐과 크리스티아니아의 예술인 협회에서 내 그림을 구입했다. 나는 평범한 사람이 아니다. 나는 한스 구데의 제자, 나는 라스 헤르테르비그, 나는 뒤셀도르프에서 그림을 공부하는 라스 헤르테르비그. 한스 구데는 그림을 잘 그린다. 티데만도 그림을 잘 그린다. 나도 그림을 잘 그린다. 나는 하타르보그 출신의 화가 라스. 라스 헤르테르비그. 화가. 그것이 바로 나다.

그래, 그렇고말고.

구데는 내게 재능이 있다고 말했지만 나는 그림을 그다지 잘 그리지 못한다. 나는 어쩌면 평생 제대로 된 화가가 될 수 없을지도 모른다. 나는 그림을 못 그린다. 왜냐하면 나는 그림에 관해 아는 것이 별로 없다. 나는 평생 이렇다 할 그림을 그릴 수 없을지도 모른다. 왜냐하면 나는 너무나 큰 눈을 가지고 있으니까. 나는 필요 이상으로 많은 것을 본다. 그림을 그리기엔 내 눈에 보이는 것들이 너무나 많다. 나는 뒤셀도르프의 예술 아카데미에선 할 일이 없다. 한스 구데, 그 유명한 한스 구데가 나의 스승이 되어야 할 이유도 없다.

어때, 헤르테르비그?

나는 무슨 말을 해야 할지 알 수 없었다. 오늘 강의 시간에 왜 나타나지 않았는지 이유를 설명해야 할까.

오늘은 술맛이 좋을 것 같군. 한스 구데가 말했다.

네, 네.

그래, 그럴 거야.

한스 구데와 나는 말카스텐으로 가는 중이다. 하지만 나는 말카스텐에 갈 수 없다. 왜냐하면 헬레네가 예거호프슈트라세의 집에서 나를 기다리고 있기 때문이다. 나는 이제 내 사랑 헬레네, 당신에게 갈 것이다. 당신이 집에서 나를 기다리고 있는데 내가 말카스텐으로 갈 수는 없지 않은가. 그렇다면 나는 한스 구데와 나란히 걸을 수도 없다. 나는 당신이 있는 집으로 돌아가야 한다. 나는 내 사랑 헬레네, 당신에게 가야 한다. 나는 양손에 수트 케이스를 들고 한스 구데와 나란히 걷다가 발을 멈추었다. 한스 구데는 말카스텐 입구의 계단을 올라가고 있었다. 한스 구데가 말카스텐의 문을 열었다. 한스 구데가 문을 잡고 나를 기다렸다.

어서 오게, 헤르테르비그. 그가 내게 말했다.

나는 수트 케이스를 내려다보았다. 다시 말카스텐에 들어갈 수 없다. 나는 이미 몇 시간 전에 이곳에 들렀다. 난생처음으로.

어서 오게나. 함께 들어가세. 한스 구데가 말했다.

나는 말카스텐에 다시 들어갈 수 없다. 나는 오늘 이미 난생처음으로 말카스텐에 갔다 온 적이 있다. 나는 다시 그곳에 들어갈 수 없다. 하지만 한스 구데는 문을 열고 나를 기다리고 있다. 그가 계단 아래쪽에 수트 케이스를 들고 서 있는 나를 바라보았다. 내가 저 계단을 올라가야 할까? 말카스텐에 들어가야 할까? 말카스텐이 아니라면 내가 가야 할 곳은 어디일까? 나는 갈 곳이 없지 않은가? 세상에는 누구나 제자리가 있는 법. 어디가 되었든 내게도 머물 자리가 있을 것이다. 말카스텐에 들어가 볼까? 무작정 떠돌아다닐 수는 없으니까. 한스 구데 또한 영원히 문을 잡은 채 그곳에 서 있을 수는 없는 법. 그는 나를 기다리고 있다. 나는 저 문 안으로 들어가야 한다. 한스 구데가 나를 기다리고 있으니 나는 그에게 가야 한다. 말카스텐 안에서 웃음소리가 새어 나왔다. 나는 말카스텐 안으로 들어가야 한다. 나도 나는 이들과 마찬가지로 말카스텐으로 가고 있다. 하지만 양손에 수트 케이스를 들고 말카스텐 안에 들어갈 수 있을까? 만약 그렇다면 그림을 못 그리는 화가들이 모두 나를 쳐다볼 것이다. 한스 구데는 말카스텐 문을 잡은 채 나를 기다리고 있다. 나는 말카스텐 안으로 들어갈 것이다. 양손에 수트 케이스를 들고. 모두 내게 여행길에 올랐느냐고 물을 것이다. 모두 내게 하숙집에서 쫓겨났느냐고 물을 것이다. 그들은 포기하지 않고 끈질기게 물을 것이다. 하지만 나는 대답할 수 없다. 그저 가만히 서 있거나 빈자리가 나면 의자에 앉아 있기만 할 것이다. 나는 대답하지 않을 것이다.

얼른 오게. 한스 구데가 말했다.

나는 문을 잡고 서 있는 한스 구데를 바라보았다. 그는 내게 얼른 오라고 말했고, 나는 그에게 고개를 끄덕였다.

네.

나는 말카스텐 안으로 들어갈 것이다. 못 할 일도 아니다. 나는 계단 위로 발을 옮겼다. 말카스텐 안에서 웃음소리가 들렸다. 나는 계단 위에서 발을 멈추었다.

그런데 자네, 집을 나왔나? 아니면 어디 여행을 떠날 참인가? 한스 구데가 말했다.

나는 고개를 저었다.

대답하기가 거북한가?

나는 다시 고개를 저었다.

괜찮아. 그건 자네가 결정할 일이니까.

네.

함께 들어가 보세.

나는 계단 위에 서 있었다. 나는 말카스텐에 들어갈 수 없다. 모두 원형 테이블을 둘러싸고 앉아 있었다. 그들은 양손에 수트 케이스를 들고 들어오는 나를 쳐다볼 것이다. 모두 하숙집에서 쫓겨난 나를 향해 웃음을 던질 것이다. 나는 갈 곳이 없다. 그들은 헬레네와 내가 더 이상 연인이 아니라는 것을 알아차릴 것이다. 그들은 내게 하타르보그! 하고 소리칠 것이다. 퀘이커, 퀙퀙! 하고 소리칠 것이다.

어서 와. 구데가 말했다.

나는 그곳에 들어갈 수 없다.

수트 케이스를 들고 있으니 자네가 먼저 들어가게. 내가 문을 잡아 줄 테니.

나는 양손에 수트 케이스를 들고 계단 위에 가만히 서 있었다.

들어가지 않을 텐가?

나는 고개를 끄덕였다.

정말 안 들어갈 텐가?

나는 다시 고개를 끄덕였다.

마음대로 하게나. 난 안으로 들어갈 걸세.

나는 고개를 끄덕였다.

잠시 후 생각이 달라지면 다시 오게나.

나는 계단 위에 서서 고개를 끄덕였다. 말카스텐에서 새어 나오는 웃음소리, 크고 작은 웃음소리가 내게 다가왔다. 그들은 나를 비웃고 있다. 비웃음은 나를 에워쌌다. 그들은 내가 말카스텐에 들어오지 않기 때문에 웃고 있는 것이다. 한스 구데, 그 유명한 한스 구데는 꽤 오랫동안 나를 위해 열린 문을 잡아 주었으나, 나는 안으로 들어가지 않았다. 바로 그 때문에 그들이 웃고 있는 것이다. 그들은 내가 수트 케이스를 들고 열린 문 앞에서 가만히 서 있었기 때문에 웃었다. 그들은 내가 하숙집에서 쫓겨났기 때문에 웃었다. 그들의 웃음소리가 내게 다가왔다. 나는 발길을 돌려야 한다. 그 자리에 가만히 서 있을 수만은 없다.

다시 만나세. 한스 구데가 말했다.

한스 구데는 내게 고개를 끄덕였다. 나는 한스 구데가 말카스텐 안으로 들어가는 모습을 보았다. 나는 양손에 수트 케이스를 들고 계단 위에 서서 문이 닫히는 것을 보았다. 웃음소리가 멀어졌다. 나는 고개를 들어 닫힌 문 안을 바라보았다. 불빛이 출입문의 유리를 통해 새어 나왔다. 나는 발을 돌려 계단을 내려갔다. 다시 길 위쪽으로 걷기 시작했다. 나는 어디든 가야 한다. 나는 머물 곳이 없기 때문에 걸어야 한다. 나는 계속 걸었다. 내겐 머물 곳이 없다. 나는 걸어야 한다. 하지만 나는 갈 곳이 없다. 헬레네는 어디에 있을까? 나는 헬레네를 떠날 수 없다. 나는 걸어야 한다. 나는 길 위쪽을 향해 걷기 시작했다.

헤르테르비그! 잠깐만 기다려!

누군가가 소리쳤다. 나는 걸어야 한다. 고개를 돌리면 안 된다. 나는 앞만 보며 걸어야 한다. 나는 내 사랑 헬레네에게 가야 한다. 내 사랑 헬레네. 나는 그녀가 나를 기다리고 있음을 잘 안다.

헤르테르비그!

다시 누군가가 소리쳤다. 나는 길 위쪽을 향해 걸었다. 뒤를 돌아보고 싶지 않았다. 나는 뒤를 돌아볼 수 없다. 나는 앞만 보며 걸어야 한다. 하지만 나는 어디로 가야 할지 알 수 없었다. 등 뒤에서 들려오는 발소리가 점점 빨라졌다. 누군가가 나를 향해 달려오고 있었다. 나는 얼른 그곳을 벗어나야 한다. 나도 달려야 할까?

헤르테르비그! 헤르테르비그!

나는 양손에 수트 케이스를 들고 오르막길을 달릴 수 없다. 나는 천천히 걸을 수밖에 없다.

그녀가 자네를 기다리고 있어!

도대체 누가 내게 소리 지르는 걸까? 누군가가 내게 소리치고 있다. 몸을 돌려야 한다. 알프레드일까?

기다려, 헤르테르비그! 그녀가 자네를 기다리고 있다고. 말카스텐에서.

누군가가 내게 소리쳤다. 알프레드가 틀림없었다. 알프레드는 헬레네가 나를 기다리고 있음을 알고 있다. 그런데 헬레네가 나를 기다린다는 것을 그는 어떻게 알고 있을까? 혹시 헬레네도 말카스텐에 있는 건 아닐까? 나는 발을 멈추었다. 고개를 돌려 내게 달려오는 알프레드를 보았다.

그녀가 자네를 기다리고 있어! 말카스텐에서! 알프레드가 내게 소리쳤다.

알프레드가 한 손을 들어 내게 흔들었다. 헬레네는 지금 나를 기다리고 있다. 헬레네는 나를 찾아냈다. 나는 알프레드를 보았다. 그는 내게 뒤뚱뒤뚱 달려오고 있었다. 알프레드는 큰 보폭으로 달리며 무거운 숨을 헉헉 내쉬었다. 말카스텐에서 오르막길까지 불과 몇 미터밖에 달리지 않았음에도 그는 가쁜 숨을 내쉬고 있었다. 헬레네는 나를 찾아냈다. 나는 헬레네가 나를 찾아내리라는 걸 잘 알고 있었다. 알프레드는 뒤뚱뒤뚱 달려오며 가쁜 숨을 몰아쉬는 사이사이, 헬레네가 말카스텐에서 나를 기다리고 있다고 말했다. 그렇다면 나는 그곳에 가야 한다. 헬레네가 말카스텐에서 나를 기다리고 있는데도 계속 길을 걸을 수는 없지 않은가. 알프레드는 내게 말카스텐으로 오라고 가쁜 숨을 몰아쉬며 말했다. 나는 알프레드를 바라보며 수트 케이스를 인도 위에 내려놓았다. 나는 알프레드가 나를 향해 뒤뚱뒤뚱 달려오는 모습을 바라보았다. 그는 속도를 줄이더니 다시 천천히 걷기 시작했다. 그는 걷는 모습도 뒤뚱뒤뚱 볼품이 없었다. 헬레네는 나를 기다리고 있다. 알프레드가 그렇게 말했다.

헬레네라고 했지? 그렇지? 그녀가 말카스텐에서 자네를 기다리고 있어.

알프레드는 뛰는 것을 멈추고 천천히 걷기 시작했다. 여전히 가쁜 숨을 내쉬며.

헬레네, 맞아.

자네가 멀리 가지 않아서 다행이야. 하마터면 못 찾을 뻔했어. 그녀가, 맞아, 헬레네라고 했지? 헬레네가 자네를 기다리고 있어. 내게 자네를 찾아서 데려오라고 하더군.

헬레네는 나를 기다리고 있어.

문득 맑고 파란 하늘의 햇살 같은 빛이 내 가슴속을 꽉 채웠다.

그녀는 지금 말카스텐에 있어. 거기서 자네를 기다리고 있다고.

헬레네는 말카스텐에서 나를 기다리고 있다. 내 사랑 헬레네가 나를 기다리고 있는 것이다.

그렇군.

그녀가 자네를 기다리고 있어. 알프레드가 말했다.

헬레네.

맞아, 헬레네.

헬레네가 나를 기다리고 있다. 나는 수트 케이스를 들어 올렸다. 이젠 수트 케이스가 전혀 무겁지 않았다. 이젠 헬레네를 만날 수 있으니, 말카스텐에 앉아 있는 이들이 내가 하숙집에서 쫓겨났다고 비웃어도 나는 개의치 않을 것이다. 누가 내게 왜 수트 케이스를 가지고 나왔느냐고 물어도 상관없다. 하숙집에서 쫓겨났느냐고 물어도 상관없다. 두려워할 것은 아무것도 없다. 헬레네가 나를 기다리는 이상, 내가 하숙집에서 쫓겨났다는 것을 이 세상 모든 이들이 알아도 상관없다. 나는 양손에 수트 케이스를 들고 알프레드와 나란히 내리막길을 걷기 시작했다. 나는 곧 내 사랑 헬레네를 만날 것이다. 나는 내 사랑 헬레네를 다시 만날 수 있으리라곤 생각지도 못했다. 나는 알프레드를 바라보며 고개를 끄덕였다.

여행을 갈 참인가? 왜 수트 케이스를 들고 나왔어? 알프레드가 묻었다.

내가 왜 수트 케이스를 들고 나왔는지 알프레드가 묻는 것은 이상한 일이 아니다. 나는 알프레드의 말에 개의치 않았다. 그저 알프레드를 향해 고개를 끄덕여 주었을 뿐. 나는 아무 말도 하지 않았다. 나는 알프레드와 그 일행이 왜 수트 케이스를 가지고 나왔느냐고 내게 물으리라는 걸 이미 잘 알고 있었다. 그들은 내게 하숙집에서 쫓겨났느냐고도 물을 것이다. 그 또한 나는 이미 잘 알고 있었다. 하지만 나는 대답하지 않을 것이다. 헬레네가 나를 기다리고 있다. 내 사랑 헬레네가 나를 기다리고 있다. 나는 알프레드와 그 일행이 내게 왜 수트 케이스를 들고 나왔는지, 하숙집에서 쫓겨났는지 물어도 대답하지 않을 것이다. 그들은 내게 여행을 갈 것인지 물을 테지만, 나는 대답하지 않을 것이다. 내 사랑 헬레네가 나를 기다리고 있다. 나는 길을 따라 재빨리 발을 옮겼다. 나는 헬레네가 내게서 떠나지 않으리라는 걸 잘 알고 있었다. 우리는 영원히 함께할 것이다. 하지만 나는 그녀가 나를 찾아내리라곤 생각지도 못했다. 나 또한 그녀를 만날 수 있으리라곤 짐작도 못 했다. 아니, 나는 내 사랑 헬레네를 언젠가는 다시 만나리라는 것을 이미 잘 알고 있었다. 우리는 언젠가는 다시 만날 운명이다. 헬레네는 지금 말카스텐에서 나를 기다리고 있다. 그녀가 말카스텐 안에서 나를 기다리고 있는 것이다. 나는 조금 전 올라갔던 길을 내려갔다. 알프레드와 함께.

왜 수트 케이스를 가지고 나왔어? 알프레드가 물었다.

알프레드는 내게 왜 수트 케이스를 가지고 나왔는지 다시 물었다. 하지만 나는 대답하지 않을 것이다. 나는 말카스텐에 있는 내 사랑 헬레네를 만나기 위해 앞으로 걷기만 할 것이다. 그리고 그녀와 나는 말카스텐에서 함께 나갈 것이다. 이제 헬레네 빙켈만과 라스 헤르테르비그는 말카스텐에서 만날 것이고, 함께 말카스텐을 나설 것이다. 그리고 다시는 말카스텐에 발을 들이지 않을 것이다. 헬레네 빙켈만과 라스 헤르테르비그는 영원히 말카스텐에 가지 않을 것이다. 헬레네 빙켈만과 라스 헤르테르비그는 그림을 못 그리는 사람들, 큰 소리로 웃는 사람들과는 다시 만나지 않을 것이다. 헬레네 빙켈만과 라스 헤르테르비그는 그림을 못 그리는 화가들과는 앞으로 영원히 만날 일이 없을 것이다.

그녀, 맞아, 헬레네라고 했지? 그녀가 자네를 기다리고 있어. 알프레드가 말했다.

나는 고개를 끄덕였다. 나는 양손에 수트 케이스를 들고 말카스텐 입구의 계단을 올라갔다. 알프레드가 문을 열자 자욱한 담배 연기와 커다란 웃음소리, 그리고 누렇고 묵직한 불빛이 내게 다가왔다. 그 커다란 웃음소리와 묵직한 불빛이 나를 감쌌다.

내가 문을 잡고 있을 테니 얼른 들어가게. 알프레드가 말했다.

나는 말카스텐 안으로 들어갔다. 희고 검은 옷들이 보였다. 하지만 나는 곧 내 사랑 헬레네를 만날 것이니 희고 검은 천들이 거기 있다 해도 상관없다고 생각했다. 나는 희고 검은 천을 바라보았다. 회색 담배 연기가 허공으로 피어올랐다. 나는 충혈된 눈동자와 땀에 젖은 얼굴, 술잔과 담배를 손에 들고 있는 손을 보았다. 나는 희고 검은 천을 보았다. 하지만 나는 개의치 않았다. 나와는 상관없는 일이었다. 나는 곧 헬레네를 만날 테니까. 나는 양손에 수트 케이스를 들고 커다란 웃음소리 속으로 발을 옮겼다. 나는 희고 검은 천 사이로 발을 옮겼다. 전혀 두렵지 않았다. 내 사랑 헬레네를 만날 생각을 하니 마음이 평온했다. 알프레드가 내 어깨에 손을 얹으며 헬레네는 안쪽 구석에 앉아 있다고 말했다. 주위에는 온통 커다란 웃음소리뿐이었다. 상관없었다. 나는 곧 내 사랑 헬레네를 만날 테니까. 주위에는 희고 검은 천으로 가득했다.

내가 안내해 줄게. 그녀는 저기 안쪽에 앉아 있어. 알프레드가 말했다.

나는 알프레드가 원형 테이블로 다가가서 누군가의 귀에 대고 귓속말을 하는 모습을 보았다. 알프레드가 무슨 말을 하자 그의 말을 듣고 있던 이가 나를 향해 고개를 돌렸다. 그는 보둠이었다. 보둠이 내게 손을 흔들었다. 나는 양손에 수트 케이스를 들고 커다란 웃음소리 속에서 가만히 서 있었고, 보둠은 내게 손을 흔들었다. 나는 보둠에게 가야 할까. 보둠이 손을 흔들어 주었는데 내가 가만히 서 있을 수는 없지 않은가. 보둠이 내게 가까이 오라고 소리쳤다. 나는 자욱한 담배 연기와 희고 검은 천 사이를 걸어 보둠에게 가야만 했다. 나는 그의 등 뒤로 다가가 섰다. 보둠이 나를 향해 상체를 뒤로 젖혔다. 그의 눈은 빨갛게 충혈되어 있었다.

헤르테르비그, 헤르테르비그. 보둠이 말했다.

헤르테르비그는 곧 애인을 만날 거야. 알프레드가 말했다.

보둠은 목을 더욱 뒤로 젖히며 빨갛게 충혈된 눈으로 내 눈을 바라보았다.

맞아. 내가 말했다.

참 좋은 여자야. 보둠이 말했다.

맞아. 알프레드가 맞장구를 쳤다.

그런데 왜 자네는 수트 케이스를 들고 돌아다니나? 어디 여행이라도 갈 건가? 아니, 설마 하숙집에서 쫓겨난 건 아니겠지? 보둠이 물었다.

헤르테르비그와 애인이 함께 여행을 가기로 했나 봐. 오늘 저녁에 말카스텐에서 만나기로 한 걸 보니 그런 것 같아. 알프레드가 말했다.

그렇군. 보둠이 말했다.

그런데 자네 애인은 어디 있나? 보둠이 물었다.

저기 저 안쪽에 있어. 알프레드가 보둠에게 눈을 찡긋하며 말했다.

아, 그래? 보둠이 말했다.

나는 알프레드와 보둠이 서로에게 눈을 찡긋하는 것을 보았다. 나는 알프레드와 보둠이랑 대화를 나눌 겨를이 없다. 헬레네가 나를 기다리고 있으니까. 나는 그녀를 찾아야 한다. 알프레드는 그녀가 안쪽 구석에 있다고 말했다. 그는 내게 그녀가 어디 있는지 가르쳐 준다고 했다. 그렇다면 알프레드는 얼른 나를 헬레네에게 인도해 줘야 한다. 지금 당장. 그는 그녀가 어디 있는지 알고 있다. 헬레네가 말카스텐에 있다고 말했던 사람은 바로 그였으니까. 알프레드는 내가 헬레네를 찾을 수 있도록 도와줘야 한다. 알프레드는 길을 걷고 있는 내게 말카스텐으로 오라고 했다. 헬레네가 그에게 나를 데려오라고 부탁했을 것이다. 알프레드는 내게 그녀와 만날 수 있도록 도와주겠다고 했다. 나는 헬레네를 찾아야 한다. 나는 가만히 서서 보둠과 대화를 나눌 수만은 없다. 나는 헬레네를 찾아야 한다. 보둠은 충혈된 눈으로 나를 바라보았다.

헤르테르비그, 자넨 애인도 있고 좋겠어. 보둠이 말했다.

나는 가만히 서서 보둠과 대화를 나눌 수 없다. 커다란 웃음소리가 들렸다. 나는 그곳을 벗어나야 한다. 내 사랑 헬레네를 찾아야 한다. 그리고 그녀와 함께 말카스텐에서 나가야 한다. 우리는 말카스텐을 함께 벗어날 것이다. 우리는 그림을 못 그리는 어중이떠중이 화가들에게서 벗어날 것이다. 그리고 헬레네 빙켈만과 라스 헤르테르비그는 다시 돌아오지 않을 것이다. 헬레네 빙켈만은 물론, 라스 헤르테르비그는 그림을 못 그리는 머저리 화가들과는 다시 만나지 않을 것이다. 보둠은 여전히 상체를 뒤로 젖히고 충혈된 눈으로 나를 바라보고 있었다. 보둠의 곁에는 알프레드가 서 있었다.

맞아, 헤르테르비그, 자넨 좋겠어. 알프레드가 말했다.

알프레드는 얼른 나를 헬레네에게 데려다주어야 한다. 그저 보둠 곁에 서서 이야기만 하면 안 된다.

라스 헤르테르비그. 알프레드가 말했다.

라스 헤르테르비그는 그림도 잘 그리고 애인도 있어. 보둠이 말했다.

나는 알프레드를 바라보았다.

곧 그녀를 찾아 줄 텐가?

알프레드가 고개를 끄덕였다.

나도 자네 애인에게 인사하고 싶은데, 그래도 되겠나? 보둠이 물었다.

나는 고개를 끄덕였다.

어쩌면 노르웨이 화가들 중에서 자네 애인과 인사하고 싶은 사람이 더 있을지도 몰라. 보둠이 말했다.

보둠은 비틀거리며 몸을 일으키더니 테이블 가장자리를 잡고 몸을 가누었다. 그가 테이블 위로 상체를 쑥 내밀고 떨리는 손으로 맥주잔을 들어 올렸다. 보둠이 나이프로 맥주잔을 쳐서 소리를 내며 사람들의 관심을 집중시켰다. 사람들은 그가 그 행동을 여러 번 되풀이한 뒤에야 조용해졌다.

조용히 하세요! 보둠이 소리쳤다.

보둠은 크게 소리치며 다시 맥주잔을 나이프로 톡톡 두들겼다. 나는 보둠의 등 뒤에 서서 원형 테이블에 앉아 있는 사람들을 보았다. 그들은 모두 그림을 못 그리는 노르웨이 화가들이었다. 잠시 후, 원형 테이블에 앉아 있던 사람들이 입을 다물고 조용해졌다.

조용히 하세요! 보둠이 다시 소리쳤다.

말을 하는 사람은 아무도 없었건만, 보둠은 개의치 않고 계속 조용히 하라고 소리쳤다. 커다란 웃음소리가 뒤를 이었다. 나는 보둠의 뒤에 한 발짝 떨어져 서서 보둠의 곁에 서 있는 알프레드를 바라보았다.

아니, 이게 누구야. 헤르테르비그 아닌가! 누군가가 소리쳤다.

헤르테르비그! 마침내 용기를 내서 밖으로 나왔군! 또 다른 누군가가 소리쳤다.

동굴 속에 홀로 누워 있는 줄로만 알았는데. 또 다른 목소리.

우리와 함께 앉지 그래?

따로 할 일이 없었나?

헤르테르비그, 자네가 여기 올 줄은 생각도 못 했어.

도대체 무슨 일이야, 여기까지 오다니!

나는 양손에 수트 케이스를 들고 보둠의 뒤에 서서 수트 케이스만 내려다보았다.

헤르테르비그, 자네도 얼른 앉게나.

한잔하게!

설마 너무 오래 누워 있어서 피곤한 건 아니겠지?

어쩐 일로 말카스텐까지 왔나?

나는 원형 테이블을 둘러싸고 앉아 있는 사람들을 바라보았다. 그들은 그림을 못 그리는 화가들이다. 그림을 못 그리는 노르웨이 화가들이 나를 바라보았다. 나는 가만히 서서 수트 케이스만 내려다보았다.

자네가 말카스텐에 출입한다는 것을 안다면 퀘이커 교인들이 뭐라고 할까?

자네 같은 어부와 퀘이커 교인들은 말카스텐에 오면 안 돼!

퀘이커 교인들은 말카스텐에 와도 딱히 할 일이 없을걸.

동굴 속에 홀로 누워 있지 않고 왜 나왔나?

나는 수트 케이스만 내려다보았다.

헤르테르비그, 자네도 참. 누군가가 말했다.

나는 가만히 서 있을 수만은 없다. 무언가를 해야만 한다. 나는 내 사랑 헬레네부터 찾아야 한다.

헤르테르비그!

미친놈!

나는 알프레드를 바라보았다. 그는 보둠 곁에 서서 웃고 있었다. 알프레드는 얼른 내게 헬레네가 어디 있는지 가르쳐 주어야 한다. 나를 데리러 왔던 사람은 바로 알프레드다. 그는 헬레네가 말카스텐에서 나를 기다리고 있다고 말했다. 그러니 그는 내게 헬레네가 어디 앉아 있는지 가르쳐 줘야 한다. 하지만 알프레드는 보둠 곁에 가만히 서서 웃기만 했다.

헤르테르비그, 자네도 앉게나! 누군가가 나를 가리키며 말했다.

어서 앉아. 또 다른 누군가가 말했다.

누군가가 자리에서 일어났다가 다시 앉았다.

헤르테르비그, 자넨 다 가졌구먼. 또 다른 누군가가 말했다.

헤르테르비그! 헤르테르비그!

퀘이커 헤르테르비그!

퀘이커! 퀘이커!

나는 알프레드를 바라보았다. 보아하니 그는 내가 거기 있다는 사실을 잊어버린 것 같았다. 그는 그저 보둠 곁에 서서 웃기만 했다. 보둠은 내 앞에 서서 한 손으로는 테이블 가장자리를 잡고, 다른 한 손으로는 술잔을 쥐고 있었다. 나는 다시 알프레드를 돌아보았다. 얼른 알프레드가 내게 오기만을 바랐다.

조용! 조용! 보둠이 소리쳤다.

퀘이커 헤르테르비그가 왔잖아. 어부 헤르테르비그! 누군가가 소리쳤다.

조용! 보둠이 다시 소리쳤다.

보둠은 술잔을 여러 번 톡톡 두드렸다.

조용히 하세요!

원형 테이블 주위가 조용해졌다. 원형 테이블에 앉아 있던 그림을 못 그리는 화가들은 한마디도 하지 않았다. 보둠이 헛기침을 하며 목을 가다듬었다. 알프레드는 여전히 보둠 곁에서 있었다. 나는 얼른 알프레드가 내 사랑 헬레네가 어디 있는지 가르쳐 주기만을 바랐다. 그는 헬레네의 부탁을 받고 나를 이곳까지 데려왔다. 나를 말카스텐으로 데려왔던 사람은 바로 알프레드다. 그는 헬레네가 말카스텐에 있다고 말했다. 나는 얼른 알프레드가 내게 오기만을 기다렸다. 보둠이 다시 헛기침을 했다.

헤르테르비그, 어서 앉아. 누군가가 말했다.

여기까지 왔는데. 다른 누군가가 말했다.

자, 얼른 앉게나. 누군가가 내게 손을 흔들며 말했다.

조용, 조용히 하세요. 보둠이 말했다.

보둠이 깊은 숨을 들이쉬었다.

얼른 하고 싶은 말을 해 보게. 누군가가 말했다.

헤르테르비그가 이 자리에 왔어. 보둠이 말했다.

모두 손뼉을 쳤다. 나는 가만히 서서 수트 케이스를 내려다보았고, 다른 이들은 모두 손뼉을 쳤다.

헤르테르비그!

헤르테르비그! 헤르테르비그! 사람들은 손뼉을 치며 내 이름을 불렀다.

사람들의 박수 소리는 점점 더 커졌다.

헤르테르비그! 보둠이 말문을 열었다.

나는 가만히 서서 수트 케이스만 내려다보았다.

모두 진정하세요. 보둠이 말했다.

원형 테이블에 앉아 있던 사람들이 다시 조용해졌다. 그림을 못 그리는 화가들이 입을 다물었다. 나는 알프레드를 바라보았다. 나는 그가 얼른 내게 오기만을 기다렸다. 나를 데리러 왔던 사람은 바로 그였다. 그는 헬레네가 말카스텐에서 나를 기다린다고 했고, 그녀의 부탁으로 나를 데리러 왔다고 말했다. 나는 그의 뒤를 따라 말카스텐에 왔지만, 그는 보둠 옆에서 있기만 했다. 원형 테이블 주위는 조용해졌다. 그림을 못 그리는 화가들은 모두 보둠만 쳐다보고 있었다. 나는 제자리에 꼿꼿하게 서 있을 뿐, 발을 옮길 수가 없었다. 나는 헬레네가 어디 있는지 알프레드가 가르쳐 줄 때까지 기다리는 수밖에 없다. 원형 테이블에 앉아 있는 사람들이 무슨 말을 하든 나는 개의치 않는다. 나와는 상관없는 일이다. 나는 가만히 서 있을 뿐, 곧 내 사랑 헬레네와 함께 말카스텐에서 나갈 것이다. 그리고 다시는 돌아오지 않을 것이다. 우리는 함께 이곳을 떠날 것이다. 헬레네 빙켈만과 라스 헤르테르비그는 함께 말카스텐을 떠날 것이다. 그리고 다시 돌아오지 않을 것이다. 라스 헤르테르비그는 다른 화가들이 하는 말을 듣지 않아도 된다. 왜냐하면 라스 헤르테르비그는 그림을 잘 그리니까. 나는 그림을 못 그리는 화가들이 내게 무슨 말을 하든 개의치 않는다. 나와는 상관없는 일이다. 왜냐하면 나는 그림을 잘 그리니까. 그들은 그림을 못 그린다. 나는 그림을 잘 그린다. 그들이 내게 무슨 말을 하든 나는 신경 쓰지 않는다. 왜냐하면 나는 그림을 잘 그리기 때문이다. 그들은 그림을 못 그린다. 나는 보듬이 얼른 말을 끝내기만을 기다렸다.

헤르테르비그. 보둠이 말문을 열었다.

모두 조용해졌다.

헤르테르비그. 보둠이 했던 말을 반복했다.

헤르테르비그에게 애인이 생겼다고 하더군.

나는 보둠을 바라보았다. 그는 나를 향해, 나와 헬레네에 관해 말하고 있었다. 나는 그에게 애인이 생겼다는 말을 한 적이 없다. 그런데도 그는 내가 그런 말을 했다고 한다. 보둠은 왜 그런 말을 할까? 나는 아무 말도 할 수 없었다. 그저 고개를 숙인 채 가만히 서 있을 뿐. 보둠은 눈썹을 찌푸리며 단호한 표정으로 원형 테이블 앞에 앉아 있는 사람들을 차례차례 둘러보았다.

헤르테르비그에게 애인이 생겼다고? 누군가가 말했다.

조용히 하세요! 보둠이 소리쳤다.

나는 수트 케이스를 내려다보았다. 테이블 주위는 다시 조용해졌다.

헤르테르비그. 보둠이 말했다.

그는 왜 헤르테르비그라고 반복해서 말할까.

헤르테르비그는 우리 중 가장 실력 있는 화가입니다.

그건 의심의 여지가 없어. 맞는 말이야. 누군가가 맞장구를 쳤다.

맞아, 맞아. 또 다른 누군가가 말했다.

그는 우리 중 최고야.

오늘 저녁 그의 애인이 말카스텐에 왔습니다! 이 중에 그의 애인이 있습니다! 보둠이 말했다.

나는 수트 케이스를 내려다보았다. 보둠은 왜 내 애인이 오늘 저녁 말카스텐에 왔다고 말할까? 보둠은 헬레네가 말카스텐에 있다는 것을 어떻게 알아냈을까? 보둠은 헬레네를 알지 못한다. 혹시 알프레드가 그에게 귀띔해 주었을까? 내가 알프레드와 함께 말카스텐에 들어왔을 때, 그는 보둠에게 다가가서 귓속말을 했다. 원형 테이블에 앉아 있던 화가들은 아무 말도 하지 않았다. 알프레드는 온 얼굴 가득 웃음을 담은 채 보둠 옆에 서 있었다. 나는 말카스텐에 더 있을 수 없다. 여기서 벗어나야 한다. 나는 수트 케이스를 내려다보았다.

말을 하는 사람은 아무도 없었다.

오! 누군가가 소리쳤다.

맞아, 놀랄 일이지. 보둠이 말했다.

그렇다면 우리도 그녀에게 인사를 해야지! 누군가가 말했다.

우리도 그녀를 만나고 싶다고!

그렇지, 헤르테르비그?

우리도 자네 애인과 인사를 나누게 해 줘.

그러자고!

헤르테르비그의 애인이 여기까지 왔다는데 그냥 보낼 수는 없지!

무척 아름다울 거야!

맞아! 맞아!

우리도 그녀를 만나고 싶다고!

나는 수트 케이스를 내려다보았다. 원형 테이블을 둘러싸고 앉아 있는 그림을 못 그리는 화가들이 하나같이 당신을 만나고 싶어 한다. 헬레네, 당신과 나는 단둘이 있을 수 없다. 그들이 당신을 만나고 싶어 하기 때문이다.

매우 훌륭한 여인이 틀림없어!

꼭 한번 보고 싶은걸!

내 말이 맞지, 헤르테르비그?

알프레드는 얼른 내게 와야 한다. 그는 오르막길을 달려 내 뒤를 따라왔다. 그는 당신, 내 사랑 헬레네가 나를 데려오라고 했다면서 내게 말카스텐으로 함께 가자고 했다. 당신은 말카스텐에서 나를 기다렸고, 그에게 나를 데려오라고 부탁했다.

헤르테르비그의 애인이라. 꼭 만나고 싶군!

알프레드는 여전히 보둠 곁에 서 있기만 했다. 알프레드는 얼른 내게 와서 당신이 어디 있는지 가르쳐 주어야 한다. 말카스텐에는 너무나 많은 사람이 앉아 있고, 당신은 어디에서도 보이지 않았다. 알프레드는 당신에게 나를 데려오겠다고 말했다. 알프레드는 당신이 말카스텐 안쪽 구석에 앉아 있다고 했다. 알프레드는 얼른 내게 와서 당신이 어디 있는지 가르쳐 줘야 한다.

헤르테르비그에게 애인이 생겼다는군!

우리도 만나 보자고!

보둠! 보둠! 좋아!

알프레드는 여전히 보둠 곁에 서 있었다. 그는 얼른 내게 와야 한다. 알프레드는 당신, 헬레네의 부탁을 받았다며 나를 여기까지 데려왔다.

헤르테르비그의 애인을 만나 보자고!

잘했어, 보둠!

나는 보둠이 술잔을 들어 올려 나이프로 톡톡 두들기는 모습을 보았다. 다시 주변이 조용해졌다.

여러분들은 곧 그녀를 만날 것입니다. 보둠이 말했다.

좋아! 잘됐어!

원형 테이블에 앉아 있던 그림을 못 그리는 화가들 중 한 명이 주먹을 쥐고 테이블을 탕탕 내려치기 시작했다. 잠시 후, 모두 주먹을 쥐고 테이블을 내려쳤다. 나는 보둠을 바라보았다. 그는 테이블 가장자리를 잡고 서서 온 얼굴에 미소를 지으며 테이블을 둘러보았다. 보둠이 한 팔을 들어 올렸다가 천천히 내렸다.

여러분들은 곧 그녀를 만날 것입니다. 제가 여러분들의 관심을 요구했던 것은 바로 그 때문이었습니다.

보둠! 보둠!

사람들은 자리에 앉아 주먹으로 테이블을 내려쳤다. 보둠이 다시 한 팔을 들어 올렸다가 천천히 내리자 사람들이 조용해졌다.

헤르테르비그의 애인 이름은 헬레네 빙켈만입니다. 헤르테르비그가 하숙하는 주인집 딸이지요. 보둠이 말했다.

그녀는 지금 말카스텐에 있습니다. 저 안쪽 구석에 앉아 있어요. 알프레드가 테이블 앞에 앉아 있는 사람들을 향해 눈을 찡긋하며 말했다.

원형 테이블에 앉아 있던 화가들이 일제히 고개를 끄덕였다. 그림을 못 그리는 화가들이 원형 테이블 앞에 앉아 알프레드를 향해 고개를 끄덕였다.

이제 모두 함께 그녀에게 인사하러 가 보는 게 어때. 누군가가 말했다.

노르웨이 화가들이 대동단결할 때가 왔군. 또 다른 누군가가 말했다.

노르웨이 화가들! 누군가가 외쳤다.

노르웨이 화가들을 위하여!

위하여! 위하여!

모든 노르웨이 화가, 그림을 못 그리는 화가들이 저마다 술잔을 들어 올렸다.

위하여!

위하여! 위하여!

헤르테르비그와 그의 사랑을 위하여!

헤르테르비그와 그의 애인을 위하여!

위하여!

이제 가 보세! 누군가가 소리쳤다.

자, 모두 일어나게. 이제 가 보자고!

이제 가 보세!

그림을 못 그리는 화가들 중 한 명이 자리에서 일어났다. 그는 손에 들고 있던 술잔을 테이블 위에 내려놓았다. 다른 이들도 하나둘 차례차례 자리에서 일어났다. 나는 알프레드와 보둠이 말을 주고받는 모습을 보았다. 알프레드는 얼른 내게 와야 한다. 그는 헬레네가 나를 기다린다고 말했다. 나를 데려오라는 그녀의 부탁을 받았다고 했다.

이제 가 보자고! 누군가가 말했다.

마지막으로 한 번 더! 위하여! 또 다른 누군가가 소리쳤다.

그림을 못 그리는 화가들이 모두 일어서서 원형 테이블 위에 있던 각자의 술잔을 들어 올렸다. 그들은 술잔을 얼굴까지 치켜올리고 서로를 마주 보았다. 나는 보둠과 알프레드가 서서 술잔을 들어 올리는 모습을 보았다.

헤르테르비그와 그의 사랑이 영원하길 기원하며! 위하여! 보둠이 소리쳤다.

그림을 못 그리는 화가들이 술잔을 앞으로 쭉 내밀었다. 아무도 말하지 않았다. 그들은 그저 술잔을 앞으로 쭉 내밀었다가 입으로 가져간 뒤 술을 들이켰다.

잠깐만! 잠깐만! 보둠이 소리쳤다.

그림을 못 그리는 화가들이 일제히 보둠을 돌아보았다.

그다지 중요한 건 아니지만, 헤르테르비그도 할 말이 있을지 모르니 한번 물어볼까요? 보둠이 말했다.

보둠이 나를 향해 돌아섰다. 나는 시선을 떨구어 수트 케이스만 내려다보았다. 보둠은 내게 하고 싶은 말이 있느냐고 물었다. 하지만 내게 무슨 할 말이 있을까? 내가 무슨 말을 하면 될까? 나는 할 말이 없었다. 나는 가만히 서서 양손에 수트 케이스를 든 채 바닥만 내려다보았다. 나는 할 말이 없었다. 말해서도 안 된다. 나는 가만히 서서 어떤 말도 하지 않을 것이다.

할 말이 없나? 정말 하고 싶은 말이 아무것도 없는가? 보둠이 물었다.

나는 고개를 들어 보둠을 바라보았다. 보둠은 빨갛게 충혈된 눈으로 나를 바라보았다. 나는 고개를 저었다.

수트 케이스를 들고 있군. 보둠이 말했다.

보둠은 커다란 목소리로 말하며 고개를 뒤로 살짝 젖힌 채 왜 내게 수트 케이스를 들고 있느냐고 물었다.

이사를 갈 참인가, 하타르보그? 누군가가 물었다.

여행을 갈 생각인가? 또 다른 누군가가 물었다.

애인과 함께?

노르웨이로?

우리를 떠날 셈인가, 헤르테르비그?

어디로 갈 예정인가?

헤르테르비그가 우리를 떠난다고?

안 돼, 있을 수 없는 일이야!

내가 무슨 말을 해야 할까? 그들은 내키는 대로 아무 말이나 지껄여도 된다. 어차피 나는 아무 말도 하지 않을 테니까. 나는 여기 가만히 서서 아무 말도 하지 않을 것이다. 그저 묵묵히 서 있다가 헬레네를 만날 것이다. 그녀는 어디로 사라지지 않을 것이다. 우리는 서로에게 속한 운명적 존재니까. 그녀와 나. 그녀는 말없이 사라질 수 없다. 그녀는 내게 다시 돌아와야만 했고, 나는 곧 그녀를 만날 것이다. 헬레네는 지금 말카스텐 어딘가에 있으니까. 알프레드는 내게 헬레네가 말카스텐에 있다고 말했다. 이제 알프레드는 헬레네가 어디 앉아 있는지 내게 가르쳐 줘야 한다. 나는 양손에 수트 케이스를 들고 서 있다. 나는 곧 내 사랑 헬레네를 만날 수 있을 것이다. 내 사랑 헬레네, 그녀는 말카스텐에서 나를 기다리고 있고, 나는 곧 그녀를 만날 것이다. 나는 그녀가 내게 오리라는 것을 알고 있었다. 나는 다시 그녀를 만나리라는 사실을 알고 있었다. 이제 나는 그녀에게 가야 한다. 이렇게 서 있을 수만은 없다. 이제 내가 할 일은 그녀에게 가는 것뿐.

이제 가 보세. 보둠이 말했다.

나는 내게 다가오는 알프레드를 보았다.

그녀가 어디 있는지 자네에게 가르쳐 줄게. 알프레드가 말했다.

나는 고개를 끄덕였다.

좋아.

나는 그림을 못 그리는 화가들을 바라보았다. 원형 테이블에 앉아 있던 그림을 못 그리는 화가들이 모두 자리에서 일어나 내게 다가왔다. 이제 헬레네에게 가 보자는 알프레드의 목소리가 들렸다. 나는 가만히 서서 수트 케이스를 내려다보며 고개를 끄덕였다. 나는 고개를 들어 내게 다가오는 그림을 못 그리는 화가들의 무리를 바라보았다. 그들의 충혈된 눈동자들이 내게 다가오고 있었다. 그들은 나를 둘러싸고 충혈된 눈으로 나를 바라보았다. 희고 검은 옷을 입은 그들이 나를 바라보았다. 그들은 나를 바라보고 또 바라보았다. 말을 하는 사람은 아무도 없었다.

헤르테르비그는 진정한 남자야. 누군가가 말했다.

나는 수트 케이스를 향해 고개를 숙였다.

맞아!

못하는 게 없어!

헤르테르비그 같은 사내는 없어!

퀘이커!

헤르테르비그!

퀘이커!

누군가가 내 어깨에 손을 얹었다. 나는 고개를 돌려 알프레드의 얼굴을 바라보았다. 나는 웃음을 머금은 그의 눈을 보았다.

나를 따라오게, 헤르테르비그.

나는 고개를 끄덕였다.

안쪽으로 가면 돼. 헬레네가 어디 앉아 있는지 보여 줄게.

나는 다시 고개를 끄덕였다. 알프레드가 내 어깨에 얹은 손을 내렸다. 나는 텅 빈 원형 테이블을 보았다. 거기 앉아 있던 사람들은 모두 일어서서 나를 에워싼 채 충혈된 눈으로 나를 바라보고 있었다. 나는 다시 고개를 떨구고 수트 케이스를 내려다보았다. 누군가가 내 어깨에 다시 손을 얹었다. 고개를 돌리니 나를 바라보고 있는 알프레드가 눈에 띄었다.

이제 가 보자고, 헤르테르비그. 알프레드가 말했다.

알프레드가 앞장서서 걷기 시작했다. 나는 허리를 숙여 수트 케이스를 들어 올리고 술집 안쪽을 향해 걷는 그의 뒤를 따랐다. 나는 그의 등을 바라보았다. 이제 나는 내 사랑 헬레네를 만날 수 있다. 그림을 못 그리는 화가 두 명이 나의 양옆에 섰다. 알프레드가 앞장서서 걷고, 그 뒤에는 양손에 수트 케이스를 든 내가 따랐다. 나의 양옆에는 그림을 못 그리는 화가 두 명이 걸었다. 나는 걸어가기만 하면 된다. 내 사랑 헬레네를 다시 만나기 위해. 내 사랑 헬레네가 나를 기다리고 있다. 이제 나는 다시 내 사랑 헬레네를 만날 수 있다. 나는 알프레드의 뒤를 따라 천천히 걸었다. 그와의 거리가 점점 좁혀졌다. 나는 그의 등을 보았다. 나는 양손에 수트 케이스를 들고 알프레드의 등을 보며 그의 뒤를 따라 걸었다. 알프레드의 바로 뒤쪽 양옆에 그림을 못 그리는 화가 두 명이 나란히 걸었다. 나의 양옆에도 그림을 못 그리는 화가 두 명이 걷고 있었다. 나는 발을 멈추었다. 수트 케이스를 바닥에 내려놓았다. 두 줄로 나란히 걷는 화가들이 나를 지나쳤다. 그들의 제일 앞 중앙에는 알프레드가 걷고 있었다. 나는 알프레드가 걸음을 멈추는 모습을 보았다. 그가 고개를 돌려 나를 바라보았다.

어서 와, 헤르테르비그! 그가 말했다.

그림을 못 그리는 화가들, 내 옆에서 걷고 있던 화가들도 발을 멈추고 충혈된 눈으로 나를 바라보았다.

뭐 해? 빨리 와, 헤르테르비그. 알프레드가 말했다.

그래, 뭐 하고 있어? 어서 가자고. 누군가가 말했다.

헤르테르비그, 서둘러!

거기 가만히 서서 뭘 하자는 거야?

어서 가, 헤르테르비그!

얼른 수트 케이스를 들고 가!

나는 고개를 들었다. 나의 양옆에는 그림을 못 그리는 화가들이 나란히 줄을 지어 서 있었고, 그들은 모두 충혈된 눈으로 나를 바라보았다. 두 줄로 나란히 서 있는 그들의 앞쪽에는 역시 그림을 못 그리는 화가, 알프레드가 서 있었다.

어서 오라고. 그녀를 만나기 싫은 건 아니겠지? 알프레드가 말했다.

나는 얼른 발을 옮겨야 한다. 내 사랑 헬레네를 만나기 위해.

수트 케이스를 들고 따라와. 알프레드가 말했다.

나는 수트 케이스를 들었다. 누군가가 손뼉을 쳤다. 다른 이들도 뒤따라 손뼉을 쳤다. 나는 알프레드를 향해 걷기 시작했다. 또 다른 사람들이 손뼉을 쳤다. 나는 이제 내 사랑 헬레네를 만날 것이다. 화가들은 모두 손뼉을 쳤고, 나는 양손에 수트 케이스를 들고 두 줄로 나란히 서 있는 그림을 못 그리는 노르웨이 화가들 사이에서 알프레드를 향해 걸었다. 조금 전 원형 테이블에 앉아 있던 그들은 이제 나의 양옆에 두 줄로 나란히 서 있었다. 그림을 못 그리는 그들은 충혈된 눈으로 나를 바라보며 손뼉을 쳤다. 그림을 못 그리는 화가들이 손뼉을 치며 말카스텐 안쪽으로, 알프레드를 향해 걷는 나를 지켜보았다. 알프레드도 손뼉을 쳤다. 그림을 못 그리는 화가들이 모두 손뼉을 쳤고, 알프레드도 손뼉을 쳤다.

어서 오게, 헤르테르비그. 알프레드가 말했다.

나는 고개를 끄덕였다.

이제 자네 애인을 만날 수 있을 거야.

그림을 못 그리는 화가들은 나란히 서서 손뼉을 치며, 양손에 수트 케이스를 들고 말카스텐 안쪽으로 발을 옮기는 나를 바라보았다. 나는 그림을 못 그리는 화가들 사이에서 알프레드를 향해 천천히 걸었다.

잘 하고 있어, 헤르테르비그. 좋아.

나는 알프레드를 향해 발을 옮겼다.

얼른 오게, 헤르테르비그. 알프레드가 말했다.

나는 이제 내 사랑 헬레네를 다시 만날 것이다. 나는 그녀가 사라지지 않을 것임을 잘 알고 있었다. 나는 알프레드에게 걸어갔다. 그림을 못 그리는 화가들은 모두 손뼉을 치고 있었다. 알프레드도 손뼉을 쳤다.

거의 다 왔어. 알프레드가 말했다.

나는 알프레드에게 다가갔다.

조금만 더 가면 돼, 헤르테르비그.

나는 알프레드에게 걸어갔다. 그들은 계속 손뼉을 쳤다. 나는 알프레드를 바라보았다. 나는 곧 알프레드 바로 앞에 당도할 것이다. 그리고 나는 내 사랑 헬레네를 다시 만날 것이다. 나는 알프레드 앞에서 발을 멈추었다. 그림을 못 그리는 화가들이 손뼉을 멈추었다. 나는 알프레드를 바라보았다. 알프레드도 손뼉을 멈추었다. 나는 수트 케이스 두 개를 바닥에 내려놓았다. 나는 알프레드를 바라보다가 두 줄로 서 있는 그림을 못 그리는 화가들을 향해 고개를 돌렸다. 그들은 제자리에 서서 충혈된 눈으로 알프레드와 나를 바라보고 있었다. 손뼉을 치는 사람은 아무도 없었다. 말을 하는 사람도 없었다. 그들은 빨갛게 충혈된 눈으로 알프레드와 나를 쳐다볼 뿐이었다. 나는 두 줄로 서 있는 화가들을 바라보았다. 끝 쪽에 서 있는 사람들이 발을 옮겨 서로를 향해 다가갔고, 알프레드와 내 옆에 서 있던 이들은 서로에게서 조금씩 떨어졌다. 조금 전 두 줄로 서 있던 그림을 못 그리는 화가들은 화살표를 그리며 서 있었고 술집 안쪽으로 향하는 화살표의 꼬리 부분에는 알프레드와 내가 서 있었다. 그림을 못 그리는 화가들은 빨갛게 충혈된 눈으로 나를 바라보았다.

이제 다 왔어. 알프레드가 말했다.

나는 알프레드의 얼굴에서 눈을 돌려 바닥에 놓인 수트 케이스 하나를 내려다보았다.

준비됐나? 알프레드가 말했다.

나는 고개를 들어 화살표 모양을 그리며 두 줄로 서 있는, 그림을 못 그리는 화가들을 바라보았다. 그들은 발을 옮겨 알프레드와 나를 둥그렇게 에워쌌다. 말을 하는 사람은 아무도 없었다. 그들은 우리를 중심으로 원을 그리며 섰다. 나는 알프레드를 바라보았고, 그는 내게 고개를 끄덕였다. 나는 고개를 돌려 알프레드와 나를 빙 둘러싸고 있는 그림을 못 그리는 화가들을 바라보았다. 그림을 못 그리는 화가들은 충혈된 눈으로 알프레드와 나를 바라보았다. 그들이 다가오기 시작했다. 하나둘. 점점 더 가까이 그들이 다가오고 있었다. 하나둘, 차례차례, 알프레드와 내게로 그들이 가까이 다가왔다. 그들은 알프레드와 내게 바짝 다가와 원을 그리며 섰다. 그림을 못 그리는 화가들이 왜 이토록 알프레드와 내게 가까이 다가오는 것일까? 알프레드와 나는 그림을 못 그리는 노르웨이 화가들의 중앙에 서 있었고, 그들은 우리에게 바짝 다가와 원을 그리며 서 있었다. 그림을 못 그리는 노르웨이 화가들은 알프레드와 나를 에워싼 채 서 있었고, 나는 고개를 돌려 그들을 바라보았다. 그림을 못 그리는 노르웨이 화가들은 모두 한 손에 술잔을 들고, 다른 한 손에는 담배를 쥔 채 빨갛게 충혈된 눈으로 원 중앙에 서 있는 알프레드와 나를 바라보았다. 나는 그림을 못 그리는 노르웨이 화가들이 만든 원의 중앙에 서서 수트 케이스만 내려다보았다. 이제 나는 내 사랑 헬레네를 만날 것이다. 알프레드는 헬레네가 안쪽에서 나를 기다린다고 말했다. 나는 곧 내 사랑 헬레네를 만날 것이다. 나는 고개를 숙여 수트 케이스 하나를 내려다보았다.

이제 들어가 보자고. 알프레드가 말했다.

나는 알프레드의 얼굴을 보았다. 알프레드에게 고개를 끄덕였다.

어서 가 보자고. 누군가가 말했다.

어디선가 커다란 웃음소리가 들렸다. 짧고 커다란 여러 웃음소리가 뒤를 따랐다. 나는 주위를 빙 둘러보았다. 수많은 얼굴들이 내게 고개를 끄덕이고 있었다.

서둘러, 헤르테르비그.

이제 자네 애인을 만날 수 있을 거야.

우리에게도 자네 애인을 보여 줘야 하잖아.

설마 우리를 속인 건 아니겠지?

자네도 알다시피 우리도 자네 애인을 만나 보고 싶다네.

얼른 오라고.

그렇게 서 있지만 말고.

나는 알프레드가 발을 옮겨 원을 그린 채 서 있는 무리 속으로 들어가는 모습을 보았다. 그는 무리 속에 서서 나를 바라보았다.

얼른 가 봐, 헤르테르비그. 알프레드가 말했다.

나는 그림을 못 그리는 화가들에게 빙 둘러싸인 채 홀로 가만히 서 있었다.

설마 애인을 만나기 싫은 건 아니겠지? 누군가가 말했다.

나는 고개를 저으며 수트 케이스를 들어 올리고 알프레드 앞에 섰다. 그림을 못 그리지만, 그럼에도 그림을 그리는 사람들, 밤낮으로 말카스텐에 앉아 술을 마시는 사람들, 그림을 못 그리는 모든 화가가 알프레드를 향해 걸어가는 나를 지켜보고 있었다. 나는 주위를 둘러보았다. 한스 구데의 얼굴이 눈에 띄었다. 나는 그림을 못 그리는 화가들의 중앙에서 발을 멈추었다. 한스 구데의 얼굴. 그렇다면 원을 그린 채 서 있는 사람들은 그림을 못 그리는 화가들이라고 말할 수 없다. 한스 구데도 거기에 함께 서 있으니까. 한스 구데는 그림을 잘 그린다. 한스 구데도 무리 속에 서서 나를 바라보고 있었다. 그림을 못 그리는 화가들만 원을 그린 채 서 있진 않았다. 한스 구데도 빨갛게 충혈된 눈으로 나를 바라보고 있었다. 나는 한스 구데의 얼굴에 스치는 웃음을 보았다. 한스 구데는 거기 서서 웃고 있었다. 한스 구데가 사람들 속에 서서 나를 비웃고 있었다. 나는 가만히 서서 그림을 못 그리는 화가들과 함께 원을 그린 채 서 있는 알프레드를 보았다. 나는 그림을 잘 그린다. 이제 나는 내 사랑 헬레네를 만날 것이다. 조금 전 원형 테이블에 앉아 있던 노르웨이 화가들은 아무 말 없이 내 주위에 원을 그리고 서서 나를 바라보았고, 나는 그들의 중앙에 서서 원을 그린 무리 속에 섞여 있는 알프레드를 보았다.

서둘러. 알프레드가 말했다.

나는 알프레드를 바라보았다. 이제 발을 옮겨야 한다. 왜냐하면 알프레드는 당신이 나를 기다린다고 말했기 때문이다. 나는 당신에게 가야 한다. 당신이 나를 기다리고 있기 때문이다. 나는 당신에게 갈 것이다.

얼른 그녀에게 가 봐. 알프레드가 말했다.

나는 당신에게 갈 것이다. 당신이 나를 기다리고 있기 때문이다. 나는 그림을 못 그리는 화가들 사이에서 발을 옮겼고, 그들은 원을 그린 채 나를 에워싸고 있었다. 이제 나는 당신에게 갈 것이다. 나는 그림을 못 그리는 화가들 사이에 섞여 말카스텐 안쪽으로 발을 옮겼다. 당신은 말카스텐 안쪽 구석에서 나를 기다리고 있다고 했다. 나는 이제 나의 연인, 당신에게 갈 것이다. 나는 나를 에워싸고 둥그렇게 서 있는 그림을 못 그리는 화가들 중앙에 서 있고, 그들은 빨갛게 충혈된 눈으로 나를 바라보았으며, 나는 그들과 함께 서 있는 알프레드를 바라보았다. 티데만의 얼굴이 보였다. 알프레드 곁에 서 있는 사람은 바로 티데만! 나는 티데만의 얼굴을 보았다. 얼른 고개를 숙였다. 그는 온 얼굴 전체에 웃음을 가득 담고 있었다. 티데만은 알프레드와 함께 서서 웃고 있었다. 티데만, 나는 티데만을 보았다! 나는 빨갛게 충혈된 눈동자들이 만든 원 속에서 알프레드와 함께 서 있는 티데만을 보았다. 티데만은 그림을 잘 그린다. 나는 나를 에워싸고 둥그렇게 서 있는 화가들 중앙에 서 있었다. 낯선 화가들이 하나둘 계속 모여들었다. 원의 바깥쪽에 또 다른 원이 만들어졌다. 스웨덴 화가들, 덴마크 화가들, 독일 화가들이 첫 번째 원 밖에 또 다른 원을 만들어 서 있었다. 그림을 잘 그리는 화가들도 나를 둥그렇게 에워싸고 서 있었다. 티데만도 있었고, 구데도 있었다. 바깥쪽 원이 점점 커졌다. 나는 화가들, 온 세상의 화가들이 만든 두 개의 원 중앙에 홀로 서 있었다. 원은 점점 내게로 가까이 다가왔다. 화가들은 어깨를 맞대며 원을 점점 좁혀 왔다. 가장 안쪽의 원에는 원형 테이블에 앉아 있던 화가들이 서 있었다. 구데와 티데만도 있었다. 모두 빨갛게 충혈된 눈으로 나를 바라보고 있었다. 바깥쪽에 새로 만들어진 원에는 노르웨이, 덴마크, 독일 화가들이 서 있었다. 나는 원의 중앙에 홀로 서 있었다. 이 화가들은 모두 어디에서 왔을까? 원을 그리며 서 있는 화가들은 아무 말도 하지 않고 그저 가만히 서서 나를 바라보기만 했다. 그들은 모두 비슷비슷했다. 빨갛게 충혈된 눈, 술잔과 담배를 든 손. 화가들이 모두 나를 바라보았다. 나는 노르웨이 화가들과 세계 곳곳에서 모여든 화가들이 만든 원 속에 홀로 덩그러니 서 있었다. 나는 알프레드를 바라보았고, 알프레드는 나를 바라보았다. 그의 곁에는 티데만이 서 있었고, 비좁게 좁혀 오는 원 속에는 구데도 서 있었다. 나는 알프레드를 바라보았다. 정적이 흘렀다. 내가 말카스텐에 발을 들여놓았을 때는 커다란 웃음소리로 가득했다. 하지만 지금은 말카스텐에 정적이 흐르고 있다. 왜 이렇게 조용할까? 내가 헬레네를 다시 만나기 때문에 그런 걸까? 정녕 그 때문에 정적이 흐르는 걸까? 내가 헬레네를 다시 만날 것이기 때문에, 그림을 못 그리는 화가들과 그림을 잘 그리는 화가들이 원을 그리고 서서 충혈된 눈으로 말없이 나를 쳐다보는 것일까? 왜 아무도 웃지 않을까? 왜 아무도 말하지 않을까? 내가 문밖에 서 있을 때는 말카스텐 안에서 커다란 웃음소리가 새어 나왔다. 그런데 왜 지금은 이토록 조용한 것일까? 왜 나는 양옆에 수트케이스를 두고 원을 그리며 서 있는 화가들의 중앙에 홀로 서 있는 것일까? 나는 알프레드를 바라보았다. 알프레드가 내게서 원하는 것은 무엇일까?

자, 어서 가 보게, 헤르테르비그. 알프레드가 말했다.

나는 알프레드를 바라보았다.

어서 가 보라고, 헤르테르비그.

나는 알프레드를 바라보았다.

얼른 가 봐. 누군가가 말했다.

나는 바닥을 내려다보았다.

가!

서둘러! 서두르라고!

어서!

좀 빨리 움직여 봐!

우린 술잔을 채워야 해!

얼른 가!

당장!

서둘러!

얼른 움직여 보라고!

모두 내게 소리쳤다. 나는 가만히 서서 바닥만 내려다볼 수는 없다.

우리에게 자네 애인 헬레네를 소개해 줘. 알프레드가 말했다.

나는 알프레드를 바라보았다.

애인을 소개해 준다고 우리를 초대했던 건 바로 자네였잖아. 그러니 얼른 소개해 달라고. 알프레드가 말했다.

나는 알프레드를 바라보았다.

어서! 그녀를 소개해 줘! 알프레드가 말했다.

나는 알프레드를 바라보았다.

여기 있는 화가들이 보이지 않나? 자네는 이 사람들에게 자네 애인을 소개해 준다고 했어. 바로 그 때문에 이 사람들이 여기 서서 기다리는 거라고. 알프레드가 말했다.

나는 고개를 끄덕였다.

설마 애인이 없는 건 아니겠지? 알프레드가 말했다.

나는 알프레드 앞에 섰다. 알프레드는 내가 애인을 소개해 주겠다고 했기 때문에 화가들이 여기 모여 있다고 말했다. 그림을 못 그리는 화가들, 그림을 잘 그리는 화가들이 바로 그 때문에 나를 에워싸고 서 있는 것이다. 나는 그들에게 내 애인을 소개해 주겠다고 말했고, 바로 그 때문에 그들이 나를 둘러싼 채 서 있는 것이다. 알프레드는 내게 그렇게 말했다. 그런데 헬레네는 어디 있을까? 알프레드는 나를 여기까지 데려왔다. 그는 헬레네가 나를 데려오라고 했으며, 그녀가 말카스텐 안쪽에 앉아 나를 기다린다고 말했다. 하지만 그녀는 어디에서도 보이지 않았다. 말카스텐 안에선 내 사랑 헬레네를 볼 수 없었다. 헬레네는 어디에 있을까? 혹시 나를 떠난 것은 아닐까?

그녀가 여기 없는 건 아냐? 혹시 자네가 우리를 속인 건 아니겠지? 알프레드가 말했다.

나는 알프레드 앞에 서서 고개를 저었다.

우리를 속였던 거야? 알프레드가 말했다.

나는 고개를 저었다.

자네는 우리를 속였어! 알프레드가 말했다.

알프레드는 빨갛게 충혈된 눈으로 나를 바라보았다.

이자가 우리를 속였어! 알프레드가 소리쳤다.

나는 바닥에 있는 수트 케이스를 내려다보았다. 알프레드를 쳐다보면 안 된다. 나는 무슨 말이라도 해야 한다.

하지만 자네가 말하기를. 내가 말문을 열었다.

내가 미처 말을 맺기도 전에 알프레드가 끼어들었다.

뭐라고?

알프레드는 내게 헬레네가 말카스텐 안쪽에 앉아 나를 기다린다고 했다. 나는 알프레드 앞에 서 있고, 내 주위에는 노르웨이와 세계 곳곳에서 온 화가들이 원을 그린 채 서서 나를 쳐다보고 있었다. 빨갛게 충혈된 눈으로. 나는 알프레드를 따라 말카스텐에 왔다. 그러니 알프레드는 이제 헬레네가 어디 있는지 내게 가르쳐 줘야 한다.

헬레네는 어디 있나? 내가 물었다.

자네 애인이 어디 있는지 내게 물으면 어떡하냐고! 알프레드가 말했다.

그는 어이없다는 표정으로 화가들을 둘러보았다. 그림을 잘 그리는 화가들, 그림을 못 그리는 화가들, 모든 화가가 가만히 서서 빨갛게 충혈된 눈으로 나를 바라보았다. 나는 주위를 둘러보았다. 그들은 하나같이 영문을 모르겠다는 표정으로 앞만 바라보았다. 나는 고개를 숙여 수트 케이스를 내려다보았다.

이자가 지금 자기 애인이 어디 있는지 내게 묻고 있어. 알프레드가 말했다.

알프레드는 노르웨이 화가들과 세계 곳곳에서 온 화가들을 돌아보았다. 그들은 원을 그리고 서서 빨갛게 충혈된 눈으로 나를 바라보았다.

헬레네는 어디 있나? 내가 다시 물었다.

엉뚱한 소리 말고 얼른 그녀를 우리에게 소개해 줘. 알프레드가 말했다.

헬레네는 어디 있나?

겁쟁이 같으니라고. 용기를 내 보라고. 알프레드가 말했다.

알프레드는 내게 헬레네가 말카스텐에 있다고 말했다. 그는 나를 그녀에게 데려다주겠다고 했다. 그녀가 나를 데려오라고 했다면서.

그녀가 어디 있는지 말해 줘! 내가 말했다.

나는 알프레드의 얼굴을 바라보았다. 그의 얼굴에는 웃음기가 가득했다. 나는 주위를 둘러보았다. 곳곳에 영문을 모르겠다는 표정을 담은 얼굴들뿐이었다. 그림을 못 그리는 화가들의 얼굴, 그림을 잘 그리는 화가들의 얼굴, 눈을 돌리는 곳마다 그들의 충혈된 눈이 있었고, 나를 향한 그들의 얼굴은 소리 없이 웃고 있었다.

이제 우리에게 자네 애인을 보여 달라고! 자네는 애인을 소개해 주겠다면서 우리 모두를 여기까지 데려왔어. 알프레드가 말했다.

알프레드의 목소리는 매우 컸다. 알프레드는 내가 아니라, 모든 사람이 들을 수 있도록 큰 소리로 말했다.

어서 뭐든지 해 봐. 알프레드가 말했다.

나는 수트 케이스 두 개 사이에 서서 그 하나를 내려다보았다. 알프레드는 노르웨이 화가들과 전 세계 곳곳에서 온 화가들에게 헬레네를 소개해 줘야 한다고 말했다. 하지만 헬레네가 말카스텐에 있다면서 나를 여기까지 데려왔던 사람은 바로 알프레드다. 나는 거기 가만히 서 있을 수가 없었다. 헬레네가 나를 기다리고 있기 때문이다. 나는 무슨 일이라도 해야만 한다. 나는 알프레드와 티데만 사이로 발을 내밀어 걷기 시작했다. 알프레드와 티데만은 옆으로 물러서서 내게 길을 내주었다. 티데만은 나를 바라보며 선한 표정으로 고개를 끄덕여 주었다.

잘 있었나, 헤르테르비그. 티데만이 말했다.

티데만이 내게 말을 걸었다. 나는 그에게 말할 수 없었다. 그 유명한 티데만에게 내가 어떻게 말을 걸 수 있을까. 나는 화가들이 만든 안쪽의 원을 벗어나 바깥쪽 원을 향해 발을 옮겼고, 앞만 보며 말카스텐의 구석진 자리로 걸어갔다. 알프레드가 내 곁에 다가왔다.

저 여잔가?

알프레드는 내가 한 번도 본 적이 없는 낯선 여인을 가리켰다. 노란 머리를 정수리까지 올려 묶은 그녀는 남자 두 명과 함께 구석진 자리에 앉아 있었다. 레이스가 치렁치렁한 그녀의 하얀 블라우스 아래에는 크고 묵직해 보이는 가슴이 아래위로 출렁이고 있었다. 그녀는 남자 한 명에게 몸을 기대고 있었고, 남자도 그녀에게 몸을 기대고 있었다. 그가 한쪽 팔을 들어 올려 그녀의 어깨를 감싸 쥐자, 그녀는 그에게 바짝 몸을 붙이고 그의 얼굴을 향해 웃음을 터뜨렸다. 그녀가 웃을 때마다 레이스가 치렁치렁한 그녀의 하얀 블라우스 속에 있는 두 개의 커다랗고 묵직한 가슴이 아래위로 출렁거렸다. 나는 고개를 끄덕였다.

맞아, 바로 저 여자야. 내가 말했다.

나는 등을 돌려 그림을 못 그리는 모든 화가, 그림을 잘 그리는 모든 화가, 노르웨이와 세계 곳곳에서 온 화가들을 바라보았다. 그들은 원에서 빠져나와 하나둘 작은 무리를 지어 모이기 시작했다. 그들은 손에 담배와 술잔을 들고 충혈된 눈으로 알프레드와 나를 바라보았다. 알프레드는 몸을 돌려 화가들을 바라보았다. 나는 그들 중 몇 명이 발길을 돌려 왔던 자리로 돌아가는 것을 보았다. 알프레드는 가만히 서서 그들을 지켜보다가 그들의 뒤를 따라 자기 자리로 돌아갔다. 나는 그림을 못 그리는 화가들과 그림을 잘 그리는 몇몇 화가들이 발을 돌려 제자리로 돌아가는 것을 보았다. 나머지 사람들은 홀로, 또는 몇 명씩 짝을 지어 서서 여전히 나를 바라보고 있었다. 잠시 후, 사람들이 모두 등을 돌렸다. 나는 그림을 잘 그리는 화가, 그림을 못 그리는 화가들이 하나둘 자기 자리로 돌아가는 모습을 지켜보았다. 나는 알프레드가 그림을 못 그리는 화가들의 뒤를 따라 자리로 돌아가는 모습도 보았다. 알프레드의 뒤에는 다른 화가들이 따라 걷고 있었다. 나는 두 남자와 함께 테이블에 앉아 있는 여인을 바라보았다. 그녀가 고개를 들어 나를 바라보았다.

당신도 여기 와서 앉으세요. 얼른 와요.

나는 제자리에 가만히 서 있었다. 헬레네를 찾아야 했기 때문이다. 알프레드는 그녀가 말카스텐에 있다고 했지만, 나는 어디서도 그녀를 찾을 수 없었다.

이리로 와서 앉아요. 여인이 말했다.

그래요, 얼른 오세요. 두 남자 중 한 명이 말했다.

당신에겐 술이 필요한 것 같군요. 다른 남자가 말했다.

외로워 보이는군요. 어서 내게로 오세요. 여인이 말했다.

노르웨이 사람 같군요. 두 남자 중 한 명이 말했다.

나는 고개를 끄덕였다.

어서 오라니까요. 그녀가 말했다.

여인이 가슴 위로 손을 들어 올리더니 나를 향해, 자신의 가슴을 향해 손을 흔들었다.

어서 오세요.

나는 그녀의 가슴을 바라보았다.

근사하지 않아요? 그녀가 말했다.

매우 훌륭해. 난 다 알지. 두 남자 중 한 명이 말했다.

나도 알아. 다른 남자가 말했다.

여인과 두 남자가 일제히 웃음을 터뜨렸다.

어서 와요. 여인이 말했다.

아닙니다.

그러지 말고 어서 이리로 와요. 여인이 말했다.

나는 고개를 저었다.

여기 와서 술 한잔해요. 여인이 말했다.

나는 몸을 돌려 걷기 시작했다. 얼른 그곳을 빠져나가야 한다는 생각뿐이었다.

용기가 없나요? 한 남자가 말했다.

우린 나쁜 사람이 아니에요. 당신도 여기 와서 앉아요. 당신은 여기 앉아서 술만 마시면 돼요. 다른 남자가 말했다.

노르웨이! 맞아, 노르웨이! 저 남자는 정말 노르웨이 사람이 맞나 봐요! 여인이 말했다.

나는 보라색 코듀로이 양복, 저주받을 보라색 코듀로이 양복을 입고, 양손에 수트 케이스를 들고서 발을 옮겼다. 한스 가브리엘 부크홀트 순트가 사 준 보라색 코듀로이 양복을 걸친 퀘이커 교인 라스 헤르테르비그는 말카스텐의 문을 향해 걸었다. 퀘이커 교인 라스 헤르테르비그는 한스 가브리엘 부크홀트 순트가 사 준 수트 케이스를 양손에 들고 말카스텐의 문을 향해 걸었다. 그렇다, 그것이 바로 내가 했던 일이다. 이제 나는 어디로 가야 할까? 누구든 자기 자리가 있는 법이다. 나는 곧 그림을 못 그리는 화가들이 앉아 있는 원형 테이블을 지나칠 것이다. 그들은 내게 어디로 가느냐고 물을 것이다. 내게 왜 수트 케이스를 들고 다니느냐고 물을 것이다. 내게 여행을 갈 것이냐고 물을 것이다. 내게 하숙집에서 쫓겨났느냐고 물을 것이다. 내게 노르웨이로 돌아갈지 물을 것이다. 내게 왜 말카스텐의 문을 향해 걷고 있는지 물을 것이다. 나는 말카스텐에 다시 오지 않을 것이다. 나는 내 사랑 헬레네에게 가야 한다. 내 사랑 헬레네는 나를 떠나지 않을 것이다. 나는 내 사랑 헬레네를 다시 찾아야 한다. 나는 양손에 한스 가브리엘 부크홀트 순트가 사 준 수트 케이스를 들고, 한스 가브리엘 부크홀트 순트가 사 준 빌어먹을 보라색 코듀로이 양복을 입고서 발을 옮겼다. 나를 뒤셀도르프의 예술 아카데미에 보내 준 사람은 바로 한스 가브리엘 부크홀트 순트다. 그는 나, 라스 헤르테르비그에게 큰 재능이 있다며 정식으로 그림 공부를 해서 훌륭한 풍경화가가 되어야 한다고 말했다. 포도주 도매업자이자 선주인 한스 가브리엘 부크홀트 순트는 퀘이커 교인 라스 헤르테르비그에게 그렇게 말했다. 헬레네는 말카스텐에 없었다. 그녀는 말카스텐에 있겠다고 말했지만 말카스텐에 오지 않았다. 헬레네는 사라졌다. 나는 다시 헬레네를 만나지 못할 것이다. 헬레네는 말카스텐에서 나를 기다리겠다고 했다. 그런데도 헬레네는 말카스텐에 모습을 보이지 않았다. 나는 무슨 수를 써서라도 내 사랑 헬레네를 다시 만나야 한다. 당신은 지금 어디 있는가? 나는 당신을 만나야 한다. 세상의 그 누구라도 각자 머물 자리가 있는 법이지만, 나는 머물 곳이 없다. 나는 당신을 만나야 한다. 나는 말카스텐 안에서 발을 옮겼다. 문을 향해 걷는 내게 커다란 웃음소리가 파도처럼 다가왔다. 나는 술집 안의 커다란 웃음소리 속에서 문을 향해 발을 옮겼다. 이제 나는 원형 테이블을 지나쳐야 한다. 테이블에 둘러앉아 대화를 나누고 웃는 사람들. 그들은 하타르보그, 퀘이커 교인에 관해 이야기를 나누고 있다. 그들은 하타르보그가 상상 속 연인과 사랑에 빠졌다고 말하며 웃음을 터뜨렸다. 나는 그들을 지나쳐야 한다. 그들이 앉아 있는 원형 테이블은 문가에 있다. 나는 내 사랑 헬레네를 다시 만나야 한다. 나도 머물 곳을 찾아야 한다. 세상 사람들에겐 모두 각자의 장점이 있고, 모두들 어딘가에 머물고 있다. 나는 말카스텐 안에서 발을 옮겼다. 원형 테이블에는 그림을 못 그리는 화가들이 다시 자리를 잡고 앉아 있었다. 그림을 못 그리는 화가들이 모두 원형 테이블 앞에 앉아 있었다. 나는 원형 테이블로 눈길을 돌리면 안 된다. 나는 오직 앞만 보며 발을 내밀어야 한다. 양손에 수트 케이스를 들고, 한스 가브리엘 부크홀트 순트가 직접 주문해 준 빌어먹을 보라색 코듀로이 양복, 최상품의 코듀로이 천으로 만든 양복을 입고 문을 향해 걸었다. 나는 다시 헬레네를 만나야 한다. 헬레네는 나를 기다려야 한다. 그녀는 아무 말도 없이 나를 떠날 수 없다. 나는 문을 향해 걸었고, 주변에는 커다란 웃음소리로 가득했다. 나는 원형 테이블 옆을 지나쳤다. 그림을 못 그리는 화가들이 일제히 나를 바라보았다. 나는 고개를 숙인 채 발을 옮겼다. 나는 원형 테이블을 슬쩍 돌아보았다. 그림을 못 그리는 화가들을 보았다. 원형 테이블 앞에 앉아 있는 그들은 바닥을 내려다보았다. 나는 원형 테이블을 지나쳤고, 원형 테이블에 앉아 있는 그림을 못 그리는 화가들은 시선을 떨구었다. 말을 하는 사람은 아무도 없었다. 나는 문을 향해 발을 옮겼다. 나는 원형 테이블을 지나쳤고, 그림을 못 그리는 화가들은 거기 앉아 아래만 내려다보았으며, 내게 아무 말도 하지 않았다. 나는 문을 향해 걸었다. 이제 나는 말카스텐에서 나가 다시는 말카스텐에 오지 않을 것이다. 나는 말카스텐에서 벗어날 것이다. 나는 원형 테이블을 바라보았다. 알프레드의 얼굴이 눈에 띄었다. 다른 사람들은 모두 아래만 내려다보고 있었지만, 알프레드는 나를 똑바로 쳐다보고 있었다. 알프레드가 자리에서 일어났다. 나는 문 앞에서 걸음을 멈추고, 수트 케이스 하나를 바닥에 내려놓은 뒤, 한 손으로 문을 열고 한쪽 어깨로 열린 문을 지탱한 채 바닥에 있던 수트 케이스를 들어 올렸다. 나는 이 문을 통해 밖으로 나갈 것이고, 다시는 말카스텐에 발을 들여놓지 않을 것이다. 나는 오늘 말카스텐에 처음이자 마지막으로 들러보았다. 이제 이 문을 벗어나면 나는 그림을 못 그리는 화가들이 앉아 있는 말카스텐에 다시 들어가지 않을 것이다. 나는 문 앞 계단에서 발을 멈추고 하늘을 쳐다보았다. 하늘이 어둑어둑해져 있었다. 저녁이었다. 선선한 바람이 얼굴을 스쳤다. 나는 양손에 수트 케이스를 들고 계단을 내려갔다. 나는 길에 서서 보라색 코듀로이 양복을 입고 다시 여기 서 있다고 혼잣말을 중얼거렸다. 문이 열리는 소리가 들렸다. 나는 열린 문 사이에 서 있는 알프레드를 보았다. 이맛살을 찌푸린 그의 눈동자가 나를 향하고 있었다. 나는 그에게서 몸을 돌려 앞을 바라보았다.

헤르테르비그. 알프레드가 나를 불렀다.

나는 알프레드와 이야기를 나누고 싶지 않았다. 그곳을 벗어나고 싶은 마음뿐이었다. 알프레드 따위가 뭐라고?

그녀가 벌써 갔나 봐. 그가 말했다.

나는 알프레드를 다시 돌아보았다. 그가 계단을 내려왔다.

그녀가 거기 없더군! 그가 말했다.

알프레드가 내게 다가왔다.

내 말을 좀 들어 봐. 그가 말했다.

알프레드가 걸음을 멈추고 나를 바라보았다.

내 말을 좀 들어 보라고.

나는 알프레드를 바라보았다.

이제 내 말을 잘 들어. 알프레드가 말했다.

나는 알프레드가 하는 말을 듣고 싶지 않았다. 어차피 그의 말은 사실이 아니니까. 알프레드의 말은 거짓이다. 알프레드 따위가 뭐라고? 나는 알프레드의 말을 듣고 싶지 않았다.

그녀가 말하기를.

알프레드가 말을 하다 말고 나를 바라보았다.

그녀가 말하길 말카스텐에서 나갈 수밖에 없었다고 했어. 밖에서 자네를 기다리겠다고 하더군.

나는 알프레드의 말을 듣고 싶지 않았기에 말없이 오르막길을 오르기 시작했다. 그는 어차피 거짓말만 하는 사람이니까. 그는 입에서 나오는 대로 지껄이는 사람이며 거짓말만 한다. 알프레드 따위가 뭐라고. 알프레드는 왜 아무 말이나 지껄이는 것일까? 나는 오르막길을 걸었다.

알고 싶지 않아? 알프레드가 내 등 뒤에서 소리쳤다.

나는 길을 따라 걸었다.

그녀가 말하길 자네와…….

알프레드는 말을 끊었고, 나는 앞만 보며 발을 옮겼다.

오늘 저녁 포플러 옆에서 만나고 싶다고 하더군. 오늘 밤에 말야. 그녀가 자네를 거기서 기다린다고 했어. 알프레드가 말했다.

나는 길을 따라 발을 옮겼고, 내 등 뒤에서는 알프레드가 말카스텐의 계단을 오르는 소리가 들렸다. 나는 오르막길을 걸었다. 헬레네는 나를 만나고 싶다고 했다. 그녀는 내게 집으로 와 달라고 했다. 헬레네는 나를 기다리겠다고 했다. 헬레네가 나를 기다리고 있는데 내가 말카스텐에 멍하니 앉아 있을 수는 없지 않은가. 빙켈만 씨는 헬레네를 못살게 군다. 나는 집으로 가야 한다. 헬레네가 빙켈만 씨와 단둘이 있는 모습을 가만히 두고 볼 수는 없다. 나는 예거호프슈트라세에 있는 빙켈만 부인의 집에서 하숙을 한다. 하지만 지금 내겐 집 열쇠가 없고 내 사랑 헬레네는 집 안에 있다. 그녀는 집 안에서 나를 기다리고 있다. 나는 발걸음을 재촉했다. 나는 다시 집으로 가야 한다. 예거호프슈트라세로 가야 한다. 나는 예거호프슈트라세의 집 대문을 두드릴 것이다. 나는 다시 내 사랑 헬레네를 만날 것이다. 만약 그녀의 삼촌 빙켈만 씨가 대문을 열어준다면 나는 그에게 단도직입적으로 헬레네를 만나러 왔다고 말할 것이다. 헬레네는 나의 연인이라고 말할 것이다. 그리고 헬레네와 나는 함께 집을 나와서 멀리 떠날 것이다. 노르웨이, 스타방에르로 가서 다시는 독일로 돌아오지 않을 것이다. 왜냐하면 헬레네와 나는 연인이니까. 나는 발걸음을 재촉했다. 이제 나는 내 사랑 헬레네를 데리고 노르웨이의 스타방에르로 갈 것이다. 나는 노르웨이에 돌아가서 그림을 그릴 것이다. 나는 햇살 아래 자리한 아름다운 풍경, 구름 아래 자리한 아름다운 자연을 그릴 것이며, 헬레네는 나와 함께 있을 것이다. 나는 어디를 가든 항상 헬레네와 함께 있을 것이다. 이제 헬레네 빙켈만과 풍경화가 라스 헤르테르비그는 노르웨이로 갈 것이다. 우리가 스타방에르에 도착하면, 한스 가브리엘 부크홀트 순트가 선착장으로 우리를 마중 나올 것이다. 한스 가브리엘 부크홀트 순트는 선착장에 홀로 서 있다가 배에서 내리는 우리에게 다가올 것이다. 그는 내 이름을 부를 것이다. 헤르테르비그! 선주이자 포도주 도매업자 한스 가브리엘 부크홀트 순트는 나, 헤르테르비그의 이름을 연거푸 부를 것이다. 이제 집으로 돌아왔군! 풍경화가가 되어 다시 돌아왔어! 다시 건강하게 만나서 기뻐. 매우 좋아 보이는군. 저 여인은 자네가 말했던 헬레네 빙켈만인가? 잘 왔어. 그리고 한스 가브리엘 부크홀트 순트는 헬레네 빙켈만에게 다가가 손을 내밀며 수줍은 듯 시선을 아래로 향한 채 인사를 건넬 것이다. 그는 한스 가브리엘 부크홀트, 선주이자 포도주 도매업자라고 자신을 소개할 것이다. 그는 헬레네 빙켈만이 특별히 선택받은, 매우 운이 좋은 여인이라고 말할 것이다. 그녀가 촉망받고 재능 있는 라스 헤르테르비그, 노르웨이 왕국 전체가 기대를 걸고 있는 라스 헤르테르비그의 선택을 받았다고 말할 것이다. 그는 음식과 포도주를 준비해 놓았다며 우리에게 자신의 집으로 함께 가자고 말할 것이다. 우리는 함께 마차를 타고 스타방에르의 거리를 달릴 것이다. 선주이자 포도주 도매업자 한스 가브리엘 부크홀트 순트는 우리를 자신의 거대한 저택 내에 자리한 커다란 방으로 데려가 그곳에서 묵어도 좋다고 말할 것이다. 그는 내게 또 다른 방을 보여 주며 그곳에서 그림을 그려도 좋다고 말할 것이다. 그는 우리가 단둘이 조용하게 시간을 보낼 수 있도록 이만 가 보겠다고 말할 것이다. 내 사랑 헬레네와 나는 단둘이 있을 것이다. 나는 내 사랑 헬레네에게 가고 있다. 나는 빙켈만 부인의 집이 있는 예거호프슈트라세를 향해 걷고 있다. 나는 예거호프슈트라세의 진입로로 발을 옮겼다. 나는 헬레네에게 가고 있다. 헬레네가 나를 기다리고 있다고 알프레드가 말했기 때문이다. 나는 내 사랑 헬레네 빙켈만의 집으로 가야 한다. 그녀가 나를 기다리고 있다고 알프레드가 말했기 때문이다. 나는 집 앞의 계단을 올랐다. 나는 빙켈만의 문패가 걸린 대문 앞에서 발을 멈추었다. 내겐 집 열쇠가 없다. 나는 양손에 수트 케이스를 들고 빙켈만이라고 적힌 문패 앞에서 가만히 서 있었다. 헬레네는 나를 기다리고 있다. 나는 대문을 두드려야 한다. 나는 헬레네가 대문을 열어 주길 바랐다. 그리고 헬레네는 얼른 짐을 싸야 한다. 헬레네와 나는 서둘러 집을 나서야 한다. 그녀는 오늘 저녁 짐을 싸서 나와야 하고, 우리는 며칠간 함께 머무를 곳을 찾아야 한다. 그리고 우리는 노르웨이의 스타방에르로 함께 떠날 것이다. 헬레네 빙켈만과 라스 헤르테르비그는 그림을 못 그리는 화가들에게서 벗어날 것이고, 두 사람은 그림을 못 그리는 화가들과는 다시 상종하지 않을 것이다. 나는 수트 케이스를 땅에 내려놓았다. 나는 빙켈만 씨의 문패를 쳐다보았다. 나는 대문을 두드렸다. 다시 빙켈만 씨의 문패를 쳐다보았다. 그리고 땅에 있는 수트 케이스 하나를 내려다보았다. 집 안에서 묵직한 발소리가 들렸다. 집 안 복도에서 들려오는 묵직한 발소리! 빙켈만 씨가 오고 있었다. 헬레네가 아니라 빙켈만 씨가 대문을 열기 위해 오고 있는 것이다! 헬레네가 아니라! 빙켈만 씨가 대문을 열어 줄 것이다. 나는 현관 앞 복도에서 들려오는 묵직한 발소리를 들었다. 발소리가 점점 가까워졌다. 빙켈만 씨가 오고 있었다. 곧 빙켈만 씨가 대문을 열 것이다. 나는 가만히 서서 수트 케이스를 내려다보았다. 빙켈만 씨가 오고 있다. 하지만 나는 헬레네, 내 사랑 헬레네를 만나야 한다. 헬레네가 나를 기다리고 있는데 말없이 훌쩍 떠날 수는 없다. 나는 이대로 떠날 수 없다. 이 세상에는 누구나 머물 자리가 있다. 나는 이대로 떠날 수 없다. 대문 앞에서 발소리가 멈추었다. 나는 가만히 서서 수트 케이스를 내려다보았다. 자물쇠의 잠금장치가 돌아가는 소리가 들렸다. 나는 수트 케이스를 내려다보았다. 나는 고개를 들어야 한다. 무슨 일이라도 해야 한다. 이대로 가만히 서 있을 수는 없다. 빙켈만 씨는 대문을 열었다가 금방 닫아 버릴 것이다. 나는 고개를 들었다. 대문이 열리는 것을 보았다. 나는 열린 대문 사이로 빙켈만 부인의 얼굴을 보았다. 정적이 흘렀다.

누군가 했더니 당신이었군요. 빙켈만 부인이 말했다.

나를 바라보는 빙켈만 부인의 목소리는 그다지 엄하지 않았다. 나는 빙켈만 부인의 목소리를 들었다. 그것은 빙켈만 씨의 목소리가 아니라, 나를 바라보는 헨리에테 빙켈만 부인의 목소리였다.

누군가 했더니 당신이었어요. 빙켈만 부인이 다시 말했다.

나는 빙켈만 부인에게 헬레네와 만나고 싶다고 말해야 한다. 아니, 나는 빙켈만 부인에게 헬레네와 함께 노르웨이의 스타방에르로 떠날 것이라고 말해야 한다.

잊어버린 것이 있나요? 헨리에테 빙켈만이 물었다.

아닙니다.

원하는 것이 뭔가요?

빙켈만 부인은 내게 원하는 것이 무엇인지 물었다. 그렇다면 나는 그녀의 딸, 헬레네, 헬레네 빙켈만과 함께 이곳을 떠날 것이라고 말해야 한다.

특별한 것이라도 있나요? 빙켈만 부인이 말했다.

나는 대답을 해야 한다.

여기 다시 왔기에 묻는 거예요. 빙켈만 부인이 말했다.

나는 빙켈만 부인의 눈을 바라보았다. 그녀의 눈동자는 푸른색이었다. 그녀의 눈은 헬레네의 눈과 거의 똑같았다.

일단 여기까지 왔으니 잠시 들어오세요. 빙켈만 부인이 말했다.

나는 양손에 수트 케이스를 들고 현관으로 들어가서 수트 케이스를 바닥에 내려놓았다. 빙켈만 부인이 대문을 닫았다. 빙켈만 부인이 나를 향해 돌아서서 무엇 때문에 다시 왔는지 물었다. 나는 고개를 숙이고 수트 케이스를 내려다보았다. 나는 무엇 때문에 다시 돌아왔는지 대답해야 한다. 나는 헬레네와 함께 스타방에르로, 노르웨이로 가기 위해 헬레네를 데리러 왔다고 말해야 한다. 지금 당장 말을 해야 한다. 나는 가만히 서서 수트 케이스만 내려다보고 있으면 안 된다. 나는 왜 이 집에 다시 돌아왔는지 말해야 한다.

저는 단지.

네?

저는 오직.

당신은 오직?

저는 오직.

얼른 얘기해 보세요.

저는 헬레네가…….

헬레네가?

네, 헬레네가 혹시…….

이보세요, 그 아이는 이제 겨우 열다섯 살이에요!

빙켈만 부인의 목소리는 단호했다.

헬레네와 제가.

네, 얼른 말해 봐요.

나는 집 안에서 들려오는 빙켈만 씨의 목소리를 들었다. 무슨 일이냐고 소리치는 그의 목소리는 내 목소리와 섞였고, 나는 아무 말도 할 수 없었다. 나는 그저 현관에 서 있을 뿐. 나는 헬레네를 만나야 한다. 지금 당장. 나는 그 자리에 가만히 서서 수트 케이스만 내려다보았다. 현관 문이 열리는 소리와 함께 집 안에서 묵직한 발소리가 들렸다. 내가 다시 돌아오리라곤 생각도 못 했다고 소리치는 빙켈만 씨의 목소리가 들렸다. 빙켈만 씨의 묵직한 발소리가 점점 가까워졌다. 그는 이럴 줄 알았다고 말했다. 나는 빙켈만 씨의 말을 귀담아들으면 안 된다. 그는 내가 이런 사람인 줄 알았다고 말했다. 내가 이런 사람인 줄 진작에 알았다고 말했다. 빙켈만 씨가 현관에 나와 내 앞에 섰다. 나는 고개를 들지 않았다. 나는 그저 바닥에 있는 수트 케이스만 내려다보았다.

무슨 일인가요? 빙켈만 씨가 말했다.

물어봐도 대답을 하지 않는군요. 빙켈만 부인이 말했다.

그랬군요. 자, 당신이 원하는 건 뭐죠?

나는 아무 말도 할 수 없었다. 나는 그저 가만히 서 있었고 아무 말도 할 수 없었다.

도대체 원하는 게 뭐요? 빙켈만 씨가 물었다.

나는 아무 말도 할 수 없었다. 내 사랑 헬레네는 어디에 있을까? 나는 내 사랑 헬레네를 만나기 위해 다시 돌아왔다. 그녀는 나를 기다린다고 했다. 그녀는 내가 돌아오기를 원했다. 그녀는 내게 돌아오라고 애원했다. 알프레드는 물론, 다른 이들도 그렇게 말했다. 헬레네가 나를 기다리고 있다고. 수많은 사람이 그렇게 말했다. 모든 사람이 헬레네가 나를 기다린다고 말했다. 나는 당장 헬레네에게 가야 한다.

대답을 해 봐요! 왜 여기 다시 돌아왔습니까? 빙켈만 씨가 말했다.

빙켈만 씨는 내 앞에 서서 나를 내려다보고 있었다.

원하는 게 뭐요? 빙켈만 씨가 말했다.

헬레네는 어디에 있을까? 헬레네는 언제 내 앞에 나타날까? 도대체 헬레네는 어디에 있단 말인가? 그녀는 곧 내게 와야 한다.

당신은 이제 더 이상 여기에 살지 않아요. 그런데 여기 왔으니 우리도 그 이유를 알아야 하지 않겠소! 정신 나간 노르웨이 놈 같으니! 빙켈만 씨가 말했다.

헬레네…… 그녀는……. 내가 말문을 열었다.

헬레네! 당신이 앞으로 평생 만날 수 없는 사람이 있다면 그건 바로 방금 당신이 말한 그 사람이오! 헬레네! 헬레네! 도대체 왜 당신이 그 아이를 봐야 하는지 내가 물어봐도 되겠소?

헬레네는 나를 기다리고 있습니다.

방금 이자가 한 말을 들었나요? 헬레네가 자기를 기다리고 있답니다! 세상에!

빙켈만 씨가 소리 내어 웃기 시작했다. 나는 그가 고개를 좌우로 절레절레 저으며 웃는 모습을 보았다. 그는 헬레네가 나를 기다리고 있다며 마구 웃었다. 그가 헬레네의 어머니에게 이건 있을 수 없는 일이라고 말했다. 그는 내가 미쳤다고 말했다. 그는 나를 당장 집 밖으로 끌어내야 한다고 말했다. 빙켈만 씨는 성큼성큼 걸어가 대문을 열었다. 빙켈만 씨가 나를 돌아보았다.

방금 내가 한 말을 들었으리라 믿소. 빙켈만 씨가 말했다.

빙켈만 씨는 내게 당장 나가라고 말했고, 나는 가만히 서서 수트 케이스만 내려다보았다. 헬레네는 곧 내게 와야 한다. 우리는 곧 스타방에르로, 노르웨이로 함께 가야 하니까. 나는 언제까지나 여기 서 있을 수 없다. 헬레네는 곧 내게 와야 한다.

자, 어서 나가요! 빙켈만 씨가 말했다.

이자가 정말 미쳤나 봐요. 빙켈만 부인이 말했다.

수트 케이스를 들고 당장 나가요! 빙켈만 씨가 말했다.

어서 나가세요. 당장. 빙켈만 부인이 말했다.

나는 수트 케이스를 내려다보았다. 이제 나는 여기서 나가야 한다. 나는 빙켈만 씨와 빙켈만 부인을 바라보았다.

경찰을 부르겠소. 빙켈만 씨가 말했다.

그럴 필요까지 있을까요. 빙켈만 부인이 말했다.

가만히 두고 볼 수 없어요. 빙켈만 씨가 말했다.

경찰을 부를 필요는 없어요. 빙켈만 부인이 말했다.

이 일을 당장 멈춰야 해요. 제게 코트를 주세요. 빙켈만 씨가 말했다.

빙켈만 부인은 옷장 앞으로 걸어가 코트를 꺼냈고, 다시 빙켈만 씨 앞으로 다가가서 그에게 코트를 건네주었다.

꼭 이래야 하나요? 빙켈만 부인이 말했다.

네, 그럼요. 형수님은 내가 경찰을 데려올 때까지 이 자와 함께 여기 계세요.

빙켈만 씨는 코트를 걸친 후 대문을 열고 밖으로 나가서 문을 쾅 닫았다. 빙켈만 씨는 경찰을 데려오겠다고 말했다. 나는 그 자리에 가만히 서서 수트 케이스만 내려다보았다. 나는 헬레네를 만나야 한다. 헬레네는 어디에 있을까? 빙켈만 씨는 곧 경찰을 데려올 것이다. 그는 있을 수 없는 일이라며 경찰을 데려오겠다고 말했고, 빙켈만 부인에게 코트를 달라고 했다. 그녀는 꼭 그래야 하느냐고 물었지만 빙켈만 씨는 코트를 입고 밖으로 나갔고, 나는 현관에 서 있다. 내 사랑 헬레네는 어디에 있을까?

헬레네.

네? 빙켈만 부인이 말했다.

헬레네가 집에 있습니까?

빙켈만 부인은 고개를 절레절레 저었다.

이 집에서 나가기 싫은가요? 빙켈만 부인이 물었다.

하지만 헬레네는…….

네, 네, 알았어요. 빙켈만 부인이 말했다.

헬레네가 집에 없습니까?

자, 이러지 말고…….

집에 없습니까?

얼른 나가세요. 얼른 가시라고요. 그녀가 말했다.

네, 하지만.

이 일이 얼마나 심각한지 아직도 모르시나요? 그가 경찰을 데리러 갔어요. 경찰이 오면 당신을 체포할 거예요. 자, 그러니

어서 이 집에서 나가세요. 빙켈만 부인이 말했다.

나는 고개를 끄덕였다.

벌써 왔는지도 몰라요. 그녀가 말했다.

빙켈만 부인이 대문을 열고 길 위쪽을 바라보았다. 그녀가 나를 돌아보며 고개를 끄덕였다.

얼른 나가세요. 수트 케이스를 가지고 얼른 가세요. 그녀가 말했다.

나는 나갈 수 없었다. 나는 헬레네와 만나 이야기를 해야 한다. 나는 내 사랑 헬레네와 만나 이야기를 해야 한다. 여기 가만히 서 있을 수 없다. 이제 나는 이 집을 나가야 한다. 그러면 나는 헬레네와 만나서 이야기를 나눌 수 없으리라. 나는 이제 어디로 가야 할까? 내가 갈 곳은 없다.

하지만 헬레네는 제게 집으로 오라고 말했습니다.

지금 나더러 그 말을 믿으라는 거예요? 빙켈만 부인이 말했다.

나는 고개를 끄덕였다.

믿을 수 없어요. 자, 부탁이니 얼른 가세요.

하지만.

얼른 나가요.

네.

경찰이 오기 전에 얼른 가세요. 당신을 위해서 하는 말이에요.

하지만 저는 아무런 잘못도 저지르지 않았습니다.

그렇게 생각할 수도 있겠지요. 하지만 당신은 이제 더 이상

이 집에서 살지 않아요. 부탁할게요. 어서 나가세요.

나는 빙켈만 부인이 열린 대문을 잡고 있음을 보았다. 그녀는 내게 몇 번이나 얼른 나가라고 말했다. 나는 그녀의 집 현관에 가만히 서 있으면 안 된다. 빙켈만 부인은 헬레네가 나와 만나길 원하지 않는다고 말했다. 그녀는 왜 그런 말을 했을까. 나는 헬레네, 내 사랑 헬레네가 나와 만나고 싶어 한다는 것을 잘 알고 있다. 그런데도 빙켈만 부인은 헬레네가 나와 만나길 원하지 않는다고 말했다.

그들이 오고 있어요. 당신도 듣고 있죠? 그러니 어서 나가세요.

나는 그 자리에 가만히 서 있어야 한다. 나는 이 집에서 나갈 수 없다. 나는 이 집에 살고 있으니까. 빙켈만 부인은 대문을 연 채 나를 바라보았다.

이제 나는 당신에게 무슨 일이 일어나도 책임질 수 없어요. 그녀가 말했다.

빙켈만 부인은 집 안으로 들어갔다. 발을 옮기던 그녀가 나를 돌아보며 잘 가라고 말했다. 행운을 빈다고도 했다. 나는 빙켈만 부인이 집 안으로 들어가서 거실 문을 여는 모습을 바라보았다. 나는 빙켈만 부인이 거실 안으로 들어가서 문을 닫는 모습을 보았다. 대문 밖에서 사람들의 목소리가 들려왔다. 내가 현관에 있을 거라고 말하는 빙켈만 씨의 목소리가 들렸다. 일이 잘될 테니 걱정 말라는 목소리도 들렸다. 나는 현관에 가만히 서서 대문을 바라보았다. 사람들의 발소리가 점점 가까워졌다. 빙켈만 씨는 나를 쫓아내기 위해 사람을 데려왔다. 길가에 나가서 사람을 데려온 것이다. 그리고 나는 이제 이 집에서 쫓겨날 것이다. 빙켈만 씨는 경찰을 데려왔고 나는 이 집에서 쫓겨날 것이다.

그러길 바라요. 빙켈만 씨가 말했다.

문제없어요. 또 다른 목소리가 말했다.

나는 대문이 열리는 것을 보았다. 빙켈만 씨가 열린 대문을 잡고 있었다.

여기. 그자가 아직 집 안에 있어요. 여기 서 있다고요.

빙켈만 씨가 현관 안을 들여다보며 나를 향해 고개를 끄덕였다. 나는 대문으로 들어오는 경찰 한 명을 보았다. 그는 빙켈만 씨와 너무나 닮았다. 검은 눈동자, 검은 턱수염, 둥그렇고 벌그스름한 얼굴. 이제 경찰은 나를 이 집에서 내쫓을 것이다. 빙켈만 씨는 나를 쫓아내기 위해 경찰을 데려왔다.

네, 네. 경찰이 말했다.

그자가 여기 있어요. 빙켈만 씨가 말했다.

나는 경찰이 현관으로 들어오는 광경을 보았다. 그는 내게 가까이 다가왔고 나는 고개를 숙인 채 수트 케이스를 내려다보았다. 빙켈만 씨는 열린 대문을 잡고 서 있었다. 경찰이 내게 고개를 들라고 말했다. 나는 그곳에 더 서 있을 수 없었다. 나는 허리를 굽혀 수트 케이스를 들어 올렸다. 나는 고개를 들지 않을 것이다! 나는 바닥만 내려다볼 것이다! 나는 오직 바닥만 내려다볼 것이다! 나는 절대 고개를 들지 않을 것이다. 나는 대문을 향해 걷기 시작했다. 빙켈만 씨를 지나쳤다. 나는 앞만 보며 걸어야 한다. 그들을 바라볼 수 없다. 이제 앞만 보며 가야 하기 때문이다. 나는 앞만 보며 걸어야 하기 때문에 그들을 쳐다볼 수 없다. 나는 빙켈반 씨가 잡고 있는 대문을 향해 걸었다. 나는 어디론가 다른 곳으로 가야 한다. 거기가 어디가 되든. 나는 양손에 수트 케이스를 들고 대문을 나섰다. 이것 보세요, 내가 잘될 거라고 말하지 않았습니까라고 말하는 경찰의 목소리가 들렸다. 빙켈만 씨는 생각보다 훨씬 일이 쉽게 풀렸다고 말했다. 경찰은 내가 다시 돌아오지 않을 것이라고 말했다. 나는 계단을 내려갔고 경찰은 빙켈만 씨에게 내가 다시 이곳에 와도 대문을 열어 주지 말라고 말했다. 나는 양손에 수트 케이스를 들고 계단을 내려갔다. 나는 경찰과 빙켈만 씨가 무슨 말을 하는지 들을 수 없었다. 나는 계단을 내려갔다. 나는 이제 어디론가 다른 곳으로 가야 한다. 양손에 수트 케이스를 들고 가야 한다. 나는 내 사랑 헬레네를 다시 찾을 것이다. 그리고 어디론가 가야 한다. 이 세상에는 누구든 각자 머물 곳이 있는 법이다. 내게도 머물 곳이 있을 것이다. 나는 어둑어둑한 거리로 나섰다. 나는 어디론가 가야 한다. 포플러가 있는 곳으로 가 볼까. 나는 양손에 수트 케이스를 들고 포플러를 향해 가야 한다. 희고 검은 천, 아버지. 엘리자베트, 사랑하는 여동생 엘리자베트, 사랑하는 엘리자베트는 어디에 있을까? 내 여동생 엘리자베트는 어디로 가 버렸을까?

가우스타 정신 병원, 1856년 크리스마스이브, 아침: 갈매기들이 울부짖었다. 갈매기들은 계속 울부짖을 것이다. 갈매기가 울면 모든 일이 잘 풀릴 것이다. 나는 잠을 설친 다음 날 아침이면 갈매기 소리 듣는 걸 좋아한다. 나는 갈매기들이 울기를 바랐다. 나는 하늘을 날아다니는 갈매기들을 보았다. 갈매기들이 수면을 향해 내려와 물속에 부리를 담그더니, 천천히 구름을 향해 다시 날아올랐다. 나는 잠을 자지 못했다. 나는 잠을 설친 다음 날이면 갈매기 우는 소리에 귀를 기울인다. 나는 눈을 뜨면 아무것도 볼 수 없다. 나는 갈매기 소리를 들으며, 갈매기들이 하늘을 향해 천천히 날아오르거나, 땅을 향해 내려앉는 것을 본다. 나는 잠을 잘 수 없다. 나는 병동의 침대에 누워 있다. 나는 잠을 이루지 못한 채 문에서부터 여섯 번째 침대에 누워 있다. 나의 오른쪽에는 침대가 두 개 더 있다. 갈매기들이 울고 있다. 나는 잠을 잘 수 없었다. 갈매기들은 울어야 한다. 갈매기들이 울고 있다. 갈매기 한 마리가 울부짖었다. 수많은 갈매기들이 울부짖고 있다. 나는 문에서부터 여섯 번째 침대에 뜬눈으로 누워 있다. 문가에는 보호사 허우게가 누워 자고 있다. 나는 여섯 번째 침대에 누워 갈매기 소리를 듣고 있다. 나는 하늘을 향해 천천히 날아오르는 갈매기 한 마리를 보았다. 하늘을 향해, 산꼭대기를 향해 날아오르는 갈매기. 나는 침대에 누워 갈매기들이 울부짖는 소리를 듣고 있다. 나는 여섯 번째 침대에 누워 갈매기들이 울부짖는 소리를 듣고 있다. 나는 푸른 바다와 파란 하늘, 그리고 갈매기를 보고 있다. 나는 다른 이들의 숨소리를 듣고 있다. 나는 화구를 들고 해안가에 서서 갈매기들을 바라보는 나 자신을 보고 있다. 나는 땅을 내려다보았다. 나는 작은 파도가 해안가의 동그란 조약돌을 향해 부딪쳐 오는 것을 보았다. 나는 파도를 보고 있다. 나는 하늘을 나는 갈매기들을 보고 있다. 구름은 보이지 않았다. 파란 하늘에는 하얀 갈매기뿐이다. 하늘이 어두워졌다. 갈매기들은 어둑어둑한 하늘 아래서 큰 소리로 울부짖었다. 나는 더 이상 그림을 그릴 수 없다. 그림을 그려 보았지만 생각처럼 잘 그릴 수 없었다. 산드베르그 박사는 내게 그림을 그리면 안 된다고 말했다. 가우스타 정신 병원에서 치료를 받는 동안엔 그림을 그리면 안 된다고 그가 말했다. 나는 그에게 그림 때문에 내가 미쳤을지도 모른다고 말했다. 나는 산드베르그 박사에게 햇살 가득한 풍경을 너무나 많이 쏘아보았기에 미쳤을지도 모른다고 말했다. 그는 내게 가우스타 정신 병원에 있을 때는 그림을 그리면 안 된다고 말했다. 나는 병원에 입원하던 날 화구를 병원에 맡겼다. 그들은 내가 퇴원할 때 화구를 돌려주겠다고 말했다. 나는 이제 그림을 못 그리는 화가가 되었다. 그러니 갈매기들이 울부짖는 소리를 들을 수밖에 없다. 하지만 나는 화가다. 그림을 그리고 싶다. 나는 그림을 그리지 못하면 다시 건강해질 수 없다. 내 건강은 점점 더 나빠질 것이다. 나는 그림을 그려야 한다. 나는 갈매기 소리를 들어야 한다. 나는 하늘을 나는 갈매기들을 봐야 한다. 하지만 보호사 허우게는 내가 그림을 그리는 것을 허락하지 않았다. 나는 갈매기 소리를 들어야 한다. 보호사 허우게는 허리춤에 열쇠 꾸러미를 차고 걷는다. 나는 가우스타 정신 병원에 있고, 산드베르그 박사는 내가 가우스타 정신 병원에 있는 동안은 그림을 그리면 안 된다고 말했다. 그는 내게도 그렇게 말했고 보호사 허우게에게도 같은 말을 했다. 내가 가우스타 정신 병원에 온 것은 그림을 그리기 위해서가 아니라, 다시 건강해지기 위해서라고. 그래서 나는 가우스타 정신 병원에 있을 때만큼은 그림을 그리면 안 되는 것이다. 그 때문에 나는 갈매기만 봐야 한다. 그 때문에 나는 갈매기 소리만 들어야 한다. 나는 그 누구에게도 내가 갈매기를 보고 갈매기 소리를 듣는다는 말을 하면 안 된다. 그런 말을 하면, 그조차도 못하게 될지도 모르니까. 산드베르그 박사는 틀림없이 내게 갈매기를 보고 갈매기 소리를 들으면 안 된다고 말할 것이다. 나는 산드베르그 박사가 말하는 대로 따라야 한다. 가우스타 정신 병원에 있는 나와 다른 이들은 산드베르그 박사가 시키는 대로 해야 한다. 나는 그림을 그리면 안 된다. 나는 갈매기 소리를 듣는다. 그리고 나는 눈을 치운다. 내가 다시 건강해지기 위해선 그림을 그리는 게 아니라 눈을 치워야 한다. 나는 눈을 치움으로써 건강을 되찾을 수 있다. 나는 그림을 그렸기 때문에 건강이 나빠졌다. 햇살 아래 풍경을 너무나 오래 쏘아보았기 때문이다. 나는 바로 그 때문에 내가 미쳐 버렸다는 것을 잘 알고 있다. 나는 갈매기 소리를 듣고 있다. 나는 갈매기들을 보고 있다. 나는 침대에 누워 천천히 하늘을 향해 날아오르는 갈매기들을 본다. 갈매기들은 별안간 곤두박질치며 수면 위에 내려앉는다. 물속에 담갔던 부리에 무언가를 물고 하늘로 날아오르는 갈매기들이 눈앞에서 사라진다. 나는 하루 종일 갈매기들을 본다. 나는 계속 갈매기들을 보고 있다. 나는 구름과 나무배와 사람들을 보기 싫다. 나는 오직 갈매기만 보고 싶을 뿐. 쉴 새 없이, 계속 갈매기들만 보고 싶다. 나는 떼를 지어 날아다니는 갈매기들을 보고 싶다. 나는 오직 갈매기를 보기 위해 노력한다. 바위섬에 앉아 있는 갈매기들, 하늘을 날아다니는 갈매기들, 물속에서 먹이를 찾아내는 갈매기들. 나는 갈매기들을 보고 싶다. 나는 갈매기들을 보고 있다. 나는 갈매기들의 소리를 듣고 있다. 하지만 눈을 뜨면 어둑한 병실만 보일 뿐이다. 병실의 어둠은 너무나 짙어 아무것도 볼 수 없다. 나는 갈매기를 보고 있다. 나는 갈매기가 아닌 다른 것들은 보고 싶지 않다. 지금은 한밤중, 아니, 어쩌면 이른 새벽일지도 모른다. 나는 침대에 뜬눈으로 누워 있다. 어떤 날은 잠을 잘 때도 있지만, 대부분은 뜬눈으로 밤을 지새운다. 그럴 때면 나는 갈매기들을 본다. 갈매기들이 보이지 않으면 억지로 갈매기들을 떠올린다. 나는 잠을 자지 못할 때면 갈매기들을 본다. 나는 침대에 누운 채 기상 시간이 되어 병실 안의 사람들이 모두 일어날 때까지 갈매기들을 보고, 갈매기들의 소리를 듣는다. 나는 한밤중뿐 아니라 하루 종일 침대에 누워 갈매기들을 보고 싶다. 만약 보호사 허우게가 병실 안의 환자 여덟 명을 깨우지 않는다면, 나는 온종일 침대에 누워 갈매기들을 볼 수 있을 것이다. 우리는 아침이 되면 침대에서 일어나야 한다. 보호사 허우게는 절대 포기하지 않는다. 나는 병실의 짙은 어둠 속에 누워 갈매기들을 본다. 나는 헬레네를 떠올리면 안 된다. 기나, 안나, 여자들을 떠올리면 안 된다. 그들은 모두 창녀다. 그들을 생각하면 안 된다. 그들 중 어느 누구도 머릿속에 떠올리면 안 된다. 한때는 내 사랑이었던 헬레네조차 생각하면 안 된다. 하지만 나는 언젠가 당신에게, 내 사랑 헬레네, 당신에게 다시 돌아갈 것이다. 헬레네, 나는 당신에게 갈 것이다. 당신은 내 말을 기억해야 한다. 내 사랑 헬레네, 당신이 기다려 주기만 한다면 나는 당신에게 꼭 돌아갈 것이다. 하지만 나는 지금 당신을 생각하면 안 된다. 내 사랑 헬레네조차 머릿속에 떠올리면 안 된다. 심지어 그들을 생각하면 안 된다는 생각도 하면 안 된다. 나는 그저 갈매기들을 보고 갈매기들의 소리만 들어야 한다. 나는 갈매기들을 봐야 하지만, 갈매기들은 보이지 않는다. 갈매기들이 사라졌다. 나는 다시 갈매기들을 봐야 한다. 만약 갈매기들이 내 눈앞에 다시 나타나지 않으면, 나는 바지 속으로 손을 넣어 자위행위를 할 수밖에 없다. 산드베르그 박사는 만약 갈매기들이 보이지 않으면 바지 속에 손을 넣어 두 다리 사이를 어루만져 보라고 말했다. 나는 두 다리 사이에 손을 넣어 살짝 움직일 뿐이고, 그것을 눈치채는 사람은 아무도 없을 것이다. 산드베르그 박사조차 눈치채지 못할 것이다. 내가 이곳에 처음 왔을 때, 산드베르그 박사는 내게 두 다리 사이에 손을 넣으면 안 된다고 말했다. 그는 자기가 무슨 말을 하는지 내가 이해할 것이라고 말했다. 내가 이해할 수 없다고 말하자 산드베르그 박사는 오랫동안 소리 내어 웃으며 매우 좋다고 말했다. 그는 모든 사람이 나와 비슷하다면 얼마나 좋을까라고 말했다. 산드베르그 박사는 좋아, 좋아라고 말했다. 그는 자신의 말을 이해하지 못하는 내게 매우 좋다고 말했다. 하지만 나는 내 두 다리 사이에 손을 넣어야만 한다. 비록 산드베르그 박사는 내게 그런 짓을 하면 안 된다고 말했지만, 나는 매우 자주 나의 두 다리 사이에 손을 집어넣는다. 나는 두 다리 사이에 손을 집어넣고 조심스럽게 그것을 쥐어 본다. 그것은 이미 조금 단단해져 있다. 나는 그것을 쥔 손에 힘을 주었다. 나는 그것을 감싸 쥐었고 그것은 내 손안에서 점점 커졌다. 나는 그것을 단단히 감싸 쥐어야 한다. 나는 두 다리 사이에 있는 그것을 손으로 잡아 쥐어야 한다. 나는 내 두 다리 사이에서 거대하게 변해 버린 그것을 느낄 수 있다. 나는 그것을 손으로 감싸 쥐었다. 나는 두 다리 사이에 손을 집어넣었다. 나는 그것을 손으로 감싸 쥐었다. 산드베르그 박사는 내가 내 사랑 헬레네에게 못할 짓을 하고 있다는 사실을 모른다. 나는 더 이상 내 사랑 헬레네의 머리를 부드럽게 쓰다듬어 주지 않는다. 나는 더 이상 침대 가장자리에 걸터앉아 하얀 드레스를 입고 창밖을 내다보는 헬레네의 등을 쳐다보지 않는다. 나는 이제 두 다리 사이에 손을 집어넣는다. 나는 여섯 번째 침대에 누워 두 다리 사이에 손을 집어넣고 자위행위를 한다. 나는 자위행위를 자주 하면 안 된다. 산드베르그 박사는 자위행위를 하면 건강이 더 나빠질 것이라고 말했다. 산드베르그 박사는 내가 두 다리 사이에 손을 집어넣었기 때문에 내 건강이 나빠졌는지도 모른다고 말했다. 나는 매우 자주 두 다리 사이에 손을 집어넣는다. 내가 미쳐 버린 것은 바로 그 때문일 것이다. 나는 미쳐 버렸고 지금 가우스타 정신 병원에 입원해 있기 때문에 그림을 그릴 수 없다. 바로 그 때문에 나는 더욱 자주 두 다리 사이에 손을 집어넣는다. 나는 그림을 그릴 수 없기 때문에 두 다리 사이에 시도 때도 없이 손을 집어넣는다. 나는 이미 수도 없이 두 다리 사이에 손을 집어넣었으며, 지금도 계속 그 일을 계속한다. 나는 매일 밤낮을 가리지 않고 하루에도 몇 번씩이나 두 다리 사이에 손을 집어넣는다. 이제 두 다리 사이의 그것이 훌쩍 커져 배를 덮을 정도로 자랐다. 나는 그것을 손으로 감싸 쥐고 있다. 나는 두 다리 사이의 그것을 손으로 단단히 감싸 쥐고 있다. 나는 그것을 감싸 쥐면 안 된다. 그 일을 계속하면 내 건강은 절대 좋아지지 않을 것이고, 그림도 그릴 수 없을 것이다. 내가 원하는 것은 단 하나, 그림을 그리는 것뿐이다. 나는 두 다리 사이에 너무나 자주 손을 집어넣었기 때문에 미쳐 버렸다. 산드베르그 박사가 그렇게 말했다. 그는 내게 두 다리 사이에 손을 집어넣으면 안 된다고 말했다. 산드베르그 박사는 그것이 매우 나쁜 일이며, 나 자신은 물론 다른 사람들에게도 좋지 않은 일일 뿐 아니라, 신의 말씀과 규칙에 어긋나는 일이라고 말했다. 그는 그것이 한마디로 매우 나쁜 일이라고 말했다. 나는 두 다리 사이에 손을 집어넣었다. 나는 다리 사이에 집어넣었던 손을 빼내야 한다. 나는 갈매기를 떠올려야 한다. 나는 산드베르그 박사의 말을 머릿속에서 지워야 한다. 나는 다리 사이에 집어넣었던 손을 빼내야 한다. 나는 다시 그림을 그려야 한다. 나는 다시 구름과 나무와 포플러들, 커다란 산을 그려야 한다. 나는 화가니까. 나는 풍경화가 라스 헤르테르비그, 그 유명한 한스 구데의 제자, 뒤셀도르프의 예술 아카데미에서 공부했던 사람이다. 나는 예술가, 화가. 나는 화가이자 예술가 라스 헤르테르비그.

나는 그림을 잘 그린다. 나는 두 다리 사이에 손을 집어넣으면 안 된다. 나는 갈매기를 떠올려야 한다. 나는 다시 그림을 그릴 것이다. 하지만 나는 그림을 그릴 수 없다. 바로 그 때문에 나는 두 다리 사이에 손을 집어넣을 수밖에 없다. 나는 잠을 이루지 못한다. 나는 여섯 번째 침대에 누워 있다. 나는 가우스타 정신 병원에 있다. 나는 화가 라스 헤르테르비그이며 잠을 이루지 못한다. 나는 강렬한 햇살 아래의 풍경을 너무나 오래 바라보았다. 바로 그 때문에 나는 미쳐 버렸고, 지금 가우스타 정신 병원에 있다. 나는 병실의 여섯 번째 침대에 누워서 어둑한 병실 안, 아무것도 보이지 않는 짙은 어둠만 바라보고 있다. 나는 침대에 누워 손으로 그것을 감싸 쥐었다. 나는 그림을 그릴 것이다. 지금 나는 병실 내의 여섯 번째 침대에 누워 있다. 그것은 유일하게 내가 할 수 있는 일이다. 병실 안 여섯 번째 침대에 누워 있는 일. 뒤셀도르프의 예술 아카데미 한스 구데의 제자, 라스 헤르테르비그. 나는 여섯 번째 침대에 누워 있어야 한다. 나는 두 다리 사이에 손을 집어넣으면 안 된다. 나는 두 다리 사이의 그것을 만지면 안 된다. 나는 헬레네, 내 사랑 헬레네를 떠올리면 안 된다. 나는 창문 앞에 서서 내게 등을 보이고 있는 그녀를 바라보면 안 된다. 그녀는 하얀 드레스를 입고 내게서 등을 돌린 채 창문 앞에 서서 머리를 풀어 헤치고 다시 나를 돌아보았다. 산드베르그 박사는 내게 두 다리 사이에 손을 집어넣으면 안 된다고 말했다. 나는 두 다리 사이에 손을 집어넣으면 안 된다. 만약 그렇게 한다면 나는 건강을 되찾을 수 없을 것이고, 훌륭한 화가도 될 수 없을 것이다. 산드베르그 박사가 그렇게 말했다. 바로 그 때문에 나는 두 다리 사이에 손을 집어넣으면 안 된다. 나는 마음을 비우고 차분해져야 한다. 그러면 저 멀리 있는 환한 빛이 내 속에서도 반짝일 수 있을 것이다. 전적으로 마음을 비우고 차분해지면 내 안에서도 빛이 생겨날 것이다. 나는 모든 일에 고군분투할 필요 없다. 나는 차분해져야 한다. 나는 내면에서 반짝이는 빛이 되어야 한다. 나는 무언가를 바라지 않는 빛이 되어야 한다. 나는 스타클란의 하얀 퀘이커 하우스에서 아무 말도 하지 않고 둥그렇게 자리한 의자에 앉은 사람들처럼 내 의자에 조용히 앉아 있어야 한다. 나는 불빛 아래 다른 퀘이커 교인들과 함께 앉아 있는 아버지 옆에 앉아 있어야 한다. 나는 눈을 감고 조용히 앉아 있어야 한다. 내 가슴속을 휘젓는 모든 근심과 걱정이 한데 모여 가느다란 직선으로 변하고, 그 직선이 사라질 때까지 조용히 앉아 있어야 한다. 그러면 나의 내면은 텅 비어 하얗게 변할 것이고, 나는 차분해질 것이다. 나는 머릿속에 있는 생각과 눈에 보이는 모든 것을 비울 것이다. 그리고 거기, 스타클란의 작고 하얀 퀘이커 하우스에 텅 빈 마음으로 차분하게 앉아 있을 것이다. 나는 그곳에 앉아 있을 것이다. 세상일과 갖가지 의미들을 지우고, 내면에서 반짝이는 빛, 구름 사이 하늘에서 볼 수 있는 빛, 내 눈에 보이는 빛과 함께 앉아 있을 것이다. 그러면 나는 그림을 그릴 수 있다. 아무도 그릴 수 없는 훌륭한 그림을. 나는 내면에 빛을 간직한 채 아버지 곁에 앉아 있을 것이다. 두 다리 사이에 손을 집어넣지 않는다면 나는 다시 빛 속에 앉아 있을 수 있을 것이고, 그러면 나는 다시 그림을 그릴 수 있을 것이다. 하지만 나는 더 이상 그림을 그릴 수 없다. 나는 미쳐 버렸기 때문이다. 나는 정신 병원에 있고, 나는 그림을 그릴 수 없다. 산드베르그 박사는 내게 두 다리 사이에 손을 넣으면 안 된다고 말했기 때문에 나는 그 일도 하면 안 된다. 내가 헬레네와 함께 하고 싶은 행위는 부드럽고 기분 좋은 것이 아니라 거칠고 딱딱한 것이다. 나는 그녀의 머리를 부드럽게 쓰다듬고 싶지도 않다. 창녀 같은 년. 그녀는 빙켈만 씨, 그녀의 삼촌과 함께서 있다. 그녀는 자신의 삼촌 빙켈만 씨와 함께 있다! 헬레네, 안 돼, 내 사랑 헬레네! 당신은 그렇게 앉아 있으면 안 된다. 나는 빙켈만 씨의 무거운 숨소리를 들을 수 있다. 당신은 그런 짓을 하면 안 된다. 절대. 내 사랑 헬레네. 나는 두 다리 사이에 손을 집어넣으면 안 된다. 산드베르그 박사는 내게 그런 짓을 하면 안 된다고 말했다. 당신, 창녀 같은 당신은 빙켈만 씨의 앞에 무릎을 꿇고 앉아 있다. 헬레네는 창녀다. 발소리가 들렸던가? 누가 오는 것일까? 나는 당신을 정복해야 한다. 누가 오든, 안 오든. 나는 당신을 내 손에 넣어야 한다. 창녀 같으니. 비록 내가 다시 건강을 되찾을 수 없다 하더라도, 나는 당신을 손에 넣고 말 것이다. 내가 들었던 것은 발소리였던가? 나는 두 다리 사이에 손을 넣으면 안 된다. 나는 미치고 싶지 않다. 나는 다시 건강해져야 한다. 나는 다시 그림을 그려야 한다. 나는 화가이기 때문에 그림을 그려야 한다. 나는 두 다리 사이에 손을 넣으면 안 된다. 나는 갈매기들의 울음소리를 들어야 한다. 내가 들었던 것은 발소리였던가? 나는 발소리를 들었다. 그럼에도 나는 당신을 손에 넣을 것이다. 나는 갈매기 소리를 들어야 한다. 이제 나는 조용히 누워 있어야 한다. 그런 식으로 움직이면 안 된다. 내 숨소리는 점점 빨라졌다. 나는 그것을 힘주어 감싸 쥐고 손을 아래위로 움직였다. 나는 이런 일을 하면 안 된다. 나는 두 다리 사이에 손을 넣으면 안 된다. 그러면 나는 다시 건강을 되찾을 수 없을 것이고, 다시 그림을 그릴 수도 없을 것이다. 나는 머리끝까지 이불을 덮어쓴 채 누워 있다. 나는 다시 갈매기들을 봐야 한다. 나는 조용히 누워 있을 수 없다. 나는 머리를 뒤로 젖히고 입을 벌렸다. 나는 여섯 번째 침대에 누워 있다. 나는 미쳤고 다시 제정신을 찾을 수 없을 것이다. 다시는. 나는 다시 그림을 그리지 못할 것이다. 다시는. 나는 그것을 잘 알고 있다. 나는 다시 그림을 그리지 못할 것이다. 나는 다시 건강을 되찾을 수 없을 것이다. 나는 가우스타 정신 병원에서 눈을 치워야 한다. 다시는 그림을 그릴 수 없을 것이다. 나는 두 다리 사이에 손을 집어넣으면 안 된다. 사랑하는 헬레네! 내 사랑 헬레네, 더는 계속할 수 없다. 더 계속하면 안 된다. 내 사랑 헬레네, 당신은 이제 그만해야 한다. 당신은 창녀. 나는 당신 안으로 들어가야 한다. 온 힘을 다해서 당신 안으로 나를 밀어 넣어야 한다. 나는 두 다리 사이에 손을 집어넣고 자위행위를 하면 안 된다. 그러면 나는 절대 건강해질 수 없다고 산드베르그 박사가 말했다. 나는 갈매기들을 봐야 한다. 문 옆 침대에는 보호사 허우게가 자고 있다. 이제 나는 이 일을 그만해야 한다. 이제 두 다리 사이에 손을 집어넣는 일을 그만해야 한다. 헬레네. 당신은 이제 내게서 떠나야 한다. 나는 자유를 되찾아야 한다. 나는 그림을 그려야 한다. 나는 보는 것을 버려야 한다. 나는 갈매기들을 보고 갈매기들의 울음소리를 들어야 한다. 나는 두 다리 사이에 손을 집어넣으면 안 된다. 손을 꺼내야 한다. 나는 두 손을 이불 위에 올려놓아야 한다. 나는 두 다리 사이에 손을 집어넣고 자위행위를 하면 안 된다. 헤르테르비그. 나는 보호사 허우게가 내 이름을 부르는 것을 들었다. 보호사 허우게는 내게 말을 걸었다. 내가 두 다리 사이에 손을 집어넣고 자위행위를 하는 동안 보호사 허우게는 내게 말을 걸고 있는 것이다. 나는 자위행위를 멈춰야 한다. 나는 그것을 쥐고 있던 손을 놓았다. 나는 그것을 가려야 한다. 아침. 보호사 허우게는 내게 말을 걸었고, 그는 내가 두 다리 사이에 손을 넣고 있다는 걸 잘 알고 있다. 자, 자, 헤르테르비그. 보호사 허우게가 내 침대 옆에 서서 말했다. 나는 손으로 그것을 가려야 한다. 나는 두 다리 사이에 손을 넣어 자위행위를 했고, 보호사 허우게는 내 침대 옆에 서 있다. 그는 내가 무슨 짓을 했는지 잘 알고 있기 때문에 자, 자, 헤르테르비그라고 말했다. 나는 두 다리 사이의 그것을 쥐고 있던 손을 놓아야 한다. 보호사 허우게는 곧 내 이불을 들칠 것이다. 나는 그것을 얼른 가려야 한다. 왜냐하면 보호사 허우게는 곧 이불을 들어 올릴 것이기 때문이다. 그는 전에도 그런 적이 있다. 그는 너무나 자주 그랬기 때문에 한 번 더 그런다고 해서 문제될 일은 아니다. 뚱보 보호사 허우게. 그는 몸집이 매우 큰 사람이다. 보호사 허우게는 아침이 되면 병실에 있는 나와 다른 이들을 깨운다. 환한 빛이 병실을 밝혔다. 문 옆에 있던 램프에 불이 켜졌다. 나는 두 다리 사이의 그것을 손으로 가려야 한다. 보호사 허우게에게 나의 그것을 보여 주면 안 되기 때문이다. 나는 보호사 허우게의 목소리를 들었다. 헤르테르비그, 또 시작이군. 나는 이불로 얼굴을 덮어 가려야 한다. 나는 눈을 들어 보호사 허우게를 쳐다보면 안 된다. 보호사 허우게의 나직한 목소리가 다시 들렸다. 세상에, 또 시작이군. 보호사 허우게는 내가 무슨 짓을 했는지 다 알고 있다. 하지만 나는 아무 짓도 하지 않았다. 보호사 허우게는 내 이불을 들치지 않았다. 보호사 허우게는 내 침대 옆에 서서 나직한 목소리로 말했다. 보호사 허우게는 내가 무슨 짓을 했는지 알고 있었다. 내가 두 다리 사이로 손을 집어넣어 자위행위를 했다는 것을.

이제 그 짓은 좀 그만두게나. 보호사 허우게가 말했다.

나는 아무 말도 하면 안 된다. 그저 이불 속에 가만히 누워서 눈을 들어서도 안 된다. 나는 손으로 나의 그것을 가려야 한다. 왜냐하면 보호사 허우게는 이제 다른 사람들의 귀는 개의치 않고 목소리를 높여 말하기 시작했기 때문이다. 적어도 내 침대 옆에 누워 자는 헬게는 그의 목소리를 들을 수 있다. 나는 보호사 허우게에게 나의 그것이 얼마나 커졌는지 보여 주면 안 된다. 보호사 허우게는 내게 이제 그 짓을 그만두라고 말했다. 그는 내 침대 곁에 서서 나직하게 말했지만, 그의 목소리는 화를 내고 있었다. 그는 다른 사람들이 듣지 못하도록 나직하게 말했지만, 모두 그의 목소리를 들었을 것이다. 보호사 허우게가 병실 안을 돌아다니면 모두 잠에서 깨기 때문이다. 불이 환했다. 모두 보호사 허우게가 무슨 말을 하는지 들었다. 나는 아무 짓도 하지 않았다.

이젠 정말 지긋지긋해. 보호사 허우게가 말했다.

나는 오직 이불 속에 가만히 누워 있어야 한다. 눈을 들어 보호사 허우게를 쳐다보면 안 된다. 그는 세상 모든 여자가 모두 창녀이기 때문에 내가 두 다리 사이에 손을 넣어 자위행위를 해야만 한다는 것을 이해하지 못한다. 이건 여자들 때문이다. 나는 나쁜 짓을 하지 않았다. 내가 이 짓을 하는 건 여자들 때문이다. 보호사 허우게는 이런 나를 이해하지 못한다. 보호사 허우게는 나직하게 말하지만, 모두 그가 무슨 말을 하는지 들을 수 있다. 내 침대 곁에 누워 있는 헬게도 보호사 허우게가 하는 말을 들을 수 있다.

자넨 틈만 나면 아래쪽에 손을 집어넣는군. 보호사 허우게가 말했다.

나는 보호사 허우게의 말에 대답하지 않을 것이다. 나는 그것을 손으로 덮은 채 침대에 누워 있다. 나는 두 다리 사이의 그것을 손으로 가린 채 침대에 누워 있을 것이다. 보호사 허우게는 원한다면 내 이불을 들칠 수 있지만, 그는 아무것도 보지 못할 것이다.

날이 밝았어. 벌써 6시야. 보호사 허우게가 말했다.

아침이 되었지만 나는 지난밤 한숨도 자지 못했다. 나는 두 다리 사이에 손을 집어넣지도 않았다. 보호사 허우게는 무슨 말이든 할 수 있다. 하지만 나는 두 다리 사이의 그것에 손을 대지 않았다.

내게 들킨 것만 해도 몇 번째인지 셀 수가 없어. 보호사 허우게가 말했다.

비록 보호사 허우게가 내 침대 위로 몸을 굽힌 채 서 있지만, 나는 이불 속에 가만히 누워 있어야 한다.

이제 일어나게. 언제까지나 어린아이처럼 침대에 누워 있을 수는 없잖아. 계속 이러면 평생 건강을 되찾을 수 없어. 보호사 허우게가 말했다.

나는 보호사 허우게가 무슨 말을 하든 개의치 않았다. 보호사 허우게가 내 이불에 손을 댔다. 나는 침대에 가만히 누워 보호사 허우게가 이불을 들치도록 내버려 둘 것이다. 나는 보호사 허우게가 내 이불에 손을 대는 걸 느낄 수 있었다. 나는 그가 이불을 들치리라는 것을 잘 알고 있다. 나는 그저 눈을 감고 가만히 있을 것이다. 보호사 허우게를 쳐다보지도 않을 것이다. 나는 침대에 가만히 누워 나의 그것을 손으로 가릴 것이다. 나는 아무 짓도 하면 안 된다. 나는 단지 침대에 가만히 누워 나의 그것이 얼마나 단단하게 커졌는지 보호사 허우게가 볼 수 없도록 손으로 가릴 것이다. 보호사 허우게는 내 이불을 손으로 잡았다.

자넨 어제 목욕을 해서 오늘은 아주 깨끗하고 보기 좋아. 그가 말했다.

나는 침대 위에 몸을 굽히고 서서 내 이불을 잡고 있는 보호사 허우게를 보지 않으려고 두 눈을 질끈 감았다. 그는 내게 아주 깨끗하고 보기 좋다고 말했다. 이제 그는 더 이상 목소리를 낮추지 않았기 때문에 병실 안에 있는 사람들은 모두 그의 말을 똑똑히 들을 수 있었다. 그는 이제 아침이 되었으니 모두 일어나서 세수를 하고 아침을 먹어야 한다고 말했다.

이러면 안 돼, 헤르테르비그. 자꾸 이러면 산드베르그 박사에게 보고하는 수밖에 없어. 그가 말했다.

나는 얼굴까지 덮어쓴 이불을 한 손으로 내리고, 다른 한 손으로는 나의 그것을 가린 채 내 침대 곁에 서 있는 보호사 허우게를 쳐다보았다. 그는 내 이불에서 손을 떼고 나를 내려다보았다. 보호사 허우게의 뒤에는 헬게가 침대에 누워 내게 눈을 찡긋해 보였다. 보호사 허우게는 내 침대 옆에 서서 나를 내려다보았다.

난 지난밤에 잠을 설쳤어. 자네가 틈만 나면 그 짓을 하는 바람에. 보호사 허우게가 말했다.

나는 보호사 허우게가 체념 어린 표정으로 고개를 절레절레 젓는 것을 보았다. 나는 보호사 허우게를 바라보면 안 된다. 나는 나의 그것을 손으로 가려야 한다. 보호사 허우게는 병실 안에 있는 모든 이가 다 들을 수 있도록 크게 말했고, 헬게는 보호사 허우게의 등 뒤에 있는 침대에 누워 눈을 둥그렇게 치켜뜨고 나를 보다가 눈을 찡긋했다. 보호사 허우게는 매일 아침마다 침대 사이를 돌아다니며 자위행위를 하는 사람이 있는지 확인한 후에 우리를 깨운다. 보호사 허우게는 내 침대 곁에 서서 나를 내려다보고 있다. 그는 왜 이처럼 목소리를 높이는 것일까?

나는 보호사 허우게를 바라보며 고개를 끄덕였다. 나는 산드베르그 박사의 집무실에 가야 할 것이다. 보호사 허우게가 그렇게 말했으니 나는 그대로 따라야 한다. 산드베르그 박사는 내게 두 다리 사이에 손을 집어넣는 일을 계속한다면 평생 건강을 되찾지 못한다고 말할 것이다. 나는 건강을 되찾지 못하면 화가도 될 수 없다. 산드베르그 박사는 내가 한스 구데의 제자로서 훌륭한 화가가 될 수도 있었다고 말할 것이다.

어쩔 수 없어. 자네는 오늘 산드베르그 박사와 면담을 하게 될 거야. 보호사 허우게가 말했다.

하지만 난 아무 짓도 하지 않았습니다.

나는 아무 짓도 하지 않았다. 그건 내 잘못이 아니다. 그건 빌어먹을 창녀들 때문이다. 모든 여자는 창녀다. 그러니 내가 할 수 있는 일은 무엇이 있을까? 그저 침대에 누워 있는 일? 나는 산드베르그 박사와 면담을 해야 한다. 그러면 나는 화가가 될 수 없다.

나는 아무 짓도 하지 않았습니다.

나는 그림을 그려야 한다. 그림을 그릴 수 없다면 내가 존재할 이유도 없다. 빛도 사라질 것이다. 모든 것이 무의미해진다. 남는 것은 뱀 같은 그것뿐. 아무것도 남아 있지 않을 것이다. 산드베르그 박사는 내게 화가가 될 수 없다는 말을 할 자격이 없다. 나는 나쁜 짓을 하지 않았다. 내가 나의 두 다리 사이에 손을 집어넣었던 것은 이 세상 여자들이 모두 창녀이기 때문이다. 나는 나쁜 짓을 하지 않았다. 나는 화가이자, 화가가 되기 위한 교육을 받은 사람이다. 나는 라스 헤르테르비그. 나는 화가. 나는 회화 공부를 했다. 나는 그림을 그릴 수 있다. 내가 할 수 있는 일은 많다. 하지만 보호사 허우게는 할 수 있는 일이 거의 없다. 그는 단지 병실 안을 돌아다니며 사람들을 감시하고 그들의 이불을 들쳐 올리는 일만 할 뿐이다. 보호사 허우게는 아무것도 못 한다. 나는 보호사 허우게를 좋아하지 않는다. 나는 보호사 허우게와 친해지고 싶지도 않다. 왜냐하면 보호사 허우게는 아무것도 못 하기 때문이다.

손을 이불 위에 얹어 보게. 보호사 허우게가 말했다.

침대에 누워 있는 헬게의 코웃음 소리가 들렸다.

자넨 왜 웃고 있나. 당장 그 코웃음을 멈추지 않으면 산드베르그 박사에게 자네도 자위행위를 했다고 보고할 테니 그리 알아. 보호사 허우게가 말했다.

나는 헬게가 베개에 얼굴을 파묻는 것을 보았다. 보호사 허우게는 헬게를 내려다보았다.

그다음 일은 어떻게 될지 자네도 잘 알 거야. 보호사 허우게가 말했다.

보호사 허우게는 헬게도 두 다리 사이에 손을 집어넣었다고 산드베르그 박사에게 보고할 것이고, 그러면 헬게도 건강을 되찾지 못할 것이며 평생 미친 상태로 살아야 할 것이다. 하지만 헬게는 그림을 못 그리기 때문에 괜찮다. 헬게에겐 상관없는 일이다. 하지만 나는 다시 그림을 그리지 못할 것이다. 나는 평생 화가가 되지 못할 것이다. 산드베르그 박사는 내게 그렇게 말할 것이다. 하지만 나는 나쁜 짓을 하지 않았다. 이건 모두 여자들 때문이다. 이 세상 여자들은 모두 창녀다. 이건 그들 때문이다. 이건 헬레네 때문이다. 내가 두 다리 사이에 손을 넣어 자위행위를 한 건 바로 그녀 때문이다. 그녀의 가슴과 엉덩이 때문이다. 그녀가 삼촌과 함께 서 있었기 때문이다. 바로 그 때문에 나는 다시 그림을 그리지 못할 것이다.

빌어먹을 여자들.

지금 뭐라고 했나? 보호사 허우게가 나를 향해 돌아서며 물었다.

세상 여자들은 모두 창녀예요.

자, 자, 헤르테르비그.

세상 여자들은 모두 창녀라고요.

알았어, 알았다고.

나는 이 세상 여자들을 하나도 남김없이 모두 죽여 버릴 거예요.

자, 알았어. 알았으니까 이제 그만해, 헤르테르비그.

창녀들. 여자들은 모두 창녀예요.

알았어, 자, 이제 그만하라고. 보호사 허우게가 말했다.

난 나쁜 짓이라곤 아무것도 하지 않았어요.

진정해.

나쁜 짓을 한 건 여자들이에요.

자, 자, 알았어.

젠장!

진정해. 그렇지 않으면 산드베르그 박사에게 하나도 빠짐없이 다 보고해 버릴 테니까. 보호사 허우게가 말했다.

나는 말을 더 하면 안 되기 때문에 입을 다물었다. 빌어먹을 여자들. 이 모든 것은 그들 때문이다. 그들은 창녀다. 나는 그들이 창녀라는 걸 잘 알고 있다. 이 세상 모든 여자는 모두 빌어먹을 창녀다. 나는 그들을 딱 보면 안다. 나는 그들을 죽여 버릴 것이다. 하나도 빠짐없이. 바로 그것이 내가 하고 싶은 말이다.

나는 모든 여자를 죽여 버릴 거야.

진정해, 헤르테르비그. 보호사 허우게가 말했다.

보호사 허우게는 내게 진정하라고 말할 자격이 없다. 그는 오직 환자들을 감시할 뿐 아무것도 못하는 무능한 인간이기 때문이다. 그는 이 모든 게 여자들 때문이라는 것도 이해하지 못한다. 나는 아무런 나쁜 짓을 하지 않았다. 하지만 비난과 벌을 받는 사람은 바로 나다. 나는 앞으로 평생 그림을 그리지 못할 것이다. 나는 미쳐 버렸고, 그림을 그리는 대신 땅에 쌓인 눈을 치워야 한다. 나, 라스 헤르테르비그, 그림을 정말 잘 그리는 나는 그림을 그리는 대신 눈을 치워야 하고, 그림을 못 그리는 다른 이들은 그림을 그린다. 산드베르그 박사는 내게 그림을 그리면 안 된다고 말했다. 산드베르그 박사는 내게 다시는 그림을 그릴 수 없을 것이라고 말했다. 나는 잘 알고 있다. 보호사 허우게는 아무것도 모른다. 그는 옆구리에 덜렁거리는 열쇠 꾸러미를 차고 다니는 몸집이 커다란 사람일 뿐이다. 보호사 허우게, 아무것도 이해하지 못하는 그는 가만히 서서 나를 내려다보기만 한다. 나는 침대에서 몸을 일으켜 나를 내려다보는 보호사 허우게를 쳐다보았다. 보호사 허우게의 등 뒤, 내 곁의 침대에는 헬게가 누워 나를 바라보고 있었다. 나는 보호사 허우게의 다리를 향해 시선을 옮겼다.

당신은 수학과 지리에 관해 알고 있나요?

수학과 지리? 보호사 허우게가 내게 되물었다.

나는 헬게가 킥킥 코웃음 치는 소리를 들었다. 웃을 일이 아닌데도 불구하고.

네, 다른 것도 포함해서요.

헬게는 침대에 누워 코웃음을 쳤다.

헤르테르비그. 보호사 허우게가 말했다.

보호사 허우게가 헬게를 향해 돌아섰다.

당장 코웃음 치는 걸 멈추지 않으면 산드베르그 박사에게 보고할 테니 조심해. 보호사 허우게가 말했다.

나는 헬게가 베개에 얼굴을 묻고 웃음을 참기 위해 애쓰는 모습을 보았다.

나는 수학과 지리는 물론, 해부학에 관해서도 많이 알아요.

좋아.

난 그림도 그릴 수 있어요.

나도 들어서 알고 있어.

난 그림도 그릴 수 있다고요.

어쨌든 난 산드베르그 박사에게 보고를 해야 해. 보호사 허우게가 말했다.

나는 그림을 잘 그리고, 보호사 허우게보다 아는 것도 더 많다. 그는 단지 덜렁거리는 열쇠 꾸러미를 옆구리에 차고 돌아다닐 뿐이다. 그의 열쇠 꾸러미는 목에 걸어 가슴 위에 사선으로 늘어뜨린 긴 사슬 목걸이 끝에 걸려 있다. 보호사 허우게는 할 줄 아는 것이 아무것도 없다. 그는 단지 열쇠 꾸러미를 차고 돌아다니며 우리를 감시할 뿐이다. 그는 수학도 못

하고, 해부학에 대해서도 아는 것이 없다. 그가 크리스티아니아의 왕립 미술 학교를 다닌 적이 있었던가? 그가 뒤셀도르프의 예술 아카데미에 다닌 적이 있었던가? 그렇지 않다. 하지만, 나는 그와 다르다! 나는 화가 라스 헤르테르비그니까! 반면 보호사 허우게는 아무짝에도 쓸모없는 사람이다. 그가 힘세고 몸집이 커다란 사람이 아니었더라면 정말 아무 일도 할 수 없었을 것이다.

오늘 일을 산드베르그 박사에게 보고할 테니 그리 알고 있어. 보호사 허우게가 말했다.

하지만 난 아무 잘못도 하지 않았어요.

난 내가 본 것만 말해. 보호사 허우게가 말했다.

난 아무 짓도 하지 않았다고요.

난 자네가 무슨 짓을 했는지 두 눈으로 똑똑히 보았어.

하지만 난 정말 아무 짓도 하지 않았어요.

순진한 척해도 소용없어.

난 아무 짓도 하지 않았어요.

쓸데없는 소리. 오늘은 비록 크리스마스이브지만 난 산드베르그 박사에게 보고해야겠어. 어쩔 수 없어.

보호사 허우게는 나를 내려다보았다. 나는 그가 혼잣말처럼 이제 환자들을 깨울 때가 되었다고 말하는 것을 들었다. 나는 보호사 허우게가 문을 향해 걸어가는 것을 보았다. 그는 문옆에 서서 아침이 되었으니 모두 일어나야 한다고 소리칠 것이다. 나는 보호사 허우게가 커다란 열쇠 꾸러미를 옆에 차고 병실 끝에 있는 문을 향해 발을 옮기는 것을 보았다. 이제 보호사 허우게는 문 앞에서 발을 멈추고 아침 6시! 기상! 6시!라고 소리칠 것이다. 그러면 몇 명은 침대에서 내려올 것이고, 다른 몇 명은 입을 벌린 채 계속 잠을 잘 것이며, 또 다른 몇 명은 돌아누워 잠을 더 자려 애쓸 것이다. 보호사 허우게는 다시 아침 6시! 기상! 아침 식사를 할 시간입니다! 모두 일어나세요!라고 소리칠 것이고, 다시 병실 안쪽으로 들어가 침대와 침대 사이를 돌아다니며 모두 일어났는지 확인하며 상쾌한 아침이라든가 그 비슷한 말을 건넬 것이다.

아침 6시! 기상! 보호사 허우게가 소리쳤다.

나는 보호사 허우게가 문을 향해 걸어가는 것을 보았다. 보호사 허우게는 내가 두 다리 사이에 손을 넣어 자위행위를 했다고 산드베르그 박사에게 고자질할 것이다. 그러면 나는 크리스마스이브임에도 불구하고 산드베르그 박사의 집무실에 가야 한다. 보호사 허우게가 그렇게 말했다. 내가 산드베르그 박사의 집무실에 가면, 산드베르그 박사는 내가 두 다리 사이에 손을 넣어 자위행위를 했기 때문에 그곳에 불려 온 것이며, 내가 미쳤다고 말할 것이다. 그뿐 아니라 내가 다시 자위행위를 한다면 다시는 건강해지지 않을 게 확실하다고 말할 것이다. 산드베르그 박사는 오랜 경험과 연륜이 있기 때문에 잘 알고 있으며, 만약 내가 당장 자위행위를 멈추지 않는다면 나는 다시 그림을 그릴 수 없을 것이라고 말할 것이다.

모두 일어나세요! 아침 6시입니다! 보호사 허우게가 소리쳤다.

산드베르그 박사는 내게 화가가 될 수 없을 것이라고 말할 것이다. 나는 문 앞에 서서 병실을 둘러보는 보호사 허우게를 바라보았다. 그는 문을 가려 버릴 정도로 크고 뚱뚱하다. 산드베르그 박사는 내가 나시 그림을 그릴 수 없을 게 확실하다고 말할 것이다. 산드베르그 박사는 자기가 무슨 말을 하는지 잘 안다. 내가 다시 그림을 그릴 수 없다고 그가 말한다면, 나는 다시 그림을 그릴 수 없을 것이다. 나는 화가가 될 수 없을 것이다. 나는 그림을 잘 그린다. 나만큼 그림을 잘 그리는 사람은 없다. 나만큼 그림을 잘 그리는 사람은 티데만과 구데뿐이다. 그럼에도 나는 화가가 될 수 없을 것이다.

모두 일어나세요! 아침 6시! 기상! 보호사 허우게가 소리쳤다.

보호사 허우게는 내게 산드베르그 박사의 집무실로 가야 한다고 말했다. 피할 수 없는 일이다. 보호사 허우게는 내가 쉴 새 없이 두 다리 사이에 손을 집어넣어 자위행위를 한다고 산드베르그 박사에게 보고할 것이라고 말했다. 나는 오늘 산드베르그 박사의 집무실에 가기 싫다. 왜냐하면 그는 내게 화가가 될 수 없을 것이라고 말할 게 분명하니까. 만약 산드베르그 박사가 그렇게 말한다면 나는 화가가 될 수 없다. 나는 화가가 되지 못할 것이다. 나는 산드베르그 박사에게 가기 싫다. 나는 더 이상 가우스타 정신 병원에 머물기 싫다. 나는 건강을 되찾기 위해 가우스타 정신 병원에 왔지만, 다시 건강해지지 못할 것이다. 나는 눈을 치워야 한다. 그림을 그릴 수는 없다. 산드베르그 박사는 내가 그림을 그리기 때문에 미쳐 버렸다고, 내가 두 다리 사이에 손을 집어넣어 자위행위를 했기 때문에 미쳐 버렸다고 말할 것이다. 나는 문 앞에 서 있는 보호사 허우게를 바라보았다. 그는 문을 다 가릴 정도로 크고 뚱뚱하다. 나는 침대에서 내려와 주섬주섬 옷을 입는 사람들을 보았다. 하지만 나는 여전히 침대에 누워 있다. 이제 나도 일어나야 한다. 침대에서 나와 바닥에 발을 디뎌야 한다. 이제 나의 그것은 단단하지도 않고 길지도 않다. 이제 나의 그것은 평상시처럼 아래로 축 늘어져 있다. 나는 침대에서 일어나야 한다. 안 그러면 보호사 허우게는 화를 낼 것이다. 나는 산드베르그 박사에게 가기 싫다. 그는 내게 화가가 될 수 없을 거라고 말할 것이다. 산드베르그 박사는 슬픈 일, 매우 슬픈 일이지만 어쩔 수 없다고 말할 것이다. 보호사 허우게는 헬게도 산드베르그 박사의 집무실에 가야 한다고 말했다. 나는 헬게와 함께 오늘 당장 가우스타 정신 병원에서 도망쳐야 한다. 나는 물론, 헬게도 더 이상 가우스타 정신 병원에 머물 수 없다. 여기 더 머문다면 우리는 완전히 미쳐 버릴 것이다. 나는 보호사 허우게가 기상! 하고 소리치는 것을 들었다. 보호사 허우게는 꾸물대지 말고 얼른 일어나세요! 기상, 기상! 하고 소리쳤다. 나는 여전히 침대에 누워 있다. 나는 곧 일어나야 한다. 보호사 허우게는, 자네, 헤르테르비그도 얼른 일어나!라고 소리쳤다. 나는 이제 침대에서 일어나야 한다. 그리고 나는 가우스타 정신 병원에서 도망쳐야 한다. 나는 화가가 되어야 한다. 왜냐하면 나는 그림을 잘 그리기 때문이다. 나는 그림을 못 그리는 다른 화가들과는 차원이 다른 사람이다. 바로 그 때문에 나는 가우스타 정신 병원에서 벗어나야 한다. 나는 눈을 치우는 게 아니라 그림을 그려야 하는 사람이다. 내가 이곳에서 도망치지 않고 계속 머문다면 분명, 산드베르그 박사는 내게 화가가 될 수 없을 거라고 말할 것이다. 그러면 나는 화가가 될 수 없다. 한스 가브리엘 부크홀드 순트는 내게 화가가 될 수 있을 거라고 말했다. 그는 내게 재능이 있기 때문에 화가가 될 수 있다고 말했다. 나는 화가가 될 수 있을 뿐 아니라, 화가가 되어야 한다. 한스 가브리엘 부크홀트 순트가 그렇게 말했기 때문이다. 그리고 나는 화가가 되었다. 하지만 산드베르그 박사는 내게 평생 화가가 될 수 없을 것이라고 말할 것이다. 바로 그 때문에 나는 가우스타 정신 병원에서 도망쳐야 한다. 나는 헬게도 이곳에서 벗어나야 한다는 것을 잘 알고 있다. 왜냐하면 헬게도 산드베르그 박사 때문에 망가질 게 틀림없기 때문이다. 욘 에드문 데 코니크. 나는 욘 에드문 데 코니크의 쪽방에서 산 적이 있다. 나는 그곳에서 사는 동안 크리스티아니아의 왕립 미술 학교에 다녔다. 그런데 나는 지금 병실의 여섯 번째 침대에 누워 보호사 허우게가 내게 얼른 일어나라고 무뚝뚝하게 소리치기를 기다리고 있다. 있을 수 없는 일이다. 나는 침대에서 벗어날 수 없다. 보호사 허우게는 내게 다가와 나를 내려다볼 것이다. 하지만 나는 톨보드가타[12)]에 있는 욘 에드문 데 코니크의 가게이자 작업실에 가야 한다. 나는 욘 에드문 데 코니크의 쪽방에서 산 적이 있다. 나는 그곳에서 목공예품을 만들어 파는 장인 세 명과 함께 살았다. 나는 크리스티아니아의 왕립 미술 학교에서 소묘를 배웠다. 나는 톨보드가타의 하숙집에서 목공예 장인 세 명과 함께 살았

12) 노르웨이 도시 크리스티안산에 위치한 거리 이름.

다. 나는 그곳이 어디인지 잘 알고 있다. 나는 세 명의 목공예 장인이 사는 하숙집을 찾을 수 있다. 나는 욘 에드문 데 코니크의 하숙집에서, 하당어[13]와 보스[14]에서 온 세 명의 솜씨 좋은 목공예 장인들과 함께 살았다. 나는 그들을 잘 알고 있다. 나는 욘 에드문 데 코니크의 작업실에서 일하던 세 명의 목공예 장인들과 함께 맥주도 자주 마셨다. 나는 보호사 허우게가, 헤르테르비그! 자네도 얼른 일어나!라고 소리치는 것을 들었다. 나는 침대 발치에 서서 나를 쏘아보는 보호사 허우게를 바라보았다. 나는 보호사 허우게가 언제 내 침대 발치에 왔는지 알아채지 못했다. 보호사 허우게는 내게 일어나! 얼른 일어나!라고 소리쳤다. 그러려면 그러라지. 나는 상관하지 않을 것이다. 나는 오늘 가우스타 정신 병원에서 도망칠 거니까. 보호사 허우게는, 헤르테르비그! 서둘러! 그리고 자네, 헬게! 자네도 얼른 일어나! 어서!라고 소리쳤다. 나는 부스스한 빨간 머리의 헬게가 몸을 일으켜 침대 끝에 걸터앉는 걸 보았다. 보호사 허우게는, 이제 자네들 두 명만 남았어! 얼른 일어나!라고 소리쳤다. 나는 이제 침대에서 일어나 가우스타 정신 병원에서 도망쳐야 한다. 오늘 나는 헬게와 함께 가우스타 정신 병원에서 도망칠 것이다. 나는 침대 끝에 걸터앉아 있는 헬게를 바라보았다.

이제 자네만 남았어, 헤르테르비그. 얼른 일어나! 보호사

13) 노르웨이 베스틀란주에 있는, 피오르로 유명한 지역.

14) 베스틀란주의 지역구이자 도시.

허우게가 소리쳤다.

나는 일어나 침대에 앉아야 한다. 나는 옷을 입어야 한다. 나는 오늘 가우스타 정신 병원에서 도망칠 것이다. 나는 크리스티아니아의 톨보드가타로 갈 것이다. 나는 오늘 밤 톨보드가타의 오랜 하숙집에서 세 명의 목공예 장인들과 함께 잘 것이다. 그들은 매우 훌륭한 장인들이다. 욘 에드문 데 코니크는 목공예 장인들이 만든 작품을 자신의 건물 1층에 있는 가게에서 판매했다. 작업실은 가게 뒤편에 있었고, 하숙방은 다락에 있었다. 나는 내가 어디로 가야 하는지 잘 알고 있다. 나는 오늘 가우스타 정신 병원에서 도망칠 것이다. 나는 화가가 될 것이다. 산드베르그 박사는 이제 더 이상 내게 화가가 될 수 없다는 말을 하지 못할 것이다.

얼른 일어나, 헤르테르비그! 서둘러! 이제 자네만 남았어! 보호사 허우게가 말했다.

이제 나는 일어나야 한다. 이제 나는 걱정하지 않고 일어날 수 있다. 왜냐하면 두 다리 사이의 그것은 더 이상 딱딱하게 굳어 있지 않기 때문이다. 그러니 나는 일어나 앉을 수 있다. 나는 이불을 걷어 냈다. 나는 침대 끝에 걸터앉았다. 보호사 허우게는, 잘했어, 헤르테르비그라고 말했다. 나는 침대에 앉아 있는 헬게를 바라보았다.

이제 옷을 입어. 보호사 허우게가 말했다.

나는 고개를 끄덕였다.

네, 알았어요. 헬게가 말했다.

나는 보호사 허우게가 문을 향해 가는 것을 보았다. 나는 헬게를 바라보았다. 그는 침대에 걸터앉아 나를 보고 있었다.

우린 오늘 여길 떠날 거야.

헬게가 고개를 끄덕였다.

우린 오늘 여길 떠날 거야, 헬게. 여기서 도망칠 거야. 우린 더 이상 여기 있을 수 없어. 여기 있으면 더 미쳐 버릴 거야.

헬게는 다시 고개를 끄덕였다.

우리는 가우스타 정신 병원에서 도망칠 거야.

나는 다시 고개를 끄덕이는 헬게를 바라보았다.

나는 우리가 어디로 가야 할지 잘 알고 있어.

좋아, 좋아. 헬게는 내게서 고개를 돌리며 말했다.

자네도 같이 갈 거지?

헬게는 내게서 등을 돌린 채 앉아 있었지만, 나는 고개를 끄덕이는 그의 발그스름한 뒷목을 볼 수 있었다.

우린 여기서 도망쳐야 해. 안 그러면 그들이 우리를 끝내 죽여 버릴 거야.

나는 헬게가 나를 향해 고개를 돌리는 것을 보았다.

맞아, 그들이 우리를 죽여 버릴 거야. 헬게가 내 말을 되풀이했다.

우린 여기서 도망칠 거야.

헬게는 고개를 끄덕이며 다시 내게서 등을 돌렸다. 나는 헬게가 몸을 일으키는 것을 보았다. 그는 옷장 앞으로 걸어가 옷장 문을 열었다. 나도 몸을 일으켜 내 옷장 문을 열었다. 나는 옷을 입기 시작했다. 나는 헬게를 바라보았다. 헬게는 옷을 입고 있었다. 나는 그에게 옷을 툭툭하게 입으라고 말했다. 헬게가 나를 바라보았다.

옷장 속에 있는 옷을 모두 껴입어.

모두?

나는 고개를 끄덕였다.

안 돼. 헬게가 말했다.

내가 시키는 대로 해. 내가 말했다.

옷을 많이 껴입을 수는 있지만 여기 있는 옷을 모두 입을 수는 없어. 헬게가 말했다.

바지 두 벌. 바지 두 벌을 입어. 둘 다 입어야 해.

아냐, 바지는 한 벌만 입을 거야.

두 벌 다 필요할 거야.

나는 바지 두 벌을 입고 걸을 수 없어.

내가 시키는 대로 하라니까.

헬게는 아무것도 이해하지 못했다. 나는 옷장에서 보라색 코듀로이 바지를 꺼내 입었다. 그것은 한스 가브리엘 부크홀트 순트가 소묘 그림 공부를 하기 위해 크리스티아니아로 가는 나를 위해 특별히 주문했던 옷이다. 나는 밝은 보라색 코듀로이 양복 재킷을 걸치고, 보라색 코듀로이 바지를 걸친 다리 하나를 푸른색의 넓직한 통바지 속에 집어넣었다.

바지 두 벌, 바지 두 벌. 헬게가 말했다.

헬게가 큰 소리로 웃기 시작했다. 나는 보호사 허우게가 안 돼, 안 돼. 하고 소리치는 걸 들었다. 나는 내게로 다가오는 보호사 허우게를 보았다. 나는 그의 옆구리에서 앞뒤로 덜렁거리는 열쇠 꾸러미를 보았다. 나는 보호사 허우게가 고개를 절레절레 젓는 걸 보았다. 나는 보호사 허우게가, 바지를 두 벌이나 껴입다니! 그 좋은 양복을! 안 돼, 얼른 양복을 벗어!라고 소리치는 걸 들었다. 나는 보호사 허우게를 바라보았다. 나도 무슨 말인가 해야만 한다.

이건 모두 빌어먹을 여자들 때문이에요.

알았어, 알았다고. 보호사 허우게는 고개를 절레절레 저었다.

그들은 모두 창녀예요.

일단 얼른 바지를 벗어 봐. 보호사 허우게가 말했다.

옷을 벗으라고요?

바지 두 벌을 한꺼번에 입을 수는 없잖아. 게다가 양복까지 입다니. 자네는 지금 눈을 치우러 나가야 해.

나는 산드베르그 박사에게 갈 거예요.

알았어.

그렇지 않나요?

맞아, 맞아. 하지만 산드베르그 박사를 만나러 간다 해서 양복을 입을 필요는 없어.

네.

나는 옷을 벗을 수밖에 없었다. 나는 푸른색 통바지를 벗기 시작했다.

바지 두 벌. 헬게가 말했다.

헬게가 웃음을 터뜨리며 고개를 절레절레 저었다.

웃을 만도 하지. 보호사 허우게가 말했다.

지금 벗을 거예요. 내가 말했다.

나는 통바지를 벗어 침대 위에 내려놓았다.

양복도 벗어. 보호사 허우게가 말했다.

하지만 오늘은 크리스마스이브잖아요.

옷은 조금 있다 갈아입어도 돼. 보호사 허우게가 말했다.

나는 보라색 코듀로이 양복 재킷을 벗어 옷장 속에 걸어 놓고, 두꺼운 푸른색 통바지를 다시 입기 시작했다. 보호사 허우게는 그게 훨씬 낫다며 고개를 끄덕였다. 나는 다시 문을 향해 걸어가는 크고 뚱뚱한 보호사 허우게를 바라보았다.

옷을 다 가져갈 수는 없을 것 같아. 내가 헬게에게 말했다.

옷을 가져간다고?

응, 우린 오늘 여기서 도망치기로 했잖아.

우리가 오늘 여기서 도망친다고? 헬게가 되물었다.

응, 그럴 거야. 난 우리가 어디로 가야 할지 잘 알고 있어.

하지만 아무도 허락해 주지 않을 거야.

난 담배를 피워야 해. 하지만 성냥을 소유하는 건 금지되어 있어. 내가 말했다.

아침 식사 후에 보호사 허우게에게서 성냥을 빌려 봐. 헬게가 말했다.

하지만 나는 지금 당장 담배를 피우고 싶었다.

우리는 성냥을 가질 수 없어. 그건 금지되어 있거든. 자네도 잘 알잖아. 헬게가 말했다.

맞아. 그런데 난 담배를 피우고 싶어.

그런데 우린 어디로 갈 건데?

내가 옛날에 크리스티아니아에서 산 적이 있다고 말했잖아.

맞아, 그렇게 말했지.

거기로 갈 거야.

알았어.

나는 헬게가 스웨터를 입고 두꺼운 푸른색 통바지를 옷장에서 꺼내 침대 위에 앉는 것을 보았다. 나는 두꺼운 스웨터를 입고 푸른색 통바지를 입었다.

우린 여기서 벗어나야 해. 내가 말했다.

헬게는 비록 내게서 등을 돌리고 있었지만, 나는 그가 고개를 끄덕이는 것을 볼 수 있었다. 우리는 여기서 나가야 한다. 먼저 아침 식사를 하고 여기서 나가야 한다. 헬게와 나는 가우스타 정신 병원에서 도망쳐야 한다. 우리는 산드베르그 박사, 병원장 올레 산드베르그를 만나면 안 된다. 왜냐하면 그는 내게 다시는 그림을 그릴 수 없다고 말할 것이기 때문이다. 내가 원하는 것은 훌륭한 화가가 되는 것뿐이다. 나는 여기서 벗어나야 한다. 나는 톨보드가타로 가야 한다. 나는 톨보드가타에서 목공예 장인 세 명과 함께 살면 된다. 나는 그들을 잘 안다. 헬게도 오늘 산드베르그 박사와 면담을 할 것이기에 그 또한 나와 함께 여기서 도망쳐야 한다. 우리는 먼저 아침 식사를 하고 눈을 치울 것이다. 지난밤에는 눈이 많이 내렸다. 그래서 병원 출입구부터 찻길까지 눈을 치워야 할 것이다. 나는 눈을 치워야 한다. 나는 그림을 그릴 수 없기 때문에 그들이 하라는 대로 건물의 지붕과 벽, 옷장에 페인트칠을 해야 한다. 나는 화가다. 나는 그림을 그리고 싶다. 나는 가우스타 정신 병원의 지붕과 벽에 페인트칠을 하기는 싫다. 나는 화가다. 하지만 나는 그림을 그릴 수 없다. 나는 가우스타 정신 병원에선 그림을 그리기 싫다. 내가 가우스타 정신 병원에 온 것은 건강을 되찾기 위해서지 그림을 그리기 위해서가 아니다. 나는 가우스타 정신 병원에 건강해지기 위해서 왔다. 그림을 그리기 위해서 이곳에 온 것은 아니다. 나는 그림을 그리길 원한다. 나는 화가이며 그림을 그리고 싶다. 나는 그림 그리는 일 외에는 그 어떤 일도 하고 싶지 않다. 나는 눈을 치우기 싫다. 나는 화가, 나는 그림을 그리고 싶다. 나는 눈을 치우는 사람이 아니다. 눈은 산드베르그 박사가 직접 치우면 된다. 나는 예술가 라스 헤르테르비그, 뒤셀도르프의 예술 아카데미에서 풍경화 교육을 받았다. 산드베르그 박사는 내게 평생 화가가 될 수 없다고 말할 것이다. 바로 그 때문에 나는 가우스타 정신 병원에서 도망쳐야 한다. 나는 더 이상 가우스타 정신 병원에 머무르지 않을 것이다.

어디로 갈 건데? 헬게가 나를 돌아보며 물었다.

지금 당장 가자.

어디로?

난 어디로 가야 할지 잘 알고 있어.

어젯밤에 잠을 좀 잤어? 헬게가 물었다.

나는 고개를 저었다.

거의 못 잤어. 자네는?

헬게가 고개를 끄덕였다.

우린 여기서 도망쳐야 해. 내가 말했다.

자네가 결정해. 헬게가 말했다.

보호사 허우게가 우리에게 다가왔다. 그는 우리에게 곧 아침 식사를 할 테니 얼른 이불을 개고 침대를 정리하라고 말했다. 나는 침대를 정리하기 시작했다. 나는 내 이름을 부르는 헬레네의 목소리를 들었다. 나는 고개를 돌렸다. 창문 앞에 서 있는 헬레네가 내게 미소를 지었다. 그녀가 내게 다가왔다. 나는 보호사 허우게가 아침 식사를 한 후에 산드베르그 박사와의 면담 시간을 알아보겠다고 말하는 것을 들었다. 나는 내게로 가까이 다가오는 헬레네를 보았다.

지금 내게로 오면 안 돼요.

지금 뭐라고 했어? 헬게가 물었다.

아무것도 아냐.

나는 헬레네가 발을 멈추고 내게 미소 짓는 것을 보았다.

지금은 안 돼요. 하지만 곧, 내가 곧 당신에게 갈게요. 조금만 기다려요.

나는 헬레네가 너무나 아름다운 목소리로 기다리겠다고 말하는 것을 들었다.

우린 함께 멀리 떠날 수 있어요. 다른 나라, 낯선 나라로. 나는 여러 나라에 가 본 적이 있거든요.

나는 헬레네가 고개를 끄덕이는 걸 보았다. 나는 문을 향해 걸어가는 헬게를 보았다. 나는 발을 멈추고 서 있던 헬레네가 몸을 돌려 창가로 걸어가는 걸 보았다.

헬레네, 가지 마세요.

헬레네가 나를 돌아보며 가지 않겠다고 말했다.

좋아요.

얼른 침대를 정리해. 보호사 허우게가 말했다.

나는 보호사 허우게가 무슨 말을 하든 괘념치 않았다. 그런데 보호사 허우게의 눈에는 창가에 서 있는 헬레네가 보이지 않는 것일까? 보호사 허우게는 헬레네를 발견하면 안 된다. 아무도 나의 아름다운 헬레네를 보면 안 된다.

조금만 기다려요.

헬레네는 기다리겠다고 말했다.

시간이 없어. 다른 사람들은 벌써 나갔어. 보호사 허우게가 말했다.

잠깐만 기다려요, 내 사랑.

나는 다시 내게 다가오는 헬레네를 보았다.

내 사랑? 보호사 허우게가 말했다.

나는 보호사 허우게가 고개를 절레절레 젓는 걸 보았다.

나는 하얀 드레스를 입은 헬레네가 내게 다가오는 걸 보았다.

얼른 침대를 정리해. 보호사 허우게가 말했다.

네, 네.

나는 헬레네가 알았다고 말하는 것을 들었다.

서둘러. 보호사 허우게가 말했다.

나는 침대를 정리했다. 헬레네는 소리 없이 다가와 침대 건너편에 섰다. 나는 침대 맞은편에 서 있는 헬레네를 바라보았다. 그녀는 내게 미소를 지었고, 나는 그녀에게 너무나 아름답다고 말했다. 나는 헬레네가, 난 아름답지 않아요, 그런 말은 하지 마세요라고 말하는 걸 들었다. 나는 침대를 정리했다.

이제 갈까요? 나는 헬레네에게 말했고, 헬레네는 고개를 끄덕였다.

좋아, 이제 식당으로 가 보자고. 보호사 허우게가 말했다.

나는 문을 향해 발을 옮겼고, 헬레네는 내 곁에서 걸었다. 나는 그녀의 어깨에 팔을 두르고 싶었다. 하지만 나는 다른 사람들 앞에서 그녀의 어깨에 팔을 두를 수 없다. 그들은 내가 내 사랑 헬레네의 어깨에 팔을 두르는 걸 보면 안 된다. 아무도 내 사랑 헬레네를 보면 안 된다. 나는 내 사랑 헬레네에게 곧 돌아오겠다고 말했고, 헬레네는 나를 기다리겠다고 말했다.

곧 돌아올게요.

알았어. 보호사 허우게가 말했다.

그러면 우린 다시 함께 지낼 수 있어요.

헬레네는 그러자고 말했다.

당신과 나.

무슨 쓸데없는 소리를 하고 있는 거야? 관둬! 보호사 허우게가 말했다.

당신과 나. 단둘이서.

자, 자, 헤르테르비그. 보호사 허우게가 말했다.

오직 당신과 나만.

헬레네는 곧 우리가 다시 연인이 될 수 있을 것이고 내가 훌륭한 그림을 그리게 될 거라 말하며 미소를 지었다.

맞아요, 훌륭한 그림을 그릴 거예요.

헬레네는 내게 크고 멋진 그림을 그릴 것이라 말했고, 나는 내 곁에서 걷고 있는 헬레네를 곁눈질로 보았다. 하얀 드레스를 입은 금발의 헬레네는 너무나 아름다웠다. 동그랗고 아름다운 얼굴, 내 사랑 헬레네의 아름다운 얼굴. 그녀는 내 곁에서 걷고 있었다. 나는 그녀에게 다시는 다른 화가들과 만나지도 않고 대화도 나누지 않을 거라고 말했고, 헬레네는 고개를 끄덕였다. 나는 열린 식당 문을 바라보았다. 보호사 허우게는 내게 아침 식사를 하라고 말했다. 그는 오늘 아침 식사 메뉴로 맛있는 음식이 나올 것 같다고 말했다. 나는 보호사 허우게를 돌아보며 고개를 끄덕였다. 나는 다시 헬레네를 향해 고개를 돌렸지만 그녀는 온데간데없이 사라지고 없었다. 나는 잠시 보호사 허우게를 돌아보았을 뿐인데, 헬레네는 그새 사라져 버렸다. 내 사랑 헬레네는 어디로 갔을까? 혹시 식당에 먼저 들어간 것은 아닐까? 아니, 그녀가 식당에 먼저 들어갔을 리는 없다. 도대체 내 사랑 헬레네는 어디로 갔을까?

이제 들어갈까. 보호사 허우게가 말했다.

네, 네.

어서 들어가게. 보호사 허우게가 말했다.

나는 고개를 끄덕였다. 나는 식당 안으로 들어가야 한다. 왜냐하면 헬레네가 먼저 식당에 들어가 나를 기다리고 있을지도 모르니까. 나는 식당 안으로 들어섰다. 주위를 둘러보았지만, 사방팔방 음식을 먹고 마시는 미친 사람들만 보였다. 내 사랑 헬레네는 그 어디서도 볼 수 없었다. 나는 보호사 허우게가 내게 헤르테르비그, 이제 자리에 앉아라고 말하는 것을 들었다. 보호사 허우게는 내게 자네 자리가 어디인지는 알고 있겠지라고 말했다. 나는 내 자리에 가서 앉는 수밖에 없었다.

나는 내 자리로 걸어가 의자에 앉았다. 헬레네는 보이지 않았다. 내 사랑 헬레네는 도대체 어디로 가 버렸을까? 내 사랑 헬레네는 어디에 있을까? 헬레네가 내 등 뒤에 있을지도 모르니 고개를 돌려 볼까? 나는 고개를 돌렸다. 그곳에는 내 사랑 헬레네가 서 있었다. 내 등 뒤에 서 있는 헬레네는 천사처럼 아름다웠다. 헬레네는 내 어깨에 손을 올렸고, 나는 내 사랑 헬레네를 향해 몸을 뒤로 젖히고 고개를 들어 그녀를 바라보았다. 나는 그녀에게 아침 식사를 할 거냐고 물었지만, 그녀는 고개를 저었다. 나는 얼른 아침 식사를 하라고 말하는 헬레네의 목소리를 들었다. 그녀는 이미 아침 식사를 했기 때문에 내가 식사를 끝낼 때까지 기다리겠다고 말했다. 나는 알았다고 말했다. 나는 오늘 산드베르그 박사와 면담을 할 거라고 말하려다가 입을 다물었다. 헬레네는 내가 산드베르그 박사와 면담을 해야 한다는 사실을 알면 안 된다. 그 사실을 알게 되면 그녀는 결코 좋아하지 않을 것이다. 산드베르그 박사와 만나 이야기를 하면 나는 화가가 될 수 없을 것이다. 그러면 우리는 무엇으로 생계를 꾸려야 할까? 만약 내가 그림을 그릴 수 없다면? 우리는 무엇으로 생계를 꾸릴 수 있을까? 나는 헬레네에게 산드베르그 박사와 면담할 것이라는 이야기를 하면 안 된다. 그녀는 내가 두 다리 사이에 손을 집어넣고 자위행위를 했다는 것을 알아차릴 것이고, 그러면 헬레네는 내게 다시는 만나지 말자고 할 것이다. 만약 내가 자위행위를 했다는 것을 알아차리게 되면 그녀는 나의 연인이 되지 않겠다고 말할 것이다. 헬레네는 나의 연인이 되어야 한다. 헬레네는 지금 내 어깨에 손을 얹고 있다. 나는 차를 따르고 맛을 보았다. 차 맛은 좋았고, 하얀 찻산에는 윤기가 반짝반짝했다. 나는 빵조각을 하나 집어 들었다. 윤기가 반짝이는 하얀 접시, 윤기가 반짝이는 하얀 찻잔. 음식 맛은 좋았다. 나는 맛있는 음식은 다 좋아한다. 나는 가우스타 정신 병원에 있다. 헬레네는 내가 자위행위를 했다는 사실을 알아채면 안 된다. 나는 얼른 식사를 하고 이곳에서 도망쳐야 한다. 나는 더 이상 가우스타 정신 병원에 머무를 수 없다. 나는 뭐라도 해야 한다. 나는 먼저 아침 식사부터 해야 한다. 헬레네는 이런 식으로 갑자기 내게 와선 안 된다. 그녀는 가우스타 정신 병원에 있는 내게 오면 안 된다. 나는 화가며, 정신 병원에 있어선 안 될 사람이다. 나는 그림을 그릴 것이다. 나는 따뜻하고 맛 좋은 차를 마셨다. 나는 빵을 한 조각 먹었다. 나는 오늘 가우스타 정신 병원에서 도망칠 것이고, 다시는 돌아오지 않을 것이다. 나는 내 사랑 헬레네를 돌아보며 이제 함께 가야 한다고 말했고, 헬레네는 내게 식사를 끝낸 후에 함께 가자고 말했다.

우린 함께 가야 해요. 내가 말했다.

헬레네는 이제 가 봐야 한다고 말하며 내 어깨를 톡톡 두들겼다. 나는 뒤를 돌아보았다. 내 등 뒤에는 보호사 허우게가 서 있었다.

이제 나를 따라오게. 옷을 갈아입고 밖에 나가서 눈을 치워야 해. 보호사 허우게가 말했다.

하지만 난 아직 식사 중인데요.

자넨 식사 시간에 늦게 왔잖아. 어쩔 수 없어.

나는 고개를 끄덕였다.

거의 다 먹었지? 보호사 허우게가 말했다.

나는 다시 고개를 끄덕이며 반쯤 남은 빵 조각을 접시 위에 올려놓고, 차를 한 모금 마신 후에 자리에서 일어났다.

남은 빵을 다 먹어. 보호사 허우게가 말했다.

괜찮습니다.

좋아.

나는 발을 옮기는 보호사 허우게를 바라보았다. 그의 뒤에는 헬레네가 걷고 있었다. 나는 보호사 허우게가 문을 여는 걸 보았다. 나는 헬레네가 고개를 돌려 내게 미소 짓는 것을 보았다. 나는 헬레네에게 다가갔다. 나는 헬레네가 문밖으로 나가는 걸 보았다. 나는 보호사 허우게가 문 옆에 서서 기다리는 걸 보았다. 그는 이제 일을 해야 한다고 말했다. 나는 그가 문밖으로 나가는 것을 보았다. 그는 헬레네와 대화를 나누면 안 된다. 나는 문밖으로 나갔다. 나는 복도에 서서 나를 기다리고 있는 헬레네를 보았다.

독일은 어때요? 새로운 소식이라도 있나요?

헬레네는 변한 것이 없다고 말했다.

그렇겠지요.

헬레네는 거의 모든 것이 예전과 다름없다고 말했다.

이제 지하실로 내려가야 해. 보호사 허우게가 말했다.

거의 모든 것이라고요?

헬레네는 그렇다고 말하며, 약혼을 할 예정이라고 말했다.

나는 발을 멈추었다. 헬레네가 약혼을 할 것이라고? 내가 스타방에르, 말라가,[15] 스코네비크[16]의 밀리예 농장, 가우스나 정신 병원에 있을 때 헬레네는 독일에서 약혼을 생각하고 있었다니. 헬레네는 나를 기다리겠다고 말했다. 그녀는 나를 기다리겠다고 약속했다. 그런데 지금 헬레네는 곧 약혼을 할 것이라 말하고 있다. 있을 수 없는 일이다.

안 돼요, 그건 안 돼요.

이제 지하실로 내려가서 옷을 갈아입은 후에 눈을 치우러 나가자고. 보호사 허우게가 말했다.

우린 함께 떠날 거예요.

헬레네는 아직 약혼을 한 건 아니라고 말했다. 단지 그녀의 어머니가 훌륭한 가문의 젊은 변호사 청년과 그녀를 약혼시키려고 계획하고 있을 뿐이라고 말했다. 나는 그것이 그녀가 원하는 일이 아니냐고 물었다. 헬레네는 고개를 저으며 자신은 변호사와 약혼할 생각이 전혀 없으며, 그녀가 약혼하고 싶은 사람은 나뿐이라고 말했다. 헬레네는 내가 아닌 다른 사람과 약혼하고 싶지 않다고 말했다. 그녀는 이미 마음속으로는 나와 약혼한 상태며, 그것쯤은 내가 이미 알고 있으리라고 말했다. 나는 이미 잘 알고 있다고 말했다. 그녀는 나의 연인이며, 이미 비밀리에 그 누구도 아닌 바로 나와 약혼을 했다는 사실을.

서둘러, 이제 가야 해. 보호사 허우게가 말했다.

---

15) 에스파냐 남부에 위치한 도시.

16) 베스틀란주의 작은 마을.

나는 발을 옮기기 시작했다. 나는 보호사 허우게가 지난밤에 눈이 많이 내렸기에 눈을 치워야 한다고 말하는 걸 들었다. 나는 곁을 흘끔 바라보았지만, 헬레네는 보이지 않았다. 헬레네는 어디로 갔을까? 내 사랑 헬레네는 어디에 있을까? 내 사랑 헬레네는 어디로 간 것일까? 나는 발을 멈추고 뒤를 돌아보았지만 내 사랑 헬레네는 보이지 않았다. 보호사 허우게는 이제 움직여야 한다고 말했다. 나는 발을 옮겨야 한다. 그런데 내 사랑 헬레네는 어디로 사라진 것일까? 그녀는 지금 어디에 있을까? 나는 보호사 허우게와 나란히 복도를 걸었다. 우리는 함께 지하실로 향하는 계단을 내려갔다. 내 사랑 헬레네는 조금 전까지만 해도 여기 있었지만 지금은 온데간데없이 사라지고 없다. 내 사랑 헬레네는 어디로 가 버린 것일까? 보호사 허우게와 나는 지하의 탈의실로 들어갔다. 보호사 허우게는 내게 옷을 입으라고 말했다. 나는 보호사 허우게가 나의 사물함을 가리키는 것을 보았다. 나는 고개를 끄덕였다. 나는 오버올[17]을 입기 시작했다. 나는 바닥에 있는 장화 한 켤레를 보았다. 나는 뒤를 돌아보았다. 내 뒤에는 보호사 허우게가 손에 삽을 든 채 서 있었다. 헬레네는 어디에도 보이지 않았다.

지금 어디에 있나요?

난 여기 있어. 보호사 허우게가 말했다.

나는 보호사 허우게가 한숨을 푹 내쉬는 소리를 들었다. 헬레네는 보이지 않았다. 헬레네는 어디로 사라진 것일까?

---

17) 험한 노동을 할 때 입는 위아래가 붙은 작업복.

얼른 장화를 신어. 보호사 허우게가 말했다.

헬레네는 방금 나와 함께 있었지만 지금은 어디론가 사라지고 없다. 그렇다면 나는 보호사 허우게가 시키는 대로 장화를 신는 수밖에.

이제 밖에 나가서 눈을 치우고, 오후에 산드베르그 박사와 면담을 하게 될 거야. 보호사 허우게가 말했다.

나는 고개를 끄덕였다. 나는 장화를 신었다. 나는 보호사 허우게와 이야기를 하면 안 된다. 나는 가우스타 정신 병원에서 도망칠 것이다. 나는 가우스타 정신 병원에 더 머무를 수 없다. 헬레네도 가우스타 정신 병원에 없다. 나는 지금 헬레네가 어디 있는지 모른다. 그녀는 조금 전까지만 해도 여기 있었지만 지금은 어디론가 사라져 볼 수 없다. 나는 헬레네가 어디로 갔는지 모른다. 헬레네는 사라졌다. 나는 헬레네를 다시 찾아야 한다.

자, 여기 삽이 있어. 보호사 허우게가 말했다.

보호사 허우게는 내게 삽을 건넸다. 나는 삽을 손에 들고 가만히 서 있었다. 나는 보호사 허우게가 이제 밖으로 나가자고 말하는 걸 들었다. 그런데 헬레네는 어디에 있을까? 나는 보호사 허우게가 탈의실에서 나가는 걸 보았다. 나는 그의 뒤를 따랐다. 나는 보호사 허우게가 지하실 문을 열고 눈 쌓인 밖으로 나가는 것을 보았다. 나는 열린 문 사이로 땅에 쌓인 하얀 눈을 보았다. 나무들도 하얀 눈을 이고 서 있었다. 나는 보호사 허우게가 쌓인 눈 위로 발을 옮기는 걸 보았다. 나는 걸음을 멈추었다. 헬레네는 조금 전까지만 해도 여기 있었지만 지금은 어디서도 볼 수 없다. 헬레네는 어디로 간 것일까? 어디로 가면 헬레네를 볼 수 있을까? 나는 보호사 허우게가 눈 위를 걷는 모습을 보았다. 그의 뒤로 지하실에서부터 본관까지 이어지는 긴 발자국이 생겨났다. 나는 보호사 허우게의 등을 바라보았다. 나는 아래쪽 오솔길로 눈을 돌렸다. 그곳에는 헬게를 포함한 다른 이들이 눈을 치우고 있었다. 나는 오솔길 아래쪽으로 내려가서 그들과 함께 눈을 치워야 한다. 본관에서 병원 앞 차도까지 이어지는 긴 오솔길에 쌓인 눈을 모두 치워야 한다. 하지만 나는 눈을 치우지 않을 것이다. 나는 화가다. 나는 화가 라스 헤르테르비그. 나는 눈을 치우는 일로 시간을 허비하지 않을 것이다. 눈을 치울 사람은 많다. 하지만 나처럼 아름다운 그림을 그릴 수 있는 사람은 거의 없다. 나는 화가이며, 그림을 그릴 것이다. 나는 눈을 치우지 않을 것이다. 나는 화가 라스 헤르테르비그, 나는 그림을 그릴 것이다. 하지만 나는 지금 가우스타 정신 병원에 있다. 나는 미쳤지만 다시 건강을 되찾을 것이다. 만약 다시 건강해지지 못한다면 나는 평생 그림을 그리지 못할 것이다. 보호사 허우게는 내가 자위행위를 했기 때문에 오늘 산드베르그 박사와 면담을 해야 한다고 말했다. 산드베르그 박사는 내가 자위행위를 계속한다면 평생 화가가 되지 못할 것이라고 말했다. 나는 언제든 그림을 그릴 수 있다. 나는 앞으로도 그림을 그릴 것이다. 평생. 그림을 그릴 것이다. 하지만 그림을 그리는 것과 화가가 되는 것은 다르다. 산드베르그 박사는 내게 화가가 될 수 없다는 말을 할 자격이 없다. 나는 가우스타 정신 병원에서 도망칠 것이다. 헬게도 오늘 산드베르그 박사와 면담을 할 것이기 때문에 가우스타 정신 병원에서 도망쳐야 한다. 나는 눈을 치우고 있는 헬게와 다른 이들에게 가야 한다. 그리고 헬게에게 가우스타 정신 병원에서 도망쳐야 한다고 말해야 한다. 우리는 이곳에 있는 옷을 다 가져가진 못할 것이다. 어쩌면 아무것도 가져가지 못할 수도 있다. 하지만 우리는 무슨 일이 있어도 가우스타 정신 병원에서 도망쳐야 한다. 나는 지하실 문 앞에 서서 쌓인 눈을 바라보았다. 세상은 온통 하얗게 변해 있었다. 하얀 땅과 하얀 나무들. 나는 삽을 손에 들고 서 있었다. 나는 오솔길 아래쪽에서 눈을 치우고 있는 헬게와 다른 이들에게 가야 한다. 나는 헬게와 이야기를 해야 한다. 나는 헬게에게 나와 함께 도망칠지 물어봐야 한다. 우리는 내가 묵었던 크리스티아니아의 하숙집으로 가면 된다. 우리는 그곳 톨보드가타에서 세 명의 목공예 장인과 함께 며칠 지내면 된다. 그가 원한다면 나와 함께 가도 좋다. 그가 원하지 않는다면 나는 혼자서라도 갈 것이다. 나는 지하실 문을 나섰다. 눈은 많이 쌓여 있었지만 그리 축축하지 않아서 무거운 장화를 신고도 힘들이지 않고 걸을 수 있었다. 나는 가벼운 발걸음으로 헬게와 다른 이들을 향해 걸어갔다. 나는 아무도 지나가지 않은 새 눈 위를 걸었다. 나는 고개를 돌려 눈 위에 생겨난 비뚤비뚤한 내 발자취를 돌아보았다. 나는 다른 이들을 향해 걸었다. 눈은 하얗고 깨끗했다. 나는 헬게와 다른 이들의 삽이 쌓인 눈의 위아래로 쉴 새 없이 움직이는 걸 보았다. 삽이 위로 올라가면 눈이 우수수 떨어져 내렸다. 그들은 삽을 눈 속에 집어넣고 눈을 퍼올리는 동작을 쉴 새 없이 반복했다. 나는 눈 위를 걸어 헬게와 다른 이들에게 다가갔다. 나는 내 사랑처럼 하얗고 깨끗한 눈 위를 걸었다. 곧 당신에게 갈게요. 내 사랑 당신에게. 당신과 나는 함께 먼 낯선 나라로 갈 거예요. 아는 사람이라곤 한 명도 없는 곳. 그곳에서 우리는 함께 살 거예요. 나는 헬게와 다른 이들을 향해 발을 옮겼다. 나는 거의 모든 화가를 죽여 버릴 것이다. 전부가 아니라, 거의 모두. 모든 화가를 다 죽여 버릴 수는 없으니까. 나는 헬게와 다른 이들이 구부정하게 삽에 기댄 채 서 있는 걸 보았다. 그들은 이미 오솔길 아래쪽 수 미터에 달하는 구간의 눈을 치우고, 삽에 구부정하게 몸을 기댄 채 숨을 돌리고 있었다. 나는 모든 화가를 다 죽여 버릴 수는 없다고 말하며 눈 위에서 발을 옮겼다. 나는 헬게와 다른 이들이 있는 곳에 이르면, 가우스타 정신 병원에서 도망치자고 헬게에게 말할 것이다. 만약 헬게가 가우스타 정신 병원에 계속 머무른다면 그도 건강해질 수 없을 것이다. 나는 가우스타 정신 병원에서 도망쳐야 한다. 나는 헬게와 다른 이들을 향해 걸었다. 헬게가 등을 쭉 펴고 나를 바라보았다.

이제야 오는군. 굼벵이 같으니. 헬게가 소리쳤다.

나는 삽에 몸을 기대고 서 있는 헬게를 바라보았다.

일을 하고 있군.

맞아, 일을 하고 있지.

그래, 일을 하고 있군.

자네는 지난밤 내내 일을 했잖아. 헬게가 말했다.

눈을 치우던 사람들이 모두 소리 내어 웃기 시작했다. 몇 명의 얼굴이 나를 향했다.

지난밤 내내. 내가 알기론 그래. 헬게가 말했다.

자네는? 자네도 지난밤에 눈을 치우는 것처럼 부지런히 일했잖아.

눈을 치우던 사람들이 모두 큰 소리로 웃었다.

자넨 오늘 벌받을 거야. 헬게가 말했다.

그건 자네도 마찬가지야.

우리 둘 다 벌받을 거야! 헬게가 말했다.

나는 다른 이들을 향해 눈을 돌리는 헬게를 바라보았다.

우린 벌받을 거야! 그가 말했다.

우린 여기서 도망쳐야 해.

도망친다고?

맞아, 내가 했던 말을 기억 못 하나? 난 우리가 어디로 가야 할지 알고 있어. 톨보드가타의 목공예 장인들이 있는 곳으로. 우린 그곳에서 살면 돼. 거기 가면 배도 곪지 않을 거라고 내가 말했잖아.

헬게가 고개를 끄덕였다.

일단 눈부터 치우고. 헬게가 말했다.

그러면 늦어.

늦다고?

여기서 나가기 전에 산드베르그 박사에게 불려 갈 거야.

우리가 산드베르그 박사에게 가야 한다고? 헬게가 말했다.

나는 고개를 끄덕였다.

보호사 허우게가 그렇게 말했어.

그가 정말 그런 말을 했어?

나는 고개를 끄덕였다. 누군가가 우리에게 눈을 치우라고 말했다. 나는 다른 이들이 눈을 치우기 시작하는 걸 보았다.

일을 해야지. 누군가가 말했다.

이렇게 게으름을 피우면 오늘 내로 눈을 다 치우지 못할 거야. 또 다른 누군가가 말했다.

자, 어서 일을 해 보자고. 누군가가 말했다.

맞아, 우린 눈을 치워야 해. 헬게가 말했다.

헬게가 삽을 들어올려 눈을 치우기 시작했다.

하지만 나는 화가야.

지붕에 페인트칠도 못하는 주제에. 누군가가 말했다.

지붕과는 상관없어. 내가 말했다.

지붕이 어때서?

나는 도장공이 아니라 화가야.

쳇, 화가.

맞아!

눈이나 치워.

자넨 수학을 할 줄 아는가? 내가 물었다.

수학 같은 소리 하고 있네! 얼른 눈이나 치워!

난 한스 구데의 제자라고.

그게 누군데?

한스 구데?

응!

자네는 한스 구데가 누군지 모르는가?

몰라! 어서 눈이나 치워, 멍청한 놈 같으니.

난 눈을 치우기 싫어.

게으름뱅이.

알았으니까 그만해.

빌어먹을 예술가 같으니.

나는 다른 이들이 눈을 치우는 것을 보았다. 나는 눈을 치우기 싫었다. 나는 화가, 나는 화가 라스 헤르테르비그. 나는 교육을 제대로 받지 못한 미친 사람들과 함께 서서 눈을 치우기 싫다. 눈은 멍청한 정신병자들이 치우면 된다. 한스 구데가 누군지도 모르는 그들에겐 눈 치우는 일이 딱 어울린다. 반면, 나는 한스 구데가 누군지 잘 안다. 나는 과거 한스 구데의 제자였으니까. 나는 눈을 치우기 싫다. 나는 가우스타 정신 병원에서 도망쳐야 한다. 화가 라스 헤르테르비그, 크리스티아니아의 예술학교와 뒤셀도르프의 예술 아카데미에서 교육을 받는 내가 가우스타 정신 병원의 본관에서 찻길에 이르는 오솔길에 쌓인 눈을 치워야 할 이유는 없다. 나, 풍경화가 교육을 받은 라스 헤르테르비그가 추운 아침부터 하얗게 쌓인 눈을 치워야 할 이유는 없다. 나는 라스 헤르테르비그. 내가 원하는 것은 그림을 그리기다. 헬게는 그가 왜 가우스타 정신 병원에서 도망쳐야 하는지도 모른다. 그는 이곳에서 도망치지 않으면 평생 미친 사람으로 살게 될 것이다. 산드베르그 박사는 오늘 그에게 바로 그런 말을 할 것이다. 만약 산드베르그 박사가 그런 말을 하면, 그렇게 될 것이다. 산드베르그 박사의 말은 그

대로 이루어지기 마련이다. 적어도 가우스타 정신 병원에서는 그렇다.

모든 화가들을 다 죽일 수는 없어. 내가 말했다.

지금 뭐라고 했나? 누군가가 말했다.

난 모든 화가들을 다 죽일 수는 없다고 말했어.

자네도 화가잖아?

맞아.

만약 모든 화가들을 다 죽여야 한다면 자네부터 죽여야 하겠군.

모두 일제히 나를 돌아보며 크게 웃음을 터뜨렸다.

조심해, 그렇지 않으면 자네도 위험해질 수 있으니까. 내가 말했다.

마음대로 해 봐!

나는 삽을 허공으로 번쩍 들어올려 마구 휘둘렀다.

조심해! 조심하라고! 내가 말했다.

미쳤군! 그가 말했다.

자네도! 조심해!

나는 삽을 허공에 들어올려 마구 휘둘렀다. 교육도 제대로 받지 못한 멍청하고 무례한 놈 같으니. 그는 한스 구데가 누군지도 모른다. 그는 아무짝에도 쓸모없는 인간이다. 나는 그의 이름을 모르지만 알고 싶지도 않다. 그는 쓸모없고, 빌어먹을 눈 치우는 인간에 불과하다. 그는 적어도 한스 구데가 누구인지 알아보려 노력할 수도 있었지만, 그렇게 하지 않았다. 빌어먹을 놈.

자넨 티데만이 누군지는 아나?

화가잖아.

그는 티데만이 화가인 줄은 알고 있었다. 그도 아는 게 있긴 있었다. 하지만 나는 그가 어떤 연유로 티데만을 알고 있는지 전혀 이해할 수 없었다.

그의 그림을 본 적이 있나?

아주 많이 봤어.

어떤 그림?

이것저것.

그의 그림을 본 적이 있긴 있는 거야? 똑바로 대답해. 그래야 내가 자네를 죽일지, 안 죽일지 결정할 수 있으니까.

미친놈.

그가 소리 내어 웃기 시작했다. 그는 제자리에 서서 큰 소리로 웃었다. 다른 이들도 따라 웃기 시작했다. 헬게도 웃기 시작했다.

살려 둬야 하는 화가도 있어. 내가 말했다.

적어도 그 말만은 긍정적이군. 헬게가 말했다.

나는 그들을 죽일 것이다. 나는 그림을 그리지 못하는 화가들, 하루 종일 말카스텐에 앉아 술을 마시는 그들을 모조리 죽여 버릴 것이다. 헬게는 머저리다. 그는 아무것도 모른다. 나는 눈을 치우기 싫다.

화가라고 해서 모두 죽일 생각은 없어.

알았어, 알았다고. 누군가가 말했다.

다 죽여 버리지 그래? 또 다른 누군가가 말했다.

누가 뭐래도 자넨 미친 게 틀림없어. 누군가가 말했다.

나는 가야 한다. 나는 그림을 그릴 수 없다. 나는 안으로 들어가 옷을 갈아입어야 한다. 나는 보라색 코듀로이 양복을 입고 세 명의 목공예 장인이 사는 톨보드가타에 가야 한다. 나는 이제 옷만 가져 나오면 된다. 그리고 나는 가우스타 정신병원에서 도망칠 것이다. 나는 삽을 내려놓았다. 나는 가우스타 정신 병원의 본관을 향해 오르막길을 걷기 시작했다. 등 뒤에서 벌써 가는 거야?라고 소리치는 헬게의 목소리가 들렸다. 나는 개의치 않았다. 그 역시 한스 구데가 누군지 모르기는 마찬가지니까. 그러니 나는 그가 무슨 말을 해도 귀담아듣지 않을 것이다. 소리치려면 소리치라지.

게으름뱅이! 누군가가 소리쳤다.

빌어먹을 게으름뱅이! 또 다른 누군가가 소리쳤다.

게으름뱅이!

나는 그저 앞만 보며 걸을 것이다. 나는 뒤를 돌아보지 않을 것이다.

게으름뱅이!

얼른 다시 돌아와서 일을 해!

누군가가 내 등에 눈덩이를 던졌다. 하지만 나는 뒤를 돌아보지 않을 것이다. 나는 개의치 않고 앞만 보며 평상시와 마찬가지로 발을 옮길 것이다.

예술가라고 했지? 눈 맛이 어때?

정확히 맞았어!

또 다른 눈덩이가 날아와서 내 등을 맞혔다. 등이 따끔거렸다. 나는 고개를 앞으로 숙였다. 눈이 축축하지 않았기에 눈덩이가 단단하지 않았던 건 다행이었다.

꽤 아플걸!

게으름뱅이!

굼벵이!

나는 굼벵이라고 부르는 헬게의 목소리를 들었다. 그는 미친놈이다. 그러니 나는 그가 무슨 말을 해도 신경 쓰지 않는다. 눈덩이 여러 개가 내 머리 위를 휙 지나쳐 몇 미터 앞에 떨어졌다. 나는 앞으로 걷기만 하면 된다.

이건 어때!

예술가!

그림도 못 그리는 화가!

굼벵이!

눈덩이 두 개가 내 등을 맞혔다. 던지려면 던지라지. 나는 그들을 무시할 것이다. 그들은 예술이 무엇인지도 모르는 무식한 인간들이니까. 그들은 평생 진정한 예술이 무엇인지 본 적이 없다. 눈덩이를 던지려면 던지라지. 얼마든지.

꺼져!

보기 싫으니까!

꺼져!

그들은 여러 개의 눈덩이를 만들었다. 눈덩이는 내 옆, 내 머리 위에 쉴 새 없이 떨어졌다. 나는 평상시와 다름없이 발을 옮겼다. 하지만 나는 고개를 앞으로 숙이고 구부정하게 걸어야 한다. 뒤도 돌아보면 안 된다. 나는 앞으로, 앞으로 구부정하게 걸었다. 그들은 원한다면 얼마든지 눈덩이를 던져도 좋다. 나는 라스 헤르테르비그, 화가 라스 헤르테르비그니까. 그들은 내가 누군지 모른다. 그들은 그저 눈덩이만 던질 뿐이다. 눈덩이가 더는 날아오지 않았다. 포기한 모양이었다. 등 뒤에서는 아무 소리도 들리지 않았다. 나는 발을 멈추고 뒤를 돌아보았다. 그들이 떼를 지어 내게 다가오고 있었다. 헬게와 다른 이들은 삽을 내려 두고 나를 향해 걸어오고 있었다. 그들이 눈덩이를 손에 들고 내 뒤를 따라오고 있었다. 그들은 천천히 내 뒤를 따라왔다.

던져! 헬게가 소리쳤다.

나는 몸을 숙였고, 눈덩이는 내 머리 위를 스쳐 갔다.

다시 던져! 헬게가 소리쳤다.

그만해!

나는 보호사 허우게의 쩌렁쩌렁한 목소리를 들었다.

관둬! 이제 그만하고 다시 일을 해!

나는 헬게와 다른 이들이 눈덩이를 내려놓고 다시 눈을 치우기 위해 발을 돌리는 모습을 보았다.

또 자네군. 보호사 허우게가 말했다.

나는 허리를 쭉 펴고 지하실 문 앞에 서 있는 보호사 허우게를 바라보았다.

이리 오게, 헤르테르비그. 보호사 허우게가 말했다.

나는 바지 자락과 소매에 묻은 눈을 털어 냈다.

자넨 이제 산드베르그 박사의 집무실에 가야 해.

나는 산드베르그 박사에게 가면 안 된다. 그는 내가 자위행위를 했기 때문에 다시는 화가가 될 수 없다고 말할 것이다. 나는 분명히 그가 그렇게 말할 것이라고 확신한다. 한스 가브리엘 부크홀트 순트가 내게 큰 재능이 있기에 매우 훌륭한 화가가 될 것이라 말했을 때, 내가 그의 말대로 매우 훌륭한 화가가 되리라 확신했던 것처럼. 이제 산드베르그 박사는 내게 화가가 될 수 없다고 말할 것이고, 나는 그의 말대로 화가가 될 수 없을 게 분명하다. 나는 산드베르그 박사에게 가면 안 된다. 나는 눈 위에 가만히 서 있었다. 나는 지하실 문 앞에 서 있는 보호사 허우게를 바라보았다. 나는 이미 오래전에 톨보드가타에 있는 오랜 하숙집에 갔어야만 했다. 하지만 나는 그러지 못했고, 이젠 때가 늦었다. 나는 지금 갈 수 없다. 보호사 허우게가 지하실 문 앞에 서서 나를 보고 있기 때문이다. 그렇다면 나는 산드베르그 박사와 만날 수밖에 없을 것이고, 다시는 화가가 될 수 없을 게 뻔하다. 이 모든 것은 모두 빌어먹을 여자들 때문이다. 이 세상 모든 여자들은 창녀고, 이 모든 것은 바로 그들 때문에 일어난 일이다.

모든 여자는 창녀예요. 내가 화가가 될 수 없는 건 그들 때문이에요. 왜냐하면 나는 아무런 나쁜 짓도 하지 않았거든요.

자, 자, 알았어. 알았다고. 보호사 허우게가 말했다.

모든 여자는 다 창녀예요. 이 모든 일은 그들 때문이에요. 빌어먹을 창녀들 때문이라고요.

얼른 이리로 오게, 헤르테르비그.

내 잘못이 아니에요.

일단 이리로 와봐.

모두 빌어먹을 창녀들 때문이라고요.

알았어. 일단 이리로 오라고.

나는 이제 산드베르그 박사에게 갈 수밖에 없다. 그 외에 내가 할 수 있는 일은 없다. 나는 산드베르그 박사에게 가야 한다.

박사님이 자네를 기다리고 있어.

하지만 난 아무런 잘못도 저지르지 않았어요.

어쨌거나 오늘은 산드베르그 박사를 만나 보게. 얼른 와.

나는 발을 옮겨야 한다. 보호사 허우게가 나를 기다리고 있는데 이대로 가만히 눈 위에 서 있을 수는 없다. 내가 서둘러 가지 않으면, 이곳의 모든 것을 결정하는 산드베르그 박사는 계속 초조하게 나를 기다릴 것이고, 나를 더 엄격하게 대할 것이다. 그리고 그는 내게 절대 화가가 될 수 없다고 말할 것이다. 그는 내가 상상 속의 세계에서 산다는 걸 잘 알고 있다고 말할 것이다. 그는 내가 그림을 그릴 수 없으며, 앞으로도 평생 그림을 그리지 못하리라는 사실을 잘 안다고 말할 것이다.

얼른 오게나. 보호사 허우게가 말했다.

네.

서둘러.

나는 지하실 문을 향해 걷기 시작했다. 나는 문 앞에 서서 나를 바라보는 보호사 허우게를 보았다.

산드베르그 박사가 자네를 기다리고 있어.

나는 지하실 안으로 들어갔다. 헬레네는 조금 전만 하더라도 그곳에 있었지만, 지금은 온데간데없이 사라졌다. 헬레네는 왜 그토록 빨리 가 버렸을까? 헬레네는 왜 나와 함께 있으려 하지 않을까? 내가 화가가 될 수 없다면 그녀는 나와 만나는 것을 거부할까?

그녀는 빌어먹을 창녀예요. 젠장, 그녀는 창녀라고요. 하지만, 모든 화가를 다 죽일 수는 없어요.

이제 작업복을 벗어. 보호사 허우게가 말했다.

빌어먹을 창녀. 이건 바로 그 빌어먹을 창녀 때문이에요.

산드베르그 박사가 기다리고 있어. 이제 장화도 벗어.

하지만 이건 내 잘못이 아니에요.

서둘러.

화가들이라 해서 모조리 죽여야 한다는 말은 아니에요.

알았어, 알았다고.

나는 몸을 숙이고 장화를 벗었다.

곧 그날이 올 거예요. 나는 벗은 장화를 제자리에 올려놓았다.

이제 좀 더 서둘러 봐. 보호사 허우게가 말했다.

나는 작업복을 벗었다. 산드베르그 박사는 내게 화가가 될 수 없다고 말할 것이다. 그는 자기가 무슨 말을 하는지 잘 아는 사람이다. 바로 그 때문에 나는 평생 화가가 되지 못할 것이다.

이전으로 돌아갈 수는 없어요. 다시는, 다시는 이전과 똑같지 않을 거예요.

나는 작업복을 옷걸이에 걸었다. 나는 이곳에서 도망쳐야 한다. 내 잘못은 아무것도 없다. 나는 이곳에서 벗어나야 한다. 나는 더 이상 가우스타 정신 병원에 머물 수 없다.

밤이 똬리를 틀 수 있다는 걸 아세요? 난 뱀이 똬리를 틀 수 있다는 걸 알고 있어요. 내 눈으로 직접 봤거든요. 정말이에요. 하지만 당신은 내 말을 믿지 않는군요. 보호사 허우게 씨. 맞아요, 당신은 내 말을 믿지 않아요. 하지만 나는 잘 알고 있어요. 난 화가, 그림 교육을 받은 화가거든요. 하지만 당신은 아니에요. 우리 아버지는 보잘것없는 배관공이에요. 내 여동생은 스타방에르 거리를 돌아다니죠. 쳇. 맞아요. 그렇다고요.

알았어, 헤르테르비그.

당신도 내 여동생의 가슴을 봤어야 하는데!

자, 어서 와, 헤르테르비그.

보호사 허우게는 발을 옮기기 시작했고, 나는 그의 뒤를 따랐다. 나는 금세 보호사 허우게를 따라잡아 그의 곁에서 나란히 걸었다.

당신은 한 번도 내 여동생을 본 적이 없죠. 단 한 번도. 상관없는 일이에요. 나이를 막론하고 여기저기 여자들은 많으니까. 창녀들도 여러 종류가 있어요. 난 이 모든 것이 그들 때문이라는 걸 잘 알고 있어요.

자넨 아는 것도 많군. 보호사 허우게가 말했다.

내가 산드베르그 박사에게 가야 하는 것도 그들 때문이에요. 보호사 허우게 씨, 그건 당신도 알고 있죠? 당신은 수학이나 해부학에 관해선 아는 게 없지만, 그리 멍청하진 않아요. 전혀! 하지만 나는 수학과 해부학에 관해서도 많이 알고 있어요. 장담해요! 난 이제 가야 해요. 왜냐하면 누군가가 나를 기다리고 있거든요. 맞아요, 누군가가 독일에서 나를 기다리고 있기 때문에 난 가야 해요. 보호사 허우게 씨, 당신도 이해하죠?

이해하고 말고.

우리는 계단을 오르기 시작했다. 보호사 허우게는 문을 열었고, 나는 열린 문 안으로 들어갔다. 보호사 허우게가 문을 닫았다.

헤르테르비그, 자넨 잘할 수 있을 거야. 보호사 허우게가 말했다.

잘할 수 있어요. 하지만 당신은 내 여동생을 봤어야만 해요. 우리 어머니도. 어머니는 하루 종일 기도만 해요. 기도 외에는 거의 아무 말도 하지 않아요. 하지만 자식은 많이 낳았죠. 적어도 열대여섯 명은 될걸요. 당신도 알다시피 내겐 여동생들이 많아요. 그래서 말인데, 내 어머니는 하루 종일 기도만 하진 않았을 거예요. 자식을 낳기 위해선 따로 해야 하는 일이 있으니까. 보호사 허우게 씨, 당신도 잘 알죠? 쳇! 어머니도 별수 없어요!

자, 자, 알았어. 이제 그만해, 헤르테르비그.

당신도 잘 알죠?

알아, 잘 안다고. 그렇지 않으면 자네가 가우스타 정신 병원에 올 일도 없었을 거야.

맞아요. 하지만 내 여동생. 당신은 내 여동생을 봤어야만 해요.

나는 보호사 허우게와 나란히 복도를 걸었다. 나는 전에도 이 복도를 걸었던 적이 있다. 복도 끝에는 산드베르그 박사의 집무실이 있고, 문 앞에는 병원장이라고 적힌 팻말이 걸려 있다. 나는 이제 병원장 올레 산드베르그의 집무실에 갈 것이다. 내게 해가 될 일은 없을 것이다. 나는 어차피 화가가 되긴 글렀으니까. 나는 정신병자다. 나는 가우스타 정신 병원에 입원해 다른 정신병자들과 함께 살고 있다. 정신병자는 화가가 될 수 없다. 나는 보호사 허우게와 나란히 복도를 걸었다. 나는 복도 끝에 있는 산드베르그 박사의 집무실 문을 바라보았다. 나는 산드베르그 박사의 집무실에 전에도 가 본 적이 있다. 나는 처음 가우스타 정신 병원에 왔을 때 그의 집무실에 가 보았고 그 후에는 단 한 번도 발걸음을 하지 않았다. 하지만 나는 오늘 산드베르그 박사의 집무실에 가야 한다.

내 여동생.

이제 다 왔어. 보호사 허우게가 말했다.

당신도 내 여동생을 봤어야 하는데. 내 여동생의 가슴은 엄청 크거든요. 보호사 허우게 씨, 당신이 그 가슴을 봤더라면.

알았어, 알았다고.

그런데 뱀은 똬리를 틀 수 있어요.

그렇겠지.

그리고 나는 내 여동생의 가슴을 본 적이 있어요. 그것도 몇 번이나. 나는 여동생 한 명이 아니라 여러 명의 가슴을 보았다고요. 그런데 당신은 똬리를 튼 뱀을 본 적이 있나요? 당신은 여자들의 가슴을 본 적이 있나요?

난 결혼한 몸이야. 보호사 허우게가 말했다.

아, 그렇다면 당신도 여자의 가슴을 보았겠군요. 그건 그렇고, 당신은 내가 약혼했다는 것도 알고 있나요?

보호사 허우게는 복도를 걸었고, 나는 그의 곁에서 발을 옮겼다.

난 당신이 여자의 가슴을 보았다는 말을 믿을 수가 없어요. 당신의 아내는 당신에게 가슴을 보여 주지 않았을 거예요. 절대! 그럴 리가 없어요! 보호사 허우게 씨는 아내의 가슴을 볼 수 없다고요! 하지만 나는 여자의 가슴을 봤어요. 왜냐하면 나는 퀘이커 교인이거든요. 아니, 정확히 말하자면 퀘이커 교인은 아버지예요. 바로 그 때문에 나는 여자들의 가슴을 볼 수 있었던 거죠.

알았어, 이제 좀 진정해. 보호사 허우게가 말했다.

여자들의 가슴은 참 아름다워요.

알았어, 알았다고.

난 수많은 여자들의 가슴을 봤어요. 벌거벗은 여자들의 그림을 그렸거든요. 셀 수 없이 많이. 아, 그들의 가슴은 너무나 아름다웠어요! 너무나 아름답다고요!

정말 그랬어?

네, 독일에서요. 난 수많은 여자들의 나체 그림을 그렸어요. 그리고 난 내 여동생의 커다란 가슴도 봤어요. 독일에서 그림의 모델이 되었던 여자들 중에선 내 동생만큼 큰 가슴을 가진 사람이 없었어요. 맞아요, 그랬어요.

나는 병원장 팻말이 걸려 있는 산드베르그 박사의 집무실 문을 바라보았다. 이제 나는 병원장 올레 산드베르그 씨와 면담을 할 것이다. 나는 그의 집무실 안으로 들어갈 것이다. 나는 의자에 앉을 것이다. 나는 병원장 올레 산드베르그의 집무실 안에 있는 의자에 앉아야 한다. 그리고 내게 화가가 될 수 없을 것이라는 그의 말을 들어야 한다. 그는 내가 자위행위를 했다는 걸 알게 되면 분명 그렇게 말할 것이다. 나는 절대 화가가 될 수 없을 것이라고. 하지만 나는 그림을 그릴 것이다. 나는 다시 화가가 될 수는 없지만, 계속 그림을 그릴 것이고 화가 라스 헤르테르비그로 남아 있을 것이다. 비록 그림을 그릴 수는 없을 테지만.

이제 다 왔어. 보호사 허우게가 말했다.

나는 보호사 허우게가 손을 들어 올려 산드베르그 박사의 집무실 문에 노크를 하는 모습을 바라보았다. 문 안쪽에서 네! 하고 대답하는 산드베르그 박사의 목소리가 들렸다. 나는 보호사 허우게가 문을 열고 안을 들여다보며 헤르테르비그가 왔다고 말하는 것을 들었다. 나는 병원장 팻말이 걸린 문 안으로 들어가야 한다. 나는 이곳에서 도망쳐야 한다. 하지만, 나는 지금 도망칠 수 없다. 나는 문 안으로 들어가서 산드베르그 박사가 하는 말을 들어야 한다. 나는 그에게 아무 말도 하면 안 된다. 나는 그저 가만히 앉아 있어야 한다. 나는 산드베르그 박사의 집무실에서 가만히 앉아 아무 말도 하면 안 된다. 나는 산드베르그 박사의 집무실 밖에 서서 바닥을 내려다보았다. 나는 보호사 허우게의 발을 보았다. 산드베르그 박사의 집무실 문이 활짝 열렸다. 나는 산드베르그 박사의 하얀 가운 밑자락을 보았다. 헤르테르비그! 산드베르그 박사가 내 이름을 불렀다. 보호사 허우게는 내가 왔다고 보고 했고, 산드베르그 박사는 보호사 허우게에게 고맙다고 말한 후 밖에 나가서 기다리라고 했다. 나는 고개를 숙인 채 제자리에 가만히 서서 산드베르그 박사의 하얀 가운 밑자락을 보았다. 산드베르그 박사가 내게 집무실 안으로 함께 들어가자고 말했다. 나는 대답을 하면 안 된다. 나는 산드베르그 박사의 집무실 안으로 들어가면 안 된다. 일단 그의 집무실 안으로 들어가면 나는 화가가 될 수 없기 때문이다.

어서 들어오게. 산드베르그 박사가 말했다.

나는 산드베르그 박사의 하얀 가운 밑자락을 바라보았다. 나는 산드베르그 박사의 집무실에 들어가면 안 된다. 그러면 나는 절대 화가가 될 수 없을 것이다. 산드베르그 박사는 내가 화가가 되길 원치 않는다. 나는 그것을 잘 알고 있다. 바로 그 때문에 나는 가우스타 정신 병원에 있는 동안에는 그림을 그릴 수 없다. 나는 그림을 그리고 싶지 않다고 직접 말한 적이 있다. 하지만 그건 나의 솔직한 마음이 아니었다. 나는 그림을 그리고 싶다. 나는 아무 말도 하면 안 된다.

화가들은 그림을 그리지 못하면 불행해져요. 내가 말했다.

나는 여전히 산드베르그 박사의 하얀 가운 밑자락을 바라보며 서 있었다. 산드베르그 박사는 내게 어서 들어오라고 말하며 내 어깨에 손을 얹고 나를 앞으로 밀었다.

간단한 대화를 나눌 테니 그리 오래 걸리진 않을 거요, 헤르테르비그 씨.

산드베르그 박사는 내 어깨에 손을 얹고 나를 집무실 안쪽으로 밀었다. 산드베르그 박사가 내 어깨에서 손을 떼었다. 나는 다시 문을 향해 걸어가는 산드베르그 박사의 발소리를 들었다. 나는 그가 문밖에 서 있는 보호사 허우게에게 그리 오래 걸리지 않을 것이라고 말하는 소리를 들었다. 보호사 허우게는 복도에서 기다리겠다고 말했다. 나는 문을 닫고 다시 안쪽으로 걸어 들어오는 산드베르그 박사의 발소리를 들었다. 나는 고개를 들어 산드베르그 박사가 책상 맞은편 의자에 앉는 것을 보았다.

잘 왔어요. 산드베르그 박사가 말했다.

나는 고개를 숙이고 바닥을 내려다보았다.

의자에 앉아요. 책상 앞에 있는 내 맞은편 의자에 앉으면 돼요. 산드베르그 박사가 말했다.

나는 고개를 들어 산드베르그 박사가 커다란 갈색 책상 맞은편에 있는 의자에 앉는 것을 보았다. 그는 책상을 사이에 두고 나를 바라보았다. 나는 책상을 사이에 두고 산드베르그 박사의 맞은편 빈 의자에 앉을 것이다. 의자는 산드베르그 박사와 너무나 가까운 곳에 있었다. 겨우 책상 하나를 사이에 두고 있을 뿐.

어서 앉아요. 산드베르그 박사가 말했다.

산드베르그 박사의 목소리는 단호하게 들렸다. 나는 의자에 앉아야 한다. 나는 이곳에서 도망쳐야 한다. 왜냐하면 산드베르그 박사는 내게 다시는 화가가 될 수 없다고 말할 것이니까. 그러면 나는 평생 화가가 될 수 없을 것이다. 산드베르그 박사, 병원장 올레 산드베르그가 내게 화가가 될 수 없다고 말한다면, 나는 화가가 될 수 없을 게 뻔하다. 나는 고개를 숙이고 내 발을 내려다보았다. 나는 이곳에서 도망쳐야 한다.

헤르테르비그 씨, 그간 어떻게 지냈나요? 산드베르그 박사가 물었다.

나는 대답을 하면 안 된다. 나는 그저 의자에 조용히 앉아 아무런 대답도 하지 않을 것이다. 나는 산드베르그 박사의 맞은편 의자에 앉아 그의 거대한 갈색 책상을 내려다보았다.

잘 지냈나요? 아니면 잘 지내지 못했나요? 산드베르그 박사가 물었다.

내가 대답을 할 수 있을까? 그냥 의자에 앉아 있기만 해야 할까? 내가 꼭 대답을 해야 하는 것일까?

네.

좋아요. 그렇다면 여기서부터 시작해 봅시다. 오늘은 크리스마스이브입니다. 산드베르그 박사가 말했다.

나는 아무 말도 하면 안 된다.

혹시 거슬리는 거라도 있었나요, 헤르테르비그 씨?

나는 가만히 의자에 앉아 있었다. 나는 내게 다시는 화가가 될 수 없다고 말하는 산드베르그 박사의 목소리에 귀를 기울이면 안 된다.

이 일은 그리 쉽지 않아요. 하지만…… 네…… 쉽지 않은 일이에요.

강아지들은 매우 귀여워요. 내가 말했다.

나는 고개를 들어 산드베르그 박사에게 미소를 지었다.

맞아요, 강아지들은 매우 귀엽죠. 그런데 오늘은 우리가 함께 짚고 넘어가야 할 것이 있어요. 산드베르그 박사가 말했다.

나는 뱀이 똬리를 튼다는 것도 알아요.

나는 앞으로 몸을 조금 숙이고 거대한 갈색 책상 위에 팔을 얹고 앉아 있는 산드베르그 박사에게 고개를 끄덕여 보였다. 산드베르그 박사는 커다란 푸른 눈동자로 나를 바라보았다.

당신 말에는 한 치도 틀림이 없어요. 바로 그거예요. 나도 그런 말을 들은 적이 있답니다. 산드베르그 박사가 말했다.

네, 뱀은 똬리를 틀 수 있어요.

나도 그런 말을 들었어요. 보호사 허우게가 그러더군요. 산드베르그 박사가 말했다.

우리는 매우 조심해야 해요.

맞아요, 조심해야 되죠. 산드베르그 박사가 말했다.

나는 산드베르그 박사가 내게 절대 화가가 될 수 없다고 말하리라는 걸 잘 알고 있었다.

네.

보호사 허우게의 보고에 의하면 당신이 두 다리 사이에 손을 집어넣는 일이 빈번하다고 하던데요.

나는 산드베르그 박사를 쳐다보면 안 된다. 산드베르그 박사는 내가 두 다리 사이에 손을 집어넣고 자위행위를 한다고 말했고, 바로 그 때문에 내가 미쳐 버린 것이라고 말할 것이다. 그는 내가 자위행위를 계속하면 다시 건강해지지 않을 것이라고도 말할 것이다.

맞습니까? 산드베르그 박사가 물었다.

나는 고개를 숙였다. 나는 아무 말도 하지 않을 것이다.

그건 내 잘못이 아닙니다.

내 말이 맞습니까?

나는 대답을 하면 안 된다. 이제 내 사랑 헬레네가 내게 와서 내 이마를 짚어 줘야 한다. 이제 그녀는 산드베르그 박사에게 내가 미치지 않았다고 말해 줘야 한다.

내 말이 맞군요. 그렇다면 나는 당신에게 실망했다는 말을 할 수밖에 없어요. 그가 말했다.

나는 산드베르그 박사의 거대한 갈색 책상을 내려다보았다. 나는 아무런 잘못도 저지르지 않았다. 이 모든 것은 빌어먹을 여자들 때문이고, 잘못을 한 사람은 바로 그녀들이다. 그들은 커다란 가슴을 이리저리 흔들며 돌아다닌다. 이 모든 것은 바로 그들의 가슴 때문이다. 내가 잘못한 것은 아무것도 없다. 나는 구름을 보고, 그림을 그렸다. 나는 빛을 보았다. 나는 물감만 있으면 어떤 것이든 그림으로 그릴 수 있는 사람이다. 나는 모든 것을 볼 수 있다. 나는 그림을 그릴 수 있다. 하지만 다른 화가들은 그림을 못 그린다. 이건 내 잘못이 아니다. 나는 화가들과 여자들을 죽일 것이다. 나는 모든 것에서 빛을 볼 수 있다. 나는 그림을 그릴 수 있다.

당신은 진정으로 나를 실망시켰어요, 헤르테르비그 씨. 동시에, 나는 당신에 관해 더 많은 것을 이해할 수 있을 것 같군요. 산드베르그 박사가 말했다.

나는 산드베르그 박사의 거대한 갈색 책상을 내려다보았다. 나는 그림을 그릴 수 있다. 나는 그림을 잘 그린다.

당신은 그것이 뭔지 모른다고 말했어요. 여기 내가 메모해 둔 게 있군요. 산드베르그 박사가 말했다.

나는 고개를 들어서도 안 되고 어떤 말도 하면 안 된다.

그건 색깔 때문입니다. 올바른 색깔을 찾을 수가 없었어요.

나는 산드베르그 박사의 거대한 갈색 책상을 내려다보았다.

당신은 가우스타 정신 병원에 오기 전에도 자위행위를 한 적이 있습니까?

나는 대답을 하면 안 된다. 산드베르그 박사는 내게 화가가 될 수 없을 거라고 말할 것이다. 나는 그림을 그릴 수 있다. 그림을 못 그리는 건 다른 화가들이다. 나는 그림을 그릴 수 있다. 나는 모든 것을 볼 수 있다. 내가 그림을 그릴 수 없는 것은 적당한 색깔을 찾을 수 없기 때문이다. 나는 전에도 그런 행위를 한 적이 있군요라고 말하는 산드베르그 박사의 목소리를 들었다. 그는 내가 이전에도 여러 번 그런 행위를 한 적이 있다는 말을 보호사 허우게에게서 들었다고 했다. 산드베르그 박사는 내가 자위행위를 수차례나 했다는 보고를 받았다고 말했다. 나는 산드베르그 박사가 내 병은 자위행위 때문에 생겨난 것이라고 말하는 것을 들었다. 나는 대답을 해야 한다. 나는 네, 잘 알고 있습니다, 네, 네라고 대답해야 한다. 그리고 산드베르그 박사의 집무실에서 나서면 나는 더 이상 그림을 그릴 수 없다.

화가들은 그림을 그리지 못하면 불행해집니다. 내가 말했다.

만약 당장 그 행위를 멈추지 않는다면 당신은 절대 건강을 되찾을 수 없어요. 이미 늦었을지도 모릅니다. 그렇다면 매우 슬픈 일이지요. 일어나서는 안 될 일이 일어났습니다. 산드베르그 박사가 말했다.

산드베르그 박사는 내게 절대 화가가 될 수 없을 거라고 말했다. 나는 이제 가우스타 정신 병원에서 도망쳐야 한다.

이제 그런 행위는 그만둬야 합니다. 진실을 말해 볼까요? 당신이 그 행위를 계속한다면 절대 화가가 될 수 없습니다. 산드베르그 박사가 말했다.

나는 이미 잘 알고 있었다. 내가 절대 화가가 될 수 없다는 사실을. 하지만 나는 그림을 그릴 것이다. 왜냐하면 나는 다른 사람이 보지 못하는 것을 볼 수 있고, 좋은 물감만 있다면 그것을 그림으로 그릴 수도 있으니까.

내겐 좋은 물감이 없어요.

그렇게 말할 수도 있겠죠. 산드베르그 박사가 말했다.

좋은 물감만 있다면.

그렇게 될 수도 있겠죠.

나는 고개를 끄덕였다. 이제 나는 의자에서 일어나 이곳에서 나가야 한다.

다시는 그런 행위를 하지 마세요. 약속할 수 있습니까, 헤르테르비그 씨? 산드베르그 박사가 말했다.

나는 그에게 다시는 그림을 그리지 않겠다고 약속해야 한다. 이건 뱀이 똬리를 틀기 때문이고, 바로 그 때문에 나는 그에게 약속을 해야 한다. 하지만 내가 원하는 것은 그림을 그리는 것뿐이다. 내가 밤에 잠을 이루지 못하는 것은 여자들 때문이다. 빌어먹을 여자들 때문이다. 나는 오직 그림을 그리고 싶을 뿐이다. 모든 여자들은 창녀다. 그들의 가슴.

여자들은 모두 창녀예요.

당신은 이제 두 다리 사이에 손을 집어넣고 자위행위를 하면 안 돼요. 단언하건대, 그 짓을 계속한다면 당신의 건강은 더 나빠질 겁니다. 당신이 가우스타 정신 병원에 있는 건 다시 건강해지기 위해서가 아니었던가요? 약속할 수 있습니까?

나는 산드베르그 박사의 거대한 갈색 책상을 바라보았다. 산드베르그 박사는 내가 다시는 그림을 그리지 않겠다고 약속하길 바란다. 그런데 내 사랑 헬레네는 지금 어디에 있을까?

나는 약혼했어요.

좋은 소식이군요.

하지만 뱀은 똬리를 틀죠.

어쨌든 다시는 두 다리 사이에 손을 집어넣고 자위행위를 하지 마세요. 알았습니까, 헤르테르비그 씨?

나는 고개를 들어 산드베르그 박사의 푸른 눈을 바라보았다.

내가 하고 싶은 말은 이게 전부예요. 이제 가 보세요.

나는 산드베르그 박사의 거대한 갈색 책상을 내려다보았다. 나는 산드베르그 박사가 몸을 일으키고 오늘 저녁 크리스마스 파티에서 다시 보자고 말하는 걸 들었다. 산드베르그 박사는 내게 화가가 될 수 없다고 말했다. 바로 그 때문에 나는 화가가 될 수 없다. 이제 나는 가야 한다. 의자에서 일어나 톨보드가타에 사는 세 명의 목공예 장인들에게 가야 한다. 나는 옛날에 내가 묵었던 하숙집으로 가야 한다. 나는 산드베르그 박사의 발소리를 들었다. 이제 나는 의자에서 몸을 일으켜야 한다. 나는 면담이 끝났으니 가도 좋다고 말하는 산드베르그 박사의 목소리를 들었다. 나는 의자에서 일어나 가우스타 정신 병원에서 도망쳐야 한다. 나는 산드베르그 박사가 문을 열고 복도에 서 있는 보호사 허우게에게 이번 면담이 도움이 될 수 있을 거라고 말하는 것을 들었다. 나는 틀림없다고 말하는 보호사 허우게의 목소리를 들었다.

그렇게 믿어 보죠. 산드베르그 박사가 말했다.

좋은 결과가 있을 거라고 믿습니다. 보호사 허우게가 말했다.

그러길 바라야죠. 산드베르그 박사가 말했다.

나는 문을 향해 다가갔다. 산드베르그 박사가 몸을 돌려 나를 바라보았다.

헤르테르비그 씨, 오늘 내가 한 말을 잘 기억하세요. 당신은 다시 건강해지기 위해서 여기 가우스타 정신 병원에 머물고 있다는 것을. 그가 말했다.

나는 문밖에 서 있는 보호사 허우게가 고개를 끄덕이는 것을 보았다.

오늘 내가 한 말을 잘 기억하세요. 특히 밤잠을 못 이룰 때면 내가 한 말을 떠올려 보시길. 산드베르그 박사가 말했다.

나는 그의 집무실을 나섰다.

내가 무슨 말을 했는지 잊지 않기를 바라겠습니다. 산드베르그 박사가 말했다.

나는 그의 집무실을 나섰다. 등 뒤에서 문이 닫히는 소리가 들렸다. 나는 문밖에 서 있었다. 나는 산드베르그 박사의 집무실에 갔었고, 그는 내게 다시는 화가가 될 수 없다고 말했다. 나는 물감이 나빠서 그렇다고 혼잣말처럼 조용히 말했다. 나는 소리내어 웃기 시작했다. 보호사 허우게가 내게 다시 지하실로 내려가자고 말했다. 그는 내게 다시 옷을 갈아입고 일을 해야 한다고 말했다. 보호사 허우게는 내게 눈을 치워야 한다고 말하며 복도를 걷기 시작했다. 나는 올레 산드베르그 박사의 집무실에 다녀왔고, 나는 다시 건강해질 것이다. 아니, 나는 다시 건강해질 수 없을 것이다. 나는 보호사 허우게를 바라보았다. 나는 미친 사람이다. 나는 나를 바라보는 보호사 허우게를 바라보았다.

빨리 와요. 보호사 허우게가 말했다.

나는 보호사 허우게를 향해 발을 옮겼다. 나는 가우스타 정신 병원에서 도망칠 것이다. 오늘은 크리스마스이브. 나는 오늘 가우스타 정신 병원에서 도망칠 것이다. 화가가 가우스타 정신 병원에 입원한다는 건 말도 안 된다. 그림을 못 그리는 다른 화가들은 가우스타 정신 병원에 있어도 된다. 하지만 그림을 잘 그리는 화가는 가우스타 정신 병원에 있으면 안 된다. 나는 보호사 허우게가 몸을 돌려 걷는 것을 보았다. 나는 보호사 허우게의 뒤를 따라 복도를 걸었다. 내 여동생의 가슴은 매우 크다. 나는 내 여동생의 가슴을 본 적이 있다. 나는 가우스타 정신 병원에서 도망쳐야 한다. 나는 보호사 허우게의 뒤를 따라 걸었다. 나는 병원장 올레 산드베르그 박사의 집무실에 다녀왔고, 이제 보호사 허우게의 뒤를 따라 걷고 있다. 우리는 지하실로 내려갈 테고, 나는 그곳에서 작업복을 입고 장화를 신은 후 헬게와 다른 이들이 눈을 치우는 곳으로 갈 것이다. 나는 톨보드가타에 갈 것이다. 나는 가우스타 정신 병원에서 도망칠 것이다. 나는 내가 가우스타 정신 병원에 더 있어야 하는 이유를 알 수 없다. 나는 내 사랑 헬레네에게 가야 한다. 나는 내 사랑 헬레네가 나를 기다리고 있다는 걸 잘 안다. 내 사랑 헬레네는 톨보드가타에서 나를 기다리고 있다. 나는 내 사랑 헬레네에게 가야 한다. 나는 혼잣말로 당신에게 갈 거라고 중얼거렸다. 당신에게 꼭 갈 테니 기다려요. 내가 당신에게 가면 우리는 함께 어디론가 멀리 도망칠 거예요. 나는 보호사 허우게의 옆에서 나란히 걸었다.

내 사랑. 곧 당신에게 갈게요. 당신의 그림도 그려 줄게요.

이제 다른 사람들과 함께 눈을 치워요. 보호사 허우게가 말했다.

당신의 그림을 그리겠어요.

오늘은 크리스마스이브야. 보호사 허우게가 말했다.

나는 보호사 허우게의 곁에 서서 그와 나란히 복도를 걸었다.

나는 당신이 나를 기다리고 있다는 걸 잘 알아요.

오늘은 크리스마스이브이기 때문에 훌륭한 파티 음식을 먹을 수 있을 거야. 직위나 상태를 막론하고 누구나 좋은 음식을 먹을 수 있어.

보지, 보지.

오늘은 크리스마스야.

자지, 자지.

그만해.

자지, 보지. 빌어먹을 창녀들.

오늘은 크리스마스야, 헤르테르비그!

네, 크리스마스예요.

빠구리. 내가 말했다.

최근에 유난히 눈이 많이 내렸어. 눈을 치워야 해. 보호사 허우게가 말했다.

당신은 갈매기를 좋아하나요? 내가 말했다.

갈매기?

네.

아니, 별로.

난 갈매기를 좋아해요.

헤르테르비그, 자네는 강과 바다에 관해 아는 게 많지만, 난 그렇지 않아.

맞아요, 나는 강과 바다에 관해 많이 알아요.

자네는 바다에서 배를 탄 적도 있지만, 난 한 번도 없어.

맞아요.

나는 보호사 허우게와 나란히 복도를 걸었다.

난 갈매기를 좋아한다고 말할 수 없어. 보호사 허우게가 말했다.

난 밤이 되면 자주 갈매기 생각을 해요.

좋은 일이야.

나는 고개를 끄덕였다.

계속 갈매기 생각을 하는 게 좋을 것 같군.

맞아요. 나는 계속 갈매기 생각을 해야 해요. 갈매기들은 매우 예뻐요. 난 갈매기들이 좋아요. 하지만 가우스타 정신병원에선 갈매기는커녕 눈밖에 볼 수 없어요. 강도 볼 수 없고, 바다도 볼 수 없어요. 눈에 보이는 게 별로 없어요. 온통 미친 사람들뿐이죠. 미친 여자들. 가우스타 정신 병원에는 미친 여자들로 가득해요. 창녀 같은 여자들. 당신이 감시해야 하는 건 내가 아니라 바로 그들의 커다란 가슴이라고요. 나 같은 뱀장어는 신경 쓸 필요도 없어요. 내 말이 맞죠?

맞아, 그렇겠지. 보호사 허우게가 말했다.

뱀장어는 그물을 쳐서 잡을 수 있어요. 그건 알고 있었나요?

어디서 들은 적이 있긴 해.

독일에서는 뱀장어를 먹어요. 알고 있었나요? 당신은 뱀장어를 먹어 본 적이 있나요?

나는 보호사 허우게에게 곁눈질을 했다. 그가 고개를 저었다.

단 한 번도? 내가 물었다.

뱀장어는 줘도 못 먹을 것 같아.

나는 보호사 허우게와 나란히 복도를 걸었다.

뱀장어를 본 적은 있나요?

나는 보호사 허우게가 고개를 절레절레 젓는 걸 보았다.

단 한 번도 본 적이 없나요?

없는 것 같아.

뱀장어를 봤어야 하는데. 당신은 뱀이 똬리를 틀 수 있다는 것도 아는 사람이니까요.

응.

뱀장어는 뱀과 비슷해요.

난 뱀도 본 적이 없어.

지렁이는요?

지렁이는 본 적이 있지.

지렁이나 뱀이나 다 비슷비슷해요. 지렁이를 봤으면 뱀을 본 것이나 마찬가지랍니다.

헤르테르비그, 자네는 아는 것도 많군. 난 많이 배운 사람이 아니야.

나는 고개를 절레절레 젓는 보호사 허우게와 나란히 복도를 걸었다.

당신은 뱀을 본 적이 있어요.

그렇다고 말할 수도 있겠지.

그럼요. 그러니까 이젠 당신 아내에게 이야기해 줘도 돼요. 뱀이 똬리를 틀 수 있다고 그녀에게 이야기해 주세요.

알았어. 그건 그렇고, 이제 밖으로 나가서 다른 사람들과 함께 눈을 치우게. 뱀이 똬리를 틀든 말든.

보호사 허우게와 나는 함께 지하실로 향하는 계단을 내려갔다.

당신은 여자들이 당신에게 눈독을 들이고 있다는 것을 알고 있나요?

자네는 그렇게 생각하나?

그들은 뭐든지 빠는 걸 좋아해요.

빤다고?

네.

알았어, 알았으니까 이제 그만해.

보호사 허우게와 나는 함께 지하실로 향하는 계단을 내려갔다.

자, 이제 옷을 갈아입어. 보호사 허우게가 말했다.

나는 고개를 끄덕였다. 이제 나는 가우스타 정신 병원에서 도망쳐야 한다. 나는 가우스타 정신 병원에 더 머물 수 없다. 이곳에 더 머물면 나는 건강을 되찾지 못할 것이다. 빌어먹을 창녀들과 그림을 못 그리는 화가들이 나를 계속 괴롭힐 테니까. 나는 발을 멈추고 보호사 허우게가 앞으로 걸어가는 모습을 바라보았다. 나는 더 견딜 수 없었다. 나는 다시 건강해지지 못할 것이다. 나는 다시 화가가 될 수 없을 것이다. 헬레네는 나를 떠났다. 조금 전만 하더라도 나와 함께 있던 그녀는 내게 아무 말도 하지 않고 어디론가 사라졌다. 이제 나는 가우스타 정신 병원에 다시 홀로 남게 되었다. 헬레네는 어디선가 남자들과 그 짓을 하고 있을 것이다. 그녀는 크고 푸른 눈동자로 남자들을 바라볼 것이다. 그녀는 입을 살짝 벌린 채 남자들을 바라볼 것이다. 그녀는 가슴 윤곽이 드러날 정도로 몸에 꽉 끼는 하얀 드레스를 입고 남자들 앞에 서 있을 것이다. 헬레네가 몸을 돌리면 그녀의 하얀 드레스가 어깨와 엉덩이를 거쳐 흘러내릴 것이다. 헬레네는 남자들 앞에 등을 돌린 채 서 있을 것이다. 헬레네는 다시 몸을 돌려 남자들을 바라볼 것이다. 헬레네는 남자들에게 미소를 지을 것이다. 헬레네는 내게서 떠났다. 나는 헬레네가 왜 나를 떠났는지 모른다. 나는 헬레네가 지금 어디 있는지 모른다. 조금 전만 하더라도 헬레네는 지하실에 있었다. 헬레네는 남자들 앞에 서서 그들을 바라보고 있다. 헬레네는 빌어먹을 매춘부다. 헬레네는 어디로 갔을까? 헬레네는 나의 연인이 아니었던가? 도대체 헬레네는 어디로 간 것일까?

얼른 따라와. 보호사 허우게가 말했다.

나는 저 앞에서 발을 멈추고 나를 돌아보는 보호사 허우게를 바라보았다. 헬레네는 어디 있을까? 헬레네는 왜 내게서 떠났을까? 저기 서서 나를 기다리는 사람은 보호사 허우게뿐일까? 헬레네는 왜 남자들 앞에서 젖은 입술을 벌리고 미소를 짓는 것일까?

헤르테르비그! 빨리 와!

헬레네, 당신은 지금 어디 있나요?

헤르테르비그! 어서 오라니까!

보호사 허우게가 단호하게 소리쳤다. 나는 이제 가야 한다. 나는 가만히 서 있을 수 없다. 나는 가우스타 정신 병원에서 도망쳐야 한다. 나는 발을 옮기기 시작했다. 나는 탈의실로 들어가는 보호사 허우게의 뒤를 따랐다. 나는 내 장화와 작업복 옆에 서 있는 보호사 허우게를 바라보았다. 나는 이제 눈을 치워야 한다. 보호사 허우게는 내가 작업복을 입고 장화를 신은 후 밖으로 나가 다른 이들과 함께 눈을 치우기를 원한다. 나는 한시라도 빨리 이곳 가우스타 정신 병원에서 도망쳐야 한다. 나는 헬레네에게 가야 한다. 내 사랑 헬레네, 곧 당신에게 갈게요.

나를 기다려 주기만 한다면 꼭 당신에게 갈게요.

얼른 작업복을 입어. 보호사 허우게가 말했다.

왜? 왜 이래야 하나요? 왜, 헬레네? 왜?

서둘러. 보호사 허우게가 말했다.

나는 고개를 끄덕였다. 보호사 허우게는 내게 작업복을 입으라고 말했다. 나는 보호사 허우게가 시키는 대로 해야 한다. 그러지 않으면 나는 다시 건강해질 수 없을 것이다. 다시 건강해지고 싶다면 나는 보호사 허우게가 시키는 대로 해야 한다. 산드베르그 박사가 그렇게 말했기 때문이다. 나는 보호사 허우게가 시키는 대로 해야 한다.

얼른 옷을 입어. 지금 당장! 보호사 허우게가 말했다.

헬레네. 헬레네는 그녀의 삼촌에게 몸을 기대고 있다. 그녀의 삼촌은 그녀의 어깨에 팔을 두르고 있다. 그는 크고 통통한 손으로 그녀의 가슴을 쓰다듬는다. 빙켈만 씨는 내 사랑 헬레네의 가슴을 만지고 있다. 헬레네는 빙켈만 씨의 둥그렇고 거뭇거뭇한 얼굴을 쳐다보며 환한 미소를 짓는다. 그가 그녀의 한쪽 손을 잡고 자신의 바지 위에 얹는다. 바지 앞섶에 그녀의 손을 올려놓은 그는 만족한 표정을 짓는다. 헬레네는 빙켈만 씨의 바지 앞섶에 손을 올려놓았다. 나는 빙켈만 씨의 신음을 듣고 있다. 아, 당신, 내 사랑 헬레네, 당신은 그러면 안 돼요. 안 돼요.

헤르테르비그, 얼른 와. 보호사 허우게가 말했다.

그녀는 매춘부예요.

이제 일을 해야 돼.

네, 네.

나는 내 작업복과 장화 옆에 서서 기다리는 보호사 허우게를 보았다. 나는 당신을 다시 만나게 되면 절대 부드럽고 상냥한 남자가 되지 않을 것이다. 당신은 독일 매춘부니까. 당신은 내 손에서 쉽게 벗어나지 못할 것이다. 절대.

화장실에 다녀올게요.

서둘러. 보호사 허우게가 말했다.

나는 문을 열고 화장실 안으로 들어갔다. 나는 화장실에 가고 싶은 마음이 없었다. 그런데 나는 왜 화장실에 가야 한다고 말했을까? 나는 화장실에 들어가서 문고리를 걸었다. 가우스타 정신 병원의 화장실은 깨끗하고 훌륭하다. 심지어는 수돗물도 나온다. 나는 가우스타 정신 병원의 화장실처럼 훌륭한 화장실을 본 적이 없다. 헬레네는 지금 남자들 앞에 서서 미소를 짓고 있다. 헬레네는 왜 내게서 떠났을까? 나는 내가 화가가 될 수 없는 이유를 이해할 수 없다. 산드베르그 박사는 내가 자위행위를 했기 때문에 화가가 될 수 없다고 말했다. 나는 왜 화가가 될 수 없을까? 나는 왜 화장실에 와야 했을까? 두 다리 사이에 손을 넣고 자위행위를 했기 때문에 정말 내가 미쳐 버린 것은 아닐까? 나는 바지 단추를 열었다. 나는 바지를 내리고 속옷을 내렸다. 나는 두 다리 사이를 내려다보았다. 나의 그것은 꽤 크고 넓적하다. 나는 살짝 옆으로 비틀어진 채 축 늘어져 있는 나의 그것을 내려다보았다. 나의 그것은 조금씩 단단해지기 시작했다. 나는 두 다리 사이에 손을 집어넣었기 때문에 화가가 될 수 없는 화가 라스 헤르테르비그. 어차피 화가가 될 수 없다면 얼마든지 두 다리 사이에 손을 넣고 자위행위를 해도 될 것이 아닌가? 나는 두 다리 사이의 그것에 손을 대야 한다. 나는 그것을 손으로 감싸 쥐었다. 그것은 내 손가락 사이에서 점점 커지기 시작했다. 나는 벽을 바라보았다. 나는 두 다리를 쫙 벌리고 그것의 외피를 아래로 잡아당겼다. 나는 그것을 감싸 쥔 손을 아래위로 재빨리 움직였다 빌어먹을 창녀 같으니. 자신의 삼촌과 함께 서 있는 빌어먹을 매춘부. 그의 앞에 무릎을 꿇고 앉아 그의 그것을 혀로 핥는 매춘부. 빌어먹을 창녀. 그녀는 왜 내게 왔다가 다시 떠났을까? 나는 두 다리 사이의 그것을 감싸 쥔 손을 아래위로 재빨리 움직였다. 나의 그것은 점점 길고 단단해졌다. 나는 어차피 화가가 될 수 없는 사람. 그러니 얼마든지 두 다리 사이에 손을 집어넣어도 된다. 나는 어차피 화가가 될 수 없을 테니까. 나는 단단하게 변한 그것을 감싸 쥐고 아래위로 재빨리 움직였다. 보지와 자지. 가슴. 자지와 보지. 모든 여자들은 매춘부다. 나는 모든 여자들이 창녀라는 사실을 잘 안다. 나는 나의 그것을 감싸 쥔 손을 아래위로 재빨리 움직였다. 나는 그것을 감싸 쥔 손에 힘을 주고 더 빨리 움직였다. 나는 두 다리 사이에 손을 집어넣고 자위행위를 하고 있다. 나는 더 이상 갈매기를 보거나 갈매기의 울음소리를 듣고 싶지 않다. 갈매기는 필요 없다. 나는 갈매기가 존재하는지조차 모른다. 나는 갈매기를 보기 싫다. 나는 그것을 감싸 쥔 손을 더욱 빨리 움직였다. 문밖에서 얼른 나오라고 소리치는 보호사 허우게의 목소리가 들렸다. 보호사 허우게는 내가 두 다리 사이에 손을 집어넣고 자위행위를 하는 동안 문밖에서 기다리고 있다. 산드베르그 박사가 말했듯 보호사 허우게는 문밖에서 기다리면 된다. 나는 눈을 치우기 싫다. 나는 화가다. 나는 갈매기도 보고 싶지 않다. 나는 그것을 감싸 쥔 손을 더욱 빨리 움직였다. 나는 눈을 치우기 싫다. 나는 화가다. 나는 눈을 치우는 사람이 아니다.

헤르테르비그! 보호사 허우게가 소리쳤다.

나의 그것은 길고 단단해졌다. 나는 그것을 감싸 쥔 손을 더욱 빨리 움직였다. 나는 갈매기를 더 보고 싶지 않다.

얼른 나와, 헤르테르비그!

나는 그것을 감싸 쥔 손을 아래위로 움직였다.

당장 나오지 않으면 내가 들어갈 테니 그리 알아. 보호사 허우게가 말했다.

들어오려면 들어오라지. 그는 이미 나의 그것을 보지 않았던가. 그는 내가 자위행위를 하는 것도 이미 본 적이 있다. 나는 더 견딜 수 없다. 오늘은 크리스마스이브. 나는 가우스타 정신 병원에서 도망칠 것이다. 만약 가우스타 정신 병원에서 도망치지 않는다면 나는 다시 화가가 될 수 없을 것이다. 화가가 되지 못하면 나는 그림을 그릴 수 없음을 잘 안다. 나는 이곳에서 나가야 한다. 나는 그것을 감싸 쥔 손을 아래위로 움직였다. 빌어먹을 갈매기들. 빌어먹을 창녀들. 그녀는 자신의 삼촌 앞에 무릎을 꿇고 앉아 그의 그것을 자신의 입속에 넣는다. 나는 이곳에서 도망쳐야 한다.

얼른 나와!

나는 벽을 바라보며 두 다리를 쩍 벌리고 서 있다. 나는 보호사 허우게가 문을 두드리는 소리를 들었다. 나는 그것에서 손을 떼고 바지를 올렸다. 나는 덜컹거리며 조금 열린 문 사이로 보호사 허우게가 손을 집어넣어 문고리를 올리는 모습을 보았다. 나는 문이 안쪽으로 열리는 것을 보았다. 나는 화장실 안에 서 있는 나를 쳐다보는 보호사 허우게를 바라보았다.

세상에, 이럴 수가. 자네가 또 이런 짓을 하리라곤 생각도 못 했어.

나는 보호사 허우게를 바라보았다.

산드베르그 박사에게 지금 당장 보고해야겠어.

나는 고개를 숙였다.

얼른 단추를 채워.

나는 바지를 올리고 바닥을 내려다보았다.

세상에!

뱀은 똬리를 틀어요. 내가 말했다.

난 지금 당장 산드베르그 박사에게 보고해야 해. 자네는 지하실에서 기다려. 알았나?

나는 고개를 끄덕였다.

당장 단추를 채워!

나는 바지의 단추를 채웠다.

얼른 나와.

나는 화장실을 나섰다. 보호사 허우게는 화장실 문을 닫았다. 나는 보호사 허우게가 산드베르그 박사에게 보고할 것이며 내게 지하실에서 기다리라고 말하는 소리를 들었다. 나는 고개를 끄덕이며 지하실 계단을 오르는 보호사 허우게를 바라보았다. 나는 당장 가우스타 정신 병원에서 도망쳐야 한다. 나는 그림을 그릴 수 없다. 가우스타 정신 병원에는 그림을 못 그리는 화가들로 가득하다. 나는 가우스타 정신 병원에 머무를 수 없다. 나는 이곳에서 나가야 한다. 지금 당장. 나는 지하실 문을 향해 발을 옮겼다. 나는 밖을 내다보았다. 밖에는 다시 눈이 내리기 시작했다. 나는 헬게와 다른 이들이 눈을 치우기 위해 오솔길 아래쪽에 서 있는 모습을 보았다. 나는 그들의 등을 보았다. 나는 그들의 삽이 아래위로 움직이는 것을 보았다. 나는 밖으로 나갔다. 눈이 내렸다. 나는 나의 푸른색 옷 위에 내려앉는 하얀 눈송이를 바라보았다. 서둘러야 한다. 나는 더 이상 가우스타 정신 병원에 머무를 수 없다. 나는 내 사랑 헬레네를 찾아야 한다. 저 아래쪽, 오솔길 아래쪽에 서 있는 사람은 헬레네 아닌가? 그녀의 하얀 드레스 아닌가? 그녀의 푸른 눈동자, 하늘을 가득 채우는 그녀의 푸른 눈동자. 구름이 떠 있는 하늘은 헬레네의 눈동자와 닮았다. 나는 오솔길 아래쪽으로 발을 옮겼다. 나는 가볍게 보슬보슬 내리는 하얀 눈송이 사이를 걸었다. 하얀 눈송이들이 내 옷에 내려앉았다. 나는 삽을 들고 구부정하게 서 있는 헬게를 보았다. 나는 내게 어디로 가느냐고 소리치는 헬게의 목소리를 들었다. 나는 목청껏 그와는 상관없는 일이라고 소리쳤다. 나는 오솔길 아래쪽으로 내려갔다. 나는 눈처럼 하얀 드레스를 입고 서 있는 헬레네를 보았다. 그녀의 아름다운 눈은 구름이 떠 있는 하늘을 닮았다. 나는 그녀의 눈을 자주 그렸다. 나는 구름이 떠 있는 하늘을 자주 그렸다. 빛을 머금은 하늘. 구름이 떠 있는 하늘. 나는 그녀의 그림을 그릴 것이다. 빛 속에서. 구름이 떠 있는 하늘 속에서.

빌어먹을 얼간이! 누군가가 소리쳤다.

죽어 버려! 또 다른 누군가가 소리쳤다.

눈덩이가 내 뒷덜미를 후려쳤다.

죽어 버려!

나는 오솔길을 내려갔다. 그들이 눈덩이를 던지든 말든 상관없었다. 나는 가우스타 정신 병원에서 도망칠 것이다. 나는 내 사랑 헬레네에게 다가갔다. 나는 내게 죽어 버리라고 소리치는 헬게의 목소리를 들었다. 나는 오솔길 아래쪽으로 걸어갔다. 나는 이제 가우스타 정신 병원에서 도망칠 것이고, 화가가 될 것이다. 누군가가 내게 죽어 버리라고 소리쳤다. 나는 오솔길 아래쪽으로 발을 옮겼다. 나는 오늘 가우스타 정신 병원에서 도망칠 것이고, 그림을 그릴 것이다.

1991년 늦가을 저녁, 오사네: 비드메가 어둠 속의 비바람을 헤치며 걷고 있다. 그는 삼십 대 중반의 작가. 낡은 코트를 걸친 그가 길을 걷고 있다. 그는 검은색 우산을 들고 회색 코트를 입고 있기에 어둠 속에서 내리는 빗속에서 자신을 알아보기란 쉽지 않으리라고 생각했다. 비드메는 비바람을 헤치며 구부정하게 몸을 숙인 채 걸었다. 비드메는 차도 반대편으로 비스듬히 고개를 돌린 채 걸었다. 차도에는 차들이 줄지어 달렸다. 비드메는 비록 차도 반대편으로 고개를 돌리고 있었지만, 아스팔트 위로 내리는 빗물에 반사되어 반짝이는 자동차들의 불빛을 볼 수 있었다. 비드메는 단도직입적으로 자신의 이름을 말하고 해야 할 일을 하면 된다고 생각하며 길을 걸었다. 그는 오랫동안 생각해 온 이 일을 더 미룰 수 없었다. 삼십 대 중반의 나이에 불과했지만 벌써 머리가 희끗희끗해진 비드메는 자신의 삶을 바칠 만큼 중요한 뭔가를 발견했다고 믿었다. 그는 작가로서 남은 생을 바칠 만큼 중요한 것을 깨달았다고 생각했기에 비바람을 헤치고 걸었다. 그는 수년간 작가로 살아오며 극히 소수의 사람들만 아는 매우 중요한 것을 배웠다고 생각했다. 비드메는 다른 이들이 보지 못했던 것을 보았다고 생각하며 비바람 속을 걸었다. 비드메는 자신의 일을 명확히 규정하고 그 정해진 한계 내에서 충분히 깊이 파고든다면 다른 이들이 보지 못하는 그 무언가를 볼 수 있다고 믿었다. 그가 지난 수년간 하루도 빠짐없이 글을 쓰며 깨달았던 것은 바로 그것이었다. 작가로 일을 해 오던 비드메는 어느 한순간 깨달음을 얻었고, 그로 인해 얻은 통찰력은 신성하기까지 했다. 하지만 비드메는 한순간의 깨달음, 신성한 통찰력이라는 표현을 결코 좋아할 수 없었다. 만약 그가 이런 표현에 거부감을 느끼지 않았다면, 그는 이 말도 안 되는 한 순간의 경험을 결코 거짓으로 치부할 수 없다고 명확히 말할 수도 있었을 것이다. 물론 이런 경험은 비드메를 비롯한 대부분의 사람들에게도 우스꽝스럽게 여겨질 것이다. 하지만 적당히 실패한 작가, 실제 나이보다 훨씬 늙어 보이는 작가 비드메가 이러한 표현을 사용한다면, 그는 이전에는 단 한 번도 글로 쓸 수 없었던 그 무엇, 신성하다고까지 할 수 있는 그 무엇을 무리 없이 글로 표현할 수 있을 터다. 바로 그 때문에 비드메는 지금 비바람 속에서 길을 걷고 있다. 비드메는 지금도 여전히 직접적으로 신을 언급하거나 신성하다는 표현을 사용하는 데 약간의 거부감을 느끼지만, 그보다 더 적합한 표현을 찾을 수 없었다. 비드메는 이른 저녁 시간 비바람 속을 걷고 있다. 비드메는 억수같이 내리는 비를 막기 위해 검은색 우산으로 얼굴을 가린 채 걷고 있다. 비드메는 오늘 결심을 했다. 먼저 그는 비드메라고 자신의 이름을 말할 것이다. 그리고 단도직입적으로 그가 생각했던 일을 할 것이다. 적당히 실패한 작가 비드메는 어둠 속에 내리는 비를 뚫고 베르겐의 오사네 거리를 걷고 있다. 바람의 방향이 바뀌면서 그의 우산이 뒤집혔다. 비드메는 우산을 바로잡으려 애썼다. 하지만 우산 살 하나가 부러지는 바람에 그의 노력은 물거품이 되었다. 비드메는 다시 우산을 바로잡으려 해 보았지만, 여전히 아무 소용이 없었다. 어쩔 수 없이 그는 세찬 비바람 속에서 한 손에 망가진 우산을 들고 발을 옮겼다. 비드메는 다른 한 손을 들어 이마 위에 흘러내리는 축축한 머리카락을 뒤로 쓸어 넘기고 젖은 얼굴을 닦았다. 비드메는 어둠 속에서 비를 맞으며 걸었다. 그는 이미 그날 오후에 결심을 했다. 이 일을 해내리라고. 그는 이미 확실하게 결심한 일을 앞두고 가만히 앉아 있을 수 없었다. 바로 그 때문에 비드메는 빗속으로 나와 걷기 시작했다. 그는 오늘 새로운 소설을 쓰기로 결심했지만 시작을 할 수가 없었다. 오늘 비드메는 화가 라스 헤르테르비그의 그림에 관한 소설을 쓰기로 우연찮게 마음먹었다. 오슬로 거리를 걷던 그는 세차게 내리는 비를 피해 국립 미술관으로 들어갔다. 오전의 오슬로 거리는 비에 젖어 있었고, 국립 미술관으로 들어간 비드메는 그림 한 점에 마음을 빼앗겼다. 비드메가 본 것은 화가 라스 헤르테르비그의 그림이었다. 작가 비드메는 「보르그외위섬」이라는 그림 앞에 한참을 서 있었다. 비 내리는 오전의 오슬로. 비드메는 화가 라스 헤르테르비그가 19세기 말에 그린 그림 한 점 앞에서 생의 가장 큰 경험을 했다. 적어도 그는 그렇게 생각했다. 인생 최대의 경험. 그는 그 순간의 경험을 표현하고 싶었지만, 눈물이 나고 행복하게 소름이 끼쳤다는 말밖에 할 수 없었다. 그는 사람들의 발소리를 들었다. 어쩌면 다른 사람들도 오슬로의 국립 미술관에 걸려 있는 라스 헤르테르비그의 그림, 비드메가 보는 순간 눈물이 왈칵 나올 만큼 감동적인 푸른 하늘을 담은 그림을 보고 싶어 하는지도 모른다. 그는 얼른 눈물을 훔쳤다. 그날 오전, 오슬로 거리를 걷던 비드메는 국립 미술관 안으로 들어가서 안내소에 가방을 맡기고 전시장을 둘러보았다. 그날 오전, 비드메에게 무슨 일이 일어났던 것만은 틀림없었다. 그는 자신에게 무슨 일이 있었는지 정확히 알 수 없었다. 하지만 비드메는 자신이 화가 라스 헤르테르비그와 먼 친척이기 때문에 헤르테르비그가 그린 그림 앞에 서게 되었고, 바로 그때 인생 최대의 경험이라 할 수 있는 일이 일어났다고 생각했다. 비드메는 솔직히 좀 웃기는 일이라고 생각했다. 너무나도 웃기는 일이었다. 그럼에도 작가 비드메는 화가 라스 헤르테르비그에 관한 글을 쓰겠다고 마음먹었다. 아니, 그것은 직접적으로 화가 라스 헤르테르비그에 관한 글은 아니지만, 어떤 면에서는 그에 관한 글이라 해도 좋을 것이다. 술이 덜 깬 상태로 흐린 늦가을 오전, 오슬로 거리를 걷던 적당히 실패한 작가 비드메는 국립 미술관 안으로 들어갔다. 그는 그곳에서 자신의 먼 친척인 화가 라스 헤르테르비그가 그린 그림을 보았다. 그러고는 라스 헤르테르비그에 관한, 아니, 그에 관한 글은 아니지만 한편으로는 그에 관한 글이 될 수도 있는 책을 쓰기로 마음먹었다. 그리고 오늘, 그는 일을 시작했다. 몇 시간이 지났건만 한 단어도 쓰지 못했던 작가 비드메는 책상에서 일어나 코트를 입고 비 내리는 거리로 나갔다. 그는 망가진 우산을 들고 걸으며 다시 한번 마음먹었다. 먼저 자신을 소개하고 단도직입적으로 마음에 두었던 일을 하리라고. 작가 비드메는 자신이 살고 있는 베르겐의 오사네 지역을 관장하는 사제를 만나러 가는 길이었다. 비드메는 사제와 대화를 하기 위해 어둠과 비를 헤치며 걸었다. 여성 사제. 그는 노르웨이 교회에 속한 여성 사제와 대화를 하기 위해 어둠 속의 빗길을 걸었다. 교회에 혐오감을 느껴 이미 열다섯 살 때 국교에서 탈퇴했던 작가 비드메는 지금 노르웨이 교회 소속의 사제를 만나러 가고 있다. 매우 우스꽝스러운 일이다. 작가 비드메는 무언가 신성한 경험을 했다고 믿었으나, 그 경험을 바탕으로 책을 쓰겠다는 의도는 우스꽝스럽다고 생각했다. 바로 그 때문에 작가 비드메는 오늘 노르웨이 교회의 사제를 만나러 가는 것이다. 작가 비드메는 비바람을 피해 구부정하게 몸을 앞으로 숙이고 얼굴을 옆으로 비스듬히 돌려 걷는 동안에도 확신할 수가 없었다. 작가 비드메는 회색 코트를 입고 망가진 검은색 우산을 한 손에 든 채 비바람을 헤치며 걸었다. 비드메는 노르웨이 교회의 사제를 만나러 가는 길이었다. 비드메는 대문을 두드리고 자신을 소개하고 계획했던 일을 할 것이다. 하지만 그는 집 안으로 들어가기 위해 사제의 허락을 얻어야 한다. 작가 비드메는 빗길을 걸었다. 그는 자신이 우스꽝스러운 사람이라고 생각했다. 비드메는 빗길을 걸으며 자신을 안정시킬 수 있는 게 거의 없다고 생각했다. 왜냐하면 그는 우스꽝스러운 사람이기 때문이다. 작가 비드메는 빗길을 걸었고, 그는 자신이 우스꽝스러운 사람이라고 생각했다. 그는 오늘, 매우 오래전부터 계획했던 새 소설을 쓰기로 마음먹었다. 그는 이 소설을 쓰기 위해 심지어 여기저기 여행도 다녀왔다. 이렇다 할 만한 여행은 아니었다. 비드메는 여행을 그리 좋아하지 않는 사람이다. 그에게 있어서 여행이란 거의 자멸과도 같은 것이었다. 비드메, 작가 비드메는 여행을 싫어했다. 하지만 그는 이번에 일과 관련한 길지 않은 여행을 다녀왔다. 그것은 그의 먼 친척인 화가 라스 헤르테르비그의 삶을 알아보기 위한 여행이었다. 작가 비드메는 튀스베르[18]에도 다녀왔다. 그는 화가 라스 헤르테르비그가 태어난 보르그외위섬을 보기 위해 튀스베르에 갔다. 그는 튀스베르 해안에 서서 저 멀리 보르그외위섬을 바라보았다. 비드메에겐 배를 타고 섬에 들어가는 일이 거의 불가능하게 여겨졌다. 그는 여러 척의 배가 정박해 있는 부둣가에 가만히 서 있었다. 사람이라곤 한 명도 보이지 않았다. 비드메는 한적한 부둣가에 서서, 먼 친척인 화가 라스 헤르테르비그가 태어나 유년기의 몇 년을 보낸 커다란 섬 보르그외위를 바라보았다. 작가 비드메는 어떻게 보르그외위까지 갈 수 있을지 알 수 없었다. 부둣가에는 사람이라

18) 노르웨이 북서부에 위치한 로갈란주의 지역구.

곤 한 명도 없었다. 그는 인내심을 가지고 기다렸다. 얼마나 지났을까, 저 멀리 사람 한 명이 보였다. 나이 지긋한 남자가 부둣가에서 그에게서 그리 멀지 않은 해안가를 거닐고 있었다. 하지만 비드메, 작가 비드메는 그와 대화를 나누고 싶지 않았다. 마음에 두었던 일을 낯선 사람에게 털어놓는다는 것이 너무나 어색하고 거북하게 여겨졌기 때문이다. 그는 마음속에 있는 이야기를 낯선 사람에게 말할 수는 없다고 생각했다. 그래서 나이 지긋한 낯선 남자는 비드메의 방해를 받지 않고 홀로 해안가를 산책할 수 있었다. 작가 비드메는 부둣가에 서서 자신의 삶을 바꿨던 그림을 그린 라스 헤르테르비그가 태어난 보르그외위섬을 바라보았다. 그는 보르그외위로 갈 방법이 없음을 잘 알았기에 보르그외위섬에서 태어난 한 사람이 그린 그림 속에 그 섬의 일부가 있으리라 생각하며 육지와 연결된 부둣가에 가만히 서서 저 멀리 자리한 섬을 바라보기만 했다. 마침내 보르그외위를 찾은 작가 비드메는 섬의 풍경에 그다지 큰 감명을 받지 않았다. 접근할 수 없는 보르그외위섬에 관해 특별히 찬사를 늘어놓을 이유도 없었다. 그는 부둣가에 서서 나이 지긋한 남자가 약 100미터, 어쩌면 200미터 떨어진 곳에서 산책하는 모습을 지켜보았다. 나이 지긋한 남자가 고개를 들었다. 비드메는 못 본 척 얼른 시선을 돌려 해안가의 조약돌을 내려다보았다. 잠시 후, 마음을 바꾼 비드메는 고개를 들고 자신을 향해 서 있긴 하지만 자신을 바라보진 않는 나이 지긋한 남자를 쳐다보았다. 비드메는 자신이 그곳에 서 있다는 사실을 낯선 남자가 아는지 확신할 수 없었다. 그는 백발이 희끗한 남자가 자신을 보지 못했다고 생각했다. 하지만 나이 지긋한 남자는 비드메가 서 있는 부둣가를 정면으로 바라보고 있었다. 그럼에도 그 남자는 그곳에 아무도 없는 듯 행동했다. 비드메는 보르그외위로 가지 않겠다고 결심했다. 왜냐하면 보르그외위는 잡초와 덤불, 자갈돌만 무성한 섬이었기 때문이다. 비드메는 그처럼 황량한 자연을 본 적이 없었다. 비드메는 집으로 돌아가리라 결심했다. 그는 자신이 여행과 인연이 없다고 생각했다. 자연도 마찬가지였다. 여행이나 자연은 그와는 상관없는 것이었다. 비드메는 부둣가를 벗어나기 위해 발을 옮기기 시작했다. 그는 등 뒤에서 들리는 발소리에 고개를 돌렸다. 나이 지긋한 남자가 서 있는 방향이었다. 하지만 그 남자는 제자리에 가만히 서서 오르막길을 오르는 비드메를 바라보기만 했다. 또 다른 남자가 목이 높은 장화를 신고 챙모자를 깊숙이 눌러쓴 채 비드메를 향해 언덕 위에서 내려오고 있었다. 비드메는 얼른 그곳을 벗어나야 한다고 생각했다. 어쩌면 그곳에 발을 들이는 일은 금지되어 있을지도 모른다. 어쩌면 그 부두는 목 높은 방수 장화를 신은 남자의 개인 소유지인지도 모른다. 비드메는 바닷가로 발을 돌렸다. 해안으로 내려온 남자는 날씨가 좋다며 이런 날은 배를 타고 바다에 나가야 한다고 말했다. 그 말을 들은 비드메는 남자가 자신만의 생각에 사로잡혀 다른 이들도 그 생각의 일부라고 믿는 종류의 사람이라고 짐작했다. 비드메는 그에게 화가 라스 헤르테르비그에 관해 물어보는 것도 나쁘지 않겠다고 생각했다. 어쨌거나 비드메가 무더운 여름 바닷가로 오게 된 까닭도 화가 라스 헤르테르비그 때문이니까.

혹시 라스 헤르테르비그를 아십니까?

아, 라스 헤르테르비그! 네, 잘 압니다. 미친 사람이었죠.

네.

비드메와 남자는 가만히 서서 잠시 머뭇거렸다.

혹시 그와 친척 사이인가요? 비드메는 말을 뱉자마자 그에게 심하게 모욕을 주었음을 깨달았다.

이런저런 면에서 따진다면 그렇다고 할 수 있죠.

비드메는 보르그외위에 아직 발을 들이지조차 않았는데 친척을 만날 수 있었다는 사실에 적잖이 놀랐다. 하지만 그는 남자에게 자신이 라스 헤르테르비그와 친척이라는 사실을 절대 말하지 않겠다고 마음먹었다. 만약 그랬다가는 총각 같아 보이는 남자의 손에 이끌려 그의 집을 방문하게 될지도 모르고, 그러면 그의 나이 많은 어머니와 인사를 나누고 커피까지 마시며 대화를 나누는 일이 생길지도 모른다고 생각했기 때문이다. 어쩌면 그의 어머니는 오늘 케이크를 구워 놓았을지도 모른다. 비드메는 케이크를 먹고 싶은 생각이 없었다. 노부인은 커피와 케이크를 앞에 놓고 미쳐 버렸던 라스 헤르테르비그의 이야기로 시간 가는 줄 모를 것이다. 비드메는 그것만은 피하고 싶었다.

라스 헤르테르비그…….

그는 보르그외위에서 태어났다고 하던데요. 비드메가 말했다.

맞아요, 저도 거기서 태어났어요.

당신도요? 비드메가 되물었다.

하지만 우리 가족은 내가 어렸을 때 육지로 이사했어요.

그렇군요.

비드메는 바다로 나갈지 묻는 한 남자의 목소리를 들었다. 비드메가 고개를 돌리니 조금 전 보았던 나이 많은 남자가 다가와서 비드메와 목 높은 방수 장화를 신고 서 있는 남자를 쳐다보고 있었다. 나이 많은 남자는 오늘은 날씨가 좋아서 고기가 많이 잡히리라고 말했다.

올라브, 안녕하세요. 목 높은 방수 장화를 신은 남자가 말했다.

난 고기를 신물이 날 정도로 많이 잡았지. 올라브라고 불리던 나이 많은 남자가 말했다.

저는 가끔 바다에 나가서 고기를 잡아요. 오늘처럼 날씨가 화창하고 무더운 날에는 무조건 바다에 나가야 해요. 낚시를 하든 안 하든. 목 높은 방수 장화를 신은 남자가 비드메를 돌아보며 말했다.

비드메는 고개를 끄덕였다. 남자는 대화가 즐거웠다고 말했고, 비드메도 마찬가지라고 대답했다. 남자는 부착 엔진이 달린 작은 배에 올라타고 정박 밧줄을 푼 뒤 배를 뭍에서 밀었다. 비드메는 배에 오른 그가 부착 엔진을 내리고 시동을 거는 모습을 보았다. 엔진 소리가 요란하게 나자 작은 배는 부두에서 멀어졌다. 비드메는 저 멀리 자리한 보르그외위섬을 바라보았다. 비드메는 덤불과 바위와 자갈로 뒤덮인 경사지, 그리고 보르그외위로 향하는 작은 배를 보았다.

저 청년은 오늘 고기를 한 마리도 못 잡을 거요.

비드메는 소리 나는 쪽으로 몸을 돌렸다. 해변 아래쪽에 나이 많은 남자가 서서 비드메를 쳐다보고 있었다.

날씨가 너무 더워서 고기가 안 잡힐 거요. 남자가 말했다.

비드메는 고개를 끄덕였다.

이런 날씨엔 재미로 낚시를 하는 수밖에.

비드메는 다시 고개를 끄덕이며 나이 많은 남자에게 라스 헤르테르비그에 관해 물어볼까 생각했다. 그도 보르그외위를 바라보고 있었으니까.

라스 헤르테르비그. 비드메가 말문을 열었다.

미쳐 버린 사람이지. 남자가 말했다.

비드메는 고개를 끄덕였다.

난 그 사람과 친척이라오. 나이 많은 남자가 말했다.

비드메는 나이 많은 남자를 바라보며 이제 가 봐야겠다고 말한 뒤 발을 옮겼다. 작가 비드메는 어둠이 짙은 빗길을 걸으며 그날 시작하기로 마음먹었던 소설을 떠올렸다. 그는 라스 헤르테르비그가 그린 구름 뒤에 숨어 있는 인간의 비밀스러운 본성을 예술의 형태로 표현하고 싶다고 생각하며, 노르웨이 교회의 사제와 만나기 위해 어둠 속의 빗길을 걸었다. 그의 머리 위로 빗물이 떨어졌고, 그의 코트는 비에 젖어 묵직해졌다. 고개를 비스듬히 돌리고 앞으로 구부정하게 몸을 숙여 비와 바람 속을 걷던 비드메는 마음먹었던 일을 해낼 수 있을지 확신이 없었다. 당장이라도 발걸음을 돌리고 싶었다. 비드메는 빗속을 걸었다. 비드메는 집으로 돌아가서 소설 쓰는 일을 계속해야 한다고 생각했다. 그는 이 어두운 빗길을 처음부터 걷지 말았어야 했다. 작가 비드메는 차라리 그 시간에 무언가 다른 것을 했었어야 한다고 생각하며 집으로 돌아가려 했다. 망가진 우산을 들고 이 어둠과 이 비를 헤치며 걷고 싶진 않았다. 비드메는 다시 집으로 돌아가서 젖은 옷을 벗어 던지고, 젖은 머리를 말린 후 다시 글을 쓰고 싶었다. 하지만 비드메는 계속 앞으로 발을 옮겼다. 비에 젖어 묵직해진 낡은 코트를 입은 비드메는 어느 낯선 집의 대문 앞에 이르렀다. 그의 희끗희끗한 머리가 비에 젖어 이마 위로 흘러내렸다. 비드메는 손을 올려 젖은 머리를 쓸어 넘기고 코트에 손을 닦았다. 생각보다 쉬운 일이 아니었다. 왜냐하면 코트는 비에 젖은 머리만큼이나 축축했기에 손을 닦아도 소용이 없었기 때문이다. 비드메는 초인종을 누르고 노르웨이 교회의 여성 사제와 악수를 할 수 없으리라 생각했다. 하지만 그 일 외엔 특별히 할 일이 없었다. 게다가 그의 모습은 비에 젖어 우스꽝스럽기까지 했다. 비드메는 망가진 우산을 길가의 휴지통에 버리기로 마음먹었다. 그나마 다행이라고 생각했다. 그는 망가진 우산이 휴지통에서 자리를 크게 차지하지 않도록 애썼다. 그는 휴지통 안에 우산을 넣고 힘을 주어 꾹꾹 눌렀으나 우산은 휴지통을 꽉 채웠다. 그는 우산을 꺼내 살을 부러뜨리고 다시 휴지통 안에 넣은 뒤 밑으로 꾹꾹 눌렀지만, 우산은 저절로 펴지더니 휴지통을 다시 꽉 채웠다. 비드메는 포기했다. 그는 주위를 둘러보았다. 아무도 보이지 않았다. 그는 울타리 문을 열고 대문 앞으로 다가갔다. 계단을 오르던 비드메는 자신이 사람들의 눈에 띌까 두려워했던 이유가 자신이 버린 우산 때문에 노르웨이 교회의 사제가 사는 집 앞의 휴지통이 넘쳐흘렀기 때문이 아님을 깨달았다. 그가 두려워했던 것은, 작가 비드메라는 사람이 노르웨이 교회의 사제, 그것도 여성 사제를 만나러 가는 모습을 사람들에게 들키는 일이었다. 그것은 매우 거북한 일이었다. 그는 노르웨이 교회의 여성 사제 이름이 마리아라는 점을 떠올렸다. 그것쯤은 기억할 수 있었다. 게다가 그는 이미 노르웨이 교회의 여성 사제 이름을 메모지에 적어 두기까지 했다. 그는 그 거리에는 같은 이름을 지닌 사람이 여러 명 살고 있으리라고 짐작했다. 비드메는 바지 주머니에 있던 메모지를 꺼내기 위해 코트 앞자락을 열고 손을 바지 주머니 속에 넣었다. 그는 메모지에 적힌 아름다운 이름을 보았다. 마리아. 그녀는 바로 비드메가 만날 노르웨이 교회의 여성 사제였다. 비드메는 메모지를 다시 바지 주머니 속에 넣었다. 그는 희끗희끗한 머리를 세차게 흔들었다. 그는 두 손으로 젖은 머리를 빗어 넘기고, 코트를 여민 후 단추를 잠갔다. 그는 비록 물에 빠진 생쥐처럼 흠뻑 젖어 볼품이 없을지라도 최소한의 외양은 유지해야 한다고 생각했다. 비드메는 계단을 올랐다. 그는 1층에 자리한 두 개의 대문을 재빨리 지나쳤다. 그가 찾는 이름은 마리아였고, 1층에는 마리아라고 적힌 문패가 보이지 않았다. 그는 한 층 더 올라갔다. 바로 거기. 대문 앞 문패에 아름다운 이름 마리아가 적혀 있었다. 비드메는 발을 멈추었다. 비드메는 대문을 바라보았다. 작은 청동 문패에는 마리아라는 글자가 대문자로 인쇄되어 있었고, 문패 위에는 작은 보안창이 있었다. 그것을 본 비드메는 대문 앞에 오래 서 있으면 안 된다고 생각했다. 그는 초인종을 누르거나 얼른 왔던 길로 되돌아가거나 둘 중 하나를 선택해야 한다고 생각했다. 하지만 그는 이미 그가 사는 베르겐의 오사네 지역, 그곳에 사는 노르웨이 교회 사제에게 이미 전화를 한 뒤였다. 그는 전화번호부를 펼쳐 노르웨이 교회를 찾았고, 그가 사는 지역 베르겐, 오사네를 교구로 둔 한 남성 사제의 전화번호를 알아내서 전화를 걸었다. 전화를 받은 사람은 여자였다. 비드메는 전화를 받은 사람이 어린 소녀라고 생각했기에 아버지를 바꿔 달라고 했다.

아버지요?

네, 사제님 말입니다.

제가 사제입니다만.

하지만…….

아버지는 휴가 중이세요.

아, 그렇군요.

그녀는 너무나 젊고 아름다운 목소리로 무슨 일이냐고 물었고, 작가 비드메는 머뭇거리다가 한 마디도 입 밖에 내지 못했다. 한참 후, 그는 사제와 이야기를 나누고 싶어서 전화를 했다고 겨우 말할 수 있었다. 젊고 아름다운 목소리는 그날 저녁 자신을 찾아오라고 말했다. 그녀는 젊고 아름다운 목소리로 무슨 일인지는 모르겠지만 일단 그날 저녁 만나서 이야기를 하자고 했고, 비드메는 그렇게 하자면서 고맙다는 말로 전화를 끊었다. 비드메는 지금 젊은 여성 사제 마리아의 집 앞에서서 초인종을 누를지 말지 주저하고 있다. 비드메는 결심했다. 그는 여성 사제 마리아의 집 초인종을 짧게 한 번 눌렀다. 초인종을 누른 비드메는 벽에 기대서서 노르웨이 교회의 젊은 여성 사제 집 앞 도어 매트를 내려다보았다. 대문이 열렸다. 비드메는 갈색 실내화 속에 자리한 맨발, 연하늘색 청바지, 흰색 티셔츠 속에 자리한 두 개의 큼직한 가슴, 귀밑으로 흘러내린 잔머리와 금색의 곱슬머리, 그리고 둥그런 두 개의 눈동자와 커다란 이마를 보았다. 그리고 비드메는 문틀에서 확실히 사람 냄새가 나는 현관 안쪽의 집을 향해 자연스럽게, 일종의 인간적 각도로 휘어진 팔의 다소 하얀 피부를 보았다. 비드메는 다시 둥그런 눈으로 시선을 돌리고 고개를 끄덕였다.

네. 열린 문을 잡고 서 있던 여인이 말했다.

네, 안녕하세요.

네, 안녕하세요. 목소리가 말했다.

네, 안녕하세요. 비드메는 같은 말을 되풀이했다.

제게 전화하셨던 분인가요?

비드메는 문을 잡고 서 있는 사람을 향해 고개를 끄덕였다.

어서 들어오세요.

비드메는 다시 고개를 끄덕였다. 비드메는 자신의 앞에 서 있는 사람을 쳐다보았다. 그녀는 열린 문 뒤에 거의 몸을 숨기다시피 서 있었다. 비드메는 현관 안쪽을 들여다보았다. 평범한 복도, 평범한 집. 그것은 작가 비드메가 사는 베르겐의 오사네에 있는 다른 평범한 집, 다른 평범한 복도와 다를 바 없었다. 비드메가 본 것은 평범한 집 안의 복도였다. 그럼에도 복도에 서 있던 그는 자신을 덮치는 압도적인 거부감과 절망감을 느꼈다. 마치 금방이라도 자신을 파멸시키려는 그 무엇과 마주하게 되리라는 생각, 따뜻한 커피 향과 뜨갯거리와 맞닥뜨릴 거라는 생각을 지울 수가 없었다. 자신이 사는 베르겐의 오사네 지역에 자리한 한 평범한 집 안의 평범한 복도에 서 있던 비드메는 말로 설명할 수 없는 거북함을 느꼈다. 그는 마리아라고 불리는 여인을 정면으로 바라보았다. 그녀는 옷걸이를 손에 들고 그의 앞에 서 있었다. 비드메의 손이 떨리기 시작했다. 그는 떨리는 손으로 코트의 단추를 풀고 코트를 벗은 뒤 그녀에게서 건네받은 옷걸이에 코트를 걸었다. 그는 자신의 앞에 서서 곧 옷걸이를 받아 들 여인을 바라보았다. 그녀는 옷걸이를 건조실에 걸어 둘 것이고, 그러면 그의 코트는 금방 마를 것이다. 그는 그녀에게 코트를 건 옷걸이를 건네주고 허리를 숙여 신발끈을 풀기 시작했다. 그의 신발은 흠뻑 젖어 있었다. 축축하게 젖은 신발끈을 풀기란 쉽지 않았다. 마침내 그가 신발끈을 다 풀고 신발을 벗었다. 그는 한쪽 신발의 밑창이 거의 다 떨어져 너덜너덜해진 꼴을 보았다. 그는 자신의 곁에 서 있는 여인을 쳐다보았다. 그녀는 그의 신발도 건조실에 넣어두면 곧 마를 것이라고 말했다. 비드메는 신발이 너무나 흠뻑 젖은 까닭에 마를 때까지 한참을 기다려야 하리라 생각하며 그녀의 제안을 정중히 거절하려 했으나, 그녀는 그의 말을 기다리지도 않고 그의 신발을 집어 들었다. 비드메는 거실로 향하는 복도를 걷기 시작했다. 뒤를 돌아본 그는 자신의 축축한 양말이 바닥에 젖은 자국을 만들어 내는 광경을 보았다. 비드메는 비 오는 날 장화가 아닌 평범한 신발을 신고 나왔음을 후회했다. 게다가 그는 누군가를 방문할 목적으로 집을 나서지 않았던가. 비드메는 노르웨이 교회의 사제, 마리아라는 아름다운 이름의 여인의 집 안으로 들어갈 수 없다고 생각했다. 맨발에 갈색 실내화를 신고, 연하늘색 청바지를 입고, 커다란 가슴을 하얀 티셔츠로 가린 여인, 금색의 곱슬머리를 지닌 마리아는 그의 앞에 서 있었다. 마리아는 복도에 서서 그의 이름이 무엇인지 다시 물었다. 그는 비드메라고 대답했다. 그녀는 손을 내밀어 악수를 청했고, 그는 그녀의 손을 잡고 살짝 흔들었다. 그녀의 따스한 체온이 축축하게 젖은 차가운 그의 손에 닿았다. 그는 그녀의 손을 잡은 채 이제 서로 확실히 인사를 나누었다고 생각하며 그녀를 바라보았고, 그녀는 눈을 아래로 향한 채 그의 손을 놓았다. 그는 그녀를 바라보았고, 그녀는 그를 바라보았다. 마리아는 비드메에게 안으로 들어오라고 말하며 먼저 거실로 갔다. 비드메도 발을 옮겨 마리아의 거실로 들어갔다. 비드메는 마리아의 거실 소파에 앉았고, 마리아는 비드메에게 차를 권했다. 비드메는 고맙다고 말하며 그녀의 제안을 받아들였다. 마리아는 부엌으로 갔고, 비드메는 거실과 부엌 사이의 살짝 열린 문을 통해 하얀 티셔츠와 연하늘색 청바지, 맨발로 갈색 실내화를 신은 채 조리대 앞에 서 있는 그녀를 볼 수 있었다. 삼십 대 중반의 작가 비드메는 소파에 앉아 자신보다 어린 여인, 노르웨이 교회의 사제, 마리아를 바라보았다. 비드메와 마리아는 베르겐의 오사네 지역에 자리한 꽤 평범한 집에 있었다. 때는 이른 저녁이었다. 마리아의 거실 창에는 커튼이 열려 있었다. 비드메는 어둠에 싸인 창밖의 거리를 내다보았다. 빗방울이 창틀을 후려쳤다. 비드메는 창문에 반사된 거실을 보았다. 꽤 평범한 거실, 꽤 평범한 집이었다. 비드메는 젖은 머리를 손가락으로 빗어 넘기고 바지에 손을 닦았다. 마리아를 바라보던 비드메는 어둠이 내린 창밖으로 고개를 돌렸다. 오늘 새 소설을 시작하기 위해 책상 앞에 앉아 있던 비드메는 자리에서 일어나 거실에 갔다. 전화번호부를 펼쳐 든 그는 자신이 사는 베르겐의 오사네 교구를 담당하는 노르웨이 교회 사제의 번호를 찾아 전화를 걸었다. 비드메는 수화기 너머 남자의 목소리가 들려오리라 예상했지만, 막상 그의 귀에 들린 것은 여자의 목소리였다. 그것은 마리아의 목소리였다. 지금 마리아, 대리 사제는 부엌에 서서 자신과 비드메를 위한 차를 끓이고 있다. 오전에 노르웨이 교회의 사제에게 전화를 걸었던 비드메는 그녀의 거실에 앉아 왜 나이 지긋하고 현명한 남자 사제가 전화를 받으리라 믿어 의심치 않았는지 곰곰 생각에 잠겼다. 비드메는 자신이 사제에게 전화를 걸었던 이유를 잘 알고 있었다. 그는 글을 쓰는 작업을 통해 신성하다는 말 외엔 달리 표현할 길 없는 한순간의 깨달음을 경험했다. 비드메는 지금까지 신과 신성함에 관해 입에 올리는 것은 신성 모독이라고 생각하며 살아왔던 사람이다. 그는 인간이 그러한 표현을 사용할 수 없다고 생각했다. 비드메는 신 또는 신성함이라는 말을 입 밖에 내는 사람이 있다 할지라도 그들은 그 말의 뜻을 정확히 알지 못한다고 믿었다. 생각에 잠겨 있던 비드메는 이러저러한 삶의 일들이 모두 신의 뜻이라고 말하며 절망에 빠져 운명을 찾는 사람들을 떠올렸다. 무거운 어둠, 날카로운 바람, 항상 그랬듯 죽음과 연민 사이에 자리한 사랑, 거친 바다, 그리고 이 모든 것보다 훨씬 힘겹고 어려운 출산의 고통 위에는 항상 거대한 하늘이 있었다. 푸른 바다와 푸른 하늘. 짙은 어둠과 거센 바람. 교회와 예배당과 자갈돌들. 어둠과 빗속에 자리한 묘지. 이 모든 것이 운명이 아니라면 무엇일까. 작가 비드메는 다시 노르웨이 교회에 이름을 올리고 싶다고 생각했다. 작가 비드메는 지금껏 일반적인 사회 생활을 거부해 왔다. 그는 오직 사회에서 벗어나고만 싶어 했다. 그는 이처럼 제한된 삶을 지금껏 잘 살아왔고, 사회와 관련한 일에는 최대한 거리를 두며 살아왔다. 하지만 비드메는 사회와의 유대를 다시 잇고 싶다고 생각했다. 비드메는 다시 노르웨이 교회에 자신의 이름을 올리고 싶었다. 결코 좋아할 수 없었던 교회, 지금도 결코 좋아할 수 없는 교회지만, 비드메는 다시 노르웨이 교회에 소속되고 싶었다. 바로 그 때문에 비드메는 노르웨이 교회의 사제에게 전화를 했고, 지금 아름다운 가슴을 가진 마리아의 집에 앉아 있는 것이다. 비드메는 지금까지 사회와 최대한 거리를 두고 살기 위해 애썼다. 그럼에도 그는 노르웨이 교회의 사제에게 전화를 했고, 깊은 지식과 현명함을 지닌 나이 지긋한 남자 사제가 전화받기를 기대했다. 그는 삶의 희노애락을 통해 깊은 지혜를 얻은 사제가 인생의 일반적인 진실을 넘어서는 그 무엇을 이야기해 주길 바랐던 것이다. 심지어 그와 함께 술을 한잔하며, 그가 읽어 주는 성경의 아름다운 한 구절을 들어 보는 일도 기대했음은 사실이다. 비드메는 바로 그런 사람을 만나길 원했다. 그 때문에 그는 그가 사는 베르겐, 오사네 교구의 사제를 찾아 전화를 했던 것이다. 매우 외로운 존재 비드메는 예의 바르고 지혜로운 사제, 자신이 불가능하다고 여겼던 일을 해냈던 사람, 노르웨이 교회라는 틀 안에서 일을 해 왔던 사람, 다른 사람들과 함께 공동체를 이루며 살아왔던 사제, 어린이에서 성인으로, 노년에서 죽음으로 사람들의 삶이 변해 가는 과정에서 그들과 함께하기를 자신의 임무로 여겼던 사제, 술잔을 손에 들고 모든 이상한 사람들을 관용과 아량으로 받아들일 수 있는 사제, 그리스도인이라는 말이 너무나 남용되기에 사제라는 직책을 가지고 있음에도 그 말을 사용하는 데 매우 조심스러워하는 사람, 신에 관해선 과다하게 많은 말을 하지 않는 사람을 기대했다. 작가 비드메가 만나고 싶어 했던 사람은 바로 그런 사람, 겸손한 사람, 책을 쓰거나 신문에 기고하지도 않는 그런 사람이었다. 비드메는 아름다운 아내와 결혼한 사제, 기타를 치고 노래를 부르는 사제, 예쁘장하고 말 잘 듣는 아이들을 키우는 사제와는 만나고 싶지 않았다. 그런 사제와는 절대 만날 생각이 없었다. 비드메가 만나고 싶었던 사제는 결혼을 하지 않았다면 더 좋겠지만, 설사 결혼을 했다 하더라도 아름답고 상냥한 아내를 두지 않은 그런 사제였다. 비드메는 사제의 아내가 근심과 걱정, 사랑과 죽음, 연민과 동정이 무엇인지 아는 사람, 가만히 앉아서 침묵을 지키며 착한 척만 하는 사람이 아니라 세상일을 이해하고 타인에게 존중받는 사람이길 원했다. 그가 생각했던 사제의 아내는, 겸손과 존엄함으로 수치심을 숨기는 남편과 마찬가지로 허세를 떨거나 아는 척을 하지 않고 자연스럽게 행동하는 사람이었다. 비드메가 상상했던 사제는 결혼을 하지 않았거나, 결혼을 했더라도 바로 그런 여자와 결혼한 사람이었다. 그런데 비드메는 지금 부엌에서 쟁반을 들고 거실로 들어오는 여성 사제 마리아를 보고 있다. 그녀는 찻잔 두 개와 주전자, 설탕 그릇과 비스킷이 담긴 그릇을 얹은 쟁반을 들고 거실로 걸어왔다. 비드메는 마리아가 쟁반을 탁자 위에 내려놓는 모습을 보았다. 마리아가 비드메에게 미소를 지었다. 비드메는 마리아에게 고개를 끄덕인 뒤 바닥을 내려다보았다. 마리아는 찻잔을 비드메 앞에 놓고 자신의 앞에도 찻잔을 내려놓았다. 비드메는 창을 향한 탁자의 끝부분에 앉은 마리아와 그녀의 찻잔, 그리고 찻잔을 탁자 위에 내려놓았던 그녀의 손을 바라보았다. 마리아가 자신의 잔에 차를 먼저 따르고 비드메의 잔에 차를 따랐다. 마리아는 그에게 설탕을 넣느냐고 물었고, 비드메는 그렇다고 하며 고맙다고 말했다. 그녀는 그에게 설탕 그릇과 티스푼을 건네주었다. 찻잔에 설탕을 넣은 비드메는 옆에 있는 레몬 조각를 보았다. 비드메가 차를 저었다. 비드메는 마리아가 바닥으로 시선을 떨구는 것을 보았다. 비드메가 차를 한 모금 마셨다. 차는 너무 뜨거웠다. 비드메는 찻잔을 탁자 위에 내려놓았다. 비드메는 다리를 의자 위에 올리고 양손으로 무릎을 감싼 채 상체를 숙인 마리아를 바라보다가 다시 바닥으로 시선을 떨구었다.

네, 비드메 씨. 마리아가 말했다.

비드메는 바닥을 내려다보며 계획했던 일을 바로 해치워야 한다고 생각했다. 그의 머릿속을 맴돌던 생각은 바로 그것이었다. 그런데 그가 계획했던 일은 무엇이었던가? 다시 노르웨이 교회에 이름을 올리는 것? 그것이 그가 원하는 일이었던가? 죽었을 때 적절한 방식으로 땅에 묻히지 못할까 두려웠던 것일까? 도대체 그가 원하는 것은 무엇이라는 말인가? 그가 숨을 거두었을 때 부적절한 방식으로 흙 속에 묻힐까 두려움에 떨고 있는 건 아닐까? 그가 계획했던 일은 무엇이었던가? 작가 비드메는 점점 더 혼란스러워졌다. 생각을 가다듬은 그는 마리아라는 아름다운 이름을 지닌 젊은 여인과 함께 마주 앉아 차를 마시는 이 상황이 자신이 예상했던 것과는 완전히 다르다는 점을 깨달았다. 큰 결심, 어려운 결심을 하고 노르웨이 교회에 소속된 한 사제에게 전화를 했던 비드메는 지금 오사네에 자리한 거의 텅 빈 집에 앉아서 젊고 아름다운 여인과 함께 차를 마시고 있다. 하지만 그가 전화를 했던 것은 나름의 이유가 있어서였고, 그는 무슨 말이라도 해야만 한다고 생각했다. 예를 들어 다시 노르웨이 교회에 이름을 올리겠다는 말.

비드메라고 하셨죠?

네, 그렇습니다.

방문 목적을 말해야 한다고 생각한 비드메는 고개를 들어 마리아를 바라보았다. 비스듬히 바닥을 내려다보며 앉아 있는 그녀는 너무나 아름다웠다.

성함이 마리아라고…….

네.

비드메는 얼른 그녀를 찾아온 목적을 말해야 한다고 생각했다. 문득 그는 노르웨이 교회에 다시 이름을 올리고 싶다는 마음이 사라졌음을 깨달았다. 일요일 오전에 마리아의 설교를 듣고 싶지 않았기 때문이다. 비드메는 시선을 떨구며 찻잔을 들어 올려 차를 한 모금 더 마셨다. 차는 여전히 뜨거웠지만, 그는 개의치 않고 벌컥벌컥 한 모금을 마신 뒤 찻잔을 다시 내려놓았다.

담배를 피워도 되겠습니까? 비드메가 물었다.

마리아가 고개를 끄덕였다.

사제와 면담을 하고 싶다고요? 마리아가 말했다.

비드메가 고개를 끄덕였다.

무슨 특별한 일이라도?

비드메는 마리아를 바라보며 담배가 코트 주머니 속에 있다고 말했다. 마리아는 코트를 건조실에 걸어 놓았다고 말하며 담배를 가져오겠다고 말했다. 그녀가 의자에 올려놓았던 발을 바닥에 내리고 몸을 일으켰다. 비드메는 부엌 쪽으로 걸어가는 마리아를 바라보았다. 마리아, 마리아, 내가 어떻게 하면 이 상황에서 벗어날 수 있을까요? 내가 무엇을 어떻게 하면 좋을까요? 내가 오늘 사제에게 전화를 했던 까닭은, 솔직히 말해서 노르웨이 교회에 다시 이름을 올리리라 결심했기 때문이랍니다. 마리아, 마리아, 그런데 나는 지금 당신의 집에 들어와서 당신과 마주 앉았습니다. 당신은 이름만큼이나 아름답군요. 나는 이곳에 들어오며 마치 어릴 때 살았던 집에 들어오는 듯하다고 생각했습니다. 마리아, 내 코트를 말려 주고 내게 비스킷과 차를 대접했던 당신은 내게 왜 사제를 만나러 왔는지 물었습니다. 당연한 일이지요. 마리아, 당신은 사제니까요. 나는 당신에게 왜 사제를 만나고 싶어 했는지 대답해야 합니다. 비드메는 담배와 라이터를 들고 오는 마리아를 바라보았다. 그녀는 담배와 라이터를 탁자 위에 내려놓고 그의 앞에 재떨이를 놓아주었다. 마리아는 다시 의자에 앉았다. 비드메는 담배에 불을 붙인 후 의자에 허리를 쭉 펴고 꼿꼿하게 앉아 있는 마리아를 바라보았다.

네.

특별한 일이라도 있으신가요? 마리아가 말했다.

저는 단지 사제님과 대화를 나누고 싶어서 찾아왔습니다.

어떤 일인가요?

글쎄요, 저도 잘 모르겠습니다.

작가라고 하셨죠?

비드메는 마리아의 시선을 느꼈다.

네.

비드메는 마리아에게 고개를 끄덕였다. 그는 자신이 글을 쓰는 사람이라는 사실을 마리아가 이미 알고 있음을 깨달았다.

책을 많이 쓰셨나요?

거의 열다섯 권 정도 됩니다. 비드메는 담배를 재떨이에 내려놓으며 말했다.

그렇군요.

네, 그렇습니다.

신성한 경험을 하셨다고요? 마리아가 짧은 웃음을 내보이며 말했다.

그렇다고 할 수 있습니다.

신은 세상 어디에나 있습니다.

네, 하지만.

네.

아니, 그런 게 아니라…….

당신은 신을 믿나요?

아닙니다. 비드메가 주저하며 말했다.

신을 믿지 않는다고요?

네.

제가 신을 믿는다거나 또는 믿지 않는다고 단언하는 것은 어떤 면에서 보자면 옳지 않습니다. 왜냐하면 신이 신으로 존재하므로 우리 인간도 인간으로 존재할 수 있기 때문입니다. 비드메가 말했다.

무슨 말인지 알겠어요.

네.

예수님은요?

글쎄요.

기독교의 가장 중요한 요점은 신이 예수라는 인간의 형태로 존재했고, 우리는 바로 그 예수님을 통해 구원받을 수 있다는 것이에요.

무슨 뜻입니까?

구원의 의미는 우리가 신에게 다가가는 것이죠. 혹자는 그렇게 함으로써 우리가 신이 되는 것이라고 말하기도 한답니다.

그건 무의미하게 돌고 도는 일종의 말장난에 불과하다고

생각합니다. 비드메가 말했다.

그렇다면 당신은 예수님이 실재했었다는 것은 믿나요?

네, 네. 복음서에 그렇게 적혀 있죠. 하지만 복음서에 적혀 있는 말은 제게 아무런 의미가 없습니다. 저는 어떤 면에서 보자면 복음서와 소설은 다를 게 없다고 생각합니다.

그렇다면 당신은 예수님이 십자가에 못 박혔다는 것은 믿나요?

네, 당연히.

예수님이 신의 아들이라는 것은요?

못 믿을 이유도 없지 않습니까.

비드메는 차를 한 모금 마시며 마리아와 대화를 나누는 게 꽤 기분 좋다고 생각했다. 비록 나이 지긋하고 지혜로운 남성 사제, 자신과 비슷한 아내를 둔 사제도 아니었지만, 마리아라는 아름다운 이름을 지닌 그녀와 대화를 나누는 것은 꽤 기분 좋은 일이라고 생각했던 것이다. 비드메는 재떨이에 내려놓았던 담배가 거의 다 타들어 갔음을 발견했다. 그는 담배를 비벼 끄고 새 담배를 꺼내 불을 붙인 뒤, 차를 한 모금 마시고 담배를 피웠다. 마리아는 그에게 와인을 제안했다. 비드메는 차를 마시는 것보다 와인을 마시는 편이 더 좋다고 생각했지만, 만약 그녀가 차를 선호한다면 어떡할까 주저했다. 정중하게 사양해야 할까? 하지만 그는 와인을 마시고 싶었다. 가능하다면 와인보다는 맥주를 마시고 싶었다. 그는 평소에 와인보다 맥주나 위스키를 더 자주 마셨다. 작가 비드메는 와인보다 맥주나 위스키를 선호하는 사람이다. 그러나 마리아는 그렇지 않은 것 같았다. 문득 비드메는 마리아가 노르웨이의 다른 꽉 막힌 기독교 신자들과 다르다는 것을 내보이기 위해 일부러 와인을 제안했다고 생각했다. 생각이 꽉 막힌 사람들, 그들은 스스로를 종교인이라고 부르니까! 이 얼마나 끔찍한 일인가! 비드메는 그것이 신성 모독이라고 생각했다. 비드메는 자신이 신성 모독이라는 말을 떠올렸음을 되새기며, 만약 마리아도 와인을 마실 생각이라면 자신도 함께 마시겠다고 말했다. 마리아는 와인을 마실 거라고 말하며, 사실 와인을 마실 기회를 찾던 중이라고 덧붙였다. 그녀는 이 동네에 이사 온 지 얼마 되지 않았기에 아는 사람이 별로 없는 데다 집에 홀로 앉아 와인을 마시기는 싫었다고 말했다. 그녀는 대리 사제직을 맡아 가구가 딸린 이곳 관저에 들어올 수 있었다. 그녀는 사실, 자신이 대리 사제직을 맡을 수 있었던 이유는 엄청난 행운이 따랐기 때문이라고 말했다. 왜냐하면 일단 그녀는 여성이며, 목회에 관한 실질적인 경험도 별로 없었기 때문이다. 하지만 신학교를 나와 시험은 꽤 잘 보았다고 덧붙였다. 그녀는 이제야 교구 일에 적응이 되었다고 말했다. 비드메는 교구라는 표현에 거부감을 느꼈다. 그는 그것이 매우 부적절한 말이며 신성 모독적인 표현이라고 생각했다. 마리아는 이곳의 교구들이 다른 어떤 교구보다 더 개방적이라는 식으로 말했다. 비드메는 그녀가 의미하는 교구가 이 도시, 자신이 일을 하고 살아가는 이 도시의 특정 교구이리라고 짐작했다. 문득 비드메는 기분이 좋아졌다. 왜냐하면 마리아가 자신의 일을 좋아하는 것 같고, 그런 그녀의 말에 꽤 신빙성이 있다고 생각했기 때문이다. 그렇다, 그녀는 자신의 일에 애정을 가지고 있다고 말했고, 비드메는 그 말에 기분이 좋아졌다. 비드메는 자기 일을 좋아한다는 마리아의 말에 자신이 기뻐하고 있음을 깨닫고 적잖이 놀랐다. 마리아가 와인을 가져오겠다며 자리에서 일어났다. 마리아는 다시 부엌으로 들어갔고, 비드메는 자리에서 일어났다. 허벅지에 축축하게 들러붙은 바지를 당겨 툭툭 털어 낸 그는 기분이 좋아졌고, 손가락으로 젖은 머리를 빗은 뒤 바지에 손을 닦고는 다시 자리에 앉아야겠다고 생각했다. 고개를 돌려 어두운 창에 비친 자신의 모습을 본 비드메는 마리아가 와인을 가지고 다시 거실에 와서 자신을 본다면 그다지 잘생긴 남자는 아니라고 생각하리라고 짐작했다. 발소리를 들은 비드메는 고개를 돌려 한 손에는 와인 병, 다른 손에는 와인 잔 두 개를 들고 거실로 들어오는 마리아를 보았다. 마리아는 와인 병과 와인 잔을 탁자 중앙에 내려놓았다. 그녀는 탁자에 그다지 큰 애정이 없는 것 같았다. 그도 그럴 것이 그 탁자는 그녀가 이곳, 베르겐의 오사네 관저에 왔을 때 다른 가구들과 마찬가지로 이미 자리를 잡고 있었기 때문이다. 비드메는 여전히 일어선 채로 마리아가 다시 부엌에 가서 와인 병따개를 가져오는 모습을 보았다. 비드메는 마리아가 와인 병의 코르크 마개를 올리는 것을 보았다. 비드메는 다시 소파에 앉았다. 비드메는 마리아가 와인 병의 마개를 따는 것을 보았다. 마리아는 와인의 이름을 말했고, 그것이 꽤 좋은 와인이라고 했다. 그녀는 와인 잔을 비드메 앞으로 밀어 주고 붉은 와인을 따라 준 다음, 탁자의 중앙에 있던 자신의 잔에도 와인을 따랐다. 마리아는 와인 병을 탁자 중앙에 내려놓은 후, 와인 잔을 손에 든 채 그녀가 이 집에 이사 올 때부터 자리하고 있던 의자에 앉았다. 마리아가 그다지 애정을 보이지 않는 의자, 마리아가 그저 몸을 앉히는 데 사용하는 의자, 너무나 평범한 의자, 마리아가 예쁘다고 생각해서 직접 산 적도 없고, 딱히 가격이 싸지도 않고, 그렇다고 안락하지도 않은 의자. 마리아는 낯설다고 하면 낯설다고 할 수도 있는 그 의자에 앉아 비드메를 향해 와인 잔을 들어 보였다. 하지만 비드메는 가만히 앉아 생각에 잠긴 채 앞만 멍하니 바라보았다. 마리아가 위하여!라고 소리쳤다. 비드메 씨, 위하여! 비드메는 고개를 들고 마리아를 바라보았다. 그도 잔을 들어올리고 위하여! 라고 소리쳤다. 비드메는 마리아를 바라보았고, 마리아는 비드메를 바라보았다. 두 사람은 와인을 한 모금 마셨다. 비드메는 입속 가득히 와인을 채운 뒤 잔을 내려놓았다. 비드메는 앞을 멍하니 바라보며 자신이 상상했던 노르웨이 교회 사제와의 만남은 이런 게 아니라고 생각했다. 작가 비드메는 마리아가 다시 노르웨이 교회에 이름을 올리려는 자신의 뜻에 반대하리라고 짐작했다. 비록 그녀가, 엄밀히 말하자면 대리 사제이긴 하나, 노르웨이 교회의 사제임에도 불구하고 말이다.

그러니까……. 마리아가 말문을 열었다.

비드메가 마리아를 바라보았다.

사제와 만나서 특별히 하고 싶었던 말은 뭔가요?

비드메는 사제를 찾아온 이유가 뭔지 묻는 마리아의 목소리를 들었다. 비드메는 고개를 절레절레 저었다.

다시 노르웨이 교회에 이름을 올리려 하나요? 마리아가 물었다.

비드메는 다시 노르웨이 교회에 이름을 올리길 원하느냐는 마리아의 질문에, 인정하기는 싫었으나 바로 그것이 자신이 원하는 바임을 깨닫고 기이한 패배감에 사로잡혔다. 경계가 사라졌다는 생각 때문이었다. 비드메는 자신이 노르웨이 교회의 사제에게 전화를 한 까닭이 바로 교회에 다시 이름을 올리고 싶어서였음을 그제야 확실히 깨달았다. 하지만 그것이 전부는 아니었다. 그가 진정으로 원했던 것은 노르웨이 교회 소속의 나이 지긋하고 지혜로운 사제와 만나서 대화를 나누는 것이었다. 그것이 전부였다. 게다가 비드메는 그 사제가 노르웨이 교회에 다시 이름을 올리라고 제안해 주기를 바랐다. 비드메도 다른 사람들과 마찬가지로, 또는 사제 자신과 마찬가지로 노르웨이 교회에 이름을 올릴 만한 충분한 자격을 가지고 있다는 말을 듣고 싶었던 것이다. 비드메가 어렴풋하게 원했던 바는 바로 그런 것이었다. 그건 그가 지금껏 사회와 거리를 둔 삶을 살아왔기 때문일지도 모른다. 비드메는 마리아를 바라보았다. 마리아는 생각에 잠긴 표정으로 앞만 바라보고 있었다. 비드메는 각자 잔을 앞에 두고 쉴 새 없이 말을 내뱉지 않아도 되는 이 상황이 매우 만족스러웠다. 비드메는 마리아가 매우 아름다운 여인이라고 생각했다. 그는 노르웨이 교회에 다시 이름을 올리고 싶어서 사제와의 면담을 요청했다는 사실을 마리아에게 말하기 싫었다. 그런 말을 하면, 노르웨이 교회의 사제인 마리아가 거부감을 느낄지도 모른다고 생각했기 때문이다. 게다가 작가 비드메는 자신이 노르웨이 교회에 다시 이름을 올리는 것은 마리아가 원하지 않는다고 짐작했다.

확실히 결정하진 못했지만 그러고 싶습니다.

교회에서 이름을 지운 적이 있나요?

비드메는 마리아의 목소리가 겁에 질린 듯 들린다고 생각했다. 하지만 그 목소리는 너무나 단호하고 엄하기까지 해서 언뜻 농담처럼 들리기도 했다.

네, 매우 오래전 일입니다.

그리고 지금 다시 이름을 올리고 싶다는 말씀이군요.

그런 것 같습니다.

그리 어려운 일은 아니에요.

하지만 저는 아직 확신이 없습니다.

충분히 이해합니다.

사제님은 교회에서 탈퇴하겠다고 생각해 보신 적이 있습니까?

마리아가 고개를 끄덕였다.

그런데 좀 더 기다려 보겠다고 생각하신 건가요?

마리아는 다시 고개를 끄덕이며 잔을 들어 올리더니 와인을 한 모금 마셨다.

하지만 신학 공부는 꽤 재미있었어요. 마리아가 말했다.

그렇겠지요.

네, 그랬어요.

마리아는 와인을 한 모금 더 마신 후 한숨을 크게 내쉬며, 비드메는 종교적 신비주의자이기 때문에 노르웨이 교회에 적합한 사람이 아니라고 말했다. 비드메는 그녀의 말에 일리가 있다고 생각했다. 그가 이해하기론 적어도 노르웨이 교회에서는 신비주의자를 환영하지 않았다. 마리아는 종교적 신비주의자들은 누군가 신비적 가치에 관해 한마디라도 입 밖에 내면 쉽사리 공황 상태에 빠지는 경향이 있다고 말하며 다시 와인 한 모금을 마셨다. 그녀는 비드메를 바라보며 그의 책을 읽은 적이 있지만, 관저에 그의 책을 가져오진 않았다고 말했다. 하지만 그녀가 그의 책을 읽었던 것은 사실이며, 그의 책을 좋아하는지 싫어하는지 선뜻 단언할 수 없었다고 덧붙였다. 어쨌든 그녀는 그의 책을 읽은 뒤에, 그가 노르웨이 교회에 적합한 사람이 아니라는 점을 확신할 수 있었다고 말했다. 마리아라는 아름다운 이름을 지닌 여인의 거실 소파에 앉아 있던 비드메는 책상에 앉아 글을 쓰다 말고 자리에서 일어나 전화를 걸고 어둠 속의 비바람을 헤치며 망가진 우산을 들고 사제관저 앞 계단을 오르던 자신의 모습을 떠올렸다. 그리고 그는 지금 자신이 교회에 적합하지 않다고 말하는 사제 마리아의 말을 듣고 있는 것이다. 비드메는 젖은 머리를 절레절레 저었다. 비드메는 자신이 종교적 신비주의자일지도 모른다고 생각했다. 확실한 것은 그가 소설을 쓰는 작가라는 점이었다. 그러나 마리아는 어쨌거나 그가 노르웨이 교회에 적합한 사람이 아니라고 말했다. 솔직히 그도 그렇게 생각하고 있었다. 다른 대부분의 사람들과 마찬가지로, 그 또한 노르웨이 교회에 관해 잘 알고 있으며, 교회에 갈 때마다 일종의 공허감과 두려움을 경험했음은 사실이니까. 그것은 어떤 면에서 보자면 매우 불쾌하고 거북하며 파멸적인 경험이었다. 비드메는 그런 느낌을 표현하는 단어를 수없이 나열할 수 있으며, 동시에 그런 단어들에 혐오를 느끼는 사람이었다. 그가 알고 있는 것 중에서 가장 최악의 것은 그러한 표현을 나열하는 일이었기에 그는 자신의 소설에서도 그런 단어들을 의미 없이 나열하기를 피해 왔다. 그는 자신이 노르웨이 교회에 적합하지 않은 사람임을 잘 알고 있었다. 그는 자신이 노르웨이 교회에 적합하지 않은 이유가 바로 그 사실을 스스로 너무나 잘 알고 있기 때문이라고 생각했다. 바로 그 때문에 그는 노르웨이 교회 소속의 사제를 찾아왔던 것이다. 그런데 마리아라는 이름의 여인은 왜 그가 노르웨이 교회에 적합하지 않은 사람이라고 말하는 것일까? 그녀는 뭔가 잘못 생각하고 있는 것이 아닐까. 그는 단 한 번도 자신이 노르웨이 교회에 적합한 사람이라고 생각한 적이 없었다. 그가 노르웨이 교회에 다시 이름을 올리려고 하는 것도 단지 그 때문이라고는 할 수 없었다. 절대. 그는 그런 생각을 하는 것 자체가 잘못되었다고 생각했다.

당신 생각은 어떤가요? 마리아가 물었다.

비드메는 잔을 올려 와인을 마셨다. 비드메는 와인 잔을 내려놓고 젖은 머리를 절레절레 저었다.

저는 노르웨이 교회에 속한 사람이 아닙니다. 하지만 제가 교회에 다시 이름을 올리고자 하는 까닭은 그 때문이 아닙니다.

마리아가 웃음을 터뜨렸다.

제 말을 이해하십니까? 비드메가 말했다.

마리아는 고개를 젓다가 생각을 바꾸었는지 고개를 끄덕

였다. 마리아는 자신의 소유라고 할 수 없는, 집 안의 다른 가구들과 마찬가지로 이 집에 이사 오기 전부터 자리하고 있던 탁자 앞으로 몸을 숙이고 두 팔꿈치를 탁자 위에 얹었다. 마리아는 양손의 손바닥으로 턱을 괴고 손가락으로 뺨을 감싼 채 붉은 와인이 반쯤 들어 있는 와인 잔 앞으로 얼굴을 가져다 대고 미소를 지었다. 마리아는 비드메를 빤히 쳐다보았다. 비드메는 자리에 앉아 바닥을 내려다보며 마리아와 함께 이렇게 앉아 있을 수는 없다고 생각했다. 그는 얼른 이 집에서 나가야 한다고 생각했다. 왜냐하면 그녀는 그가 무슨 말을 하는지 전혀 이해를 못 하거니와, 게다가 그녀 스스로도 성직자가 될 마음이 없었다고 말하지 않았던가. 그녀는 현재 사제로 일하는 교회에 소속되고 싶은 마음도 없다고 했다. 그렇다면 비드메는 그녀의 집에서 당장 나가야 하지 않을까. 이것은 절대 현명하다고 할 수 없는 일이었다. 비드메는 노르웨이 교회에 다시 이름을 올리고 싶지 않았다. 그는 노르웨이 교회에 다시 이름을 올리고 싶어서 사제에게 전화를 했다. 하지만 그는 사제에게 왜 전화를 했는지 근본적인 이유를 알지 못했다. 바로 그 때문에 그는 하얀 티셔츠 아래 커다랗고 둥그런 가슴을 지닌 여인, 연하늘색 청바지를 입은 여인, 맨발로 갈색 슬리퍼를 신은 여인, 마리아와 함께 앉아 있을 수 없다고 생각했다. 비드메는 이건 있을 수 없는 일이라고 생각했다. 그러나 비드메는 당장 그 집을 나설 수 없었다. 왜냐하면 마리아는 방금 와인 병의 마개를 열었고, 와인에 관해선 약간의 지식조차 없는 비드메 역시 그것을 매우 훌륭한 와인이라고 생각하며 노르웨이 교회의 대리 사제 마리아와 함께 앉아 와인을 마시고 있으니까. 작가 비드메는 마리아라는 아름다운 이름을 가진 여인이 실질적으로는 사제가 될 생각도 없었고, 현재 사제로 일하는 교회에 적합한 사람도 아니라고 생각했다. 비드메는 이 상황에서 벗어나고 싶었다. 사실 작가 비드메와 함께 와인을 마실 수 있는 사람은 적지 않다. 그런 사람들 중에서 노르웨이 교회에서 사제가 아니거나, 또는 사제가 되기를 원하지 않는 사람을 찾기란 어렵지 않다. 노르웨이 교회에 속할 마음이 없는 사람을 찾는 것도 매우 쉬운 일이다. 한마디로 매우 일상적인 일이라 할 수 있었다. 비드메는 사제도 아니고, 사제가 될 마음이 없었음에도 사제들을 존중했다. 비록 노르웨이 교회에 속할 마음이 없더라도 일단 사제라는 직업을 가진 사람들은 자신감으로 충만하기 때문이다. 적어도 비드메는 그렇게 생각했다. 비드메는 결코 자신감이나 용기로 충만한 사람이라고 할 수 없었다. 비드메는 노르웨이 교회의 사제들처럼 어떤 특정한 일에 그토록 확신을 가진 사람들을 이해할 수 없었다. 사람들은 일반적으로 삶에 확신을 가질 수 없기에 종교에 귀의하기 때문이다. 비드메는 확신할 수 없는 것들 때문에 갈팡질팡하고, 이해할 수 없는 것들 때문에 빛을 향해 열린 공간을 바라보며 경이로움을 느끼는 것이야말로 종교라고 생각했다. 종교는 인간이 이해할 수 없는 경이로움과 빛이다. 바로 그곳에 비드메가 있었다. 비드메는 그곳에 있기 싫었다. 비드메는 그렇게 앉아 있기 싫었다. 축축하게 젖은 데다 녹초가 된 몸으로, 대여 가구가 자리한 노르웨이 교회의 대리 사제 관저에 앉아 있기 싫었다. 비드메는 와인 잔을 비웠다. 비드메는 와인 잔을 가슴께에 들어 올린 채 맞은편 의자에 앉아 있는 마리아를 바라보았다.

생각이 많으신 것 같군요. 그녀가 말했다.

네.

말씀은 별로 없으시고.

비드메는 고개를 끄덕였다.

글 쓰는 일은 잘되나요?

네, 네.

비드메는 자리에서 몸을 일으켰다.

벌써 가시려고요?

네, 네.

지금?

네.

하지만.

지금 가 봐야 합니다. 비드메가 말했다.

그렇다면 대문까지 배웅해 드리겠습니다. 마리아가 말했다.

비드메는 현관으로 갔다. 그의 뒤를 따르던 마리아는 건조실에 있던 그의 신발과 코트를 가져왔다. 집을 나설 채비를 마친 그는 마리아에게 시간을 내줘서 고맙다고 말했다. 마리아도 그에게 대화를 나눌 수 있어서 좋았다고 말했다. 와인을 대접해 줘서 감사하다고 말한 뒤 비드메는 대문 밖으로 나왔고, 비와 바람과 어둠 속에서 자기 집을 향해 발을 옮겼다. 비드메는 길을 걸으며 무슨 일이 있으면 언제라도 전화를 하라는 마리아의 말을 되새겼다. 그녀는 비드메에게 그다지 행복해 보이지 않는다고 말하며 필요하다면 언제든 다시 찾아오라고 말했다. 이야기할 사람이 필요하다면 자신을 찾아오라고 했던가. 그녀는 이 도시에 아는 사람이 별로 없기 때문에 그가 찾아오면 무척 기쁘리라고 말했다. 베르겐 오사네의 노르웨이 교회 소속 대리 사제 마리아는 비드메가 자신의 교회에 와서 설교를 듣는 일은 없었으면 좋겠다고도 했다. 만약 그런다면 자기 자신은 물론 비드메까지 피폐해질 것이라고 말했다. 비드메는 길을 걸으며 그녀가 했던 말을 되새겼다. 그녀는 그가 집으로 찾아오는 건 좋다고 했다. 언제든 와서 초인종만 누르면 된다고 했다. 그러나 자신의 교회에 찾아와서 설교를 듣는 일은 하지 않았으면 좋겠다고 말했다. 비드메는 빗속을, 바람 속을, 어둠 속을 걸었다. 비드메는 다시 마리아의 집 초인종을 누르는 일은 없으리라 생각했다. 비드메는 마리아를 다시 찾아갈 일이 없으리라 확신했다. 빗속을 걸어 집에 도착한 비드메는 젖은 옷을 벗었다. 그는 먼저 책을 좀 읽다가 잠자리에 들어야겠다고 생각했다. 눈을 뜨면 그는 다시 책상 앞에 앉아 여전히 비 내리는 창을 바라보며 글을 쓸 것이다. 그는 오늘 새 소설을 쓰기 위해 책상 앞에 앉았으나, 글을 쓰는 대신 그가 사는 지역인 오사네의 사제에게 전화를 걸었고, 젊은 여성 사제의 집으로 갔다. 그녀는 그에게 차와 와인을 대접했고, 대화할 사람이 필요하면 언제든 전화하라고 했다. 비드메는 그런 말을 듣는 걸 매우 싫어했기에 다시는 마리아에게 전화하거나 그녀를 방문하는 일은 하지 않겠노라고 결심했다. 그는 다른 어떤 사제에게도 전화를 하지 않을 것이다. 그는 그저 자신의 작업실에 앉아 매일 글을 쓰리라고 다짐했다. 그는 글을 쓰기 위해 신의 자비를 구했다. 그에겐 신의 자비가 필요했다. 그는 글을 써야 한다. 작가 비드메는 자리에 앉아 생각에 잠겼다. 글을 쓰기 위해선 신의 자비가 필요하다고.

멜랑콜리아 II

1902년 초가을, 스타방에르: 올리네는 지팡이를 짚고 한 발짝 한 발짝 힘겹게 바닷가의 가파른 언덕길을 올랐다. 발이 너무 아파서 움직일 수조차 없었지만 그녀는 지팡이에 몸을 의지한 채 한 걸음씩 천천히 언덕을 올랐다. 한 손에는 지팡이, 다른 한 손에는 생선이 담긴 봉지를 든 올리네는 바닷가에서 그녀의 집까지 이르는 언덕길이 너무나 가파르다고 생각했다. 그녀는 매일 이 언덕을 올라야 했다. 그녀는 바닷가의 가파른 언덕 꼭대기에 자리한 집에서 홀로 살았다. 그녀의 집은 언덕 꼭대기에 나란히 서 있는 집들 중에서 가장 작은 하얀 집이었다. 올리네는 힘겹게 한 발짝 한 발짝 언덕을 올랐다. 그녀는 한 손에는 지팡이를 들고, 다른 한 손에는 어부 스베인이 준 생선 두 마리가 담긴 봉지를 들고 발을 옮겼다. 그녀는 오늘 생선을 공짜로 얻었다. 어부 스베인은 그녀에게서 한 푼도 받지 않으려 했다. 어쩌면 그는 그녀에게 돈이 없음을 눈치챘을지도 모른다. 그녀는 돈이 없다는 말을 입 밖에 낸 적이 없었다. 단 한 마디도. 올리네는 조금만 더 가면 걸음을 멈추고 쉴 수 있으리라고 생각했다. 조금만 더 참으면 된다고 생각했다. 걸음을 멈추면 발에 통증이 사라질 것이다. 오래 멈추어 서 있을수록 통증도 더 가벼워질 것이다. 조금만 더. 올리네는 이제 거의 다 왔으니 조금만 더 가면 쉴 수 있으리라고 생각했다. 어부 스베인. 올리네는 지금까지 그에게서 얻거나 구입했던 수많은 생선들을 떠올렸다. 그 순간, 누군가가 그녀의 이름을 불렀다.

올리네.

올리네!

올리네는 발을 멈추었다. 누군가가 분명 그녀의 이름을 불렀다.

올리네!

다시 그녀의 이름을 부르는 소리가 들렸다.

올리네는 길가에 있는 집을 돌아보았다. 2층 창문이 열려 있었다. 열린 창문 뒤로 시그네의 모습이 보였다.

올리네!

잠깐만, 올리네.

지금 내려갈 테니 잠깐만 기다려요. 시그네가 소리쳤다.

올리네는 창문 뒤에 서 있던 시그네가 사라지는 모습을 보며 생각에 잠겼다. 그녀를 부른 사람은 시그네였다. 그녀는 시그네가 몇 번이나 자신의 이름을 부른 뒤에야 그 소리를 들었음을 깨달았다. 최근에는 귀도 잘 안 들리고 기억도 가물가물해졌다. 그녀에게 남은 것은 아무것도 없다. 기억할 수 있는 것도 없다. 그녀가 기억하는 것이라곤 어린 시절의 일뿐이다. 하지만 그 기억은 마치 방금 일어난 일처럼 생생하다. 조금 전 시그네가 그녀를 불렀던가. 그렇다, 그 정도는 기억할 수 있다. 시그네가 그녀를 소리쳐 부르는 일은 자주 없었다. 올리네와 시그네는 단 한 번도 친하게 지낸 적이 없었다. 그렇다고 앙숙으로 지낸 적도 없었다. 하지만 무슨 이유에선지는 몰라도 두 사람이 잘 어울리지 못했던 것은 사실이다. 어쩌면 항상 예쁘고 우아했던 시그네가 올리네를 알게 모르게 경멸했기 때문인지도 모른다. 올리네의 집이 지저분하다거나, 올리네의 자식들이 청결하지 않았기 때문은 아닐까. 물론 시그네는 단 한 번도 그런 말을 입 밖에 낸 적이 없었다. 하지만 올리네는 시그네가 그런 의중을 분명히 이런저런 방식으로 내보였음은 사실이라고 생각했다. 그렇다, 시그네는 단 한 번도 올리네를 존중한 적이 없었다. 올리네도 물론 그런 시그네를 좋아하지 않았다. 그렇다면 올리네는 시그네와 앙숙이라 해도 틀린 말은 아닐 것이다. 아니, 엄밀하게 따져서 앙숙이라기보다는 친한 친구가 아니라고 말해야 할까. 시그네는 올리네가 바닷가에서 생선을 사서 매일 같은 언덕길을 오르며 그녀의 집 앞을 수도 없이 지나쳤건만 단 한 번도 그녀를 소리쳐 부른 적이 없었다. 우연이라도 두 사람이 마주친 적은 없었다. 올리네는 언덕길을 오를 때마다 시그네가 자신을 일부러 피했던 것이 틀림없다고 생각했다. 하지만 오늘, 시그네는 그녀를 소리쳐 불렀다. 올리네는 도대체 무슨 일일까 궁금했다. 한 손으로는 지팡이를 쥐고, 다른 한 손으로는 생선 봉지를 쥔 올리네는 시그네가 왜 그녀를 불렀는지 알 수 없었다. 도대체 시그네가 원하는 것은 무엇일까? 왜 그녀는 오늘 갑자기 올리네의 이름을 소리쳐 불렀을까? 올리네는 대문 밖으로 나오는 시그네를 바라보며 그녀도 세월을 이겨 내지 못했다고 생각했다. 올리네는 앞치마를 두른 채 나오는 그녀를 보며 젊고 아름다웠던 시그네도 나이는 어쩔 수 없다고 생각했다. 그런데 시그네가 원하는 것은 무엇일까?

쉬버트 말이에요. 시그네가 말했다.

올리네는 그제야 시그네가 자신을 소리쳐 부른 이유가 자신의 남동생 때문임을 깨달았다. 올리네는 자신과 너무나 사이가 좋았던 쉬버트가 무엇 때문에 시그네 같은 여인과 결혼했는지 알 수 없었다.

쉬버트의 건강이 많이 악화되었어요.

아무래도 얼마 남지 않은 것 같아요. 시그네가 말했다.

올리네는 시그네를 바라보았다. 쉬버트의 건강이 좋지 않다는 것은 새로운 사실이 아니었지만, 살날이 얼마 남지 않았다는 소식은 결코 좋은 소식이라 할 수 없었다.

그래요?

시그네는 고개를 끄덕였다.

건강이 계속 악화되더니 오늘 갑자기 부쩍 나빠졌어요. 시그네가 말했다.

세상에.

올리네는 온몸을 부르르 떨었다. 이젠 쉬버트마저 떠나겠구나. 지난번엔 라스, 이젠 쉬버트. 두 사람은 나이도 거의 비슷했다. 올리네는 이미 라스를 떠나보냈다. 이젠 항상 건강하고 밝기만 했던 쉬버트마저 보낼 날이 다가왔다. 온종일 열심히 일을 했고 아픈 적도 거의 없었던 쉬버트마저 보내야 하다니.

마지막 순간이 다가온 것 같아요.

쉬버트 말이에요. 시그네가 말했다.

그녀는 쉬버트가 혈육인 올리네와 마지막 작별 인사를 나누면 좋을 것 같다고 말했다. 그렇다면 올리네는 시그네의 집에 가야 한다. 기억하건대 단 한 번도 가 본 적이 없는 집. 아니, 어제도 갔었던가. 적어도 그녀는 기억할 수 없었다. 올리네는 가까운 과거의 일은 모두 잊어버리곤 했다. 쉬버트는 곧 세상을 떠날 것이다. 하지만 올리네는 지금 당장 그가 숨을 거두지는 않으리라고 생각했다. 시그네는 틀림없이 상황을 과장해서 말한 것이다. 그녀는 항상 모든 일을 걱정하고 과장하곤 했으니까. 이제 그녀는 쉬버트가 살날이 얼마 남지 않았다고 말했다.

그가 당신을 보길 원하는 것 같아요.

지금 2층 방에 누워 있어요. 시그네가 말했다.

올리네는 고개를 끄덕였다.

쉬버트를 찾아보실 거죠? 시그네가 물었다.

물론이죠.

쉬버트가 내게 당신을 데려오라고 했어요. 시그네가 말했다.

쉬버트에게 내가 곧 간다고 전해 줘요. 올리네가 말했다.

시그네는 올리네를 가만히 바라보았다.

지금 나와 함께 가는 건 어때요?

아니에요, 집에 먼저 들러야 해요. 적어도 생선부터 집에 가져다 놓아야 할 것 같아서.

그럼, 금방 올 수 있는 거죠?

금방 갈게요.

꼭 와 주세요. 그가 당신을 보고 싶어 하니까.

안부 전해 줘요. 그리고 내가 금방 올 거라고 말해 주세요.

네, 그럼 얼른 오세요.

올리네는 종종걸음으로 집에 돌아가는 시그네를 바라보며 생각에 잠겼다. 쉬버트가 살날이 얼마 남지 않았다고? 설마! 분명 시그네가 과장해서 얘기한 게 틀림없어. 일단 생선부터 집에 가져다 놓아야지. 올리네는 오줌이 마렵다고 생각했다. 소변을 보기 위해 먼저 작은집부터 가야 할 것 같았다. 시그네의 화장실을 빌릴까? 아니, 그건 있을 수 없는 일이었다. 그녀는 먼저 생선을 집으로 가져가야 한다. 그리고 작은집에 들러야 한다. 그다음엔 옷을 갈아입고 시그네의 집으로 가야 한다. 시그네는 쉬버트가 곧 세상을 떠날 것 같다고 말했다. 적어도 시그네는 올리네의 남동생이 올리네를 보고 싶어 한다고 말했다. 올리네는 시그네가 없는 말을 지어내진 않으리라고 생각하며 그녀의 집에 들러야겠다고 마음먹었다. 그녀는 단 한 번도 발을 들인 적이 없는 시그네의 집에 가야 한다. 그녀의 남동생, 쉬버트가 그녀에게 와 달라고 부탁했다. 올리네는 자기보다 나이가 어림에도 불구하고 항상 쉬버트를 존경했다. 아마도 그건 쉬버트가 몸이 좋고 힘이 셌을 뿐 아니라 잘생겼기 때문이리라. 올리네는 동네 사람들이 쉬버트의 굵직한 팔뚝을 보며 힘이 매우 세리라고 수군거렸던 일을 기억했다. 그렇다, 올리네의 기억 속에 있는 쉬버트는 남자 중의 남자였다. 올리네는 지금 당장 쉬버트에게 가야 할까? 정말 그가 마지막 순간을 기다리고 있다면 어떡할까? 생선을 집에 가져다 놓고 그를 찾아보면 늦지 않을까? 게다가 그녀의 발은 너무나 아팠다. 올리네는 쉬버트에게 당장 갔어야 했다고 생각했다. 왜 그녀는 시그네의 말에 당장 발을 돌리지 않았을까? 집에 오라고 말했던 사람이 시그네였기 때문일까? 어쩌면 시그네는 자신의 집이 얼마나 청결하고 예쁜지 자랑하고 싶었을지도 모른다. 올리네는 그 때문이라고 생각했다. 이제 그녀는 생선을 들고 발을 절뚝거리며 자신의 집으로 가는 수밖에 없다. 게다가 작은집에도 가야 한다. 아랫배는 앞뒤를 가리지 않고 점점 묵직해졌다. 올리네는 속옷이 젖지 않기만을 바랐다. 그녀는 서둘러 집에 가야 한다. 집에 생선을 내려놓고 곧장 작은집에 가야 한다. 올리네는 잠시나마 가만히 서 있을 수 있어서 좋았다고 생각했다. 그녀는 다시 발에 통증이 찾아오지 않기만을 바랐다. 이제 그녀는 다시 언덕길을 올라야 한다. 올리네는 평소 발을 멈추고 쉬던 곳은 아니었지만, 시그네와 말을 주고받으며 그나마 잠시 쉴 수 있어서 좋았다고 생각했다. 통증도 많이 가신 것 같았다. 하지만 이제 몸을 움직여야 한다. 길에서 무작정 언제까지나 가만히 서 있을 수는 없다. 그나저

나 쉬버트 생각을 하니 슬픔이 밀려왔다. 그가 곧 세상을 떠날 것인가? 라스가 세상을 떠난 지 얼마 되지도 않았는데, 이제 쉬버트마저 세상을 떠나다니. 올리네는 곧 자기 차례가 올 것이라고 생각했다. 올리네는 지팡이를 짚고 한 발을 앞으로 내디디며 자신이 이미 세상을 떠났더라면 더 좋았으리라고 생각했다. 너무나 아팠다. 온몸이 부서질 듯 아팠다. 이처럼 아팠던 적은 없었다는 생각이 스쳤다. 아마도 언덕길의 가장 가파른 곳에서 멈춰 섰기 때문이리라. 통증이 규칙적으로 느껴지기만 해도 좋을 텐데, 갑자기 몰아쳤다 사라지는 통증 때문에 올리네는 온몸의 힘이 쭉 빠졌다. 견딜 수 없을 지경이었다. 올리네는 다른 한 발을 앞으로 내디뎠다. 올리네는 천천히 언덕길을 올랐다. 양쪽 발에 모두 통증이 찾아왔지만 올리네는 한 손에 지팡이를 들고, 다른 한 손에는 생선 봉지를 든 채 언덕길을 올랐다. 이젠 쉬버트도 세상을 떠날 것인가? 올리네는 너무나 끔찍한 일이라고 생각했다. 쉬버트가 세상을 떠나다니, 있을 수 없는 일이라고 생각했다. 올리네는 신이 이처럼 통증에 시달리는 자신을 먼저 데려갔으면 좋겠다고 생각했다. 이제 그녀는 집이 보이는 곳까지 조금 더 걸어간 다음에 잠시 멈춰 쉴 것이다. 평소 하던 대로 그녀는 집이 보이는 곳에 이르면 걸음을 멈추고 잠시 쉬어 갈 것이다. 그러면 발의 통증도 사라질 것이다. 올리네는 두 발에 느껴지는 통증 때문에 온몸이 아픈 것 같다고 생각했다. 하지만 얼마 가지 않아 발을 멈추고 쉴 것이다. 곧 쉬어 가는 곳에 이를 수 있을 것이다. 하지만 그녀는 이 길을 또 걸어야 한다. 하루에 두 번이나 같은 길을 걷는다는 것이 너무나 힘겹게 여겨졌다. 그렇다고 죽음을 앞둔 쉬버트를 외면할 수는 없는 일. 그녀는 다시 이 길을 걸어 내려가서 그의 집에 가야 한다. 쉬버트는 그녀와 이야기를 하고 싶다며 집으로 와 달라고 했다. 이제 그녀는 발을 멈추고 쉴 수 있다. 올리네는 이미 평소와는 다른 곳에서 한 번 쉬기는 했지만 곧 평소 쉬던 곳에서 다시 발을 멈추고 숨을 고를 수 있을 것이다. 올리네는 발을 멈추었다. 가만히 서 있던 올리네는 발의 통증이 가시는 것을 느낄 수 있었다. 올리네는 자신의 집을 쳐다보았다. 작긴 하지만 그녀의 눈에는 예쁘게만 보였다. 그녀는 꽤 작지만 예쁜 집에서 살고 있다고 생각했다. 지팡이에 몸을 기대고 숨을 몰아쉬던 그녀는 외벽에 흰색 페인트를 칠한 뒤엔 집이 더 예쁘게 보인다고 생각했다. 올리네는 발의 통증이 점점 사라지고 있음을 느끼며 다 잘될 거라고 생각했다. 이제 언덕길을 조금만 더 올라가면 된다. 잠시 쉬기만 한다면, 잠시 쉴 수만 있다면 발의 통증도 완전히 사라질 것이고, 그러면 얼마 남지 않은 언덕길을 다시 오를 수 있을 것이다. 하지만 그녀가 발을 움직이면 다시 통증이 찾아올 것이고, 숨이 가빠질 것이다. 게다가 바닷가에서 그녀의 집까지 이르는 언덕길은 또 얼마나 가파른가. 예전에는 바닷가에서 집까지 이르는 언덕길을 아무 문제 없이 걸었지만 지금은 그렇지 않다. 그녀는 세월이 흐를수록 매일매일 점점 더 힘들어지는 것을 확연히 느낄 수 있었다. 올리네는 이럴 줄은 몰랐다고 생각했다. 게다가 이젠 쉬버트마저 세상을 떠날 것이다. 라스가 세상을 떠난 지도 얼마 되지 않았는데, 쉬버트까지 세상을 떠나는 것이다.

사는 게 다 그렇지, 뭐.

올리네는 집으로 향하는 언덕길의 마지막 구간을 오르기 전에 좀 쉬어야겠다고 생각했다. 그녀는 평소 어부 보르의 집 앞에서 잠시 쉬곤 했다. 그녀가 평소 발을 멈추고 쉬었던 곳은 조금 전 시그네가 잠시 불러 세웠던 그곳이 아니라, 바로 보르의 집 앞이었다. 하지만 오늘은 시그네가 그녀를 불러 세웠기 때문에 평소와는 다른 곳에서 잠시 쉬었다. 시그네는 쉬버트가 올리네를 보고 싶어 한다고 말했던가? 쉬버트의 삶이 얼마 남지 않았다고 했던가? 그녀에게 집으로 오라고 했던가? 그녀는 생선을 집에 먼저 가져다 둬야 한다고 말했던가? 그녀는 발을 멈추고 숨을 돌렸다. 가만히 서 있으니 한결 기분이 나아졌다. 발의 통증도 사라졌다. 그녀는 바닷가에서 집으로 향하는 언덕길을 오르고 있다. 조금만 더 가면 집에 도착할 수 있다. 그녀는 언덕길을 걸을 때면 항상 발을 멈추고 쉴 수 있는 시간을 고대했다. 조금만 더 가면 쉴 수 있다고 혼잣말을 하며 힘겹게 발을 옮겼다. 발의 통증이 심해지고 숨이 가빠지면 그녀는 조금만 더, 조금만 더, 혼잣말을 하며 스스로를 다독였다. 올리네는 언덕길을 올랐다. 곧 쉴 수 있는 지점에 이를 것이다. 어부 보르의 집 앞에 이르면 마침내 걸음을 멈추고 쉴 수 있다. 올리네는 발을 멈추었다. 여느 때와 마찬가지로 지팡이에 몸을 기대고 숨을 돌렸다. 지팡이에 몸을 기대고 선 올리네는 발의 통증이 조금씩 사라지고, 가쁜 숨이 돌아오고 있음을 느꼈다. 올리네는 한 손을 지팡이에 얹고, 다른 한 손으로는 생선 두 마리가 담긴 봉지를 들고 있었다. 올리네는 고개를 들어 자신의 집을 바라보았나. 그녀는 자신이 사는 집이 꽤 작다고 생각했다. 그녀의 집은 스타방에르 도시 전체에서 가장 작은 집이다. 스타방에르에 그녀의 집보다 더 작은 집도 있을까? 그럴지도 모른다. 그녀는 지난 몇 년 동안 바깥 나들이를 거의 하지 않았기에 도시가 어떻게 변했는지 모른다. 그녀는 발이 아프기 시작하면서부터 가능한 한 외출을 하지 않았다. 물론 그전에도 여기저기 외출을 많이 했던 것은 아니다. 올리네에겐 자식들이 많다. 올리네는 그 작은 집에서 그 많은 아이들을 낳아 길렀다. 집이 복잡하긴 했지만 어떤 면에서 보자면 부족한 것은 하나도 없었다. 그녀에겐 그 집이 크고 좋기만 했다. 게다가 그녀의 훌륭한 남동생 중 한 명은 유명한 화가가 될 수도 있었다. 그는 무척이나 아름다운 그림을 그렸지만, 어느 순간 그가 그리는 그림은 낙서처럼 변하고 말았다. 그녀는 그가 그린 그림을 작은집 문에 걸어 놓았다. 낙서처럼 보이는 그림 속에서는 말을 탄 기사도 볼 수 있었다. 담뱃갑 포장지의 뒷면에 그린 그림. 그다지 눈여겨볼 만한 그림이라곤 할 수 없었다. 하지만 그녀는 동생이 그린 그림을 문에 걸어 놓았다. 그녀는 자주 그림을 내려 버릴까 생각도 해 보았지만, 너무나 오랜 세월 동안 거기에 걸려 있었던 그림이므로 조금 더 걸어 두더라도 문제는 없으리라고 생각하며 손을 대지 않았다. 아름답고 훌륭한 그림을 그렸던 그가 말년에 이르러 낙서 같은 그림만 그렸다니! 너무나 슬픈 일이다! 하지만 어쩔 수 없는 일. 거부해도 소용없는 일이다. 어쨌거나 삶은 현재가 중요한 법. 올리네는 현재가 중요하다고 생각했다. 가빴던 숨이 안정을 되찾았다. 이제 그녀는 바닷가에서 가져왔던 생선을 집에 가져다 놓아야 한다. 그녀는 항상 매우 싼값에 생선을 살 수 있었다. 제일 값싼 생선. 더구나 오늘은 생선값을 지불하지 않아도 되었다. 어부 스베인은 항상 그녀에게 친절했다. 그녀는 어부 스베인에게서 항상 제일 싼 가격으로 생선을 구입할 수 있었다. 그녀의 남동생? 그녀가 남동생에게서 받았던 유일한 것은 지금 작은집 문에 걸려 있는 낙서 같은 그림이다. 어느 날 담배를 피우고 싶었던 그는 그녀에게 찾아와서 담뱃값을 마련할 만한 일이 없느냐고 물었다. 장작을 패는 일이라든가 그 비슷한 일들. 하지만 그녀에겐 장작이 충분히 있었다. 하필이면 그가 찾아왔던 날! 그렇지 않았다면 라스는 장작을 패고 톱질을 해서 원하는 것을 얻을 수도 있었을 텐데. 하지만 그날은 그가 할 일이 없었다. 그녀는 그에게 담뱃값으로는 충분하지 않은 돈을 줄 수밖에 없었다. 그는 그 대가로 낙서 같은 그림 한 장을 주었고, 그녀는 그것을 화장실 문에 걸어 두었다. 결코 보기 좋은 그림이라곤 할 수 없었지만, 그녀는 어디든 걸어 놓아야 한다고 생각했다. 올리네는 그 그림을 작은집 문에 걸어 놓았음을 기억해 냈다. 라스는 이상한 청년이었다. 사람들은 그가 미쳤다고 말했다. 미쳐 버린 청년. 사람들은 그를 미친 라스라고 불렀다. 사람들은 그 외에도 입에 담을 수 없는 말로 그를 불렀다. 들쥐 라스. 들쥐. 주머니 속의 들쥐. 들쥐. 그녀는 자신이 이처럼 나이를 먹었다는 사실이 믿기지 않았다. 그녀의 어머니는 지금 그녀의 나이에 이르기 전에 세상을 떠났다. 하지만 미친 라스는 꽤 오래 살았다. 아버지. 그녀의 형제자매들은 아버지의 유전자를 물려받았음이 틀림없다. 그렇다. 그렇지 않고서야 이처럼 오래 살 리가 없지 않은가. 올리네는 허리를 쭉 펴고 작고 아담한 자신의 집을 쳐다보았다. 작고 예쁜 집. 특히 흰색 페인트로 외벽을 칠한 뒤에는 더욱 예쁘게 보였다. 올리네는 짧은 보폭으로 언덕을 올랐다. 세상에, 그녀가 이렇게 늙었다니. 그녀는 다시 발에 통증을 느꼈지만 계속 발을 옮겼다. 발을 옮겨야만 했다. 그녀는 배를 곯지 않도록 음식을 구입해야 하고, 난로에 불을 지피기 위해 장작을 마련해야 한다. 그녀는 자신만의 삶을 살아야 한다. 그 외에는 특별히 할 일이 없지 않은가? 그녀가 자신의 삶을 제대로 꾸려 나가지 못한다면 최악의 가난으로 점철된 밑바닥 인생만 남을 것이기에, 그녀는 어쨌든 힘닿는 데까지 애를 써야 한다. 올리네는 다른 방법은 없다고 생각하면서 아픈 발을 질질 끌며 힘겹게 언덕길을 올랐다. 자신의 집을 쳐다보던 그녀는 집이 작긴 하지만 참으로 예쁘다고 생각했다. 특히 흰색 페인트칠을 한 뒤에는 더욱 아름다운 집으로 변했다. 작은 창문과 얇은 비단 방사 커튼. 창문 앞에 걸어 둔 비단 방사 커튼! 창틀을 장식한 꽃 화분! 예전 같으면 그녀는 그 꽃들의 이름을 기억했을 것이다. 제비꽃? 여러 꽃 중에 하나쯤은 제비꽃이 아닐까? 베고니아? 데이지꽃? 올리네는 기억이 가물가물했다. 확신할 수 없었다. 지팡이를 짚고 생선이 든 봉지를 든 채 집 앞 언덕길을 오르던 올리네는 어쨌거나 자신이 작고 예쁜 집에 사는 것만큼은 분명하다고 생각했다. 발걸음은 느렸다. 그녀는 손에 쥔 생선 봉지를 덜렁거리며 한 발짝 한 발짝 힘겹게 걸었다. 발에 통증만 없었더라면. 그녀는 자리에 앉아 있을 때면 통증을 거의 느끼지 않지만, 일어나서 걸을 때면 걷잡을 수 없는 통증에 시달리곤 했다. 숨이 가빠졌다. 기억력도 사라졌다. 기억할 수 없는 것은 창틀의 꽃 이름뿐만이 아니었다. 다른 것도 마찬가지였다. 그러다 뜬금없이 먼 과거의 일이 떠오르곤 했다. 어린 시절의 기억은 생각지도 못했던 순간에 너무나 생생하게 그녀의 머릿속을 비집고 들어왔다. 올리네의 과거 기억은 마치 어제 경험했던 일처럼 생생하기 그지없었다. 하지만 정작 그녀는 막상 어제 있었던 일은 기억하지 못했다. 정말 그럴까? 어제 무슨 일이 있었지? 아, 어제는 생선을 구입했었던가? 우유를 샀던가? 생선을 구웠던가? 그랬을지도 모른다. 뜨개질도 했었던가? 뜨개질을 하고 있을 때 누군가가 집에 찾아왔었던가? 아들 중 한 명? 딸들? 손자? 여동생? 남동생? 하지만 그녀에겐 살아 있는 남동생이 없다. 올리네는 이런 생각을 하면 안 된다고 생각했다. 그녀의 남동생들은 이미 모두 세상을 떠났던가? 그렇다, 그들은 세상을 떠났다. 모두. 마지막 남은 남동생이 세상을 떠난 건 불과 두어 해 전이다. 그는 헤우게순[19] 어딘가에 살았던가? 올리네는 아무것도 기억할 수 없었다. 이젠 얼마 가지 않아 자신이 어디에 사는지도 기억하지 못할 것이다. 하지만 다행히도 그녀는 지금 자신이 어디에 살고 있는지 기억할 수 있다. 작고 하얀 집.

19) 노르웨이 로갈란주의 북부에 위치한 도시.

그녀는 지금 스타방에르에서 가장 작은 집에서 홀로 살고 있다. 예전에는 그 집에서 남편과 아이들과 함께 살았다. 온 가족이 집에 있는 날이면 발 디딜 틈도 없이 비좁았다. 하지만 그건 올리네의 삶이었다. 그녀의 작은 집엔 삶이 있었다. 작은 집에서의 삶. 그녀의 삶. 올리네는 집 앞에서 발을 멈추었다. 빨간색 대문. 그 빨간 대문은 그녀를 집 안으로 인도해 준다. 올리네는 집의 외벽에 흰색 페인트칠을 했을 때, 대문은 빨간색으로 칠했다. 그녀는 대문을 열고 집 안으로 들어갔다. 작은집에 먼저 가는 것이 좋지 않을까? 최근엔 집 안에 화장실을 설치한 집이 늘어났다. 그녀는 병원에 입원했던 라스가 집에 돌아왔을 때 그에게서 난생처음으로 실내 수세식 화장실에 관해 들었다. 그는 변기 안에 물이 있으며, 하얀 도자기 같은 변기에 앉아 용변을 본 뒤에 물을 내리면 변기가 다시 깨끗해진다고 설명해 주었다. 요즘은 실내에 화장실을 설치한 집들이 점점 늘고 있다. 모든 집에 수세식 화장실이 설치된 것은 아니지만 예전보다 그 수가 부쩍 많아졌음은 사실이었다. 하지만 그녀의 집 안에는 화장실이 없었다. 그녀는 집 밖에 자리한 작은집으로 불리는 야외 공동 화장실로 만족했다. 그녀는 작은집과 요강만 있으면 문제없다고 생각했다. 문득 그녀는 아무도 자신의 생각을 알아채지 못하는 것이 참으로 다행이라고 생각했다. 사실 요강은 한밤중에 사용하기에 매우 요긴했다. 단지 요강 입구에 잘 맞추어 앉기가 쉽지 않을 뿐. 그래서 그녀는 거실 탁자 위에 요강을 올려놓았다. 그러면 요강에 앉아 볼일을 보는 것이 훨씬 쉬웠다. 그녀는 한 손으로는 지팡이를 짚고, 다른 한 손으로는 탁자 가장자리를 잡고 몸을 지탱하며 요강에 앉곤 했다. 가끔 그녀는 한낮에도 요강을 이용하곤 했다. 게다가 그녀는 매일 요강을 비우지도 않았다. 그 때문에 집 안에는 요강에서 나는 악취가 배어 있었다. 그녀는 얼른 생선을 내려놓고 잠시 앉아서 숨을 돌려야겠다고 생각했다. 작은집엔 그다음에 가도 될 것이다. 하지만 그녀는 볼일이 점점 급해지고 있음을 느꼈다. 집에 가기 전에 먼저 작은집에 들러야 할까? 그녀는 이전에도 생선을 들고 화장실에 먼저 들른 적이 있었다. 하지만 그녀는 화장실에 생선을 들고 가는 일은 되도록 피하고 싶었다. 만약 누가 보기라도 하면 어떡할까! 사실 그런 일도 없지 않았다. 동네의 한 젊은 청년! 또 생선을 들고 변소에 가는 건가요? 그는 올리네를 자주 놀리곤 했다. 그것이 과연 수많은 자식을 낳아 기른 나이 많은 여인에게 할 수 있는 말이던가! 부랑자 같으니! 이웃집 청년! 생선을 변소에 들고 들어가다니! 그는 그렇게 말했다. 하지만 그녀는 개의치 않았다. 그녀는 생선 봉지를 들고 화장실 안으로 들어가서 봉지를 화장실 문손잡이에 걸어 두면 된다고 생각했다. 이전에도 자주 그랬으니까. 그녀는 화장실 문을 닫고 안쪽 문손잡이에 생선 봉지를 걸어 둔 뒤에 볼일을 보았다. 곰곰 생각해 보니, 그녀는 바닷가에서 생선을 가져올 때마다 화장실에 먼저 들러 문손잡이에 생선 봉지를 걸어 두었던 것 같다. 그렇다고 그녀가 그 일을 좋아하는 건 아니었다. 오히려 그 반대였다. 올리네는 지팡이를 짚고 서서 빨간 대문을 쳐다보았다. 올리네는 집 모퉁이로 시선을 돌렸다. 그 모퉁이만 돌아가면 작은 돌산 아래 작은집이 있다. 작은집은 아주 오래전에 부목을 이용해서 지었다. 그녀는 그것이 정확히 언제 지어졌는지는 기억할 수 없었지만 부목을 사용해서 지었음은 거의 확신할 수 있었다. 그럼에도 작은집은 여전히 제자리를 지키고 있다. 앞으로도 오랫동안 무너져 내리는 일은 없으리라. 그녀는 볼일을 보기 위해 물이 담긴 변기 위에 앉는 것은 있을 수 없는 일이라고 생각했다. 그러고 싶은 마음도 없었다. 그녀는 다른 어떤 일도 마음만 먹으면 할 수 있지만 볼일을 보기 위해 물 위에 앉는 것은 절대 못 할 일이라고 생각했다. 사람들이 말하는 수세식 변기? 그녀와는 상관없는 일이었다. 올리네는 라스에게서 병원의 수세식 변기에서 용변을 보았던 이야기를 들었을 때 얼마나 놀랐는지 모른다. 그녀에게 수세식 변기는 딴 세상의 물건이었다. 올리네는 무슨 일이 있어도 수세식 변기에서 용변을 보는 일은 없으리라고 생각했다. 문득 등 뒤에서 종종걸음을 걷는 발소리가 들렸다. 손자들 중 한 명이 그녀에게 뛰어오는 것일까? 그녀에겐 손자 손녀가 많았고, 대부분은 그녀의 집 근처에서 살고 있었다. 그녀에겐 모두 몇 명인지 좀체 기억할 수 없을 정도로 손자 손녀가 많았다. 심지어는 가끔 그들의 이름을 기억하지 못할 때도 있었다. 하지만 그들의 얼굴은 정확히 기억하고 있었다. 그녀는 손자 손녀의 얼굴은 기억했다! 세세한 특징까지도! 가끔 손자 손녀가 그녀에게 고기를 가져오기도 했다. 돼지고기, 양고기. 그렇다, 그런 날도 없지 않았다. 어쩌면 지금 들리는 발소리도 고기를 가져오는 손자 손녀의 것이 아닐까. 그럴지도 모른다고 생각하던 올리네의 눈에 띈 것은 집 모퉁이를 돌아 뛰어오는 한 소년이었다. 그녀의 집은 길모퉁이에 자리하고 있었다. 올리네는 모퉁이를 돌아 자신의 바로 앞을 지나치며 전속력으로 뛰어가는 소년을 보았다. 낯선 얼굴이었다. 다시 몸을 돌려 뛰어가는 소년의 등을 바라보던 올리네는 스타방에르에는 아이들이 참 많다고 생각했다. 너무나 많은 아이들. 사람들은 결혼하면 누구나 할 것 없이 아이를 낳아 기른다. 수많은 아이들. 그런 면에서 보자면 신은 참으로 자비롭다. 올리네는 길 아래쪽으로 뛰어가는 소년을 바라보았다. 소년이 갑자기 발을 멈추고 고개를 돌려 올리네를 바라보았다.

뜀박질을 참 잘하는구나. 올리네가 소리쳤다.

소년이 고개를 끄덕였다.

숨차지 않니?

소년은 다시 고개를 끄덕였다.

네. 소년이 소리쳤다.

소년이 다시 몸을 돌렸다. 소년이 길 아래쪽으로 뛰어가다 다시 고개를 돌리고 올리네를 향해 생선 할머니!라고 소리쳤다. 소년은 노래를 부르기 시작했다. 생선을 변소에 가져가는 할머니. 생선 할머니. 올리네가 동네의 부랑자라고 생각했던 청년이 그 소년이었던가. 가물가물했다. 생선을 들고 똥 누는 할머니. 올리네는 소년이 부르는 노래를 들었다. 일전에 그녀를 놀렸던 그 청년이 바로 저 소년이었던가? 그러고 보니 닮은 것 같기도 했다. 하지만 그 청년은 이 소년보다 훨씬 나이가 많았는데? 올리네는 생선을 들고 똥 누는 할머니라고 노래 부르는 소년을 보았다. 볼일이 급하지만 않았더라면 그녀는 생선을 들고 먼저 집으로 갔을 것이다. 하지만 그녀는 일단 먼저 집에 들어가면 차가운 바깥 날씨 속으로 다시 나오기가 쉽지 않음을 잘 알고 있었다. 그나저나 요즘 아이들은 어쩜 저렇게 무례할까? 올리네는 노래를 부르다 말고 다시 자신을 향해 몸을 돌리는 소년을 바라보았다.

오늘도 생선을 들고 변소에 가실 건가요? 소년이 소리쳤다.

말조심해. 그러지 않으면 내가 너까지 변소에 데려갈 거야. 올리네가 소리쳤다.

데려가 보세요. 소년이 소리쳤다.

몸을 돌려 뛰어가던 소년이 고개를 돌려 올리네를 흘낏 바라보더니 다시 길 아래쪽으로 뛰어갔다. 그러고는 스테인후세트 모퉁이에서 자취를 감추었다. 올리네는 요즘 아이들은 어른을 존경하지 않는다고 생각하며 집 모퉁이를 돌았다. 작은 집으로 향하던 올리네는 여느 때와 마찬가지로 발에 통증을 느꼈다. 그녀는 문고리를 들어 올리고 작은집 안으로 들어가서 지팡이를 문 옆 벽에 기대어 세워 놓은 뒤 문을 닫았다. 안에서 문고리를 걸어 잠근 그녀는 마침내 혼자 있을 수 있었기에 안도의 숨을 내쉬었다. 이제는 다른 사람들의 시선을 걱정하지 않아도 된다. 마침내! 생선 봉지를 문고리에 걸어 놓은 올리네는 볼일이 급하다는 사실을 깨달았다. 서둘러 속치마 두 개를 들쳐 올리고 속옷을 내린 그녀는 낙담했다. 속옷이 조금 젖어 있었다.

세상에, 이럴 수가.

이럴 수가. 휴.

어쩔 수 없지, 뭐.

그녀는 구멍 위에 앉아 중심을 잡았다. 몸을 앉히니 너무나 편안했다. 앉는 순간 온몸의 통증이 한순간에 사라지는 것 같았다.

그래, 이만하면 사는 것도 괜찮아.

구멍 위에 앉은 그녀는 곧 볼일을 볼 수 있으리라 생각하며 기다렸다. 그러고는 문고리에 걸어 둔 생선 봉지를 보았다. 커다란 생선 두 마리. 생선 피가 봉지 아래로 뚝뚝 떨어지고 있었다.

물고기들의 삶은 어쩔 수 없어.

측은하기도 하지.

어쩔 수 없어.

생선이 없었더라면 우린 끼니를 때우지도 못했을 거야. 올리네는 혼잣말로 중얼거렸다.

그녀는 신이 그들에게 물고기를 가져다주지 않았더라면 그 많은 식구들이 모두 굶어 죽었으리라고 생각했다. 그녀는 볼일을 보려 했지만, 나오는 것은 아무것도 없었다. 아랫배에 힘을 줘 보았지만 오줌은커녕 똥도 나올 기미가 없었다. 올리네는 작은집에 생선을 가져오지 않았더라면 용변을 더 쉽게 볼 수 있었을지도 모른다고 생각했다. 화장실에 생선을 가져오다니. 화장실에 음식을 가져오다니! 그녀는 조금 젖어 있던 속옷을 떠올렸다. 어쩌면 그것이 전부였을지도 모른다. 예전에도 모르는 사이 속옷이 젖는 일이 있었지만 그때는 대변에 알아차렸다. 하지만 요즘은 속옷이 젖는지도 모르고 그냥 지나칠 때가 더 많았다. 예전에는 속옷이 뜨뜻해지는 것을 느낄 수 있었는데, 지금은 그렇지 않다. 속옷이 젖는 것도 알아차리지 못하다니!

늙으면 죽어야지.

올리네는 속옷이 젖는 것을 알아차리지 못하는 이유가 발의 통증 때문일지도 모른다고 생각했다. 그녀는 금방이라도 볼일을 봐야 할 것 같아서 작은집에 왔지만, 막상 속옷을 내리니 아무것도 나오지 않았다. 그런데 생선은 어떡할까. 생선을 요리해 먹을 마음이 사라져 버렸다. 음식을 들고 화장실에 오다니. 하지만 그녀는 무엇으로라도 배를 채워야만 한다. 그녀는 매일 끼니를 때우기 위해 바닷가에 내려가서 생선을 가져와야 한다. 음식을 먹지 않고 살 수는 없으니까. 하지만 생선을 가져와서 부엌에 들르지도 않고 화장실부터 가야 하는 일이 생기다니. 먼저 집에 들어가면 다시 밖에 나오기 힘들므로 탁자 위에 올려 둔 요강에 볼일을 봐야 한다. 그녀는 이런 날이 올 줄은 생각지도 못했다. 화장실에 가는 것조차 힘들어하는 일이 생길 줄은 상상도 못 했던 것이다. 하지만 나이가 들었을 때의 삶을 샅샅이 다 아는 젊은이들은 없다. 올리네도 마찬가지였다. 그녀도 젊었을 때는 화장실에 생선을 들고 들어가는 자신의 모습을 상상할 수 없었다. 그녀는 얼른 용변을 봐야겠다고 생각했다. 그녀는 발이 아파도 걸을 수야 있지만, 용변을 보는 일은 마음대로 조절하지 못한다는 생각에 낙담했다. 이런 일이 생길 줄은 꿈에도 몰랐다. 그녀는 얼른 뭐라도 짜내야 한다고 생각하며 생선을 바라보았다. 물고기의 눈. 물고기의 커다란 눈. 그리고 핏방울.

세상에.

쯧쯧.

그녀는 조금 더 앉아 있으면 뭐라도 나올 것이라고 생각했다. 그녀는 계속 가만히 앉아 있었다. 소문에 의하면 라스도 마지막 순간에는 그녀와 다르지 않았다. 그도 대소변을 가리지 못했던 것이다. 그는 미리암이던가? 엘리네던가? 아무튼 사납기 짝이 없는 여인의 집에서 다른 저소득자들과 함께 살았고, 침대에 누워 속옷에 용변을 보았다. 사실 그건 예상했던 일이었다. 그녀는 아이들 때문에 한시도 마음 놓을 수 없었던 지난날을 떠올렸다. 들리는 말에 의하면 라스도 동네 아이들 때문에 편안한 삶을 살지는 못했다. 아이들은 라스를 졸졸 따라다니며 들쥐, 들쥐 라스라고 불러 대며 놀렸다. 아, 저 물고기의 눈. 여전히 아무것도 나오지 않았다. 라스, 라스. 넌 참 특별한 사람이었어, 라스. 넌 나무에 톱질을 하고 장작을 패는 일도 참 잘했지. 내가 겨울을 따뜻하게 날 수 있었던 것도 모두 네가 마련해 준 장작 때문이었단다. 넌 여름이 되면 부목을 모아 해안에서 말린 후 집으로 가져와서 톱으로 일정하게 잘라 차곡차곡 쌓아 두었어. 넌 그 일의 대가로 배를 채울 수 있는 음식을 얻었고 매우 만족했어. 가끔은 대가로 담배를 손에 넣기도 했지. 넌 그랬어. 우리가 섬에 살 때, 넌 아주 작은 소년이었단다. 난 너의 누나였고, 넌 나의 남동생이었어. 넌 가끔 집을 나가 몇 시간이고 밖에서 머물다가 어둑해질 즈음에야 돌아오곤 했지. 난 네가 어디서 뭘 하는지 궁금했단다. 그건 똑똑히 기억하고 있어. 마치 어제 있었던 일처럼. 어느 날, 난 네 뒤를 밟기로 마음먹었단다. 그것도 어제 일처럼 똑똑히 기억하고 있어. 하지만 난 막상 어제 일어났던 일들은 기억하지 못해. 한 소년이 내게 화장실에 생선을 가져가는 할머니라고 소리쳤는지, 또는 그게 단지 나의 상상이었는지 확신할 수 없어. 비록 그게 방금 일어났던 일이라 할지라도 난 그게 실제로 있었던 일인지 장담할 수가 없단다. 반면 어렸을 때 내가 섬에서 네 뒤를 밟았던 일은 생생하게 기억하고 있어. 그 섬은 보르그외위였지. 아니, 하트외위였던가? 적어도 그 섬이 튀스베르에 있었던 건 확실해. 난 그 당시 있었던 일, 그 당시 내가 보았던 것을 똑똑하게 기억하고 있어. 무슨 일이 있었는지, 라스가 무슨 말을 했는지도. 하지만 섬 이름은 확실히 기억할 수가 없구나. 장담할 수는 없지만 난 그 섬이 보르그외위라고 생각해. 그런데 나는 왜 지금 작은집에 앉아 라스를 생각하고 있을까. 왜 섬에 산책을 나갔던 라스를 뒤따르기로 결심했던 그날을 떠올리는 것일까. 내가 이런 기억들을 지금 떠올리는 이유는 무엇일까? 물고기의 눈 때문일까? 커다란 물고기의 눈 때문에? 그렇다, 내가 이런 기억을 떠올리는 건 분명 커다란 물고기의 눈 때문일 것이다. 그런데 왜 내 눈은 이처럼 젖어 있을까? 나는 왜 여기저기 쑤시는 몸으로 오줌도, 똥도 누지 못하면서 이처럼 작은집에 앉아 연약한 여자아이처럼 울고 있는 것일까? 어쨌든 발의 통증은 한결 가셨다. 늙은 몸은 가만히 앉아 있을 때 행복해한다. 참, 나는 그날 라스의 뒤를 밟았다. 보르그외위라는 섬에서. 그렇다, 그 섬 이름은 보르그외위가 틀림없다. 아, 이제야 오줌이 나온다. 원하지 않는데도 저절로 흐르듯 줄줄 나온다. 아, 더는 오줌이 나오지 않는다. 아니, 한 방울 더! 생각도 못 했던 일이다. 작은 한 방울, 물고기 눈처럼 동그란 한 방울! 쳇! 라스의 눈, 그의 눈은 갈색이었다. 그는 무언가를 뚫어지게 바라보다가 자주 눈물을 흘리곤 했다. 그는 아무 이유도 없이 갑자기 우는 일이 자주 있었다. 심지어는 식사 중에도 갑자기 울곤 했다. 그는 시도 때도 가리지 않고 갑자기 눈물을 흘렸고, 그 이유를 아는 사람은 아무도 없었다. 라스는 참으로 독특하고 이상한 동생이었다. 나는 그날 그의 뒤를 밟았다. 나는 그에게 들키지 않으려 몸을 숨기며 걸었고, 그는 그런 나를 발견하지 못했다. 만약 그가 나를 발견했더라면 불같이 화를 냈을 것이다. 라스는 결코 다루기 쉬운 사람이라곤 할 수 없었다. 그는 화를 자주 냈고 다른 사람에게 위협을 가하기도 했다. 사람들은 그의 앞에서 말과 행동을 매우 조심했다. 나는 그가 살인자가 되었다 하더라도 놀라지 않을 자신이 있다. 어쨌든 그의 성격은 매우 독특했다. 나는 그것만큼은 확실하게 말할 수 있다. 내가 그의 뒤를 밟았던 날, 그의 갈색 눈동자는 검게 변해 있었다. 그날 아침 그를 보았을 때 그의 눈동자에는 짙은 어둠이 어려 있었다. 칠흑 같은 어둠이 자리한 그의 눈은 촉촉하게 젖어서 반짝였다. 그의 눈동자는 금방이라도 제자리에서 튀어나올 듯 실룩거렸고, 그는 금방이라도 눈물을 쏟아 낼 것 같았다. 그날 아침 내 앞에 서 있던 그의 눈동자는 그처럼 이상했다..

기분이 안 좋니? 나는 그에게 물어보았다.

라스는 고개를 숙이고 바닥만 내려다보며 대답하지 않았다.

왜 그러니?

나는 라스가 고개를 떨군 채 어깨를 들썩이는 것을 보았다.

슬퍼 보여서 그래.

응.

특별한 일이라도 있었어?

아냐.

아무것도 아냐. 그가 말했다.

그런데 왜 그래?

나는 고개를 드는 라스의 눈동자가 묵직한 산과 거뭇거뭇한 하늘을 담고서 어둡게 변하는 것을 보았다. 나는 라스가 고개를 들어 나를 바라보았을 때, 그의 눈이 젖어 있는 것을 보았다. 라스가 시선을 떨구었을 때 나는 거실에서 대화를 나누는 부모님의 목소리를 들었다. 아버지는 곧 사람들이 소를 가지러 올 것이라고 했다. 그것은 독립적인 사고를 바탕으로 자식들에게 세례를 허락하지 않는 사람들이 치러야 할 대가라고 했던가. 설령 세례를 받더라도 아이들은 교회의 가장 뒤편에 자리한 조그마한 의자 두 개밖에 차지할 수 없어. 그들은 이처럼 교회에 의자를 마련해 주면 사람들이 삶의 빛을 경험할 수 있다고 믿지. 그들은 그 이상은 아무것도 이해하지 못하는 사람들이야. 아버지의 말을 들은 라스는 입술을 비쭉이며 기괴한 미소를 지었다. 라스는 눈물 사이에서 미소를 지으며 나를 바라보았다. 나는 라스를 향해 고개를 끄덕여 주었다.

왜 그래, 라스?

아무것도 아냐.

거짓말. 뭔지 말해 봐.

아냐. 라스가 말했다.

정말 아무것도 아니라니까. 그가 덧붙였다.

왜 항상 이래야만 할까? 그가 말했다.

무슨 의미니? 내가 그에게 되물었다.

라스가 고개를 절레절레 저었다.

아무것도 아냐.

도대체 뭐가 못마땅한 거니?

딱히 특별한 이유가 있는 건 아냐.

다른 이유라도 있어?

어쩌면 특별한 이유가 없는 게 이유일지도 몰라. 라스가 말했다.

뭐가 그렇게 어려워?

나는 라스가 고개를 끄덕이는 모습을 보았다.

산이 거뭇거뭇해. 내가 말했다.

응.

이젠 바다도 거뭇거뭇하게 변했어.

응.

그게 이유니?

그럴지도 몰라.

누가 너에게 나쁜 짓이라도 한 거야?

난 누가 내게 나쁜 짓을 해도 상관하지 않아. 라스가 말했다.

라스는 누가 자기에게 나쁜 짓을 해도 개의치 않는다고 말했다. 나는 그 말의 의미를 이해할 수 있었다. 라스는 물고기의 눈으로 나를 바라보았다. 나는 그의 얼굴이 굳어지는 것을 보았다. 나는 그의 굳어진 뺨 위로 눈물이 흘러내리는 것을 보았다. 나는 라스가 몸을 돌려 대문을 향해 뛰어가는 것을 보았다. 그는 대문을 열고 밖으로 나갔다. 나는 그의 뒤를 따랐다. 그는 습지를 넘어 바닷가 쪽으로 뛰어갔다. 그는 길을 따라 걷지 않았다. 나는 그의 발이 습지에 푹푹 빠지는 것을 보았다. 넘어졌던 그가 다시 몸을 일으켜 뛰기 시작했다. 그가 습지에 빠진 한쪽 발을 힘겹게 들어 올리면 다른 쪽 발이 습지에 잠겼다. 나는 라스가 바닷가 쪽으로 뛰어가는 것을 보았다. 그가 갑자기 습지 중앙에 있는 바위 위에 주저앉았다. 나는 바위에 앉아 있는 그의 등을 보았다. 나는 라스가 두 손을 올려 눈가를 닦아 내는 것을 보았다. 나는 라스가 눈물을 훔친다고 생각했다. 라스는 왜 우는 것일까? 나는 라스가 몸을 앞으로 숙이고 양손으로 머리를 감싸 쥐는 것을 보았다. 라스가 고개를 돌려 나를 바라보았다. 제발 나를 혼자 있게 해 줘! 나는 라스가 소리치는 것을 들었다. 날 제발 가만히 내버려 둬. 특별한 건 없어. 아무것도 없다고. 나는 라스가 몸을 일으켜 바위에서 뛰어내리는 것을 보았다. 그의 두 발이 습지에 푹 빠졌다. 나는 라스가 습지에 빠진 발을 힘겹게 빼내어 바닷가로 걸어가는 것을 보았다. 그의 발이 다시 습지에 빠졌다. 그는 힘겹게 습지와 싸우며 바닷가로 향했다. 바다는 조용했다. 나는 라스가 바위 위로 기어 올라가서 앉는 것을 보았다. 그는 바위에 앉아 하늘과 먼 바다를 바라보았다. 나는 눈을 질끈 감고 어슴푸레한 시선으로 바다를 바라보는 그를 보며 비록 내 동생이지만 이해할 수 없는 부분이 많다고 생각했다. 내 동생은 매우 독특한 사람이다. 나는 몸을 돌려 습지로 둘러싸인 언덕 아래 자리한 작은 우리 집을 바라보았다. 갑작스러운 한 줄기 바람이 스쳤다. 작은 우리 집의 열린 대문 사이로 목소리가 들려왔다. 이 집에서 더는 살 수 없다고 말하는 아버지의 목소리. 우리는 가난한 사람들 중에서도 가장 가난한 사람들. 아버지는 무언가를 해야 한다고 말했다. 바다의 생선이 없었더라면 거센 바람과 돌멩이뿐인 이곳에서 이미 오래전에 굶어 죽었을 것이라고 말하는 아버지의 목소리에 이어, 여기서 더는 살 수 없다면 이사를 가는 게 좋으리라고 말하는 어머니의 목소리가 들려왔다. 아버지는 집을 부숴 버리고 이사를 가자고 했다. 아버지는 스타방에르로 가면 돈을 벌 수 있으리라고 했고, 어머니는 만약 아버지의 뜻이 정말 그렇다면 이사를 가자고 했다. 나는 바위에 앉아 바다를 바라보는 라스에게 눈을 돌렸다. 푸른 바다는 하얀 파도를 만들어 냈고, 푸른 하늘에는 하얀 솜털 같은 구름이 떠 있었다. 좋은 날. 눈에 보이는 모든 것들은 고요함과 차분함 속에서 움직이고 있었다. 나는 선택의 여지가 없기에 이곳을 떠나야 한다고 말하는 아버지의 목소리를 들었다. 아버지는 이곳에 더 머무르면 결국 굶어 죽을 것이라고 했다. 아버지는 식구들의 수가 너무 많아서 무엇이든 해야 한다고 말했다. 집을 부수고 남은 자재와 함께 이곳을 떠나는 수밖에 없다. 우리의 갈 길을 가는 것이다. 어머니는 아버지가 어련히 잘 알아서 하지 않겠느냐고 말했다. 아버지는 그것이 최선이라고는 상남할 수 없지만, 무엇이든 해봐야 한다고 말하며 그것만큼은 확실하다고 말했다. 스타방에르로 나가면 훨씬 많은 자유 사상가들을 만날 수 있을 것이며, 퀘이커 교인들의 유대감도 더 깊을 것이라고 했던가. 아버지는 도시에 나가면 그들로부터 지원과 도움을 받을 수 있으리라고 말했다. 나는 바위에 앉아 바다를 바라보는 라스를 보았다. 나는 그에게 다가가서 그의 옆에 앉고 싶었지만, 그러면 라스가 좋아하지 않을 것임을 잘 알고 있었다. 나는 그가 이런 모습을 보일 때면 혼자 있고 싶어 한다는 것을 잘 알고 있었다. 이전에는 라스가 그런 모습을 보일 때 자주 말을 걸어 보곤 했었다. 하지만 그는 무뚝뚝하게 대답을 하는 둥 마는 둥 하며 혼자 있고 싶어 했다. 그는 내가 아무것도 이해하지 못하는 멍청한 여자라고 말했다. 라스는 그런 말을 아무렇지도 않게 할 수 있는 사람이다. 하지만 그가 이런 상태에 있을 때면 어디에서 무슨 일을 하며 하루를 보낼까? 그가 이런 모습을 보이는 것은 무슨 까닭일까? 그가 이런 상태에 있을 때면 무슨 생각을 할까? 왜 그는 어디론가 사라져 버리는 것일까? 그는 어디에서 시간을 보낼까? 왜 그는 그토록 오랫동안 자취를 감추어 버리는 것일까? 라스는 이런 상태에 접어들면 몇 시간이고 어디론가 사라져서 모습을 보이지 않는다. 가끔은 아침 일찍 집에서 나갔고 어두워지면 돌아오곤 했다. 집에서 해야 할 일이 있건 없건, 그는 개의치 않고 어디론가 사라졌다. 아버지는 그에게 말없이 어디론가 사라지면 안 된다고 자주 주의를 주었지만 도움이 되지 않았다. 가끔은 아버지가 화를 낼 때도 있었다. 아버지는 화를 자주 내는 사람이 아니다. 아버지는 말수도 적고 매우 조용하고 차분한 사람이다. 하지만 나는 아버지가 라스에게 말없이 어디론가 사라지면 안 된다고 주의를 주는 모습을 여러 번 보았다. 아버지는 함께 해야 할 일이 있다면 그것부터 해야 한다고 말했다. 고기를 잡기 위해 바다에서 낚시를 하거나 그물을 끌어 올리는 일 등. 라스는 아버지가 그렇게 말할 때마다 알았다고 대답했다. 다시는 그런 일이 없도록 조심하겠다고도 했다. 하지만 라스가 말도 없이 어디론가 사라지는 일은 계속 되풀이되었다. 마치 아버지의 말은 아무 상관도 없다는 듯, 마치 아버지의 말을 기억하지 못하는 듯. 라스는 그런 사람이었다. 나는 라스에게 아버지와 약속을 했음에도 왜 어디론가 사라지는 일을 되풀이하느냐고 물어보았다. 라스는 아무것도 할 수 없는 이 상황에서 도망치고 싶었다고 대답했다. 그저 어디론가 도망쳐 버리고 싶었다고. 그는 아버지에게도 같은 말을 했다. 나는 그가 아버지에게 그런 말을 하는 것을 엿들은 적도 있다. 나는 아버지가 라스에게 마음이 무거워지면 어디론가 가 보는 것도 괜찮지만, 사전에 무언가를 함께하기로 약속한 상황이라면 말없이 사라지는 일을 피했으면 좋겠다고 말했던 것을 기억한다. 만약 라스가 말도 없이 사라지면 아버지 혼자 해야 할 일이 많아질 뿐 아니라 도움이 필요한 경우에도 도움을 얻지 못하니 말이다. 특히 그물을 끌어 올리는 일은 혼자 하는 것보다 둘이 하면 훨씬 수월하다. 라스는 마음 같아선 항상 아버지의 일을 돕고 싶지만, 눈 뒤편에서 무언가 짓누르는 느낌을 지울 수 없다고 했다. 금방이라도 눈알이 터질 것만 같다고 했다. 라스는 아버지에게 아들의 눈이 터지기를 바란다면 여기저기 섬을 돌아다니지 못하도록 집에 붙들어 두면 된다고 했다. 여기저기 섬을 돌아다니는 일. 그것이 바로 라스가 했던 일이었다. 아버지는 라스에게 만약 그렇다면 상황에 따라 최선의 방법을 선택하라고 말하며, 그물을 끌어 올리는 동안 나무배의 노를 저어 줄 수 있느냐고 물었다. 당시 아버지는 이미 먼 바다에 그물을 쳐 놓은 뒤였다. 라스는 그러겠다고 대답했다. 아버지는 오솔길을 따라 바닷가로 내려갔다. 나는 그때 라스가 제자리에 멍하니 서서 바다만 바라보았던 것을 기억한다. 마치 어디가 아픈 사람처럼. 마치 크나큰 수치심을 느끼는 사람처럼. 그는 제자리에 가만히 서 있기만 했다. 라스의 얼굴을 본 나는 그가 많이 우울하고 슬퍼한다는 것을 알 수 있었다.

난 아버지를 도와야 해. 라스가 말했다.

나는 고개를 끄덕였다.

그렇다면 말도 없이 사라지는 일은 하지 마.

알았어.

말없이 사라지진 않을게.

나도 그러면 안 된다는 걸 잘 알고 있어. 라스가 말했다.

넌 아버지를 도와줘야 해.

응.

나는 라스가 몸을 돌려 집 뒤편의 작은 바위 언덕 위로 오르는 모습을 보았다. 나는 라스가 아버지를 도와주리라고 생각했지만, 그는 눈물을 뚝뚝 흘리며 울기 시작했다. 그는 어디론가 사라지고 싶다고 말하며 흐느껴 울었다. 나는 라스가 어디론가 자취를 감추어 날이 어두워지기 전에는 돌아오지 않으리라고 생각했다. 그렇다면 아버지는 먼 바다에 나가 홀로 그물을 끌어 올려야 한다. 라스는 밤새 모습을 보이지 않다가 다음 날 아침 초췌한 얼굴로 돌아올 때도 있었다. 추위에 떨며 피를 흘리며 온 적도 있었다. 그렇다, 라스는 피범벅이 되어 집으로 돌아온 적도 있었다. 그의 눈동자는 어두웠고 난폭한 빛을 띠고 있었다. 나는 그에게 어디 갔다 왔느냐고 물어보았지만, 그는 단 한 마디도 대답하지 않았다. 그저 어두운 눈동자로 말없이 나를 바라볼 뿐이었다. 그는 내가 무슨 말을 해도 대답하지 않았다. 어디 다녀왔느냐고 물어도 대답하지 않았다. 아버지가 물어도 마찬가지였다. 질문에 대한 답을 얻지 못한 아버지가 집요하게 질문을 되풀이했던 적은 딱 한 번 있었다. 아버지는 라스에게 어디에 다녀왔느냐고 연신 물었다. 어디서 뭘 했니, 라스? 라스는 아버지의 계속되는 질문에 울기 시작했다. 그는 다시 집을 나갔고, 나는 그가 언제 다시 집으로 되돌아왔는지 기억할 수 없다. 라스는 지금 바위에 앉아 있다. 만약 그가 나를 발견한다면 당장 어디론가 뛰쳐나갈 것이다. 나는 그에게 내 모습을 들키면 안 된다. 하지만 나는 라스가 집을 나가서 온종일 뭘 하는지 알아보고 싶은 마음을 접을 수 없었다. 그래서 나는 지금 라스의 뒤를 밟고 있는 것이다. 나는 몸을 숨긴 채 가만히 서서 라스를 보았다. 그의 뒤를 밟아도 좋을까? 나는 바위에 앉아 먼 바다를 응시하는 라스를 바라보았나. 나는 라스가 별안간 몸을 일으켜 바다를 향해 뛰어가리라고 생각했다. 올리네는 화장실에 앉아 오줌이든 똥이든 얼른 나오기만을 기다리며 과거를 회상했다. 기다리는 것은 나오지 않았다. 올리네는 막상 속옷을 내리고 작은집에 앉아 있으면 아무것도 나오지 않는다고 생각했다. 이제 이렇게 살다 죽어야 하나. 그녀도 한때는 젊음을 자랑했던 적이 있었다. 마음만 먹으면 지치지도 않고 보르그외위의 언덕 위, 무성한 덤불 사이를 뛰어다니곤 했다. 그녀는 아무리 거칠고 험한 숲이라도 마음만 먹으면 주저하지 않고 보르그외위 곳곳을 뛰어다녔다. 올리네는 지금 작은집에 앉아 생선 눈알을 바라보고 있다. 생선에 묻은 피는 거의 다 말라 굳어 있었다. 올리네는 한 손을 뻗어 생선을 만져 보았다. 꾸덕꾸덕하고 찐득찐득했다. 그녀는 생선 눈알이 조금 전과 달리 그다지 날카롭게 보이지 않는다는 것을 깨달았다. 생선 눈알은 꿈을 꾸는 듯 몽롱하게 보였다. 그녀는 생선이 점점 쪼그라들어 간다고 생각했다. 올리네는 더 이상 앉아 있을 수 없었다. 아니, 그녀는 방금 작은집에 들어오지 않았던가? 기억이 나지 않았다. 그녀는 오늘도 평소와 마찬가지로 아침 일찍 생선을 사러 바닷가로 내려갔다. 그녀는 다시 집으로 돌아왔고, 곧장 작은집으로 향했다. 금방이라도 무언가가 나올 것 같아서 생선 두 마리가 담긴 봉지를 들고 집에 들어가기도 전에 작은집에 들어갔던 것이다. 필요 없는 발걸음을 번거롭게 두 번이나 할 필요는 없다는 생각 때문이기도 했다. 그 때문에 올리네는 생선을 들고 먼저 작은집에 들어갔던 것이다. 그녀는 걸을 때면 발이 아팠다. 하지만 지금은 발에 통증을 느끼지 않는다. 잠시나마 가만히 쉬었기 때문에 통증이 사라졌던 것이다. 올리네는 생선에서 손을 떼어 자신의 허벅지 위에 올려놓았다. 허벅지도 나이를 이기지 못해 쭈글쭈글해졌다. 젊었을 때의 탱탱했던 피부와는 거리가 멀었다. 그녀의 허벅지는 핏기 없이 창백했고 쭈글쭈글했다. 문득 허벅지에 손을 대도 아무런 감각이 없음을 깨달은 올리네는 허벅지를 살짝 꼬집어 보았다. 역시 아무런 느낌이 없었다. 그녀는 허벅지의 감각이 사라졌음을 깨달았다. 그녀는 다른 허벅지에 손을 가져가서 꼬집어 보았다. 역시 아무런 느낌이 없었다. 올리네는 차가운 날씨 때문이라고 생각했다. 그녀는 얼른 몸을 일으켜야겠다고 생각했다. 생선을 집에 가져가서 부엌 조리대 위에 올려놓고 손질을 해야겠다고 생각했다. 생선을 삶은 후에는 뜨개질을 해 볼까? 날씨가 추워졌기 때문에 난로에 불을 피워야 하진 않을까? 날씨는 이미 오래전부터 추웠지만 그녀에겐 불을 땔 장작이 없었다. 그래서 그녀는 불을 때는 대신 옷을 더 많이 껴입었다. 그녀에겐 손수 뜨개질을 한 따뜻한 스웨터가 있었다. 그녀는 작년에 새 스웨터를 짜 입었다. 이전에 있던 스웨터가 너무나 낡아서 새것이 필요했기 때문이다. 그녀는 스웨터를 짜면서 그것은 팔지 않고 직접 입어야겠다고 생각했다. 하지만 늦가을이 되고 보니 스웨터 한 벌만으로는 한기를 이겨 내기가 힘들었다. 올리네는 난로에 불을 피워야겠다고 생각하며 문손잡이에 걸려 있는 생선을 바라보았다. 생선은 더 이상 신선해 보이지 않았다. 눈알도 몽롱해 보였다. 올리네는 바위에 앉아 있던 라스가 몸을 돌려 젖은 눈으로 자신을 바라보던 모습을 떠올렸다. 라스는 왜 거기 앉아서 자신을 감시하느냐고 소리쳤다.

아냐, 난 너를 보고 있지 않았어.

거짓말하지 마.

아니라니까.

거기 앉아서 나를 보고 있었잖아.

내가 그러면 안 되는 이유라도 있니?

그런 건 아냐.

나는 몸을 굽혀 돌멩이 한 개를 주워 드는 라스를 보았다. 그는 가만히 앉아 손에 든 돌멩이를 뚫어지게 보더니 자리에서 일어나 한 손을 뒤통수에 대고 나를 째려보았다. 라스는 내게 돌멩이를 던졌다. 얼른 몸을 피한 나는 허공을 지나 우리 집을 향해 날아가는 돌멩이를 보았다. 나는 돌멩이가 집 담벼락에 부딪치는 소리를 들었다. 라스는 서둘러 바위에서 내려왔다. 누군가가 무슨 일이냐고 소리쳤다. 나는 대문 밖으로 나오는 아버지를 보았다.

무슨 일이야? 아버지가 말했다.

아버지는 대문 앞에 서서 나를 바라보았다.

뭔가 부딪치는 소리가 났는데.

나는 아버지의 눈동자에 두려움이 서려 있음을 보았다. 나는 고개를 끄덕였다.

무슨 일인지 넌 알고 있니?

물론 나는 무슨 일이 있었는지 잘 알고 있었다. 하지만 나는 차마 라스가 돌멩이를 내게 던졌고 내가 몸을 피하는 바람에 돌멩이가 집 담벼락으로 날아들었다는 말을 할 수가 없었다.

넌 모르는 일이니? 아버지가 물었다.

무슨 소리를 듣긴 했어요.

너도 들었구나.

그런데 넌 그게 뭔지 모른다는 거니?

나는 고개를 끄덕였다.

누가 우리 집 담벼락에 돌을 던진 것 같은데 말야.

나는 고개를 끄덕였다.

네.

넌 돌을 던진 사람을 못 봤니?

나는 다시 고개를 끄덕였다.

정말 너무하는구나.

나는 고개를 끄덕였다.

정말 너무해. 아버지가 말했다.

이웃집 사람들이 그랬을까요?

그게 아니라면 누구겠니?

나는 고개를 떨구었다.

이웃집 사람들이 아니라면 도대체 누가 우리 집에 돌을 던지겠어? 아버지가 말했다.

나는 고개를 절레절레 저었고 아버지는 집 안으로 들어갔다. 라스는 어디로 사라졌는지 보이지 않았다. 틀림없이 바닷가 근처 어딘가로 뛰어갔을 것이다. 나는 그의 뒤를 밟겠다고 결심하고 나왔는데. 그는 어쩌면 다시 돌아오지 않을지도 모른다. 만약 그를 다시 찾고 싶다면 나는 지금 당장 가야 한다. 그가 어디에 있는지 찾아내야 한다. 집 안에서 아버지의 목소리가 들려왔다. 이젠 이웃집 사람들마저 우리 집에 돌을 던지는구나. 정말 해도 너무해. 어머니는 그 소리는 돌멩이 소리가 확실하다고 맞장구를 쳤다. 아버지는 올리네가 밖에 있었는데도 아무것도 못 봤다고 하니 누군가가 집 뒤쪽의 언덕 위에서 돌을 던진 게 분명하다고 말했다. 어머니는 돌멩이가 집 앞쪽 담을 맞힌 것 같았다며 의아해했다. 아버지도 어머니의 말에 동의했지만, 올리네가 아무것도 못 봤다고 하니 누군가가 집 앞에서 돌을 던진 건 아니라고 말했다. 어머니도 아버지의 말이 맞는 것 같다고 했다. 나는 몸을 일으켜 하늘을 쳐다보았다. 푸른 하늘에 하얀 구름이 떠 있었다. 나는 바다를 바라보았다. 검푸른 바다에 하얀 파도가 넘실거렸다. 나는 라스가 하늘 같다고, 바다 같다고 생각했다. 항상 변하는 사람. 밝음에서 어둠으로, 흰색에서 칠흑 같은 검은색으로. 라스는 그런 사람이었다. 바다와 똑같은 사람이라고. 반면 나는 돌멩이와 습지 같은 사람이다. 누런 갈색, 그다지 울퉁불퉁하지도 않고 그다지 매끄럽지도 않은 사람. 가끔 꽃을 피우기도 하는 사람. 나는 내리막길을 내려가기 시작했다. 라스는 어디에서도 보이지 않았다. 나는 라스가 바닷가에 있을지도 모른다고 생각하며 해안 쪽으로 발을 옮겼다. 내리막길을 거의 다 내려왔건만 라스는 여전히 보이지 않았다. 나는 자갈밭의 반대쪽에 라스가 있을지도 모른다고 생각했다. 나는 자갈밭을 둘러 바다 쪽을 바라보았지만, 역시 라스는 보이지 않았다. 내 눈에 띄었던 것은 라스가 남긴 발자국뿐이었다. 그렇다면 라스는 내가 짐작했던 대로 바닷가 저편으로 뛰어간 것이 틀림없었다. 모래 위에 남겨진 발자국은 오래돼 보이진 않았다. 발자국을 따라가던 나는 머릿속에서 라스의 생각을 지울 수 없었다. 왜 그는 갑자기 화를 내며 내게 돌을 던졌을까? 나는 그 때문에 아버지에게 거짓말을 해야만 했다. 내가 달리 할 수 있는 일은 없었다. 만약 돌을 던진 사람이 라스라는 것을 알게 되면 아버지는 무슨 생각을 할까? 나는 파도 소리를 들으며 조심스레 발을 옮겼다. 바다는 어느새 고요해졌다. 나는 라스에게 들키면 안 된다고 생각하며 소리 없이 조심조심 발을 옮겼다. 만약 나를 발견하면 라스는 불같이 화를 낼 것이다. 그가 내게 또 돌을 던질지도 모른다. 내가 그의 뒤를 밟았다며 홀로 있게 가만히 놔두라고 말할 것이다. 그리고 어디론가 사라질 것이다. 그렇다면 나는 그를 영영 다시 찾을 수 없을지도 모른다. 나는 이런 생각을 하며 해변에서 벗어나 나무와 덤불이 우거진 숲으로 들어갔다. 나는 라스가 여전히 바닷가에 있을지도 모른다고 생각하며 아래쪽의 바다와 바위섬들을 내려다보았다. 나는 그가 바닷가에 있으리라고 확신했다. 비록 그가 그곳에서 그토록 오랫동안 무엇을 하며 시간을 보내는지는 알 수 없지만, 나는 그가 바닷가 또는 바위 위에 앉아 있을 것이 확실하다고 생각했다. 아니, 어쩌면 그는 나무와 덤불을 헤치고 섬을 여기저기 돌아다니고 있을지도 모른다. 나는 가파른 언덕 위로 올라가서 저 아래 바닷가에 자리한 커다란 바위를 내려다보았다. 바위 위에 떼를 지어 앉아 있던 갈매기들이 소리를 지르며 일제히 허공으로 날아올랐다. 나는 바위가 있는 곳으로 내려갔다. 바위 아래에는 작은 만과 작은 모래사장이 있었다. 내 동생 라스는 바로 그곳에 앉아 있었다.

라스.

라스가 고개를 돌려 나를 쳐다보았다.

누나 왔어? 그가 미소를 지었다.

응.

나는 라스가 화를 내지 않는 것이 이상하다고 생각했다.

얼른 이리로 와 봐. 누나에게 보여 줄 게 있어.

라스가 내게 손짓을 했다. 나는 바위에 앉아 조심스레 미끄러지듯 내려갔다. 바위는 매우 가팔랐지만 다행히도 미끌거리지는 않았다. 나는 울퉁불퉁한 바위를 힘주어 짚고 조심조심 미끄러져 내려갔다. 마침내 부드러운 모래에 양쪽 발이 차례차례 닿았다. 나는 라스를 바라보았다. 라스가 몸을 일으켜 선 채로 내게 미소를 지었다.

보여 줄 게 있어. 라스가 말했다.

나는 라스에게 다가갔다.

라스는 커다란 바위 아래 자리한 작은 암석 동굴 안으로 들어갔다. 라스가 몸을 돌려 나를 바라보았다.

나를 따라와.

라스가 내게 손짓을 했다. 나는 암석 동굴의 입구에 서 있는 라스의 곁으로 다가갔다.

바로 여기야.

이걸 봐. 라스가 말했다.

라스가 암석 동굴의 깊숙한 곳을 가리켰다. 온통 거뭇거뭇한 것뿐이었다. 나는 아무것도 이해할 수 없었다.

이게 뭐야?

이건 석탄이야. 물과 섞은 것이지.

그래서 어쨌다고?

난 이걸 사용해.

이걸 무엇에 사용하는데?

내가 보여 줄게.

라스가 바닥에 엎드리더니 엉금엉금 기어 동굴 안쪽으로 들어갔다. 동굴 안쪽은 매우 어두웠기에 라스의 윤곽만 어렴풋이 보일 뿐이었다. 라스는 잠시 후 다시 엉금엉금 기어 나왔다. 그는 동굴 안쪽에서 무언가를 가지고 나왔다. 그것은 조각난 부목 같았다. 라스는 부목 조각을 들고 고개를 돌려 내게 미소를 지었다. 그는 이제 내게 뭔가를 제대로 보여 주겠다고 말했다.

잘 봐.

몸을 일으킨 라스가 부목 조각을 조심스레 들어 올려 찬찬히 살펴보았다.

여기 와 봐.

그가 나를 바라보았다. 나는 라스에게 다가갔다. 라스는 부목 조각을 바라보며 미소를 지었다. 라스가 손에 들고 바라보며 미소를 짓는 것은 바로 부목 조각이었다.

예쁘지? 라스가 말했다.

라스는 내게 미소를 지었다. 나는 고개를 끄덕였다. 나는 라스가 부목 조각에 그린 그림이 참 훌륭하다고 생각했다.

응, 꽤 예뻐.

나도 그렇게 생각해. 라스가 말했다.

그런데 뭘 그린 거야?

구름.

구름을 그렸다고?

응.

검은색으로?

석탄과 물을 섞어 놓은 걸 누나에게도 보여 줬잖아.

나는 고개를 끄덕였다.

난 석탄과 물을 사용해. 작은 나뭇가지 끝을 깎아 내서 그림을 그린 다음에 손가락으로 번지게 한 거야.

난 그게 구름인지 몰랐어.

괜찮아.

미안해.

잘 보면 구름인지 알 수 있을 거야.

그는 부목 조각 하나를 내게 내밀었다. 나는 부목에 그려진 그림을 자세히 보았다. 그제야 나는 라스가 그린 것이 구름이라는 것을 깨달았다. 라스가 그린 것은 움직이는 구름이었다. 훌륭한 그림이었다. 라스는 지금껏 그런 그림을 꽤 많이 그렸다고 말했다. 대부분 구름을 그렸지만 그중에는 산과 나무배를 그린 것도 있다고 했다. 그는 그 그림들을 동굴 속에 보관해 두었으나, 한번은 커다란 파도가 동굴 안까지 몰아쳐서 그림들이 파도와 함께 사라졌고 남아 있는 것은 몇 개 되지 않는다고 했다. 그는 다행히도 나무배를 그린 그림 한 점은 남아 있다며 내게 보여 주려고 했다. 나는 고개를 끄덕였다. 라스는 다시 엉금엉금 기어 어두운 동굴 속으로 들어갔다. 잠시 후, 라스가 다시 기어 나와서 몸을 일으켰다. 그는 내게 부목 한 개를 건넸다. 나는 그가 그린 것이 집 뒤편의 산과 나무배라는 것을 대번에 알아볼 수 있었다. 나는 라스가 참으로 재주 많은 동생이라고 생각했다.

멋있어.

응.

넌 말없이 어디론가 사라질 때면 여기 와서 그림을 그렸던 거니?

그럴 때도 있어.

나는 라스의 목소리가 갑자기 무뚝뚝해졌음을 깨달았다.

가끔 그래. 그가 말했다.

그림을 그리지 않을 때면 섬을 돌아다녔던 거니?

처음엔 섬을 여기저기 돌아다녔어.

그러다 그림을 그리기 시작했던 거야?

라스는 고개를 끄덕였다.

넌 기분이 안 좋을 때만 그림을 그리니?

라스가 다시 고개를 끄덕였다. 나는 다시 집 뒤편의 산과 나무배를 그린 그림으로 눈길을 돌렸다. 나는 그 그림이 우울할 때의 라스의 모습과 매우 비슷하다고 느꼈다. 물론 그림 속의 산과 나무배는 눈에 익은 실제의 모습과 다르지 않았지만,

그림에도 나는 그 그림이 가끔 우울함에 빠져 있을 때의 라스를 연상시킨다고 생각했다. 거뭇거뭇하고 어두운 그림은 어둠에 빠져 있는 라스였던 것이다. 그것은 어둠이었다. 생명을 머금은 어둠, 빛을 발하는 어둠이라고 해야 할까.

이 그림은 너를 닮았어.

라스가 별안간 내게 고개를 돌렸다.

어떻게?

그건 나도 잘 모르겠어. 어쨌든 이 그림은 너와 참 비슷해.

누나 그림을 그려 줄까? 라스가 물었다.

나는 누가 나를 그려 주기를 원하지 않았기에 고개를 저었다.

사실, 난 누나 그림을 그린 적도 있어.

라스가 내 그림을 그렸다고? 그건 내가 거부하거나 결정할 수 있는 일이 아니다. 어쨌거나 그는 이미 내 그림을 그려 놓았다고 했다. 내가 할 수 있는 일은 없었다.

그림을 가져올게.

나는 라스의 목소리가 별안간 밝아지는 것을 느꼈다. 그는 다시 엉금엉금 기어 동굴 속으로 들어갔다. 내겐 라스의 다리만 희미하게 보였다. 곧 라스의 모습이 뚜렷해졌다. 동굴에서 나온 라스가 몸을 일으켜 내게 부목 한 조각을 건넸다. 그림 속의 얼굴은 위쪽을 비스듬히 올려다보고 있었다. 좀 크다 싶은 코, 살짝 비뚤어진 입술, 그리고 커다란 눈동자. 라스는 나를 그렸다고 말했다. 하지만 그림 속의 나는 내 모습과 달랐다. 내가 이렇게 생겼던가? 나는 이렇게 생기지 않았다고 라스에게 말해도 될까?

누나는 그림이 마음에 들지 않나 봐?

그가 갑자기 웃음을 터뜨리더니 그림이 그려진 부목 조각들을 모아서 바닷가로 성큼성큼 걸어갔다. 라스는 바닷가에 한참 서 있더니 부목 한 조각을 바닷물 속으로 던져 넣었다.

그림을 버리면 안 돼.

라스는 다른 부목 조각들도 하나씩 차례차례 바닷속으로 던졌다. 그가 몸을 돌려 나를 향해 달려왔다. 그는 나를 지나쳐 뛰어가더니 바위 위로 기어 올라갔다. 나는 아무것도 이해할 수 없었다. 무엇을 해야 할지도 알 수 없었다. 나는 아무 말도 하지 않았다. 그럼에도 라스는 나 때문에 그림을 바닷속으로 던져 버렸다. 나는 분명 라스가 나 때문에 기분이 상했다고 생각했다. 모든 것은 내 잘못이다. 세상엔 쉬운 일이 하나도 없다는 생각이 스쳤다. 나는 바위 위로 올라갔다가 다시 바닷가로 뛰어 내려온 뒤, 집으로 향하는 오솔길을 있는 힘껏 달렸다. 집 담벼락 옆에는 지붕 기와가 쌓여 있었다. 나는 지붕 위를 올려다보았다. 지붕 위에는 아버지가 있었다. 나는 제기랄! 하고 욕을 내뱉는 아버지의 목소리를 들었다. 젠장! 아버지는 기와 한 장을 떼어 내어 땅을 향해 던졌다. 땅에 닿은 기와가 다시 허공으로 튀어 올랐다. 아버지가 나를 내려다보았다.

비켜!

조심해! 아버지가 소리쳤다.

나는 양팔에 아이를 한 명씩 안고 대문 밖으로 나오는 어머니를 보았다. 엘리자베트는 어머니의 다리에 매달려 있었다.

어머니는 나를 보더니 낙담한 표정으로 고개를 절레절레 저었다. 나는 길음을 범추었다. 아버지는 다시 기와를 떼어 내어 아래로 던지며 우리에게 비키라고 소리쳤다. 나는 대문 앞에서 있던 어머니가 흐느끼는 소리를 들었다. 아버지는 지붕 위에 서서 나를 내려다보았다.

이제 우린 이곳을 떠날 거야.

더는 견딜 수 없어.

이젠 이웃집 사람들이 우리 집에 돌을 던지기까지 하잖아. 더는 견딜 수 없다고.

너도 이해하지? 아버지가 말했다.

나는 고개를 끄덕였다.

나는 이 집을 부숴 버릴 거야. 그리고 다른 곳으로 이사 가서 다시 집을 지어 올릴 거야.

난 이 집을 손수 지었어. 이제 이 집을 부숴 버리고 다시 지을 거야.

땅은요? 내가 물었다.

이웃집 사람들이 가지고 싶다면 가져도 좋아. 돌을 던진 대가로.

땅도 가져가라 그래.

마음대로 사용해도 돼.

우리 땅도 가져가라고! 아버지가 소리쳤다.

나는 지붕 위에 서 있던 아버지가 몸의 균형을 잃고 비틀거리는 모습을 보았다. 지붕 위에서 넘어진 아버지는 처마를 잡고 몸을 지탱했다. 어머니는 양손에 아이들을 안고 나를 향해 달려왔다. 나는 어머니가 소리 없이 우는 것을 보았다. 어머니는 내게 이 모든 것이 신의 뜻이라고 말하며 신의 뜻을 거역해서는 안 된다고 말했다. 나는 지붕 위에 있는 아버지를 쳐다보았다. 엘리자베트가 아버지! 아버지! 하고 소리쳐 불렀다. 아버지! 조심하세요! 나는 아버지가 기와 한 장을 더 뜯어내는 것을 보았다. 아버지가 떼어 낸 기와는 지붕 밑으로 떨어져 두 동강이 났다. 나는 아버지가 큰 소리로 욕하는 것을 들었다. 젠장! 어머니는 아버지에게 욕을 하면 안 된다고 말하더니 라스는 어디 있느냐고 물었다. 동시에 어머니의 팔에 안겨 있던 아이들이 울기 시작했다.

괜찮아, 울지 마. 어머니가 말했다.

어머니가 지붕 위의 아버지를 쳐다보았다.

내려오세요. 지금 당장 집을 헐지 않아도 되잖아요.

알았어.

나는 아버지가 천천히 사다리를 타고 내려오는 것을 보았다. 지붕에서 내려온 아버지가 우리에게 다가왔다.

당신은 아이들과 함께 먼저 스타방에르로 가요. 거기 가서 내 동생 집에 잠시 묵으면 될 거요.

나는 집을 헐어 내고 그 자재를 배에 싣고 뒤따라가겠소.

네.

나는 젖은 눈으로 가만히 서 있는 어머니를 보았다.

하지만 이렇게나 갑자기……. 어머니가 말했다.

갑작스럽긴 할 거요. 아버지가 말했다.

아버지는 땅에 떨어진 기와를 담벼락을 따라 차곡차곡 쌓왔다.

비가 올 것 같아요.

집에 비가 새어 들어올 거예요.

비가 새어 들어올 거라고요! 어머니가 말했다.

어머니는 아버지를 바라보았고, 아버지는 비가 새어 들어와도 어쩔 수 없다고 소리쳤다. 아버지는 어머니에게 배편을 예약할 테니 내일 당장 아이들을 데리고 스타방에르로 가라고 말했다. 어머니는 알았다고 대답하며 먼 바다를 지긋이 바라보았다. 바다는 어느새 거뭇거뭇하게 변했다. 먹구름이 잔뜩 낀 어둑어둑한 하늘에서 빗방울이 떨어졌다.

비가 오기 시작했어요. 어머니가 말했다.

아이들을 데리고 안으로 들어가요. 아버지가 말했다.

라스는 어디 있니? 아버지가 내게 물었다.

나는 고개를 저었다.

걔가 왜 섬을 그렇게 돌아다니는지 알다가도 모를 일이야.

장남이라면 집안일도 좀 도와야 하는데 말이지. 식구들의 배를 곪기지 않으려면. 아버지가 말했다.

나는 어머니가 양손에 아이들을 하나씩 안고 집 안으로 들어가는 것을 보았다. 여동생 엘리자베트는 어머니의 뒤를 따랐다. 별안간 소나기가 쏟아졌다. 커다란 빗방울이 떨어지더니 거센 바람이 몰아쳤다. 너무나도 갑작스러웠다. 바람은 바다에서부터 불어왔다. 아버지는 날씨가 이럴 줄 알았다면 기와를 내리지 않았을 것이라고 말했다.

누가 알았겠어? 조금 전까지만 하더라도 햇빛이 쨍쨍했는데. 하는 수 없지. 일을 계속하는 수밖에. 지붕을 반만 뜯어내고 일손을 멈춘다면 그 또한 우습기 짝이 없잖아. 일을 계속해야겠어.

아버지는 사다리를 타고 올라갔다. 세찬 비바람 속에서 아버지는 사다리를 타고 지붕 위로 올라갔다. 거센 바람에 사다리가 기우뚱했다. 아버지는 바람에 흔들리는 사다리를 타고 올라갔다. 사다리는 금방이라도 쓰러질 것 같았다. 나는 얼른 뛰어가서 사다리를 잡았다. 사다리 위에 있던 아버지가 나를 내려다보며 고맙다고 말했다. 고마워, 올리네. 정말 고맙구나. 나는 바람에 사다리가 흔들리는 것을 보았다. 비는 점점 세차게 내렸다. 나는 바다를 향해 시선을 돌렸다. 라스가 나무배를 바다 쪽으로 밀어 넣고 있었다. 이런 날씨에? 도대체 라스는 무슨 생각을 하는 걸까? 미쳤나? 도대체 왜 저러는 거지? 왜 이런 날씨에 배를 바다에 띄우는 걸까? 라스는 세찬 파도에 흔들리는 나무배에 앉았다. 나는 그가 이런 날씨에 노를 저을 수는 없으리라고 생각했다. 나는 사다리 위를 올려다보았다. 아버지가 지붕 위에 한쪽 발을 올렸다. 아버지는 다른 쪽 발을 사다리 위에 둔 채로 사다리를 옆으로 밀어붙였다. 나는 라스가 나무배의 가로장에 앉아 거센 파도에도 아랑곳하지 않고 노를 젓는 모습을 보았다. 배는 조금도 앞으로 나아가지 않았다. 나는 온 힘을 다해 노를 젓는 라스를 보며 지금쯤 아버지가 지붕 위에 두 발을 디뎠으리라고 생각했다. 나는 라스가 이런 날씨에 바다에서 노를 저으면 안 된다고 생각했다. 지금 당장이라도 바닷가로 뛰어가서 라스를 말려야 하지 않을까. 나는 사다리를 잡고 있던 손을 놓고 빗속을, 바람 속을 달리기 시작했다. 나는 고개를 돌려 지붕 위에 앉아 있는 아버지를 보았다. 아버지는 기와 한 장을 떼어 내는 중이었다. 나는 거센 바람 때문에 사다리가 휘청거리는 것을 보았다. 사다리가 옆으로 스르르 미끄러지는가 싶더니 갑자기 몰아친 거센 바람을 이겨 내지 못하고 바닥으로 쿵 떨어졌다. 아버지는 사다리가 땅으로 쓰러진 것도 모르는 채 지붕 위에 앉아 있었다. 나는 라스가 탄 나무배가 육지에서 점점 멀어지는 것을 보았다. 나는 라스가 이런 날씨에 노를 저으면 안 된다고 생각하며 바다로 향하는 오솔길을 뛰어 내려갔다. 비와 바람을 뚫고 바닷가로 내려간 나는 거센 파도에도 아랑곳하지 않고 계속 노를 젓는 라스를 보았다. 라스가 탄 나무배는 파도에 부딪쳐 거의 제자리걸음을 하고 있었다.

라스, 얼른 뭍으로 올라와.

이런 날씨에 배를 타면 안 돼.

얼른 돌아와.

얼른 뭍으로 올라와, 라스!

안 돼! 나는 있는 힘껏 소리쳤다.

나는 라스가 노를 들어 올리는 것을 보았다. 집채만 한 파도가 몰아쳐 나무배를 뭍으로 되돌렸다. 라스가 탄 나무배는 뒤따르는 파도에 실려 더욱 뭍에 가까워졌다.

아버지가 집을 부수고 있어!

라스, 저길 봐! 아버지가 지붕을 뜯어내고 있다고! 나는 라스에게 소리쳤다.

지붕을 바라본 라스가 큰 소리로 웃기 시작했다. 라스는 노를 내리고 육지를 향해 나무배의 방향을 돌렸다. 나무배는 빠른 속도로 뭍에 가까워졌고, 라스는 다시 노를 올렸다. 라스가 몸을 일으켜 뱃머리에 자리를 잡고 섰다. 나무배는 파도에 부딪쳐 아래위로 심하게 흔들렸다. 라스는 나무배의 난간에 한쪽 발을 얹고 육지로 뛰어내릴 준비를 했다. 나무배는 빠른 속도로 육지로 다가왔다. 지붕 위에 있던 아버지가 배를 묶어 두지 말라고 소리쳤다. 어차피 그 배도 부숴 버릴 테니까. 라스가 배에서 뛰어내려 계류 밧줄을 묶자 아버지는 그럴 필요가 없다고 다시 소리쳤다. 비는 쉬지 않고 내렸다. 갑작스레 내린 비는 멈출 줄을 몰랐다. 내 얼굴은 비에 흠뻑 젖었다. 바람은 차가웠다. 나는 바닷가에 묶어 둔 배를 바라보는 라스를 보았다.

얼른 와, 라스.

라스가 고개를 돌려 나를 바라보았다.

얼른 오라니까.

라스가 나를 향해 걸어왔다.

이제 집으로 가자.

라스는 고개를 끄덕였다.

날씨가 갑자기 나빠졌어. 라스가 말했다.

섬 날씨는 원래 그래.

맞아, 섬 날씨는 꽤 변덕스럽지.

나는 라스와 나란히 오솔길을 걸어 올라갔다.

우린 세례를 받지 않았어. 내가 말했다.

다른 애들은 거의 다 세례를 받았어.

우린 세례를 받지 않았으니까 견진 성사도 못 받을 거야.

아버지는 성직자를 좋아하지 않잖아. 라스가 말했다.

맞아.

하지만 다른 애들은 거의 다 세례를 받았어. 내가 듣기엔 세례와 견진 성사를 받지 않으면 나중에 일자리를 구하기도 힘들대.

정말 그래?

응.

사실 난 세례와 견진 성사를 받으려고 생각하고 있었어. 내가 말했다.

라스가 고개를 끄덕였다.

우린 스타방에르로 이사 갈 거야.

스타방에르에서 세례를 받을 수 있겠지? 내가 말했다.

그럴지도 모르지.

적어도 난 그곳에서 세례를 받을 거야.

나도 같이 받을까? 라스가 말했다.

우리는 함께 오솔길을 걸었다.

그런데 이런 날씨에 지붕을 뜯어낼 생각을 하다니, 아버지도 참. 라스가 말했다.

아버지는 이웃집 사람이 우리 집에 돌을 던졌기 때문에 집을 부숴 버리겠다고 말했어.

나는 라스를 바라보았다. 라스는 고개를 끄덕였다.

돌을 던진 사람이 나라는 건 말했어? 라스가 물었다.

나는 고개를 저었다. 우리는 집으로 향하는 오솔길을 나란히 걸었다.

사다리가 땅에 떨어졌어. 내가 말했다.

내가 다시 사다리를 일으켜 세울게. 라스가 말했다.

우리는 집 앞에 도착했고, 라스는 사다리를 일으켜 세웠다. 사다리는 거센 바람 때문에 양옆으로 심하게 흔들렸다. 라스가 사다리를 타고 오르기 시작했다. 이런 날씨에! 사다리는 금방이라도 쓰러질 것만 같았다. 나는 재빨리 뛰어가서 사다리가 움직이지 않도록 양손으로 꽉 붙들었다. 사다리를 타고 지붕 위로 올라간 라스는 아버지에게 왜 하필 이런 날씨에 지붕을 뜯어내느냐고 물었다. 아버지는 더 이상 이곳에서 살 수 없기 때문에 이사를 갈 것이라고 말했다. 우린 스타방에르로 갈 거야. 더는 여기서 살 수 없어. 우린 이 집을 뜯어서 스타방에르로 가져갈 거란다. 스타방에르에 도착하면 집을 새로 지어 올릴 거야. 라스는 아버지에게 집을 짓는 일을 도와주겠다고 말했다. 아버지는 라스가 도와주면 참 좋겠다고 말했다. 지붕 위에 올라간 라스는 보이지 않았다. 나는 이해할 수 없었다. 왜 아버지는 굳이 이런 날씨에 지붕을 뜯어내려는 것일까. 보아하니 라스는 이런 날씨에 지붕 기와를 뜯어내는 일이 결코 이상하다고 생각하지 않는 것 같았다. 라스는 아버지에게 일을 도와주겠다고 말했다. 전에는 없었던 일이었다. 아니, 전에도 있었을까? 적어도 내 기억엔 이런 일이 없었다. 너무나 추웠다. 나는 사다리를 잡고 가만히 서 있을 수 없다고 생각했다. 온몸이 흠뻑 젖었고, 바람은 거세고 차가웠다. 나는 라스에게 세례와 견진 성사를 받고 싶다고 말했다. 보아하니 라스도 나와 같은 생각인 것 같았다. 어쩌면 라스는 그림을 계속 그리기 위해선 다른 사람들처럼 세례를 받고 견진 성사를 받아야 한다고 생각했을지도 모른다. 나는 사다리에서 손을 떼고 대문을 향해 걸어갔다. 그제야 지붕 위에 나란히 앉아 있는 아버지와 라스가 눈에 들어왔다. 두 사람은 서로에게 등을 기댄 채 지붕 위에 앉아 있었다.

너무 추워서 사다리를 계속 잡고 있을 수가 없어요. 내가 그들을 향해 소리쳤다.

아버지와 라스는 내 말을 듣지 못한 것 같았다. 나는 연거푸 그들을 향해 소리쳤다. 그제야 라스가 고개를 돌려 나를 내려다보았다.

집으로 들어가야겠어. 내가 소리쳤다.

라스는 고개를 끄덕였다.

사다리가 금방 쓰러질 것 같아요. 지붕에 못을 박아 사다리를 고정시키는 게 좋겠어요.

알았어. 아버지가 말했다.

나는 아버지가 다시 기와 한 장을 지붕 아래로 떨어뜨리는 것을 보았다. 기와는 미끄러지듯 처마를 타고 땅으로 떨어졌다. 어느덧 지붕의 제일 윗줄을 덮고 있던 기와가 모두 사라졌다. 나는 온몸에 한기를 느꼈다. 집 안으로 들어가니 갓난아이들이 소리 지르며 우는 소리가 들렸다. 항상 그랬다. 집 안에서는 갓난아이들의 우는 소리가 그칠 날이 없었다. 나는 방바닥에 고여 있는 물을 보았다. 지붕에서 비가 새고 있었다.

어머니는 양손에 아이들을 안고 구석에 앉아 있었고, 엘리자베트와 세실리아는 어머니의 발치에 앉아 있었다. 어머니는 소리 없이 울고 있었다. 나는 어머니를 보며 더 이상 작은집에 이렇게 앉아 있어선 안 된다고 생각했다. 올리네는 언제까지나 작은집에 앉아 있을 수는 없다고 생각했다. 올리네는 작은집에 앉아 있노라면 다시 어린아이가 된 것 같다고 생각했다. 하지만 어머니는 구석에 앉아 계속 울고 있었다. 다음 날 아침 방바닥에는 물이 흥건하게 차올랐다. 올리네는 이제 몸을 일으켜 작은집에서 나가야 한다고 생각했다. 언제까지나 그곳에 멍하니 앉아 있을 수는 없으니까. 이젠 발에 통증도 사라졌으니 일어나야 한다. 집 안으로 들어가서 생선을 부엌으로 가져가야 한다. 그녀는 한기에 몸을 떨었다. 올리네는 언제까지나 작은집에 앉아 있을 수는 없다고 생각했다. 그런데 그녀는 볼일을 보았던가? 그녀는 꽤 오랫동안 작은집에 앉아 있었지만 나오는 것은 아무것도 없었다. 아니, 아주 조금 있긴 있었다. 게다가 그녀는 이미 속옷까지 적시지 않았던가. 많이 젖진 않았지만 그녀가 속옷에 볼일을 보았던 건 확실했다. 올리네는 이제 정신을 차려야 한다고 생각했다. 당장 생선을 부엌으로 가져가야 한다. 그러지 않으면 작은집에서 얼어 죽을지도 모른다. 그녀는 집에 들어가면 난로에 불을 피우리라고 마음먹었다. 집에는 여전히 물이 조금 남아 있다. 손자 손녀가 길어 준 물이었다. 물을 긷는 곳까지는 그리 멀지 않았지만, 이제 그녀는 물을 길으러 가는 일조차 힘들기만 했다. 작은집에 가는 것도 힘들었다. 모든 것이 힘들었다. 조금만 걸어도 발이 부서질 듯 아팠으니까. 어쩔 수 없는 일이었다. 그중에서도 가장 힘든 일은 물을 길어 오는 것이었다. 그것은 혼자 힘으로는 할 수 없는 일이었다. 하지만 그녀에겐 물을 길어다 주는 손자 손녀가 있었으므로 다행이었다. 올리네는 그들이 없었더라면 아무것도 못 했으리라고 생각했다. 손자들 손녀들. 이제 그녀는 정말 일어나야 한다고 생각했다. 언제까지나 작은집에 앉아 있을 수는 없다. 올리네는 변기 가장자리에 손을 짚었다. 그마저 힘들기 짝이 없었다. 그녀는 변기 가장자리를 붙들고 몸을 앞으로 민 뒤에 속옷을 끌어 올렸다. 속옷은 그리 깨끗해 보이지 않았다. 젖어 있기까지 했다. 올리네는 속옷을 허벅지까지 올린 후 두 발로 차례차례 바닥을 짚었다. 바닥에 두 발을 짚은 올리네는 변기 가장자리에 엉덩이를 반쯤 걸친 채 엉거주춤하게 앉아 지팡이에 몸의 무게 중심을 실었다. 있는 힘을 다해 몸을 일으킨 올리네는 앞으로 구부정하게 서서 지팡이에 몸을 기댔다. 그녀는 구부정하게 서서 문손잡이에 걸려 있는 생선 두 마리를 보았다.

생선…….

저 생선이 없었더라면 우린 일찌감치 굶어 죽었을 거야.

생선으로 배를 채워야지.

입맛은 없지만 조금이라도 먹긴 먹어야 해. 올리네가 혼잣말로 중얼거렸다.

그녀는 한 손으로 문손잡이에 걸려 있던 생선 봉지를 들어 올리고, 다른 손으로는 지팡이를 들어 몸을 지탱하며 문을 살짝 열었다. 올리네는 이맛살을 찌푸리며 밖을 내다보았다. 보슬비가 내리고 있었다. 올리네는 힘겹게 움직였다. 발이 마비된 것 같았다. 올리네는 천천히 발을 앞으로 내디뎠다. 한 발, 두 발. 올리네는 겨우 작은집에서 나올 수 있었다. 한 손으로는 지팡이를 짚고, 다른 한 손으로는 생선 봉지를 들고서 올리네는 작은집에서 나왔다. 올리네는 집으로 걷기 시작했다. 그녀는 집에 들어가자마자 부엌에 가서 생선을 삶기 좋도록 손질하고 난로에 불을 피운 뒤, 의자에 앉아 뜨개질을 할 것이다. 올리네는 그렇게 하리라 생각하며 작고 아담한 집의 빨간 대문을 열었다. 올리네는 생선 봉지를 든 손으로 예쁘고 빨간 대문을 열고 집 안으로 들어갔다. 현관의 바닥 타일을 본 올리네는 보르그외위섬의 지붕 위에 앉아 기와를 한 장씩 떼어 내던 아버지와 미끄러지듯 땅에 떨어지던 기왓장을 떠올렸다. 아버지, 오 아버지. 올리네는 이제 과거의 기억에서 벗어나 정신을 차려야겠다고 생각했다. 이제 올리네는 부엌에 들어가서 생선을 손질하고 씻어야 한다. 그리고 발에 통증이 다시 찾아오기 전에 의자에 앉아 쉬어야 한다. 그녀는 부엌에 가서 생선을 조리대 위에 올려놓고 의자에 앉은 뒤, 지팡이를 조리대 가장자리에 기대어 놓았다. 그녀는 도마를 꺼내 앞에 놓고 칼집에서 칼을 꺼낸 다음, 생선 한 마리를 도마 위에 올려놓았다. 꾸덕꾸덕하고 미끌미끌한 생선이 그녀의 손가락에 달라붙었다. 올리네는 생선 머리를 잘라 냈다. 그녀는 고리에 나란히 걸린 생선 머리를 바라보았다. 그녀는 생선 두 마리를 차례차례 손질했다. 그녀가 자리에서 일어나 생선을 집어 올리려는 순간 몸이 휘청거렸다. 그녀는 이제 지팡이를 짚지 않고 걸어야 한다. 올리네는 부엌 조리대의 가장자리를 짚으며 힘겹게 한 발 두 발 내딛었다. 올리네는 넘어지면 안 된다고 생각하며 정신을 바짝 차렸다. 넘어지면 안 돼. 넘어지면 안 돼. 올리네는 비틀거리며 조리대를 따라 발을 옮긴 후, 손질해 둔 생선 두 마리를 조리대 위에 있던 오목한 접시에 담았다. 그녀는 컵으로 물을 떠서 생선 위에 부었다. 올리네는 힘없는 다리로 휘청거리며 조심조심 걸어, 찬장에서 납작한 접시 하나를 꺼냈다. 그녀는 생선 내장과 머리를 접시에 밀어 담았다. 올리네는 이제 밖으로 나가야 한다고 생각하며 지팡이를 집어 들었다. 그녀는 잠시도 쉴 틈이 없다고 생각했다. 이제 그녀는 생선 내장을 밖에 내놓아야 한다. 갑자기 무언가를 해야 한다는 생각이 스쳤다. 아랫배가 꽉 차오르는 느낌이었다. 그렇다, 작은집에 가야 하지 않을까? 아니, 작은집에 갈 일이 아닌 것 같기도 했다. 하지만 마치 소변이 마려운 듯한 이 느낌은 무엇일까? 올리네는 지팡이에 몸을 의지하고 다른 한 손으로는 생선 내장이 담긴 접시를 들고 집 밖으로 나갔다. 저 멀리 아래쪽 길에서 누군가가 오고 있었다. 하지만 그녀는 그가 누구인지 잘 알아볼 수 없었다. 몇 년 전만 하더라도 길을 걸어오는 사람을 멀리서도 볼 수 있었는데, 지금은 그렇지 않다. 올리네는 이제 앞도 잘 볼 수 없을 정도로 눈이 나빠졌다고 생각했다. 이제 그녀는 허리를 굽히고 접시를 바닥에 내려놓아야 한다. 그것은 길고양이들에게, 갈매기들에게, 또는 누가 되었든 배고픈 생명에게 줄 음식이었다. 올리네는 접시를 내려놓아야 했지만, 허리를 굽히기가 너무나 힘들다고 생각했다. 그럼에도 그건 해야만 하는 일이었다. 올리네는 점점 가까이 다가오는 사람을 바라보았다. 누군지는 알 수 없으나 그녀의 집을 향해 다가오는 사람이 그럼요, 고양이도 배를 채워야죠라고 말하는 소리를 들었다. 그 목소리는 알리다의 것이었다. 저 멀리서 오고 있는 사람은 알리다였던가. 그렇다, 그녀는 알리다였다. 올리네는 오랜만에 대화를 나누는 것도 좋으리라고 생각했다. 알리다와 함께.

그래요, 고양이도 배를 채워야죠. 올리네가 말했다.

알리다가 그녀의 앞에 다가와서 발을 멈추었다.

잠깐 들어와서 커피라도 한잔하는 건 어때요? 올리네가 말했다.

알리다는 좋은 생각이라고 말했다. 그녀는 어차피 바쁜 일도 없는 데다 여기까지 온 김에 커피 한 잔쯤 마셔도 좋다고 말했다.

그래요, 알리다.

얼른 안으로 들어와요. 올리네가 말했다.

생선 내장을 밖에 내놓으려던 참이었나요? 알리다가 물었다.

평소 작은집 옆의 공터에 뿌려 두곤 했죠. 올리네가 말했다.

그녀는 매번 갈매기들과 길고양이들을 위해 생선 내장을 작은집 옆 땅에 뿌려 두곤 했다. 생선 내장은 눈 깜짝할 사이에 사라졌다. 하지만 그녀는 오늘 생선 내장이 담긴 접시를 대문 앞에 내어놓으려 한다. 올리네는 몸을 움직이는 것이 예전 같지 않다고 생각했다.

제가 대신 작은집 옆 공터에 뿌려 놓을까요? 알리다가 물었다.

아니에요. 그 정도는 직접 할 수 있어요. 올리네가 말했다.

올리네는 그 정도는 직접 할 수 있다고 생각했다. 생선 내장을 작은집 옆에 뿌려 놓는 일쯤은 발이 아파도 할 수 있다고 생각하며 마음을 다잡았다. 구부정한 허리, 힘겹게 앞으로 내딛는 발. 그녀는 작은집을 향해 천천히 걸어갔다. 문득 올리네는 작은집에 한 번 더 가야 할 것 같다고 생각했다. 아랫배가 꽉 차오르는 느낌 때문이었다. 하지만 지금은 안 된다고 생각했다. 알리다가 왔는데 작은집에 앉아 있을 수는 없지 않은가. 올리네는 접시를 손에 들고 생선 내장을 땅에 뿌렸다. 그녀는 잔디 위에 나란히 자리한 생선 머리 두 개를 보았다. 접시에는 아직도 찐득한 내장이 남아 있었다. 올리네는 내장을 손가락으로 집어 들었다. 생선 내장이 손가락에 찐득하게 달라붙었다. 그녀는 손을 털고 손가락으로 접시 위를 쓰윽 닦은 다음 다시 손을 털었다. 축축하고 찐득찐득한 손가락은 앞치마에 닦았다. 올리네는 몸을 돌려 알리다를 향해 걸어갔다.

나이가 드니까 생각했던 것보다 훨씬 힘드네요.

아주 많이 힘들어요.

늙는다는 건 정말 괴로운 일이에요. 올리네가 말했다.

그녀는 발에 찾아든 통증 때문에 신음을 읊았다.

어디가 많이 아픈가 봐요. 알리다가 말했다.

발이 아파요.

아, 발이…….

발이 아프네요.

가만히 있으면 참을 만한데, 걷기만 하면 이렇게 아프네요. 올리네가 말했다.

하지만 잘 견디시는 것 같네요. 알리다가 말했다.

올리네는 열린 대문 안으로 알리다가 들어가는 모습을 보았다.

페인트칠을 한 뒤에는 집이 훨씬 보기 좋아요. 알리다가 말했다.

하얀 집에 빨간 대문. 올리네가 말했다.

알리다는 대문을 닫았다. 올리네는 부엌으로 들어갔다.

커피를 끓일게요. 올리네가 말했다.

알리다가 부엌으로 따라 들어왔다.

제가 커피를 끓일까요? 알리다가 물었다.

아, 그래 주시겠어요? 고마워요.

그럼 나는 거실에 가서 앉아 있을게요. 올리네가 말했다.

그러세요.

올리네는 거실에 가서 알리다에 관해 곰곰 생각해 보았다. 그녀는 매우 오랫동안 알리다와 알고 지냈지만, 이젠 그마저 가물가물해지기 시작했음을 깨달았다. 지금은 알리다가 누구인지도 확실하지 않았다. 하지만 알리다가 그녀를 잘 알고 있음은 확실해 보였다. 심지어 알리다는 커피가 어디 있는지도 알고 있었다. 그렇다면 알리다는 올리네의 집 안 구석구석을 잘 안다는 말이 아닌가. 세상에, 이토록 정신이 없어서야. 그녀는 알리다가 누군지 알아내야만 했다. 그녀는 알리다가 누군지 기억하지 못한다는 걸 얼떨결에 내보일까 봐 걱정이 되었으므로 말을 조심해야겠다고 생각했다. 하지만 그녀가 수년 이상 알리다를 알아 왔음은 확실했다. 단지 알리다가 정확히 누구인지 기억해 내기가 쉽지 않을 뿐. 올리네는 알리다가 누구인지 기억해야 한다고 생각했다. 올리네는 자신이 기억하는 것은 참으로 많지만, 정작 알리다가 누구인지 기억할 수 없어서 안타깝다고 생각하며 의자에 앉았다. 올리네는 자리에 앉는 것이 얼마나 좋은지 모른다고 생각했다. 묵직한 평온함이 그녀의 몸에 잦아들자 마음도 편안해졌다.

앉으니까 이렇게 좋은걸.

자리에 앉는 게 이렇게 좋을 수 있다니. 올리네가 혼잣말로 중얼거렸다.

그녀는 부엌에서 이리저리 오가는 알리다의 발소리를 들었다. 알리다가 곧 커피를 마실 수 있다고 부엌에서 소리쳤다.

그런데 집이 좀 춥네요. 조금만 더 온기가 돈다면 좋을 텐데요. 부엌에서 나오던 알리다가 말했다.

올리네는 커피잔을 두 개 들고 나오는 알리다를 바라보았다. 알리다는 탁자 위에 커피잔을 내려놓고 곧 커피를 마실 수 있다고 말했다. 알리다는 커피를 마시며 도란도란 이야기를 나누어 보자고 덧붙였다.

네, 좋아요. 올리네가 맞장구를 쳤다.

옛날이야기 말이에요. 알리다가 말했다.

알리다는 짧게 웃음을 터뜨렸다. 올리네는 알리다가 항상 무슨 말을 할 때마다 짧은 웃음을 내뱉었던 것을 기억했다.

그래요. 올리네가 말했다.

올리네는 알리다가 다시 부엌으로 들어가는 모습을 보며, 알리다가 할 말이 많은 모양이라고 짐작했다. 문득 올리네는 바닷가의 작은집 창가에 서 있던 알리다를 떠올렸다. 알리다는 창가에 서서 창밖을 향해 소리쳤다. 그녀는 올리네를 향해 잠깐 들어와서 수다나 떨고 가라고 했다. 올리네는 지금 당장 집에 가서 식사 준비를 할 필요는 없다고 생각하며 그러마 하고 대답했다. 알리다의 집으로 발걸음을 돌리는 찰나, 바닷가를 향해 뛰다시피 종종걸음으로 걸어가는 라스를 발견했다. 짧은 다리, 긴 허리. 라스가 걷는 모습은 다른 사람들과 많이 달랐다. 그렇다고 그가 뛰어다니는 것도 아니었다. 라스는 항상 걷는 것도, 뛰는 것도 아닌 종종걸음으로 발을 옮겼다. 나는 그의 덥수룩한 턱수염이 바람 때문에 양옆으로 휘날리는 것을 보았다. 그의 갈색 눈동자는 어쩐 일인지 여느 때와는 달리 평온한 빛을 띠고 있었다. 그렇다, 앞머리가 드리우는 그림자 속에 자리한 그의 갈색 눈동자는 매우 평온해 보였다. 그의 검은 머리가 바람에 휘날렸다. 그는 어깨에 톱을 지고 있었다. 틀톱. 라스는 그것을 틀톱이라 불렀다. 톱 중에서 제일 좋은 톱. 나는 라스가 틀톱을 어깨에 지고 종종걸음으로 내리막길을 내려오는 모습을 보았다. 라스는 일을 찾고 있었다. 그는 동네 사람들의 집을 돌아다니며 나무에 톱질을 해서 장작을 마련해 주곤 했다. 그는 일의 대가로 커피 한 잔을 얻어 마시거나 돈을 조금 받곤 했다. 라스는 장작을 마련하기 위해 일손이 필요한 사람들을 찾고 있었다. 나를 발견한 라스의 얼굴이 환해졌다. 그의 검고 덥수룩한 턱수염 뒤로 미소가 생겨났다.

톱질을 하려는 모양이구나.

응, 맞아.

그가 내 앞에서 발을 멈추고 숨을 헉헉 몰아쉬었다.

장작이 필요한 사람이 있는지 찾아보는 중이야.

장작이 필요한 사람은 항상 어디든 있기 마련이지.

그건 그렇고 오늘도 생선을 손에 넣었군. 그가 말했다.

그래.

누나도 장작이 필요하지 않아? 라스가 말했다.

아냐, 우리 집엔 장작이 충분해.

참, 어쩌면 알리다에게 장작이 필요할지도 모르겠어. 조금 전 알리다가 내게 잠시 들렀다 가라고 했으니, 내가 알리다에게 물어볼게.

라스는 그렇게 해 준다면 좋겠다고 말했다. 그는 알리다의 장작을 잘라 주었던 것이 이미 오래전이기에 아마 지금쯤 장작이 동났을지도 모른다고 했다.

함께 가서 알리다에게 물어볼까?

라스는 고개를 끄덕였지만, 나는 그의 표정에서 주저하는 빛을 보았다.

괜찮아. 함께 가 보자.

알았어.

라스는 웃었고, 나는 라스와 함께 알리다의 집, 그녀의 부엌으로 들어갔다. 부엌에 서 있던 알리다는 틀톱을 어깨에 메고 서 있는 라스를 보며 말했다. 아니, 이게 누구야? 라스! 마침 잘 왔어. 그렇지 않아도 장작이 필요했거든. 라스는 알리다의 장작을 손질해 주었던 것이 꽤 오래전이었기에 지금쯤 장작이 필요할 것 같아서 발걸음을 했다고 말했다.

맞아, 꽤 오래전이었지.

난 자네가 다시 오지 않으면 어떡할까 걱정했었어. 알리다가 말했다.

그간 일이 많아서 바빴어요. 라스가 말했다.

그랬구나.

마침 장작이 거의 동나서 말야. 알리다가 말했다.

그렇다면 제가 잘 찾아온 것 같군요. 라스가 말했다.

맞아, 마치 예약이라도 해 놓은 것처럼. 알리다가 말했다.

그러네요.

라스, 넌 참 특별한 사람이야. 내가 말했다.

그럴 리가. 라스가 말했다.

나는 라스의 목소리가 평소와 다르다는 것을 느꼈다. 알리다도 그렇게 느낀 것 같았다. 알리다는 마침 커피를 끓이는 중이었다면서 라스에게 때맞춰 잘 왔다고 말했다. 그녀는 이전엔 일을 마친 뒤에야 커피를 마셨지만 오늘은 원한다면 일을 시작하기 전에 커피부터 한 잔 마시는 게 좋겠다고 라스에게 제안했다. 라스는 고개를 저었다. 나는 그의 눈동자가 어둡게 변하는 것을 보았다. 그의 눈이 검은빛을 띠고 반짝이기 시작했다.

자네가 원한다면 말이지.

그렇지 않다면 이전과 마찬가지로 먼저 톱질을 한 다음에 커피를 마셔도 돼. 알리다가 말했다.

평소처럼 하는 것도 나쁘진 않겠지. 내가 옆에서 거들었다.

네

뱀은 똬리를 틀 수 있기 때문이죠. 라스가 말했다.

자네 말이 맞아. 알리다가 말했다.

나는 뱀이 똬리를 튼다는 걸 알아요. 내 눈으로 직접 봤거든요. 라스가 말했다.

라스의 짧은 다리, 긴 허리. 나는 라스가 제자리에 가만히 서서 시선을 아래로 떨군 채 바닥을 뚫어지게 쏘아보는 모습을 보았다.

맞아, 라스. 네 말이 맞아. 내가 말했다.

그들은 예술에 대해서 아는 게 없어요.

아무것도.

그들은 예술을 소 똥구멍처럼 여겨요.

아는 게 하나도 없다니까요. 라스가 말했다.

라스는 알리다의 부엌에 서서 바닥을 내려다보았다. 그의 목소리가 떨리는 것을 느낀 나는 알리다를 바라보며 눈을 마주쳤다.

그들은 예술을 이해하지 못해요. 라스가 말했다.

화가라고 해서 다 죽여 버릴 필요는 없어요.

하지만 거의 모든 화가들을 죽여야 해요. 모든 화가들을 죽일 필요는 없어요. 하지만 거의 모두. 그가 말했다.

알리다는 나를 바라보며 고개를 절레절레 저었다. 라스는 알리다의 부엌에 서서 바닥만 내려다보았다.

나는 거의 모든 화가들을 죽일 거예요.

그들은 죽어야 해요. 그들은 그림을 못 그리기 때문에 죽어야 해요. 그가 말했다.

알았어. 내가 말했다.

나는 그들을 죽일 거예요. 라스가 말했다.

그건 그렇고 이제 커피를 마셔 볼까? 알리다가 말했다.

죽여 버려야 해요. 라스가 말했다.

알리다가 커피를 마시지 않겠느냐고 물어보잖아. 내가 라스에게 말했다.

라스는 바닥을 뚫어지게 쏘아보았고, 나는 알리다를 보았으며, 알리다는 나를 바라보았다.

커피를 좀 마시는 것도 좋을 것 같은데. 알리다가 말했다.

라스가 고개를 들어 알리다를 쳐다보았다.

네, 감사합니다. 커피를 마시는 게 좋을 것 같군요.

자리에 앉아서 조금만 기다려. 알리다가 말했다.

네, 네. 감사합니다.

커피를 마신 뒤에 필요한 장작을 모두 손질할게요. 라스가 말했다.

좋아, 라스. 알리다가 말했다.

일단 커피부터 마셔. 내가 말했다.

응.

나는 라스가 알리다의 부엌 식탁 의자에 앉는 것을 보았다.

라스.

여태 너처럼 장작을 정갈하게 자르는 사람은 못 봤어.

그림은 말할 것도 없지. 난 너처럼 그림을 잘 그리는 사람도 못 봤단다. 알리다가 말했다.

네, 그럴 거예요. 라스가 말했다.

알리다는 커피잔을 가져와서 라스의 앞에 내려놓고 커피를 따랐다. 나는 라스가 구부정하고 커다란 파이프를 들어 올려 가루 담배를 채워 넣는 모습을 보았다. 그는 매우 천천히, 주의 깊게 파이프에 가루 담배를 채워 넣고 성냥에 불을 붙였다. 라스는 불이 붙어 타 들어가는 성냥을 가루 담배 위에 얹고 파이프를 빨았다. 곧 묵직하고 텁텁한 담배 향이 알리다의 부엌에 퍼졌다. 나는 의자에 앉아 라스의 얼굴을 바라보았다. 알리다가 커피잔 두 개를 더 가져와서 내 앞에 하나를 놓고, 다른 하나는 내 옆의 빈자리에 내려놓았다. 그녀는 나의 커피잔에 먼저 커피를 따라 주었다. 나는 자리에 앉아 파이프를 피우는 라스를 바라보았다. 라스가 커피잔을 들어 올려 뜨거운 커피를 한 모금 마셨다.

커피 맛이 좋군요.

담배 맛도 좋고 커피 맛도 좋아요. 라스가 말했다.

올리네는 이제 커피를 마시자는 알리다의 목소리를 들었다. 올리네는 고개를 들어 알리다를 쳐다보았다. 알리다는 부엌 문 앞에 서서 올리네를 바라보고 있었다.

라스를 생각하고 있었어요. 올리네가 말했다.

아, 라스……. 알리다가 말했다.

예전에 당신 집에 들렀던 일이 떠올랐어요. 그때 라스가 장작을 잘라 주러 왔었죠. 평소엔 장작을 먼저 자르고 커피를 마셨지만, 그날은 커피부터 마셨어요. 올리네가 말했다.

함께 커피를 마시는 도중에 라스가 갑자기 벌떡 일어나서 밖으로 뛰쳐나갔던 날 말인가요? 알리다가 말했다.

맞아요.

갑자기 뛰쳐나갔죠. 올리네가 말했다.

그날 모든 화가들을 죽여 버려야 한다고 무시무시한 말을 하기도 했어요. 우린 그 말을 듣고 어이가 없어서 멍하니 서로 쳐다보기만 했던 게 기억나네요. 알리다가 말했다.

나도 기억해요. 올리네가 말했다.

그리고 다시 돌아왔죠.

맞아요, 다시 집 안으로 들어왔어요.

그래요, 그랬던 것 같아요. 올리네가 말했다.

네, 그랬어요. 알리다가 말했다.

그땐 이미 장작을 엄청 많이 자른 뒤였죠. 매우 빠른 속도로 일을 했어요. 나는 그렇게 일을 빨리 하는 사람을 처음 봤답니다. 그녀가 말했다.

네, 라스는 아주 특별한 사람이에요. 올리네가 말했다.

두말할 필요도 없죠. 알리다가 맞장구를 쳤다.

커피가 다 된 것 같으니 얼른 가져올게요. 알리다가 말했다.

올리네는 부엌 안으로 다시 들어가는 알리다를 바라보았다. 부엌에 들어간 알리다는 커피잔을 가져와서 거실 탁자 위에 내려놓았다. 하나는 올리네의 앞에 내려놓고 다른 하나는 그녀의 맞은편에 내려놓았다. 올리네는 이젠 정말 알리다가 누구인지 기억해 내야 한다고 생각했다. 올리네는 알리다가 전혀 낯설지 않았고, 심지어 바닷가에 자리한 그녀의 집에도 가 본 적이 있다. 문제는 알리다가 누구인지 도무지 기억나지 않는다는 것. 하지만 지금까지는 알리다가 누구인지 모른다는 사실을 겉으로 내보이진 않았던 것 같아서 다행이었다. 솔직히 말하자면 올리네는 자기 자신이 누구인지도 가물가물했다. 말이 나온 김에, 그녀는 누구일까? 자식들의 이름은 무엇일까? 손자 손녀는? 그녀는 무엇을 하며 지난 삶을 살아왔던가? 올리네는 그것이 매우 끔찍한 질문이라고 생각했다. 일단 그녀는 자기 자신이 누구인지는 몰라도 알리다가 누구인지는 기억해 내야 한다고 생각했다. 그녀는 수년 전 라스와 함께 알리다의 부엌에 앉아 커피를 마셨던 일도 기억한다. 그날 라스는 커피를 마시다 갑자기 벌떡 일어나서 밖으로 뛰쳐나갔다. 아무 이유도 없이. 그녀는 그날의 일을 너무도 생생하게 기억하고 있었다. 마치 방금 일어난 일처럼. 알리다의 부엌에서 자신의 맞은편에 앉아 있던 라스, 식탁만 뚫어지게 내려다보던 라스. 그러다 어느 순간 알 수 없는 곳에 눈동자를 고정하고 발을 구르던 라스의 모습. 그녀는 그 발소리까지 똑똑히 기억하고 있었다. 라스의 눈가에 주름이 잡히더니 그의 눈동자가 촉촉하게 젖기 시작했다. 그 와중에도 그의 눈동자는 어딘가에 고정되어 움직이지 않았다. 빠져나올 수 없는 곳에 잡혀 버린 듯했던 그의 눈동자. 그는 두 발을 힘껏 굴렀고, 그의 눈동자는 점점 더 축축하게 젖기 시작했다. 그의 눈가에서 경련이 일어났다. 갑자기 라스는 무언가에서 벗어나려는 듯 있는 힘을 다해 몸을 일으켰고 밖으로 뛰쳐나갔다. 나와 알리다는 서로를 마주 보기만 했다. 그리고 올리네는 부엌에 서서 커피가 다 끓었다고 말하는 알리다의 목소리를 들었다. 올리네는 주전자를 들고 거실로 오는 알리다를 보며 정신을 차려야겠다고 생각했다. 이제 그녀는 알리다가 누구인지 기억해 내야 한다. 알리다는 도대체 누구일까? 혹시 그녀의 남동생 중 한 명과 결혼한 여인은 아닐까? 보아하니 알리다도 나이가 지긋해 보였지만 올리네처럼 나이가 많은 것 같지는 않았다. 올리네는 엄밀히 말하자면, 지금 당장은 아니더라도 시간이 지나면 이 상황을 두고 웃을 수 있으리라고 생각했다. 몇 년 전에는 이런 날이 오리라는 것을 생각지도 못했다. 알리다가 누구인지 기억할 수 없는 날이 오리라고는 짐작도 못 했던 것이다. 올리네는 커피가 다 끓었다고 말하는 알리다의 목소리를 들었다. 알리다는 올리네의 잔에 커피를 따르고 맞은편에 있는 자신의 잔에도 커피를 따랐다.

동생 안부는 묻지 않을 건가요? 알리다가 말했다.

올리네는 그제야 왜 미처 그 생각을 못 했을까 후회했다. 알리다는 그녀의 남동생 중 한 명과 결혼했던 여인이 틀림없었다. 하지만 알리다가 결혼한 동생은 쉬버트가 아님은 분명했다. 쉬버트와 결혼한 사람은 시그네가 아니었던가. 시그네는 올리네에게 자신의 집으로 와 달라고 했다. 쉬버트가 그녀와 이야기하고 싶다고 하지 않았던가? 그랬던 것 같은데? 아니, 집으로 와 달라고 말했던 사람은 시그네가 아니라 알리다였던가? 그 때문에 지금 알리다가 올리네를 데리러 여기까지 온 것은 아닐까?

그이와 관련해선 딱히 새로운 소식이 없어요. 알리다가 말했다.

그렇군요. 올리네가 말했다.

올리네는 알리다가 자신의 남동생 중 한 명과 결혼한 여인이 틀림없다고 확신했다. 그들은 자식도 많이 낳았을 것이다. 하지만 이젠 그녀의 남동생도 그녀처럼 나이가 들고 건강도 많이 악화되었을 것이다. 올리네는 세상일이 다 그렇다고 생각했다.

네. 알리다가 말했다.

알리다는 한숨을 쉬었고, 올리네는 동생의 상태가 더 악화되었는지 물어봐야겠다고 생각했다.

변한 것은 없나 보죠. 올리네가 말했다.

그녀는 부엌으로 주전자를 들고 갔다가 다시 거실로 와서 자신의 맞은편에 앉는 알리다를 보았다. 아랫배가 거북해지기 시작했다. 금방이라도 무언가 나올 것 같았다. 올리네는 자신도 모르는 사이에 속옷에 일을 보지만 않았으면 좋겠다고 바랐다. 그녀는 방금 작은집에 매우 오랫동안 앉아 있지 않았던가. 올리네는 생선 봉지를 들고 작은집에 들어갔던 것을 기억해 냈다. 맞아, 그랬지. 그런데 작은집에서 나온 지 얼마 되지도 않은 지금 다시 오줌이 마려워지다니. 그녀는 뒤가 마렵지 않기만을 바랐다. 적어도 지금은 아니었다. 무언가 나온 것 같았다. 속옷이 젖은 것 같기도 했다. 세상에, 내게 이런 날이 오다니. 누가 이런 날이 오리라는 것을 짐작할 수 있단 말인가. 알리다는 남편에 관해선 특별히 알려 줄 새로운 소식이 없다고 말했다. 그녀는 남편이 다루기 힘든 사람인 건 이미 잘 알고 있을 것이며, 머리가 잘 돌아가지 않는 것도 예나 지금이나 마찬가지라고 말하며 웃음을 터뜨렸다.

맞아요, 그랬지요. 올리네가 말했다.

알리다는 다시 웃음을 터뜨렸다.

걔는 항상 특별했어요. 올리네가 말했다.

맞아요, 퀘이커 교인들은 하나같이 특별하죠.

항상 문제를 일으켜서 조용할 날이 없어요.

군대도 거부했고, 아이들이 세례를 받는 것도 거부했어요.

사실 우린 결혼할 마음이 없었어요.

이젠 제대로 된 장례식도 거부한답니다. 알리다가 말했다.

그렇군요.

다른 사람들처럼 좀 평범하게 살면 좋겠는데. 알리다가 말했다.

그게 안 되는 사람들이니까 어쩔 수 없죠, 뭐. 올리네가 말했다.

맞아요.

게다가 라스는 완전히 미쳐 버렸고.

다른 형제들도 그렇긴 하지만, 라스는 그중에서도 최악이었어요.

하지만 이미 죽은 사람들에 관해 나쁜 말을 할 수는 없으니, 이제부터라도 나는 입조심을 해야겠어요. 알리다가 말했다.

라스는 그랬죠. 올리네가 말했다.

학교 교육도 받았고.

큰사람이 될 수도 있었는데. 알리다가 말했다.

맞아요. 올리네가 맞장구를 쳤다.

하지만 어쩌다 정신이 나가 버렸는지. 불쌍하기도 하죠. 알리다가 말했다.

맞아요, 불쌍한 인생이죠. 올리네가 말했다.

크게 될 수 있는 사람이었는데, 결국은 그렇게 끝이 나 버렸으니.

그건 그렇고, 통증은 좀 어때요? 알리다가 물었다.

올리네는 가만히 앉아 있으면 통증을 느낄 수 없지만, 걸을 때면 어김없이 통증이 찾아온다고 말했다. 하지만 움직이지 않고 가만히 앉아서 살 수는 없으니 어쩔 수 없다고 했다. 그녀는 매일 생선을 손에 넣기 위해 밖에 나가서 걸어야 한다고 덧붙였다. 알리다는 가만히 앉아 살 수는 없다면서 그녀의 말에 동의했다. 조금이라도 발을 움직일 수 있다면 걸을 수밖에 없다고도 했다. 올리네는 알리다가 커피 맛이 좋다고 말하는 것을 들었다. 커피 맛은 항상 좋아요.

커피…….

맞아요, 커피 맛이 좋네요.

맛도 좋고 향도 진해요.

제가 커피를 잘 끓인 것 같군요. 알리다가 말했다.

그건 그렇고 당신 남편의 건강이 악화되었다니 참 슬프군요.

네, 어쩔 수 없죠, 뭐.

침대에 누워 마지막 날만 기다린다는 건 참 끔찍한 일이에요. 올리네가 말했다.

갑자기 알리다가 고개를 들어 올리네를 바라보았다.

아니에요. 그가 침대에 누워 마지막 날만 기다린다고요? 그렇지 않아요! 알리다가 말했다.

방금 알리다가 그렇게 얘기했다고 생각했던 올리네는 혼란스러워졌다. 알리다는 마지막 날만 기다리는 남편이 죽기 전에 올리네와 이야기를 하고 싶다고 말하지 않았던가? 그게 바로 방금 알리다가 했던 말이 아니었던가?

아니에요. 그이가 죽는 날만 기다리고 있다니요? 그렇지 않아요. 알리다가 말했다.

올리네는 생선을 사러 바닷가에 갔을 때, 남편이 죽기 전에 꼭 만나고 싶어 한다며 집으로 와 달라고 말했던 사람이 알리다였다고 생각했다. 창문 밖으로 고개를 쑥 내밀고 집으로 들어와서 동생 쉬버트와 이야기를 나누라고 말했던 사람은 알리다가 아니었던가? 쉬버트가 죽기 전에 한번 보긴 해야 할 텐데. 그렇다면 지금 여기 이렇게 한가하게 앉아서 커피를 마시면 안 된다.

쉬버트 말이에요. 올리네가 말했다.

쉬버트의 건강이 많이 악화된 모양이죠? 알리다가 말했다.

지금 자리에 누워 죽는 날만 기다리는 모양이에요. 올리네가 말했다.

그렇군요.

네, 그래요.

전혀 몰랐어요.

끔찍한 일이죠.

시그네가 그런 말을 하던가요? 알리다가 물었다.

올리네는 그제야 그 말을 했던 사람이 시그네라는 것을 기억해 냈다. 쉬버트가 죽기 전에 그의 집에 가 봐야 하지 않을까. 쉬버트는 그녀가 오기를 기다리고 있을 것이다. 쉬버트가 죽기 전에 누나인 자신을 보고 싶어 하는데 이처럼 한가하게 앉아서 커피를 마실 수는 없다고 올리네는 생각했다.

곧 자리에서 일어나 가 봐야겠어요. 올리네가 말했다.

네? 알리다가 물었다.

그래야 할 것 같아요.

어딜 가려고요?

쉬버트에게 가야 해요..

오히려 귀찮게 하는 건 아닐까요?

올리네는 별안간 정신이 번쩍 들었다. 세상에, 내가 노망이 든 게 틀림없어. 그녀는 쉬버트와 결혼한 사람이 알리다가 아니라는 사실을 그제야 깨달았다. 알리다는 쉬버트가 죽는 날만 기다리고 있다는 것조차 모르지 않았던가. 이렇게 정신이 없을 수 있다니! 도대체 어쩌다 이렇게 되었을까! 그녀는 기억도 못 하고, 눈앞도 잘 볼 수 없고, 발에는 통증이 가실 날이 없다. 어쩌다 이렇게 되었을까. 게다가 그녀는 소변도 참지 못한다. 대변도 마찬가지다. 세상에.

그럴지도 몰라요. 올리네가 말했다.

그건 그렇고 부엌 바닥이 그다지 깨끗하지 않던데. 알리다가 말했다.

올리네는 알리다가 항상 그랬다고 생각했다. 그녀의 말에 의하면 올리네의 집은 깨끗할 날이 없었다.

제가 청소를 해 드릴게요. 알리다가 말했다.

괜찮아요. 청소는 나도 할 수 있어요.

금방 할 수 있어요.

청소는 내가 직접 할 수 있어요. 올리네가 말했다.

다리가 많이 아프다면서요?

도움이 필요할 거예요.

저는 아픈 데도 없고 건강해요. 바닥 청소쯤은 아무것도 아니랍니다. 알리다가 말했다.

알았어요. 정말 그렇게 생각한다면야. 올리네가 마지못해 말했다.

그녀는 알리다가 커피잔을 비우고 자리에서 일어나는 것을 보았다. 알리다는 물과 걸레를 가져와서 후딱 바닥을 닦을 것이라고 말했다.

올리네는 고개를 끄덕였다.

정말 청소를 하고 싶다면 하세요. 올리네가 말했다.

올리네는 부엌에 들어가는 알리다를 보며 그녀가 항상 그랬다고 생각했다. 알리다는 올리네가 무엇을 하든 만족하는 법이 없었다. 올리네는 자기가 무슨 일을 해도 알리다의 성에 차지 않았다고 생각했다. 이제 알리다는 만족하지 않는 것을 넘어 올리네의 집이 더럽다며 청소까지 해 주려 한다. 올리네는 모욕적이라고 생각했다. 하지만 그녀는 존경받을 만한 가치가 있는 사람일까? 그녀는 스스로 이런 모욕을 자처했다고 생각했다. 정말로 잘못된 일이 틀림없었다. 부엌에서 알리다가 분주하게 움직이는 소리가 들려왔다. 올리네는 알리다가 자신의 집 안 구석구석을 너무나 잘 알고 있다고 생각했다. 게다가 알리다는 단 한 번도 올리네가 하는 일에 만족하는 것 같지 않았다. 심지어 그녀는 자신의 남편에게도 만족하지 않았고, 특히 라스에겐 만족하는 법이 없었다. 그녀는 라스가 없을 때면 비웃기까지 했다. 라스의 면전에서는 항상 듣기 좋은 말만 했지만, 라스가 없을 때면 좋은 말을 듣기가 힘들었다. 올리네는 알리다가 부엌에서 걸레질하는 소리를 들었다. 알리다는 라스에게 절대 친절하게 대해 주지 않았다. 라스는 알리다를 위해 그 많은 장작을 잘라 주고 손질해 주었건만 알리다는 라스를 존중하기는커녕 때때로 비웃기까지 했다. 라스가 알리다에게서 감사의 말을 들은 적이 있었던가. 아니, 라스는 알리다에게서 비웃음만 되돌려 받았을 뿐이다. 알리다가 다가와서 생각에 잠겨 있는 올리네의 팔을 잡아끌었다.

라스가 장작을 자르는 걸 보러 함께 나가요. 알리다가 말했다.

그녀는 내 앞에 서서 미소를 지었다. 그녀의 온 얼굴에는 웃음기가 가득했다.

라스가 장작을 자르기 시작했어요. 함께 보러 나가요. 라스가 어떻게 일을 하는지 보러 가자고요.

얼른 오라니까요.

왜? 싫어요?

함께 가서 봐요. 재미있을 거예요.

얼른 오세요. 알리다가 말했다.

그녀가 나의 옷소매를 잡아당겼다. 나는 그녀를 따라나설 수밖에 없었다. 그녀가 그토록 원하는데 그녀의 제안을 거절하기란 쉽지 않았다. 나는 그녀의 손에 이끌려 작은 방으로 들어갔고 그녀와 함께 창가에 섰다. 창밖에서는 라스의 목소리가 들려왔다. 너는 내 손에 죽을 거야. 저주받은 독일 놈 같으니. 나는 라스가 장작에 도끼를 내려치는 소리를 들었다. 라스가 다시 소리쳤다. 왜, 싫어? 쓰레기 같은 놈. 왜, 싫으냐고? 싫어도 하는 수 없어! 라스는 다시 장작 위에 도끼를 내려쳤고, 알리다는 커튼 뒤에 몸을 숨기고 코웃음을 치며 내게 귓속말을 했다. 여기 가까이 와서 라스가 어떻게 일을 하는지 보세요. 알리다는 온 얼굴에 환한 웃음을 머금고 내게 귓속말을 했다.

빨리 여기로 와 보세요. 알리다가 나직이 말했다.

나는 알리다의 뒤에 몸을 숨겼다. 나는 벌목 통나무 앞에 서 있는 라스를 보았다. 그는 자신의 틀톱은 작은집 벽에 기대어 세웠다. 한 손에 도끼를 든 라스는 야생의 미치광이처럼 보였다.

저기 독일 놈이 가고 있어. 라스가 말했다.

이제 노르웨이 화가 놈 차례야!

이제 우린 노르웨이인 화가를 찾아야 해.

라스는 장작 하나를 들어 올려서 벌목 통나무 위에 내려놓았다.

이제 난 쓰레기 같은 너를 죽여 버릴 거야.

너는 이제 죽을 거라고.

끝장을 내 버릴 거야. 그가 말했다.

라스는 도끼를 머리 위로 치켜올린 뒤 있는 힘을 다해서 장작 위로 내리쳤다. 장작은 두 동강이 나서 벌목 통나무 옆에 떨어졌다.

이제 너는 죽었어. 그가 말했다.

너는 쓰레기야. 쓰레기 같은 노르웨이 화가라고. 하지만 넌 이제 죽었어.

내가 너를 죽였다고. 내가.

내가 너를 없앤 건 확실해. 의심의 여지가 없다고. 라스가 말했다.

그건 너의 운명이었어.

난 언젠가 너를 죽여 버릴 거라는 걸 알고 있었어.

쓰레기 같은 놈!

넌 그림을 그릴 수 없는 놈이었어. 결코! 그런데도 너는 그림을 그린답시고 다른 화가들을 괴롭혔지.

저주받을 새끼!

이곳 산드비켄, 이곳 스타방에르는 너 같은 쓰레기가 살 수 있는 곳이 아냐!

단순하고 평범한 사람들 사이에선 살 수 없어. 절대! 라스가 말했다.

나는 라스가 장작더미에서 장작 한 개를 더 가져오는 모습을 보았다. 그는 통나무 위에 장작을 내려놓고 도끼를 치켜들었다.

행동 개시! 라스가 소리쳤다.

알리다는 입을 가리고 킥킥 코웃음을 치며 한쪽 어깨로 나를 툭 쳤다.

맛 좀 봐. 실력도 없는 쓰레기 같은 화가 같으니. 라스가 소리쳤다.

네겐 딱 어울리는 일이야.

딱 어울리는 일이라고.

처음부터 그랬어야 했어. 라스가 말했다.

알리다는 라스가 매우 지저분하게 보인다고 내게 속삭였다. 몸을 좀 씻어야 할 것 같아요. 누나가 목욕 좀 하라고 넌지시 말해 주는 건 어떨까요? 알리다가 내게 귓속말을 했다. 나는 라스가 이젠 톱질을 할 차례라고 혼잣말을 하는 소리를 들었다. 그는 받침대에 바짝 마른 부목을 올려놓고 톱질을 시작했다. 나는 창문 밖에 있는 라스에게 말을 걸었다.

일은 잘되고 있니?

라스가 톱질을 멈추고 나를 바라보았다.

응, 잘되고 있어.

누나는? 라스가 내게 물었다.

나도 좋아.

넌 도끼질도 하고 톱질도 하는구나. 내가 말했다.

난 도끼질을 하고 싶을 때는 도끼질을 하고, 톱질을 하고 싶을 때는 톱질을 해.

난 내가 원하는 걸 할 뿐이야. 라스가 말했다.

그래.

라스가 허리를 쭉 펴고 주위를 휘휘 둘러보았다.

그가 고개를 들고 나를 돌아보며 알리다에게 장작을 두 쪽으로 나누려 하는지, 네 쪽으로 나누려 하는지 물어보라고 했다. 나는 다시 커튼 뒤에서 여전히 입을 가린 채 서 있는 알리다에게 다가가서 라스의 말을 전했다. 알리다는 얼른 입에서 손을 떼고 고개를 끄덕이며 두 쪽 장작이 좋다고 말했다. 나는 다시 창가로 가서 라스에게 알리다가 네 쪽 장작을 원한다고 말했다. 라스는 알았다고 말하며 네 쪽 장작이라고 소리쳤다. 나는 라스가 톱질 받침대 위로 허리를 숙이는 모습을 보았다. 그의 톱이 앞뒤로 오가며 반복적으로 움직였고, 올리네는 부엌문 앞에 서 있는 알리다를 보았다.

이제 부엌 바닥이 깨끗해졌어요. 그녀가 말했다.

올리네는 알리다가 항상 그랬다고 생각했다. 그녀는 올리네가 집 안을 깨끗하게 간수하지 못한다고, 그녀가 게으름뱅이라고, 그녀가 부지런하지 못하다고 생각했을 것이다. 알리다는 집에 남편이 아파 누워 있는데도 왜 올리네의 집에 와서 굳이 청소까지 해 주는 것일까. 참으로 이상하고 무례한 태도가 아닐 수 없었다. 마치 올리네의 부엌 바닥이 자신의 남편보다 더 중요하다고 생각하는 것 같기도 했다. 하지만 올리네는 그런 말을 입 밖에 낼 수 없었다. 그저 입을 다물고 있을 뿐이었다. 그녀는 아무 말도 하지 않았다. 말을 해도 도움이 될 것은 하나도 없었다.

생선을 삶아 드릴까요? 알리다가 말했다.

생선은 내가 직접 삶을 수 있어요. 올리네가 말했다.

물론 그러시겠죠.

하지만 난 여기 온 김에 도와주고 싶어서 그래요. 다리도 많이 아픈 것 같은데. 알리다가 말했다.

여기 온 건 좋은데, 생선 삶는 일쯤은 나도 할 수 있어요. 올리네가 말했다.

커피를 더 마시겠어요? 알리다가 물었다.

아니, 이걸로 충분해요. 올리네가 말했다.

그렇다면 난 이제 집에 가 볼게요. 알리다가 말했다.

그러세요.

집에 가서 아픈 남편도 좀 돌봐 주고 그러세요.

남편에겐 당신의 손길이 필요할 거예요. 올리네가 말했다.

제 남편은 혼자서도 잘 지내요.

딱히 도움이 필요한 것도 아니랍니다. 알리다가 말했다.

어쨌든 얼른 가 보세요.

나도 피곤하군요. 이제 좀 쉬어야겠어요. 올리네가 말했다.

그러세요, 올리네.

안녕히 계세요. 알리다가 말했다.

올리네는 다시 만나자고 말했고, 알리다는 올리네를 향해 고개를 끄덕여 주었다. 알리다는 거실에서 나가 부엌을 통해 집 밖으로 나갔고, 올리네는 알리다가 문을 닫는 소리를 들었다. 올리네는 마침내 알리다가 돌아갔기에 안도의 한숨을 내쉬었다. 왜 알리다는 여기까지 와서 그녀를 귀찮게 하는 걸까? 그녀는 알리다 때문에 하려 했던 일을 하지 못했다. 난로에 불을 지펴 집 안을 따스하고 아늑하게 만들고 싶었는데 그것도 무산되었다. 커피도 끓이고, 소파에 앉아 뜨개질도 하려 했는데 알리다가 불쑥 찾아와서 뜬금없이 부엌 바닥을 닦아 주고 갔다. 그녀는 이제 작은집에 가야 한다고 생각했다. 아니,

요강에다 볼일을 볼까. 오줌이 마려운 것 같기도 하니까. 그런데 알리다는 누구일까? 올리네는 알리다가 누구인지 기억해 낼 수 없었다. 단지 라스가 가끔 그녀의 집에서 장작을 패 주었다는 사실밖에 기억나지 않았다. 올리네는 갑자기 볼일이 급해졌다. 다시 작은집에 가야 한다. 아니, 그러기는 싫었다. 요강에 볼일을 봐도 되지 않을까. 그러려면 요강을 찾아와야 한다. 그녀에겐 그 작은 일마저 힘들고 귀찮게만 여겨졌다. 그녀는 지팡이를 짚고 힘겹게 몸을 일으켰다. 구부정하게 지팡이에 몸을 의지하고 절뚝절뚝 절며 한 발, 두 발 힘겹게 걸었다. 발에 다시 통증이 찾아왔다. 발을 조금만 움직여도 아팠다. 하지만 올리네는 아픈 것을 참고 방 안으로 들어갔다. 조금 전과는 달리 소변이 급하지도 않았다.

어휴, 나이가 드니 모든 게 다 불편해.

그래도 어쩔 수 없지, 뭐.

그녀는 가림막을 옆으로 젖히고 절뚝거리며 방 안으로 들어갔다. 요강은 스툴 위에 있었다. 그녀는 요강을 침대 밑이나 눈에 보이지 않는 곳에 숨기려는 노력조차 하지 않았다는 생각에 한숨을 쉬었다. 한 손으로 요강을 들어 올리려던 올리네는 한동안 요강을 비우지 않았음을 깨달았다. 이럴 수가. 올리네는 끔찍한 일이라고 생각했다. 냄새도 지독했다. 하지만 그녀에게 악취는 큰 문제가 되지 않았다. 어차피 후각도 잃어버린 지 오래니까. 올리네는 바닥에 지팡이를 힘주어 고정시키고 구부정하게 몸을 기댔다. 그녀는 마치 바닥에 몸을 기대기라도 하듯 구부정하게 서서 요강을 든 채 천천히 앞으로 발을 옮겼다. 한 발 두 발 힘겹게 걷는 올리네에게 다시 통증이 찾아왔다. 게다가 이젠 소변이 급해지기까지 했다. 안 돼, 이러면 안 되는데. 속옷이 살짝 젖은 것 같았다. 그다지 많이 젖은 건 아니었지만 속옷이 젖었음은 분명했다. 허벅지 부근이 뜨뜻해졌다. 세상에, 내게 이런 일이 일어나다니. 올리네는 이제 자신도 모르는 사이에 오줌을 지리기 시작했다고 생각했다. 그녀는 탁자로 다가가서 그 위에 요강을 내려놓았다. 그녀는 탁자의 한쪽 끝에는 커피잔 두 개, 다른 쪽 끝에는 요강이 있는 것을 보았다. 올리네는 치마를 들어 올리고 속옷을 내렸다. 속옷은 생각보다 많이 젖어 있었다. 그다지 깨끗해 보이지도 않았다. 올리네는 속옷을 갈아입어야겠다고 생각했다. 젖어서 축축하기에 어차피 갈아입어야 한다고 생각했다. 올리네는 속옷을 내리고 한 손으로 탁자 끝을 잡으며 몸을 지탱한 뒤, 요강 위에 앉아서 다른 손으로 탁자 끝을 잡았다. 이제 올리네는 탁자 위의 요강에 앉아 있다. 그녀의 탁자 위, 그녀의 요강 위, 그녀의 거실 안에서 탁자 끝을 꼭 움켜쥐고 앉아 있다. 올리네는 얼른 오줌이 나왔으면 좋겠다고 생각했다. 이제 그녀는 요강에 앉아서 기다리기만 하면 된다. 오줌이 나올 때까지. 그러고 보니 똥이 나올 것 같기도 했다. 아니, 이미 나와 버렸던가? 올리네는 똥이든 오줌이든 얼른 나왔으면 좋겠다고 생각했다. 탁자 위의 요강에 앉아 있는데 갑자기 누가 찾아오면 어떡할까. 그러니 얼른 볼일을 봐야 한다. 이렇게 마냥 앉아 있을 수만은 없다고 생각한 올리네는 어쩌다 이렇게 되었는지 한심하기만 했다. 게다가 알리다가 집에 온다고 하지 않았던가. 그녀는 수년 동안 알리다와 알고 지냈음에도 불구하고 그녀가 누구인지 기억할 수 없었나. 알리다는 누구일까? 도저히 기억해 낼 수가 없었다. 금방이라도 나올 것 같던 오줌도 나오지 않았다. 만약 누가 갑자기 찾아와서 요강 위에 앉아 있는 그녀를 보면 어떡할까. 알리다가 뛰어 들어와서 요강에 앉아 있는 올리네를 보면 뭐라고 할까. 그녀는 요강 위에 계속 앉아 있을 수 없다고 생각했다. 차라리 집 밖에 있는 작은집에 가는 편이 더 좋지 않을까. 작은집에서라면 얼마든지 오래 앉아 있어도 된다. 그녀는 거실 탁자 위의 요강에 이렇게 앉아 있을 수만은 없다고 생각했다. 갑자기 누가 찾아오면 어떻게 할까. 대문을 잠그지도 않았는데. 그녀는 아직도 난로에 불을 피우지 않았다. 불을 피우려고 생각했지만 시작도 하지 않았던 것이다. 소파에 앉아 뜨개질을 하려고 마음먹었지만, 그것 역시 마찬가지였다. 게다가 시그네는 쉬버트가 올리네와 이야기를 하고 싶어 한다고 말했다. 죽음을 눈앞에 두고 있다고 했던가. 시그네는 쉬버트의 마지막 소원을 들어주기 위해 집으로 오라고 말했다. 그렇다면 올리네는 다시 바닷가로 내려가야 한다. 아픈 발로 다시 밖에 나가서 걸어야 한다. 왜냐하면 쉬버트가 그녀와 이야기를 나누고 싶다며 만나기를 원했기 때문이다. 그녀는 쉬버트의 집으로 가야 한다. 하지만 올리네는 자신의 기억력이 믿을 게 못 된다고 생각했다. 어쩌면 이 모든 것들은 혼자만의 생각일 수도 있었다. 쉬버트가 그녀와 이야기하고 싶어 한다는 것도 그녀의 잘못된 기억 또는 착각이 아닐까. 올리네는 될 대로 돼라고 생각하며 얼른 소변을 봤으면 좋겠다고 생각했다. 이제 뭐가 좀 나오는 것 같기도 했다. 그녀는 거실 탁자 위에 얹어 놓은 요강 위에 무작정 앉아 있을 수는 없다고 생각했다. 하지만 이미 이렇게 앉아 있는데 조금 더 앉아 있다고 해서 문제 될 일도 없을 것 같았다. 올리네는 조금 더 앉아 있어 보기로 마음먹었다. 쉬버트는 그 후에 찾아봐도 될 것이다. 시그네는 쉬버트가 마지막 순간을 기다리고 있다고 말했다. 그가 죽기 전에 올리네와 이야기해 보고 싶다는 말도 했다. 시그네의 말을 떠올린 올리네는 얼른 쉬버트를 찾아봐야 한다고 생각했다. 다른 일은 중요하지 않았다. 하지만 지금 당장은 소변이든 대변이든 얼른 비워 내야 한다고 생각했다. 올리네는 양손으로 탁자 끝을 잡고 요강 위에 앉아 있었다. 올리네는 무작정 이렇게 앉아 있을 수 없다고 생각했다. 별안간 아버지의 기억이 떠올랐다. 라스는 아버지의 집 다락방에서 살았다. 그는 낙서 같은 그림을 그릴 때마다 방문 앞에 '접근 금지'라는 쪽지를 붙여 놓았다. 라스가 그 쪽지를 방문 앞에 걸어 놓았다는 것은 그가 그림을 그리고 싶어 함을 의미했다. 라스는 그림을 그릴 때면 창가에 앉아 창밖의 지붕 처마를 올려다보았다. 그러고는 무의미한, 낙서 같은 그림을 그리기 시작했다. 그는 방해받지 않기를 원했다. 방문 앞에 걸린 쪽지에도 '접근 금지'라고 적혀 있었다. 라스는 다락방에서 그림을 그렸다. 다락방의 가구라곤 비좁고 짤막한 침대 하나, 의자 하나, 그리고 완성된 그림들과 화구를 넣어 놓은 상자 하나가 전부였다. 상자에는 커다란 자물쇠가 채워져 있었다. 라스는 창가에 앉아 밖을 내다보았다. 검고 긴 머리,

턱수염, 가끔은 온화하고, 가끔은 야생적인 갈색 눈동자. 아버지는 의사에 앉아 몸을 비비 꼰 뒤에 말을 시작했다. 아버지는 신의 말씀을 오용해 온 성직자들, 선한 사람들의 삶을 망쳤던 성직자들, 단지 성직자들의 말을 거부하고 자식들의 세례를 반대했다는 이유만으로 정직한 사람들을 속여 소를 팔아먹었던 성직자들에 관해 이야기했다.

성직자들은 말야.

그들은 신을 올바로 섬기는 사람들이라 할 수 없어.

그들은 오히려 사기꾼에 가깝지. 아버지가 말했다.

아버지는 성난 눈길로 주위를 둘러보며 고개를 절레절레 저었다.

모든 사람이 퀘이커 교인이 될 수는 없어. 그건 나도 잘 알고 있단다.

하지만 성직자들은…….

라스와 나는 조심스레 서로를 쳐다보았다. 우리는 이미 세례를 받고 견진 성사를 통한 성인식을 치르기 위해 공부를 시작했지만, 아무도 아버지에게 그것을 알리지 않았다.

올바로 살아야 해.

이런 식의 삶은 끝을 내야 해. 아버지가 말했다.

나는 라스가 몸을 일으켜 밖으로 나가는 모습을 보았다. 아버지는 내게 다행히도 자신은 지금까지 신념을 굽히지 않았으며, 그러기 위해 적지 않은 대가를 치러야 했지만 결코 물러서지 않았다고 했다.

나는 내 자식들이 세례를 받도록 내버려 두지 않았어.

단 한 명도 세례를 못 받게 했지.

열두 명 중에 단 한 명도 세례를 받지 않았단다.

난 내 신념을 굽히지 않았어. 아버지가 말했다.

나는 세례를 받고 견진 성사를 준비하고 싶다는 말을 차마 아버지에게 할 수 없었다. 그런 말을 하면 아버지가 좋아하지 않으리라고 생각했기 때문이다. 아버지는 화를 내고 절망할지도 모른다. 나는 라스가 다시 들어오는 소리를 들었다. 라스는 문께에 서서 나를 바라보았다.

아버지, 저는 세례를 받고 견진 성사도 받을 생각이에요.

그건 올리네도 마찬가지예요. 라스가 말했다.

나는 아버지를 바라보았다. 아버지는 가만히 앉아 무릎 위에 얹은 손만 내려다보았다. 아버지는 아무 말도 하지 않았다. 아버지가 두 눈을 지긋이 감았다. 아버지는 무릎 위에 양손을 얹고 아무 말도 하지 않았다. 아버지는 두 눈을 감고 있었다. 아버지는 단 한 마디도 하지 않았다. 문 앞에 서 있던 라스도 아무 말을 하지 않았다. 나도 아무런 말을 하지 않았다. 나는 눈을 감고 무릎 위에 손을 내려놓았다. 내 곁에 와서 앉은 라스도 아무 말을 하지 않았다. 우리는 그저 가만히 앉아 있기만 했다. 아버지, 라스 그리고 나. 우리는 침묵을 지켰다. 우리는 그렇게 오랫동안 앉아 있었다. 마침내 아버지가 말문을 열었다.

그건 네가 스스로 결정해야 할 문제야.

아버지는 문밖으로 나갔고, 올리네는 생각에 잠겼다. 그녀는 지금까지 살아왔던 방식으로 살면 안 된다고 생각했다. 이제 그녀는 스스로를 다잡아야 한다. 그녀는 무작정 요강 위에 앉아 있을 수 없다. 올리네는 오래전에 마련해 정이 든 탁자 위에 올려 둔 요강, 거실 안의 요강 위에 계속 앉아 있어선 안 된다고 생각했다. 게다가 오줌이나 똥도 나올 기미가 없다! 아니! 조금 나왔던가, 그래, 조금 나온 것 같기도 하다. 그렇다면 이젠 충분히 만족할 수 있다. 그다지 많은 양은 아니지만, 평소 음식을 많이 먹거나 마시지 않기에 그 정도면 충분했다. 올리네는 지난 세월 단 한 번도 폭식을 한 적이 없다고 생각했다. 어쨌든 이젠 더 요강에 앉아 있을 필요가 없었다. 거실의 탁자 위, 요강 위에. 올리네는 더 요강 위에 앉아 있을 수 없다고 생각했다. 이제 쉬버트에게 가야 하니까.

이제 쉬버트에게 가 봐야지.

내 기억이 맞다면, 시그네가 집으로 오라고 했어. 쉬버트와 이야기를 나누어 보라고.

그러니 이렇게 마냥 앉아 있을 수만은 없지. 올리네는 혼잣말로 중얼거렸다.

올리네는 만약 지금 누군가가 갑자기 찾아와서 거실 안, 탁자 위, 요강 위에 앉아 있는 그녀를 본다면 참으로 민망하리라고 생각했다. 그 순간, 대문을 두드리는 소리가 들렸다. 올리네는 두 손으로 탁자 양 끝을 누르며 요강 위에서 몸을 일으켰다. 바닥에 두 발을 짚고 일어서니 치마가 저절로 내려왔다. 하지만 속옷은 여전히 허벅지에 걸친 채였다. 올리네는 탁자 위에 자리한 요강과 커피잔 두 개를 번갈아 가며 쳐다보았다. 탁자의 한쪽 끝에는 그녀의 지팡이가 기대어 있었다. 올리네는 다시 누군가가 대문을 두드리는 소리를 들었다. 그녀는 한 손으로 지팡이를 잡고, 다른 한 손으로는 요강을 잡았다. 대문 밖에서 사람의 목소리가 들렸다. 안에 누가 있나요? 여보세요? 그것은 시그네의 목소리 같았다. 올리네는 대답을 해야 한다고 생각하며 거실 문을 향해 걸어갔다. 그와 동시에 대문이 활짝 열리며 시그네의 모습이 눈에 들어왔다.

세상에.

이를 어쩌나.

이렇게 갑작스럽게 들어와서 미안해요. 시그네가 말했다.

올리네는 지팡이에 몸을 기대고 한 손으로는 요강을 잡은 채 바닥을 내려다보았다.

대문이 열려 있더군요.

뭔가 잘못된 건 없는지 걱정이 되어 불쑥 들어올 수밖에 없었어요. 시그네가 말했다.

올리네는 지팡이에 몸을 기대고 요강을 든 채 시그네에게서 몸을 돌렸다. 방 안쪽으로 걸어가는 그녀의 발에 다시 통증이 찾아왔다. 올리네는 요강을 쥐고 걷는 자신의 모습을 시그네에게 보여 줘서 민망하기 짝이 없다고 생각했다. 그런 올리네를 본 시그네는 무슨 생각을 할까? 방금 요강이 가득 차도록 볼일을 보았다고 생각할 것이 틀림없다. 하지만 사실을 말하자면 그녀는 겨우 한두 방울만 요강에 떨어뜨렸을 뿐이었다. 발은 너무나 아팠다. 그녀는 아프다는 표시를 내지 않으리라고 마음먹었다. 아프라면 아프라지. 올리네는 방 앞의 가림막을 옆으로 밀치고 스툴 앞으로 가서 요강을 내려놓은 뒤

다시 거실로 나왔다.

쉬버트의 상태가 더 악화되었다는 걸 알려 줘야 할 것 같아서 이렇게 찾아왔어요. 시그네가 말했다.

올리네는 고개를 끄덕였다.

지금 당장 우리 집에 올 수 있다면 좋겠는데.

저와 함께 가요. 시그네가 말했다.

올리네는 고개를 끄덕이며 발목에 걸린 속옷을 내려다보았다. 그녀는 의자에 앉아 속옷을 무릎까지 끌어 올렸다. 올리네는 한 손으로 속옷을 잡고, 다른 한 손으로는 지팡이를 잡고 몸을 일으켜 세운 뒤, 재빨리 속옷을 끌어 올렸다.

보는 바와 같이 내 몸 하나도 제대로 움직이기가 쉽지 않네요. 올리네가 말했다.

네.

나이가 드니 어쩔 수 없어요. 올리네가 말했다.

어쨌든 지금 당장 나와 같이 가요.

제발 부탁이에요. 시그네가 말했다.

올리네는 고개를 끄덕였다.

그건 그렇고 대문 앞에 반쯤 먹다 남은 생선 두 마리가 있더군요. 시그네가 말했다.

생선이라뇨? 올리네가 되물었다.

거의 다 먹은 것 같던데.

대문 앞에 있더라고요. 시그네가 말했다.

그래요? 올리네가 말했다.

그건 그렇고, 얼른 집에 가야 해요. 쉬버트의 상태가 급격히 악화되었거든요. 시그네가 말했다.

나도 같이 갈게요. 올리네가 말했다.

올리네는 대문 앞에 생선 두 마리가 있다는 시그네의 말을 떠올렸다. 도대체 무슨 일이 생겼던 걸까? 그녀의 부엌에 고양이가 몰래 들어와서 생선을 훔쳐 갔던 건 아닐까? 세상에, 그런 일이 일어나다니. 게다가 쉬버트는 죽기 전에 마지막으로 그녀와 이야기를 나누고 싶어 했다. 그녀는 쉬버트가 침대에 누워 마지막 순간을 기다리는 동안, 거실 탁자 위에 요강을 내려놓고 볼일을 봤던 것도 있을 수 없는 일이라고 생각했다. 하지만 어쩔 수 없는 일이 아닌가. 올리네는 대문이 열려 있었다고 했던 시그네의 말을 떠올렸다. 그녀는 대문이 열려 있을 리가 없는데 참으로 이상하다고 생각했다. 게다가 누가 반쯤 먹은 것 같은 생선도 대문 앞에 널브러져 있었다니? 혹시 고양이가 그녀의 생선을 훔쳐 갔던 건 아닐까? 시그네는 쉬버트가 그녀를 기다린다고 했다. 그렇다면 그녀는 얼른 쉬버트에게 가서 그와 이야기를 조금이라도 나누어 봐야 한다. 올리네는 지금 당장 발걸음을 해 보리라 생각하고 지팡이에 구부정한 몸을 지탱한 채 부엌으로 갔다. 그런데 생선은 어디에 두었을까? 어딘가에 생선을 놓아 두긴 했을 텐데? 올리네는 부엌 조리대를 보았다. 거기에는 물 한 그릇이 있었다. 생선을 담가 두었던 물그릇이 틀림없었다. 하지만 그릇 안에는 생선이 보이지 않았다. 단지 생선 내장과 피만 흥건할 뿐. 도대체 생선은 어디에 있을까? 올리네는 생선을 어디에 두었는지 기억해 내려고 애썼다. 올리네는 부엌을 휘휘 둘러보았다. 어디에도 생선은 보이지 않았다. 그렇다면 대문 밖에 생선을 놓아둔 사람은 올리네였을 것이다. 그녀는 대문 밖으로 나가서 직접 확인해 보는 수밖에 없다고 생각했다. 만약 그것이 자신의 생선이라면, 그녀는 다시 생선을 사기 위해 바닷가로 내려가는 수밖에 없다. 배를 곯을 수는 없으니까. 올리네는 고양이가 생선을 훔쳐 갔다면 어쩔 수 없다고 생각했다. 다시 생선을 사는 수밖에. 어차피 쉬버트를 만나러 갈 테니 돌아오는 길에 생선을 사면 될 것이다. 올리네는 불행 중에 다행이라고 생각하며, 부엌에서 나갔다. 그녀는 아픈 발을 절뚝거리며 통증에 관해선 생각하지 않으리라고 마음먹었다. 올리네는 절뚝거리며 현관을 지나 대문 밖으로 나갔다. 대문 앞에는 아니나 다를까 누가 반쯤 먹다 남긴 듯한 생선 두 마리가 있었다.

고양이들이 왔다 갔나 보군.

하긴 고양이들도 배를 채워야 하니 어쩔 수 없지.

고양이들도 음식을 먹지 않고 살 수는 없으니까. 올리네는 혼잣말로 중얼거렸다.

그녀는 어쨌거나 상관없다고 생각했다. 고양이들도 음식을 먹어야 하니까. 하지만 고양이들은 왜 생선을 다 먹지 않았을까? 왜 반만 먹었을까? 고양이들은 왜 생선 한 마리를 다 먹는 대신 생선 두 마리를 각각 반쯤만 먹었을까? 올리네는 지팡이를 사용해서 대문 앞에 있는 생선을 하나씩 차례로 벽 쪽에 밀어붙였다.

이러면 되겠지.

올리네는 이제 바닷가로 내려가야겠다고 생각했다. 새 생선을 사기 위해. 어부 스베인은 올리네가 왜 하루에도 두 번씩이나 생선을 사러 오는지 궁금해할지도 모른다. 하지만 올리네는 전에도 이런 일이 없지 않았으리라고 생각했다. 그렇다, 올리네는 전에도 하루에 몇 번씩이나 생선을 사러 내려간 적이 있다. 그런 일은 없지 않았다. 그녀는 오늘도 생선을 사러 다시 바닷가에 가야 한다고 생각했다. 그 전에 만약을 대비해서 작은집에 한 번 들렀다 가는 건 어떨까? 그녀는 먼저 작은집에 가는 것이 좋겠다고 생각했다. 생선을 사러 가기 위해 밖으로 나왔지만, 먼저 작은집에 들르는 것이 최선이라고 생각한 올리네는 절뚝거리며 작은집을 향해 걷기 시작했다. 발이 아팠다. 하지만 오늘은 걸을 일이 많으니 어떻게든 참아야 한다. 그 외에는 다른 방법이 없다. 올리네는 고양이가 그녀의 생선을 훔쳐 먹었으니 자리에 누워 있을 수만은 없다고 생각했다. 그녀는 언제부터인가 일상을 제대로 건사할 수 없었다. 이런 일이 그녀에게 일어나다니. 그녀는 이제 자비로운 신이 자신을 거두어 주었으면 좋겠다고 생각했다. 신은 라스도 데려갔고, 보아하니 곧 쉬버트도 데려가려 하는 것 같았다. 올리네는 조만간 자신의 차례가 올 것이라고 생각했다. 그녀는 작은집의 걸쇠 고리를 들어 올린 뒤 문을 열고 들어가서 변기 위에 앉았다. 변기 끝에 걸터앉은 올리네는 팔을 뻗어 문을 닫고 고리를 채웠다. 걸쇠 옆에는 라스가 그린 그림 한 장이 걸려 있었다. 말 한 마리. 그녀는 자신이 그림을 그려도 그보다는 잘 그릴 수 있을 것 같다고 생각했다. 배경으로 자리한 황토색 언덕도 마찬가지였다. 조금만 신경 써서 그리면 라스보다 더 잘 그릴 수 있을 것 같았다. 하지만 라스의 그림 속에는 무언가 특별한 것이 있었다. 그건 바로 라스가 그렸기 때문이다. 올리네는 바로 그 때문에 그 그림이 매우 특별하다고 생각했다. 의심의 여지가 없었다. 그것이 매우 특별한 그림이라는 사실은. 그녀는 소변을 볼 준비를 했다. 변기에 앉아서 기다리기만 하면 되었다. 그 뒤엔 바닷가로 내려가서 생선을 사야 한다. 배를 곯을 수는 없으니까. 올리네는 치마를 들어 올렸다. 구부정하게 몸을 일으켜 속옷도 내린 후 변기 구멍 위에 자리를 잡았다. 올리네는 라스가 그린 말을 보며 그것이 바로 라스라고 생각했다. 라스는 자기 자신을 그린 것이었다. 동시에 그 말은 올리네이기도 했다. 올리네는 두 사람을 말이라 생각했다. 라스는 겁에 질린 말이었다. 라스는 집에 사람들이 찾아와서 대문을 두드리면 항상 어디론가 사라졌다. 나도 대문을 두드린 적이 있다. 아버지는 대문을 열어 주었고 나는 현관으로 들어갔다. 거실에서 나온 라스는 내게 눈길을 주지 않았다. 그는 말없이 나를 지나쳐 뛰어갔다. 그가 계단을 뛰어 올라가면 아버지는 나를 바라보며 절레절레 고개를 저었다.

원래 저래.

수줍어서 그런 거야.

하지만 누나에게 인사말 한 마디도 하지 않는 건 매우 잘못된 일이야. 아버지가 말했다.

나는 고개를 끄덕이며 라스가 나와는 이야기하기 싫어한다고 짐작했다. 나는 라스가 사람들과 마주치기를 싫어한다는 것을 잘 알고 있었다. 하지만 그가 나마저 피한다는 것은 받아들이기가 쉽지 않았다. 나는 그의 누나고, 그가 잘 아는 사람이다. 내가 아니라면 그가 특별히 마주할 사람도 없지 않은가? 나와도 얼굴을 마주치기 싫어한다면 그가 만날 수 있는 사람은 또 누가 있을까?

참 안타깝구나.

하지만 라스가 항상 그런 건 아냐. 가끔 그러지.

가끔은 사람들과 대화를 나누는 도중에도 저럴 때가 있어. 변덕이 심해서 알 수 없는 아이란다.

가끔은 아무도 만나려 하지 않을 때도 있어.

심지어는 내게 단 한 마디조차 하지 않을 때도 있거든.

단 한 마디도! 아예 여러 날 동안 내게 말을 걸지 않을 때도 있단다.

그냥 가만히 앉아 있기만 해.

가끔은 조용히 앉아 있을 때도 있어. 그럴 때면 눈이 촉촉하게 젖어 오는 것을 볼 수 있어. 그러다 돌연 눈빛이 야생적으로 변하곤 하지.

난 그 아이를 도무지 이해할 수가 없구나.

전혀 이해할 수가 없어. 아버지가 말했다.

그저 그러려니 하세요, 아버지. 내가 말했다.

아버지는 나에게 안으로 들어오라고 말했고, 나는 아버지와 함께 거실로 들어가 의자에 앉았다.

라스는 참 특별한 아이야.

의심의 여지가 없어.

라스 같은 아이는 당최 찾아볼 수가 없어. 아버지가 말했다.

맞아요, 라스는 참으로 특별한 아이예요.

아버지는 내 말에 고개를 끄덕였다.

게다가 라스는 집 부근을 벗어난 적이 없단다.

생사가 걸린 문제가 아니라면 시내에도 나가지 않을 거야. 아버지가 말했다.

정말 그래요?

아버지는 고개를 끄덕였다.

죽어도 안 갈걸.

라스는 내가 어떻게 할 수 없는 아이야. 한번 마음먹으면 절대 움직이지 않는 아이지. 아버지가 말했다.

하지만 적어도 친누나에겐 몇 마디 말을 할 수 있잖아요. 내가 말했다.

내 말이 바로 그 말이야. 아버지가 말했다.

나는 우리의 머리 위 다락방에서 왔다 갔다 하는 라스의 발소리를 들었다.

라스가 자주 저러나요? 나는 나직이 아버지에게 물었다.

자주 그래.

저렇게 왔다 갔다 하나요?

응, 왔다 갔다, 왔다 갔다 하지.

너도 알겠지만 다락방은 너무나 좁아서 왔다 갔다 하기도 힘들어. 아버지가 말했다.

천장도 낮아서 허리를 쭉 펴고 서 있을 수도 없을걸요.

맞아.

네.

라스는 가끔 저래.

라스가 저러는 건 우리도 어쩔 수 없어요.

사람들은 저마다 다른 법이니까.

제가 라스에게 가 봐도 될까요?

아버지는 라스가 저런 모습을 보일 때면 단 한 번도 먼저 다가가 볼 생각을 하지 않았다고 말했다. 라스가 어떤 반응을 보일지 전혀 짐작할 수 없기에 아예 신경을 쓰지 않는다고 했다. 아버지는 라스가 예측할 수 없는 사람이라고 말했다. 가끔 미친 듯 화를 내는 라스를 보면 스스로 원하고 좋아해서 그러는 것이 아닌가 하는 생각마저 들 때가 있다고 했다. 아버지는 라스를 전혀 이해할 수 없지만 내가 원한다면 라스에게 가 보는 것도 좋으리라고 말했다.

네, 그게 좋겠죠?

시도를 해 보는 것도 좋겠지.

하지만 너와 이야기를 하려 하지 않을 거야.

그러나 네가 원한다면 한번 시도해 보렴. 아버지가 말했다.

네.

나는 자리에서 일어났다. 아버지는 내가 쉽게 겁을 먹는 아이가 아니라고 말했다. 나는 무거운 발걸음으로 계단을 올랐다. 나는 라스가 들을 수 있도록 일부러 발소리를 크게 냈다. 다락방에서 왔다 갔다 하던 라스의 발소리가 멈추었다. 나는 문 앞에 걸려 있는 '접근 금지' 쪽지를 보고 발을 멈추었다. 라스에게 들어가도 되는지 물어봐야 한다고 생각했다. 나는 라스에게 누나와 이야기를 나누고 싶은 마음이 있는지 물어봐야 한다.

라스.

나는 라스의 방문 앞에 서 있었고, 방 안에서는 아무런 소리도 들리지 않았다.

나야, 올리네. 누나와 이야기를 해 보지 않겠니?

라스.

나야.

올리네라니까.

너를 본 지도 꽤 오래전이라 한번 와 봤어. 나랑 이야기해 보지 않을래?

나야, 올리네.

라스.

다락방에선 아무런 소리도 들리지 않았다. 나는 라스가 적어도 친누나와는 이야기를 할 수 있으리라고 생각했다. 그가 다른 이들과 대화를 하고 싶지 않다 해도 그건 그의 선택일 뿐이다. 하지만 친누나와는 대화를 해야 한다. 나는 라스가 친누나에게 한마디쯤은 할 수 있으리라고 생각하며 문손잡이에 손을 얹었다. 문을 열 수 없었다. 다시 손잡이를 잡아당겼다. 손잡이가 살짝 움직였다. 나는 제자리에 가만히 서서 손잡이를 아래로 당겼다. 손잡이는 다시 조금 움직였다. 보아하니 라스가 문 건너편에 서서 손잡이를 꽉 잡고 있음이 틀림없었다. 그렇지 않고서야 손잡이가 움직이지 않을 리 없었다. 나는 라스가 문손잡이를 힘주어 잡고 있다고 생각했다. 라스는 누나가 대화를 하기 위해 찾아와도 그런 짓을 할 수 있는 사람이다. 그는 누나와 대화를 나누고 싶지 않기 때문이다. 나는 그를 이해할 수 없었다.

라스, 문을 열어 봐.

난 네 누나잖아.

네 누나, 올리네야.

문을 열어, 라스.

라스, 문을 열 수 있지?

나는 다시 손잡이를 아래로 내렸지만, 라스가 손잡이를 꽉 잡은 채 문을 밀고 있었기에 아무리 애를 써도 밖에선 문을 열 수가 없었다.

나와 이야기하기 싫어?

네 누나와 단 몇 마디만이라도 나눌 수는 없을까?

그럴 수 있지?

나는 다시 손잡이를 아래로 내렸다. 라스는 여전히 문을 막고 있었다. 나는 손잡이를 놓아 버렸다. 그 순간, 손잡이가 아래로 내려가면서 문이 활짝 열렸다. 나는 문 앞에 서 있는 라스를 보았다. 너무나 순식간에 일어난 일이었다. 나는 그의 검은 머리와 턱수염을 보았다. 그의 머리는 야생마처럼 덥수룩했고, 그의 눈동자는 검은빛을 발하고 있었다. 별안간 라스가 문을 쾅 닫았다. 그 소리에 깜짝 놀란 나는 손을 떨었다. 라스가 다시 문을 열었다가 힘껏 쾅 닫았다. 쿵 하는 소리에 귀가 먹먹했고, 나는 여전히 라스의 눈동자가 발했던 거뭇거뭇하고 날카로운 빛에 휩싸여 있었다. 나는 여전히 문 앞에 서 있었다. 라스가 다시 문을 열었다가 쾅 닫았다.

이제 갈게. 내가 말했다.

문에 걸려 있는 쪽지가 안 보여?

방해받고 싶지 않다고 했잖아. 라스가 소리쳤다.

나는 몸을 돌려 계단을 내려가기로 했다. 라스는 '접근 금지'라는 쪽지가 문에 걸려 있으면 방해받기 싫다는 의미라며 내 등에 대고 소리쳤다. 나는 라스의 화난 목소리를 들으며 계단을 내려갔다. 라스는 계단 위에서 사람들은 바보라고 소리쳤다. 사람들은 아무것도 이해하지 못하는 멍청이라고 했다. 그의 누나도 멍청하긴 마찬가지라고 했다. 그는 자신이 하는 일을 다른 사람들이 조금이나마 존중해 주었으면 좋겠다고 소리쳤다. 나는 그가 일을 하기 위해선 고요한 환경이 필요한데 자기에겐 그런 환경이 주어지지 않는다고 소리치는 것을 들었다. 잠시 후, 라스는 다시 문을 열었다가 세게 쾅 닫았다. 나는 계단 밑에 서서 라스가 제기랄! 하고 소리치는 것을 들었다. 젠장! 여자들이란! 저주받은 화가들 같으니! 라스는 고래고래 소리를 지르며 문을 열었다가 쾅 닫기를 반복했다. 나는 거실에 앉아 있는 아버지에게 다가갔다. 아버지는 내게 미소를 지으며 고개를 절레절레 저었다.

지금 상태가 안 좋은 것 같구나.

매우 안 좋은 것 같아.

라스는 지금 분노에 휩싸여 어쩔 줄 모르고 있어.

이런 상태에 있을 때면 가끔 갑자기 울기도 한단다.

그러다 또 갑자기 화를 버럭 내면서 주변 사람들을 위협하기도 해.

상태가 좋지 않아. 라스 말야. 아버지가 말했다.

다락방은 다시 조용해졌다.

라스는 가끔 정신이 홱 돌아 버릴 때가 있어. 난 그 이유를 전혀 알 수가 없구나.

불같이 화를 내기도 하고.

슬프게 흐느끼기도 해.

난 둘 중에 뭐가 더 나은지, 뭐가 더 나쁜지 모르겠구나. 아버지가 말했다.

다락방은 어느새 쥐 죽은 듯 조용해졌다. 라스는 문을 열었다가 쾅 닫는 일을 그만두었다. 소리도 지르지 않았다. 다락방 안에서 왔다 갔다 하지도 않았다. 라스가 있는 다락방은 쥐 죽은 듯 고요했다. 나는 단지 그와 대화를 나누고 싶었을 뿐이다. 그런데 그는 버럭 화를 냈다. 아버지는 내게 라스를 너무 염려하지 말라고 말했다. 그는 원래 그런 사람이라고. 나쁜 의도는 전혀 없다고.

네.

원래 그런 애니까.

네, 맞아요.

그래.

나는 라스가 그림을 그리기 때문에 그렇다고 생각해.

라스는 평범한 사람들과는 달라.

그 불같은 성격도 그렇고.

갑자기 우는 것도 그렇고.

라스가 평범하지 않은 건 확실해.

그래, 라스는 평범한 사람과는 달라.

하지만 어쩌겠니. 받아들여야지.

받아들일 수밖에 없어. 아버지가 말했다.

네.

전 이만 가 볼게요. 내가 말했다.

얼마 있지도 않았는데. 아버지가 말했다.

지나가다 잠시 들렀을 뿐인걸요.

아버지가 고개를 끄덕였다.

곧 다시 오너라.

네, 그럴게요.

나는 자리에서 일어났다. 나는 아버지에게 작별 인사를 건네고 라스에게 안부를 전해 달라고 부탁했다. 아버지는 그러겠다고 대답했다. 아버지는 라스의 상태가 어떻든 이젠 받아들이고 함께 살아갈 수밖에 없다고 말했다. 나는 고개를 끄덕이고 밖으로 나갔다. 아버지는 나를 배웅하며 곧 다시 만나자고 말했다. 나는 그러겠다고 대답했다. 나의 등 뒤로 아버지가 대문을 닫는 소리가 들렸다. 나는 발을 옮기며 라스가 왜 나와 대화하기를 거부하는지 이해할 수 없다고 생각했다. 최소한 몇 마디 말만이라도 나눌 수는 없었을까. 등 뒤에서 종종걸음을 걷는 발소리가 들렸다. 뒤를 돌아보니 라스가 내 뒤를 쫓아오고 있었다. 내 앞에서 발을 멈추고 땅을 내려다보던 라스는 내게 종이 쪽지 한 장과 그림 한 장을 건넸다. 나는 라스를 바라보았다. 그의 눈동자가 촉촉하게 젖어 반짝였다. 라스는 몸을 돌려 다시 집으로 뛰어갔다. 나는 그가 건네준 그림을 보았다. 담뱃갑 포장지의 뒷면에 그린 그림이었다. 갈색 말 한 마리. 말의 뒤에 보이는 뾰족한 산등성이. 그리고 사람처럼 보이는 두 개의 형상. 나는 그림 속에서 마치 공중에 붕 떠 있는 것 같은 사람의 형상을 뚫어지게 보았다. 나는 집을 향해 뛰어가는 라스를 돌아보았다. 라스와 아버지가 함께 사는 집. 나는 대문을 열고 집 안으로 들어가는 라스를 보았다. 나는 라스가 건네준 그림을 들고 그 자리에 가만히 서 있었다. 올리네는 이제 움직여야겠다고 생각했다. 무작정 작은집에 앉아 라스만 생각할 수는 없었다. 고양이가 그녀의 생선을 훔쳐 먹었으니 작은집에 계속 앉아 있을 수는 없는 일이다. 그녀는 이제 바닷가로 내려가서 생선을 다시 사야 한다고 생각했다. 적어도 계속 그 자리에 앉아 있을 수는 없었다. 볼일을 보기 위해 앉아 있었지만 아무것도 나오지 않았다. 이제 그녀는 발이 아프다고 투덜거리는 것을 멈추고 바닷가로 내려가야 한다. 그녀는 내리막길이라면 그럭저럭 걸을 수 있다고 생각했다. 문제는 오르막길이었다. 너무나 가파른 언덕길을 오르는 것은 힘들기 짝이 없었다. 올리네는 몸을 일으켜 속옷을 올렸다. 그녀는 오늘 저녁에 속옷을 갈아입어야겠다고 생각했다. 그러고 보니 속옷을 갈아입은 지도 꽤 오래된 것 같았다. 올리네는 걸쇠의 고리를 올리고 지팡이를 손에 쥐었다. 너무나 힘들었다. 너무나 아팠다. 사는 것이 이토록 힘들 줄이야. 올리네는 지팡이에 몸을 싣고, 젖 먹던 힘까지 짜내어 발을 앞으로 옮겼다. 마침내 작은집 밖으로 나온 그녀는 문을 닫고 다시 기운을 내어 움직이기 시작했다. 올리네는 바닷가로 향하는 내리막길을 걸었다. 발이 아픈 건 잊어버려야 한다고 생각했다. 아무 생각도 하지 않아야 했다. 바닷가에 이를 때까지 오직 쉬지 않고 걷는 수밖에 없었다. 올리네는 바닷가에 이르면 어부 스베인이나 생선을 파는 다른 사람을 만날 수 있으리라고 생각했다. 이제 그녀는 쉬지 않고 걸어 바닷가로 갈 것이다. 쉬지 않고 걸을 것이다. 올리네는 생선을 잘 간수하지 못한 탓에 고양이가 훔쳐 가도록 내버려 두었으니 다시 바닷가로 가는 수밖에 없다고 생각했다. 어리석은 행동을 했으니 당연한 대가라고 생각했다. 그녀는 어부 스베인의 집 앞을 지나면서도 발을 멈추면 안 된다고 생각했다. 그녀는 바닷가에서 집으로 향하는 오르막길을 오를 때만 어부 스베인의 집 앞에서 걸음을 멈추고 잠시 쉬어야 한다고 생각했다. 올리네는 발이 아팠지만 바닷가에 내려갈 때까지 쉬면 안 된다고 생각했다. 올리네는 지팡이에 몸을 의지해 걸었다. 문득 누군가의 목소리가 들렸다. 또 산책을 하시나 봐요. 올리네는 그것이 어부 스베인의 목소리임을 알아챘다.

아이고, 깜짝이야.

올리네는 발을 멈추었다. 어부 스베인이 자신의 집 앞에 서 있었다.

참 부지런하시군요. 어부 스베인이 말했다.

뭘요, 그렇지 않아요.

시내에 가는 길인가요?

아니에요.

산책 중인가 봐요.

네, 네.

그녀는 스베인에게 남는 생선이 있는지 물어봐야겠다고 생각했다.

손자 손녀를 보러 가는 길인가요?

혹시 남는 생선이 있나요? 올리네가 물었다.

아, 생선이 필요하신 거군요.

이를 어쩌죠. 오늘 잡은 생선은 이미 다 처치해 버렸는데.

그런데 오늘 오전에 이미 생선을 가져가지 않았던가요? 그가 물었다.

고양이들이 생선을 먹어 버렸어요.

아, 고양이들 짓이군요.

참 안타깝네요. 그가 말했다.

하지만 고양이들도 뭘 먹긴 해야 하니 어쩔 수 없죠, 뭐.

고양이들도 굶을 수는 없으니.

고양이들도 살아야 하지 않겠어요.

그러니 이제 새 생선이 필요하신 거군요. 그가 말했다.

네, 그렇게 되었어요. 올리네가 말했다.

그런데 일이 꼬인 것 같아요.

오늘 잡은 생선을 벌써 다 처치해 버렸으니 어떡하죠?

하지만 여기까지 걸음을 하셨으니 다른 수를 찾아봅시다.

제가 바다로 나가서 고기를 잡아 드릴게요.

지금 당장 바다에 배를 띄우겠습니다. 어부 스베인이 말했다.

그렇게까지 하지 않아도 돼요. 올리네가 말했다.

괜찮아요. 제가 도울 수 있는 일이라면 해야죠.

함께 바다로 가요. 고기가 잡히는지 한번 시도는 해 봐야죠. 그가 말했다.

올리네는 그건 너무나 과분한 일이라며 극구 사양했다. 그는 올리네가 끼니를 이어 갈 수 있도록 그간 많은 도움을 주었다. 올리네는 그에게 부담을 줄 수는 없다고 말했다. 어부 스베인은 우리가 세상에 함께 사는 이유는 서로 도와 가며 살기 위해서라고 말했다. 올리네는 어부 스베인과 함께 나란히 바닷가를 향해 걷기 시작했다. 그들은 함께 걸으면서도 아무 말을 하지 않았다. 올리네는 발의 통증은 잊어버리고 오직 걷기만 해야 한다고 생각했다. 젊은 시절에 그랬던 것처럼 오직 걷고 또 걸어야 한다고 생각했다. 어부 스베인은 고양이나 사람이나 음식이 필요한 건 마찬가지라고 말했다. 올리네는 그의 말에 맞장구를 쳤다. 어부 스베인과 올리네는 시그네와 쉬버트가 함께 사는 집을 지나쳤다. 올리네는 시그네와는 마음이 맞지 않는다고 생각했다. 두 사람은 항상 서로를 잡아먹지 못해서 안달하는 사람처럼 지내 왔다. 그 때문에 그녀는 시그네와 쉬버트의 집에 거의 발을 들이지 않았다. 하지만 그간 그녀는 시그네의 집을 수도 없이 지나쳤다. 지난 수년 동안, 거의 매일 그녀는 시그네와 쉬버트의 집 앞을 지나쳤건만 시그네와 얼굴을 마주친 적은 거의 없었다. 생각해 보면 참으로 이상하기 짝이 없는 일이었다. 어쩌면 두 사람은 서로를 피하기 위해 알게 모르게 노력했을지도 모른다. 어부 스베인이 쉬버트는 어떻게 지내느냐고 올리네에게 물었다. 쉬버트는 잘 지내고 있어요. 문득 올리네는 시그네가 그날 두 번이나 쉬버트를 찾아보라고 말했던 일을 떠올렸다. 쉬버트가 마지막 순간을 기다리고 있다 했던가. 시그네는 쉬버트가 죽기 전에 올리네를 보고 싶어 한다고 말했다. 시그네는 올리네에게 꼭 쉬버트를 찾아보라고 말하지 않았던가? 올리네는 자신의 기억이 확실하다고 생각했다. 그렇다면 그녀는 쉬버트에게 가야 한다. 그와 이야기를 나누어야 한다. 마지막 순간을 기다리는 쉬버트가 죽기 전에 꼭 올리네와 이야기를 나누고 싶다고 말했다. 그녀는 그를 찾아가서 이야기를 나누어야 한다. 두 사람은 어린 시절 형제들 중에서 가장 가깝게 지냈다. 그녀와 쉬버트. 하지만 쉬버트는 시그네와 결혼했고, 올리네는 시그네와 결코 가까이 지낼 수 없었다. 이제 그녀는 생선을 가지러 가야 한다. 그리고 쉬버트에게도 가야 한다. 아니, 어쩌면 그녀가 착각하고 있는 건 아닐까. 시그네가 정말 그녀에게 집으로 오라고 했던가. 올리네는 이 모든 것이 그녀의 망상일지도 모른다고 생각했다. 그녀는 시그네의 집에 처음으로 발을 들여놓았던 날을 떠올렸다. 수치심으로 가득했던 그날 이후, 그녀는 시그네의 집에 다시는 발을 들여놓지 않겠다고 결심했다. 오늘도 마찬가지였다. 하지만 시그네가 정말 그녀에게 집으로 오라고 말했다면 어떡할까. 올리네는 제대로 기억할 수가 없었다. 그녀는 방금 일어난 일도 기억하지 못한다. 시그네는 정말 쉬버트가 올리네를 만나 보고 싶다고 말했던가? 올리네는 확실히 기억할 수가 없었다. 만약 쉬버트가 마지막 순간을 눈앞에 두고 있다면 그녀는 시그네의 집에 가 봐야 한다. 쉬버트는 올리네와 만나 이야기를 나누고 싶다고 했다. 그런데도 쉬버트를 찾아보지 않는다는 건 있을 수 없는 일이다. 어부 스베인이 바다에 배를 띄우겠냐고 말했다. 그녀가 저녁을 먹을 수 있도록. 올리네는 너무나 과분한 일이라며 손을 내저었다. 그를 귀찮게 하고 싶진 않다고 말했다. 그녀는 어부 스베인이 남은 생선을 이미 처치했음을 알았다면 묻지도 않았을 것이다. 하지만 그녀는 이미 어부 스베인에게 생선이 있느냐고 물은 뒤였다. 올리네는 어부 스베인에게 미안하다고 말했다. 어부 스베인은 만약 지금 물고기가 잡힌다면 걱정할 일은 아무것도 없다고 말했다. 발에 통증을 느낀 올리네는 문득, 속옷이 살짝 젖은 것 같다고 생각했다. 그녀는 잠시 걸음을 멈추고 쉴 수만 있다면 좋겠다고 생각했다. 지금껏 어부 스베인을 따라 꽤 오래 걸었으니 말이다. 그는 올리네와 나이가 비슷했건만 여전히 건강해 보였다. 걷는 데도 문제가 없는 것 같았다. 올리네는 바닷가에 이르면 잠시 쉬어야겠다고 생각했다. 그러면 발에 통증도 사라질 것이다. 어부 스베인은 곧 바다에 나가 고기를 잡아 오겠다고 말하며, 올리네에겐 보트 창고 앞 벤치에 앉아서 기다리라고 했다. 그는 조금만 기다리면 고기를 잡을 수 있으리라고 장담했다.

정말 고마워요. 올리네가 말했다.

고기가 정말 잡힐지는 두고 봐야죠. 그가 말했다.

이렇게 도와주시니 어떻게 감사의 마음을 표현해야 할지.

별말씀을.

제가 바다에 나가지 않는다면 당신은 저녁을 굶게 되잖아요.

그런 일은 없어야죠. 어부 스베인이 말했다.

올리네는 선착장으로 내려가는 어부 스베인을 보며 창고로 걸어갔다. 올리네는 창고 벽 앞에 있는 벤치에 앉자마자 발에 통증이 가시는 것을 느꼈다. 너무나 피곤했다. 올리네는 벤치에 앉아 어부 스베인이 계류 밧줄을 풀고 바다에 배를 띄우는 모습을 바라보았다. 어부 스베인은 나무배의 가로장에 앉아 노를 젓기 시작했다. 어부 스베인은 올리네를 향해 곧 생선 몇 마리를 손에 넣을 수 있을 테니 걱정 말고 기다리라고 소리쳤다. 어부 스베인이 노를 내려놓고 낚싯대를 꺼내 들었다. 올리네는 스베인이 몸을 일으키고 물속에 미끼를 던진 지 얼마 되지도 않아 낚싯줄을 감아올리는 것을 보았다. 어부 스베인은 올리네를 향해 대어가 걸렸다고 소리쳤다. 올리네는 어부 스베인이 배의 난간 위로 몸을 숙이고 낚싯줄을 감아올리는 모습을 보았다. 그가 올리네에게 대구를 잡았다고 소리쳤다. 아주 싱싱하고 커다란 대구를 잡았어요. 올리네는 어부 스베인이 커다란 대구 한 마리를 나무배 안으로 건져 올리는 것을 보았다.

싱싱한 대구가 잡혔어요.

미끼를 던지자마자 물더군요.

아주 싱싱해요.

이놈이 몸부림을 심하게 치는군요. 저녁거리로 아주 좋을 것 같아요. 어부 스베인이 소리쳤다.

올리네는 어부 스베인이 가로장 위에 물고기를 내려놓고 노를 저어 뭍으로 오는 모습을 바라보았다. 올리네는 이제 물고기를 집으로 가져가야겠다고 생각했다. 스베인의 보트 창고 앞에 마냥 앉아 있을 수만은 없다고 생각했다. 이제 그녀는 집으로 향하는 가파른 오르막길을 다시 걸어야 한다. 올리네는 바다에서 집으로 가는 길은 정말 힘들다고 생각했다. 그녀는 그 힘든 길을 오늘만 해도 벌써 두 번이나 걸었다. 발이 아픈 것도 참아 가며. 게다가 그녀는 이제 생리 현상도 스스로 조절할 수 없게 되었다. 그녀는 나이가 든다는 것이 너무나 끔찍한 일이라고 생각하며 얼른 신이 자신을 불러 주었으면 좋겠다고 바랐다. 그러면 이 모든 고통을 잊어버릴 수 있을 테니까. 그녀는 이 모든 고통에서 얼른 놓여날 수 있다면 좋겠다고 바랐다. 올리네는 배를 묶어 두고 생선을 들어 올린 채 그녀에게 다가오는 어부 스베인을 바라보았다. 올리네는 생선을 실로 묶고 고리에 꿰어 집으로 가야겠다고 생각했다. 어부 스베인이 그녀의 앞에 다가왔다.

오늘도 저녁 걱정은 없겠어요. 어부 스베인이 말했다.

정말 고맙습니다. 너무나 큰 도움을 받았네요.

이렇게 귀찮게 해 드려서 정말 미안합니다. 올리네가 말했다.

괜찮아요.

실은 가져왔나요? 그가 물었다.

네, 네.

그녀는 실을 어부 스베인에게 건네주었고, 그는 생선의 눈알에 실을 끼워 넣었다. 올리네는 생선의 다른 쪽 눈알로 나오는 실 끝을 보았다. 어부 스베인은 실의 양쪽 끝을 돌돌 말아 묶은 뒤에 올리네에게 건네주었다. 올리네는 지팡이를 흙 속에 꽂아 세워 두었다. 올리네는 다리에 힘을 주고 몸을 지탱한 다음, 손을 내밀어 어부 스베인이 건네주는 생선을 받아 들었다.

고맙습니다.

정말 고마워요.

대가는 꼭 지불하겠습니다. 돈이 들어오는 대로 잊지 않고 지불하겠습니다. 올리네가 말했다.

급한 일 아니니 너무 신경 쓰지 마세요.

요즘 사정이 그리 좋지 않아서요.

그럴 때도 있죠.

어쨌든 정말 고맙습니다.

올리네는 이제 몸을 움직여야 한다고 생각했다. 다시 가파른 언덕길을 힘겹게 올라야 하니까. 그녀는 집에 가야 한다. 집에 도착하기만 한다면 모든 것을 내려놓고 걱정 없이 쉴 수 있을 것이다. 어부 스베인은 바쁜 일이 있어서 집에 얼른 가야 한다고 말했다. 올리네는 그가 재바른 걸음으로 언덕길을 올라가는 모습을 보았다. 어부 스베인은 언덕길 양옆에 줄지어 자리한 집 건물 사이로 재빠르게 걸었다. 이제 그녀도 언덕길을 올라 집에 갈 것이다. 올리네는 집에 도착하기만 한다면 푹 쉴 수 있으리라고 생각했다. 올리네는 얼른 집에 가야 한다고 생각하며 발을 옮겼다. 통증은 여전했다. 올리네는 이 고통에서 벗어나기 위해 얼른 신이 자신을 거두어 주었으면 좋겠다고 바랐다. 그녀는 고통에서 벗어나 자유로운 몸이 되고 싶었다. 언제쯤이면 이 고통에서 놓여날 수 있을까. 그녀는 얼른 이 삶에서 벗어나고 싶었다. 올리네는 한 손에는 생선을 들고, 다른 한 손으로는 지팡이를 짚고 한 걸음 두 걸음 힘겹게 오르막길을 올랐다. 올리네는 오늘 이 가파른 언덕길을 두 번째로 오르는 중이다. 한 발 두 발. 오늘만 해도 벌써 두 번째로 이 길을 걷고 있다. 올리네는 힘겹게 언덕길을 올랐다. 발은 너무나 아파서 견딜 수 없을 정도였다. 올리네는 얼른 집에 가야 한다고 생각했다. 집에 도착하면 먼저 작은집에 들러 변기 위에 앉아 무언가 나오는 것이 있을지 기다려야 한다고 생각했다. 아랫배는 금방이라도 무언가를 내보낼 것처럼 불편하기 짝이 없었다. 그녀는 오줌을 지리지만 않았으면 좋겠다고 생각했다. 올리네는 조금만 더 참으면 된다고 생각했다. 소변을 지리지만 않는다면 더 바랄 게 없었다. 적어도 지금은 안 된다고 생각했다. 하지만 그녀의 바람과는 달리 속옷이 살짝 젖어 버린 것 같기도 했다. 세상에, 이러면 안 되는데. 지팡이를 짚고 생선을 든 채 구부정한 몸으로 힘겹게 발을 옮기던 올리네는 고개를 들었다. 저 멀리 집 앞에 서 있는 시그네가 보였다. 시그네는 대문 앞에 서서 그녀를 바라보고 있었다. 그녀의 표정은 그다지 밝지 않았다. 올리네는 시그네와 단 한 번도 사이좋게 지낸 적이 없었다. 시그네는 올리네가 길을 걸을 때 단 한 번도 집 앞에 나온 적이 없었다. 오히려 그 반대였다. 그녀는 올리네가 집 앞을 지나칠 때면 쏜살같이 집 안으로 들어가 버리곤 했다. 올리네는 시그네와 결코 친하게 지낼 수 없었다. 시그네는 올리네의 남동생 쉬버트와 결혼을 했음에도, 올리네는 시그네의 집 대문 안에 발을 들여 본 적이 없었다. 올리네와 쉬버트는 어렸을 때 매우 사이좋게 지냈다. 올리네는 쉬버트가 나이를 먹으면서 매우 멋진 남자로 변했다고 생각했다. 지금 올리네의 눈앞에는 시그네가 서 있다. 보아하니 시그네는 집 안으로 들어갈 생각도 없는 것 같았다. 그녀는 대문 앞에 서서 올리네를 기다리고 있음이 분명했다. 올리네에게 원하는 것이 있는 듯하기도 했다. 그녀의 표정을 보니, 그녀가 원하는 것은 결코 기분 좋은 일이 아닌 것 같았다. 올리네는 시그네가 자신을 기다리고 있다고 확신했다. 그렇지 않으면 왜 시그네가 대문 앞에 가만히 서 있기만 할까? 오늘 오전에도 이미 그녀와 대화를 나누지 않았던가? 아니, 올리네는 아무것도 기억할 수 없었다. 그녀가 기억할 수 있는 것은 이제 아무것도 없었다. 그녀가 기억하는 것은 오래전에 일어났던 일들뿐이었다. 매우 선명하고 똑똑하게. 올리네는 나이가 드니 그렇게 변했다고 생각했다. 그리고 그녀의 몸을 결코 떠나지 않는 통증. 그녀의 발은 조금만 움직여도 아팠다. 올리네는 지금 오느냐고 묻는 시그네의 목소리를 들었다. 혹시 겁이 나서 죽어 가는 동생을 아예 찾아보지도 않겠다고 마음먹은 건 아니겠죠? 그 말을 들은 올리네는 그제야 남동생이 죽어 가고 있다는 사실을 기억해 냈다. 맞아, 그렇지. 시그네는 이미 그날 하루에도 몇 번이나 그녀에게 동생을 보러 오라고 재촉하지 않았던가. 그런데 그녀는 쉬버트가 죽어 가고 있는데도 바닷가에 가서 생선을 사 왔다. 그녀는 정신이 오락가락해서 이런 일이 있어난 것이 너무나 끔찍하다고 생각했다.

동생이 죽어도 상관없나 보군요.

당신은 단 한 번도 자기 자신 외에 다른 사람을 위해 준 적이 없어요.

하지만 쉬버트는 당신 동생이잖아요.

당신 동생이 아파서 마지막 순간을 기다리고 있어요. 그런데도 동생을 보러 올 생각도 하지 않다니.

이럴 수는 없어요.

있을 수 없는 일이에요.

너무나 끔찍한 일이에요.

이제 얼마 남지 않았어요. 어쩌면 이미 늦었을지도 몰라요.

세상에, 이럴 수가.

이럴 수는 없는 일이에요. 시그네가 말했다.

올리네는 힘겹게 언덕을 올라가 시그네 앞에서 걸음을 멈추었다. 그녀는 한 손에 생선을 들고 지팡이에 몸을 의지했다.

기억력이 예전 같지가 않아요.

깜박 잊었어요.

이제 여기까지 왔으니 내 동생과 이야기해 볼게요. 올리네가 말했다.

당연하죠. 그렇게 하세요.

지금 당장 들어가 보세요. 시그네가 말했다.

시그네는 대문을 향해 몸을 돌렸고, 올리네는 시그네의 뒤를 따랐다. 올리네는 힘이 쭉 빠지고 있음을 느꼈다. 너무나 피곤했다. 만약 동생이 죽음을 눈앞에 두고 있다면 무슨 말을 해 줘야 할까? 쉬버트에게 신을 만나면 누나도 살날이 얼마 남지 않았다고 상기시켜 주라고 부탁해 볼까? 올리네는 시그네의 집 안으로 들어갔다. 현관에 들어서니 청결한 세제 냄새가 났다. 그 집은 모든 것이 훌륭해 보였고 부족한 것은 하나도 없는 듯했다. 올리네는 그곳에 온 적이 그리 많지 않았다. 아니, 그 집에 발을 들인 적이 있었는지 기억조차 할 수 없었다. 올리네는 계단 위 오른쪽 침실에 쉬버트가 누워 있다고 말하는 시그네의 목소리를 들었다. 쉬버트는 다락방 가림막 뒤에 누워 있어요. 올리네는 계단을 올라갈 수 있을지 염려스러웠다.

원한다면 생선은 내가 보관해 둘게요. 시그네가 말했다.

올리네는 생선을 맡기고 싶지 않아서 고개를 저었다.

그럼 제가 계단을 올라가는 데 부축해 드릴게요. 괜찮겠어요? 시그네가 물었다.

올리네는 계단을 오르는 데 시그네의 도움을 받아도 상관없다고 생각했다. 어차피 혼자서 계단을 오르진 못할 테니까. 시그네는 올리네의 지팡이를 받아 들고 올리네의 팔을 꽉 움켜쥔 뒤 거의 질질 끌다시피 계단 위로 데려갔다. 올리네는 발에 찢어질 듯한 통증을 느꼈다. 시그네가 먼저 계단을 하나 오른 뒤 올리네를 끌어 주었다.

올리네, 왼쪽에 있는 문으로 들어가면 돼요.

먼저 그와 이야기를 해 보세요. 잠시 후에 제가 데리러 올게요.

나는 먼저 내려가 있을게요.

이야기가 끝나면 저를 소리쳐 부르시면 돼요.

지팡이로 바닥을 쳐도 돼요.

쉬버트도 도움이 필요하면 그렇게 하거든요. 시그네가 말했다.

시그네는 지팡이를 올리네의 손에 쥐여 주었고, 올리네는 한 손에 지팡이를 들고 다른 한 손에는 생선을 든 채 가만히 서 있었다. 이제 그녀는 남동생 쉬버트의 방으로 들어가기만 하면 된다. 그는 올리네와 마찬가지로 나이가 지긋이 들었고 병든 몸으로 죽는 순간만 기다리고 있다. 그는 죽기 전에 올리네와 이야기해 보고 싶다고 했다. 적어도 시그네는 올리네에게 그렇게 전해 주었다. 그러니 이제 그녀는 지친 몸을 다독여 쉬버트의 곁에 잠시나마 앉아 있어야 한다. 올리네는 당연히 그렇게 해야 한다고 생각했다.

어쩔 수 없지.

그래그래.

올리네는 침실 문을 열었다. 그녀는 멋진 더블 침대와 뜨개질을 해서 만든 침대보를 보았다. 올리네는 뜨개질 솜씨가 매우 훌륭하다고 생각했다. 시그네가 손수 뜨개질을 한 것일까? 올리네는 시그네가 참으로 재주 많고 부지런한 여자라고 생각했다. 올리네는 한쪽 벽에 걸려 있는 커다란 거울을 보았다. 자신의 집과는 비교할 수 없을 정도로 깨끗하고 아름답다고 생각하던 그녀는 벽에 드리워진 가림막을 보았다. 올리네는 가림막 뒤에 자리한 다락방에 쉬버트가 누워 있으리라고 생각했다. 올리네는 구부정한 몸으로 지팡이를 짚고 가림막을 향해 다가갔다. 한 손에는 생선을 들고, 다른 한 손으로는 지팡이를 짚으며 힘겹게 걸어간 올리네는 가림막을 옆으로 젖히고 안쪽을 들여다보았다. 다락방 안으로 들어간 올리네는 침대 위에 누워 있는 쉬버트를 발견했다. 그녀는 지금껏 그토록 푸석푸석하고 창백한 얼굴의 동생을 본 적이 없었다. 침대 옆 작은 테이블 위에는 그의 파이프가 있었다. 그것을 본 그녀는 마음이 놓였다. 그의 희끗희끗하고 덥수룩한 수염은 사방팔방으로 부스스하게 뻗어 있었다. 오랫동안 아무도 쉬버트의 턱수염을 손질해 주지 않은 것 같았다. 쉬버트의 백발 또한 두피에 딱 달라붙어 있었다. 그는 한쪽 뺨 위로 한 손을 뻗은 채 누워 있었다. 그의 뺨을 누르고 있는 길고 구부정한 손가락은 너무나 가늘었다. 올리네는 그의 뺨 위에 자리한 가느다란 손가락을 보았다. 쉬버트는 미동도 않은 채 누워 있었다. 침대 옆에는 작은 의자 하나가 놓여 있었다. 그녀는 의자에 앉아 쉬버트와 대화를 하리라 마음먹었다. 쉬버트는 평소에도 말을 많이 하는 편이 아니었다. 올리네는 그가 오늘도 말을 많이 하지 않으리라고 짐작했다. 그의 눈동자가 떨렸다. 그의 공허한 눈빛이 그녀를 향했다. 올리네는 의자에 앉아 지팡이를 쉬버트의 침대에 기대어 두고 생선을 무릎 위에 올려놓았다.

나야. 올리네. 네 누나가 왔어.

그녀는 동생 쉬버트를 바라보았지만, 그는 대답하지 않았다.

너는 평소에도 거의 말이 없었지.

아주 어렸을 때도 마찬가지였어. 내가 뭘 물으면 너는 대답도 잘 하지 않았단다.

기억이 아주 생생해.

쉬버트…….

쉬버트, 넌 매우 특별한 아이였어.

너와 라스는 참으로 개성 있고 특별한 아이였지. 아주 어렸을 때부터.

하지만 너는 라스와 달리 단 한 번도 불같이 화를 낸 적이 없었어.

쉬버트……. 올리네가 말했다.

그녀는 뺨을 파고들 듯한 쉬버트의 손가락을 보았다.

너도 봐서 알겠지만, 난 오늘 생선을 가져왔단다.

어부 비에른에게서 얻었어.

쉬버트, 오늘은 내게 참 힘든 날이었어.

끔찍한 일이 있었지.

오늘 오전에 생선을 사러 바닷가로 갔단다. 평소와 마찬가지로 어부 비에른에게서 생선을 얻을 수 있었어.

두 마리나.

그리고 평소처럼 생선을 부엌에 놓아두었지.

매일 하던 것처럼.

그런데 고양이가 생선을 훔쳐 갔지 뭐니!

어떻게 그런 일이 벌어졌는지는 나도 잘 모르겠어. 어쨌든 생선 두 마리가 감쪽같이 사라져 버렸단다. 나중에 보니 대문 앞에 반쯤 먹다 남은 생선 두 마리가 있더구나.

그건 내 저녁거리였어. 고양이가 내 저녁을 훔쳐 먹은 셈이지.

그 때문에 늦었어. 먼저 바닷가로 다시 내려가서 생선을 새로 사야만 했거든. 그래서 이렇게 늦게 온 거야.

하지만 매우 싱싱하고 커다란 생선을 손에 넣을 수 있어서 다행이었지. 올리네가 말했다.

그녀는 생선을 꿴 고리를 잡고 쉬버트의 얼굴 앞으로 생선을 들어 올렸다. 쉬버트는 그녀가 무슨 말을 해도 대답하지 않았다. 올리네는 자신이 늦게 찾아와서 쉬버트가 화를 내는 것이라고 생각했다. 쉬버트는 그녀와 이야기를 나누기 위해 집으로 와 달라고 부탁했다. 왜냐하면 그는 나이가 들어 기력이 없었으며, 죽음의 순간을 앞두고 있었으므로 눈을 감기 전에 그녀와 이야기를 나누고 싶었기 때문이다. 이제 그녀가 마침내 쉬버트를 찾았지만, 그는 그녀에게 단 한 마디도 하지 않았다. 올리네는 쉬버트가 말을 하기 싫은 것이라고 생각하며 생선을 다시 무릎 위에 내려놓았다.

쉬버트, 넌 참으로 특별한 아이였어.

난 네가 세상에 태어났던 날도 기억한단다.

그러니 내 앞에서 버릇없이 굴지 마.

쉬버트, 너와 난 항상 사이좋게 지내왔어.

난 네가 자라는 모습, 성인이 되어 나이가 들어 가는 모습도 모두 지켜보았단다.

그래, 네 누나는 그랬단다. 그러니 이제 누나에게 몇 마디 말이라도 좀 해 보는 게 어때?

네가 이야기를 나누고 싶다며 내게 오라고 했잖아. 그런데 이렇게 아무 말도 하지 않으면 어떡하니?

그러지 마.

누나에게 하고 싶은 말이 단 한 마디도 없어?

그렇게 누워 있지만 말고 한 마디라도 해 봐. 올리네가 말했다.

올리네는 침대에 누워 꼼짝도 않는 동생을 바라보았다. 가

늙고 구부정한 손가락을 뻗어 뺨에 댄 채 누워 있는 쉬버트. 그의 덥수룩한 새하얀 머리카락은 마치 건초 더미처럼 사방팔방으로 뻗어 있었다. 베개를 베고 누워 있는 쉬버트의 푸른 눈동자는 공허했고, 침대 옆 테이블 위에는 파이프와 담배가 있었다. 올리네는 쉬버트가 담배를 피우고 싶어 할지도 모른다고 생각했다. 올리네는 쉬버트에게 담배를 권해야겠다고 마음먹었다. 그녀는 파이프를 쉬버트의 눈앞으로 들어 올렸다. 올리네는 비록 쉬버트의 건강이 좋지 않지만 담배 한 대 정도는 피울 수 있으리라고 생각했다. 그녀는 파이프 속에 가루 담배를 채워 넣었다. 그가 원한다면 불도 붙여 주리라 생각했다. 비록 그녀가 여자이긴 하지만, 그 정도 일은 할 수 있었으니까. 올리네는 솔직히 파이프를 직접 피워 본 적도 있다고 말하며 파이프를 쉬버트에게 내밀었다. 하지만 그는 꼼짝도 않고 누워 있기만 했다. 심지어 그는 손가락 하나도 까딱하지 않았다. 그는 조금 전과 마찬가지로 단 한 마디도 없이 그저 침대에 누워 있기만 했다. 올리네는 자신이 좀 더 일찍 찾아오지 않았기에 쉬버트가 화를 내는 것이라고 생각했다. 올리네는 쉬버트가 화를 내리라곤 짐작도 못 했다. 그녀는 쉬버트가 가끔 고집을 부릴 때도 있었다는 것을 떠올렸다. 쉬버트는 어렸을 때도 가끔 고집을 부리곤 했으니까. 그는 한번 마음을 먹으면 옆에서 누가 뭐라고 하든 자신의 고집대로 밀어붙이는 사람이었다. 라스처럼. 올리네는 쉬버트와 라스가 고집이 센 것으로 치자면 많이 닮았다고 생각했다. 그들은 한번 마음을 먹으면 누가 뭐라 하든 자기 뜻대로 하고야 마는 사람들이었다. 그녀는 쉬버트의 파이프를 다시 침대 옆 테이블 위에 내려놓았다. 라스와 쉬버트는 둘 다 파이프를 즐겨 피웠다. 두 사람은 항상 어디를 가든 파이프를 가지고 다녔다. 두 사람은 긴 턱수염과 긴 머리를 가진 것도 비슷했다. 젊었을 때는 검은 머리였지만, 나이가 들면서 그들의 머리는 희끗희끗하게 변했다. 다른 점이 있다면 라스의 눈동자는 갈색이었고, 쉬버트의 눈동자는 푸른색이었다. 하지만 둘 다 키가 작았고 몸이 건장했다. 라스는 자신의 턱수염을 매우 자랑스러워했다. 그는 내가 보고 있음을 알아차릴 때면, 자신의 턱수염을 몇 번이고 쓰다듬기도 했다. 나는 라스가 자신의 턱수염을 매우 자랑스러워한다는 것을 알 수 있었다. 나는 그가 턱수염을 쓰다듬는 모습에서 그의 자랑스러움을 볼 수 있었다. 나는 그가 파이프를 입에 물고 있을 때 매우 만족해한다는 것도 알 수 있었다. 그는 자주 긴 머리를 귀 뒤로 넘기기도 했다. 하지만 그 못된 여인이 그의 긴 머리와 턱수염을 잘라 버린 것은 매우 끔찍한 일이었다. 라스는 그토록 자랑스러워하던 긴 머리와 턱수염을 자른 뒤 고개를 들지 못했다. 라스에게 그처럼 끔찍한 일이 일어나다니. 나는 그가 빈민가의 다락방에 홀로 누워 죽음을 기다릴 때 그를 찾아본 적이 있다. 침대에 누워 있던 라스는 방에 들어서는 나를 보자마자 고개를 돌렸다. 나는 그에게 나를 향해 돌아누우라고 부탁했지만, 라스는 돌아누우려 하지 않았다. 라스는 침대에 누워 벽을 바라본 채 손으로 얼굴을 가렸다. 그는 희끗희끗하고 길게 자란 머리카락이 있던 머리를 손으로 감싸려 했지만, 그의 머리에는 잿빛의 짤막하고 뻣뻣한 머리카락만 남아 있을 뿐이었다. 도대체 그들은 라스에게 무슨 짓을 한 걸까?

누나와 얘기 좀 해.

라스, 머리와 턱수염을 잘랐구나. 네가 머리와 턱수염을 자르리라곤 생각도 못 했어.

자기는 절대로 머리와 턱수염을 자르기 싫었지만 그들이 강제로 잘랐다고 힘없이 말하는 라스의 목소리를 들었다. 나는 침대에 몸을 웅크리고 누워 있는 라스 곁에 가위를 들고 서 있는 못된 여인의 모습을 상상해 보았다. 그녀의 얼굴은 볼 수 없었다. 나는 왜 라스의 머리와 턱수염을 잘라야만 했는지 주인 여자에게 물어보았다. 그녀는 청결을 위해선 어쩔 수 없는 일이라고 대답했다. 긴 머리와 턱수염을 씻고 손질하는 데는 손이 많이 가기 때문에 잘라야 한다고 했다. 그녀는 남자라면 머리와 턱수염을 짧게 잘라야 한다고 덧붙였다. 긴 머리와 긴 턱수염을 기른 남자는 그다지 좋아 보이지 않는다며. 침대 옆에 서 있던 그녀는 라스가 머리와 턱수염을 자르기 싫어했다고 말했다. 나는 벽을 향해 얼굴을 돌린 채 침대에 누워 있는 라스를 바라보았다. 그는 두 손으로 얼굴과 머리를 감싸고 있었다. 그녀는 방에 누가 들어오기만 하면 라스가 벽을 향해 돌아눕는다고 말했다. 그는 자신의 얼굴을 다른 사람들에게 보이기 싫어한다고 했다. 그녀는 그 유명한 시인 셸란도 그곳에 온 적이 있다고 말했다. 그는 라스의 사진을 찍기 위해 카메라를 가져왔다고 했다. 그 유명한 셸란이 라스의 사진을 찍기 위해 왔건만, 라스는 말없이 벽을 향해 돌아누워 아는 척도 하지 않았다고 했다. 그녀는 그 유명한 시인 셸란이 라스에게 말을 걸었지만, 라스는 아무 대답도 하지 않았다고 했다. 라스는 그곳에 머무는 사람들 아닌, 다른 곳에서 온 사람들에겐 절대로 얼굴을 보여 주지 않았다고 한다. 그녀는 라스가 두 손으로 얼굴과 머리를 감싼 채 침대에 누워 있기만 한다고 말했다.

세상에. 그들이 너의 멋진 턱수염과 머리를 잘라 버렸구나.

그들은 막무가내였어요. 라스의 침대 곁에 서 있던 주인 여자가 말했다.

건장한 사내 두 명이 와서 라스를 양옆에서 꽉 붙잡았죠. 그리고 세 번째 사람이 와서 가위질을 했답니다.

가위질을 했던 사람은 여자였어요. 그녀가 말했다.

나는 벽을 향해 얼굴을 돌린 채 두 손으로 얼굴과 머리를 감싸고 침대에 누워 있는 라스를 바라보았다.

심지어 셸란이 왔는데도 라스는 아무 말도 하지 않았어요.

셸란은 몇 번이나 말을 걸어 보았지만, 라스는 단 한 마디도 하지 않았답니다. 그녀가 말했다.

라스, 그건 잘못된 일이야.

네가 담배를 피우고 싶어 할 것 같아서 타바코를 좀 가져왔어.

침대 옆 테이블 위에 놓아둘게. 올리네가 말했다.

나는 가루 담배를 라스의 침대 옆 테이블 위에 내려놓았다. 라스는 나를 슬쩍 돌아보았다. 나는 검고 묵직한 빛을 띤 그의 눈동자를 보았다. 갑자기 그의 눈동자가 변했다. 그와 동시에 라스의 태도도 변했다. 라스는 그런 사람이었다. 나는 라스가 너무나 변화무쌍한 사람이라 어떻게 돌변할지 짐작조차 할 수 없는 사람이라고 생각했다. 나는 그의 머리와 턱수염이 자라면 다시 찾아오겠다고 말했다. 그에게 너무 슬퍼하지 말라고도 했다. 침대 곁에 서 있던 주인 여자는 그들이 보름에 한 번씩 와서 머리를 자른다고 말했다. 나는 빈민가의 쪽방에서 나오며 그들이 도대체 어떤 사람인지 궁금해졌다. 라스는 지난 수년 동안 자신의 긴 머리와 턱수염을 자랑스러워하며 살아왔다. 그런데 별안간 그들이 찾아와서 라스의 머리와 턱수염을 짧게 깎아 버린 것이다. 사람이 되어 어떻게 그런 짓을 할 수 있을까. 나는 이 모든 일이 그 못된 여자 때문이라고 생각했다. 그녀는 남자들이 머리와 턱수염을 기르면 안 된다고 생각하는 여자가 틀림없었다. 그녀는 남자들의 머리와 얼굴이 매끈해야 한다고 생각하는 게 분명했다. 하지만 머리와 턱수염을 자르는 것이 라스에게 무슨 도움이 될까. 그녀는 남자들이 짧은 머리와 수염을 가져야 하는 것이 신의 뜻이라고 말했다. 또한 그들이 그녀의 집에 사는 동안에는 그녀의 보호와 책임 아래에 있기에 그녀의 뜻대로 할 수 있으며, 그것이 싫으면 모든 것을 스스로 해결하는 수밖에 없다고 했다. 나는 라스가 스스로 일상을 영위할 수 없기에 그녀의 쪽방에서 지낸다고 생각하며 그곳을 나섰다. 올리네는 쉬버트가 얼른 대답해 주었으면 좋겠다고 생각했다. 그녀는 무작정 그곳에 앉아 있을 수만은 없다고 생각했다. 쉬버트는 그녀와 함께 이야기를 나누고 싶다며 그녀를 이곳에 불렀고, 그녀는 그의 침대 옆에 앉아 그에게 말을 건넸다. 라스에게 했던 것처럼. 하지만 쉬버트도 라스처럼 대답을 하지 않았다. 올리네는 두 동생이 대답을 하지 않는 것이 어쩜 그렇게 똑같을까 생각했다. 다른 점이 있다면 쉬버트는 머리카락과 턱수염을 자르지 않았다는 것. 올리네는 쉬버트가 말하기만을 기다렸다.

네가 오라고 했잖아.

내게 특별히 할 말이 있었던 거니?

그게 아니라면 도대체 왜 내게 오라고 했어? 올리네가 말했다.

올리네는 여전히 침대에서 미동도 않고 누워 있는 쉬버트를 바라보았다. 손가락을 뺨에 얹은 그의 눈빛은 공허하기만 했다.

내가 도와줄 일이라도 있니?

필요한 게 있으면 말해.

혹시 시그네가 너를 불편하게 하는 건 아니겠지? 올리네가 말했다.

올리네는 계단을 올라오는 발소리를 들었다. 그녀는 시그네가 오고 있다고 생각했다.

시그네가 오고 있어.

쉬버트, 네 아내가 오고 있어.

발소리가 들리지?

올리네는 문이 열리는 소리와 함께 등 뒤에서 들려오는 발소리를 들었다. 그녀는 가림막이 열리며 시그네가 들어오는 모습을 보았다. 시그네는 그녀의 곁에 서서 침대 위의 쉬버트를 내려다보았다.

당신 눈에도 그가 이미 세상을 떠났다는 것이 보이죠? 시그네가 말했다.

올리네는 꼼짝 않고 누워 있는 동생을 보며 세상을 떠난 것이 분명하다고 생각했다.

이야기를 해 보았나요? 시그네가 물었다.

아뇨. 말을 걸어도 대답을 하지 않더군요. 올리네가 말했다.

너무 늦게 오셨어요.

아니, 생선을 무릎 위에 두었군요. 세상에, 이럴 수가.

쉬버트는 이미 죽었어요. 시그네가 말했다.

올리네는 금방이라도 울음을 터뜨릴 듯 말하는 시그네의 목소리를 들었다. 고개를 돌려 쳐다보니 시그네의 뺨에서 눈물이 흘러내리고 있었다. 시그네는 쉬버트의 눈을 감겨 주고 뺨을 누르고 있던 손을 내려 주었다. 쉬버트의 손가락은 핏기 하나 없이 창백하기 그지없었다. 시그네가 몸을 돌려 올리네를 바라보았다.

이제 가 보셔도 돼요.

당신은 죽음을 눈앞에 둔 동생이 그토록 보고 싶어 하는데도 나 몰라라 했어요.

이제 당신은 여기 앉아 있을 필요가 없어요. 시그네가 말했다.

올리네는 지팡이를 쥐고 힘겹게 몸을 일으켰다. 시그네가 계단을 내려갈 수 있도록 도와주겠다고 말했다. 올리네는 혼자 힘으로 계단을 내려갈 수만 있다면 더 바랄 것이 없다고 생각했다. 하지만 그건 불가능한 일이었다. 그녀는 계단을 혼자 내려갈 수 없었다. 발에 통증이 찾아오리라고 생각하던 올리네는 의자가 젖어 있다고 말하는 시그네의 목소리를 들었다. 올리네는 고개를 돌려 의자를 내려다보았다. 아니나 다를까, 의자가 축축하게 젖어 있었다. 세상에, 또 이런 일이 일어나다니. 그녀는 그런 일이 생겼다는 것도 모르고 있었다. 그녀에게 이런 일이 일어나다니. 그녀는 자비로운 신이 얼른 자신을 데려갔으면 좋겠다고 생각했다. 그녀는 올리네가 동생의 죽음 앞에서도 소변을 가릴 수 없을 정도인지는 몰랐다고 말하는 시그네의 목소리를 들었다. 시그네는 의자를 닦아야겠다고 말하며 올리네의 팔을 잡았다. 올리네는 시그네처럼 빨리 걸을 수가 없었다. 가만히 서 있기도 쉽지 않았다. 시그네가 그녀의 팔을 잡아당겼다.

당신은 동생에게 전혀 신경을 쓰지 않는군요.

그가 죽기 전에 마지막으로 당신을 보고 싶어 했는데, 그 짧은 시간조차 내지 않았어요.

쉬버트가 죽기 전에 마지막으로 내게 부탁했던 것이 뭔지 아세요? 바로 당신을 데려오라고 했던 거예요.

물론 당신이 오긴 왔죠.

하지만 너무 늦게 왔어요. 시그네가 말했다.

올리네는 시그네와 함께 계단을 내려갔다. 발이 너무나 아팠다. 이전과는 비교할 수 없을 정도로 극심한 통증을 느낀 올리네는 얼른 계단을 내려가서 집 밖으로 나갈 수 있기만을 바랐다. 시그네는 올리네를 거의 질질 끌다시피 하면서 계단을 내더졌다. 계단을 내려온 시그네는 그제야 올리네 팔을 놓아주며 쏘아붙였다. 이제 생선을 가지고 집에 가세요. 보아하니 당신에겐 동생보다 생선이 더 중요한 것 같군요. 올리네는 한 손으로는 지팡이를 움켜쥐고 다른 손으로는 생선을 든 채 구부정한 몸으로 힘겹게 발을 옮겼다. 대문을 나선 올리네는 등 뒤에서 들려오는 시그네의 목소리를 들었다. 세상에, 죽어 가는 동생을 나 몰라라 하다니. 정말 너무해. 올리네는 오르막길을 걷기 시작했다. 그날만 해도 벌써 두 번째 걷는 길이었다. 그녀는 이미 바닷가에 내려가서 생선을 가져왔다. 이제 그녀는 집으로 가야 한다. 생선을 손질해야 한다. 발이 아픈 건 참아야 한다. 오직 앞으로, 앞으로 걷는 수밖에 없다. 한 걸음, 한 걸음. 그녀는 어부 보르의 집 앞에 이르면 잠시 발을 멈추고 쉬어야겠다고 생각했다. 가만히 서서 숨을 돌리면 발에 통증이 가시는 것을 느낄 수 있으리라. 가쁜 숨도 멎을 것이다. 그리고 그녀는 작고 하얀 그녀의 집으로 갈 것이다. 흰색 페인트칠을 한 뒤에 더욱 예쁘고 아담하게 보이는 그녀의 집. 빨간 대문과 하얀 벽. 올리네는 힘겹게 오르막길을 오르며 얼른 생선을 가지고 집에 가야 한다고 생각했다. 그녀는 집에 도착하면 푹 쉴 수 있으리라고 생각했다. 그녀는 오늘 아픈 발을 끌고 바닷가에 두 번이나 다녀왔다. 고양이가 그녀의 생선을 훔쳐 먹지만 않았어도 피할 수 있는 일이었다. 그녀는 대문 앞에 고양이들이 반쯤 먹다 남긴 생선을 발견했다. 어부 비에른은 참으로 선한 사람이다. 그는 그녀를 도와주었다. 그녀에게 생선을 주었다. 어부 비에른이 아니었다면 그녀와 그녀의 자식들은 이미 오래전에 굶어 죽었을 것이다. 그녀는 어부 비에른이 하늘 왕국에서 큰 상을 받을 자격이 있다고 생각했다. 그녀는 하늘의 신이 그녀와 그녀의 가족을 도와준 어부 비에른에게 그에 걸맞은 상을 주었으면 좋겠다고 생각했다. 이제 그녀는 집으로 가야 한다. 그리고 쉬버트에게도 가 봐야 한다. 왜냐하면 시그네가 그녀에게 쉬버트를 보러 오라고 부탁했기 때문이다. 그는 시그네를 통해 그녀에게 와 달라고 말했다. 그는 그녀와 이야기를 나누고 싶다고 했다. 시그네는 쉬버트가 올리네와 이야기를 나누고 싶어 한다며 발걸음을 해 달라고 말했다. 올리네는 구부정한 몸으로 힘겹게 오르막길을 올랐다. 발의 통증은 여전했다. 한 발짝만 앞으로 내밀어도 발이 아팠다. 통증은 사라지지 않았다. 걸으면 걸을수록, 날이 가면 갈수록 통증은 더 심해졌다. 그녀는 이 오르막길을 오늘 두 번이나 오르내렸다. 그녀는 다시 한 번 더 이 길을 걸어야 한다고 생각했다. 왜냐하면 쉬버트가 그녀에게 오라고 부탁했기 때문이다. 아니, 정말 그랬던가? 그렇다. 쉬버트는 그녀와 이야기를 나누고 싶다고 했다. 아니, 쉬버트가 정말 그런 말을 했던가? 올리네는 쉬버트가 틀림없이 그런 말을 했다고 확신했다. 이제 그녀는 언덕길을 올라야 한다. 올리네는 오르막길을 오르는 것이 너무나 힘들다고 생각했다. 그녀는 어부 비에른의 집 앞에 이르면 잠시 쉬었다 가리라 마음먹었다. 그러면 발의 통증도 가라앉을 것이고, 가쁜 숨도 고를 수 있을 것이며, 삶도 더 이상 힘겹게 여겨지지 않을 것이다. 그녀는 젖 먹던 힘까지 짜냈다. 조금만 더. 조금만 더. 조금만 더. 올리네는 조금만 더 가면 쉴 수 있다고 생각하며, 한 손으로는 지팡이를 짚고, 다른 손으로는 생선을 든 채 발을 옮겼다. 그녀는 구부정한 몸으로 한 걸음, 두 걸음 힘겹게 언덕을 올랐다. 올리네는 곧 작고 예쁜 그녀의 집에 도착할 것이라고 생각했다. 그녀의 집은 대문에 빨간색 페인트칠을 하고, 외벽에 흰색 페인트칠을 한 뒤에 더욱 예쁘게 변했다. 올리네는 작고 예쁜 자신의 집을 떠올렸다. 곧 그녀는 발을 멈추고 쉴 수 있을 것이다. 올리네는 조금만 더 가면 쉴 수 있으리라고 생각하며 발을 옮겼다. 그녀가 고개를 들고 언덕 위를 바라보았다. 작고 예쁜 그녀의 집이 보였다. 너무나 예뻤다. 작긴 했지만 참으로 예뻤다. 올리네는 집에 흰색 페인트칠을 한 뒤에 더 예뻐 보인다고 생각했다. 그녀는 언덕길에 자리한 어부 스베인의 집 앞에서 멈춰 섰다. 그녀는 한 손에는 지팡이를 움켜쥐고, 다른 손에는 생선을 든 채 가만히 서서 자신의 집을 바라보았다. 이제 곧 발의 통증도 가시겠지. 올리네는 통증이 서서히 사라지고 가쁜 숨이 돌아오는 것을 느꼈다. 기분도 훨씬 좋아졌다. 올리네는 이제 집에 가는 일만 남았다고 생각했다. 그녀는 집에 들어가면 소파에 앉아 뜨개질을 하리라 마음먹었다. 벽난로에 불도 피울 것이다. 그녀는 날씨가 꽤 춥기 때문에 불을 피워야 한다고 생각했다. 장작도 충분히 있으니 걱정 없다. 아니, 집에 장작이 있었던가. 그녀는 집에 장작이 없을 리가 없다고 생각했다. 그건 그렇고, 집에 가기 전에 작은집에 먼저 들러야 하지 않을까? 그래, 그래야겠지. 그녀는 금방이라도 오줌이 나올 것 같았기에 먼저 작은집에 가야 한다고 생각했다. 작은집에 당도할 때까지만이라도 견딜 수 있다면 좋겠는데. 그 전에 속옷이 젖으면 안 되는데. 그녀는 똥만 나오지 않으면 좋겠다고 바랐다. 그녀는 자신도 모르게 속옷에 오줌을 지리는 건 이제 익숙해졌다고 생각했다. 그녀는 다시 발을 옮겨야 한다고 생각했다. 집까지는 얼마 남지 않았다. 조금만 더 가면 집에 갈 수 있다. 그녀는 온몸의 힘을 짜내서 발을 옮겨야 한다고 생각했다. 젖 먹던 힘까지 짜내야 한다. 올리네는 힘겹게 지팡이를 앞으로 내밀었다. 구부정한 몸으로. 온 힘을 다해. 올리네는 느릿느릿 힘겹게 오르막길을 걷기 시작했다. 시선은 땅을 향한 채 한 발짝 두 발짝 앞으로 내밀었다. 금방이라도 똥이 나올 것 같았다. 그녀는 작은집에 가야 한다. 똥이 나오기 전에 작은집에 도착해야 한다. 그녀는 생선을 들고 작은집에 들어가는 수밖에 없다고 생각했다. 생선을 꿴 고리를 작은집 문손잡이에 걸어 두면 되니까. 그녀는 집 안에 생선을 놓아둘 수는 없다고 생각했다. 그렇다면 쥐도 새도 모르는 사이에 다시 생선이 사라질 것이다. 그녀는 서둘러 발을 옮겼다. 하지만 그녀의 발은 마음처럼 빨리 움직여 주지 않았다. 아무리 힘들여 움직여도 집은 가까워지는 것 같지조차 않았다. 그녀는 방금 길에 서서 숨을 돌렸음에도 금방 숨이 가빠졌다. 올리네는 아픈 발을 질질 끌며 집을 향해 걸었다. 그녀의 작고 예쁜 집을 향해. 하지만 그녀는 집에 들어가기 전에 먼저 작은집부터 가야 한다. 금방이라도 똥이 나올 것 같았다. 그녀는 속옷에 똥을 싸기 전에 작은집에 들어가야 한다고 생각했다. 그녀는 아픈 발을 질질 끌며 한 걸음, 또 한 걸음 앞으로 나아갔다. 올리네는 빨간 대문을 보았지만 그 대문 안으로 들어가지 않았다. 그녀는 금방이라도 똥을 쌀 것 같았기에 먼저 작은집부터 들러야 한다고 생각했다. 그녀는 집 모퉁이를 돈 뒤에 작은집을 바라보았다. 금방이라도 똥이 나올 것 같았다. 작은집을 바라보던 올리네는 구부정한 몸으로 있는 힘을 다해 지팡이를 짚고 걷기 시작했다. 올리네는 작은집을 향해 걸었다. 늦지 않게 작은집에 도착하기만을 바라며 발을 옮겼다. 올리네는 한 손에 덜렁거리는 생선을 들고 구부정하게 지팡이에 몸을 기댄 채 작은집을 향해 한 발 한 발 가까이 다가갔다. 그녀는 이제 작은집에 들어가 변기 위에 앉기만 하면 된다고 생각했다. 그녀는 문고리를 들어 올리고 작은집 안으로 들어갔다. 문을 밀어 닫던 그녀는 별안간 정신이 아득해졌다. 일어나지 않아야 할 일이 일어나 버린 것이다. 세상에, 이럴 수가. 똥을 싼 것 같았다. 작은집에 들어서자마자. 올리네는 변기 가장자리에 털썩 주저앉았다. 올리네는 똥을 싼 것이 틀림없다고 생각했다. 이럴 수가. 이제 그녀는 똥오줌도 못 가리는 사람이 되어 버린 것이다. 이보다 더 끔찍한 일이 있을 수 있을까. 앞으로는 날이 가면 갈수록 더 끔찍해질 것이다. 그녀에게 이런 일이 일어날 줄이야. 올리네는 자비로운 신에게 얼른 자기를 데려가 달라고 빌었다. 그녀는 자유로운 몸이 되고 싶었다. 그녀는 얼른 신이 자신을 거두어 주었으면 좋겠다고 바랐다. 올리네는 생선을 꿴 고리를 문고리에 걸었다. 올리네는 문에 걸린 생선을 바라보았다. 그녀는 커다란 생선을 얻었다. 그녀는 그 생선으로 저녁을 때울 것이다. 그 생선은 어부 스베인이 준 것이다. 올리네는 어부 스베인이 항상 그녀에게 친절하게 대해 주었다고 생각했다. 문고리에 걸린 생선 옆에는 라스가 그린 그림이 걸려 있었다. 한 남자와 말, 그리고 그 뒤로 보이는 산등성이. 그림은 대부분 누런색과 갈색으로 물들어 있었다. 라스는 어느 날 그녀에게 뛰어와서 이 그림을 주고 갔다. 올리네는 그때 라스에게 고맙다는 말도 하지 못했음을 기억했다. 그림이 훌륭하다고 생각도 하지 않았다. 오히려 낙서 같다고 생각했던 것이다. 하지만 그녀는 두말없이 그림을 받아서 작은 집 벽에 걸어 두었고, 그 그림은 수년 동안 제자리를 지켰다. 세월이 갈수록 올리네는 그 그림이 아름답다고 생각하기 시작했다. 심지어는 라스가 그림을 통해 무엇을 말하려는지 이해할 수 있을 것 같기도 했다. 하지만 그녀는 그것을 말로 표현할 수 없었다. 그건 그녀에게 불가능한 일이었다. 그녀는 자신의 생각을 말로 표현하면 라스가 그린 그림의 의미가 사라진다고 생각했다. 올리네는 그것을 단지 마음속으로만 간직해야 한다고 믿었다. 그녀는 라스의 그림이 비록 낙서처럼 무의미하게 보이긴 하지만 어쨌거나 매우 훌륭하다고 생각했다. 왜냐하면 그 그림은 라스가 그린 것이니까. 그녀는 그림이 매우 훌륭하다고 생각했다. 만약 라스가 아닌 다른 사람이 그 그림을 그렸다면 그녀는 그림이 훌륭하다고 생각하지 않았을 것이다. 그녀는 그림이 매우 훌륭하다고 생각했다. 보고 있으면 눈물이 나올 정도로 감동적이기까지 했다. 하지만 그녀는 속옷에 똥을 묻힌 채 앉아 그림을 보며 울면 안 된다고 생각했다. 그녀는 지금 속옷에 똥을 묻힌 채 앉아 있는 자신의 모습을 떠올리며 고개를 절레절레 저었다. 옥리네는 문득 바닷가에서 뛰어오는 라스를 바라보았다. 그의 긴 머리카락은 바람을 머금고 아래위로 일렁였다. 나는 그를 향해 뛰어갔다. 나는 바위 위에 앉아 멍하니 바다를 보는 라스를 바라보았다. 바다에서 불어오는 바람이 그의 머리카락을 헤집었고 그의 턱수염은 양옆으로 갈라졌다. 바람 속에 있던 그의 검은 머리와 검은 턱수염. 나는 라스에게 다가갔다. 라스가 나를 쳐다보더니 별안간 몸을 일으켜 바다로 뛰어가기 시작했다. 라스는 나와 이야기를 나누기 싫었던 것이 틀림없다. 그는 바다를 향해 뛰어갔다. 문득 나는 그의 눈동자가 하늘처럼 커다랗다고 느꼈다. 그의 커다란 갈색 눈동자는 하늘을 머금을 만큼 거대했다. 라스가 몸을 돌려 내게 소리쳤다. 나를 가만히 내버려 둬. 나를 따라오지 마. 나는 나무배 위로 오르는 라스를 보았다. 멋진 보라색 양복을 입은 라스의 모습은 평소와 너무나 달랐기에 알아볼 수가 없을 정도였다. 그의 검은 머리는 길고 매끈했다. 그의 머리카락은 어깨까지 늘어질 정도로 길었다. 그의 검은 머리카락은 그의 보라색 코듀로이 양복에 닿았다. 그는 한쪽 겨드랑이 밑에 검은 가죽 가방을 끼고 있었다. 라스는 선착장에 서 있던 내게 미소를 지었다. 그는 가죽 가방 안에 화구가 들어 있다고 말했다. 그는 독일에서 그렸던 훌륭한 그림을 내게 보여 주겠다고 했다. 그는 여름에 집에 오면 세상에서 가장 아름다운 그림을 그릴 것이라고 했다. 하지만 가을이 오면 그는 독일로 다시 돌아갈 것이라고 했다. 그는 그곳에서 그림을 그리는 법을 더 많이 배울 것이라고 했다. 라스는 독일에서 풍경화가가 되기 위해 공부하는 중이라고 말했다. 그는 약 보름 뒤면 자신이 그린 그림을 보여 줄 수 있으리라고 했다. 그는 여름이 되면 노르웨이에 머물며 세상에서 가장 아름다운 그림을 그릴 것이라고 했다. 여름 방학을 맞아 독일에서 돌아온 라스는 어머니와 아버지, 형제자매들에게 각각 포옹을 건넸다. 그날 아침, 심지어는 아버지도 스타방에르의 선착장에서 라스의 포옹을 받았다. 우리는 함께 집으로 갔다. 보라색 코듀로이 양복을 입고 검은 화구를 담은 검은 가죽 가방을 겨드랑이에 낀 라스, 검고 윤기 나는 긴 머리를 어깨까지 늘어뜨린 라스는 너무나 멋있었다. 지나가던 사람들은 너 나 할 것 없이 그를 돌아보았다. 그들은 그 멋진 청년을 라스라고 짐작했음이 틀림없었다. 너무나 그림을 잘 그렸기에 지역 유지의 후원을 받아 독일로 갔던 라스. 그림을 더 잘 그리기 위해 독일로 유학 갔던 라스. 라스는 자랑스럽게 스타방에르 거리를 걸었다. 아버지는 라스가 신문에도 나왔다고 말했다. 아버지는 라스의 기사를 오려 집에 잘 보관해 두었다고 했다. 아버지가 신문에는 라스에 관해 갖가지 좋은 얘기만 실려 있었다고 했다. 라스는 스타방에르 거리를 걸으며 고개만 끄덕였다. 그의 옆에서 아버지와 어머니, 나를 비롯한 형제자매들이 함께 걸었다. 아버지가 라스에게 심부름을 시키며 시내에 좀 다녀오라고 했을 때, 나는 라스의 눈빛이 야생적으로 변하는 것을 보았다.

왜, 하기 싫어? 아버지가 물었다.

라스는 고개를 끄덕였다.

그렇다면 하는 수 없지. 내가 직접 다녀오는 수밖에.

그 정도 일은 나를 위해 해 줄 수 있잖아.

하지만 정 하기 싫다면 어쩔 수 없어. 아버지가 말했다.

나는 제자리에 가만히 서서 성난 눈으로 아버지를 바라보는 라스를 쳐다보았다.

네게 강요할 수 없다는 건 나도 잘 알아.

하지만 그 정도 도움은 줄 수 있어야지.

내 뜻은 그렇다는 거야.

그 정도는 할 수 있을 거라고 생각했는데. 아버지가 말했다.

나는 바닥만 내려다보는 라스를 바라보며 그런 라스의 모습은 처음이라고 생각했다. 예전 같았으면 그는 스타방에르 거리를 여기저기 돌아다녔을 것이다. 하지만 지금은 밖에 나가려 하지도 않는다. 간혹 집 밖에 나가더라도 그는 종종걸음으로 급히 걷기만 했다. 바로 그 때문에 라스는 가우스타 정신 병원에 가야만 했다. 다시 건강해지기 위해서. 하지만 그는 집에 돌아온 뒤에도 아무것도 하지 않으려 했다.

네 도움을 받기란 쉽지 않구나.

넌 성인이야. 적어도 조금은 집에 보탬이 되어야 하지 않겠니? 아버지가 말했다.

나는 라스가 대문 밖으로 뛰쳐나가는 모습을 보았다. 하지만 라스는 더 이상 스타방에르 거리를 돌아다니지도 않았고, 시내에 나가지도 않았다. 그는 사람을 만나려 하지도 않았다. 심지어 나를 만나는 것도 피했다. 나는 바닷가로 뛰어가는 라스를 보았다. 그는 보트 창고 외벽에 기대앉아 비스듬히 하늘을 올려다보았다. 하늘을 쳐다보는 그의 눈동자는 크고 온화

했다. 그의 얼굴 주위에는 연기가 자욱했다. 그는 벽에 기대앉아 파이프를 피우고 있었다. 담배 연기가 그의 머리를 에워쌌다. 나는 하늘을 보며 앉아 있던 라스가 홀로 코웃음을 치는 것을 보았다. 나는 내게 그림을 그려 주겠다고 말하는 라스의 목소리를 들었다. 작은집에 앉아 있던 그녀는 변기 가장자리에 무작정 앉아 있을 수 없다고 생각했다. 적어도 변기 위에 제대로 자리를 잡고 앉아야 할 것이 아닌가. 그녀는 치마도 올리지 않은 채 앉아 있으면 안 된다고 생각했다. 비록 속옷은 이미 젖었지만 언제까지나 그렇게 앉아 있을 수는 없었다. 올리네는 주섬주섬 치마를 올리고 변기 위에 제대로 자리를 잡고 앉았다. 그녀는 무작정 변기 가장자리에 걸터앉아 문고리에 걸어 둔 생선과 라스의 그림만 멍하니 바라볼 수는 없다고 생각했다. 사실 생선은 작은집 문고리에 걸어 두면 안 되는 것이 아닌가. 생선이 있을 자리는 부엌 조리대다. 그녀는 부엌 조리대 위에서 생선을 손질하고 깨끗한 물로 씻어야 한다고 생각했다. 하지만 지금 생선은 작은집 문에 걸려 있다. 아, 죽은 생선의 커다란 눈알이란! 생기라곤 전혀 없는 거뭇거뭇하고 커다란 생선 눈알은 뻿뻿하게 그녀를 쏘아보고 있었다. 올리네는 생선 눈알이 자신의 영혼까지도 들여다볼 수 있다고 생각했다. 생선 눈알은 그녀의 영혼을 파고들었다. 조금의 변화도 없이 뻿뻿하기 그지없는 눈으로 보려고 하는 것은 무엇일까. 어쩌면 그 눈알은 단지 공허하게 허공을 쏘아보고 있을지도 모른다. 생선 눈알. 그것은 무엇을 보고 있을까? 그녀의 영혼 깊숙한 곳? 그녀의 영혼 깊숙한 곳에서 보고자 하는 것은 무엇일까? 과연 생선 눈알이 그녀의 영혼을 꿰뚫어 볼 수 있을까? 어쩌면 라스가 생선 눈알을 빌려 그녀를 바라보고 있는 건 아닐까? 어딘가에 있을지도 모르는 라스가 생선의 검고 뻣뻣한 눈알을 통해 그녀를 보고 있는 것일까? 그녀의 영혼을? 그녀의 깊숙한 영혼을? 그녀의 영혼 깊숙한 곳에는 무엇이 있을까? 그녀에게 내면 깊숙한 것이 있긴 할까? 어쩌면 그녀에겐 외면만이 존재할지도 모른다. 그녀에게 진정 내면이라는 것이 있을까? 생선 눈알 속에서 들려오는 것은 발소리였던가? 문밖에 누가 오고 있을까? 올리네는 생선 눈알을 바라보며 앉아 있었고, 문밖에서는 누군가의 발소리가 들렸다. 발소리와 함께 들려오는 것은 사람의 목소리인가? 누군가가 말을 하고 있는 것일까? 문밖에서 누군가가 괜찮으냐고 물었다. 올리네는 괜찮다고 대답해야 한다고 생각했다. 괜찮다고. 그녀는 대답을 해야 한다. 그런데 그 목소리는? 남자의 목소리인가? 라스의 목소리? 그것은 라스의 목소리였던가? 지금 작은집 문밖에 서 있는 사람은 라스일까? 라스가 그녀에게 말을 걸고 있는 것일까? 아니, 어부 보르일지도 몰랐다. 아니, 쉬버트였던가? 다시 문밖에서 사람의 목소리가 들렸다. 괜찮아요? 귀에 익은 목소리였다. 누구의 목소리일까? 알리다일까? 그렇다, 그것은 알리다의 목소리였다. 올리네는 괜찮으냐고 묻는 알리다의 목소리를 들었다. 올리네는 대답을 해야 한다고 생각했다. 대답도 하지 않고 무작정 작은집에 앉아 있을 수는 없다고 생각했다. 알리다가 괜찮으냐고 물으면 올리네는 괜찮다고 대답해야 한다. 올리네는 자신을 뚫어지게 바라보는 검고 뻣뻣한 생선 눈알 속을 들여다보았다. 갑자기 그녀가 생선의 눈알이 된 것 같았다. 올리네는 생선의 눈알을 빌려 자신을 바라보는 존재가 아닌, 생선 눈알 그 자체가 되어 버린 것이다. 올리네는 검고 뻣뻣한 생선 눈알을 바라보며 마음이 평온해짐을 느꼈다. 생선 눈알도 평온해졌다. 뻣뻣한 생선 눈알이 변했다. 그녀는 아무리 원한들 그 눈알을 지닌 생선을 먹을 수는 없으리라고 생각했다. 올리네는 숨결이 차분해지고 있음을 느꼈다. 올리네는 알리다에게 대답을 해 주어야 한다고 생각했다. 올리네는 자신의 숨결이 차분해지고 있음을 느꼈다. 그녀는 갑자기 너무나 피곤해졌다. 온몸이 축 늘어짐과 동시에 너무나 평온해졌다. 그와 동시에 그녀는 생선 눈알이 열리는 것을 보았다. 생선 눈알과 라스의 그림이 빛을 발하기 시작했다. 그녀는 단 한 번도 느껴 보지 못했던 평온함에 몸을 맡기며 벽에 몸을 기댔다. 벽에 머리를 댄 채 앉아 있던 올리네는 그제야 아래쪽에서 무언가가 나오고 있음을 느낄 수 있었다. 남아 있는 것은 생선 눈알과 평온한 빛뿐이었다.

작품 해설

인간의 어둠을 밝히는 찬란한 리듬의 문학

『멜랑콜리아 I-II(Melancholia I-II)』(1995~1996)는 노르웨이 스타방에르 출신의 예술가 라스 헤르테르비그(Lars Hertervig, 1830~1902)의 삶을 바탕으로 구성되었으며 소설은 그의 일생 중 단 이틀 동안의 상황을 그리고 있다. 『멜랑콜리아 I』의 첫 부분은 1853년 늦가을의 어느 날 오후에 시작된다. 보랏빛 코듀로이 양복을 차려입은 라스 헤르테르비그는 자신의 재능에 확신과 불안을 지닌 우울질(melancholia)의 인간으로, 노르웨이 화가 한스 구데(Hans Fredrik Gude, 1825~1903)가 교수로 재직한 독일 뒤셀도르프 예술 아카데미의 학생이다. 그는 남편과 사별한 헨리에테 빙켈만의 집에서 하숙하는데, 마침 그녀의 딸 헬레네를 사랑하고 있다. 그리고 『멜랑콜리아 I』의 두 번째 부분은 시간을 훌쩍 뛰어넘어 1856년 크리스마스이브,

라스가 가우스타 정신 병원에 입원해 있는 모습을 묘사한다. 그 뒤를 잇는 짧은 이야기 속에서 우리는 작가 비드메를 만나볼 수 있다.

『멜랑콜리아 II』에서는 라스의 누이 올리네가 새로이 화자로 등장한다. 그녀는 라스와 멀지 않은 외부에서 혈육의 삶을 바라본다. 그런데 올리네는 라스 헤르테그비그와 달리 허구의 인물이다. 욘 포세는 인간의 연약하고 덧없는 육체에 집중한 채 음식물 섭취와 배설 등 원초적이고 기본적인 기능을 열거하며 이야기를 이끌어 나간다. 어떤 면에서는 충격적이라고 표현할 수 있을 만큼 단순하다. 모든 희망과 고통을 아우르는 인간의 근원적 감정과 기본적 행위에 온 시선을 기울이고 있는 것이다.

또 『멜랑콜리아 II』에서는 또 다른 차원에서 화가 라스 헤르테르비그를 접할 수 있다. 올리네는 물론 현재의 삶을 살지만 과거가 쉴 새 없이 그녀를 파고든다. 그녀의 생각과 사고는 끊임없이 과거를 향하고, 이것은 그녀의 삶에서 현재를 소외시킨다. 라스는 그녀의 과거에서 가장 큰 부분을 차지한다. 우리는 그녀와 남동생 라스의 성장 과정을 단편적이고 파편화된 기억의 조합을 통해 간신히 유추할 수 있다. 이러한 효과를 배가하기 위해 올리네를 치매에 고통받는 인물로 조형해 냈음은 결코 우연이 아니다. 그러므로 이 부분에서도 라스 헤르테르비그의 삶을 전체적으로 조망하고 들여다볼 수 있는 요소는 의도적으로 배제된다. 저자는 올리네뿐 아니라 독자들에게도 라스 헤르테르비그의 삶을 그림자 속에, 신비의 영역에 그

대로 남겨 둔다.

I과 II 사이에는 작가 비드메의 하루가 짧게나마 담겨 있다. 이 대목에서 저자는 라스 헤르테르비그를 일종의 매개체로 삼아 종교에 관한 생각을 들려준다. 한때 노르웨이 국교회에 적(籍)을 올렸다가 로마 가톨릭교로 귀의한 작가의 경험과 심경을 표현한 내용으로 보인다.

『멜랑콜리아 I-II』는 실존했던 인물과 실제로 있었던 사건을 바탕으로 쓰였지만 일반적인 전기 형식하고는 상당히 다르다. 작품 도입부에서 구체적인 장소와 시간이 명확히 제시되지만, 독자들은 그다음 두 번째 문장부터 주인공의 머릿속에서 전개되는 이야기 속으로 발을 들여놓게 된다. 아래에 해당 부분을 소개해 본다.

뒤셀도르프, 1853년 늦가을 오후: 나는 아주 멋진 보라색 코듀로이 양복을 입고 침대에 누워 있다. 나는 한스 구데를 만나기 싫다. 나는 한스 구데가 내 그림을 탐탁지 않아 한다는 말을 듣기 싫다. 나는 오직 침대에 누워 있고 싶을 뿐이다. 나는 오늘, 한스 구데를 만날 기력이 없다. 만약 한스 구데가 내 그림을 좋아하지도 않을뿐더러 내 그림이 형편없다거나 아예 내가 그림을 그리지 못하는 사람이라고 말한다면 어떡할까. 한스 구데가 그 가느다란 손으로 턱수염을 쓰다듬으며 가늘게 뜬 눈으로 나를 째려보듯 똑바로 쳐다보며 당신은 그림을 그리지 못하는 사람이니 뒤셀도르프의 예술 아카데미, 또는 세상 어느 예술 아카데미에서도 공부할 자격이 없는 사람이라고 말한다면, 내게 죽어도 화가가 되지는 못하리라고 말한다면 어떡할까. 나는 한스 구데가 나에게 그런 말을 할 기회를 줄 수 없다.(본문 11~12쪽)

작품은 타인의 평가를 받아야 하는 상황에서 무기력하고 마비된 느낌에 사로잡힌 주인공의 내면을 표현하며 시작된다. 흥미롭게도 작가는 여기서 단순한 단어와 문장을 반복적으로 사용한다. 반복적인 문장이 이어지며 조금씩 더 많은 정보가 드러나고, 독자들은 점점 이야기에 붙들리며 보다 자세하게 주인공의 내면을 들여다볼 수 있다. 가령 자만과 자기 경멸 사이에서 갈등하는 주인공 라스는 타인과 어울리고, 일상적으로 사회생활을 유지하기가 불가능한 인물이다. 그런데 욘 포세의 이 같은 기법은 내적 고통에 시달리는 주인공의 심경을 더욱 강조한다. 특히 가우스타 정신 병원에서의 삶을 묘사한 부분을 보면, 과거와 현재, 환영과 환청 등이 혼란스레 중첩되는 주인공의 내면이 한층 구체적으로 전달된다.

한편 작품 속에서 차츰 역할이 두드러지는 '빛'은 혼란 속의 주인공에게 상징적인 현실, 덧없음과 가닿을 수 없는 신성을 의미한다. 빛은 (라스의 입장에서) 헬레네의 머리카락이며 사랑의 감정이고, 동시에 배신을 의미하기도 한다. 그리고 가우스타 정신 병원에서 등장하는 빛은 어린 시절에 경험했던 종교적 빛이자 정신 질환에서 벗어날 수 있도록 인도해 주는 탈출구이기도 하다. 우리는 라스 헤르테르비그가 세상을 떠날 때까지 과연 이 빛을 품었는지 알 수 없다. 그러나 욘 포세는 죽음을 앞두고 라스를 떠올리던 누이 올리네가 빛과 함께 눈을 감는 것으로 소설을 끝맺는다. 결국 빛은 이제 우리의 몫으로 남는다.

욘 포세의 언어는 간결하고 단순하며 매우 음악적이다. 이를테면 저자의 글은 기술적으로 그다지 어렵지 않으며, 현학적인 단어나 문장을 좀처럼 사용하지 않는다. 노르웨이 뉘노르스크 원어로 살펴보아도 도무지 이해가 어렵다거나 구조가 복잡하지 않고, 종종 비문학적 문장이 등장할 때마저 있다. 따라서 욘 포세의 작품을 처음 접한 독자들은 작가의 단순하고 반복적인 문장을 읽으며 약간의 코믹함을 느낄지도 모른다. 이러한 저자의 문체는 고향(집)에서 멀리 떨어져 외로이 생활하는 주인공의 안일한 태도와 사고를 표현하다가 머지않아 유치한 웃음을 넘어, 조울증적 광란으로 발전해 간다. 저자는 문학을 통해 정상성이나 차분함에 다가서기보다, 변화무쌍하고 두려움을 유발하는 인간 내면의 비밀, 어둠, 광기를 표현하는 데 관심을 기울인다. 이 점은 욘 포세 문학의 특징으로, 앞서 언급하였듯이 문장을 음성으로 발화할 때의 효과, 즉 음악적 성격을 중시하는 저자의 태도와 맞닿아 있다. 그래서 작품을 읽다 보면 단어나 문장이 계속 반복되고 있음을 쉬이 알아차릴 수 있는데, 가령 이 같은 반복(redundancy)은 A-B-C, A-B-C-D, A-B-C-D-E…… 이렇게 진행되면서 서사의 전개, 등장인물의 성격 등을 마치 '슬쩍 흘리듯이' 독자에게 암시하고, 저자 자신의 주제 의식을 심화해 나가는 방법으로 활

용된다. 특히나 『멜랑콜리아 I-II』에서는 라스 헤르테르비그와 올리네, 즉 정신 질환에 시달리는 두 화자("말할 수 없는 것들")의 목소리를 통해 이야기를 들려주기에 욘 포세가 지향하는 예술적 목표, 기법적 이상이 더욱 여실히 드러나 있다고 볼 수 있다. 그러므로 기회가 된다면 그의 작품을 소리 내어 읽어 보면서 그 특유의 아름다운 리듬감을 느껴 보는 것도 좋은 경험이 될 터다.

옮긴이는 독자들이 욘 포세의 진면목(주제 의식과 문체)을 체험할 수 있도록 과도한 윤문보다 저자의 문학적 특색을 최대한 살리는 방향으로 번역에 임했다. 말하자면 욘 포세의 작품이 지닌 간결함, 시적 분위기, 고유한 리듬감을 우리말로 옮기는 데 주력했다. 개인적으로 특히 공들인 이 책이 과연 우리나라 독자들에게 어떻게 가닿을지 걱정이 되기도 한다. 그러나 이번 노벨 문학상 수상을 계기로 더 많은 우리 독자들이 머나먼 노르웨이의 작가, 욘 포세만의 독특한 언어에 매혹되기를 바라 본다.

2023년 10월 가을날
손화수

참고 문헌

Cecilie N.Seiness, *Jon Fosse: Poet på Guds jord*(2009, Samlaget)

Holger Koefoed, *Lars Hertervig(1830~1902): Stillhet og lys*(1984,

Labyrinth Press)

Inger M. Renberg, Holger Koefoed, *Lars Hertevig fragmenter: Kunst på papir 1868~1902 av Lars Hertervig*(2005, Labyrinth Press)

작가 연보

1959년 9월 29일 노르웨이 헤우게순에서 태어났다.

1966년 7세였을 때 죽음에 이를 정도로 심각한 사고를 당했다. 이 경험은 훗날 그의 작가적 삶에 큰 영향을 주었다.

1975년 베르겐으로 이주. 베르겐 대학에서 사회학과 철학을 공부하기 시작했다.

1979년 《귤라 티덴(Gula Tidend)》에서 1983년까지 저널리스트로 일했다.

1983년 장편 소설 『적, 흑(Raudt, Svart)』으로 소설가로 데뷔했다. 이 소설은 뉘노르스크(Nynorsk)로 집필되었다. 뉘노르스크는 노르웨이에서 사용하는 두 개의 공식 언어 중 하나이다. 당시 포세는 한 가정의 아버지이자 학생으로 베르겐의 나틀란에서 살았다.

1985년 『군 거부자(Militærnekteren)』라는 소설의 편집자로 이름을 올렸다.
장편 소설 『닫힌 기타(Stengd gitar)』 출간. 이 작품은 1993년에 재출간되었다.

1987년 다시 대학으로 돌아가 비교문학을 전공, 졸업했다.
대학 졸업한 후 1993년까지 호르달란 문예 창작 아카데미에서 강사로 일했다.

1989년 동화 『너무 늦었어(Uendeleg seint)』로 뉘노르스크 어린이 문학상을 수상했다.
장편 소설 『보트하우스(Naustet)』 출간. 이 작품은 1991, 1998, 2001, 2003, 2016년에 재출간되었다.

1991년 장편 소설 『빈 병 수집가(Flaskesamlaren)』 출간.

1992년 알프레드 안데르손 뤼스트 교구장 기금(Sokneprest Alfred Andersson-Ryssts)을 받았다.
장편 소설 『납과 물(Bly og vatn)』을 출간하고 이 작품으로 뉘노르스크 문학상을 수상했다.

1993년 소설 『두 개의 이야기(To forteljingar)』 출간.
첫 희곡 『그리고 우리는 영원히 헤어지지 않으리라(Og aldri skal vi skiljast)』 출간.

1994년 소설 『한 인간의 성장 소설(Prosa frå ein oppvekst)』 출간.
삼믈라그 문학상(Samlagsprisen) 수상.

1995년 장편 소설 『멜랑콜리아 I(Melancholia I)』 출간. 이 작품은 1997, 1999, 2016년에 재출간되었다.
희곡 『이름(Namnet)』 출간. 이 작품은 1998, 2008년

재출간되었다.

1996년 『멜랑콜리아 I』로 멜솜 문학상(Melsompris)과 순뫼레 문학상(Sunnmørspris) 수상.

장편 소설 『멜랑콜리아 II(Melancholia II)』 출간. 이 작품은 1997, 1999, 2016년에 재출간되었다.

『이름』으로 입센 문학상 수상.

희곡 『누군가가 올 것이다(Nokon kjem til å komme)』 출간. 이 작품은 2004, 2018년 재출간되었다.

1997년 아스케하우그 문학상(Aschehougpris) 수상.

세 편의 희곡을 묶은 『아이 · 어머니와 자식 · 아들(Barnet ; Mor og barn ; Sonen)』 출간.

모놀로그 희곡 『기타맨(Gitarmannen)』 출간.

1998년 노르웨이 연극배우 조합의 명예 회원으로 추대되었다.

두 편의 희곡을 묶은 『밤의 노래 · 어느 여름날(Natta syng sine songar ; Ein sommars dag)』 출간.

1999년 스웨덴 노르웨이 문학상(Doboulgpris) 수상.

윌덴달 문학상(Gyldendalpris) 수상.

희곡 『가을날의 꿈(Draum om hausten)』 출간. 이 작품은 2016년 재출간되었다.

2000년 동화 『오누이(Søster)』로 노르웨이 문화부에서 수여하는 어린이 문학상 수상.

오스트리아에서 최고의 희곡 작가에게 주는 네스트로이상(Nestroypris) 수상.

「어느 여름날」로 노르딕 연극 조합에서 주는 희곡 작가

상(Nordisk Teaterunions dramatikerpris) 수상.
장편 소설 『아침 그리고 저녁(Morgon og kveld)』 출간.
이 작품은 2001, 2016년에 재출간되었다.
세 편의 희곡을 묶은 『방문·겨울·오후(Besøk ; Vinter ; Ettermiddag)』 출간.

2001년 『아침 그리고 저녁』으로 멜솜 문학상 수상.
국가 명예 기금 수혜.
희곡 『아름다운(Vakkert)』 출간.

2002년 『아침 그리고 저녁』으로 노르딕 카운슬 문학상(Nordisk Råds Litteraturpris) 후보에 올랐다.
희곡 『죽음의 변주(Dødsvariasjonar)』 출간. 이 작품으로 스칸디나비아 국립극장상(Skandinavisk Nationalteaterpris)을 수상했다.
독일에서 최고의 해외 희곡 작가에게 수여하는 테아터 호이테(Theater heute)상 수상.

2003년 헤다 문학상(Heddapris) 수상.
산문집 『바람 속의 눈동자(Auge i vind)』로 뉘노르스크 문학상(Nynorsk litteraturpris) 수상.
노르웨이 문화위원회 명예상(Norsk kulturråds æres-pris) 수상.
프랑스에서 수여하는 국가 공로 훈장(Ordre national du Mérite) 수훈.
영국 《더 데일리 텔레그래프》에서 '동시대 천재 100인' 중 83위로 선정되었다.

희곡 『소파 위의 소녀(Jenta i sofaen)』 출간.

2004년 「겨울」로 이탈리아에서 최고의 희곡 작가에게 수여하는 프레미오상(Premio UBU) 수상.

장편 소설 『저 사람은 알레스(Det er Ales)』 출간. 이 작품은 2005, 2016년에 재출간되었다.

두 편의 희곡을 묶은 『보라색·수잔나(Lilla ; Suzannah)』 출간.

2005년 노르웨이 도서 재단에서 수여하는 브라게 명예상(Brages ærespris) 수상.

노르웨이 왕실에서 수여하는 성 올라프 기사 훈장(Kommandør av St.Olavs Orden) 수훈.

두 편의 희곡을 묶은 『죽은 개들·사 카 라(Dei døde hundane ; Sa ka la)』 출간.

2006년 노르웨이 희곡 작가 조합의 명예 회원으로 추대되었다.

아네르스 야레 문화상(Anders Jahres kulturpris) 수상.

두 편의 희곡을 묶은 『수면·더운(Svevn ; Varmt)』 출간.

2007년 스웨덴 한림원 아카데미에서 수여하는 노르딕 상(Svenska Akademiens nordiska pris) 수상.

『오누이』로 독일 어린이 문학상 수상.

소설 『잠 못 드는 사람들(Andvake)』 출간. 이 작품은 2008, 2014, 2015년에 재출간되었다.

두 편의 희곡을 묶은 『람부쿠·그림자(Rambuku ; Skuggar)』 출간.

2008년 희곡 『나는 바람(Eg er vinden)』 출간.

2009년 희곡 『그 눈동자들(Desse auga)』 출간.
베르겐 시의회에서 수여하는 예술인상(Bergen kommunes kunstnerpris) 수상.

2010년 국제 입센 상 수상.
바티칸 시스티나 예배당에서 베네딕트 16세에게서 훈장 수훈.
희곡 『비옷을 입은 소녀(Jente i gul regnjakke)』 출간.

2011년 노르웨이 예술과 문화에 이바지한 공으로 왕궁으로부터 명예 예술인으로 지명되어 왕궁 뒤편에 있는, 국왕이 제공하는 집에서 무상으로 거주할 수 있는 명예 주거권을 받았다.
노르웨이 '개역판 성경 2011' 프로젝트에 자문관으로 참여했다.

2012년 뉘노르스크 언어에 공헌한 개인에게 수여하는 몰프리센(Målpris) 수상.
소설 『올라브의 꿈(Olavs draumar)』 출간. 이 작품은 2013, 2015년에 재출간되었다.
독일 주간지 《디 차이트(Die Zeit)》에서 『멜랑콜리아(Melancholia I-II)』를 최고의 문학 도서로 선정했다.
무신론자를 자처하다가 노르웨이 국교회에 정식으로 이름을 올렸다.

2013년 노르웨이 국교회(루터교)에서 탈퇴하고 로마 가톨릭에 귀의했다.

2014년 프랑스 외무부와 스트라스부르시에서 수여하는 유럽 문학상(Prix Européen de Littérature) 수상.
소설 『해 질 무렵(Kveldsvævd)』 출간. 이 작품은 2015년에 재출간되었다.
희곡 『바다(Hav)』 출간.

2015년 베르겐 대학에서 명예박사 학위를 받았다.
산문집 『살아 있는 돌(Levande stein)』 출간.
3부작 『잠 못 드는 사람들』, 『올라브의 꿈』, 『해 질 무렵』으로 노르딕 카운슬 문학상(Nordisk råds litteraturpris) 수상.
희곡 『세 개의 리브레토(Tre librettoar)』 출간.

2019년 '7부작(Septologien)'이라는 제목으로 기획한 장편 소설 중 I–II에 해당하는 『또 다른 이름(Det andre namnet)』 출간. 이 작품으로 뉘노르스크 문학상(Nynorsk litteraturpris) 수상.
상하이 극장 아카데미에서 명예 교수로 임명.

2020년 '7부작' III–V 『나는 다른 사람(Eg er ein annan)』 출간.
모놀로그 희곡 『그래, 그랬지(Slik var det: monolog)』 출간.

2021년 '7부작' VI–VII 『새 이름(Eit nytt namn)』 출간. 이 작품으로 비평가상 및 브라게 문학상 수상.
『그래, 그랬지』로 국제 입센상 수상.
체코 브르노의 야나체크 아카데미에서 수여하는 명예박사 학위를 받았다.

2022년 '7부작'을 하나로 묶은 『7부작』 출간.

'7부작' 중 『새 이름』이 인터내셔널 부커상에 올랐다.
베를린 예술 아카데미(Akademie der Künste Berlin)의 명예 회원으로 임명되었다.

2023년 『새 이름』이 전미비평가협회상 최종 후보작에 올랐다.
소설 『백색(Kvitleik)』 출간.
희곡 『검은 숲속(I svarte skogen inne)』 출간.
비외르손, 함순, 운세트에 이어 노르웨이 작가로는 네 번째로 노벨 문학상을 수상했다.

세계문학전집 431

멜랑콜리아 I–II

1판 1쇄 펴냄 2023년 10월 16일
1판 6쇄 펴냄 2024년 1월 25일

지은이 욘 포세
옮긴이 손화수
발행인 박근섭, 박상준
펴낸곳 (주)민음사

출판등록 1966. 5. 19. (제 16-490호)
서울특별시 강남구 도산대로1길 62(신사동) 강남출판문화센터 5층 (우편번호 06027)
대표전화 02-515-2000 팩시밀리 02-515-2007
www.minumsa.com

ISBN 978-89-374-6431-7 04800
ISBN 978-89-374-6000-5 (세트)

세계문학전집 목록

51·52 **내 이름은 빨강** 파묵 · 이난아 옮김 노벨 문학상 수상 작가
53 **오셀로** 셰익스피어 · 최종철 옮김 서울대 권장도서 100선
54 **조서** 르 클레지오 · 김윤진 옮김 노벨 문학상 수상 작가
55 **모래의 여자** 아베 코보 · 김난주 옮김
56·57 **부덴브로크 가의 사람들** 토마스 만 · 홍성광 옮김 노벨 문학상 수상 작가
58 **싯다르타** 헤세 · 박병덕 옮김 노벨 문학상 수상 작가
59·60 **아들과 연인** 로렌스 · 정상준 옮김 《뉴스위크》 선정 100대 명저
61 **설국** 가와바타 야스나리 · 유숙자 옮김 노벨 문학상 수상 작가 | 서울대 권장도서 100선
62 **벨킨 이야기 · 스페이드 여왕** 푸슈킨 · 최선 옮김
63·64 **넙치** 그라스 · 김재혁 옮김 노벨 문학상 수상 작가
65 **소망 없는 불행** 한트케 · 윤용호 옮김 노벨 문학상 수상 작가
66 **나르치스와 골드문트** 헤세 · 임홍배 옮김 노벨 문학상 수상 작가
67 **황야의 이리** 헤세 · 김누리 옮김 노벨 문학상 수상 작가
68 **페테르부르크 이야기** 고골 · 조주관 옮김
69 **밤으로의 긴 여로** 오닐 · 민승남 옮김 노벨 문학상 수상 작가 | 미국대학위원회 선정 SAT 추천도서
70 **체호프 단편선** 체호프 · 박현섭 옮김
71 **버스 정류장** 가오싱젠 · 오수경 옮김 노벨 문학상 수상 작가
72 **구운몽** 김만중 · 송성욱 옮김 서울대 권장도서 100선 | 국립중앙도서관 선정 청소년 권장도서
73 **대머리 여가수** 이오네스코 · 오세곤 옮김
74 **이솝 우화집** 이솝 · 유종호 옮김 논술 및 수능에 출제된 책(1998~2005)
75 **위대한 개츠비** 피츠제럴드 · 김욱동 옮김 《타임》 선정 현대 100대 영문소설
76 **푸른 꽃** 노발리스 · 김재혁 옮김
77 **1984** 오웰 · 정회성 옮김 《타임》 선정 현대 100대 영문소설 | 《뉴스위크》 선정 100대 명저
78·79 **영혼의 집** 아옌데 · 권미선 옮김
80 **첫사랑** 투르게네프 · 이항재 옮김
81 **내가 죽어 누워 있을 때** 포크너 · 김명주 옮김 노벨 문학상 수상 작가
82 **런던 스케치** 레싱 · 서숙 옮김 노벨 문학상 수상 작가
83 **팡세** 파스칼 · 이환 옮김
84 **질투** 로브그리예 · 박이문, 박희원 옮김
85·86 **채털리 부인의 연인** 로렌스 · 이인규 옮김
87 **그 후** 나쓰메 소세키 · 윤상인 옮김
88 **오만과 편견** 오스틴 · 윤지관, 전승희 옮김 미국대학위원회 선정 SAT 추천도서
89·90 **부활** 톨스토이 · 연진희 옮김 논술 및 수능에 출제된 책(1998~2005)
91 **방드르디, 태평양의 끝** 투르니에 · 김화영 옮김
92 **미겔 스트리트** 나이폴 · 이상옥 옮김 노벨 문학상 수상 작가
93 **페드로 파라모** 룰포 · 정창 옮김
94 **차라투스트라는 이렇게 말했다** 니체 · 장희창 옮김 국립중앙도서관 선정 청소년 권장도서
95·96 **적과 흑** 스탕달 · 이동렬 옮김 국립중앙도서관 선정 청소년 권장도서
97·98 **콜레라 시대의 사랑** 마르케스 · 송병선 옮김 노벨 문학상 수상 작가 | BBC 선정 꼭 읽어야 할 책
99 **맥베스** 셰익스피어 · 최종철 옮김 서울대 권장도서 100선 | 미국대학위원회 선정 SAT 추천도서
100 **춘향전** 작자 미상 · 송성욱 풀어 옮김 서울대 권장도서 100선
101 **페르디두르케** 곰브로비치 · 윤진 옮김
102 **포르노그라피아** 곰브로비치 · 임미경 옮김
103 **인간 실격** 다자이 오사무 · 김춘미 옮김
104 **네루다의 우편배달부** 스카르메타 · 우석균 옮김

105·106 **이탈리아 기행** 괴테 · 박찬기 외 옮김

107 **나무 위의 남작** 칼비노 · 이현경 옮김

108 **달콤 쌉싸름한 초콜릿** 에스키벨 · 권미선 옮김

109·110 **제인 에어** C. 브론테 · 유종호 옮김 BBC 선정 꼭 읽어야 할 책

111 **크눌프** 헤세 · 이노은 옮김 노벨 문학상 수상 작가

112 **시계태엽 오렌지** 버지스 · 박시영 옮김 《타임》 선정 현대 100대 영문소설 | 《뉴스위크》 선정 100대 명저

113·114 **파리의 노트르담** 위고 · 정기수 옮김 미국대학위원회 선정 SAT 추천도서

115 **새로운 인생** 단테 · 박우수 옮김

116·117 **로드 짐** 콘래드 · 이상옥 옮김 《뉴스위크》 선정 100대 명저

118 **폭풍의 언덕** E. 브론테 · 김종길 옮김 미국대학위원회 선정 SAT 추천도서

119 **텔크테에서의 만남** 그라스 · 안삼환 옮김 노벨 문학상 수상 작가

120 **검찰관** 고골 · 조주관 옮김

121 **안개** 우나무노 · 조민현 옮김

122 **나사의 회전** 제임스 · 최경도 옮김 미국대학위원회 선정 SAT 추천도서

123 **피츠제럴드 단편선 1** 피츠제럴드 · 김욱동 옮김

124 **목화밭의 고독 속에서** 콜테스 · 임수현 옮김

125 **돼지꿈** 황석영

126 **라셀라스** 존슨 · 이인규 옮김

127 **리어 왕** 셰익스피어 · 최종철 옮김 서울대 권장도서 100선 | 《뉴스위크》 선정 100대 명저

128·129 **쿠오 바디스** 시엔키에비츠 · 최성은 옮김 노벨 문학상 수상 작가

130 **자기만의 방 · 3기니** 울프 · 이미애 옮김

131 **시르트의 바닷가** 그라크 · 송진석 옮김

132 **이성과 감성** 오스틴 · 윤지관 옮김

133 **바덴바덴에서의 여름** 치프킨 · 이장욱 옮김

134 **새로운 인생** 파묵 · 이난아 옮김 노벨 문학상 수상 작가

135·136 **무지개** 로렌스 · 김정매 옮김

137 **인생의 베일** 서머싯 몸 · 황소연 옮김

138 **보이지 않는 도시들** 칼비노 · 이현경 옮김

139·140·141 **연초 도매상** 바스 · 이운경 옮김 《타임》 선정 현대 100대 영문소설

142·143 **플로스 강의 물방앗간** 엘리엇 · 한애경, 이봉지 옮김 미국대학위원회 선정 SAT 추천도서

144 **연인** 뒤라스 · 김인환 옮김

145·146 **이름 없는 주드** 하디 · 정종화 옮김

147 **제49호 품목의 경매** 핀천 · 김성곤 옮김 《타임》 선정 현대 100대 영문소설

148 **성역** 포크너 · 이진준 옮김 노벨 문학상 수상 작가 | 퓰리처상 수상 작가

149 **무진기행** 김승옥

150·151·152 **신곡(지옥편 · 연옥편 · 천국편)** 단테 · 박상진 옮김 《뉴스위크》 선정 100대 명저

153 **구덩이** 플라토노프 · 정보라 옮김

154·155·156 **카라마조프가의 형제들** 도스토옙스키 · 김연경 옮김

157 **지상의 양식** 지드 · 김화영 옮김 노벨 문학상 수상 작가

158 **밤의 군대들** 메일러 · 권택영 옮김 퓰리처상 수상 작가

159 **주홍 글자** 호손 · 김욱동 옮김 서울대 권장도서 100선 | 미국대학위원회 선정 SAT 추천도서

160 **깊은 강** 엔도 슈사쿠 · 유숙자 옮김

161 **욕망이라는 이름의 전차** 윌리엄스 · 김소임 옮김

162 **마사 퀘스트** 레싱 · 나영균 옮김 노벨 문학상 수상 작가

163·164 **운명의 딸** 아옌데 · 권미선 옮김

165 **모렐의 발명** 비오이 카사레스 · 송병선 옮김
166 **삼국유사** 일연 · 김원중 옮김 서울대 권장도서 100선
167 **풀잎은 노래한다** 레싱 · 이태동 옮김 노벨 문학상 수상 작가
168 **파리의 우울** 보들레르 · 윤영애 옮김
169 **포스트맨은 벨을 두 번 울린다** 케인 · 이만식 옮김
170 **썩은 잎** 마르케스 · 송병선 옮김 노벨 문학상 수상 작가
171 **모든 것이 산산이 부서지다** 아체베 · 조규형 옮김 《타임》 선정 현대 100대 영문소설
172 **한여름 밤의 꿈** 셰익스피어 · 최종철 옮김 미국대학위원회 선정 SAT 추천도서
173 **로미오와 줄리엣** 셰익스피어 · 최종철 옮김 미국대학위원회 선정 SAT 추천도서
174·175 **분노의 포도** 스타인벡 · 김승욱 옮김 노벨 문학상 수상 작가 | 《타임》 선정 현대 100대 영문소설
176·177 **괴테와의 대화** 에커만 · 장희창 옮김
178 **그물을 헤치고** 머독 · 유종호 옮김 《타임》 선정 현대 100대 영문소설
179 **브람스를 좋아하세요...** 사강 · 김남주 옮김
180 **카타리나 블룸의 잃어버린 명예** 하인리히 뵐 · 김연수 옮김 노벨 문학상 수상 작가
181·182 **에덴의 동쪽** 스타인벡 · 정회성 옮김 노벨 문학상 수상 작가
183 **순수의 시대** 워튼 · 송은주 옮김 《뉴스위크》 선정 100대 명저 | 퓰리처상 수상작
184 **도둑 일기** 주네 · 박형섭 옮김
185 **나자** 브르통 · 오생근 옮김
186·187 **캐치-22** 헬러 · 안정효 옮김 《타임》 선정 현대 100대 영문소설
188 **숄로호프 단편선** 숄로호프 · 이항재 옮김 노벨 문학상 수상 작가
189 **말** 사르트르 · 정명환 옮김
190·191 **보이지 않는 인간** 엘리슨 · 조영환 옮김 《타임》 선정 현대 100대 영문소설
192 **왑샷 가문 연대기** 치버 · 김승욱 옮김 퓰리처상 수상 작가
193 **왑샷 가문 몰락기** 치버 · 김승욱 옮김 퓰리처상 수상 작가
194 **필립과 다른 사람들** 노터봄 · 지명숙 옮김
195·196 **하드리아누스 황제의 회상록** 유르스나르 · 곽광수 옮김
197·198 **소피의 선택** 스타이런 · 한정아 옮김 퓰리처상 수상 작가
199 **피츠제럴드 단편선 2** 피츠제럴드 · 한은경 옮김
200 **홍길동전** 허균 · 김탁환 옮김
201 **요술 부지깽이** 쿠버 · 양윤희 옮김
202 **북호텔** 다비 · 원윤수 옮김
203 **톰 소여의 모험** 트웨인 · 김욱동 옮김
204 **금오신화** 김시습 · 이지하 옮김
205·206 **테스** 하디 · 정종화 옮김 미국대학위원회 선정 SAT 추천도서 | BBC 선정 꼭 읽어야 할 책
207 **브루스터플레이스의 여자들** 네일러 · 이소영 옮김
208 **더 이상 평안은 없다** 아체베 · 이소영 옮김
209 **그레인지 코플랜드의 세 번째 인생** 워커 · 김시현 옮김 퓰리처상 수상 작가
210 **어느 시골 신부의 일기** 베르나노스 · 정영란 옮김
211 **타라스 불바** 고골 · 조주관 옮김
212·213 **위대한 유산** 디킨스 · 이인규 옮김 서울대 권장도서 100선 | BBC 선정 꼭 읽어야 할 책
214 **면도날** 서머싯 몸 · 안진환 옮김
215·216 **성채** 크로닌 · 이은정 옮김
217 **오이디푸스 왕** 소포클레스 · 강대진 옮김 서울대 권장도서 100선
218 **세일즈맨의 죽음** 밀러 · 강유나 옮김
219·220·221 **안나 카레니나** 톨스토이 · 연진희 옮김 서울대 권장도서 100선

222 **오스카 와일드 작품선** 와일드 · 정영목 옮김

223 **벨아미** 모파상 · 송덕호 옮김

224 **파스쿠알 두아르테 가족** 호세 셀라 · 정동섭 옮김 노벨 문학상 수상 작가

225 **시칠리아에서의 대화** 비토리니 · 김운찬 옮김

226·227 **길 위에서** 케루악 · 이만식 옮김 《타임》 선정 현대 100대 영문소설 | 《뉴스위크》 선정 100대 명저

228 **우리 시대의 영웅** 레르몬토프 · 오정미 옮김

229 **아우라** 푸엔테스 · 송상기 옮김

230 **클링조어의 마지막 여름** 헤세 · 황승환 옮김 노벨 문학상 수상 작가

231 **리스본의 겨울** 무뇨스 몰리나 · 나송주 옮김

232 **뻐꾸기 둥지 위로 날아간 새** 키지 · 정회성 옮김 《타임》 선정 현대 100대 영문소설

233 **페널티킥 앞에 선 골키퍼의 불안** 한트케 · 윤용호 옮김 노벨 문학상 수상 작가

234 **참을 수 없는 존재의 가벼움** 쿤데라 · 이재룡 옮김

235·236 **바다여, 바다여** 머독 · 최옥영 옮김

237 **한 줌의 먼지** 에벌린 워 · 안진환 옮김 《타임》 선정 현대 100대 영문소설

238 **뜨거운 양철 지붕 위의 고양이 · 유리 동물원** 윌리엄스 · 김소임 옮김 퓰리처상 수상작

239 **지하로부터의 수기** 도스토옙스키 · 김연경 옮김

240 **키메라** 바스 · 이운경 옮김

241 **반쪼가리 자작** 칼비노 · 이현경 옮김

242 **벌집** 호세 셀라 · 남진희 옮김 노벨 문학상 수상 작가

243 **불멸** 쿤데라 · 김병욱 옮김

244·245 **파우스트 박사** 토마스 만 · 임홍배, 박병덕 옮김 노벨 문학상 수상 작가

246 **사랑할 때와 죽을 때** 레마르크 · 장희창 옮김

247 **누가 버지니아 울프를 두려워하랴?** 올비 · 강유나 옮김

248 **인형의 집** 입센 · 안미란 옮김

249 **위폐범들** 지드 · 원윤수 옮김 노벨 문학상 수상 작가

250 **무정** 이광수 · 정영훈 책임 편집 서울대 권장도서 100선

251·252 **의지와 운명** 푸엔테스 · 김현철 옮김

253 **폭력적인 삶** 파솔리니 · 이승수 옮김

254 **거장과 마르가리타** 불가코프 · 정보라 옮김

255·256 **경이로운 도시** 멘도사 · 김현철 옮김

257 **야콥을 둘러싼 추측들** 욘존 · 손대영 옮김

258 **왕자와 거지** 트웨인 · 김욱동 옮김

259 **존재하지 않는 기사** 칼비노 · 이현경 옮김

260·261 **눈먼 암살자** 애트우드 · 차은정 옮김 《타임》 선정 현대 100대 영문소설

262 **베니스의 상인** 셰익스피어 · 최종철 옮김

263 **말리나** 바흐만 · 남정애 옮김

264 **사볼타 사건의 진실** 멘도사 · 권미선 옮김

265 **뒤렌마트 희곡선** 뒤렌마트 · 김혜숙 옮김

266 **이방인** 카뮈 · 김화영 옮김 노벨 문학상 수상 작가 | 미국대학위원회 선정 SAT 추천도서

267 **페스트** 카뮈 · 김화영 옮김 노벨 문학상 수상 작가 | 국립중앙도서관 선정 청소년 권장도서

268 **검은 튤립** 뒤마 · 송진석 옮김

269·270 **베를린 알렉산더 광장** 되블린 · 김재혁 옮김

271 **하얀 성** 파묵 · 이난아 옮김 노벨 문학상 수상 작가

272 **푸슈킨 선집** 푸슈킨 · 최선 옮김

273·274 **유리알 유희** 헤세 · 이영임 옮김 노벨 문학상 수상 작가

395 **월든** 소로 · 정회성 옮김
396 **모래 사나이** E. T. A. 호프만 · 신동화 옮김
397·398 **검은 책** 오르한 파묵 · 이난아 옮김 노벨 문학상 수상 작가
399 **방랑자들** 올가 토카르추크 · 최성은 옮김 노벨 문학상 수상 작가
400 **시여, 침을 뱉어라** 김수영 · 이영준 엮음
401·402 **환락의 집** 이디스 워튼 · 전승희 옮김
403 **달려라 메로스** 다자이 오사무 · 유숙자 옮김
404 **아버지와 자식** 투르게네프 · 연진희 옮김
405 **청부 살인자의 성모** 바예호 · 송병선 옮김
406 **세피아빛 초상** 아옌데 · 조영실 옮김
407·408·409·410 **사기 열전** 사마천 · 김원중 옮김 서울대 권장도서 100선
411 **이상 시 전집** 이상 · 권영민 책임 편집
412 **어둠 속의 사건** 발자크 · 이동렬 옮김
413 **태평천하** 채만식 · 권영민 책임 편집
414·415 **노스트로모** 콘래드 · 이미애 옮김
416·417 **제르미날** 졸라 · 강충권 옮김
418 **명인** 가와바타 야스나리 · 유숙자 옮김 노벨 문학상 수상 작가
419 **핀처 마틴** 골딩 · 백지민 옮김 노벨 문학상 수상 작가
420 **사라진 · 샤베르 대령** 발자크 · 선영아 옮김
421 **빅 서** 케루악 · 김재성 옮김
422 **코뿔소** 이오네스코 · 박형섭 옮김
423 **블랙박스** 오즈 · 윤성덕, 김영화 옮김
424·425 **고양이 눈** 애트우드 · 차은정 옮김
426·427 **도둑 신부** 애트우드 · 이은선 옮김
428 **슈니츨러 작품선** 슈니츨러 · 신동화 옮김
429·430 **세계의 끝과 하드보일드 원더랜드** 무라카미 하루키 · 김난주 옮김
431 **멜랑콜리아 I–II** 욘 포세 · 손화수 옮김 노벨 문학상 수상 작가
432 **도적들** 실러 · 홍성광 옮김
433 **예브게니 오네긴 · 대위의 딸** 푸시킨 · 최선 옮김
434·435 **초대받은 여자** 보부아르 · 강초롱 옮김
436·437 **미들마치** 엘리엇 · 이미애 옮김
438 **이반 일리치의 죽음** 톨스토이 · 김연경 옮김
439·440 **캔터베리 이야기** 제프리 초서 · 이동일, 이동춘 옮김

세계문학전집은 계속 간행됩니다.